GİTME

Bir Kayıp Şehir Romanı

GİTME

Selvi Atıcı
Nemesis Kitap / Roman
Yayın No: 307
Yazan: Selvi Atıcı
Yayına Hazırlayan: Hasret Parlak Torun
Kapak Tasarım ve Uygulama: Başak Yaman Eroğlu

ISBN: 978-605-9809-56-6

© Selvi Atıcı
© Nemesis Kitap

Tanıtım için yapılacak kısa alıntılar dışında yayıncının izni olmaksızın hiçbir yolla çoğaltılamaz.
Sertifika No: 26707

9. Baskı / Şubat 2017

Baskı ve Cilt:
Vizyon Basımevi Kağıtçılık Matbaacılık Ve Yayıncılık San. Tic. Ltd. Şti.
İkitelli Org. San. Bölg. Deposite İş Merk. A 6 Blok Kat: 3 No: 309
Başakşehir / İstanbul
Tel: 0212 671 61 51 Fax: 0212 671 61 52

Yayımlayan:
NEMESİS KİTAP
Gümüşsuyu Mah. Osmanlı Sok. Osmanlı İş Merkezi 18/9
Beyoğlu/İstanbul
Tel: 0212 222 10 66 - 243 30 73 Faks: 0212 222 46 16

SELVİ ATICI
GİTME

Bir Kayıp Şehir Romanı

nemesis
KİTAP

Nefret ve aşk arasındaki mesafe ne kadardır?
Kilometrelerce?
Bir adım kadar yakın?
Belki de yoktur ve geçişin hızını sen bile anlayamazsın.
Kim bilir...

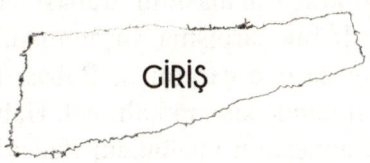

GİRİŞ

Kısa boyundan dolayı yere değmeyen ayakları havada sallanıyordu. Lacivert gözleri spor ayakkabısının burnuna sabitlenmiş, onlarla birlikte hareket ediyordu. Bir ileri... Bir geri... Uzun saatler boyunca tek bir kere kalkmamış, başka hiçbir yere bakmamıştı. Muhtemelen ayakları ağrıyordu, ama bunun farkında değildi. Minik elleri oturduğu bekleme koltuğunun kenarlarını sımsıkı kavramış, parmak boğumları bu baskıcı güç karşısında beyazlamıştı.

Yoğun bakım ünitesinin koridoru, ileri geri volta atan kalabalıkla doluydu. Önünden geçip duran insanların gölgeleri ayakkabısının üzerine düşüyordu fakat o bunu umursamıyordu. Ablası, onun yanına iyice sokulmuş, arada bir derin nefes alarak elini yumuşak bir hareketle sırtına koyup hafifçe okşuyordu.

İsterdi. O da ablası kadar sakin durmayı, hayattan kopmuş gibi görünen annesinin gözlerine cesaretle bakarak, farkına varamayacak olsa da destek olmayı isterdi. Ama annesinin dehşetli bir korkuyla esir alınan yüzünü tekrar görmek istemiyordu. Dokuz yaşında kalbinin kaldırabileceğinden çok daha büyük bir acı çekiyordu. Onun yüzüne bakmak bu acıyı ikiye katlamak olacaksa bunu istemiyordu. Kenetli dişlerini açamıyor, ağrıyan kaslarına neyin iyi geleceğini bilemiyordu.

Korku! Korku, sanki aklını alıp götürmüştü. Üç gün önce kahkahalarını sessizliğe boğan bir telefonla birlikte içinde yer eden korku, tazeliğini hâlâ koruyor, hatta saatler ilerledikçe daha da şiddetleniyordu.

Babası kaza yapmıştı! İzmir'den İstanbul'a dönüş yolunda karşı şeritten gelen ve önündeki tırı hiç beklemeden hızla sollayan araba, babasının arabasıyla burun buruna gelmiş, şiddetli bir çarpışma yaşanmıştı. Babasının arkasındaki araç da ona çarpmıştı. Babası akordiyon gibi büzülen aracın içinde sıkışıp kalmıştı. Haber onlara ulaştığında Tunç, annesinin yüzündeki ifadeyi elleriyle bozmak istemişti. Babası hayattaydı ve dünyadaki herkesten daha güçlüydü. Yaşayacaktı! Onu kimse yenemezdi! Fakat hastaneye koşup durumu öğrendiklerinde tekrar annesiyle göz göze gelme hatasını yapmıştı.

Annesinin yüzüne yerleşen, babası yaşamından vazgeçerse oradan hiç gitmeyecek olan ifade, onun körpe bedeninin kaldıramayacağı kadar ağırdı. Bir şekilde babasını kaybederse annesini de kaybedeceğini anlamıştı, ama küçük aklıyla onu sorgulayamayacağını da biliyordu.

Babasının kalbinin sadece üç kişi için attığını biliyordu. Ne kadar sevgisi varsa hepsini, son damlasına kadar ailesine veriyordu. Onlara duyduğu sonsuz sevgisi, bunu göstermekten hiç çekinmeyen davranışları, eşinin ve çocuklarının onu tapma derecesinde sevmelerine neden olmuştu.

Tunç kimi zaman uykuya yenik düşüp ablasının kucağına yığılsa da onu hastaneden çıkarıp eve göndermeye kimsenin gücü yetmemişti. İster istemez kahkaha dolu anıları hafızasına dolup ağlamak istemesine neden oluyordu. Ama başarmıştı. Gerçek bir erkek gibi tüm acısını, dehşetini ve karanlık korkusunu kendi içinde bir kasırga gibi yaşamıştı. Tek bir damla dökmeden, tek bir kere sızlanmadan... Onu içten içe zehirlediğinin farkına varmadan acının aklını ele geçirmesine izin vermişti.

Sonunda korku ve endişe dolu bekleyiş sabaha karşı son bulmuştu. Doktorun müjdeli haberi vermesiyle birlikte başını kaldırmış, şişmiş gözlerle, sevinçli, biraz ağlamaklı ve gevşeyen yüzlere tek tek bakmıştı. Kalplerin en derinliklerinden edilen şükür dualarını dinlemiş, hiçbir tepki vermemişti. Herkes yerinde zıp zıp zıplamak istiyormuş gibi görünüyordu. Ablasının kolları onu sıkıca sarmıştı. O, hâlâ yüzleri inceliyordu. Bakışı aradığı yüze sabitlendiğinde sabırla ablasının onu serbest bırakmasını bekledi. Sonunda oturduğu koltuktan ayaklarının üzerine zıpladı ve ağır adımlarla ilerledi. Annesinin zayıf ve titrek bir sesle kendisine seslendiğini duydu, ama umursamayarak arkasına bakmayı reddetti.

Dosdoğru Yunus amcasının yanına gitti. İfadesiz ama sevinçle ışıldayan gözlerinin içine baktı. "Okula gitmek için hazırlanmam gerekiyor!" dedi çatlak bir sesle. Boğazı akıl almaz bir şekilde kurumuş ve konuşmakta güçlük çekmişti. Ama ses tonu, o yaşta bir çocuktan beklenmeyecek kadar düz ve boştu. Yunus, şaşkınlıkla kaşlarını kaldırsa da kendisine uzanan minik eli tutmuştu. Tunç'un arkasında şaşkınlık ve kaygıyla onlara bakan Burcu'nun gözlerine onay almak istercesine bakmış, o hafifçe başını salladığında tekrar Tunç'a dönmüş ve hafifçe gülümseyip, "Sanırım seni zamanında yetiştirebilirim," demişti. Tunç, ağırbaşlılıkla kafasını kaldırdı ve Yunus'un onu yönlendirmesine izin verdi.

Yunus, Tunç'u eve götürüp yardımcılarıyla birlikte birkaç saat boyunca onun garip davranışlarını izledi. Küçük çocuk, Sinem ablasından banyoyu hazırlamasını istedi. Önce banyo yaptı. Kurulanıp okul kıyafetlerini giydikten sonra da, daha önce arkadaşıyla kavga ederken yırtılmış olan defterinin kabını tamamen söküp attı. Tekrar kaplamak için kap kâğıtlarını -biraz uzun da sürse- arayıp buldu ve çabucak kapladı. Öğretmenleri onların derli toplu ve temiz öğrenciler olmalarını istiyordu. Daha sonra çantasını hazırladı. Alelacele kahvaltısını yaptı. Tam zamanında evden çıkmak için hazırdı.

Hastaneye bir daha gitmedi. Öğretmeninin verdiği ödevleri eksiksiz bir şekilde ve büyük bir titizlikle yaptı. Babası hastaneden çıkıp eve geldiğinde sadece, yattığı odanın kapısında durup kuru bir, "Geçmiş olsun," dedi ona. Boynuna sarılmadı. Onu öpmedi.

Hayır! Babası tamamen iyileştikten sonra bir daha arabalarını yarıştırmadılar, helikopterlerini havada süzdürmediler, büyük havuzda gemilerini yüzdürmediler. Bir daha babasından onu omzunda taşımasını da istemedi.

Öğretmenleri Gülcan Hanım, bir gün ailesine telefon açıp en kısa zamanda görüşmek istediğini belirtti. Tunç, diğer öğrencilerden çok daha hızlı kavrıyordu ve okul öncesi aldığı eğitim -aslında sadece ablası ödevlerini yaparken onu izliyordu- onun diğer öğrencilerden ayrılmasına neden oluyordu. Öğretmen dersi anlatmaya çalışırken, o her seferinde ne bir izin alma ihtiyacı hissederek ne de bir açıklamada bulunarak sınıfı terk etmek için eşyalarını toplayıp kapıya yöneliyordu. Öğretmenleri onu durdurup açıklama istediğinde sanki duyduğu en aptalca soru buymuş gibi bıkkınlıkla yüzünü buruşturuyordu. Yine de açıklamasını yapıyordu. Çünkü bunları zaten biliyordu ve tekrar dinlemesine gerek yoktu.

Tunç, iki kere sınıf atladı. Boş kaldığı her anını kitap okuyarak ya da ders kitaplarında daha ilerideki konuları öğrenmeye çalışarak geçiriyordu. Sonunda kendisine daha fazla boş zaman kaldığında ailesiyle *resmî* bir görüşme yaptı ve basketbol kursuna yazılmak istediğini belirtti. Daha sonra boks kurslarından birine kayıt oldu. Artık ailesiyle zaman geçiremiyordu, çünkü çok meşgul bir çocuktu.

Dokuz yaşında araya koyduğu mesafe yıllar geçtikçe uzadı, uzadı ve bir daha asla kapanmayacak şekilde uçsuz bucaksız bir boşluk oluşturdu. Ailesinin, özellikle de annesinin onu geri kazanmak adına bulunduğu girişimlerini kayıtsız bir tavırla karşılamıştı, sonunda onlar da durumu kabullenmek zorunda kalmışlardı. Babası belki baskıcı olabilirdi fakat suçluluk duygusu buna engel oluyordu. Keşke kaza yapmamış olsaydı. Keşke yola çıkmamış olsaydı. Keşke bir saat sonra hareket etmiş olsaydı. Keşke... Keşke... Keşke...

Tunç, aslında neşeli bir çocuktu, ancak çevresinde bulunan hemen hemen herkesle araya bir mesafe koyuyordu. Liseye giderken kızları keşfetmişti ya da belki kızlar onu daha önce keşfetmişti. Koyu kahverengi ve hafif dalgalı saçları vardı. Lacivert, derin bakan ışıltılı gözlere, uzun ve sık kirpiklere sahipti. Kalın dudakları her an muzip ya da çapkın bir biçimde kıvrılmaya hazır gibi görünüyordu. Genişçe gülümsediğinde düzgün, beyaz dişleri ortaya seriliyordu.

Babasından aldığı genle zaten uzun olan boyu, uzun yıllar oynadığı basketbolla birkaç santim daha kazanmıştı. Buna ek olarak boks sayesinde şişkin kollara, geniş omuzlara ve sıkı bir karına sahip olmuştu. Zekiydi, espriliydi ve kesinlikle karşı cinsle nasıl konuşacağını, onlara nasıl davranacağını çok iyi biliyordu. Koluna taktığı her kız kendisini dünyanın en güzel kadını gibi hissetmekten alamıyordu kendini. Ve onun aldatıcı, derin gözlerinde boğulmak hiç çaba gerektirmiyordu. Tabii Tunç, başka bir kıza ilgi duyana kadar...

On dokuz yaşında ailesine evden ayrılmak istediğini belirtti. Onların kabulüyle, babasının satmaya veya kiraya vermeye yanaşmadığı -nedenini Allah bilir- bir zamanlar yaşadığı stüdyo daireye taşındı. Eğer babası bu isteğine karşı çıksaydı kesinlikle tek kelime etmeden taşınmaktan vazgeçerdi. Uzak kalması bazı şeyleri bilmediği anlamına gelmezdi. Babasına saygısı vardı. Zaten Deryal Yiğit'e karşı çıkmak yürek isterdi.

Dört dil öğrendi. Üniversiteyi bitirdikten hemen sonra kısa dönem askerlik yaptı. Tekrar döndüğünde babasına, nakliye işinin başına geçmek istediğini söyledi. Babası hiç tereddütsüz kabul ettiğinde onun engin bilgisi ve tecrübelerinden faydalanarak iş hayatına kolaylıkla adapte oldu. Babası iş dünyasında ciddi bir isim yapmıştı. Kendi zamanında babasından çekinen birçok insan vardı, fakat onların dönemi geride kalmıştı. Yeni nesilde mantar gibi türeyen, kendini mafya zannedip, ortalıkta namluya sürülmüş bir mermi gibi dolanan birçok grup vardı. Ve Tunç da en az babası kadar gözü karaydı.

Kulübü yönetmeyi istemedi. O iş ona göre değildi. Kulüpleri sadece eğlenmek için tercih ediyordu. Hem o işi Adem amcasının oğlu Ali çok da güzel idare ediyordu. Üç yılda babasının servetini ikiye katladı. Yük gemilerinin ve tırların sayısını artırdı. İş bağlantılarının sınırlarını genişletti. Girdiği birçok ihalede keskin zekâsı ve öngörüsüyle birçok başarıya imza attı. Borsaya el attı. İsmi duyulmuş ama batmakta olan firmaları satın alarak yeniden yapılandırdı. Babasının yazıhanesi ona yetmediğinde bir plaza satın alıp tüm işlerini buradan idare etti. İş dünyasında kısa zamanda tuttuğunu koparan, katı kuralları olan, disiplinli bir iş adamı olarak adını duyurdu. Fakat her attığı adımdan önce babasının onayını ve görüşlerini alıyordu.

İşine ne kadar düşkünse eşit derecede eğlence ve gece hayatına da düşkündü. Gecelerinin neredeyse tamamı dışarıda geçiyordu. Geniş arkadaş çevresiyle aranılan, sevilen bir adamdı. Tabii kusursuz da değildi. Eğer onu tanıyan insanlara Tunç Mirza'nın kusurlarını sorsalardı, şüphesiz herhangi bir olaya tepkisel yaklaşımındaki aniden değişen ruh hallerinin en büyük kusuru olduğunu söylerlerdi. Bu tutumu insanları ürkütüyor, ani değişim anlarında etrafındaki insanların çil yavrusu gibi dağılmalarına neden oluyordu. Takıldığı belli başlı birkaç mekân vardı ve farklı mekânları denemek ona göre değildi. Düzeni, prensip sahibi olmayı seviyordu ve nadiren taviz verirdi.

Her doğum gününde, her yılbaşında, her bayramda ve ailesi için özel olan her günde onların yanında oldu. Ama aradaki soğuk mesafeyi asla bozmadı. Onu koruyan duvarları kırmadı, aşmadı. Ölüm, herkesin başına bir gün gelecekti. Fakat Tunç, asla gidenin ardından acı çekmeyecekti!

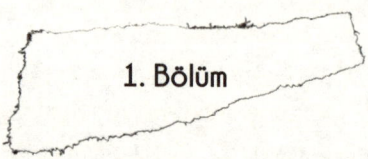

1. Bölüm

Hayat, bornozuna sıkıca sarınıp kendisini yatağın üzerine bıraktı. Uzun dakikalar boyu suyun altında kalması bedenini hamur gibi yapmıştı. Kızarmış gözlerini kapayıp usulca inledi. Ders çalışması gerekiyordu! Yine de bu gerekliliği beynini çimdikleyip dururken, her akşam olduğu gibi dışarı çıkacaktı. Eğer yaz okulunda da bu derse dair herhangi bir başarı göstermezse sonunda gerçekten babasının gazabına uğrayacaktı. Zaten dersten kalmış olması onu yeterince öfkelendirmişti.

"Kahretsin!" Soluğunu dışarı verirken sertçe fısıldadı. Gözlerini açıp bakışlarını tavana dikti. Bir süre boş bakışlarla hafifçe kabarmış beyaz plastik boyayı ve ince çatlakları izledi.

Hiç gerçekleşmeyecek bir hayal uğruna, bile bile o tek dersten kalmıştı. Sadece yaz okulunda kalabilmek, dışarı çıktığı herhangi bir gecede onu sadece bir saatliğine bile olsa görebilmek için dersten kalmayı göze almıştı. Hiç çalışmamış, vize haftası gelip çattığında dersteki başarısızlığını fark ettiğinde içten içe aptal gibi memnun olmuştu. Ve şimdi dersi verebileceğini sanıyordu fakat yanıldığı gün gibi ortadaydı. Böyle geceleri dışarılarda sürtmeye, gündüzleri uyumaya devam ederse de hiç şansı yoktu. En sonunda babasının şimdiye kadar lafta kalmış olan tehditleri gerçekleşecekti.

Kalkıp giyinmek şöyle dursun, kılını bile kıpırdatmak istemiyordu. Ama ev arkadaşı Seçil'e söz vermişti. Eğer daha bir hafta önce tanıştığı erkek arkadaşı -Hayat, henüz onunla tanışmamıştı- onları yeni açılan bir mekâna değil de Hayat'ın aklındaki üç yerden herhangi birine götürecek olsaydı çoktan hazırlanmış, sabırsızlıkla Seçil'i bekliyor olurdu. Onu dışarı çıkmaya iten tek şey, bir bakışla aklını başından alan adamdı; başka bir şey değil...

Kahretsin! Çoğu gece onunla karşılaşabileceği umuduyla deli gibi süslenip püsleniyor, heyecanla yollara dökülüyordu. Seçil, onun bu durumuna tatlı bir kızgınlıkla karışık eğlenerek ayak uyduruyor, Hayat nereye gitmek isterse onu destekleyerek arkadaş grubunu da peşlerinden sürüklüyordu.

Onun takıldığı bir bar ve iki kulüp vardı. Mutlaka haftada iki gece olsun onu görebilme şansını yakalıyordu. Göremediğinde ise birlikte gittiği arkadaşları çılgın gibi eğlenirken o, kendi sefil haline homurdanıyordu. Yine de bu, ertesi gün aynı heyecan ve hevesle kendini gecelere atmasına engel olmuyordu.

Bu gece ise... Bu gece hiç çıkmak istemiyordu. Çünkü gidecekleri yerde onun olmayacağını adı gibi biliyordu. Onu görebilme olasılığının bedenine aşıladığı enerji bu gece onu terk etmiş gibi görünüyordu. Sanki yatağa mıhlanmıştı. Fakat Seçil'e söz vermişti. Seçil, onun tüm nazlarına katlanmış, yalnız bırakmamış, hatta sadece onun için İstanbul'da kalarak ailesinin yanına dönmemişti. Bu akşam yanında oluşu ona olan borcundan kesinlikle düşürmezdi.

Odasının kapısı hızla açıldı. Narin bir figür teklifsizce içeri daldı. Hayat'ın başı hafifçe yana çevrildi. Gözleri hafif bir kızgınlıkla kendisine bakan ve tamamen hazır olan Seçil'in yüzüne sabitlendi. Onun heyecanlı göründüğünü düşündü.

"Hâlâ bornozlasın!" Seçil'in sesi sitemkârdı.

Hayat, dirseklerini yatağa dayayıp hafifçe doğruldu. "Kılımı kıpırdatamıyorum," diye sızlandı. Ardından yüzünü buruşturdu.

Seçil, tehditkâr gözlerle bakarken işaret parmağı hafifçe doğrulup Hayat'ı hedef aldı. "Sakın bana gelmeyeceğini söyleme. Bu akşam beni yalnız bırakamazsın!"

"Söz verdim, değil mi?" Hayat, gözlerini devirdi.

"Hatırlayabilmiş olmana sevindim."

"Sitem edip durma. Halim yok."

"Eğer başka bir yere gidiyor olsaydık şimdiden kapının önünde hazır bekliyor ve bana homurdanıyor olurdun." Hayat'ın sırıtması üzerine başını iki yana salladı. "Eser, on beş dakika içinde burada olacak. Yani sadece on dakikan var!"

Hayat, tamamen doğrulup ayaklarını yataktan aşağıya sallandırdı. "Işık hızıyla giyineceğim," dedi şirin bir sırıtmayla.

"İyi." Seçil, kollarını göğsünde kavuşturup bir ayağını yere vurmaya başladı.

Hayat, "Ne?" diye sordu.

"Eğer seni biraz olsun tanıyorsam arkamı döndüğüm anda yatağa serileceksin."

Hayat yüzünü buruşturdu. "Tahmin edilebilir biri olmaktan nefret ediyorum."

Seçil homurdandı ve bir milim bile kıpırdamadı.

Hayat kaşlarını kaldırdı. "Üzerimi giyineceğim, dışarı çık!"

Seçil arkasını döndü. "Benden ancak bu kadarını alabilirsin."

Hayat gülümseyerek onun bedenini süzdü. Dümdüz karamel rengi saçlarını başının tepesinde toplamıştı. Böylelikle somon rengi elbisesinin beline kadar inen sırt dekoltesini gözler önüne sermişti. Omzundaki küçük puma dövmesiyle sırtı şahane görünüyordu. Ayağa kalkarken aynı anda bornozunu çıkardı. Seçil'in poposunu tamamen saran elbisesi kalçasının dört parmak aşağısında bitiyordu. Uzun bacakları, ince parlak bir çorapla kaplanmış, ayaklarını sivri topuklu ayakkabılar sarmıştı.

Alayla, "Hoş popo!" dedi.

"Biliyorum." Seçil'in sesi kendini beğenmişlikle doluydu.

Hayat, "Ders çalışmam gerekiyordu," diye mırıldanıp derin bir çekti.

"Bunu da biliyorum. Senin her zaman ders çalışman gerekiyor ama sadece gerekliliğiyle kalıyor."

"Eğer babam, her gece kulüplerde sürttüğümü anlarsa bu defa gerçekten bacaklarımı kıracak."

"Babanın tüm tehditlerinin, tehditten öteye geçmeyeceğini artık hepimiz biliyoruz. Sen bir kere gülümsüyorsun ve onda kızgınlıktan eser kalmıyor."

"O, benim burada harıl harıl ders çalıştığımı düşündüğü için öyle." Hayat bedenini sıkıca saran, dar paça, beyaz esnek kumaştan yazlık bir pantolon giydi. "Gerçeği bilse, hiç düşünmeden av tüfeğini bacaklarıma doğrultur ve beni tekerlekli sandalyeye mahkûm eder."

"Halis amca, sana asla kıyamaz!" Seçil kıkırdadı. "Başının güzel çukurlusu…"

Hayat, yatağın üzerindeki havluyu alıp ona fırlattı. "Kes şunu!" dedi. Fakat o da gülüyordu.

"Saçımı bozuyordun neredeyse!" Seçil kızgınlıkla homurdandı.

"Sen de gamzemle dalga geçme!"

"Neyse, sonuçta sana kızamaz o ton ton ihtiyar."

"Hı hı…" Hayat pantolonunun üzerine turkuaz rengi, ince askılı bir bluz geçirdi. Babası, gerçekten burada ne için kaldığını bilseydi, Seçil'in tahmin ettiği gibi bir gülümsemeyle onu kandıramazdı. Asla ulaşamayacağı biri için neden bu kadar zahmete girdiğini anlamıyordu. Ama sadece onu uzaktan görmek bile o günün anlamlı olmasına yetiyordu.

Tabii bir de yanında sürekli başka kadınlar olmasaydı daha da anlamlı olurdu. Yine derin bir iç çekti. Bir keresinde masaları birbirine oldukça yakındı. O, yanındaki kadın kulağına uzanıp bir şey söylediğinde kahkahalarla gülmüş ve Hayat, o gülüşün ahenkli sesine kapılıp gitmişti. Kahkahasının nedeninin yanındaki esmer güzeli olması onu kıskançlıktan yaksa da, gülüşü teninin üzerinden geçmiş gibi titremişti. Durumu vahimdi. Gitgide daha da içler acısı bir hal alıyordu.

"Dönebilirsin," diye mırıldandı. Sivri burun yüksek topuklu ayakkabılarını ayaklarına geçirmek için yatağın üzerine oturdu.

Seçil arkasını döndüğünde şaşkınlıkla, "Aman Allah'ım!" dedi.

Hayat sadece bıkkınlıkla gözlerini kaldırıp baktı. "Ne?"

"Her akşam, podyumda defileye çıkıyormuş gibi giyinen arkadaşın sen olup olmadığına karar vermeye çalışıyorum." Şaşkınlığını üzerinden atan kızın dudakları alaycı bir gülümsemeyle kıvrıldı.

Hayat omzunu silkti. Nasılsa onunla bu gece karşılaşmak gibi bir umudu yoktu. Giyinmese de olurdu. Hatta gitmese ve evde kalıp biraz ders çalışsa daha da iyi olurdu.

Seçil, başını iki yana sallayıp odadan çıktı. Fakat onun vahim durumu hakkında bir şey söylemedi. Bu adama yeni yeni tutulmuşken, Seçil onu uyarıp duruyordu. O, Hayat'ı fark etse bile adam için sadece geçici bir ilişki olurdu. Sonunda sözlerini kulak arkası ettiğinde, Seçil onu uyarmaktan vazgeçmiş ama yanından da gitmemişti.

Genç kız banyoya girdi. Çok hafif bir makyaj yaptı. Saçlarını sadece tarayıp kurumaya bıraktı. Saçlarının kalın buklelerine şekil vermeyi bile o anda büyük bir zahmet olarak gördüğü için buna yeltenmedi. Kendisini özelliksiz bir kız olarak görüyordu. Kahverengi saçları, kahverengi gözleri, minik bir burnu ve kendine göre büyük bir ağzı vardı. Sadece saçlarındaki kalın bukleleri seviyordu. Yuvarlak yüzünün çevresini sarıp omuzlarına döküldüklerinde güzel görünüyorlar gibi geliyordu ona. Bundan bile emin olamıyordu. Aslında daha önceleri, tam bir inekti. Tabii ki eğleniyor, arkadaşlarıyla vakit geçiriyordu fakat sınırlarını da sorumluluklarını da biliyordu. Babası, sahip olduğu toprakları daha verimli bir hale getirip yatırım yapmak için ziraat mühendisliği okumasını istemiş, Hayat da hiç tereddütsüz kabul etmişti. Okuduğu bölümü seviyordu. Şehir insanı değildi. Toprakla bütün olmayı, yeşili, doğanın her karesini seviyor, adeta tapıyordu. Tatil olur olmaz soluğu Adana'daki çiftliklerinde alıyor, tatili bitene kadar, hatta kendi inisiyatifinde biraz daha uzattığında tek bir gününden bile bıkkınlık duymuyordu. Ailesiyle olmak, uçsuz bucaksız topraklarda atını sürmek, traktörle şehre inmek, kalabalık akrabalarıyla birlikte olmak ve yeşilin üzerindeki sayısız renkteki çiçekleri saatlerce seyretmek onun bünyesini enerjiyle dolduruyor, mutluluk veriyordu.

Tekrar İstanbul'a döndüğünde kısa zamanda onlara özlem duyuyor, geri dönmek için gün sayıyordu. Ta ki bir gece arkadaşları onu zorla dışarı çıkmaya ikna edene kadar. Ona sadece bir kere bakmış, gözleri uzun saniyeler boyu adamın yüzünde kilitli kalmıştı. Kalbi sanki saatlerce koşmuş gibi güm güm atıyordu. Ve nefes almanın nasıl bir şey olduğunu hatırlayamıyordu. İşte, aylar öncesinde bir gece bu genç adam onu İstanbul'a çivilemişti. Çünkü Tunç Mirza Yiğit, büyüleyici bir adamdı. Hem de her yönüyle!

"Hayat!" Seçil'in sesinde bariz bir heyecan vardı. "Eser geldi." Topuklu ayakkabılarından çıkan uyumsuz takırtılar, ne yapacağını bilemez halde dolandığını işaret ediyordu. Hayat kıkırdadı. Seçil, ilk defa böyle heyecanlanmıştı. Hüzünle derin bir nefes aldı. En azından aralarından biri mutlu olacak gibi görünüyordu. Şimdilik...

Eser, nazik bir gençti. Ayaküstü tanışmalarından hemen sonra, onlar için arabanın kapılarını açmış, yerleştikten sonra da kibarca bekleyerek kapamıştı. Buradan bir artı puanı çoktan kapmıştı. Esprili ve neşeliydi de! Ortalama bir boyu vardı. Hayat'ın boyu 1.71'di ve başının tepesi Eser'in alın hizasına denk geliyordu. Endüstri mühendisliği bölümünden mezundu. Babasının kumaş dokuma makineleri üreten fabrikasında çalışıyordu. Rize doğumluydu. Saman rengi saçları, parlak mavi gözleri, oval bir yüzü ve düzgün yüz hatları vardı. Ve Seçil'e her bakışında gözleri parlıyordu.

Eser yumuşak bir sesle, "Eğer tercih ettiğiniz başka bir mekân varsa oraya gidebiliriz," dedi. Önce Seçil'e sonra aynadan Hayat'a baktı. Hayat, bu sorunun sadece nezaketen sorulduğunu bilecek kadar bir şeyler öğrenmişti. Ancak az kalsın çenesini tutamayıp gitmek istediği yeri söyleyiverecekti.

Seçil ikisinin adına konuşarak, "Hayır. Teşekkürler," dedi.

"Gideceğimiz mekânı seveceğinizi tahmin ediyorum," diye belirtti genç adam nazik bir tonla. Gözleri pür dikkat ilerlediği yola kilitlenmişti. "Yakın bir arkadaşım açılışını yaz başında yapmıştı. Fakat işlerin yoğunluğundan davetine iştirak edememiştim."

Hayat, 'Hımm...' diye düşündü. Eğer mekânı sevmezlerse bunun bahanesini de önceden sunmuş olmuştu. Onun için fark etmezdi. Sonuçta Seçil'i yalnız bırakmamak için orada bulunuyordu. Seçil, yeni tanıştığı biriyle -ki yeni birileriyle çok zor tanışırdı- ilk anlarında yalnız kalmaktan hoşlanmazdı. Çünkü objektif bir bakışla karşısındaki insanı değerlendiremeyeceğini düşünürdü. İnce eleyip sık dokuyan bir insana göre bu makul bir davranıştı. Her zaman takıldıkları arkadaşlarını davet etmemişlerdi, çünkü bazen nerede nasıl konuşacaklarını gerçekten bilmiyorlardı.

Eser, gidecekleri mekâna yaklaştıklarında laf arasında orada bir arkadaşının da kendilerine eşlik edeceğini mırıldanmıştı. Hayat, başını yana çevirip yüzünü buruşturdu. Yalnız olmak, tanımadığı bir insanın konuşma girişimlerine ilgisizce cevap vermekten çok daha iyiydi. Eser, yüzünü buruşturduğunu fark etmiş olacak ki, Bebek sırtlarında, rustik bir görüntü sergileyen, tek katlı mekânın otoparkına girerken açıklamada bulundu.

"Tamamen tesadüf." Hafifçe gülümsedi. "Kendisi zaten mekândaydı. Daha önceden birlikte gitmeye karar vermiştik. Bunun için de beni aradı." Arabayı park edip kapılarını açmak için aceleyle arabanın etrafından dolandı. Granit küp taşlarıyla döşenmiş, her basamakta daralan merdivenlerden çıkarken arabada yarım bıraktığı sözlerine devam etti. "Fazla takılacağını sanmıyorum. Sanırım gitmesi gereken başka bir yer var."

Hayat, bir anda kendisini tıklım tıklım insan kalabalığının içinde buldu. İçeri girenler, dışarı çıkanlar, ayaküstü sohbet edenler, dans edenler... Hafif bir müzik mekânı sarmış, her ağızdan çıkan ses, bir uğultu bombası olarak müziğe de karışıp genç kızın kulaklarında patlıyordu. Eser, korumacı bir tavırla kolunu Seçil'in beline atmıştı; arada dönüp Hayat'ı kontrol ediyordu. Hayat ise başını önüne eğmiş, loş ışıkta önünü görmeye çalışarak dikkatle arkalarından ilerliyordu.

Tavandan basık mekân alabildiğince büyük bir alana sahipti. Ortada bir dans pisti vardı. Mekânın bar kısmında, tezgâhın hemen arkasında maharetli hareketlerle ellerindeki şişeleri çeviren, havaya atıp sonra artistik hareketlerle yakalan barmenler müşterileri, yüzlerine yapışmış gibi görünen bir gülümsemeyle karşılıyorlardı. Kız ve erkek garsonlar, aynı tip kıyafetler giymiş, acele hareketlerle ortalıkta dolanıyorlardı. Erkekler beyaz gömlek, siyah yelek, siyah papyon ve siyah pantolon giymişlerdi. Kızlar bu pantolonların yerine sadece kalçalarının hemen dibinde biten siyah dar etekler giymişlerdi.

Dans pistine yakın duran küçük ahşap masaların etrafını saran sandalyelerin oturma kısımları bordo deri bir kumaşla kaplanmıştı. Aynı kumaş, barın önündeki tabureleri de kaplamıştı. Duvar diplerindeki geniş masalar ise daha büyüktü ve etraflarını 'U' şeklinde yine aynı deri kumaş ve renkten rahat koltuklar çevrelemişti. Bu masalar zeminden iki basamak yüksekteki bir platformda bulunuyor, insanlara ister istemez daha özel bir alan sağlıyordu. Canlı müzik yapan orkestra, barın hemen ilerisinde bir köşede duruyordu. Müzik çok hafifti ve insanlar birbirlerinin konuşmalarını bağırıp çağırmaya gerek kalmadan duyuyorlardı. Hayat, orkestraya, dans edenlere şöyle bir bakıp kendileri için ayrılmış masalara ilerlerken platforma çıkan iki basamağa geldiğinde dikkatle önüne baktı.

Eser'in neşeli sesiyle Seçil'i birine tanıttığını duydu. Aynı anda elindeki küçük çantanın fermuarının, daha önce açıldığını fark etmediği köşe kancası pantolonuna takıldı.

"Bu da arkadaşım-"

"Kahretsin!" Hayat, kendi kendine söylenirken ve çantayı pantolonundan kurtarmaya uğraşırken ister istemez Seçil'in sözlerini kesti. Sonra bir anda oluşan sessizlikle Seçil'in ses tonundaki bir şey dikkatini çekti. Anında başını kaldırdı. Ve uzun saniyeler boyu, öylece kaldı. Karşısındaki adamın kaşları alaycı bir şekilde havaya kalkmış, delici lacivert gözleri Hayat'ın yüzüne kilitlenmiş, dudakları muzipçe kıvrılmıştı. Gülmemek için kendini zor tutuyor gibi görünüyordu. Tunç Mirza Yiğit! Aman Allah'ım!

Genç kız aynı anda birkaç şeyi birden fark etti. Çenesi aşağıya düşmüştü. Hâlâ bir eli delice çantasını pantolonundan kurtarmak için çırpınıp duruyordu. Kalbinin durduğunu sanıyordu ve biraz daha nefes almazsa ölecekti. Sert bir soluk çekti. Ani hava girişi ciğerlerini zorlayarak öksürmesine neden oldu. Şükür ki çantası o anda pantolonundan kurtuldu.

"Aman Allah'ım!" Mirza'nın yüzündeki alaycı ifadeye karşılık, ses tonu ciddiydi. "Dünya üzerinde böyle güzel bir yaratık var ve ben daha yeni tanışıyorum." Hayıflanır gibi başını sağa sola salladı. "Bunun için seni affetmeyeceğim, Eser." Ancak Eser'e değil, doğrudan Hayat'ın yüzüne bakıyordu.

Eser mırıldandı. "Ben de daha bu akşam tanıştım."

Hayat, önce dönüp sol omzunun üzerinden, sonra sağ omzunun üzerinden arkaya baktı. Kime söylüyordu? Ona mı? Tekrar Mirza'ya döndü.

"Ben mi?" diye sordu afallamış bir halde. Mirza ve Eser, kıkırdadılar. Seçil usulca yaklaşıp, onu yönlendirmek ister gibi kolunu beline attı. Ardından kendine gelmesi için hafifçe çimdikledi. Fakat Hayat fark etmedi bile. Belki etini kesseler de fark etmezdi.

"Ve üstelik bu güzelliğin kendisinden haberi yok," dedi Mirza gülerek.

Hayat, kaybolmuş gibi üçünün yüzüne de aptalca baktı. Birazdan uyanacak, hepsinin bir rüya olduğunu anlayacaktı. Seçil bir kez daha sertçe çimdiklediğinde irkildi. Eğer orada öylece dikilmeye ve boş boş bakmaya devam ederse kimse oturamayacaktı.

Mirza uzun parmaklı, zarif elini uzattı. "Ben Tunç."

Hayat, kendinden habersizce uzanan elini havada gördü. Küçük eli, adamın sıcak avucu içine usulca yerleştiğinde sıcacık temas genç kızı ürpertti.

"Biliyorum," dedi genç kız onun parıldayan gözlerinin içine şaşkınca bakarak. Bilmemesi mümkün müydü?

Mirza, "Hımm..." diye mırıldandı. Gülmemek için kendini zor tutuyormuş gibi göründü. Bir anda diğer elini de genç kızın elinin üzerine koydu. Ani ama sevimli bir manevrayla onu kendisine çekip, daha önce yerleştiği koltuğa oturttu. Hemen sonra kendisi de yanına oturdu. Genç kız o saniyelerde ayaklarının yere değil, havaya bastığını düşündü. Hayal meyal Eser ve Seçil'in karşılarındaki koltuğa yerleştiklerini fark etti. Hayat, o an kaybolmuş bir şekilde Mirza'ya bakıyordu. Aman Allah'ım! O!

"Belki ben de öğrenebilirim?" Çapkın bir gülüş dudaklarını kıvırdığında bembeyaz dişlerin bir kısmı ortaya serildi.

Genç kız kaşlarını kaldırarak sordu. "Neyi?"

"Bu güzelliğin adını!"

Soluğunu dışarı verirken cevap verdi. "Hayat."

"Anlaşılan mükemmeliyetin şahane bir örneğiyle karşı karşıyayım."

Onun yoğun, derinden gelen sesiyle içine hapsolduğu hayal baloncuğu bir anda patladı ve genç kız gerçek dünyanın farkına vardı. Allah'ım! Gözlerini irice açarak onun aptalca davranışlarına hafifçe gülümseyen güzel yüze baktı. Oydu! Allah belasını vermesin ki oydu! Aylardır, dur durak bilmeden sadece bu güzel yüzü biraz olsun izleyebilmek için kendisini gecelere atmasına neden olan büyüleyici varlık tam karşısındaydı. Ona bakıyor, onu iltifat yağmuruna tutuyordu.

Kahretsin! Kahretsin! Kahretsin! Saçına hiç özen göstermemişti! Doğru düzgün makyaj bile yapmamıştı. Acaba kıyafeti nasıl duruyordu? Eser ve Seçil, kendi aralarında konuşmaya dalmışken, o şoka girmiş ve felç geçiriyormuş gibi Mirza'nın gözlerine bakıyordu.

Genç adam ciddiyetle, "Sorun ne?" diye sordu. Kaşları da hafifçe çatılmıştı.

Genç kız kendine engel olamadan, "Saçım!" diye cevap verdi. "Makyajım..." Hay dilini eşek arısı sürüsü soksun!

"Ne?" Mirza'nın kaşları onun anlamsız sözlerine karşılık hafifçe yukarı kalktı.

Seçil fısıltıyla, "Allah'ım!" diye soludu. Eğer hemen bir şeyler yapmazsa arkadaşı kendisini rezil edecekti. Sonra da utançtan kafasını bir yere gömüp ömür boyu orada yaşayacaktı. Hayat gibi her adımını sağlam atıp her söyleyeceği sözden önce o sözün nereye gideceğini durup düşünmeden dile getirmeyen bir kızın, şimdi karşısında annesini kaybetmiş, nereye gideceğini bilemeyen yavru ördek gibi görüntüsü dehşet vericiydi. Şaşkın ördek!

Daha ilk anda onları tanıştırmak isterken, Hayat'ın başını kaldırıp ağzı açık ayran budalası gibi yüzüne bakmasıyla genç adamın gözleri resmen parıltılar saçmıştı. Aslında Tunç, Hayat'ın hayran hayran bakmasından hemen önce gayet asık suratlı görünüyordu. Kızın, ona olan ilgisini çabucak fark ettiğinde ise yüz ifadesi tamamen değişmiş, sert hatlar yumuşamış ve o andan sonra her sözü, her davranışı alay dolu olmuştu. Keşke Hayat da bunu anlayabilseydi. Fakat arkadaşının bunun farkına varabilecek durumu yoktu. Kahretsin! Keşke daha önceden haberleri olsaydı. Eser'e dönüp hafifçe gülümsedi. "Bizim lavaboya gitmemiz lazım!"

Eser anlayışla gülümsedi. "Eşlik etmemi ister misin?" Neden bu derecede acele davrandığını o da anlamıştı. Yine de nezaketen sormuştu.

"Hayır. Teşekkür ederim." Genç kız ayaklandı. "Hayat?"

Arkadaşı bir anda başını kendisine çevirdi. Seçil, *'Komutların girildiği ve buna göre hareket eden bir robot gibi'* diye düşündü. Ne kadar da heyecanlı görünüyordu.

"Evet?" Hayat'ın sesi titrekti.

"Hadi bana eşlik et!" Sözleriyle resmen acele et diye bağırıyordu.

"Nereye?"

Seçil, gözlerini devirmemek için kendisini zor tuttu. "Lavaboya! Hadi."

"Evet. Harika bir fikir!" Genç kızın eli istemsizce saçlarına gitti. Bir anda ayağa fırladı. Aynı anda Tunç Mirza'dan acı bir inleme duyuldu.

Hayat, şaşkınlıkla yüzünü buruşturan genç adama döndü. Telaşla, "Bir yerin mi acıyor?" diye sordu. Seçil, Eser'in bastıramadığı kıkırtısını duydu. Kahretsin!

Mirza, "Ayağım!" diye solurken yüzünü buruşturdu. "Topuğun ayak parmağımı eziyor!" Genç kız ona boş boş bakmaya devam edince, "Hâlâ!" diye tekrar soludu.

"Aman Allah'ım!" Hayat bir anda iki adım geriledi. "Çok özür dilerim. Fark etmedim." Sesi utançtan karga gaklaması gibi çıkmıştı.

"Bunu anlayabiliyorum," dedi genç adam dişlerinin arasından. Ardından kıza zorlukla gülümsedi.

Hayat, bir anda öne atılıp dizlerinin üzerine çöktü.

Seçil içinden kaygıyla, *'Allah'ım. Hayat, ne yapıyorsun?'* dedi.

Hayat dehşet bir üzüntüyle, "Bakmamı ister misin?" diye sordu.

Tunç Mirza, şaşkınlıkla kaşlarını kaldırdı. Büyük elleri hızla kızın omuzlarını buldu. "Ne yapıyorsun?" diye sordu. Yine eğlenir gibi bir hali vardı.

Hayat, "Ben... Çok üzgünüm," diye mırıldandı.

Seçil, genç adamın Hayat'ı baştan aşağıya ağır ağır süzmesini dişlerini sıkarak izledi. Tunç'un gözlerindeki anlamın değiştiğini fark etti. "İyiyim," dedi genç adam güven veren, tok bir sesle. Kızı omuzlarından tutmaya devam ederken ayağa kaldırıp kulağına eğildi. "Arkadaşın seni bekliyor." Bu, Hayat'a yönelik, kısık sesle söylenmişti fakat herkes duymuştu.

Hayat, sanki onun emri altındaki bir asker gibi başını sallayıp bastığı yere dikkat ederek Seçil'in yanına ilerledi.

Seçil, kolunu beline dolayıp Hayat'ı yönlendirdi. Masadan biraz uzaklaştıklarında, Eser'in "İyi misin?" diye sorduğunu duydu.

Tunç Mirza alaycı bir şekilde, "Sanırım ayak parmaklarımdan birini kaybettim," dedi. Ardından iki adam birden kahkahaya boğuldular.

Hayat, Seçil'in kendisini sürüklemesine izin verdi. Başı dönüyordu ve kaybolmuşluk hissi onu terk etmemişti. Heyecandan, kalp atışlarının hızından kulakları uğulduyordu. Bastığı yeri görmüyor, elini kolunu nereye koyacağını bilemiyordu. Seçil, bayanlar tuvaletinin kapısını açıp genç kızı içeriye sürükledi. Sonra, içeride kimsenin olup olmadığını kontrol etti. Şanslarına şükretti. Kimse yoktu! Bir anda şaşkınca, öylece ortada dikilen arkadaşına döndü. "Yemin ediyorum, seni tokat manyağı yapacağım!"

Hayat, bir anda ellerine yelpaze görevini üstlendirerek yanan yüzünü serinletmeye çalıştı. Kalbi hâlâ olması gerekenden çok daha hızlı atıyordu. "Mirza! O! Burada! Bizim masamızda!"

Seçil dişlerinin arasından, "Evet!" dedi. "Rica ediyorum şu adamla ilgili konuşurken, ilahi bir varlıktan bahsediyormuş gibi konuşma."

Hayat, aniden arkasını dönüp aynaya baktı. Ellerini saçlarına götürdü. Sonra kıyafetlerine baktı. "Nasıl görünüyorum?" diye sordu umutsuz bir tonla. "Kıyafetim nasıl? Kahretsin! Makyaj bile yapmadım. Hiç özenmeden giyindim. Çok çirkinim! Ne yapacağım şimdi?"

Seçil, onun omuzlarını kavrayıp kendisine çevirdi. "Önce sakin olacaksın," dedi hiddetle. "Derin nefesler alıp kendine geleceksin. Yoksa böyle davranmaya devam edersen kendini rezil edeceksin." Kaşlarını çattı. "Ayrıca çok güzelsin."

Hayat, neşesizce güldü. "Ne kadar güzel olduğumu ikimiz de biliyoruz." Bir anda ağlayacak gibi oldu ve Seçil'in elinin altındaki omuzları çöktü. "Zaten kendimi rezil ettim. Adamın ayağını ezdim. Fark edene kadar da üzerinde tepindim." Başını kaldırıp tekrar Seçil'in gözlerinin içine çaresizce baktı. "Allah'ım! Hareketlerimi kontrol edemiyorum." Sonra kendine olan kızgınlığıyla yüzü hiddetli bir ifadeye büründü. "Ve dilime de hâkim olamıyorum." Bir elini dudaklarının üzerine sertçe bastırdı.

Seçil, ona şefkatle bakıp çantasını uzattı. "Al bunu. İçinde bir sürü malzeme var. Bana göre harika görünüyorsun ama seni biraz olsun kendine getirmek için oyalayacaktır."

Hayat minnetle, "Teşekkür ederim," dedi. Çantayı mermer tezgâhın üzerine bıraktı. Fermuarını açıp içinden bir ruj çıkardı.

Seçil, kollarını göğsünde kavuşturup, kalçasını tezgâha dayayarak dikkatle makyajını tazeleyen arkadaşının yüzüne baktı. "Şimdi beni dikkatle dinle!" Ses tonu onu uyaracak kadar ciddiydi.

Genç kızın eli gözlerindeki farı tazelerken bir an duraksadı. "Tamam," diye mırıldandı.

"Dediğim gibi önce sakin olacak, kendini rezil etmeyeceksin. Eser, onun erken ayrılacağını, bekleyen kız arkadaşının yanına gideceğini söyledi." Bu sözlerinin arkadaşını etkileyeceğini biliyordu. Nitekim de öyle olmuştu.

Genç kız kaşlarını çatarak başını ona çevirdi. Sırf bir şey söylemiş olmak için, "Öyle mi?" diye sordu.

"Aynen! Ama..." Seçil, derin bir soluk alıp elini alnına götürdü. "Bak! Son anda sana olan bakışlarını hiç sevmedim. Hani sen hangi akla hizmet hareket ettiysen, adamın önünde dizlerinin üstüne çöktüğünde olan bakışlarını."

Hayat'ın omuzları tedirginlikle dikleşti. "Nasıl bakıyordu?"

"Yiyecek gibi. Kesinlikle yiyecek gibi bakıyordu!"

"Ne demek istiyorsun?" Hayat, ellerini yine saçlarına götürüp bariz bir sıkıntıyla kalın buklelerine şekil vermeye çalıştı.

"Çocuk değilsin, Hayat! Ne demek istediğimi gayet iyi biliyorsun. Sakın onun kurlarına kapılayım deme! Sen onun takıldığı kızlar gibi değilsin."

Hayat'ın bir dudağının kenarı yana kaydı. "Umarım yapabilirim," dedi fısıltıyla. Tedirgin görünüyordu. "Kalbim davul gibi!" Başını iki yana salladı. "Kendimi rezil edeceğim." Başı öne düştü. Ardından hızla tekrar arkadaşına baktı. "Belki de eve geri dönmeliyim."

"Saçmalama." Ellerini yine Hayat'ın omuzlarına koyup hafifçe sıktı. "Kendin gibi ol yeter. Kesinlikle rezil olmazsın."

Hayat, "Çok çirkinim," diye sızlandı.

"Bebeğim, şu anda dünyanın en güzel kıyafetini giysen, en iyi makyajını yapsan bile beğenmeyeceksin! Ama ben sana söylüyorum ve sözlerime güven; harika görünüyorsun." Göz kırptı.

"Gerçekten."

Seçil, Tunç Mirza'nın onunla alay ettiğini söylemeye cesaret edemedi. Çünkü söylerse onun hareketlerini kontrol edemeyeceğini tahmin ediyordu. "Hadi bakalım." Güven verircesine gülümsedi. "Sakin olmayı unutma." Hayat'ın fermuarını kapadığı çantasını alıp kapıya yöneldi.

Hayat, arkadaşının arkasından ilerlerken alaycı bir şekilde, "Ben de kalbime söylüyorum aynı şeyi ama beni dinleyen kim?" dedi.

Seçil gülümsedi. Arkadaşı biraz olsun kendine gelmişti.

Hayat, tekrar masalarına dönene kadar derin soluklar aldı. Onlar masaya yanaştıklarında iki erkek de ayaklanıp kızların oturmasını beklerken öylece kaldılar. Genç kız başını, hemen yanına rahat bir tavırla oturan adama çevirdi ve onun kendisine baktığını gördü. Göz bebekleri genişlerken yüz ifadesi boşaldı. Kalp atışları yine atış hızını değiştirdi. Bayılacak ve kendini rezil edecekti. Sonra bir anda aklına onun kız arkadaşının yanına gideceği gerçeği düştüğünde, bu gerçeğe sıkıca tutundu. Yutkundu. Boğazını temizledi. Kaygıyla, "Ayağın nasıl?" diye sordu.

"İyi." Alçak, derinden gelen sesi genç kızın teninin üzerinde gezindiğinde irkilmemek için kendini zor tuttu. "Ama ayak parmaklarım için aynı şeyi söyleyemem." Genç adam sevimlice yüzünü buruşturdu.

Hayat'ın yüzü suçluluk duygusuyla gerilince genç adamın gözleri aniden parladı. Sanki onun bu halinden zevk alıyor gibi görünüyordu. Ah! Onunla uğraşıyordu.

Genç kız, "Çok üzgünüm," diye mırıldandı. Sesi de oldukça üzgündü.

Mirza, ona doğru eğildi. Kolunu genç kızın omzunun üzerinden uzatıp oturdukları koltuğun arkalığına koydu. "Sadece seni telaşlandırmak istiyorum," dedi kısık bir sesle.

Hayat'ın duruşu, onun yakınlığıyla dikleşti. "Neden?" diye fısıldadı.

"Belki suçluluk duygusuyla, daha sonra yapacağım dans teklifini kabul edersin diye." Göz kırptı.

Hayat gülümsedi. "Bunu kabul etmek için suçluluk duygusuna ihtiyacım yok." Gülümseyişi sol yanağındaki çukuru belirginleştirince adamın gözleri bu çukura kaydı.

"Gamzen var!" Genç adamın kaşları hafifçe kalktı.

Hayat, biraz daha iyi hissediyordu. Kalp atışları hâlâ anormal derecede hızlı olsa da bunu görmezden gelebiliyordu. Gamzesinden nefret etmesi, adamın da bu gamzeye dikkatini vermesi heyecanından biraz daha sıyrılmasına neden oldu. Yüzünü buruşturdu.

Genç adam şaşkınlıkla, "Ne?" diye sordu.

"Görmezden gel!" Genç kız bir ayağını diğerinin üzerine attı.

"Gamzeni mi?" Başını iki yana salladı. "Yüzünü böyle baş döndürücü bir ifadeye bürüyen o küçük çukuru görmezden gelmem imkânsız!"

Hayat gözleri irileşirken sordu. "Şaka yapıyorsun?"

"Kesinlikle çok ciddiyim." Genç adam doğrulup kendi aralarında konuşmaya dalan diğer iki kişiye baktı. "Ne içiyoruz?"

Hayat, bu kısa anı onu baştan aşağıya süzmek için değerlendirdi. Her zaman rahat kot pantolonlar, üzerine giydiği tişört ve gömleklerle görmeye alıştığı adamı takım elbiseyle görmek onu şaşırtmıştı.

Onun gazete ve dergilerde ara sıra çıkan haberlerini -tabii ki!- takip ediyordu. Fazla medyatik biri değildi. Muhtemelen magazine haber olmaktan dikkatle kaçınıyordu. Fakat genç kız bu haberleri her gördüğünde deli gibi mutlu oluyor, bulduğu her fotoğrafı bir defterde topluyordu. Her sayfasına o günün tarihini atıyor, onun hakkında ya da resimdeki görünüşüyle ilgili yorumlar yazıyordu. Koca defterin sayfalarının bitmesine birkaç sayfa kalmıştı ve bu gidişle yeni bir *'Tunç Mirza Yiğit'* albümü yapacaktı. Kapaktaki ismi muhtemelen yine koca bir kalp süsleyecekti.

Onun hakkında edindiği bilgiye göre iş dışında takım elbise giydiği zamanlar yok denecek kadar azdı. Ancak her ne giyerse giysin taşımasını biliyor, muhteşem görünmeyi başarıyordu.

Genç adam bir anda başını ona çevirdi. Hafif bir gülümsemeyle, "Sen?" diye sordu. Hayat, yine onun kendisine olan dikkatli bakışıyla donup kaldı. Yüzünü boş bir ifade kaplarken göz bebekleri büyüdü. Soru neydi? Mirza, başını iki yana sallarken kıkırdadı. Bir elini kızın çenesine uzattı. Parmakları hafifçe teninde dolaşırken kıza doğru eğildi. "Tercihim senin için uygun mudur?" Göz kırptı. Hayat, neyi onayladığını bilmeden başını salladı. Adam gülümseyerek parmaklarını çenesinden ayırdı. Temasın ani kesintisiyle genç kızın yüzü farkında olmadan asıldı.

Siparişlerini verdiler. Eser ve Seçil'in tercihi votkadan yanaydı. Mirza, viski içtiği için Hayat da sevmediği halde ona eşlik etmişti. Garson siparişlerini getirmeden hemen önce Mirza üzerindeki ceketi çıkarmak için ayaklanıp kızın hemen yanında kule gibi dikildi. Hayat, gözlerini bir saniye için bile adamın üzerinden alamıyordu. Başka bir yere bakmak aklının ucundan bile geçmiyordu. Mirza, ceketini çıkarıp boşta kalan koltuğun üzerine fırlattı. Gömleğinin yakasından bir düğme daha açıp, kollarını dirseklerine kadar kıvırırken bedenine oturan gömleğin kumaşı şişkin kollarının üzerinde tel gibi gerildi. Ve Hayat'ın nefesini kesti. Tepkisi karşısında yakıcı, kehribar renkli sıvıyı birkaç yudumda bitirdi.

Aynı anda Mirza, yanındaki yerini almıştı. Sır verir gibi kulağına eğilerek, "Şişt! Hızlı gitmek yok!" dedi.

Yine de genç kızın içkisini tazelemesi için bir baş hareketiyle garsona işaret etti. Hayat, daha dikkatli olarak tazelenen içkisinden sadece bir yudum aldı. Çünkü başı hafifçe dönmeye başlamıştı. Alkole alışık olmayan bünyesinde sıvı etkisini çabuk göstermişti. Her ne kadar gevşemesine fena halde katkısı olsa da sarhoş olmayı göze alamazdı. Allah korusun, sonra adama ilan-ı aşk ediverirdi!

Mirza ilgili bir tonla, "Demek üniversite için buradasın?" diye sordu.

Hayat, aniden onun kendisine daha yakın durduğunu fark etti. "Nereden biliyorsun?" Kaşları şaşkınlıkla havaya kalktı.

"Eser söyledi." Genç adam omuz silkti. Rahat bir tavırla arkasına yaslanmış, bir kolu genç kızın hemen arkasında, koltuğun sırtlığına uzanmıştı. Kolunun ısısı, genç kızın tenini karıncalandırıyordu.

"Evet," diye mırıldandı.

"Hangi bölüm?"

"Ziraat mühendisliği."

Genç adam beğeniyle dudaklarını büzerek, "Güzel," dedi. "Bildiğim kadarıyla üniversiteler öğretime ara verdiler. Yaz okulunda kalmanın bir nedeni var mı?"

Hayat, adamın alçak sesiyle sorduğu soruların ve onu ustaca sohbete çekmesinin, gevşemesine neden olduğunu fark etti. Muzırca sırıttı. "Bir dersten kaldım!" *'Senin yüzünden!'* diye ekledi iç sesi.

"Acaba neden gözlerindeki bakış, bunun altında bir şey yattığını ima ediyor gibi geliyor." Mirza, hafifçe gülümsedi. Parmaklarının arasında sağa sola çevirdiği kadehten hızlıca bir yudum alıp tekrar kızın gözlerinin içine ilgiyle baktı. Genç kızın yüzü düştü. "Ne?" diye sordu genç adam onun sevimli yüz ifadesine karşılık.

"Bu gidişle asla o dersi geçemeyeceğim!"

"Elbette geçersin. Normal böyle şeyler." Genç adamın sesi yüreklendirircesine bir perde daha yükselmişti.

"Bir de onu babama anlatmak lazım! Sonunda, ya kulağımdan tutup beni kitaplarıma gömecek ya da gerçekten bacaklarımı kıracak!"

Mirza'nın yüzündeki hafif tebessüm bir anda silinirken gözlerindeki eğlenceli bakışın yerini buz gibi bir öfke aldı. Hayat eğer bunu gözleriyle görmeseydi bir insanın gözlerinin bu kadar soğuk bakabildiğine inanmazdı. Değişimin hızı başını döndürerek kalbini titretti.

"Sana karşı şiddet mi uyguluyor?" Sakin sesi tüyler ürpertici bir soğuklukla sarmalanmıştı.

Hayat, başını iki yana sallayıp titrekçe güldü. "Allah'ım! Hayır." Yüzü şefkat ve özlemle gölgelendi. "Dünyanın en iyi ve şefkatli babalarından biridir. Sadece sert görünmeye çalışıyor. En azından ben gülümseyene kadar..." Gülümsedi ve gamzesi ortaya çıktı. Mirza'nın yüzünden bir saniye olsun gözlerini ayırmadığı için yine o ani değişimi fark etti. Öfkenin, yerini muzip parıltılara bırakmasını izledi. Yine aniden derinleşen bakışları kızın gamzesine kaydı. Bir eli havalanarak, işaret parmağının ucu hafifçe gamzesine dokundu.

Derinden gelen sesiyle, "Tahmin edebiliyorum," dedi.

Temas genç kızın midesini aniden düğümlemiş, adam elini çektiğinde ise bünyesini bir boşluk hissi sarmıştı. Derisi üşümüş gibi kabardı ve bir süre de öyle kaldı.

"Siz ikiniz, bizi unutmuş gibi görünüyorsunuz." Eser'in yüksek perdeden sesi iki gencin birbirine kitlenen gözlerinin temasını aniden kesti. Hayat, içkisinden çabucak bir yudum daha aldı. Boğazı onu rahatsız edecek kadar kurumuştu. Eser ve Mirza, işleri hakkında kısa bir sohbete girdiklerinde, iki genç kız göz göze geldiler. Seçil göz kırptı. Karşılık olarak da bir gülücük kazandı.

Mirza, sanki genç kızın dudaklarının hareketini duymuş gibi başını aniden çevirip keskin bakışlarını gözlerine dikti. Kızın belkemiğinden yukarı sıcaklıkla gelen bir titreme, bu bakışa karşılık verdi.

Genç adam alçak sesle "Bence dans etmeliyiz," dedi. Ve kızın gözlerinin içine, sanki dünyadaki tek kız oymuş gibi baktı.

Hayat, "Ta... Tabii," diye mırıldandı.

Adam, *'Bence on katlı bir binanın çatısından atlamalıyız!'* demiş olsaydı, genç kız biliyordu ki ona da o anda *tamam* derdi. Mirza teklifsizce eline uzanıp, onu da kendisiyle birlikte ayağa kaldırdı. Parmaklarını kızın parmakları arasından geçirip dans pistine doğru yürüdü.

Hayat bir kukla gibi, yine havada yürüyerek -o gece ayaklarının yere basması olanaksızdı-sorgusuzca peşi sıra ilerledi. Kalabalık pistin kıyısında durdular. Mirza döndü. Yine teklifsizce kolunu beline dolayıp hafifçe çekerek onu kendi sert bedenine bastırdı. Orkestra müziğin ritmini alçaltırken, Hayat rüya âleminde gibi ona doğru çekildi. Farklı bir sıcaklıkla, sanki birbirlerini uzun yıllardır tanıyorlarmış gibi bedenlerinin birbirlerini yadırgamamasına, böylesine uyum sağlamasına şaşırdı. Farkında olmadan kollarını adamın boynuna doladı. Mirza, onun gözlerinin içine sanki aklından geçen her düşünceyi biliyormuş gibi bakıyordu. Kızın samimi hareketine karşılık olarak diğer elini de beline dolayıp kızı tamamen kendi bedenine yapıştırdı.

Eğer erkek bedeni hakkında gerçekten yeterli bir bilgiye sahip olsaydı ya da adamın gözlerinin içinde boşluğa düşmüş gibi kendinden geçmeseydi, midesine baskı yapan sert uzantıyı fark eder, bünyesi tehlike sinyallerini beynine yönlendirirdi. Hayat da en azından araya biraz olsun mesafe koyabilirdi. Mirza'nın nazik elleri belinden aşağıya hafifçe kayıp kalçasının üzerinde sabitlendi. Tanışmalarının üzerinden yarım saat geçmediği halde ona böylesine yakın davranmasını terslemek, genç kızın aklının ucundan bile geçmedi.

Genç adam, başını hafifçe ona doğru eğip bir nefes çekti. Sonra dudaklarının yönü kulağını buldu. Adamın nefesi kulağını süpürüp geçtiğinde Hayat'ın bedeni titredi.

Mirza, "Sır saklayabilir misin?" diye fısıldadı. Başını tekrar geriye çekip hafifçe yana eğerek, kısık gözleriyle gözlerine baktı.

"Sa... Sanırım."

Genç adam, kızın titrek mırıldanması üzerine kıkırdadı. "Demek sanıyorsun!"

"Sanmıyorum. Eminim." Hayat'ın cevabı telaşlı olmuştu.

"Güzel." Genç adamın dili dudaklarını yaladığında, Hayat'ın gözleri bu harekete kısa bir süre takılıp çabucak bakışlarına döndü. Genç adamın koyulaşan gözlerindeki derin bakış, sırtından aşağıya bir sıcaklık yaydı.

Mirza, derince aldığı nefesini verirken omuzları kalkıp indi. "Sanırım içmem gerekenden çok daha fazlasını tükettim ve fena halde sarhoşum."

Hayat, ne beklediğini bilmese de böyle bir şey beklemediği için kaşları şaşkınlıkla havalandı. Sarhoş görünmüyordu. Aslında gayet aklı başında, yakışıklı, yakışıklı ve yakışıklı görünüyordu. Mirza, onun tepkisine yine kıkırdadı.

"Ve buna ek olarak, baş dönmem sana baktıkça daha da artıyor. Çifte sarhoşluk az sonra sendeleyerek yürümeme neden olacak! Kendimi tanıyorum, inan bana."

Genç adamın sözleriyle, Hayat'ın yüzüne utançla ve heyecanla kan hücum etti. Resmen ona kur yapıyordu! Tam olarak nasıl cevap vereceğini bilemediği için fısıltı gibi bir tonla, "Öyle mi?" dedi.

"Öyle!" Mirza burnunu çekti. "Ve bu durumuma şiddetli bir katkıda bulunduğun için kendimi rezil etmeden önce beni bu mekândan çıkarman gerekiyor."

Genç kız sözlerinden bir anlam çıkaramayarak, "Ne?" diye sordu. Neye katkıda bulunmuştu?

Mirza, onun şaşkın yüzüne bakarak gülümsedi. Fakat sonra aniden ciddileşti. "Durumumun ciddiyetinin suçlusu sensin!"

"Ben mi?"

"Sen!" Onaylayarak başını salladı. "Eğer biraz daha içmeye ve sana bakmaya devam edersem, dilim dolanarak sana methiyeler düzeceğim. Seninle bu şahane sıcaklığı paylaşmak için tekrar dans etmek isteyeceğim ama ayakta duramayacağım için ikimizi de rezil edeceğim."

"Ahh." Genç kız tepeden tırnağa tekrar kızardı.

"Bana yardım etmek zorundasın." Mirza'nın sesi kısık fakat etkiliydi.

Hayat, onu taşıması mı gerektiğini yoksa adamın tamamen başka bir şeyden mi bahsettiğini anlamayarak onayladı. "Şey. Evet... Tabii... Madem benim yüzümden."

"Kesinlikle senin yüzünden!" Adamın sesinde suçlayıcı bir tını vardı. Yine aniden ciddileşerek, "Hımm," dedi. "Saçların çok güzel kokuyor."

"Benim mi?"

Mirza, gülmemek için dudaklarını birbirine bastırdı, sonra kıkırdamasını bir öksürüğe çevirmeye çalıştı. Başaramadı. Ardından gülümseyerek, "Senin," dedi.

Hayat adamın sözlerine şaşırırken, "Saç kremim," diye açıkladı.

Mirza başını arkaya atarak bir kahkaha attı. "Aman Allah'ım!" Hâlâ gülmeye devam ediyordu. "Sen bu gece karşıma nereden çıktın böyle?"

"Kötü mü?"

"Hayır. Kaderime bir şükür borçluyum." Hayat'ın dişleri alt dudağını kemirdiğinde adamın gözleri harekete odaklandı. İstemsizce kızı kendisine biraz daha bastırdı. "Bence tam şu anda, beni bu feci durumumdan kurtarman gerekiyor!"

Genç kız boğukça söylenen sözcüklerdeki çifte anlamı fark etmediği için ciddiyetle konuştu. "Tabii. Yardımım dokunacaksa..."

"Hem de nasıl! Tahmin bile edemezsin."

Mirza, kollarını belinden ayırmadan danslarına son vererek ve onu önüne katarak masalarına yönlendirdi. Masaların bulunduğu platforma çıkan iki basamağı tırmandılar. Hayat görevine odaklanmış bir kumandan gibi bastığı her adıma dikkat ediyordu. Adam tek kolunu belinden ayırmadan onun çantasına uzanıp kıza uzattı. Hayat çantasına sıkıca tutundu. Heyecandan çantayı öyle bir kavramıştı ki parmak boğumları beyazladı.

Mirza, kendi ceketini de alıp tek omzuna atarken, Seçil kaşlarını çatarak sordu. "Bir yere mi gidiyorsunuz?"

Hayat başını sallarken, Mirza hafif bir gülümsemeyle Seçil'e döndü. "Siz kumruları baş başa bırakıyoruz ve biraz hava almak için dışarı çıkıyoruz." Hayat, onun ses tonunda belli belirsiz bir uyarı tınısı sezdiğinde arkadaşına baktı. Seçil'in gözlerinden ateş çıkıyordu. Uzun süre birbirlerine meydan okuyarak baktılar. Sonunda Seçil ayaklandı.

"Bizim Hayat'la konuşmamız gerekiyor!" dedi uyarı dolu bir tonla. Elini Hayat'a uzattı. Genç kız başını sallayıp uzanan eli tutmak için harekete geçti. Mirza'nın, Hayat'ın karnının üzerinde duran ve bedenindeki tüm sıcaklığı bu noktada toplayan elinin baskısı artarak kızı bedenine yasladı.

Genç adam kalın, kararlı sesiyle, "Hiç sanmıyorum, tatlım," dedi. "Arkadaşınla daha sonra konuşmalısın çünkü onu kaçırıyorum."

Seçil, "Ama..." diyecek oldu fakat Mirza daha erken davranarak çoktan masayı arkalarında bırakmış, çıkışa doğru ilerlemeye başlamıştı. Hayat, başını çevirip Seçil'in endişeli gözlerinin içine baktı. Elini havaya kaldırarak hafifçe salladı. Seçil, başını iki yana sallayarak yerine oturdu. Ancak öfkeli gözlerini Mirza'nın sırtından ayırmadı.

Sonunda hiddetle Eser'e döndü. "Neden onlara izin verdin?"

Eser, şaşkınlıkla kaşlarını kaldırdı. "Sevgilim, ikisi de yetişkin insanlar. Sence karışmam biraz saçma olmaz mıydı?"

"Lanet olsun! Hiçbir şey bilmiyorsun."

Seçil onları yakalayabilmek için ayaklandığında Eser'in parmakları genç kızın kolunu kavradı. "Lütfen! Tunç, nerede nasıl davranması gerektiğini bilen bir adam."

Seçil kaşlarını çatarak oturdu. Öfkeyle, "Tabii," dedi. "Mutlaka biliyordur!" Hırsla çantasına uzanıp, içinden telefonunu çıkardı. Hayat'ın numarasını tuşladı. Tabii ki arkadaşı cevap vermedi. Gece çıktıklarında telefonu her zaman sessize alırlardı. Hayat'ın telefonuna bakmayı aklına getiremeyeceğine emindi. Yine de bir mesaj çekti.

Seçil: *Çok geç olmadan eve dön!*

2. Bölüm

Hayat'ın gözleri yere kilitlenmiş, kalbi ağzında atıyordu. Parmaklarını kendi parmakları arasından geçirip elini sıkıca kavramış olan -buna inanmakta hâlâ güçlük çekiyordu- adamın onu yönlendirmesine izin veriyordu. Allah'ım! Dizleri titriyordu. Mekândan çıktıklarında müşteriler için kullanılan otoparkın yerine, yapının karanlıkta kalan yan tarafına doğru yönelip küçük bir yürüme yolundan arkaya doğru ilerlediler. Işıklandırılmamış küçük yol oldukça karanlıktı. Hayat, bir an bastığı yeri göremedi ve çakıl taşlarıyla süslenmiş yolda hafifçe sendeledi.

Mirza hafifçe gülerken, "Dikkat et!" dedi. Bir an durdu, kızı elinden çekip bedeninin önüne geçirdi. "Sarhoş olan sen misin, ben mi?" diye mırıldandı alayla. Eğer adamın eli, iç organlarına yer değiştirtecek kadar nazik bir dokunuşla sırtından karnına kayarak onu bedeninin önüne yaslamasaydı, Hayat sözlerine cevap vermek isterdi. Keskin bir nefes çekti. Sonra kulağının hemen dibinde Mirza'nın kahkaha kokan sesini duydu. "Böylelikle seni düşmeden sıkıca tutabilirim." Tekrar yürümeye devam ettiler.

Mirza elini tutmayı bıraktığı için, genç kız da o eli ne yapacağını bilemediği için iki eliyle de sıkıca çantasını kavradı. Adamın diğer eli ise omzuna atılmış ceketine askılık görevi yapıyordu. Mekânın hemen arka kısmına geldiklerinde tekrar aydınlığa çıktılar. Genç kız, dört köşesinde parlak ışık yayan sokak lambalarıyla ışıklandırılmış başka bir otoparka girdiklerini fark etti.

Genç adam, "Burası personele ait otopark," diye bildirdi. "Gazetecilere yakalanmamak için en iyi çözüm."

Hayat, "Anlıyorum," diye mırıldandı.

Otoparktaki çeşit çeşit marka ve renkteki arabaları tek tek geçtiler. Ve ilk bakıldığında cipi andıran ama kesinlikle cip olamayacak kadar büyük, bir canavara benzeyen, gece gibi simsiyah, kasası camsız bir kabinle kaplanmış, büyük -oldukça büyük- çift kabinli bir GMC marka kamyonetin önünde durdular. Mirza, belini serbest bırakıp parıldayan gözlerle ona baktı. Hayat, arabaya -canavara- tamamıyla bakabilmek için başını geriye attığında soluğu kesildi. Kesinlikle kocaman patileri olan -çünkü lastikler devasaydı- dev bir canavara beziyordu.

Adam, "O kadar da ürkütücü değil," diye mırıldandı.

Hayat, şaşkınlıkla ona döndü. "Buna binebilmek için iki kişi lazım." Güldü. "Basamağı belime geliyor."

Sözleri genç adamı güldürdü. Ardından ciddiyetle, "Ehliyetin var mı?" diye sordu.

"Benim mi?"

"Tatlım, bu gece tüm sorularım, ilgim ve bakışlarım sadece sana yönelik. Lütfen artık *'Ben mi?'*" -genç kızın abartılı bir taklidini yaptı- "diye sorup durma."

Adamın kendisini alaya almasıyla Hayat'ın kaşları hafifçe çatıldı. "Normalde bu kadar aptal değilim."

Mirza şefkatle gülümsedi. "Ne kadar aptalsın?"

"Normalde aptal değilim." Hayat, bir şekilde homurdanmayı başarabildiğinde adam kıkırdadı.

"O zaman soruma cevap ver. Ehliyetin var mı?"

"Evet."

"Güzel." Mirza pantolonunun cebinden anahtarları çıkarıp havada tuttu. "Sarhoşum derken gerçekten sarhoş olduğumu kast etmek istedim."

Hayat'ın gözleri irice açılarak büyük kamyonet ve anahtarlar arasında mekik dokudu. Mirza tepkisine yine güldü. "Eğer ben kullanırsam kaza yapmamız veya ehli-

yetimin elimden alınması işten bile değil." Genç kız kaygıyla adamın ışıldayan gözlerinin içine baktı. "Bunun için arabayı senin kullanman gerekiyor."
"Benim mi?"
"Benim mi?" Mirza yine gülerek onun taklidini yaptı.
Bu, Hayat'ın öfkelenmesine neden oldu. Kaşlarını çatarak anahtarlara baktı. Can güvenliklerini bir sarhoşa -ki bu konuda ciddi görünüyordu- emanet etmektense kendisi kullanmayı tercih ederdi. Araba kullanmak hakkındaki deneyimi birkaç kereden fazla olmasa da, bu ona daha mantıklı gelmişti. Anahtarlara uzanıp aldı ve onu geçerek sürücü tarafına ilerledi. Mirza'nın çakıl taşları üzerinde çıkardığı sesleri duyduğunda dönüp arkasına baktı.
Genç adam onu takip ederek, "Devam et," dedi.
Genç kız sürücü tarafındaki kapının önüne yaklaştı. Mirza, onu geçip kapıyı açtı; bir anda kızı belinden tutup kaldırarak ve onun çığlık atmasına neden olarak sürücü koltuğuna yerleştirdi. Genç adam kızın şaşkınlığı üzerine küçük bir kahkaha attı.
Mirza tekrar arabanın etrafından dolanırken, Hayat yolcu koltuğuna çantasını fırlattı. "Ne kadar zor olabilir ki?" diye mırıldandı.
Anahtarı kontağa yerleştirdi. Beyni karman çorman karelerden oluşan direksiyon derslerindeki anılarla dolmuşken, içlerinden bir tanesini net olarak hatırlamaya çalışıyordu. En azından arabaların nasıl çalıştırıldığını hatırlıyordu. Allah'a şükür! Mirza yanındaki koltuğa yerleşip kızın çantasını ve ceketini kucağına alırken, Hayat motoru çalıştırdı. Araç gürültüyle homurdandığında savaşır gibi omuzlarını dikleştirdi. Allah'a dualar yakararak vitese uzandığında Mirza'nın homurdandığını duydu.
Genç adam aniden ona uzanıp yüreğini ağzına getirdi. Hayat elinin ani hareketiyle oturduğu koltukta arkasına yapışarak keskin bir soluk aldı. Mirza, onun bedeninin önünden emniyet kemerine uzanıp çekti. Başı genç kızın

bir santim ötesinde duruyor, gözlerini kapamak istemesine neden olacak kadar da güzel kokuyordu. Koltuğunda dikleştiğinde Mirza, kısa -çok kısa- bir an duraksayıp tokayı yerine yerleştirdi. Ardından başını kaldırıp genç kıza göz kırptı ve doğrularak koltuğunda arkaya yaslandı. Hayat'ın uyarı çanları o anda deli gibi çınlamaya başladı. Mirza, onun bir anda boşalan yüz ifadesine kıkırdadı. Uzanıp elinin tersiyle yanağını okşadı. "Hareket edecek misin, yoksa geceyi burada mı geçireceğiz?" Alçak tınılı sesi kızın kulaklarından içeri süzüldü, bedeninde dolandı ve aklını başından aldı. Bir anda önüne dönüp iki eliyle birden direksiyona yapıştı.

"Şey... Edeceğim."

"Ne edeceksin?" Sesi yine kahkaha kokuyordu.

Hayat, hayıflanarak o akşam rezillikte daha ne kadar ileri gidebileceğini düşündü. "Hareket edeceğim." Yutkunarak aklını başına toplamaya çalıştı. "Bu şey çok büyük! Sarhoş olmamanı dilerdim." Titrek ellerle koltuğunu ayarladı. Sonunda gerçekten hareket edebildi. Yoğun bir dikkatle otoparktan çıkmayı ve ana yola girmeyi başardı.

Genç adam, "Normalde bu kadar sarhoş olmam," diye mırıldandı.

"Ne kadar sarhoş olursun?" Hayat gözlerini yoldan bir saniye bile ayırmaya cesaret edemiyordu.

Genç adamın güldüğünü duydu. "Normalde sarhoş olacak kadar alkol tüketmem." Derin ve bıkkın bir nefes çekti. "Sanırım öncesinde canımı sıkan şey, kendi sınırımı aşmama neden oldu."

Sohbet, kızın gerginlikten taş gibi sertleşmiş bedeninin biraz olsun gevşemesini sağlıyordu. "Canın neden sıkkındı?" diye sordu. Sağ şeride geçip usulca o şeritte ilerlemeye devam etti.

"Seni ilgilendiren bir şey olmadığına eminim." Adamın sesi buz sütununu andıracak kadar soğuktu. Neşeli ve esprili halinden buz gibi bir havaya geçiş, kızı sarstı.

Yutkunurken tepeden tırnağa kızardı. Ne bekliyordu ki? Onun oturup kendi dertlerini Hayat'a anlatmasını mı?

"Şey... Evet. Elbette," demeyi başarabildi zorlukla.

Mirza, bir süre sessiz kaldı. Ardından güldü. "Bana çok kaba bir insan olduğumu söylemeyecek misin?"

Hayat'ın kafası karışarak kaşları derinleşti. Ciddiyetle, "Öyle söylemeni mi istiyorsun?" diye sordu.

"Bilmem. Genelde öyle olur." Genç adam omzunu silkti.

"Bence kaba olduğunu bilmen de iyi bir şey." Hayat da omuz silkti.

Mirza kıkırdadı. Genç kız onun hareketlenerek duruşunu değiştirip kendisine döndüğünü fark etti.

Adam, "Garip bir kızsın," dedi. Mirza'nın dili mi dolanmıştı?

Hayat dilini tutamadan sordu. "Kötü mü?"

"Hayır." Genç adam burnunu çektiğinde, Hayat bunun bir alışkanlık olduğunu tahmin etti. Daha sonra Mirza, "Sevimli," diye ekledi.

Hayat, gülümsemesini gizlemek ve kalbinin yüksek perdeden ötüşünü ona duyurmamak için iki eliyle birden yapıştığı direksiyona doğru belini büktü. Gözlerini bir saniye bile yoldan ayırmamıştı. "Nereye gidiyoruz?" diye sordu.

"Ortaköy'e."

"Ortaköy'de nereye?"

"Daireme!" Hayat'ın gözleri irice açılırken içine sertçe bir soluk çekti. Mirza, onu duymamış gibi konuşmaya devam etti. "Bana bir kahve sözün vardı." Ses tonu oldukça ciddi geliyordu. Genç kız, dönüp ona bakmak istedi fakat kaza yapmaktan korkuyordu. Gerçi kaza yapsalar bile bu tank gibi arabayla önlerine çıkan her arabayı ezebilirlerdi.

"Öyle mi?" dedi titrek bir sesle. "O sözü hiç hatırlamıyorum."

"Ben de." Adamın omuz silktiğini fark etti. "Ama ver-

miş olmalıydın. Sonuçta senin yüzünden sarhoş oldum."
Kısık sesinde hafif bir suçlama tınısı vardı. Yine dili biraz sürçmüştü.

"Biraz önce çok içtiğin için sarhoş olduğunu söylemiştin."

"Ama başım seni gördükten sonra dönmeye başladı."

Hayat bu defa gülümsemesini bastıramadı. Bir süre sessiz kaldılar. Genç kız, onun bakışlarının kendisine yoğunlaştığını görmekten çok hissetti. Adama hızlı bir bakış atıp tekrar önüne döndü.

"Neden bana öyle dik dik bakıyorsun?" diye sordu.

Genç adam sabit duruşunu korudu. "Dik dik mi bakıyorum?" Mirza'nın sesi buna gerçekten şaşırdığını belli ediyordu.

"Evet."

"Farkında değildim. Düşünüyordum."

"Neyi?"

"Bu kadar güzel olmanın diğer dişilere ve birçok erkeğe haksızlık olduğunu!"

Hayat, bu yoruma karşılık hiçbir şey söyleyemedi. Fakat bir ton daha kızarıp, vitesi küçültürken elleri titredi.

Mirza merakla, "Neden kaplumbağa gibi ilerliyoruz?" diye sordu.

"Çünkü kaza yapmaktan korkuyorum."

"Peki, neden direksiyona sarılmak istermiş gibi duruyorsun?"

"Aynı nedenden." Genç kız omuz silkti. Bu en azından kayıtsızmış gibi görünmesini sağlıyordu ya da Hayat öyle olduğunu düşünüyordu. Fakat Mirza oturduğu koltukta dikleştiğinde pek de başarılı olamadığını fark edip titrek bir nefes aldı.

Genç adam, "Ehliyetim var dedin!" diye soludu.

"Ehliyetim var dedim. Tecrübem var demedim."

"Aman Allah'ım!" Mirza gözlerini yola dikti. "Neden kullanmayı kabul ettin o zaman?"

Hayat, onun ses tonundan endişeli mi yoksa öfkeli mi olduğunu anlayamadı. Zaten heyecanla sakarlaşan hareketleri bu belirsizlikle daha da beter olmaya doğru ilerliyordu. "Çünkü sen sarhoş olduğunu söyledin! Ben de can güvenliğimizi sana emanet etmektense kendime güvenmeyi tercih ettim." Sözleri dudaklarından telaşla ve hızla dökülürken kelimeleri birbirine karışmıştı.

Mirza'nın ona dikkatle baktığını hissedip yutkundu. "Bir trafik canavarına arabamı ve canımı kendi ellerimle teslim ettim!" Genç adam hafifçe gülerek başını iki yana salladığında ve rahatlatan sakin ses tonunu duyduğunda genç kızın gerginliği biraz olsun azalmıştı.

Hayat, canavar olanın bu devasa araba olduğunu söylemek istedi fakat son anda dilini tutmayı başarabildi. Hayret! Bu akşam dilini gerçekten tutabilmişti. Bu bir artı puandı.

Bir telefon melodisi kısa süreli sessizliği böldü. Mirza, ceketinin cebine uzanarak telefonunu çıkardı. Bir süre öylece telefona baktı. Sonra elinde telefonu çevirmeye başladı. Sonunda renksiz bir tonla cevap verdi. "Evet?"

Hayat, hattın diğer ucundaki kişinin ne söylediğini duyamıyor olabilirdi ama kesinlikle bir kadınla konuştuğunu anlamıştı. Sebepsizce -ya da belki sebebi vardı fakat o anda kabul etmek istemiyordu- bedeninden bir öfke dalgası geçip gitti.

Genç adam, "Doğru anlamışsın!" dedi. Telefonu kapatıp tekrar yerine, ceketinin cebine attı.

Burnunu çekti. Genç kız, onun derin ve bıkkın bir soluk aldığını duydu. "Sanırım arkadaşın seni tuvalete kaçırırken kız arkadaşımdan ayrıldım." Mirza'nın sesindeki şaşkınlığı fark edebilirdi. Ancak sözlerine verdiği tepki öyle büyüktü ki bunu fark edemedi. Direksiyonu aniden, bilinçsizce sola kırdığında, Mirza ani bir refleksle uzanıp, direksiyonu tuttu ve arabayı sabit konuma getirdi. "Sakin ol güzellik," dedi kısık bir sesle. Sonra güldü. "Bırakıyorum," diye fısıldadı.

"Ne... Neyi?"
Mirza yine kıkırdadı. "Direksiyonu."
"Şey... Tabii."
Mirza, başını geriye çekerken burnu kızın ipeksi saçlarına sürtündüğünde, hareketi aniden durdu. "Sen yola bak ve sakin ol," diye fısıldadı. Nefesi kızın saçlarını hafifçe havalandırdı, aralarından süzülüp boynuna değerek tenini gıdıkladı.

Hayat, ürperdi. Soluk gibi bir sesle, "Ne için?" diye sordu.

Genç adam yine, "Yola bak!" diye fısıldadı. Bir eli genç kızın saçlarını usulca arkaya doğru savurdu. Ağır ağır yüzüne eğildi. Hayat'ın kalbi mutlaka yerinden çıkmış olmalıydı. Çünkü artık attığını sanmıyordu. Dudakları kızın teninin üzerinde tüy gibi bir dokunuşla gezindi. Hayır, Hayat'ın kalbi bir yere gitmemişti. O anda kaburgalarını yarmaya çalışıyordu. Genç adam, önce çenesinin kıyısına sürttü dudaklarını, ardından usulca tam kulağının altına... Genç kız, gürültülü nefesler almaya başladığında tenindeki dudakların gülümsediğini hissetti. Gaza bastığında araba sarsıldı. Tenindeki dudakların baskısı aniden kayboldu. Mirza'nın ne zaman doğrulduğunu hatırlamıyordu bile.

Ona bakmaya cesaret edemiyordu. Muhtemelen sırıtıyor olmalıydı. Hayat, bunu görüp canını sıkmak istemiyordu. Arabadaki sessizlik, Mirza yolu tarif edene kadar sürdü. Dairesinin bulunduğu binanın kapalı otoparkına geldiklerinde Mirza, daha genç kız motoru durdurmadan kapısını açık bırakarak indi. Arabanın etrafından dolaşıp kızın kapısını açtı. Emniyet kemerini çıkardı. Kızın ince belini büyük elleriyle kavrayarak onu arabadan indirdi. Kontağa uzanıp anahtarı çıkardı, cebine attı ve kapıyı kapadı. Hayat'ı da önüne katarak diğer tarafa geçti. Ceketini, kızın çantasını alıp kapıyı kapadı. İkisini de aynı elinde tutarak ceketi omzuna attı. Ve asansöre doğru ilerledi.

Bir ara duraksadığında Hayat'ın bakışı onun sersemlemiş yüzünü buldu. Güçlü spot ışıklarının altında gözleri fazlasıyla parlak görünüyordu. Gözlerini kırpıştırıp bir adım daha attı. Bir adım daha ve sendeledi. Dudaklarından kısık sesli bir küfür savruldu.

"Aman Allah'ım!" Hayat'ın kolu hızla adamın belini kavradı. Gözlerini şaşkınlıkla irice açarak onun yüzüne baktı. "Sen gerçekten sarhoşsun."

"Ben de öyle söylemiştim." Genç kıza bakıp sevimli sevimli sırıttı. Sonra tek gözünü kısıp gideceği yolu hesaplıyormuş gibi asansöre baktı. Bir kolunu kızın omzuna attı. "Ama kendimi sana taşıtmayacak kadar kendimdeyim." Hayat, yine de kolunu destek olmak için belinde tutmaya devam etti.

Bu sıkı bahanesi olmasaydı bile zaten onu tutmaya devam etmek isterdi. Bedeninin sıcaklığını bu kadar yakından hissetmek, baş döndürücü kokusunu duymak, güçlü ve sert bedeninin yakınlığını duyumsamak hayatı boyunca yaşadığı, tattığı hiçbir şeye benzemiyordu. Kendi çantası Mirza'nın ceketini kavrayan parmakları arasındaydı. Bu durum, tüm bu birkaç dakikalık sıcak ve doğal gibi gelen görüntü, sanki içindeki bir boşluğu usulca dolduruyordu. Gülümsemesini saklamak için başını önüne eğdi.

Asansöre bindiklerinde adam kolunu omzundan çekince, Hayat'ın bedenini bir hayal kırıklığı sardı.

Mirza, anahtarlarını dikkatle cebinden çıkarıp inceledi. İçlerinden bir tanesini seçip havaya kaldırdı. "Kapıyı açmak da sana düşüyor." Genç kıza göz kırptı.

Hayat anahtarı kavradı. Kapıları açılan asansörden indiler ve tek bir dairenin olduğu koridora adım attılar. Genç kız, kapının kilidini çabucak açtığında loş bir ışık aralanan kapıdan dışarıya sızdı. Genç kızın beyni gireceği dairenin onun dairesi olduğu gerçeğiyle sarsıldı. Kalbine etki edip bir heyecan ve merak dalgasıyla titremesine neden oldu. Mirza, kızı da kendisiyle birlikte sürükleyerek loş ışıkla hafifçe aydınlanmış eve adım attı. Kapıyı kapayıp bir süre öylece durdu. Hayat, duvarın hemen dibinde duruyordu. Genç adam, tekrar omzuna attığı kolunu çekip ona döndü. Genç kız ellerini önünde birleştirmiş, adama aşağıdan bakıyordu.

Mirza ona doğru bir adım attığında, Hayat karşılık olarak bir adım geriledi ve sırtını duvara çarptı. Genç adam önce ceketi, sonra ceketin üzerine kızın çantasını bıraktı. Ama gözlerini kızdan bir saniye bile ayırmamıştı. Hayat, havada garip bir vızıltının dolaştığını hissetti. Adamın kolları öne doğru uzanıp kızın başının iki yanında sabitlendi. Vızıltı ortadan kaybolduğunda sağır edici bir sessizlik kızın kulaklarını uğuldattı. Mirza, başını eğerek kızın yüzünün bir santim ötesinde durdu.

Genç kız bir solukta, "Ben kahve yapayım," dedi. Yan döndü fakat adamın kolu aşağıya kayarak geçişini engelledi.

Genç adam, "Ne kahvesi?" diye sordu. Başını diğer yana yatırdı. Gözleri kızın tüm yüz hatlarında ağır ağır dolaştı. Hayat, tekrar sırtını duvara yapıştırıp yutkundu. Konuşabilecek miydi? En azından denemeliydi.

"İkimizin de söz verdiğimi hatırlamadığımız şu kahve!" Bu kadar uzun bir cümle kurabildiği için kendisini tebrik etti.

"Ha. Evet. Şu kahve!" Mirza başını iki yana salladı. "Vazgeçtim," diye fısıldadı. Başını biraz daha eğdi. "Verdiğin ikinci sözü yerine getirmeni bekliyorum."

"Ne sözü?"

Mirza'nın dudağının bir kenarı hafifçe kımıldadı. Tam olarak bir gülümseme değildi fakat ona benzer bir şeydi. "Beni öpecektin!" diye fısıldadı.

Hayat'ın kaşları yukarı kalktı. Kalbi de aynı anda yukarı doğru hareket etti. "Nasıl?" Sesi çıkmış mıydı? Çıkmış olmalıydı, yoksa adam yine onun aptallığına kıkırdıyor olmazdı. Kahretsin!

"Başını hafifçe kaldıracaksın. Sonra senin dudakların benim dudaklarıma değecek. Birbirlerini tanıyacaklar, keşfedecekler, tadacaklar..." Boğuk fısıltısı genç kızın bel kemiğinden yukarı bir sıcaklık yayıp midesinin düğümlenmesine neden oldu.

"Se... Sen neden yapmıyorsun?" Bunu gerçekten sormuş olamazdı!

Mirza, derince bir iç çekip dudaklarını yaladı. "Çünkü neden olduğunu bilmediğim bir şey beni engelliyor. İçimde dır dır edip duran ses de bana bir şeyler söylemeye çalışıyor. Ona siktir olup gitmesini söylüyorum. Hem de dört dilde ama dinlemiyor." Dudaklarını büzdü. "Bunun için, sen beni öpeceksin."

Hayat başını uzattı. Tüm bedeni titreyerek dudaklarını onun dudaklarına değdirdi. Anında elektrik çarpmış gibi geri çekildi.

Mirza ona şaşkınca baktı. Ardından hafifçe güldü. "Bu neydi şimdi?" diye sordu.

"Öpücük."

"Öpücük..." Burnunu çekti. "O zaman biz onu öpüşme yapalım." Aniden, Hayat'ın kalbinin durmasına neden olacak bir öpücükle dudaklarına atıldı. Oldukça derin, alıcı bir öpücükle dudaklarını birleştirdi.

Hayat bir anda dünyadan kopmuş ve yörüngesini kaybetmiş gibiydi. Ayağının altındaki yer bir yere kaybolmuştu, nereye bastığından bile haberi yoktu. Onun yumuşak, tatlı dudaklarının çağrısına cevap vermek için çok geç kalmıştı. Mirza sadece bir santim kadar dudaklarının arasına mesafe koydu. Hoş kokulu ılık nefesi dudaklarında geziniyordu.

"Sen bana katılmazsan bu bir öpüşme olmaz ki!" Mirza'nın boğuk fısıltısı, şiddetle uğuldayan kulaklarına zorlukla değdi. Başını salladı ama bir anda dizleri büküldü. Adam hızlı davranarak onun belinden yakalarken güldü. "Allah'ım! Nefes al."

Hayat, onun sözlerine sıkıca sarılarak sert bir soluk çekti. Kahretsin! Az kalsın bayılıyordu.

Mirza'nın eli, belinin üzerinden bluzunun altına usulca kayıp çıplak tenini hafifçe okşadığında, Hayat yaprak gibi titredi. "Ne kadar duyarlısın!" Genç adamın fısıltısı hayranlık doluydu. Tekrar kızın dudaklarına eğilirken fısıldadı. "Katıl bana." Tekrar dudaklarını esir aldı.

Hayat'ın bilinçsizce dudaklarını aralayıp adamın hareketlerini taklit etmesiyle, Mirza boğukça inledi. Bedenini kıza bastırdı. Çıplak sırtındaki ellerinin tutuşu sıkılaşarak, bedenindeki baskıyı arttırdı.

Genç adam dudaklarını ayırıp dişlerinin arasından sert bir soluk çekti. "Enfes bir tadın var." Boğuk ve soluk soluğa sesinin tınısında hafif bir şaşkınlık vardı. Hayat, onun sözlerini duyup algılayana kadar dudakları tekrar esir alındı. Zaten ne söylediğini de unutmuştu. Düşmemek için kollarını boynuna doladığında adamın diğer eli kalçasını buldu ve öpüşünü derinleştirirken hafifçe sıktı. Dili ağzının içine daldı. Önce telaşsızca keşfetti. Kızın çekingen diliyle buluştu, dilleri dans etmeye başladığında bu ikisini de inletti. Alt dudağını kendi dudakları arasına aldı, çekiştirdi, emdi ve sonra hafifçe dişledi. O andan sonrası Hayat için kızılımsı bir bulutun içine düşmek gibiydi.

Ona kapılmış giderken ve hiç itirazsız, isteklerine karşılık verirken, kızılımsı bulutun yoğunluğuna rağmen bir şekilde gecenin nasıl sonuçlanacağını biliyordu. Tehlike çanları gerilerde bir yerde şiddetle çalsa da bunu duymazdan geldi. Eğer bir günahın içine dalacaksa, bunun için suçlanacaksa; bu kişi, kesinlikle onun tenini nazik dokunuşlarla okşarken, ayaklarını pelte kıvamına getirip bedenini jöle gibi titreten, aynı anda onu hoyratça ve açlıkla öperken düşüncelerini bir trene bindirip gönderen bu adamla olmalıydı. Sonrasını... Sonrasını sonra düşünürdü. Nasılsa düşünecek çok zamanı olacaktı.

Mirza, onu duvardan ayırdı. Genç kız hangi yöne ilerlediklerinin farkında değildi. Tamamen insafına kalmış bir şekilde adamın ayakları ileri hareket ederken, o geri adımlar atıyordu. Dudakları bir saniye olsun birbirinden ayrılmamıştı. Adam sendeledi. Kıkırdayarak dudaklarını kızdan kopardı. Dudaklarından ayrılmakta zorlandığını fark ettiğinde, Hayat'ın içindeki küçük kadın her nedense bununla gurur duydu. Adam tekrar öpmeden önce bluzunun eteklerine yapıştı. "Kollarını kaldır," diye fısıldadı boğukça.

Utançla bedeni yansa da Hayat itiraz etmeyi düşünmedi bile. Çığlık çığlığa örtünmek için bağıran hislerinin önüne sertçe kara bir perde çekip kollarını havaya kaldırdı. Gözleri sersemlemiş bir ifade ile onun yoğun bakışlarına kilitlenmişti. Mirza, bluzu yere fırlatıp tekrar Hayat'ın dudaklarını yakaladı. Bir eli Hayat'ın belinde dolanırken diğeri kendi gömleğinin eteklerini pantolonundan çıkarıyordu. Bir süre adımları durdu. Genç adam tek elle gömleğinin düğmelerini açtı. Genç kız parmak uçlarını gömleğin perde gibi iki yana açılan yakalarının arasından gözler önüne serilen geniş, sıcak göğsüne koydu. Utangaç, tüy gibi hafif temas, adamın göğsünden boğuk bir inleme yükselmesine neden oldu. Mirza'nın elleri bu etkileşime karşılık vererek hızlı ama becerikli hareketlerle sutyeninin kopçasını bulup açtı. Omuz askılarını düşürmek için nazik parmaklarını askıların altına sıkıştırdığında, Hayat farkında olmadan geri çekilmeye çalıştı. Muhtemelen bedeninin, zihninin gerçekten doğru düzgün çalışan kısmının ona yaptığı bir uyarıydı bu. Fakat adamın bir elinin çabuk hareketi ve beline yapılan baskıyla itirazı yarıda kesildi. Sutyen, aralarından aşağıya kayıp hafif bir sesle yere düştü. Elleri hızla pantolonunun fermuarına kaydığında, adamın dudakları çenesinden kaymış, boynuna doğru Hayat'ın midesinin hemen altında bir yerde tanımadığı, ama çok sevdiği etkilere yol açan dokunuşlarla ilerliyordu.

Genç kız, başını yana yatırarak boynuna daha rahat erişmesini sağladı. Bu, bilerek verdiği bir tepki değildi. Sadece içgüdüleri böyle yapmasını söylüyordu. Hayat da daha düşünmesini bile gerektirmeyecek kısa sürede hareketi tamamlamış oluyordu. Pantolonu, fermuarı açılıp kemerine takılan parmaklar tarafından usulca aşağıya çekildiğinde, aniden gelen korku kızı ensesinden yakalayıp sırtından aşağıya şiddetle indi. Fakat tekrar dudaklarına örtünen dudaklar korkuyu ve izlerini süpürüp uzaklara gönderdi. Mirza yine duraksadı. Onu öpmeye devam ederken, kendi gömleğinin açık yakalarından tutarak hızla çıkarıp yere bıraktı.

Genç adamın ayakları, dolayısıyla Hayat'ın geri geri adım atan ayakları tekrar hareketlendi. Mirza yine sendelediğinde kıkırdayarak dudaklarını ayırdı. "Allah'ım! Şu lanet olasıca yatağa düşmeden varabilir miyiz?" Soluk soluğa söylenirken tekrar kızı öpmek için başını eğmişti. Küçük bir öpücükten sonra dudaklarını boynuna sürttü, diliyle kızın tenini tattı. Hayat'ın tüm bedeni bir anda üşümüş gibi kabardı ve midesindeki o tanımadığı hissin baskısı daha da artarak aşağılara doğru yol aldı.

Mirza'nın büyük elleri bir anda belini buldu. O, daha ne olduğunu anlayamadan havaya kaldırıp yatağın bulunduğu yüksekliğe tırmanan iki basamağı atlattı. Aynı anda Hayat'ın elleri ürkekçe adamın geniş omuzlarını sıkıca kavradı. Gürültülü nefesleri sessizliği yarıyor, kızın kulaklarına bir uğultu bombası olarak geliyordu. Adam da basamakları tırmanmadı. Aniden başını kaldırıp Hayat'a baktı. Loş ışıkta siyah iki çukur gibi görünen gözleri, onun gözlerinden aşağıya kaydı. Hayat, onun gözlerinden başka bir yere bakamıyordu.

Genç adam bir anda dişlerinin arasından sert bir soluk çekip, başını yüzünün hizasında kalan göğüslere eğdi. Tek göğsünü ağzının içine alıp diliyle ucunu süpürdüğünde, Hayat kendisinden çıktığına inanamadığı bir inlemeyle başını geriye attı. Kalbi saniye bile sayılmayacak bir anda gerçekten durdu. Ardından top patlaması gibi yüksek bir sesle tekrar atmaya başladı. Mirza'nın, kalçasında duran ellerinin tutuşu sıkılaştı. Dudaklar diğer göğse geçip aklını tamamen başından alan dokunuşlarla aşağılara, daha aşağılara kaydı. Hayat'ın bedeni zangır zangır titremeye başladı. Genç adamın dudakları göbek deliğinde biraz oyalanıp daha aşağılara kaydığında ise nefesi kesildi.

Mirza, onun kalçasına indirdiği pantolonun kemerine tekrar yapıştı. Yine, acı verecek kadar usul hareketlerle aşağıya çekti. Midesinin hemen üzerinde duran fakat tene değmeyen dudakların sertçe alıp verdiği sıcak soluk her vuruşunda Hayat'ın bedeninin şiddetle kasılmasına neden oluyordu. İşkence gibiydi ama tarifsiz bir hissi vardı. Pantolon bacaklarından ayak bileklerine düştü. Mirza önünde diz çöküp boğuk sesiyle, "Ayağını kaldır," dedi. Hayat, sağ ayağını kaldırdı. Nazik eller, ayakkabısını ayağından çıkarıp, yere bıraktı ve dudakları ayağının üzerine tüy gibi hafif ancak mancınık gibi çarpan bir öpücük kondurdu. Pantolonun paçasından tutup çekti. Diğer ayağını da kaldırması için eliyle hafifçe vurdu. Genç kız düşmekten veya bu yoğunluğu kaldıramayıp bayılmaktan korkarak diğer ayağını kaldırdı.

Mirza, aynı nezaketi sol ayağına da gösterdi. Elleri yanlardan yukarı çıkarken sanki özelikle yapıyormuş gibi nefesini kızın tenine çarptıracak şekilde dudaklarını yakın tutuyordu. Bir anda, beyninin arka taraflarında, üzerinde belki de 'mantık' yazan kapı açıldı. Genç kız, daha birkaç saat öncesinde tanıştığı adamın karşısında giysilerinin korunaklı güvenliğinden sıyrılıp, sadece iç çamaşırıyla kaldığını fark etti. İçindeki büyük fakat görmezden gelinebilen panik artarak, hızla Hayat'ı esareti altına aldı. Geriye dönmek için çok mu geçti? Bunun ilerisinde ne olacağını biliyordu ama aslında gerçekten ne olacaktı? Bilmekle uygulamak arasındaki büyük farkı o anda görebiliyordu. Zangır zangır titrediğini fark etmeden, aniden gelen korku onu serseme çevirdi. O âna kadar yaşadığı yoğun duygularla korkusu birbirine karıştı. Nasıl olacağını bilmiyordu. Onun bildiğine emindi ama... Canı yanacak mıydı? Bu geceden sonra adamın kendisiyle görüşmek isteyip istemeyeceğinden bile emin değildi. Bu delilikti! Mantıksızlık! Aptallık. Bunun için daha bir sürü şey sayabilirdi. Ancak ne olursa olsun hâlâ orada durmaya devam ettiğine göre, korkusu buna engel olamayacaktı.

Mirza, onu baştan aşağıya süzüp başını iki yana salladı. "Şahane görünüyorsun," diye fısıldadı. Hayat, adamın sesini sanki çok uzaklardan gelirmiş gibi duyuyordu. Yine de sesindeki bir şey dikkatini çekti. Sanki genç adam kendi sözlerine şaşırmıştı. Adamın elleri kalçasını bulup hafifçe sıktı. Başını eğerek kızın bacaklarının arasına uzandı. Bu hareketine karşılık genç kızın, onun omuzlarını kavrayan parmakları deriyi delip geçti. Genç adam, önce nefesini verdi çamaşırının üzerinden kadınlığına, dudaklarını sürttü; sonra burnunu sürtüp tekrar karnına doğru harekete geçti. Öperek, diliyle tadarak... Hayat, ayaklarını bastığı yerin neresi olduğunu bilmediği gibi bulunduğu evrene dair her şeyi de unutmuştu. Temel bilgileri bile bir yerlere saklanmış gibi görünüyordu. Nefes almanın nasıl bir şey olduğunu hatırlardı öyle olmasaydı... Ya da görünmeyen alevlerin onu nasıl bu kadar yakabildiğini bilebilirdi mesela...

Genç adamın bir eli kendi pantolonuna gidip fermuarını indirirken, Hayat'ın dizlerinin arkası bir şeye çarptı. Mirza, onu belinden yakalayıp yatağa düşmesini engelledi. Sonra kulağına eğildi. "Nasıl da titriyorsun," diye fısıldadı. Fısıltısı hayranlık yüklüydü. Arkasına uzandı. Yatağın örtüsünü bir çırpıda açıp kızı yatağa itti. Hayat, o anda örtünmek için delicesine bir istek duyarken ve parmakları kör gibi yatak örtüsünü ararken, yatakta oluşu durumu daha gerçekçi kılmıştı. Buradaydı ve karşısındaki adam... Genç kız gözlerini bile kırpmadan onun bedenine hayranlıkla baktı. Adam tamamen çıplaktı. Ve o da kendisini süzüyordu.

Ayın ışığı, dairedeki loş ışıkla kaynaşıyor, Mirza'nın nemli bedeninin üzerine düşüyor, bedeni bir halenin içindeymiş gibi Hayat'ın aklını başından alacak kadar güzel görünüyordu. Geniş omuzları vardı. Şişkin göğsü beline doğru daralıyordu. Işık, kaslarının katmanlarıyla arada bir kararıyordu.

Hayat'ın dili tutulmuştu. Örtüyü arayan parmakları da dâhil bütün beden hareketleri donmuş, sersemce ona bakıyordu. Bu kadar güzel olması akıl sağlığı için zararlıydı. Hayat, bu şahane manzarayı hayatı boyunca unutamayacağını biliyordu. Ne kadar güzeldi. Ve o güzellik, usulca üzerine doğru eğildi. Kızın bacaklarını aralayarak bedenini arasına yerleştirdi. Bir eli, kaslarını gererek sırtından yukarı tırmanıp saçlarının arasına daldı. Diğeri kalçasını bulup sıkıca kavradı. Mirza'nın yüzü tekrar yüzüne eğildi, dudakları hareket etmeye başladı. Sonra, uzun dakikalar boyu dudakları, dili ve elleri Hayat'ı kendinden geçirene kadar okşadı, sevdi.

Mirza'nın parmakları çamaşırına asılıp onu usulca aşağıya çektiğinde, Hayat'ın endişesine, paniğine ve korkusuna dair hiçbir şey kalmamıştı. Genç adam, tekrar üzerine uzanıp dudakları boynunda hareketlenirken, parmakları kalçasından karnına, oradan usulca bacaklarının arasına kaydı. Araştırmacı parmakları kadınlığının üzerinde gezindi. Genç kız, bu baskıya karşılık bacaklarını kapamak istese de, o dirseğiyle Hayat'ın itirazına engel oldu. Parmaklar sıcak ıslaklığa dokundu. Adamın göğsünden garip, gürültülü bir ses yükseldi. Parmaklarından biri usulca içine kaydı. "Sırılsıklamsın," dedi genç adam boğuk ve gergin bir sesle. Hayat, onun yüz hatlarının gerildiğini, ifadesinin sertleştiğini fark etti. Genç adamın damarları kabarmış, çenesi kasılmıştı. Adam, başını geriye atarak derin bir nefes aldı.

Aniden parmakların yerini adamın sertliği aldı. Hayat, onun yüzünü seyre daldığı için bu ani değişimi çok geç fark etti. Mirza'nın kolları onun kollarının altından geçerek, parmakları saçlarının arasına daldı. Ardından kızın başını avuçları arasına aldı.

Hayat'ın gürültülü nefeslerinin şiddeti daha da arttı. "Mirza," diye fısıldadı. Kadınlığını zorlayan baskı aniden durdu. Ona daha önce hiç deneyimi olmadığını söylemek istemişti fakat adamın sözleri onu durdurdu.

"Tunç," dedi kalınlaşmış, gergin bir sesle. "O ismi kullanmıyorum." Başını yana eğip dudaklarını araladı. Kalçasının ani ve sert bir hareketiyle kızın sıcaklığına daldı.

Ani baskı, kızın dudaklarını ondan koparıp acıyla inlemesine neden oldu. Bir anda kasılan bedeni taş kesilirken nefesini tuttu.

Mirza, o anda dondu. "Çok sıkısın." Boğuk ve gergin sesinde hafif bir pişmanlık vardı. "Çok üzgünüm, güzellik. Bu kadar sıkı olacağını tahmin edemedim." Alnını alnına dayadı. Kasılmış, gergin çenesi genç kızın yanağını sürtününce yeni çıkmaya başlayan sakalı tenini çizdi. "Fazla tecrüben yok, değil mi?" diye sordu dişlerinin arasından.

Hayat yutkunup sert bir soluk çekti. Acı hafiflemişti. Zaten çok fazla canı yanmamıştı ama ne kadar bunun olacağını biliyor olsa da, ani baskıya hazırlıklı değildi. "Bildiğim kadarıyla hayır," diye fısıldadı onun sorusuna karşılık. Tecrübesiz olduğunun açıkça ortada olduğunu düşünüyordu.

Genç adam hafifçe gülerek başını kaldırdı. Gülüşü gergindi. "Demek bildiğin kadarıyla…" Dudaklarına çabucak bir öpücük kondurdu. "Şimdi iyi misin?" diye sordu gergin bir sesle. Acı çekiyormuş gibi görünüyordu.

"Evet. Sanırım."

Mirza'nın eli kızın göğsünün yanından usulca aşağıya kaydı. Dizinin arkasına gelince orada biraz oyalandı. Hareket, Hayat'ın göğsünün hafifçe kalkıp, titremesine neden oldu. Genç adam, onun bacağını beline doladı. Kalçasını hafifçe çevirerek, Hayat'ın bedeninin yay gibi gerilmesine ve göğsünün daha yukarı kavislenmesine neden oldu. Genç kızın başı engel olamadığı bir çığlıkla arkaya düştü.

Mirza, onun çenesine bir öpücük kondurdu. "Allah'ım!" diye soludu gergin bir tonla. "Sen nasıl bir şeysin böyle!" Tekrar kalçasını çevirdi. Kızın gerilmiş, ipeksi bir örtü gibi boynunu kaplayan derisine dilinin ucunu değdirdi. Sonra usulca hareket etmeye başladı.

Hayat, o anda her şeyden koptu. Dünyanın kalanı başka yerlere kayboldu. Tecrübesizliği içgüdüleriyle hareket etmesine engel değildi. Ürkekliği tuzla buz olurken korkularına dair hiçbir iz kalmadı. Mirza'ya -Tunç'a- şehvetle, arzuyla ve yoğun duygularıyla esiri olmuş bir halde karşılık verdi. Onun salınımlarını karşılamak için kalçalarını hareketlendirdi. Öpüşlerine onun kadar yoğunluk kattı. Elleri sanki o teni ezbere biliyorlarmış gibi üzerinde özgürce dolandı.

İkisinin de parmakları, terleyen bedenleri üzerinde kayarak, sıkıca kavrayarak, çoğu zaman tutunmak için deriye saplanarak keşifler yapıyordu. Dudaklarından çıkan gürültülü sesler dairenin içini sardı. Duvarlarda, pencerelerde ve eşyaların üzerinde dolandı. Çığlıkları birbirlerinin kulaklarını uğuldatıp heyecanlarını artırarak, onları hislerinin yönlendirmesine izin verdi.

Genç adam gürültülü nefesler alırken aniden, "Dur! Dur! Dur!" diye soludu. Hayat'ın tüm beden hareketleri o anda durdu. Fakat sert solukları konuşmasına engel oldu. Mirza dişlerini sıkarak, "Dur, yoksa kendimi kaybedeceğim," diye ekledi. Genç kız, onun kasılmasını hem içinde hem teninin üzerinde hissetti. Genç adam, kendisine engel olamayarak derin bir hırlamayla onun omzunu dişledi. Başını kaldırıp kızın nemlenmiş, parlayan yüzüne baktı. "Ya da durma," dedi boğukça. "Sanırım bunu istiyorum."

Tekrar genç kızın içinde hareketlendi. Daha alıcı, daha vahşi ve tamamen kendini kaybetmiş olarak. Hayat, onun her hareketine istekle karşılık verdi. Sonunda aynı anda, bedenleri şiddetle sarsıldı. Genç kız onun altında titrerken, Mirza başını arkaya atıp göğsünün derinliklerinden gelen bir sesle sarsılmaya başladı. Ardından şiddetli soluklarla kızın üzerine yığılıp başını boynuna gömdü. Dudakları uzanıp nemli tenine küçük bir öpücük kondurdu. "Allah'ım!" diye fısıldadı. Sesinde hafif bir şaşkınlık vardı.

Hayat ne söylemesi gerektiğini bilemiyordu. Zaten nefesini düzene sokmaya çalışırken ağzından tek kelime çıkmadı. Bir anda tüm bedeni pelte gibi olmuş, parmağını kımıldatacak hali kalmamıştı. Mirza'nın etkili bir parçasını hâlâ kendi bedeninde hissetse de, adam hafifçe yana kaymış fakat bir koluyla bir bacağını onun bedeninin üzerinde bırakmıştı. Neredeyse yarı yarıya bedenini üzerinde taşıyordu.

"Mirza," diye fısıldadı. Onun sözleri aklına geldiğinde çabucak, "Tunç," diye düzeltti.

"Hım." Bu bir cevap mıydı yoksa bilinçsiz bir homurdanma mı?

"Tunç?" tekrar fısıldadı. Genç adamdan düzenli soluk alış verişlerinin dışında tek bir tepki gelmedi.

Aman Allah'ım. Uyumuştu! Hayat, ne yapacağını bilemeyerek hafifçe kımıldandı fakat uykuyla hantallaşmış beden bir milim bile kıpırdamadı. Adam hareket edene kadar öyle kalacağını anladı. Sonunda sağ ayak parmaklarını kullanarak, örtüyü ellerine çekti. Kenarını sıkıca kavrayıp üzerlerini örttü. Ağır bedeni nefes almasını güçleştirse de memnun olduğunu düşündü.

Kollarını ona dolayarak mutlulukla iç çekti ve hafifçe gülümsedi. Mirza, onu daha sonra görmek isteyebilirdi veya istemezdi. İstemezse kalbinin fena halde kırılacağını biliyordu. Yine de pişman değildi. Nasıl olabilirdi ki? Ona çılgınlar gibi âşıktı. Kalbinin içinde bir kuş sürüsü delicesine kanat çırparken o ânın tadını nasıl çıkarmazdı. Uyumak istedi ama yapamadı. Gün ışıyana kadar, kokusunu soluyarak, parmaklarını sert, sıcak bedeninde gezdirerek onun sıcaklığını ve yakınlığını duyumsadı.

3. Bölüm

Başı ağrıyordu! Hayır. Bu, ağrı olamayacak kadar berbat bir şeydi. Biri matkapla kafasını deliyordu. Kesinlikle öyle olmalıydı. Tunç'un bedeni uyanmıştı ama algısı hâlâ açık değildi. Bunu biliyordu ve uyanmak için gözlerini açmaya çalıştı, ama göz kapaklarını aralamak bile oldukça zor geliyordu. Allah'ım! Bedeni hantallaşmıştı, yorgun hissediyordu. En son ne zaman o kadar çok içmişti? Hatırlamıyordu. Bu hale sadece iki kere düşmüştü. Sonra sadece kendisine zararı dokunduğunu anladığında, kendi alkol sınırını asla aşmamıştı. Fakat canı öyle sıkkındı ki...

Derin bir nefes aldığında ciğerlerini dolduran havaya karışan farklı koku dikkatini çekti. Enfesti! Bir parfüm kokusu olmadığını biliyordu. Bu tenin kokusunu hatıralarından biliyordu. Zihni bir anda berraklaşırken algısı hızla açıldı. Geceden kalma kareler hızla beynine hücum edip kapalı göz kapaklarının ardında sahne sahne oynamaya başladı. Çıkardıkları sesleri hâlâ duyuyordu. Küçük aptal! Aklını resmen başından almıştı. Gecenin görüntüleri ve sesleri bir anda kasılıp uyarılmasına neden oldu. Enfes kokusu burnunu doldururken sertliğinin çevresini sıcak bir ıslaklık sardı. Altındaki beden gerildi. Altındaki beden? Kahretsin?

Bir anda dirseklerinin üzerinde doğruldu. Gözlerini irice açmış, pembeleşmiş yüzü ve bütün gece öpmeye doyamadığı berelenmiş büyük ağzı hafifçe aralık kendisine bakan kızla karşılaştı.

"Kahretsin! Bütün gece seni ezmiş olmalıyım!" Tam olarak tüm bedeni üzerinde sayılmasa da kızı güç bir duruma sokmuştu. Kendisine öfkelenerek daha da doğruldu. Fakat kızın sıcaklığı öyle güzeldi ki, içinden çıkmayı istemedi.

Yelpaze gibi uzun kirpikler titreşerek birkaç kez kırpıştı. Gözbebekleri büyüyüp ifadesi sersemleşirken, krema gibi ten, kanın yanaklarına toplanmasıyla tatlı bir pembeye boyandı. Aynı ifade! Bir gece öncesinde de kızın yüzünü aynı sersem ifade kaplamıştı. Bu, Tunç'u tahmin edemeyeceği kadar eğlendirmişti ama asıl şaşırtıcı olanı; eğlendirdiğinden çok daha fazla cezbetmişti. Kızın onunla ilk karşılaştığı andaki şaşkın balık ifadesini yakaladıktan sonra, Tunç'un tüm sıkıntısı bir anda buhar olup uçmuştu. Dakikalar ilerledikçe ve onun sersemlikleri arttıkça, Tunç onunla uğraşmaktan kendini alamamış, uzun zamandır hiçbir şeyden bu kadar zevk almamıştı.

"Ta... Tam olarak bütün gece diyemeyiz," dedi titrek bir sesle. Alçak tınılı sesi genç adamın midesinde titremişti sanki. Kız bir soluk verdi. Tunç, onun içinde olmak kadar şaşkın yüzünü görmekten de zevk alıyordu. Belli belirsiz kalçasını oynattı. Bu kendisine işkence gibiydi ancak onun yukarıya çevrilen gözlerini görmeye değerdi.

Bir anda kendine engel olamadan dudaklarına yapıştı. *'Sanırım'* diye düşündü onun dudaklarını kendi dudaklarıyla ezerken, yaşadığı en iyi deneyimi bir gece öncesinde olmuştu. Kızın çekingen tavırlarına aldanmış, içindeki gerçek kadını görememişti. Gerçi Hayat, onun ayağına bastıktan hemen sonra önünde dizlerinin üzerine eğilip endişeli gözlerle baktığında, Tunç'un sadece biraz eğlenmek olan niyeti tamamen boyut değiştirmiş, onu fazlasıyla istemişti. En azından o anda pantolonunun içindeki sertlik böyle söylüyordu.

Sersem hareketleri itici olmaktan uzaktı, ona farklı bir hava katıyor, merak uyandırıyordu. Tunç, tüm merak ettiklerini öğrenmeye karar vermişti. Seçil'in kızı kaçırmasından -büyük ihtimalle ona çekidüzen vermeyi amaçlamıştı- faydalanarak, aralıksız arayıp duran ve nasıl başarabiliyorsa aynı anda onu mesaj yağmuruna tutan, onu Black&Red'de bekleyen Banu'yu aramış, bir iki kelimeyle ilişkilerini sonlandırmıştı. Yeni bir gözdesi vardı. Sersem, biraz sakar ama fena halde seksi bir gözde... Olması gerekenden fazla içmiş olmasına rağmen, kızı istediğini fark ettikten sonra bedeninin çarpıcı bir etkisi olduğu gerçeğini görmesi uzun sürmemişti. Hiç vakit kaybetmeden niyetini belli etmiş, kızın sözsüz kabulüyle, öpmek için kendini zorlukla tuttuğu dudaklarına ulaşabilme telaşıyla onu mekândan kaçırır gibi çıkarmıştı. Tam o anda, dudaklarının farklı tadına bir kez daha bakarken bunu yaptığı için memnun oldu. Dudaklarını kızdan ayırdı.

Tunç hafif bir gülümsemeyle, "Günaydın," diye fısıldadı.

"Günaydın," dedi Hayat da aynı fısıltıyla. Utangaç bir gülümseme dudaklarını kıvırırken, yanağındaki çukur kendisini hemen belli etti. Hâlâ utangaç ve heyecanlı olmasını anlamıyorsa da, bunda bile farklı bir tat vardı. Allah'ım! Bu kızın her şeyi bir garipti.

"Uyuyakaldığım için gerçekten üzgünüm."

Parlak, pembemsi yüz, bir ton daha kızardı. Dudaklar, balık ağzı gibi açılıp kapandı. Ardından başı hafifçe sağa sola sallandı. "Sorun değil." Derin, ferahlamış bir nefes çekti. Muhtemelen üzerindeki baskı, onu gece boyunca yeterli bir nefes alıştan mahrum bırakmıştı.

Tunç, onun yüzüne odaklandı. Nereden çıkmıştı bu kız karşısına pat diye? Çok güzel olduğu söylenemezdi. Saçlarıyla aynı renk, yay gibi kaşları vardı. Minik bir burnu, yuvarlak çenesi, geniş alnı ve büyük ağzıyla hemen göze çarpan bir güzellik olmayabilirdi, fakat farklı bir şeyler vardı. Ne olduğunu bilmiyordu ama kesinlikle vardı.

Kirpikler tekrar titreşti. Tunç, onun gözlerinin kaymasını tekrar izlemek, bundan fazlasıyla keyif almak için kalçasını bir kez daha oynattı. Tekrar dudaklarına uzanınca genç kız karşılık vermek için başını uzattı. Ama kahretsin! Onunla uğraşmak öyle keyifli, öyle karşı konulması güçtü ki! Delice öpmek istemesine rağmen, başını ani bir manevrayla çevirip burnunu boynuna sürttü. Tunç başını kaldırdığında yine aynı şaşkın ifadeyle karşılaştı. Allah'ım! Bu kızın resmen konuşan bir yüzü vardı. Ve Tunç, onu istiyordu.

"Beni utandırmak hoşuna gidiyor," dedi genç kız gücenmiş gibi. Kaşlarını hafifçe çatmış, yanağını kemiriyordu.

Genç adam kayıtsızca, "Evet," dedi. Hayat, cevabına karşılık gözlerini irice açtı. Tunç, başını yine eğdi. Aynı anda gözü komodinin üzerindeki dijital saate kaydı. Yedi çeyrek! Kahretsin! Kürşat Bey'le olan görüşmesine geç kalacaktı. "Lanet olsun," diye fısıldadı. Kızın burnunun ucuna öpücük kondurdu. Öğleden sonraki toplantısını erteleyip onun yanına geri dönebilirdi. Ancak önce onu kendisiyle kalmaya ikna etmesi gerekiyordu. Kızın kafası karışık yüz ifadesini görünce hafifçe gülümsedi. İçinden çıktı.

"Tatlım-"

Gördüğü tatsız görüntü sözlerini yarıda kesmesine neden oldu. Yüzünü boş bir ifade kapladı. Kendi kasıklarına, çarşafa ve onun kadınlığına bulaşan kana baktı. Başını kaldırdı. "Regl miydin?" Bunu sevmiyordu. Bunu gerçekten sevmiyordu. Renksiz ses tonuyla ifadesiz yüzü, Hayat'ın yüzünü asmasına neden oldu. Kaşlarının arası belli belirsiz kırıştı. Tunç yataktan indiği anda kız örtüyü çenesine kadar çekti.

"Hayır," dedi sonra kısık bir sesle. Sonra ona sorduğu soru saçma bir soruymuş gibi bir bakış attı. Fakat hâlâ kafası karışık görünüyordu.

Tunç'un gözleri dehşetle açıldı. İfadesiz yüzü endişeyle gölgelendi. Tekrar yatağa, hemen kızın yanına oturup örtüyü yüzünden hızla çekti. "Seni incittim mi?" Sesi kaygıdan boğuk çıkmıştı. "Allah'ım! O kadar kendimden geçmiş olamam. Lütfen, böyle bir hayvanlığı yapmadığımı söyle!"

Bir ara kendinden geçtiğini hatırlıyordu. Fakat onu bu derece incitecek bir harekette bulunduğunu sanmıyordu. Yüzü! Yine sözlerinden önce kızın yüzü konuştu. Tunç'un sözlerinden hiçbir şey anlamadığını belli eden karmaşık bir ifade kapladı yüzünü. Sonra düşünür gibi başını yana eğdi. Tunç, o anda kızın sözlerine gerçekten ihtiyaç duyduğunu fark etti.

Genç kızın gözleri hayretle açıldı. "Hayır," dedi bir solukta. "İncitmedin." Yüzünün rengi daha da kızarmaya başladı. Elmacık kemiklerindeki yoğunluk, hızla yayılarak minik kulaklarına doğru ilerliyordu. Birazdan alev alacakmış gibi görünüyordu. "Ço-" Başını eğdi. "Çok naziktin." Tekrar kaldırdı.

Gerçek -anlamak istemediği gerçek- aniden Tunç'un beynine bir çekiç gibi vurdu. Aynı anda katı bir öfke bulutunun içine yuvarlandı. "Bakire miydin?" diye sordu buz gibi bir sesle. Hayat, onun en az sesi kadar soğuk ifadesi karşısında yutkundu ve bakışları donuklaştı. Yüzündeki tüm kas hareketleri de aynı anda dondu. Pembemsi renk yerini sararmaya bıraktı. "Cevap ver!" dedi Tunç, hissettiği öfkeyi dışarıya vurmamaya çalışarak sakin bir tonla konuşuyordu. Ama Allah şahit, zaten onun bakire olduğunu anlamıştı. Başı onaylarcasına hafifçe sallanmadan önce konuşan yüzü cevabı vermişti zaten. Dişlerini sıktı. Alnındaki damar, artan öfkesiyle beraber daha çok belirginleşmeye başladı.

"Korunmuyordun," dedi sıkılı dişlerini açmadan. Sanki sesi rengini kaybetmiş gibiydi. Tek kaşı yakıcı bir küçümsemeyle yukarı kalktı. "Tabii ki korunmuyordun! Benimki de soru mu?" Kendisi de korunmamıştı. Böyle hatalar yapmak için yaşı oldukça büyüktü ve birçok tecrübesi vardı. Fakat bir gece öncesi istisnalar gecesi olmalıydı. Lanet olsun ablasının sitem dolu mesajına, lanet olsun sarhoşluğundan faydalanan şu küçük aptala. Belki de o kadar aptal değildi. Ayağa kalktı.

"Böyle hatalar yapmam," dedi katı bir sesle. "Senin gibi biriyle birlikte olmak yapmayacağım şeyler arasında ilk sırada." Genç kıza dönüp bakmadan önce, çıplaklığını kısmen de olsa örtmek için açık raflardan birine uzandı. Bir havlu çekip beline sardı. Tekrar kıza döndüğünde dehşetle açılmış gözleriyle karşılaştı. Ağlayacak mıydı?

"Yanlış kelime seçimi, bekâretini kastetmek istemiştim." Gözleri dairenin içini taradığında ceketini giriş kapısının hemen önünde gördü. Tabii ki neden orada olduğunu biliyordu. Sakin adımlarla ceketine doğru ilerledi. Kızın çantasını kendi ceketinin üzerinde görünce kaşları derinleşerek kısa bir an duraksadı. Sonra eğilip kızın çantasını ceketin üzerinden alıp zemine koydu. Ceketinden cüzdanını çıkarıp içinden kartvizitini aldı. Cüzdanı tekrar ceketinin cebine koydu. Çantayı ve ceketi eline alarak doğruldu. Kızın zemindeki tüm kıyafetlerini tek tek topladı. Yatağın yanına ulaştığında ceketi ve onun kıyafetlerini yatağın üzerine fırlattı. Kızı kalması, öğleden sonrasını -belki geceyi de- birlikte geçirmeleri için ikna etme düşünceleri beyninde bir anda yön değiştirdi. Şimdi onun bir an önce gitmesini istiyordu. Hangi aptal, daha birkaç saat önce tanıştığı bir erkeğe bekâretini verirdi ki? Aklı almıyordu. Ama kendisini tanıdığını söylemişti, değil mi? Tabii ya...

Kız yine çarşafı çenesine kadar çekmişti. Yüzünde dehşete kapılmış gibi bir ifade vardı. Tutumu, Tunç'un dişlerini sıkmasına neden oldu. Kızın çantasını ve kendi kartvizitini komodinin üzerine yan yana bıraktı. Çelik gibi sert bakışlarını onun ürkek bakışlarına dikti. "Erteleyemeyeceğim bir görüşmem var." Burnunu çekti. Başını eğip engel olamadığı bir öfkeyle tekrar ona baktı. "Duş alıp çıkmak zorundayım." Arkasını dönüp duşa ilerledi. Suyu açtı. "Sanırım ben giyinirken sen de hızlı bir duş alıp giyinebilirsin. Kartımı al. Herhangi bir sorunda beni ara. Çok fazla zamanım olmuyor ama sanırım bir veya iki saat ayırabilirim." Havluyu üzerinden çekip duşa girdi. Kahretsin! Kızın çok çekingen ve sıkı olduğunu hatırlıyordu, fakat bu bile onun bakire olduğunu fark etmesine yetmemişti.

Hayat titriyordu. Yatağın içinde nokta kadar küçülüp görünmez olmak istiyordu. Kendisini değişken bir hava akımına tutulmuş gibi hissediyordu. Hayır. Onun ani değişken ruhuyla 'Street Fighter' oyunundaki 'Honda' karakterinin sağlı sollu seri tokatlarından birine tutulmuş 'Chun-Lee' gibi hissediyordu. Çünkü sözleriyle davranışları sert tokat darbeleri kadar ağır ve sersemleticiydi.

Onun tiksindiği -kesinlikle bakışları ve ifadesi böyleydi- bekâreti, Hayat için önemliydi. Adamın neden bu kadar öfkelendiğini anlayamıyordu. Ondan bir beklentisi yoktu. Bir gece öncesinde bunu anlamamış olmasını da anlayamıyordu. Tunç'un kartını almayı düşünmüyordu. Bir daha onu görmeyi de düşünmüyordu. Öyle çok utanıyordu ki, buhar olup uçmak istiyordu. Çılgın gibi tutulmuş ve âşık olabilirdi ama en az duyguları kadar büyük bir gururu da vardı.

Tüm bedeni titriyordu. Üşümüyordu. Hayır. Yine de ateşe atılmış gibi yansa da baştan aşağıya titriyordu. Utançla! Pişmanlıkla! Ona söylemek istemişti. Hiçbir beklentisinin olmadığını anlatmak, biraz olsun gururunu kurtarmak istemişti. Ama ne ağzını açabilmiş ne de dilini nasıl kullanıp, harfleri seslere ve sözcüklere nasıl dönüştürebileceğini hatırlayabilmişti. Gürültüyle yutkundu. Tunç, köpürttüğü saçlarını duruluyordu. Hayat'ın bakışları kalkan gibi üzerine örttüğü örtüye kaydı. Hemen gitmeliydi. Ve gitmeden önce nasıl konuşulduğunu hatırlayabilirse, ona bir şeyler söylemeliydi. Allah'ım! Ya gerçekten hamile kalırsa? Başını korkuyla iki yana salladı. Seçil'le konuşmalıydı. Her şeyi anlatmalı, bir yolu varsa bunu engellemeliydi. Tekrar yutkundu.

Mirza -Tunç- suyu kapattı. Hayat, eğer duş yapmak zorunda olmasa bunu denemezdi bile, fakat yapmak mecburiyetindeydi. Onun kadar rahat olamayacağını biliyordu. Bu mahremiyetten uzak dairenin içinde nasıl duş alabileceğini kesinlikle bilmiyordu. Ancak adam resmen onu kovmuştu.

Tunç, duştan çıktı. Açık raflardan temiz bir havlu alıp seri bir hareketle bedenine sardı. Bir baş havlusuyla saçlarını kurularken, başını çevirip Hayat'a baktı.

Yine o buz gibi sesiyle, "Acele edersen memnun olurum," dedi.

Hayat, sarsak hareketlerle doğruldu. Örtüye denizde boğulan birinin kurtarıcısına sarıldığı gibi sıkıca sarıldı. Ayağa kalktı. Örtüyü bedenine sararken onunla konuşmak istedi. Ancak sanki bir taş yutmuş da boğazına oturmuş gibi dudaklarından tek ses çıkmadı. Kapı çaldı. Mirza, başını hızla kaldırıp giriş kapısına baktı. Kaşları çatılmıştı. Biraz şaşkın ve düşünceli görünüyordu. Baş havlusunu yatağın üzerine fırlatıp o zarif yürüyüşüyle kapıya doğru ilerledi. Hayat, yatağın yanında durmuş, yatak örtüsüne sımsıkı sarılmış hafifçe titrerken, onun gidişini izledi. Bu açık alanda nasıl duş yapacaktı?

Tunç, kafası karışık bir halde ve merakla kapıya ilerledi. Kimseyi beklemiyordu. Apartman görevlisinin gelmesi için de henüz çok erkendi –ki zaten Tunç genelde evde olmadığı için ona uğramazdı. Onu tanıyanlar da zamansız ziyaretlerde bulunmazlardı. Bunu bilirlerdi. Emrivakilerden hoşlanmazdı. Bu, onu ziyaret etmek isteyen bir misafir olsa bile... Aklına düşen anlık düşünceyle gelenin Banu olabileceğini tahmin etti. O olmalıydı. Yüzü daha da asılarak kapıyı açtı. Karşısındaki insanları görünce ifadesi şaşkın bir hal aldı.

"Tunç Bey, inanın engel olmak istedim ama-" Tunç, telaşla konuşan apartman görevlisine keskin bir bakış atarak susturdu.

"Sen gidebilirsin," dedi renksiz bir tonla. Aynı anda içinde mide bulandırıcı bir his patlak vermişti. Apartman görevlisi Kazım Bey, hızla topukları üzerinde dönüp aceleyle merdivenlerden inmeye başladı. Tunç, sanki karşısında onu öldürmek istiyormuş gibi hiddetle kendisine bakan yaşlı adamla göz göze geldi. "Evet?" diye sordu yine düz bir tonla. "Ne istemiştiniz?"

"Tunç Mirza Yiğit, sen misin?" diye sordu adam dişlerini aralamadan.

"Evet."

"Kızım seninleymiş!"

Tunç, ne beklemesi gerektiğini bilmiyor olsa da böyle bir şeyi kesinlikle beklemiyordu. Adamı ve kızını tanımıyordu, fakat o andan sonra olacakları tahmin edebiliyordu. Beynindeki çarklar daha hızlı dönmeye başladı. Önünde uzanan dakikaların nasıl şekilleneceğini görmekte zorluk çekmedi. Kahretsin! Başında yazlık bir kasket olan ve krem rengi yazlık bir takım elbise giymiş adamın gömleğinin göğüs kısmı terden bedenine yapışmıştı. Yuvarlak yüzü öfkeyle kızarmış, bıyıkları terden nemlenmişti. Yüzündeki tüm kaslar sanki birileri tarafından çekiliyormuşçasına gergindi. Öfkeyle kararan gözleri Tunç'u kınayan bakışlarla baştan ayağa süzdü. Ve burun delikleri aldığı sert nefesle genişledi. Arkasında duran, gülkurusu renkli bir döpiyes takım giymiş olan kadın, gevşekçe bağlanmış olan başörtüsüyle kenarından çıkan saçlarını yüzünü gizlemek, kısmen de olsa Tunç'un çıplaklığını görmemek için başını yana çevirip gözlerine örtmüştü.

"Beyefendi, sizi tanımıyorum. Kızınızı da tanıdığımı sanmıyorum."

Ama tahmin ediyordu. Kurgu klasik, basit olsa da iyi bir performansla ve bunları yutacak bir adamla oynanırsa kesinlikle iş görürdü.

"Ben, Halis Altınel." Arkadan, dairenin içinden keskin bir soluk alış sesi geldi. Tabii ki! Yaşlı adamın gözleri Tunç'un omzunun arkasına kaydı. Bir şey görmeyince tekrar ona baktı. "Kızımın adı, Hayat! Dün gece seninle birlikteymiş."

Genç adam dişlerini sıktı. Adamın kızı içeride, bekâreti bizzat Tunç tarafından alınmış ve çarşafa sarılmış bir halde dikiliyordu.

"İnkâr etmeniz yersiz beyefendi. Sizinle olduğunu biliyorum." Adamın ses tonu sözlerini daha kaba, tehditkâr kılıyordu. Fakat Tunç, çok fazla kaba insan ve tehdit görmüştü.

Kapıyı aralayıp bir adım geri çekildi. "O da şimdi giyinip çıkacaktı," dedi kayıtsız bir tonla. Adamın siyah gözleri, usulca dairenin içine yöneldi. Gözleri içerideki figürü yakaladığında, bedeni kurşun yemiş gibi irkildi. Hiddet, utanç ve öfke adamın yüzünde sıra sıra yer buldu. Adamın arkasındaki yaşlı kadından bir hıçkırık sesi yükseldiğinde Tunç'un gözleri kadına kaydı. Kadının gözleri de aynı kocası gibi dehşetle açılmış, sabit bir noktaya kilitlenmişti.

Aslında zaman aynı hızla geçiyordu. Evrenin sonuna doğru giden yolda akrep ve yelkovan görevlerini tamamlarken, o anda herkes için sanki zaman kısa süreliğine durmuştu. Tarifi olmayan karmakarışık duygular bir bir yüzlerinden geçip gitti. Tunç, kayıtsızlıkla kollarını göğsünde kavuşturdu. Kayıtsızdı çünkü oyunun nasıl oynanacağını biliyordu. Hatta replikleri bile tahmin edebilirdi. Ancak işin aslı, haklarını vermek lazımdı, çok gerçekçiydiler. Başını çevirip Hayat'a baktı. Saniyelik bir acıma duygusu yüreğine dokundu fakat çabucak üzerine bastı. Hayat, mermer bir sütun gibi taş kesilmişti. Sarındığı beyaz, saten örtüyle aynı renk olmuştu. Yüzü kireç gibiydi ve gözleri babasının gözlerine kilitlenmiş, kocaman açılmışlardı. Kız, şokta gibi görünüyordu. Sonra bir anda yaprak gibi titremeye başladı. Tunç'un gözleri önünde zangır zangır, yüksek akıma tutulmuş gibi titriyordu.

Halis Bey, külçe gibi ağır bir adım attı. Dünyası başına yıkılmış gibi görünüyordu. İlk adım diğerlerini tetikledi. Takip edilemeyen bir hızla dairenin ortasına kadar ilerledi. Tunç, onu durdurabilirdi fakat bu sadece zamanı aleyhine çevirirdi. Bu oyun bir an önce bitsin istiyordu. Görüşmesine geç kalacaktı ve geç kalmaktan nefret ederdi. Adam, kızın önünde durdu. Bir kolu yukarı doğru gerilirken parmakları yelpaze gibi açıldı. Çok hızlıydı. Kızın yüzüne inen sert tokat, Tunç'un kayıtsız bedenini bir an için alarma geçirdi. Kolları çözülürken bir adım attı. Güçlü bir koruma içgüdüsüyle, Hayat'ın tokatla savrulan bedeninin önüne geçme isteği duydu, ama sonunda kendisini durdurmayı başarabildi. Kız yere düşmeden adamın diğer eli, kızın bedenine sarınmış çarşafı yakaladı. İkinci tokat diğer yanağında, Halis Bey'in elinin arka kısmından sertçe yüzünde patladı. Kızın gıkı çıkmıyordu.

Bir tokat daha... Sonunda kızın annesi olduğunu tahmin ettiği kadın ve Tunç'un sesi aynı anda yükseldi.

"Yeter!" dedi Tunç kırılacak kadar sıktığı dişlerinin arasından.

"Halis," dedi kadın. Hâlâ dairenin dışında duruyordu. Sesinde derin bir yakarış vardı.

Halis Bey, bir süre eli havada durdu. Tiksindiği kirli bir bez gibi silkeledi kızını. "Doğduğun güne lanet olsun!" dedi karanlık bir çukurdan geliyormuş gibi gelen bir sesle. Kız, boğulur gibi bir ses çıkardı. Halis Bey'in hiddetten dönmüş gözleri Tunç'a çevrildi. Daha seri daha öfkeli adımlarla ona doğru ilerledi. Tunç, adamın bedenindeki gerilmeyi görebiliyordu. Kızını tokatlamak onun hiddetini bastırmamıştı. Önce dudakları gerildi. Ardından kolu yukarıya kalktı.

"Denemeye bile kalkmayın!" dedi Tunç ölümcül bir sakinlikle. Ama sözleri adamı durdurmadı. Yüzünü hedefleyen yumruğu adamın bileğine sertçe asılarak durdurup yüzüne eğildi. Öfkeyle tutuşunun baskısı yaşlı adamın dayanabileceğinden fazlasıydı. Yine de hakkını vermek lazımdı! Yaşına göre oldukça sağlam bir adamdı. "Performansınız takdiri hak ediyor ama önemli bir görüşmem var. Daha fazlasını izlemek her ne kadar eğlenceli olabilecekse de, vaktim yok." Sertçe burnunu çekti. "Dairemi terk edin." Doğrulup adamın bileğini serbest bıraktı.

Halis Bey'in yüzünün rengi, kırmızıdan mora doğru yol aldı. "Bu pisliği temizleyeceksin!" dedi dişlerinin arasından.

Tunç, beline bağlı havluyla kendisini garip hissetse de başını arkaya atarak karanlık bir kahkaha attı. Kahkahası aniden bıçakla kesilmiş gibi durdu. Kaşlarını alayla kaldırarak adama baktı. "Sizin acıklı tiyatronuzu izleyecek ne vaktim ne de sabrım var." Dişlerini sıktı. "Şimdi kızınızı da alın ve dairemi terk edin." Adam konuşmak için gergin dudaklarını araladıysa da Tunç önce davrandı. "Eğer illaki hesap sormak istiyorsanız, onu birkaç saattir tanıdığı bir adamın sarhoş durumuna aldırmayarak kendisini rahatlıkla veren kızınıza sorun!" Adam sanki onlarca kurşunu bir anda yemiş gibi bedeni sarsıldı.

Hayat, yine boğulur gibi bir ses çıkardı. Fakat Tunç ona bakmadı. Tehditkâr gözleri, Halis Bey'in karanlık gözlerine kilitlenmişti. Halis Bey, bir adım geriledi. "Bu iş burada bitmedi," dedi ve daireden çıkmak için harekete geçti. "Sen bekle," dedi karısının yanından geçerken ölü bir sesle. "Alıp getirirsin." Sert adımlarla merdivenlerden aşağıya indi.

Kadın hiç konuşmamıştı. Gözlerinden düşen damlalar iki düğmesi açık krem rengi bluzunun önünü ıslatmıştı.

Hâlâ da ıslatmaya devam ediyordu. Tunç, sabırsız bakışlarını Hayat'a çevirdi. Savunmasız, ürkek ve utanmış görünüyordu.

"Hadi, giyinmek için neyi bekliyorsun?" dedi Tunç öfkeyle. Kız, sanki kodları tuşlanmış bir robot gibi aniden hareket etti. Sendeleyerek, yatağın üzerinde kıyafetlerinin bulunduğu tarafa ilerledi.

Gözünden düşen sayısız damla, zemindeki parkenin üzerinde hızla yer buluyordu. Çarşafı üzerinden çekmeden iç çamaşırlarını titreme nöbetine tutulmuş bir hasta gibi kıyafet yığınından zorlukla ayırdı. Tunç, gözlerini dikmiş bakıyordu. Kız, başını kaldırıp ona bir kez bile bakmamıştı. Öne düşen saçları yüzünü bir perde gibi çevrelemiş, hatları belirsizleşmişti. Ancak tüm hareketlerindeki sarsaklık onun yıkılmış durumunu gizleyemiyordu. Belki ona acıyabilirdi ama içine düştüğü durum gözlerini ve zihnini öfkeden karartmıştı. İç çamaşırlarını zorlukla giydi. Annesinin alçak sesli hıçkırıkları genç adamın kulağını rahatsız ediyordu. "Acele et!" dedi dişlerinin arasından.

Kız, daha hızlı hareket etmek için bir hamlede bulundu fakat iki seferde de pantolonun paçasından ayağını geçiremedi.

Genç adam dişlerinin arasından, "Kahretsin!" dedi. Kızı izlemeyi bırakıp iki adımda yanına ulaştı. Bir gece önce nasıl çıkardıysa bu lanet olası pantolonu, o anda da giydirebilirdi. Önünde diz çöktü. Pantolona uzandı. Ancak kız, ondan hızla kaçınarak ellerini sertçe ittirdi. Ayağını paçadan geçirmeyi başardı. Tunç'un hareketi bir anda onu tetiklemiş gibi kızın hareketleri serileşti. Çabucak, çarşafın altına saklanmış bir halde giyinmeye başladı. Genç adam ayağa kalktı.

Hayat giyindi. Ayakkabılarını yine ellerinin titremesi yüzünden üç denemede giyebildi ama Tunç, bu defa yardım etmeye yeltenmedi. Ona acıdığından değil, bir an önce gitmesini istediği için yardım etmeye kalkmıştı. Kız yine saçlarıyla yüzünü gizleyerek yürümeye başladı. Hareketleri garipti. Yürüyüşünde ve duruşunda bir farklılık vardı. Sanki omurgasızmış gibi... İnanılması güçtü fakat sanki yaşadıklarının ağırlığı üzerine binmiş, kız da altında eziliyordu. Her an bayılacakmış gibi... Bir önceki gece de sadece heyecanlandığı için Tunç birkaç kez onun bayılacağını düşünmüştü. Kaşlarını çatıp bu anıyı çabucak kafasından attı.

Kız, dairenin kapısından çıktı. İçeriye girmemeye ve sanki ona yardım etmemeye yemin etmiş gibi görünen annesi bileğine sıkıca yapıştı. Tunç, yine istemsizce dişlerini sıktı ama müdahale etmedi.

Kadın, Hayat'ı sertçe çekiştirerek merdivenlerden aşağıya sürüklemeye başladı. Genç adam, onların ardından kapıyı kapattı. Bir elini gergince saçlarının arasından geçirdi. Zihnini yaşananlardan arındırabilmek için oldukça derin bir soluk çekti. Fakat bunun yetmeyeceğine emindi.

Berbat bir sabahtı. Belki de hayatında yaşadığı en berbat sabahtı. Görüşmesinin iyi geçebileceği umudu biraz olsun keyifsizliğini bastırıyordu. Yine de olanların üzerine bir örtü çekmek için oldukça yetersiz bir sebepti. Belki akşama Banu'yu arayabilir ve gönlünü alabilirdi. Kahretsin!

▲▼▲

Ölmek istiyordu. Ölmek istiyordu çünkü yaşadığı korkunç dakikaların getirdiği utancı başka türlü unutamazdı. Tam o anda yaşamla tüm ilişkisini bitirmek istiyordu. Babasının kiraladığını tahmin ettiği arabanın arka koltuğunda top gibi büzüşmüş, sanki biraz daha büzüşürse onlar kendisini unutacakmış gibi koltuğuna gömülmüştü. Annesi ağlıyordu. Hıçkırıkları sanki genç kızın bedenine tek tek saplanan ateşli birer okmuş gibi yaralıyor, yakıp geçiyordu. Babası bir kez bile yüzüne bakmamıştı. Konuşmamıştı da! Arabanın içini ölüm sessizliği sarmıştı ve bu çok rahatsız ediciydi.

İlk defa ona el kaldırmıştı. Babası, ona daha önce öfkeyle bile bakmaya kıyamamışken, hak ettiğini bildiği tokatlar hâlâ canını yakıyor, yüzü alev almış gibi yanıyordu. Çok utanıyordu. Gözyaşları yüzünün kıyısından bir bir kucağına düşüyordu. Utancı sadece ailesinin onu o halde görmesinden değildi. Tunç'un da ona yaratılmış en ucube, en çirkin şeymiş gibi soğuk, tiksinti dolu bir şekilde bakmış olması onu hem utandırıyor hem de aklına gelen her saniyede kalbinin bir tarafını karanlığa gömüyordu. Ruhu fena halde yaralanmıştı.

Bundan sonra ne olacaktı? Babası onun yüzüne bir daha bakmayacak, onunla bir daha konuşmayacak mıydı? Buna dayanamazdı. Kalbi bu düşüncenin ağırlığı altında ezilirken yutkundu. Onu artık İstanbul'da bırakmayacaklarını tahmin ediyordu. Muhtemelen kendileriyle birlikte onu da Adana'ya götüreceklerdi. Akrabalarına bir şey belli etmeyeceklerinden emin olsa da, babasının ona davranışlarındaki soğukluğu fark edecekler, neden döndüğünü bir şekilde anlayacaklardı. Hayat, o zaman utancından gerçekten ölürdü. Onu nasıl bulmuşlardı? Tunç'la olduğunu nereden biliyorlardı? Tabii ya... Seçil! Başka nereden bilebilirlerdi ki? Ama Seçil'e kızamıyordu. Babasını tanıyor, onu nasıl sıkıştırdığını tahmin edebiliyordu.

Ailesi neden gelmişti? Neden haber vermemişlerdi? Sorularını ve düşüncelerini sabahın korkunç saatlerine dair zihnine bir anda hücum eden düşünceler böldü. Babasının gözlerindeki yaralanmış bakışı asla ama asla unutmayacak, bunun için de kendini asla affetmeyecekti. Sesini duyduğu anda şoka girmişti. Sanki başından aşağıya kaynar sular dökülmüştü. O anda kalbinin atışını ne duyuyor ne de hissediyordu. Utançla ve dehşetle aldığı keskin soluk, o sırada ciğerlerini yakmıştı. Sonra nefes almayı bıraktığı için hâlâ daha her nefeste ciğerleri yanıyordu.

Araç bir anda durdu. Hayat, başını kaldırıp bulanık gözlerle camdan dışarı baktı. Kendi apartmanlarının önünde durmuşlardı. Babası hızla arabadan inip apartmana ilerledi. Sanki onunla olmaya daha fazla katlanamıyormuş gibi.

"Yazıklar olsun!" dedi annesi. Sesindeki kınama tonu Hayat'ın göğsünü delmişti. Annesi arabadan indi. Fakat Hayat inene kadar hareket etmedi. O da annesinin kılıç darbesi gibi göğsüne saplanan sözlerinden kendisini kurtarıp hareket etmeyi başarabildi. Babası yıkılmış gibi görünüyordu ve Hayat, onu bu duruma getirdiği için kendisinden nefret ediyordu.

Daireye girdiklerinde onları Seçil karşıladı. Yüzü gergin, bakışları endişeliydi. Bakışlarını tek tek aile üyelerinin yüzlerinde dolaştırdığında yüzünü dehşet dolu bir ifade kapladı. Babası küçük salona gitti. Annesi mutfağa koşturdu. Sanki birilerinin yüzlerine bakmaktan utanıyorlarmış gibi. Hayat, çantasına sıkıca sarılmış, ne yapacağını bilemez halde antrede öylece dikiliyordu. Başı utançla yere eğildi. Seçil, onu sıkıca sarıp odasına götürmek için yönlendirdi.

Hayat, "Ba... Banyo yapmalıyım," diye fısıldadı. Sesini ondan başkası duymasın istiyordu.

Seçil, onu banyoya götürdü. "Çok özür dilerim." Sesi neredeyse fısıltı kadar alçak çıkmıştı. Hayat'ın kıpırdamayacağını anladığında, yunus desenli duş perdesini araladı. Küveti doldurmak için suyu açıp ısısını ayarladı. Aynı anda telaşla konuşuyordu. "Birden onları karşımda görünce çok şaşırdım. Gece yarısı geldiler. Seni birçok kez aradım ve sürüyle mesaj attım. Eser'e de Tunç'u arattırdım ama o da açmadı."

Hayat, ağır hareketlerle çantasını kirli sepetinin üzerine bıraktı. Yavaş yavaş soyunmaya başladı. Seçil, ona mahremiyet tanımak için arkasını döndü. Dönmeden önce gözlerinin irileşmesine neden olacak ısırık izini gördü.

Sonra üzüntüyle başını iki yana salladı. "Uçakları rötar yapmış. Aslında daha erken gelerek sana sürpriz yapmak istiyorlarmış. Eve gelip de seni bulamayınca baban çok kızdı. Tabii Abdullah ağabeyinin de yanlarında oluşu onu daha çok öfkelendirdi." Hayat'ın aldığı keskin soluğu duyunca yüzünü buruşturdu.

Hayat, "Ben... Ben bittim," diye fısıldadı.

"Onun gelmesi çok kötü oldu. Şu an evde yok ama baban seni almak için çıktığında bir sürü telefon görüşmesi yaptı." Seçil öfkeyle dişlerini sıktı. Hayat, cevap vermediğinde devam etti. "Ben Halis amcaya Melike'de olduğunu, o da yaz okulunda kaldığı için ders çalışacağınızı ve senin uyuyakaldığını söyledim." Hayat'ın küvetin içine girip duş perdesini kapattığını duydu. Sonra gürültülü hıçkırıklarını... Arkadaşının derin üzüntüsü, göğsünün sızlamasına, gözlerinin dolmasına neden oldu. Konuşmaya devam etmeden önce boğazını temizlemek zorunda kaldı. "Seni aradılar ama ulaşamayınca Melike'yi aradılar. Kahretsin! O da hafta sonuna kadar ailesinin yanında, Bursa'da kaldığını söylemiş. Yalanım ortaya çıkınca baban bir şeyler çevirdiğimi anladı. Sonra beni tehdit etti. Deliye dönmüştü. Başka yalan bulamadım. Zaten inanmayacaktı. Söylemek zorunda kaldım." Sustu. Hayat'tan hiçbir tepki gelmiyordu. O, yalnızca hıçkırıyordu. Dayanamayıp duş perdesini açtı. Arkadaşı top gibi büzüşmüş, kollarını dizlerinin etrafına dolamış, yüzünü kollarına gömmüş, boğulur gibi ağlıyordu. "Ne oldu?" diye sordu dayanamayarak.

"Ço... Çok kötü," dedi Hayat. Sanki iki kişi konuşuyormuş gibi çatallı çıkmıştı sesi. Sonra gürültüyle boğazını temizledi. "Çok utanıyorum," dedi ölü gibi bir sesle. "Geldiklerinde... geldiklerinde... o, havluya sarınmıştı. Ben... ben... çarşa-" Genç kız şiddetle titredi. "Beni o halde gördüklerinde... Allah'ım... Babam yıkıldı. Yıkıldı. Yıkıldı." Hıçkırıklar arttı. Hayat'ın bedeni artan hıçkırıklarıyla birlikte sarsılmaya başladı. Seçil, onun ıslaklığına aldırmadan küvetin yanına çöküp arkadaşına sıkıca sarıldı. "Yüzlerine bir daha asla bakamam. Asla," diye fısıldadı, Hayat.

Seçil, bir yorumda bulunmadı. Zaten söyleyecek bir şey bulamıyordu. Sadece orada durmaya, eğer mümkünse kollarıyla, çökmüş gibi görünen arkadaşına güç vermeye çalıştı. İçeriden bir gürültü koptu ve cam kırılma sesleri geldi. İki genç de aynı anda sıçradılar. Hayat, başını kaldırıp şişmiş, ürkek gözlerle Seçil'e baktı. Tekrar duydukları kırılma sesiyle Hayat yine yüzünü kollarına gömdü. Kapı tıklandı. Seçil ayağa kalkıp açtı. Halime teyzesi ağlamaktan şişmiş bir yüzle onun gözlerinin içine baktı. Seçil, başını sallayarak onayladı. Banyodan çıkıp kapıyı kapadı.

Hayat kalan hayatını orada, küvetin içinde geçirmek istiyordu. Bir yanı kalkıp onlardan af dilemek, ayaklarına kapanmak istiyor, bir yanı da ölmek ve bir daha kimsenin yüzüne bakmak zorunda kalmamak istiyordu. Zira bakacak yüzü kalmamıştı. Üzerine ani bir sakinlik çöktü. Sanki biri geldi, bedenindeki tüm hisleri tek tek toplayıp götürdü. Onu pelte gibi olmuş bedeniyle bir başına bıraktı. Uyuşmuş gibi hissetmeye başlamıştı. Tek bir kasını hareket ettirecek gücü kalmamıştı. Bitkin, ölü gibi hissediyordu. Seçil, birkaç dakika sonra geri geldi. Yüzünde mahcup, utanmış bir ifade, sürekli ondan kaçırmaya çalıştığı bakışlarında utanma vardı. Ondan mı utanıyordu? Eh... Tabii...

"Canım," dedi Seçil, tarazlı bir sesle. Usulca küvetin yanına çöküp saçlarını okşadı. Hayat'ın bakışlarına dayanamayarak, "Bakma öyle..." dedi. Hayat onun bakışlarında bir şey gördü. Seçil, yutkundu.

Hayat fısıltıyla, "Ne var?" diye sordu.

Seçil, gözlerini kaçırdı. Başını arkaya atıp derin bir nefes çekti. "Annen bana, onun ilk olup olmadığını sormamı istedi." Ani bir bıçak batması hissi Hayat'ın kalbini deldi geçti. "Tabii ki ondan önce kimsenin olmadığını söyledim ama yine de sormamı istedi." Hayat, hıçkırırken tekrar saçlarına uzanıp usul usul okşadı. "Ağlama bebeğim," dedi fısıltıyla.

"Çok utanıyorum."

"Biliyorum."

Ailesi ona güvenmiyordu. Artık güvenmiyordu. Ne bekliyordu ki? Onların güvenini bu şekilde kırmayı istemezdi ama kırmıştı işte. Küvetin içinde sonsuza kadar yaşama düşüncesi yine mantıklı gelmeye başladı.

"Bir şey daha var," diye soludu Seçil. "Bu sanırım çok daha kötü." Sesinde dehşet vardı. Hayat, kızarmış gözlerini tedirginlikle ona dikti. "Baban, Tunç'un ailesini araştırıyor."

Hayat dehşetle, "Allah'ım, hayır," dedi.

Kapı tıkladı. Seçil, hızla ayağa kalkıp banyo kapısını açtı. Hayat, annesinin kırık sesini duydu. Seçil, kapıyı kapayıp ona döndü. "Çıkmanı istiyorlar," dedi. Hayat, güçlükle başını salladı. Çıkmak istemiyordu. Onlarla karşılaşmak istemiyordu. Yüzlerine nasıl bakacağını bilmiyordu. Allah'a, ona yardım etmesi için yakardı. Seçil banyodan çıktıktan sonra, uyuşuk hareketlerle kısa bir duş alıp banyodan çıktı.

4. Bölüm

Halis, nereye saldıracağını bilemiyordu. Vahşi bir hayvan gibi göğsünden derin hırıltılar yükselirken salonun ortasında volta atıyordu. Her nefes alışında ciğerlerini yakan ateş, öksürük olarak geri dönüyordu. Boğazını sıkan görünmez ellerden, göğsüne oturan ağırlıktan kurtulmak için yapabileceği hiçbir şey yoktu. Gördüğü manzaranın gözlerinin önünden gitmesi için çiftesini çenesine dayayıp, beynini patlatmaya razıydı. Yaralanmış gibi hissediyordu. Dışarıya vurduğu şiddetli öfkenin altında derinden yaralanmış bir adam vardı. Utancından karısının yüzüne bile bakamıyordu. O gördükleri iffetsiz kız, kendi yetiştirdikleri narin ve dürüst kız olamazdı. Buna inanmak istemiyordu. Gördüklerini görmemiş olmayı, yaşadıklarının; gözlerini açtığında tavanına bakarken, kan ter içinde bir kâbus olduğunu fark etmeyi istiyordu.

Abisinin oğlu Abdullah'ı yanlarında getirmemiş olmayı diledi. Şimdi büyük ihtimalle köydeki herkes neler olduğunu öğrenmişti bile. Hayat'ı aramaya giderken onu bilerek yanlarına almamıştı. Çünkü ne ile karşılaşacağını bilmiyordu. Eğer kendisine hâkim olabilseydi, Hayat'ı bulamadığında ortalığı ayağa kaldırmak yerine her şeyi daha sonra çözüme ulaştırabilirdi. Ama öfkesi ve endişesi onu pervasız davranmaya itmişti. Abdullah da her şeye tanık olmuştu.

Hayat, yıllar sonra tüm ümitlerinden vazgeçmişken gelen bir mutluluk ve *hayattı*. Halis'in her şeyden sakındığı, kötülüklerden, dünyanın çirkinliğinden uzak tutmaya çalıştığı biricik, narin çiçeğiydi. Kalbindeki ağrının baskısı arttı ve güçlükle bir nefes daha aldı. Küstah herife, 'Bu iş burada bitmedi' demişti. Erdemli olan durumu kabullenir, gereğini yerine getirmeyi ağırbaşlılıkla kabul ederdi. Halis, geleneklerine bağlı bir adamdı. Böyle bir durumun sonuçlarının apaçık ortada olduğunu düşünüyordu. Ama itin oğlu onları kapı dışarı etmiş, yüzsüzce suratına kahkaha atmıştı. Dişleriyle yumrukları aynı anda sıkıldı.

Cahil bir adam değildi. O herif kadar kendi kızı da suçluydu. Çünkü zorlama gibi bir durum olmadığı ortadaydı. Ama kabahatlerini bilip boyunlarını bükmek gibi bir niyetleri yoksa, büktürmeyi de bilirdi. Tam olarak ne yapması gerektiğini biliyordu. Beklediği telefon geldiğinde hiç vakit kaybetmeyecekti. Yüzlerine çalınan karayı tam olarak temizlemese de... Allah onu affetsin yoksa Hayat'ın boğazını sıkmaktan korkuyordu.

▲▼▲

Hayat üzerini giyinmiş, ıslak saçlarını tek bir örgü yapmış, bir omzundan sallandırmıştı. Başı yerden kalkmıyor, sanki onlarca ağırlığı kafasının üzerinde taşıyormuş gibi hissediyordu. Yutkundu. Annesi onunla konuşmamıştı. Birbirine kenetlediği ellerine bir kez daha sıktı ve parmakları derisini deldi.

Babası, "Seçil!" diye kükrediğinde, Hayat olduğu yerde sıçradı. Seçil hemen salona daldı. Zaten salonun girişinde bekliyordu. Babasının da onun orada olduğunu bildiğinden emindi fakat bir şeylere ya da birilerine bağırma ihtiyacı hissediyor olmalıydı. Ya da Hayat öyle olduğunu düşünüyordu. Özellikle de kendisine.

"Buyurun, Halis amca," dedi Seçil, abartılı bir saygıyla ve hafif bir korkuyla.

"Bir kâğıt kalem getir." Seçil, ondan beklenmeyecek

bir hızla odalarına koştu. Hayat, babasının yüzüne bakmaya utansa da onun ceketini çıkarmış, kısa kollu, sırtı, göğsünün bir kısmı ve koltuk altlarının terden ıslanmış gömleğinin yakasını açmış olduğunu görebiliyordu.

Seçil, elinde kâğıt kalem odaya girdi. Babası bir adres söylediğinde titizlikle adresi yazdı. Babası neyin peşindeydi? Beyninin gerilerinde bir yerde bunun cevabını bilse de bunu düşünmek ve utancından felç geçirmek istemiyordu. Babası telefonunu cebine atıp adresi Seçil'in elinden hırsla kaptı. Ceketini alıp sert hareketlerle üzerine geçirdi. Kravatını cebinden çıkarıp titizlikle bağlarken bir küfür savurdu. Babası daha önce onun yanında hiç küfür etmemişti. Daha çok utanmasına neden olan, Abdullah abisi de garip bir ses çıkarınca, onun da babasının küfür ettiğini daha önce duymadığını tahmin etti.

Hayat, yanı başında dönüp duran dünyanın dışında kalmış gibi hissediyordu. Sesler ve hareketler onun yanından geçip giderken, sanki olay onunla ilgili değilmiş gibi boşlukta savrulurken her şeyi uzaktan izliyordu. Bu, başına gelmiş olamazdı. Olmamalıydı.

Babası, annesine seslendi. Sesi çelik gibi sertti. Annesi birkaç saniyede salonda belirdi. "Hadi gidiyoruz," dedi sertçe. "Adresi buldum." Babası salondan çıkarken Abdullah da peşinden ilerledi. Halis, bunu fark ettiğinde arkasını döndü. "Sen kal!" dedi itiraz kabul etmeyen bir tonla.

"Ama Halis amca-"

Halis, "Kal dedim!" diye diretti. Bir daha konuşmasını engellemek için arkasını dönüp salondan çıktı.

Hayat, çılgınca nereye gittiklerini sormak istedi. Fakat ağzını açamamış, bir milim bile kıpırdayamamıştı. Nefesini bile dikkat çekmemek için öyle usulca alıyordu ki, göğsü sıkışıyordu. Belki onun varlığını unuturlardı!

Annesi koluna asıldı. "Hadi," dedi donuk sesiyle. Ona bakmamıştı bile. Hayat, bir ömür gibi gelen zamanda koridorda yürürken, annesinin şefkatine öyle ihtiyaç duymuştu ki, ayaklarına kapanmamak için kendisini zor tutmuştu. 'Nereye?' diye soramadı. Sadece, kolundaki baskıcı elin onu çekiştirmesine izin verdi. Başı hâlâ yerde, gözleri ağlamaktan şişmiş, bedenini uyuşmuş gibi hissediyordu.

"Ben de geliyorum," dedi Seçil kararlı bir tonla. Annesinin itiraz etmek için nefes aldığını duysa da Seçil önce davrandı. "Siz götürmezseniz, taksiyle peşinizden gelirim." Annesi derin bir nefes alarak kabullendi. Abdullah, gidemediği için homurdandı.

Hayat, Seçil'in gelmesine memnun olmuştu. Nereye gittiklerini bilmiyor olsa da, her nereye olursa olsun onun desteği ve ellerinin güven veren sıkı tutuşuna ihtiyacı vardı. Hayat'ı dağılıp paramparça olmaktan kurtarıyordu. Eğer dağılsaydı hangi parçasının nerede olduğunu kesinlikle bilemeyecekti. Kaderinde bir şeyler, baş döndürücü ve dehşet verici bir hızla gelişiyordu. Hayat'ın tek yapabildiğiyse bunu izlemekti.

▲▼▲

Deryal Yiğit, bahçesindeki çardakta oturmuş, arada sırada önüne koyulan bitki çayına düşmanca bakarak gazetesini okuyordu. Yüzünü ekşiterek fincana baktıktan sonra uzanıp kulpunu sıkıca kavradı. 'Bitki çaylarını sevmiyorum' cümlesinin neresinin anlaşılmadığını düşünerek bir yudum aldı. Burcu artık iyice abartmıştı. Akşamları ot yemekten gına gelmişti. Eh... Burcu'su ona tatlı tatlı gülümsemeseydi o otları tek bir Allah'ın kulu ona yediremezdi.

Bahçeye açılan sürgülü kapının önünde bir figür belirdi. Keskinliğinden hiçbir şey kaybetmeyen gözleri hareketi yakaladı. Mini mini adımlarla gelen Nur'u gördüğünde, içinden *'Penguen'* dedi. Eğer ellerini yanlarında tutuyor olsaydı bir penguenden farkı kalmayacaktı.

"Deryal Bey."
Deryal cevap vermek yerine başını biraz daha kaldırıp gözlerini ona dikti. Kız, mutfakta çalışmaya başladığından beri bir sene geçmişti, ama Deryal artık onun hangi işi yaptığını takip edemiyordu. Her yerden bitiverip onu eğlendiriyordu. Bir de Deryal'e her bakışında manalı manasız başını eğip selam vermesi vardı. Her seferinde gülüşünü bastırıp onu korkutmayı başarıyor, sonra da Burcu'nun azarlayışını dinlemek zorunda kalıyordu.

Nur bir solukta, "Sizi görmek isteyen birileri var!" dedi.

Kaygılı sesinin kendi bakışlarından kaynaklanmadığını fark ettiğinde kaşları çatıldı. "Kimler?" diye sorarken elindeki gazeteyi katlayıp ahşap masanın üzerine gelişigüzel fırlattı.

"Tanımıyorum. Adam kendisini Halis Altınel diye tanıttı." Omuz silkti. İsim yabancıydı. Kulağına bir şekilde çalınmış bile değildi. "Şey..."

Genç kızın tereddütlü sesi dikkatini çekti. Yanından geçip giderken durdu ve ona döndü. "Ne?"

"Biraz kızgın gibi görünüyor." Durumu garipsemiş gibi ifadesi durgunlaştı. Bunun üzerine düşünürmüş gibi gözlerini kırpıştırdı.

Deryal'in kaşları daha da derinleşti. Tanımadığı, ismini bile duymadığı öfkeli bir misafiri vardı. Ya da misafirleri... Giriş kapısına ulaştığı anda arkasında Burcu belirdi. Ona çabucak bir bakış atıp dış kapının hemen önünde, içeri davet edilmeyi bekleyen misafirlerine baktı. Öfkeden yüzü kırmızıya bulanmış gibi görünen bir adam, mahvolmuş gibi görünen bir kadın, başını sanki yerdeki taşları sayıyormuş gibi yere eğmiş olan bir genç kız ve endişeli görünen bir diğer genç kız... Halis denilen adam kendisinin gözlerini oymak istermiş gibi bakıyordu.

Adam kaba bir tonla, "Deryal Yiğit, siz misiniz?" diye sordu.

Deryal nezaketi severdi ve adamın kaba ses tonu hiç hoşuna gitmemişti. "Evet," dedi buz gibi bir sesle. "Siz kimsiniz?" Adamın adını biliyor olması onun kim olduğunu bildiği anlamına gelmiyordu. Zaten adını da birkaç dakika önce öğrenmişti.

"Çok özel bir mevzu hakkında konuşmak için birkaç dakikanızı ayırabilir misiniz?" Adam bir anda nazik olmaya karar vermiş gibi görünüyordu. Yine de adamın gözlerinde öfkenin yattığını net bir şekilde görebiliyordu.

Deryal düz bir tonla, "Tabii," dedi. Fakat kafası karışmıştı. Durum garipti. Ona düşmanca bakan bu adama ne yapmış olabileceğini merak etti. "Sevgilim," dedi bir anda yumuşayan sesiyle Burcu'ya dönerek. "Ben üzerimi değiştirirken sen misafirlerimizi çalışma odasına götürür müsün?"

Burcu, şaşkınlık ve endişe dolu bakışlarını ona çevirdi. Yılların verdiği tecrübeyle gözleriyle konuşmayı öğrenmişlerdi. Burcu, ona emin olup olmadığını soruyordu. Deryal de başıyla hafifçe onaylayarak arkasını dönüp seri adımlarla yatak odasına çıktı.

▲▼▲

Hayat, sadece çalışma odasına götürüldüklerinde bir kez başını kaldırıp bakmış, odaya hızla bir göz atmıştı. Oldukça büyük bir alandı. Zaten evleri de oldukça büyüktü. Bir duvar boydan boya kitaplarla dolu bir kitaplıkla kaplıydı. Rafların bazılarında mavi, kırmızı ve siyah klasörler vardı. Tunç'un annesi soğuk bir kibarlıkla onları çalışma masasının önünde bulunan deri kaplı oturma gruplarına yönlendirdi. Duvardan duvara geniş pencereleri süsleyen jaluziler gün ışığından faydalanmak için yukarı toplanmıştı. Pencerenin ardından göz alıcı göğün mavisine karışmış bir yeşillik görünüyordu.

Hayat, nereye getirildiğini anladığında istemsizce itiraz etmişti. Ama babası mengene gibi parmaklarını bileğine sarmış, tırnaklarını etine geçmişti. Neredeyse sürükleyerek onu kapıya kadar zorla getirmişti. Kendi dehşet verici utancından o anda Seçil'i ve annesini unutmuştu. Şimdi oturduğu yumuşak koltuğun içine gömülüp kaybolmak istiyordu. Babasının niyetini anlamak güç değildi. Tekrar kapı dışarı edilecekleri de apaçık ortada bir gerçekti. Hayat, kova kova kaynar sular başından aşağıya boca ediliyormuş gibi hissediyordu.

Burcu Hanım, bir ara gelip, "Ne içersiniz?" diye sormuştu. Kimse bir şey istememişti. O, yine de küçük adımlarla yürüyen bir kızla gelmiş, soğuk limonata ikram etmişti. Servisi yapan kız, limonataları ikram ederken hepsinin yüzüne tek tek merakla bakmıştı.

Birkaç dakika sonra Deryal Bey geldi. O, uzun ve güçlü adımlarla çalışma masasına ilerlerken, Hayat ölmek istedi. Adam çalışma masasının arkasındaki koltuğa oturup rahatça arkasına yaslandı. Hayat, yüzlerine bakmıyor olsa da hareketlerini takip edecek kadar başını kaldırmıştı. Deryal Bey, üzerindeki şort ve tişörtü değiştirmişti. Yazlık bir pantolonun üzerine dirseklerine kadar kıvırdığı bir gömlek giymişti. Hayat, limonatasından bir yudum içmek, onu kurutan susuzluğunu gidermek ve yanan boğazını biraz serinletmek istiyordu. Fakat ufacık bir hareketle bile dikkati kendi üzerine çekmek istemiyordu. Zira tüm dikkatler biraz sonra onun üzerine odaklanacaktı.

Deryal Bey doğrudan, "Konu nedir?" diye sordu. Sesinin kontrollü ve kendinden emin bir tonu vardı.

Annesi ve babası çalışma masasının karşısındaki tekli koltuklarda karşılıklı oturuyorlardı. Seçil ve kendisi de üçlü koltukta yapışık ikiz gibi birbirine yanaşmışlardı. Burcu Hanım ise ikili koltukta tek başına oturuyordu. Ayağını 'pıt pıt' yere vurmasından gergin olduğu anlaşılıyordu.

Hayat'ın babası, "Tunç Mirza Yiğit, sizin oğlunuz, değil mi?" diye sordu. Hayat, onun nefretle katılaşmış ses tonuna karşılık susmak zorunda kaldı. Burcu Hanım'ın yere vurup duran ayağı dondu.

Deryal Bey'in duruşu dikleşti. "Evet," diye kısa bir cevap verdi. Fakat beklenilen soruyu sormadı. Hayat, nasıl hissettiğini bilemese de, onun kendisine baktığını biliyordu. Saniye bile sayılamayacak kısa bir an, gözlerini kaldırıp tam karşıya baktı. Ve Deryal Bey'in ürkütücü gri gözleriyle karşılaştı. Çabucak bakışlarını yere indirdi. Cilalı, parke zeminde herhangi bir toz zerresi arıyordu odaklanmak için ama yoktu.

"Dün gece eşim, ben ve kardeşimin oğlu, İstanbul'a gelmek için hareket ettik. Uçağımızın rötar yapmasıyla Adana'dan gelişimiz gece yarısını buldu."

Deryal Bey, "Bunun beni ilgilendiren bir konu olduğunu sanmıyorum," diye kestirip attı.

Hayat, babasının neden konuya böyle bir giriş yaptığını tahmin ediyordu. Muhtemelen asıl konuya girmek için güç toplamaya çalışıyordu. Zira asıl konu öyle pat diye söylenebilecek bir şey değildi. Bir de Abdullah ağabeyinin yanlarında bulunduğunu belirtmek istemişti.

Babası Deryal Bey'in çıkışını umursamayarak, "Kızımıza sürpriz bir ziyarette bulunmaktı amacımız," diye devam etti. Hayat, Burcu Hanım'ın huzursuzca kıpırdandığını fark etti. Hâlâ ölmek istiyordu. Kalbinin atışını duymuyordu bile. Kulakları öyle uğulduyordu ki, konuşmaları nasıl takip ettiğini kendisi de bilmiyordu. "Gelin görün ki, bize sürpriz yapan kendi kızımız ve sizin oğlunuz oldu."

Babasının ses tonu katı çıkabilirdi. Fakat Hayat, o sesteki ıstırabı da duymuştu. Duymuş ve ona böyle bir şeyi yaşattığı için kendisinden nefret etmişti. Boğazındaki yumruyu göndermek için bir kez daha yutkunmayı denedi ama yapamadı.

"Oğlumun size nasıl bir sürpriz yapmış olabileceğini merak ettim doğrusu." Deryal Bey anlamamış gibi davranıyor olsa da sesindeki bir tını en azından tahmin etmiş olabileceğini söylüyordu. Hayat, gözlerini kaldırıp baksa, adamı kendisine bakıyor bulacağından emindi. Korumacı ses tonuna karşılık buradan da Tunç'un evinden kapı dışarı edildikleri gibi kovulacaklarını biliyordu. *'Allah'ım bir an önce bitsin bu utanç!'*

"Kızımız dün gece eve gelmedi. Ve tahmin edebileceğiniz gibi geceyi sizin oğlunuzla geçirdi." Babasının sesi bir yükselip bir alçalıyor, zorlukla konuşuyordu. Hayat, daha fazla ne kadar utanabileceğini bilmiyordu. Yalnız konuşsalar olmaz mıydı?

"Evet," dedi Deryal Bey kayıtsızca. Babasının dehşetle nefes aldığını duydu. *Ee ne var bunda?* sözcüklerinin kısaltılmış haliydi bu, *evet*.

"Söylediğimi anlamadınız galiba, beyefendi!" Babasının çatallı sesi gergin çıkmış, dişlerinin arasından solumaya başlamıştı. "Sabah oğlunuzu beline sarılmış bir havluyla ve kızımızı da..." Gürültüyle yutkundu.

"Detaylara girmenize gerek görmüyorum." Deryal Bey'in sesi çelik gibi keskindi.

Babası, onu duyuyor gibi görünmüyordu. Bir yükselip, bir alçalan sesiyle dişlerinin arasından öfkeyle ve tıslayarak konuşmaya devam ediyordu. "Biz saygın bir aileyiz. Ve böylesi çirkin bir durumu olduğu gibi bırakamayız. Sabah oğlunuz bizi açık bir şekilde kovmayıp, mertçe ve erkekçe durumu kabul etmiş olsaydı, inanın şu an bu çirkinliği konuşuyor olmazdık!" dedi. Sertçe, hırıltılı bir soluk çekti. "Eğer siz de aynı karşılığı verip erdemden yoksun bir şekilde davranacaksanız, baştan söylemeliyim ki biz yorgun ve kalabalık bir aileyiz. Namusumuz da birçok şeyden önce gelir." Sesini bir ton daha yükseltti. "Eğer durumun icabına bakmayacaksanız, biz bir şeylerin icabına bakarız." Sustu. Bir an için sessizlik çalışma odasının ortasına bomba gibi düştü. Bu, gürültüden çok daha beter bir sessizlikti.

'Allah'ım canımı al' dedi genç kız içinden. Yüzü alev alev yanıyor, kalbi göğsünü delip geçmek ister gibi gürültüyle atıyordu. Tüm kasları gergef gibi gerilmişti. Hayat, birazdan derisinin bir yerlerden yırtılmaya başlayacağını düşünüyordu.

"Ben de kalabalık bir kişiliğim," dedi Deryal Bey sakin bir tonla. Bir insan nasıl bu kadar alçak sesle konuşup, bu kadar tehditkâr olabilirdi? "Oğlumun tek bir kılına zarar verebilecek herhangi bir şeyi, ikinci bir kere düşünmeden yok ederim." Susup derin bir iç çekti. "Şimdi... Beceriksizce yapılan, anlamsız tehditleriniz ve oğluma hakaretleriniz bittiyse asıl meseleye dönelim." Arkasına yaslandı. "Bu arada, oğluma bir kez daha hakarette bulunursanız, sizin pervasız konuşmalarınızı yaşadığınız şoka verip görmezden gelmeyi bırakacağım ve ellerimle sizi boğazlayacağım." Burcu Hanım, keskin bir soluk çekti. Ve her nasılsa Hayat, bunun iyi bir şey olmadığını anladı. Deryal Bey, oldukça ciddiydi. "Gerçekten isteğiniz nedir?"

"Allah aşkına şaka mı ediyorsunuz? Tabii ki onların evlenmesi!"

Hayat buz kesti. Gözlerini kaparken dünyaya geldiği güne lanet okudu. Sicim gibi yaşlar gözlerinin kıyısından akıyor, onları durduracak gücü kendisinde bulamıyordu. Yine rahatsız edici bir sessizlik tüm odayı doldurdu.

Sonunda Deryal Bey tekrar koltuğunda doğruldu. "Kızınızla birkaç dakika yalnız görüşmek istiyorum," dedi kesin bir dille.

Hayat titredi ama gözlerini kaldırıp adama bakmaya cesaret edemedi. Ondan korkuyordu. Ödünü patlatmıştı.

Babası tereddütlü bir sesle, "Bunun iyi bir fikir olduğunu düşünmüyorum," dedi.

"Ben de kızınızın oğlumdan önce bir geçmişi olup olmadığını bilmiyorum. Ama sizi dinleme nezaketini gösterdim, değil mi?" Babası gözle görülür bir şekilde irkilerek hızla ayaklandı.

Bir şey söylemeye gerek duymadan ve nereye gideceğini bilmeden odanın çıkışına doğru ilerledi. Hareketi, odada bulunanları tetiklemiş gibi herkes birden ayaklandı. Hayat, sıkı sıkı tuttuğu Seçil'in elini zorlukla bıraktı.

Burcu Hanım buz gibi bir sesle, "Sizi salona alayım," dediğinde, Hayat ürperdi. Yere sertçe basan adımları sanki Hayat'ın beyninde delikler açıyordu.

Oda bir anda boşalınca, Deryal Bey'in varlığı sanki tüm odayı doldurdu. Genç kız, hareket etmeye cesaret edemiyordu. Adam ayaklandı. Ağır adımlarla masanın çevresinde dolaşıp onun yanına kadar ilerledi. Sonra derin bir nefes alarak Hayat'ın yanına oturdu. Genç kız irkildi.

Bir süre sessizce oturdular. Ardından Deryal Bey, Hayat'ı şaşkına çevirerek onun limonata bardağına uzandı. "Sanırım içmiyorsun?" diye sordu yumuşak bir tonla. Genç kız, onun sesinde gizli bir keyif yattığını fark etti. Tüm olası soruların içinde böyle bir soru beklemediği için istemsizce başını kaldırıp kızarmış gözlerini onun gözlerine dikti.

"Yoksa içecek miydin?" diye sordu Deryal Bey kaşlarını kaldırarak. Gri gözlerinde eğlence parıltıları oynaşıyordu. Hayat, boşlukta savruluyormuş gibi hissetti kendisini, fakat başını iki yana sallamayı başardı. "Güzel."

Saçlarının bir kısmı kırlaşmış olan adam, bardağı dudaklarına götürdü. Büyük bir keyifle limonatadan birkaç yudum alıp arkasına yaslandı. Hayat, gözlerini ondan alamıyordu. Dudağının kenarına yerleşen minik kıvrım, onu on yaş daha gençleştiriyordu. Gözlerinin kenarındaki kırışıklıklar gülümsemesiyle biraz daha belirdi.

"Son zamanlarda bitki çaylarından başka bir şey içmiyorum." Sevimlice yüzünü buruşturdu. "Allah'ım! Berbat bir tatları var. Otların her bir türünden nefret ediyorum." Dehşete düşmüş gibi görünüyordu. "Ama tabii, ben yaşlandığımı kabul etmesem de bedenim sanırım benim kadar cesur değil." Kendini kabullenmiş gibi derin bir çekti. Genç kıza dönüp limonata bardağını havaya kaldırdı. "Aramızda kalsın." Göz kırptı.

Hayat, tüm bu anlamsız konuşmanın içinde kendini kaybetmişti. Ne yapmaya çalıştığı hakkında hiçbir fikri yoktu. Onu rahatlatmaya mı çalışıyordu? Çünkü bu samimi hareketleriyle konuşmaları, Hayat'ın fark etmeden gevşemesine neden oluyordu. Adam bir anda gözlerini ona dikti. "Sen seviyor musun?" diye sordu yine yumuşak bir tonla.

Hayat, kendini "Neyi?" derken buldu. Sesi karga gaklaması gibi çıkmıştı.

"Bitki çaylarını."

"Bi... Bilmiyorum," diye kekeledi.

Deryal Bey'in yüzü, tıpkı oğlu gibi ani bir değişimle sertleştiğinde genç kız ürperdi. "Babanın söyledikleri doğru mu?" diye sordu sakin bir tonla. Hayat, hızla gözlerini kaçırıp başını yere eğdi. "Bana bak!" Adamın sesi kararlı çıkmıştı fakat tınısındaki sertlik çoktan kaybolmuştu. Genç kız, başını kaldırdı. Kaldırmak zorundaydı. Direkt onun araştıran, keskin gözlerinin içine baktı. "Doğru mu?" Öğrenmek istiyordu. Belki de haklıydı. Hayat onaylarcasına başını salladı.

Deryal Bey, "Pekâlâ," dedi. Ayağa kalktı. Bu kadar mıydı? Daha fazla soru sormayacak mıydı? Tek bir cevapla, hatta sadece bir baş sallamayla kabullenmiş miydi? Hayat şaşkındı. Ve arkasını dönmeden önce adamın kararmış yüz ifadesini görmemeyi dilerdi. Adam keten pantolonunun cebinden telefonunu çıkardı. Bir tuşa basıp kulağına götürdü. "Yarım saat içinde evde ol!" Kısa bir süre karşıdakinin söylediklerini dinledi. Ardından, "Gel dedim!" diye gürleyip telefonu kapadı.

Hayat yutkundu. Tunç'u aramıştı. Panik genç kızın bedenine şiddetle çarptı.

"Mirza, yarım saat içinde burada olacak ve konu Halis

Bey'in istediği şekilde kapanacak." Adamın sesinde renkten eser yoktu.

"O ismi kullanmıyor!" Hayat şoka girmiş olmalıydı. Yoksa ondan nefret eden bir adamla evlendirileceği -hem de zorla- kesinleştiği bir anda söylediği ve dikkat ettiği şeyler bunlar olmazdı.

Deryal Yiğit, güldü. Yumuşak bir gülüştü. "Biliyorum," dedi kısık ama acı dolu bir sesle.

Genç kız, onun ses tonuna karşılık kaşlarını çattı. Sonunda Hayat'a bir şey çarpmış olmalıydı ki kendine geldi. Belki de ona çarpan şey gerçeklikti. Bir anda kendine hâkim olamadan ayağa fırladı. "Yapamazsınız!" dedi dehşetle.

"Anlamadım." Deryal Bey, kaşlarını kaldırmış ona bakıyordu.

"Bizi evlendiremezsiniz." Kelimeler dudaklarından aceleyle bir solukta çıktı.

"Neden?"

"Onu buna zorlayamazsınız. Benden nefret ediyor. Kabul etmeyecektir." Yalvaran bakışlarını Deryal'in kafası karışık gibi görünen gözlerine dikti.

"Senin istediğin bu değil miydi?"

Hayat, çılgın gibi başını iki yana salladı. "Hayır. Hayır. Bu babamın isteği! Ben istemiyorum. Onunla evlenmek istemiyorum. Onu da evliliğe zorlamanızı istemiyorum. Benden nefret ediyor."

Deryal kayıtsızca, "Bir gece önce etmiyormuş demek ki," dedi. Utanç dalgası genç kızın havada sallanmasına neden oldu. Bayılmadan önce bir yere oturması gerekiyordu. Tam Deryal, ona doğru adım atmıştı ki kendini sertçe koltuğa bıraktı. Adamın adımları durdu.

"Buna izin vermeyin. Ben sizin de karşı çıkacağınızı düşünmüştüm. Benimle evlenmek istemiyor. Ben de onunla evlenmek istemiyorum." Tunç'un ona olan tiksinti dolu bakışlarını hatırladığında midesine yumruk yemiş gibi hissetti. "Kesinlikle beni bir daha görmek bile istemiyor."

"İstekleri değil, zorunlulukları önemli olan! Eğer bir hata yaptıysa bunu telafi etmek zorunda. İstese de istemese de." Bir süre duraksadı. "Aynı şekilde sen de!"

Hayat, "Hayır," diye fısıldadı. Fakat Deryal Bey çoktan çalışma odasından çıkmak için harekete geçmişti.

▲▼▲

"Tunç'u bu evliliğe zorlamak istediğinden gerçekten emin misin?" Burcu, kırgın ve kızgın görünüyordu. Deryal onu anlıyordu. Ağır ağır başını salladı. Anlıyor olması bir şeyi değiştirmiyordu. Burcu, annelik içgüdüleriyle hareket ediyor, yine o doğrultuda düşünüyordu.

"Onu kaybedeceksin. Onu tamamen kaybedeceksin!" dedi Burcu acı dolu bir sesle. Ardından, "Kaybedeceğiz," diye fısıldadı.

"Biliyorum."

"O kız..." Burcu'nun daha önce böylesi bir öfkeye kapıldığını hiç görmemişti. Ancak hayatta her şeyin bir ilki vardı. Sonunda karısının da sağduyulu davranacağından emindi. Ama önce şoku atlatması gerekiyordu. "Onunla evlenebilmek için-"

Deryal onun sözünü kesti. "O kız, oğlumuzla evlenmek istemiyor." Yatak odalarının penceresine doğru ilerledi. "Hiç istemiyor. Bunu isteyen, Halis Bey... Haklı da!" Burcu'nun sertçe soluk aldığını duyduğunda yüzü hüzünle buruştu. "Biraz daha objektif ve duyarlı olmaya çalış. Halis Bey'in öfkesinin altında yatan yıkılmışlığı görebilirsin. Ve o küçük kızın utancını..." Başını iki yana salladı. "Hayat, çok saf bir genç kız. Bunu fark etmemiş olamazsın. Mirza'ya kolaylıkla kapıldığı belli! Buraya üniversiteyi okumak için gelmiş ve şimdi biz onları göndersek önünde şekillenen geleceği görmek bana acı veriyor. Babasının tek çaresi onu kabul edecek biriyle evlendirmek olacak. Adana'ya dönmesi ve bu utancı yaşaması gerekecek. Ailesi de dâhil herkes ona sırt çevirecek. Eğer aile yalnız olsaydı, bir şekilde daha farklı bir çözüm bulabilirdik. En azından her şey böyle aceleye getirilmezdi. Ama yanlarında akrabalarından birini getirmişler." Derin bir soluk aldı. "Mirza, bu defa sert kayaya çarptı. Pervasızlığının bedelini bu aile fertleri tek başına ödememeli!" Karısına dönüp acı dolu gözlerle baktı. "Bir bedel varsa herkes payına düşeni almalı."

Burcu, kocasının yanına ilerledi. Menekşe gözleri sulanmış, yüzü üzüntüyle kırışmıştı. Kollarını onun beline doladı, yanağını göğsüne yasladı. Deryal, hem ona güç vermek hem ondan güç almak için kollarını sıkıca bedenine doladı.

Burcu fısıltıyla, "Onu tamamen kaybedeceğiz," dedi. "Sözlerinde haklı olman bunu değiştirmeyecek."

"Biliyorum, Burcu'm. Biliyorum."

"Tunç da ona iyi davranmayacak."

"Biliyorum. Ama en azından okulunu bitirip kendisine bir gelecek kurabilecek. Daha sonra isterlerse ayrılabilirler."

5. Bölüm

Emrivakilerden nefret ederdi. Ve bu emrivakilere sırf öyle oldukları için karşı çıkardı. Ama tam Kürşat Bey'le görüşmesini bitirip toplantıya girmek üzere ofisinden çıkmıştı ki, babası arayıp eve çağırmıştı. Tunç asla ona karşı gelemezdi. Neden çağırmıştı? Sesi de çok sertti. Sabah yaşadığı felaketten sonra başka bir olay yaşamak istemiyordu. Fakat görünüşe göre, bugün onun günü değildi. Muhtemelen Melek onlara sızlanmıştı. Babası da bu konuyu görüşmek istiyordu. Allah'ım! Onun doğum gününü unuttuğuna inanamıyordu. Sadece özel günlerde ailesi ile bir araya geldiği göz önüne alınırsa, ablası sitem etmekte haklıydı.

Ancak onun can sıkıcı mesajı yüzünden de Hayat denen küçük aptalla karşılaşmıştı. Sonra sarhoş haliyle farkında bile olmadan kızın bekâretini almıştı. Yüzü asıldı. Bunu biliyordu. Fark etmemiş olsa bile kızın sıkılığı hâlâ hatırındaydı. Aklına geldikçe de midesinin kıpırdanmasına neden oluyordu. Sonra ailesi resmen onları basmıştı. Muhtemelen planlı bir şeydi. Düşünmemeyi ve aklından silmeyi denemişti. Yine de kızın yaprak gibi titreyen bedenini, kireçe dönmüş yüzünü net olarak hatırlıyordu. Bu da kafasını kurcalamaya yetiyordu. Hata yapmaktan kaçınır, girdiği her işi ince eleyip sık dokurdu. Eğer ablasının attığı sitem dolu mesaj olmasaydı, Banu ile görüşür, o mekâna asla gitmez, dahası o kadar çok içmezdi. Gitmiş olsa bile o kadar sarhoş olup kızın tuzağına düşmezdi. Kızdan ve ailesinden nefret etmişti. Hatalı olduğunu kabul etmiyor da değildi. Ama Allah aşkına, evlilikten bahsediyorlardı. Evlilik!

Ailesinin evine vardığında, bahçe yolunu geçip babasının arabasının yanına park etti. Güneş gözlüklerini çıkarıp ceketinin iç cebine attı. Arabadan indi. Sıcak hava dalgası bedenine çarptığında üzerindeki ceket rahatsız etmeye başladı. Sonra şehrin içinde asla duyamayacağı doğa sesleri kulaklarına çalındı. Adını bile bilmediği bir sürü kuş ötüyordu. Tunç, aslında bu sakin, huzur veren sessizliği bölen neşeli seslerini seviyordu. Derin bir nefes çektiğinde, rüzgâr çamların kokusunu ona taşıyıp ciğerlerini doldurdu.

Zili çalmaya gerek görmeden anahtarlarını çıkardı. Arkasından gelen hafif hışırtı sesi omzunun üzerinden arkaya bakmasına neden oldu. Daha önce fark etmediği eski model bir Mercedes dikkatini çekti. Omzunu silkti. Belki babası koleksiyonuna yeni bir araba dahil etmişti. Gerçi plakası her arabasında olduğu gibi 'BRC' değildi ama bunu ayarlamaya zamanı olmamış olabilirdi.

Kapıyı açıp içeriye adım attığında Nur'la burun buruna geldi. Kız, birden sıçrayıp geri çekildi. "Ne haber?" Tunç göz kırptı.

Nur, her zamanki gibi gözlerini kırpıştırıp pembeleşmek yerine kaygıyla baktı. "İyiyim, Tunç Bey. Teşekkür ederim."

Kısık sesinde bir şey vardı. "Hasta mısın?" diye sordu ceketini çıkarıp ona uzatırken.

Genç kız çabucak ceketi astı. "İyiyim," dedi yine cılız bir sesle. "Deryal Bey, çalışma odasında sizi bekliyor."

Tunç, ona bir kez daha bakıp başını sallayarak çalışma odasına ilerledi. Demek konu oldukça ciddiydi. Yüzünü astı. Evde rahatsızlık verici bir sessizlik vardı. Genelde her geldiğinde kalabalık bir ortama kendini hazırladığı için neşeli sesleri ve kahkahaları görmezden gelmek kolay olurdu. Fakat kasvetli sessizlik görmezden gelemeyeceği kadar huzursuzluk vericiydi. Çalışma odasına ulaştı. Kapıyı şöyle bir tıklayıp cevap beklemeden içeri daldı. İçerideki kalabalık onu sessizlikten daha çok rahatsız etti. Hayır. Bu yanlış kelimeydi. Tüm bedeni yakıcı bir öfke tarafından esir alınmıştı ve kasları tel gibi gerildi.

"Sizin ne işiniz var burada? Ailemi rahatsız etmeye nasıl cüret edersiniz?" diye gürledi. Gözleri birkaç şeyi aynı anda yakaladı. Elleri ceplerinde pencereden dışarı bakan babası hızla başını çevirip ona baktı. Annesi başını yerden kaldırdı. Onu görünce ayağa kalktı. Küçük, düzenbaz aptal yerinden sıçradı ama ona bakmadı. Ve diğerleri sanki onun karnını deşmek istiyormuş gibi nefret dolu bakışlarını üzerine saldılar.

Babası sakin bir tonla, "Bizimle konuşmak için geldiler," dedi.

"Ve siz de bu düzenbaz insanların söylediklerini gerçekten dinlemeye değer buldunuz, öyle mi?" Eğer dişlerini aralayabilseydi arasından konuşmazdı, ama onları açmak için sinirlerinin çok sağlam olması gerekiyordu.

"Eğer daha önce sen dinleyip yükümlülüğünü yerine getirmiş olsaydın, ben dinlemek zorunda kalmazdım."

"Ne demek oluyor *yükümlülüğünü yerine getirmek*?" Tek kaşını kaldırıp babasına baktı. Ellerini ceplerine sokup duruşunu dikleştirdi. Onun kararlı ifadesinden huzursuz oldu. İçinde onu çimdikleyip duran can sıkıcı bir his vardı. Tüm bu durum, konuşma hoşuna gitmiyordu. Ailesine gelip yaşadıklarını anlatmaya nasıl cüret ederlerdi?

"Bu demek oluyor ki; yaptığın hatayı kabul edip Hayat'la evleneceksin."

Tunç, kurşun yemiş gibi irkildi. Bu kurşunu ondan yemiş gibi babasına öfkeyle baktı. Annesinin elini kolunda hissetti.

Burcu, "Tunç..." diye mırıldandı.

Tunç, ona bakmadan kolunu silkeleyip tutuşundan kurtuldu. Odanın ortasına doğru ilerledi. Elleri hâlâ ceplerindeydi, meydan okuyan bir duruşu vardı. "Mizah anlayışınızı her zaman özel ve zekice bulmuşumdur baba," dedi sakin bir tonla. Sanki tüm öfkesi gitmiş gibi görünüyordu. En azından ona çevrilmiş olan tüm gözler bu şekilde yorumlayabilirlerdi. Fakat içinde kaynayan bir öfke kazanı vardı. Bunu sadece Tunç ve kararından caymayacağını söyleyen bakışlarla bakan babası biliyordu. "Bu defa değil!" diye bitirdi sözlerini yakıcı bir alaycılıkla.

"Öyle olmalı, çünkü espri yapmadığım kesin." Deryal'in kaşları derinleşti. "Açıkçası mizah yapılabilecek bir durum da görmüyorum."

"Beni o fırsatçı, düzenbazla evlendirecek misin gerçekten?"

"Öyleyse bile, fırsatı sen verdin." Keskin bir soluk alış duyuldu, ancak ikisi de gözlerini birbirinden ayırmadılar.

Tunç, dişlerini sıkıp bir adım daha ilerledi. Her zaman zekâsına güvendiği ve saygı duyduğu babası onların bir oyun içerisinde olduklarını nasıl göremiyordu? Ve Allah aşkına, tanımadığı bu kızla evlenmek istemiyordu. Tunç, evlenmek istemiyordu. Herhangi biriyle! "Vaziyetin iyi kurgulanmış bir oyun olduğunu fark etmiyor musunuz, baba?" Hiddetle başını iki yana salladı. "Gerçekten göremiyor musunuz?"

"Mirza," dedi babası oldukça sakin ve bir parça da anlayış dolu bir tınıyla. Tunç, ismi duyduğunda dişlerini istemsizce sıktı. "Dün akşamı inkâr edebilir misin?"

Babasının son sözleri onun bir anda başını arkaya atıp kahkaha atmasına neden oldu. "Hayır," dedi derin kahkahası durulduğunda. "Ama birilerinin size önümü göremeyecek kadar sarhoş olduğumu ve bazı gerçekleri kavrayamayacak durumda olduğumu anlatmasını beklerdim."

Babasının kaşları çatıldı. Gözleri koltuğun içine gömülmek istermiş gibi kamburunu çıkararak oturan Hayat'ı buldu. Tabii ki küçük düzenbaz ballandıra ballandıra geleceğinin temelini atacak olan hikâyeyi anlatırken bu ayrıntıyı atlamış olmalıydı. Gerçi Tunç her şeyi hatırlıyordu ama... Nasıl anlamamıştı? Utangaçtı. Ve... Ve... Beceriksizdi. Ve çok sıkıydı. Ve canını yanmıştı. Lanet olsun! Anlamalıydı. Tunç, gözlerini babasından ayırmıyordu.

Arkalarından hırıltılı bir ses yükseldi. "Pek de önünü göremiyor değilmişsin." Kızın babasının sesindeki karanlık öfke ve sözleri, Tunç'un hiddetle arkasını dönüp düşünmeden ileri atılmasına neden oldu.

Babası koluna yapıştı. "Bu bir şeyi değiştirmiyor," dedi kısık bir sesle. "Netice yine aynı!" Tunç, gözleri şokla açılmış bir şekilde babasının gözlerinin içine baktı. Hayrete düşmüştü. Babası onu değil, düzenbaz aileyi savunuyordu.

"Onun sarhoşluğumdan faydalanıp planladığı amaca erişmesine izin vereceksiniz yani, öyle mi?" Kolunu sertçe çekerek babasından kurtardı. Hayat'ın tam önüne gidene kadar ilerledi. Kızın babası korumacı bir şekilde oturduğu yerden ayaklanıp hemen yanlarında durdu. Burcu'nun yumruk yapılmış bir eli dudağının üzerinde duruyordu. Seçil'in kolu anında Hayat'ın omzuna dolandı.

Tunç, kızın önünde diz çöktü. Bir dizini yere dayayıp havada kalan dizinin üzerine dirseğini koydu. Ve şaşırtıcı derecede yumuşak bir sesle konuştu. "Sana sarhoş olduğumu söyledim, değil mi?"

Kız, başını kaldırıp kül rengini almış yüzünü ona çevirdi. Şişkin gözlerle gözlerine baktı. "Evet," diye fısıldadı.

Ondan böyle bir dürüstlük beklemediği için bir anda gelip geçen şaşkınlık Tunç'u sarstı, fakat duruşunu bozmadı. "Niyetimi de belli ettim sanıyorum." Tek kaşını kaldırarak tehditkâr bakışlarla baktı.

Kız hızla başını salladı. Tunç'un yüz ifadesini gördüğünde, "Evet," diye fısıldadı.

"Gidebilirdin. Sana mani olmazdım." Tüm bunları herkesin önünde konuşmak rahatsızlık verici olsa da, yine de herkesin duyabileceği şekilde olması onun yararınaydı.

Tüm gece boyunca, Tunç'un ilgisine maruz kalan, bu yüzden hâlâ birazcık şiş olan dudaklar hafifçe titreyerek aralandı. Genç kız bir solukta, "Haklısın," diye fısıldadı. Kabullenişinin ardından babasına hızla korku dolu bir bakış atıp anında gözlerini kaçırdı. Tunç, ağır ağır ayağa kalkarken, Seçil'in nefret dolu bakışlarıyla karşılaştı. Onun bakışlarına aynı şekilde karşılık verdi. Bir şekilde bu, gülmek istemesine neden oldu. Allah'ım! Çocuklar gibi...

"Umarım ne demek istediğimi anlamışsınızdır." Önce babasına, sonra Hayat'ın babasının öfkeden kızarmış yüzüne baktı. Buz gibi bir tonla, "Bu saçmalığa daha fazla katlanamayacağım," dedi. Ne kendi ailesine ne de başka herhangi birine bir şey söylemeye gerek duymadan odadan çıkmak için harekete geçti.

Seçil hiddetle, "Yeter artık!" diye gürledi. Tunç topukları üzerinde dönüp ona baktı. "Nasıl bir karaktersizlik örneği sergiliyorsun anlayabilmiş değilim!"

Hayat, "Seçil," diye soludu. Arkadaşı ayağa kalkarken onu tutmaya çalıştı fakat başarılı olamadı.

Tunç kaşları havaya kalkarken, "Sözlerine dikkat et!" diye tısladı. Sesinde bariz bir tehdit tınısı vardı.

Seçil, onun bu ses tonundan ve bakışlarından sinmeyecek kadar öfkeliydi. "Tüm suçu Hayat'ın üzerine yıkmaya çalışman karaktersizlik değil de ne? Onu mekândan çıkarmana engel olmaya çalıştığımda beni dinleseydin ya da Hayat'ın ne kadar masum bir kız olduğunu fark ettiğinde kendini geri çekebilseydin, şu an burada bunların hiçbiri yaşanmıyor olurdu. Sanki Hayat seni ayartmış gibi davranmaktan vazgeç!" Aslında Hayat da çok masum değildi. Fakat sadece Tunç pisliğine delice âşıktı. Seçil, bunu söyleyerek onun gururunu ayaklar altına almaktansa saf olduğunu söylemeyi tercih etmişti.

Tunç, ailenin oyunculuk performansının ve azimlerinin gerçekten övgüyü hak ettiğini düşünüyordu. Yüzüne alaycı bir gülümseme yayıldı. Şüphesiz ki Hayat'ın kurnazca verdiği dürüst cevaplar kendi ailesinin de duygularını tetikleyecek, acıma dürtüsü onları ele geçirecekti. Ellerini ceplerinden çıkarıp havaya kaldırdı. Ağır ağır birbirine vurmaya başladı. Kendi çevresinde dönerek ve alkışlamaya devam ederek başını eğip onları selamladı. Hareketi gözlerde şaşkın bakışlara, kaşların derinleşmesine neden oldu. "Oscar değilse bile Altın Portakal ödülünü kesinlikle alırdınız," dedi Tunç, takdir dolu bir tonlamayla. Sonra aniden durdu. "Siz devam edin." Kaşlarını kaldırdı. "Bensiz!"

"Gitmeden önce nüfus cüzdanını bırak," dedi babası keskin ve itiraz kabul etmeyen bir tonla. "Nikâh saatini haber veririz."

Deryal, Mirza'nın ağır ağır kendisine dönüşünü izledi. Ve onun meydan okuyan bakışlarına karşılık verdi. Mirza'nın gözlerindeki ateşin usulca sönerek donuklaşmasını izledi. Saniye saniye oğlunun ondan daha da uzağa gidişini izledi. Boynundaki damarlar genişleyip mavi bir boru gibi belirginleşti. Çene kasları, sıktığı dişleri yüzünden seğiriyordu. Onun, içindeki karşı koyma dürtüsüyle bocaladığını biliyordu, fakat karşı gelmeyeceğini de biliyordu. Mirza yutkundu. Elini ceketinin iç cebine attı. Sıkıca kavradığı cüzdanının içinden hüviyetini çıkarıp ortadaki sehpanın üzerine fırlattı. Ve arkasını dönüp tek bir söz söylemeden çıkıp gitti.

Arkasından Burcu hızla kalktı. Aynı hızla odayı terk etti. Hayır. Oğlunun peşinden gitmiyordu, çünkü o da en az Deryal kadar bir işe yaramayacağını biliyordu. Ağlarken hıçkırıkları duyulmayacak kadar uzağa gidiyordu. Deryal'in gözleri nüfus cüzdanına kaydı ve omuzları çöktü. Mirza'yı sonsuza kadar kaybetmişti.

"Hayat burada kalsın," dedi aile fertlerine bakmadan.

"Nikâh saatini size de haber veririz." Hızla çalışma odasını terk etti.

▲▼▲

Dünya ayağının altından kaymıştı. Bilinmeyen bir yöne savrulurken etrafındaki figürler ve seslerin belli belirsiz farkındaydı. Hayatı bir anda tepetaklak olmuştu. Basit, düzenli, fazla heyecanlı olmayan hayatı ellerinin arasından kayıp gidiyordu. Kimseyi suçlamıyordu. Kendi hatasıydı. Tunç'un söylediği gibi itiraz edebilir, ona gerçeği söyleyebilirdi, fakat yapmamıştı.

Annesinin yanına oturduğunu bir şekilde fark etti. Annesi eline uzanıp hafifçe sıktı. Tülay Altınel hiçbir zaman hakkını savunan, cesur biri olmamıştı. Gerçi öyle bir şeye de hiç ihtiyacı olmamıştı. Ama Hayat, hatalı da olsa annesinin elini sırtında hissetmek isterdi. Onu savunsun, korusun, *hayır* desin isterdi. Şimdi bir teselli ödülü gibi hafifçe elini sıkıyordu.

Annesi, "Hakkında hayırlısı," dedi. Sesi yorgun ve üzgün geliyordu.

Hayırlısı bu muydu? Hayat, diğer türlüsünü düşünemiyordu. Sözlerine kahkahalarla gülmek istedi ama her şey kendi hatasıydı. Seçil'in ayaklandığını fark edince annesinin elinden elini hızla çekip arkadaşının bileğine yapıştı. "Sen kal ne olur?" dedi kısık, çaresiz bir tonla. "Beni yalnız bırakma."

Seçil tekrar yanına oturdu. Bitkince bir nefes çekti. "Ben de istiyorum, ama Deryal Bey yalnızca senin kalmanı istedi." İki elini de uzatıp yüzünü avuçları arasına aldı. "Çok üzgünüm, bebeğim. İnan çok üzgünüm. Seni dün gece hiç çağırmamalıydım."

"Lütfen Seçil," diye itiraz etti başını iki yana sallayarak. "Senin ne kabahatin var? Bazı şeylerden yoksun beynini bir yerlere düşürmüş olan benim."

Seçil, arkadaşının kara mizahına gülmedi. "Ben senin

için bir bavul hazırlar, kitaplarını ve birkaç kıyafetini getiririm."

Hayat, "Kal ne olur," diye yakardı.

"Yapma böyle. Çok üzülüyorum."

Hayat, kaderini kabullenmiş bir şekilde başını salladı. Seçil uzanıp yanağına şefkatle bir öpücük kondurdu. Yanından hızla ayrıldı. Hayat, onun ağlamadan kaçmaya çalıştığından şüpheleniyordu. Annesini hemen kapının yanında, babasının arkasında gördüğüne şaşırdı. Kalktığını bile fark etmemişti. Gidiyorlardı. Onu bırakıp gidiyorlardı. Başını çevirip gözlerini ortadaki cam sehpaya, Tunç'un nüfus cüzdanına dikti. Kapının usulca açılıp kapandığını duydu. Aynı anda kalbi tekrar atağa geçip şiddetle gümbürdemeye başladı.

Evin dışından bir arabanın homurtusu yükseldi, lastikleri yakarak hızla uzaklaştı. Bilmediği bu evde, tanımadığı ve büyük ihtimalle ondan hoşlanmayan insanlarla bir başına kalmıştı. Katlanılmaz bir baş ağrısı patlak verdi. Parmak uçları istemsizce şakaklarına gidip ovuşturmaya başladı.

Bütün gece uyumamıştı. Uykusuzluk gözlerinin batmasına neden oluyor, yaşadığı tüm bu katlanılmaz stresin üzerine eklenerek genç kızın bedenini daha çok geriyordu. O anda bu gerginliği atmak için ağlaması gerektiğini düşündü, ama sanki gözyaşı bezleri kurumuş gibi tek bir damla düşmüyordu. Avazı çıktığı kadar bağırmak, isyan etmek istiyordu. Hâlâ Tunç'un kimliğine bakıyordu. Allah'ım! Ondan ölesiye nefret eden bir adamla evlenecekti. Gerçekten evlenecekti. Tunç, onu oyuna getirdiğini düşünüyordu. Bunu nasıl düşünebilirdi? Sarhoş olabilirdi fakat kendini kaybetmiş de değildi. Bazı şeylerin farkına varmış olması gerekiyordu. En azından Hayat böyle olduğunu düşünüyordu. Çünkü o, her şeyin gayet farkındaydı.

Hayatı bitmişti. Tamamıyla kararmıştı. Uzaktan uzağa ona âşık olabilirdi. Hâlâ ona âşıktı. İçeriye girdiğini fark ettiği anda önce bedeni titreyerek ve kalbi olduğu yerde parendeler atarak karşılık vermişti varlığına. O kendisinden sonsuza kadar nefret edecek olsa bile bu gerçek değişmemişti. Ama onu gerçekten ne kadar tanıyordu ki? Çok ani değişen ruh halleri olduğunu fark etmişti. Hem o sabah, hem de ailesinin yanına geldiğinde bunu anlamıştı. Ki zaten fark edilmeyecek gibi değildi. Belki de ona kaba, acımasız davranacaktı. Canını yakar mıydı? Eğer şiddet yanlısı bir insansa canını yakması işten bile değildi. Çünkü onun kendisine baktığında nefretle kararan gözleri, bunu kolaylıkla yapabileceğini söylüyordu.

Gelecek, ufukta karanlık bir çukurdu. Dakikalar, dakikalar ve dakikalar boyunca oturduğu koltukta kıpırdamadan, gözleri tek bir noktaya sabitlenmiş, kendi belirsiz geleceğine acımış ve kendi beyin yoksunu kişiliğine öfkelenmişti. Nasıl böyle bir şeyi yapabilmişti? Hayat, ailesine kızamıyordu. Nasıl kızabilirdi ki? Abdullah abisi çoktan tüm aileye haberleri yaymış olmalıydı. Eğer Tunç bu evliliği kabul etmeseydi her şey çok daha kötü olabilirdi. İnsanların, birçok kişinin canı yanabilirdi. Hayat, acı acı bunu istediğini düşündü. Onunla evlenmektense, yaşanabilecek diğer her şeye razı olurdu.

Arkasında bulunan kapı usulca açıldığında istemsizce başını çevirdi. Burcu Hanım'la göz göze geldi. Kadının hüzünlü gözleri Hayat'ınkilerle karşılaşınca bir an genişledi. Sanki onun burada olduğunu unutmuş görünüyordu.

Gözlerini kaçırmak istedi bir an; ama yapamadı. Burcu Hanım, ne yapacağını bilemiyormuş gibi havada sallanan ellerini beyaz, tiril tiril pantolonunun ceplerine soktu. Yüzünde garip bir ifade belirdi. "Aç olmalısın," dedi alçak sesle. Hafifçe gülümsedi.

Hayat, bu gülümsemenin onu biraz olsun rahatlattığını hissetti. "Ben..." Sesi yaralı bir hayvan böğürmesi gibi çıkınca boğazını temizlemek zorunda kaldı. "Özür dilerim," dedi. Elini boğazına götürerek tekrar temizledi. "İnanın farkında değilim."

Çok yakında kayınvalidesi olacak kadın yine gülümsemeye benzeyen bir şey yaptı. "Öyle olmalısın," dedi. Zarif bir el hareketiyle onunla birlikte gitmesini işaret etti.

Hayat, aç olup olmadığını bilmiyordu zira midesi yaşadıklarının hissettirdikleriyle tıka basa doluydu. Yine de onun zarif teklifine karşı çıkmak yapacağı en büyük kabalık olurdu. Burcu, Hayat'tan bir şey anlatmasını beklemedi. Ya da Tunç'la yaşadıklarıyla ilgili herhangi bir soru sormadı. Hayat için bir sandviç hazırlarken kırık dökük birkaç kelimeyle çok da başarılı olmayan bir sohbet girişiminde bulundu. Sonra kendisini ve Hayat'ı rahatlatacak güvenli bir limana sığınıp okuduğu bölüm üzerinde konuşmaya başladılar. Genç kız tek kelimelik kısa cevaplar verdiyse de, kendisini kötünün iyisi gibi hissetmişti. Deryal Bey'i bir daha görmedi. Kendisi için hazırlanan misafir odalarından birinde kendisini yatağa attığı gibi ertesi güne kadar uyudu.

▲▼▲

"Gideceğin belli başlı birkaç yer olmasına rağmen seni son tercihimde bulmam sanırım benim talihsizliğim."

Tunç, tek başına yayılıp oturduğu koltukta doğrulup başını kaldırdı. Ardından tek kaşı alaycı bir şekilde havaya kalktı. "Talihsizlikten mi bahsediyorsun?" diye sordu dili dolanarak. Yaşadıklarından sonra içkiye tövbe etmesi gerektiğini biliyordu. Fakat lanet olsun! Evleniyordu. Bir yerlere saldırmaktansa içmek daha mantıklıydı. Tabii bir bakireyle daha karşılaşmayacaksa! Allah uzak tutsun. Âmin.

"Duyduğuma göre baş-göz edilmişsin?" Ali rahatça yanına oturdu. Masadaki viski şişesini ve Tunç'un boşalmış kadehini alıp doldurdu.

Tunç, "Git kendine bir tane al," diye homurdandı. Eline uzandı, ama Ali şişeyi ve bardağı alıp onun karşısındaki yere oturdu.

Ali şişeye şüpheli bir bakış attı. "Sen yeterince içmişsin," dedi ve kadehi kafasına dikti. Tek yudumda midesine doğru inen sıvı, boğazını ateş gibi yakıp dilinde nahoş bir tat bıraktı.

"Kulübün başında olman gerekmiyor mu senin?" Tunç öne doğru eğildi. Dirseklerini dizlerine dayayıp başını avuçları arasına aldı.

"Evet. Ama duyduğuma göre bekârlığa veda partisi veriyormuşsun." Kıkırdadı.

Sinir bozucu pislik. Başını kaldırıp onun alay eden yüzüne baktı. "Bir kez daha alay edersen inan bana tüm hıncımı senden çıkarır, dilini yerinden söküp alırım." Eğer karşısında başka biri olsaydı, bakışlarından ve ses tonundan çoktan sinmişti. Ancak o, Ali'ydi işte. Arkadaşı başını arkaya atıp bir kahkaha patlattı. Dişlerinin arasından, "Çok komik," dedi. Zaten ancak Ali onun bu durumuyla dalga geçebilirdi.

"Son zamanlarda duyduğum en komik şey. Yıldırım aşkı demek! Bir anda çarpıldın?" Tunç, öfkeyle soludu. Hızla yanında duran ceketini kavrayıp onun yüzüne fırlattı. Sonra alkolün de vermiş olduğu bir gevşemişlikle arkasına yaslanıp katıla katıla, karnına ağrılar girene kadar güldü. "İşte şimdi ertesi gün evlenecek bir adamın mutluluğunu yaşıyorsun!"

Tunç'un kahkahası geldiği kadar ani bir şekilde durdu. Ali de artık gülmüyordu. Tunç, gözlerini onun karanlık bakışlarına dikti. Ne düşündüğü asla belli olmazdı bu bakışların. Yine belli olmuyordu. Yüzüne vuran gölgeler de ifadesini okumaya pek yardımcı olmuyordu. "Ertesi gün mü?" Tunç öfkeyle soludu. "Kesin mi?" Yutkundu.

"Aman Allah'ım. İşte şimdi sana acıdım. Bakma öyle kurbanlık koyun gibi. İçimdeki şefkat duygusunu uyandırıyorsun." Bardaktan içmekten vazgeçip şişeyi kafasına dikti. Ve ancak yine Ali, bunu böyle zarifmiş gibi gösterebilirdi.

"Cevap ver!" dedi Tunç tıslayarak.

Ali kolunu kaldırıp saatine baktı. "Gece yarısını geçtiğimize göre, evet. Ertesi gün saat 11.00'da nikâhın var."

"Allah'ım!" Tunç'un bir eli saçlarının arasından geçti. "Bunun başıma geldiğine inanamıyorum."

"Bir de olaya iyi tarafından bak. Nasılsa bir gün evlenecektin." Kayıtsızca omuz silkti.

Tabii ya, boynuna halat bağlanan o değildi. "Ne şimdi ne sonra, inan bana öyle bir niyetim hiç yoktu, olmayacaktı!" Nefretle soludu. "Beni buna zorladıklarına inanamıyorum. Hangi devirdeyiz Allah aşkına?"

"Şey var ya..." Ali, elini öne doğru uzatıp ciddi bir havayla salladı. "Hani şu zavallı genç kızlara yardım eli uzatan sabah programları..." Tunç, onun dişlerini mi dökse, yoksa boğazını mı sıksa karar veremeyerek gözlerinin içine baktı. "Onlardan birine başvurabiliriz." Kaşları alaycı bir şekilde havaya kalktı. "Yardım edin! Beni zorla evlendiriyorlar." Sesini incelterek başını çaresizmiş gibi iki yana salladı.

Tunç, ona öfkeyle bakmak isterdi ama göğsündeki homurtu güçlü bir kahkahaya dönüştüğünde başını iki yana salladı. "Umarım bir gün aynı duruma düşersin ve ben o zaman karşına geçip katıla katıla gülerim."

Ali'nin esmer yüzünü garip bir ifade bürüdü. Sonra bir elini, gömleğindeki görünmeyen tozu silkeliyormuş gibi göğsüne götürüp şöyle bir salladı. "Öyle hatalar yapmayacak kadar olgun ve tecrübeliyim." Sesinden kibir akıyordu.

Tunç'un kavisli kaşları havalandı. "İnan bana," dedi kendi kendisiyle alay eden bir sesle, "Düne kadar ben de öyle olduğunu sanıyordum." Bir anda hiddetle yanındaki koltuğa bir yumruk attı. "Servet düşkünü insanların oyununa geldiğime inanamıyorum. Dahası ailemin onların yanında olduğuna inanamıyorum." Ali'ye baktı. İfadesindeki ciddiyet ve bakışlarında o her zaman hesap yaptığı zamanlarda olduğunda ortaya çıkan donuklaşma dikkatini çekti. "Ne?" diye sordu bu ifadeye karşılık. "Servet düşkünü olmak için çok zenginler. Adamın finansal durumu seninkiyle yarış edebilecek kadar iyi!" Ali kayıtsızca omzunu silkti.

Kafası karışan Tunç gözlerini kırpıştırdı. "Ne?" diye sordu tekrar şaşkınlıkla. O köylü kılıklı, yumurta topuk giyen -Allah'ım hâlâ o ayakkabılardan üretiliyor muydu?- adamın mal varlığının kendisininkiyle aşık atabileceğine inanmak istemiyordu.

"Sen ve kızın ailesi evden ayrıldıktan sonra Deryal amca beni aradı. Küçük bir araştırma yaptım. Zaten fazla irdelememe gerek bile kalmadı. Kızın babası Adana'nın ileri gelenlerinden. Uçsuz bucaksız toprakları, pamuk tarlaları, çiftlikleri ve bir peynir üretim çiftliği var. Ürettiği peynirleri kendi markasıyla satışa sunuyor. Çok bilindik Altınel Peynirleri... Ben, şahsen onlara bayılıyorum." Tunç, ona kafası karışık bir ifadeyle baktığında bilmiş bilmiş başını salladı. "Devam edeyim mi? Daha en iyi safkan atların yetiştirildiği at çiftliklerini saymadım bile!" Başını keyifle iki yana salladı ve dudakları alaycı bir kıvrılmayla büküldü. "Çok köklü ve kalabalık bir aileden kız alıyorsun. Bundan iyisi, Şam'da kayısı!" Yüzünü buruşturarak çevresine bakındı. Gözleri kulübün içini onaylamaz, üsten bakan bakışlarla taradı. "Bekârlığa veda partilerinin demirbaşı striptizci kızları göremiyorum. Senin şimdi öyle bir yerde olman gerekmiyor muydu?"

Tunç hâlâ şaşkınlığını üzerinden atamamışken, onun sözleri dişlerinin birbirine kenetlenmesine neden oldu. "Siktir git, Aliş," dedi neredeyse hırlayarak.

Ali, tiksinirmiş gibi yüzünü buruşturdu. "O harfi ekleme, o harfi ekleme! Kaç kere söyleyeceğim? Üzerimde çok kötü duruyor."

"Gidip kuyruklarınla ilgilensene sen! Yoksa sabaha katil olacağım."

"Lütfen, kızlarım hakkında daha nazik kelimeler kullan. Ben, hepsiyle tek tek ilgileniyor, onlara gözüm gibi bakıyorum."

Babasının en yakın arkadaşı, hatta kan bağı olmasa da manevi kardeşi olan Adem'in oğlu Ali, kulübün işletimini devralınca, ilk işi yeniliklere açılmak olmuştu. Dansçı kızlar fikri, babası ve Adem amcasının hiç hoşuna gitmediyse de, haftada bir gece yapılan büyük partide, yukarıdan aşağıya salınan ince kumaşın içinde dans eden kızlar, kulübün akıllardaki ilk sıraya yerleşmesine neden olmuştu. Eh, devir değişiyordu. Ali de yeni nesil için neler yapılması gerektiğini çok iyi biliyordu. Tunç insanları eğlendirmek konusunda ondan daha iyisini tanımıyordu.

Tunç, herkesle arasına belli bir mesafe koymuş olsa da Ali bunu hiçbir zaman önemsememişti. Bir şekilde Tunç'un barikatlarını aşmayı başarmıştı. Genç adam bunu fark etmemişti bile. Bir şekilde, dost edinmekten kesinlikle kaçınan Tunç'un en yakını oluvermişti. Ve dansçı kızlar fikrini ortaya attığında, genç adam dostunu desteklemek zorunda hissetmişti.

Dansçı kızların çoğu, annesinin peşi sıra ilerleyen civcivler gibi onun peşinden ayrılmıyorlardı. Ali, herhangi birine yüz vermiyor olsa da kızlar ona tapıyorlardı. Ali'nin isteği ne olursa olsun, bunun için parmağını şaklatması yeterliydi.

"Kız Deryal amcalarda kalıyormuş." Tunç, benzersiz bir nefretle baktı ona. "Allah'ım! İşte şimdi bu bakışlarınla beni ürkütmeyi başardın. O zavallı kızcağıza acımaya başladım."

"Onun da ailesinin de cehenneme kadar yolları var. Ailesinin durumunun iyi olması, bana oyun oynadıkları gerçeğini değiştirmiyor. O asalak, sülük kızlarını bana yamadılar mı? Yamadılar. Bitti!"

Ali, "Olan olmuş artık," dedi. Sesinde hiçbir duygu tınısı yoktu. "Belki daha sonra senin de hoşuna gidebilir." Omuz silkti.

Tunç *'Aklını mı kaçırdın?'* der gibi bir bakış attı. "Sevmediğim, dahası nefret ettiğim o aptaldan mı bahsediyorsun?" Dehşete düşmüş gibi gözleri irice açıldı. "Öyle sakar, dengesiz ve sersem ki... Onunla aynı cümleleri iki kere söylemeden konuşmak bile çok güç." Duraksadı ve kendi kendine dalga geçerek, "Ben mi?" diye söylendi kızın berbat bir taklidini yaparak. Ali, onun bu hareketine omuzları sarsılarak güldü. Tunç bir anda kararan gözleriyle ona bakınca, boğazını temizleyip duruşunu dikleştirdi. Piç, hâlâ dalga geçiyordu. "Ailesi, muhtemelen ona koca bulabildikleri için hatim indiriyordur." Tunç'un dişleri onu ve ailesini düşündükçe birbirini kıracak kadar kenetleniyordu.

"Beni daha ne kadar şoke edebilirsin, bilmiyorum. Hiç sana göre değil. Ne içmiştin o gece?" Ali'nin alay eden yüzü ifadesiz bir hal aldı. "Ah dur! Yoksa bu kız senin gazozuna ilaç mı attı?" Güçlü bir kahkaha attı.

Tunç hiddetle, "Katlanılmaz birisin," dedi. Bu adamı tüm gece çekebilmek için yeni bir şişeye ihtiyacı vardı. Belli ki onu rahat bırakmayacaktı. Garsona bir baş hareketi yaptı.

Garson yanlarına gelerek başıyla selam verdi. Sırtını dikleştirerek isteklerini beklemeye başladı.

Ali, Tunç'tan önce davrandı. "Hesabı istiyoruz."

"Bir kişinin daha hayatıma karışmasını kaldıramam." Tunç'un sesi tehditkâr çıkıyordu. Fakat Ali etkilenmiş gibi görünmüyordu. Tunç, ona kafa göz dalsa yine etkilenmeyeceğini, ayağa kalktığında hiçbir şey olmamış gibi davranacağını da biliyordu.

"Bakire paratoneri olduğunu ispatladığına göre..." Garson, elindeki makineyle tutarı hesaplarken bir öksürük nöbetine tutuldu. "Daha fazla içmemek için başka nedene ihtiyacın yok!" Ali dudaklarını yaladı. "Ayrıca sap gibi takılmaktan nefret ederim."

"Sana siktir olup gidebileceğini söyledim. Beni rahat bırak!" Tunç gözlerini kapayarak arkasına yaslandı. Sadece sussa ve onu rahat bıraksa olmaz mıydı?

"Çok üzgünüm. Ama biricik, bahtsız arkadaşımın ikinci bir hata yapmasına gönlüm razı gelmez. Her ne kadar medeni kanunumuza göre yasal olan tek eşlilik olsa da, daha nikâhlanmadığın eşinin üzerine kuma getirmen işten bile değil."

Tunç doğruldu. Öfkeyle, "Çok güzel! Ez beni, kaçırma fırsatı," dedi.

Ali kayıtsızca, "Asla kaçırmam," diye karşılık verdi. Garsonun masaya bıraktığı deri kaplı hesap defterinin arasına bir banknot koymak için elini cebine atıp cüzdanını çıkardı. Hesabı ödedikten sonra ayağa kalktı, ellerini cebine atıp başıyla onun da kalkmasını işaret etti.

Tunç şüpheyle, "Nereye?" diye sordu.

"Ah zavallı çocuk!" Ali hüzünle başını iki yana salladı. "Ama artık temkinli davranman hoşuma gitti." Tunç, onun yüzünü dağıtma isteğiyle dolup taşarken, o derince ve sıkılmış gibi iç çekti. "İstediğin kadar içebileceğin ve başını belaya sokmayacağın bir yere." Omuz silkti. "Benim ya da senin evin! Ama senin kibrit kutusunda bana afakanlar basıyor. Ayrıca çok kötü bir ev sahibisin. Beni ayaklarımın sığmadığı o kanepeye mecbur etmen hiç misafirperverce değil. Onun için, tercihim kendi şahane evimin konforu."

Tunç ayaklandı. Baş dönmesinin geçmesi için bir süre öylece ayakta dikildi.

"Aman Allah'ım! Sakın seni taşımam gerektiğini söyleme."

"Bana alkolik muamelesi yapmaktan vazgeçer misin?" Tunç öfkeyle soludu. "Hâlâ yüzünü dağıtabilecek kadar ayığım ve inan bunun sınırındasın!"

Ali, Tunç yanına geldiğinde ona doğru eğildi. Dalga geçerek, "Buna şüphem yok," dedi. "Ama benim yüzüm dağıtılmaya kıyılamayacak kadar güzel."

"Kendini beğenmiş, piç."

"Evlendiğine öyle memnunum ki... Bu, o tanrısal karizmana fena bir çizik atar ve artık meydan biz zavallı kullara kalır."

Tunç ikilemde kaldı. Onu, o an mı boğazlasa yoksa eve gitmeyi mi beklese, bilemiyordu...

6. Bölüm

Tek bir kişi sırıtmasına engel olamamış, bütün öfkeli bakışlar bu kişiyi hedef almıştı. Az sayıda davetlisi olan -ya da kendini orada bulunmak zorunda hisseden insanlardan oluşan- nikâh, nikâh memurunun gerekli konuşması, cansızca söylenilen evetlerin -hatta biri öyle cansızdı ki, tekrar etmek zorunda kalmıştı- ardından geniş salona sessizlik hâkim olmuştu. Sıcak yaz güneşinin ışığı pencerelerden içeriye sızıyor, bunalan insanların, evin ısısı yeterince iyi olmasına rağmen daha büyük bir rehavete düşmesine neden oluyordu. Nikâh töreni bittiğinde insanlar birbirini tebrik etmeleri gerektiğini düşünmedikleri için herkes suskunluğa gömülmeyi tercih etti.

Tunç, hâlâ bu nikâhın kendi nikâhı olduğuna inanmak istemiyordu. Zaten öyle de yapacaktı. Ona göre atılan imzaların hiçbir önemi yoktu. O, hayatına kaldığı yerden devam edecekti. O asalak sersem, hiçbir şekilde hiçbir şeyi olmayacaktı.

Nikâhın hemen ardından derin bir nefes alan Hayat ise ne yapacağını bilemiyordu. Rüzgârın şiddetine kapılmış bir yaprak gibi savruluyor, buna engel olamıyordu. Hâlâ sandalyede oturmuş, ellerini kucağında birleştirmiş -tırnaklarının derisine geçtiğinin farkında değildi- masanın üzerinde duran açık deftere bakıyordu. Nikâh memuru nikâhın sonunda evlilik cüzdanını ona uzattı. Gayri ihtiyari deftere uzandı, ama son anda kararsız kalarak eli havada öylece bir süre bekledi.

Geldiğinde attığı tek bir bakışın ardından bir kez daha dönüp ona bakmayan Tunç, defteri alıp onun kucağına fırlattı. Genç kız irkilerek sandalyeye tekrar yaslanıp öylece kaldı. Onun kendisine bir kez daha bakmasını zaten istemiyordu. Tunç, kendisini tiksinilecek bir böcekmiş gibi hissetmesine neden oluyordu. Ne kalbi ne de ruhu adamın bakışlarını kaldırabilirdi. Kızmakta haklı olabilirdi. Fakat içine düştükleri durumdan Hayat da en az onun kadar hoşnutsuzdu. Göz ucuyla Tunç'un geniş salondan çıkmak için uzun adımlarla ilerlediğini fark etti.

Deryal, "Bir şey unutmuyor musun?" diye seslendi. İsmini söylemesine gerek yoktu. Herkes onun kime seslendiğini biliyordu.

Tunç'un adımları dondu. Ağır ağır arkasını döndü. Yüzünde yakıcı bir alay ifadesi vardı. İpeksi bir sesle, "Tabii ya!" dedi. Hızlı adımlarla Hayat'ın bulunduğu sandalyeye doğru yürüdü. Koluna asılarak onu ayağa kaldırdı. "Artık kıçıma bağladığım bir kabağım var."

Hayat, göz ucuyla kendi babasının irkildiğini, annesinin elini ağzına götürdüğünü gördü.

Deryal Yiğit, "Çirkinleşmene lüzum yok!" diye gürledi. Aynı anda oğluna doğru tehditkâr bir adım attı. Aynı adımı Hayat'ın babası da istemsizce atmış, kendisini yarı yolda yakalamıştı.

Hayat'ın gözleri yanmaya başladı. Fakat ağlamamak için büyük bir çaba sarf etti. Önce dudaklarını ısırdı. Sonra kolunu sertçe çekerek Tunç'un mengene gibi sıkı tutuşundan kurtardı.

Tunç buz gibi bir sesle, "Önden buyurun," dedi. Abartıyla eğilip bir elini salonun çıkış kapısına doğru uzattı.

Hayat, onun sözlerine aldırış etmeyerek Seçil'in yanına ilerledi. Her adımı, hissetmediği, uyuşmuş ayakları için zulümdü. Ama Hayat, bunu belli etmektense ölmeye razıydı.

Seçil güven vermek isteyen bir tonla, "Seni arayacağım," dedi. Sıkıca sarılıp yanaklarını öptü.

Hayat kısık, titrek bir sesle, "Tamam," dedi. Buna ihtiyacı vardı. Ve bu, istemese de sesine yansımıştı. Allah'ım! Gitmek istemiyordu. Korkudan ödü patlıyordu. Seçil tekrar sarılıp sırayı annesine bıraktı. Annesi, yanağını öpüp dudaklarını kulağına yaklaştırdı. "Bir sıkıntın olursa beni haberdar et."

Genç kız annesinin sözlerine karşılık, "Teşekkürler," diye mırıldandı. Bundan daha büyük bir sıkıntısı olabilir miydi? Bilemiyordu!

Tunç, o sırada homurdanarak kapıdan çıkıp gitti. Kimseye veda etmedi. Zaten kimse de böyle bir şeyi beklemiyordu. Babası onunla vedalaşmadı. Yüzüne bile bakmadı. Bu, Hayat'ın ağrıyan kalbinin üzerine bir taş daha ekledi. Tunç'un arkasından çıkan babası sadece onun ailesine kısa bir baş selamı verdi. Onun ardından, öfkeden ne yapacağını şaşırmış gibi duran Abdullah abisi çıktı. İlk geldiğinde Tunç'a meydan okumuş, ama onun kolay lokma olmadığını anladığında kuyruğunu kıstırıp bir köşeye çekilmişti.

"Ben..." Hayat; Deryal Bey, Burcu Hanım ve Ali'ye baktı. Tunç'un ablası Melek'e bakmayı reddediyordu çünkü en az kardeşi kadar o da genç kızdan nefret ediyordu. Nikâh başlamadan önce annesi ve babasıyla yaptığı yüksek sesli konuşmayı duymuştu Hayat. "Teşekkür ederim." Deryal Bey ve Burcu Hanım'a ona olan nazik davranışları, her ne olursa olsun anlayışları için teşekkür etmiş olabilirdi. Fakat Ali'ye neden teşekkür ettiğini bilemiyordu. Ali, bir baş selamıyla kabul ederken, Tunç'un anne ve babası hüzünlü ama samimi bir gülümsemeyle baktılar. Melek homurdanıp salonu terk etti.

Hayat, kapının hemen yanında duran valizi ve sırt çantasını almak için harekete geçti ama Ali ondan önce davrandı. "Tatlım! Bu, biz erkeklerin işi!" dedi sıcak bir gülümsemeyle. Hayat da ona gülümsemek istedi fakat yapamadı. Boğuluyormuş gibi hissediyordu. Canlı canlı mezara gömülüyormuş gibi...

Sırt çantasını da Seçil omuzladı. Hayat, sadece kol çantasını aldı. Bir kere daha ardına bakmadan Ali ve Seçil'in peşi sıra Tunç'un canavar arabasına doğru ilerledi. Arabası da en az onun kadar ürkütücüydü. Ali arka yolcu kapısını açıp valizi içeriye yerleştirdi. Rahat bir tavırla Seçil'in omzundaki çantayı da alıp valizin yanına yerleştirdi. Ön yolcu kapısını açtı. Tunç ona bakmıyordu. Güneş gözlükleri gözünde, bakışı ön cama kilitlenmişti. En azından öyle görünüyordu.

Ali, onu belinden kavrayıp koltuğa yerleştirdi. Genç kız, "Teşekkür ederim," diye fısıldadı dudağının bir kenarını geriye doğru çekerek.

Ali göz kırptı. "Zevkti, güzellik."

Seçil el sallarken, "En kısa zamanda görüşeceğiz," dedi. Hayat, başını sallayıp cılız bir şekilde el sallayarak karşılık verdi. Ali kapıyı kapadıktan hemen sonra Seçil'in omuzlarını nazikçe kavradı. Ve birkaç adım geri yürüdüler. Seçil'in, Ali'nin varlığından haberi yokmuş gibi görünüyordu.

Tunç, arabayı vitese takıp hareket ettirdiğinde, Hayat'ın kalbi yarış atı gibi atağa kalkıp birkaç ritim daha yükseldi. 'Tak-tak-tak-tak' kalbinin atış hızı kulaklarını dolduruyordu. Panik, sanki bedeninden büyük parçalar koparan bir yaratık gibi onu tüketmeye başlamıştı. İçinde baskı yapan bir şey vardı. Bu basınç gözlerinin kararmasına, beyninin uğuldamasına neden oluyordu. Kalbi büyümüştü; sanki içinde giderek yayılıyormuş gibi atışının her saniyesinde bunu hissediyordu. Allah'ım, bayılacaktı! Ciğerlerinin yanmasıyla nefes almayı kestiğini fark etti. Arabanın içindeki derin sessizliği yararak gürültülü bir nefes çekti. Bedeni rahatlamayla bir gevşeyip bir kasılırken, çıkardığı sesin onun dikkatini çekeceğini düşünerek koltuğunda sindi.

Saniyeler sonra, ondan hiçbir tepki gelmeyeceğini anladığında rahatlamayla -ama bu defa sessizce- yeniden bir iç çekti. Onun kendisine hakaret etmesini, nefretle bakmasını ya da öfkeyle homurdanmasını bekliyordu. Tepkisini belli edebilecek, genç kızın canını acıtacak bir sürü şey vardı ve Hayat hepsine karşı hazırlıklıydı. Ancak adamdan hiçbir tepki gelmedi.

Yanındaki adamı tanımıyordu. Kahretsin ki o, Hayat'ın kocasıydı. Onunla ilgili birçok hayal kurmuştu. Fakat hiçbirinde onun karısı olmak gibi uçuk bir noktaya ulaşmamıştı. Bu, hayallerinin çok ötesiydi. Kendine bunu düşünme iznini bile veremezdi. Fakat şimdi, kara bir mizahı olan kaderin oyunuyla deli gibi âşık olduğu ama ondan deli gibi nefret eden adamla evlenmişti. Ve bu adam, onun en korkunç kâbuslarından bile daha ürkütücüydü.

Tunç, uzanıp arabanın konsolundaki müzik sisteminin düğmesine bastığında, arabanın içini bir basgitarın isyankâr ritmi doldurdu. Hayat kendine engel olamadan göz ucuyla yanındaki adama bir bakış attı. Güneş gözlükleri yüzünden gözlerinin odağını göremese de dikkatini yola vermiş gibi görünüyordu. Dirseği arabanın camına dayanmış, başparmağı çenesinde, işaret parmağı alt dudağının üzerinde dalgın bir hareketle sağa sola gidip geliyordu. Hareketleri şaşılacak derecede sakindi; hatta sanki tek başına yolculuk ediyormuş gibi görünüyordu. Hayat, dakikalar sonra onun bu tutumunun nedenini kavrayacaktı.

Tunç, dar bir sokağa dalıp kaldırımın kenarına arabayı park edince, genç kız kafası karışık bir halde kaşlarını çattı. Genç adam motoru durdurdu. Anahtarları kontaktan çıkarıp arabadan indi. Ardından Hayat içeride olduğu halde, hava 34 derece sıcaklıkla ortalığı kavuruyorken kapıları kilitleyip kitapçılar pasajına doğru ağır adımlarla ilerledi. O indiği için Hayat'ın aldığı rahatlatıcı ilk derin nefesten sonra aldığı her nefes genç kıza yetersiz gelmeye başlamıştı. Motorun durmasıyla birlikte hareketi kesilen klimanın rahatlatıcı serinliği birkaç dakika içinde yok olmuştu, genç kız kapalı camların ve içeride kalan yetersiz, sıcak hava dalgasının içinde boğuluyordu. Dakikalar ilerledikçe içerideki sıcak hava dalgası onu boğmaya başlamış, bedenini kaplayan kıyafetler terden ıslanmıştı. Gerginlikle dimdik duran sırtından aşağıya yağmur gibi ter boşanıyordu. Giydiği kolsuz, siyah tişörtün göğüs bölgesi ve midesinin hemen üzerindeki bölge terden sırılsıklam olduğu için rengi koyulaşmıştı.

    Hayat arkaya uzandı. Sırt çantasından küçük bir karalama defteri çıkarıp yelpaze gibi sallamaya başladı. Nefes almakta güçlük çekiyor, aldığı her nefes daha da bunalmasına neden oluyordu. Defterin sağladığı havanın da zaten bir etkisi olmuyordu, zira arabanın içi cehennem sıcağı gibi yanıyordu. Ancak muhtemelen beyni bunu idrak edemiyor, psikolojik ve anlık bir rahatlama sağlıyordu. İnce kumaş kapri pantolonu bacaklarına yapışmış, hızla ısınan koltuğun derisi, tenini yakmaya başlamıştı. Terden ıslanan saçları ensesine yapışıyor, arada bir onları havalandırarak biraz olsun ferahlamak için ensesinden ayırıyordu. Sonunda lastik bir tokayla saçlarını başının tepesinde topladı. Sanki sıksa suyu çıkacakmış gibi saç derisinin tüm gözeneklerinden ter fışkırıyordu. Sonunda bu araba onun mezarı olacaktı. Nefes alamıyordu!

    Dakikalar sonra pasajın girişinde, elinde plastik bir torbayla ve diğer elinde arkasını çevirip okuduğu kitapla çıkan Tunç'u gördü. Daha önce aklına gelse kendisi bile buna inanmazdı. Fakat adamı gördüğüne çok sevinmişti. Telaşsız adımlarla aheste bir yürüyüş tutturan genç adamın sırf ona eziyet etmek için böyle davrandığını düşündükçe topuklu ayakkabılarını çıkarıp kafasına vurmak istiyordu.

    Tunç arabaya bindi. Elindeki kitabı plastik poşete yerleştirip arka koltuğa bıraktı. Hayat, adamın derdinin eziyet etmek değil, onu yok saymak olduğunu anlamıştı. Genç adam, o yokmuş gibi davranıyordu. Sanki Hayat arabanın içinde, hemen yanında değilmiş gibiydi ve adam bunu kolaylıkla yapabiliyordu. Hayat, onun için hiçbir şeydi. Genç kız, yutkunup hangisinin daha çok canını acıttığını düşündü. Bilmiyordu. Sonunda motor çalışıp klima tekrar devreye girince gözlerini kapayarak başını arkaya yasladı ve derin bir iç çekti. Nefes almak güzeldi! Fakat sonra, ıslak bedeni bu ani soğuk hava dalgasına tepki vererek ürperdiğinde hapşırdı. Apartmanın garajına geldiklerinde genç kız, yine onun kendisini yok sayarak hareket edeceğini anladığında seri bir hareketle ama dikkat çekmemeye çalışarak -o nasıl olacaksa- arabadan indi. Arka yolcu kapısını açtı. Bavulunu, sırt çantasını ve kol çantasını tek tek alıp, ayaklarının dibine koydu.

Tunç kitaplarının bulunduğu plastik torbayı aldıktan sonra kapıları kapadı. Hayat, tüm eşyalarını birlikte taşımayı başararak, asansöre ilerleyen adamın peşinden gitti. Birkaç gece öncesine ait anılar zihnine dolmaya başladığında başını iki yana sallayarak onları kovmaya çalıştı. Ayakları geri adımlar atmak için çığlıklar atarken yutkunarak ve bu aşağılayıcı durumun midesine oturmasına izin vererek asansöre bindi.

Birkaç dakika sonra dairenin içindeydiler. Tunç aldıkları kitapları torbasından çıkarıp büyük televizyonun önündeki sehpanın üzerine bıraktı. Güneş gözlüklerini de hemen onların yanına... Mutfak bölümüne ilerleyip büyük bir bardak su içti. Sonra kıyafetlerinin bulunduğu alana ilerledi. Hayat hâlâ kapının girişinde, ayaklarının ucundaki eşyalarıyla öylece dikiliyordu. Acınası bir durumdu. Daha önce içine düşmediği için böyle bir durumda ne yapmasını gerektiğini bilemiyordu. Tunç üzerindeki yazlık ceketi çıkardı. Kravatına uzanıp çekiştirerek onu da boynundan çıkardı. Başka temiz bir gömlek ve kravat seçip yatağın üzerine fırlattı. Hayat hâlâ bekliyordu. Ve hâlâ ne yapması gerektiğini bilmiyordu.

Genç adam üzerindeki gömleğin eteklerini pantolonundan çekip çıkardı. Düğmelerini açtı. Kol düğmelerini çıkarıp yeni gömleğinin yanına koydu. Çıkardığı gömleği, gömme dolaplardan birinin içindeki sepete koydu -muhtemelen kirli sepetiydi- ve arkasını dönüp tekrar giyinmeye devam etti. Hayat, gözlerini ondan kaçırdığı için nereye bakacağını bilemeyerek bakışlarını ayakkabılarının ucuna yöneltti. Bir anda konuşmaya başladığında Hayat başını kaldırıp adama baktı.

Tunç arkası genç kıza dönük halde kol düğmelerini takıyordu. "Aynı ortamda bulunduğumuz süre içerisinde -ki uzun süre öyle olacağız gibi görünüyor- kendini bana hatırlatacak herhangi bir harekette bulunmanı istemiyorum. Sesini duymak istemiyorum, hareket ettiğini görmek istemiyorum. Düzenimi bozacak en küçük bir değişiklik yapmanı veya canımı sıkacak herhangi bir olumsuz durumda bulunmanı istemiyorum." Kol düğmelerini takmayı bitirip ceketini üzerine geçirdi. Hayat, onun böyle ürkütücü bir sakinlikle konuşması yerine bağırıp çağırmasını tercih ederdi. "Zaruri ihtiyaçların dışında, benim dikkatimi çekecek hiçbir şey yapma. Ve mümkünse, eğer yapabiliyorsan nefes dahi alma!" Genç kız gürültüyle yutkundu.

Tunç, sehpaya ilerledi. Gözlüğünü aldı. İki parmağı arasında tutup, bir elini cebine atarak, tepeden bakan bakışlarını Hayat'a dikti. "Yatağımı kullanma. Kendine yatacak bir yer bul." Yakıcı bir küçümsemeyle parıldayan gözleri dairenin içinde dolaştı. "İstersen yere bir örtü serip yat ama sakın ayağıma dolanma. Mutfağı, duşu ve tuvaleti kullanabilirsin. Fakat kişisel hiçbir şeyime dokunma. Pislikten ve dağınıklıktan nefret ederim. Yaratabileceğin, olası her türlü dağınıklığı ben fark etmeden toparla." Uzun adımlarla ona -ya da girişe- doğru yürüdü.

Hayat, onun sözlerinin ağırlığı altında lime lime olurken başını kaldırdı. Tam yanından geçerken kararlı bir ton kullanmaya çalışarak konuştu. "Ben, kendi dairemde kalacağım." Pekâlâ, çenesini kaldırmayı bile başarabilmişti.

Tunç, bir anda hiddetle ona dönünce kalbi hopladı.

Parmakları canını acıtacak derecede sıkıca kolunu kavradı. Onu ittirerek duvara yapıştırdı. Hayır, canını yakacak kadar sert değildi. Daha Hayat hareketinin şaşkınlığını atamadan, adam yüzüne eğilip dişlerinin arasından konuştu. "Madem istediğini elde ettin, sonuçlarına da katlanacaksın. Ayrıca ne senin ailenle ne de kendi ailemle senin yüzünden bir kez daha karşı karşıya gelmeyeceğim." Başını yana eğdiğinde gözlerinin rengi karardı. "Beni anlıyor musun?" diye sordu kısık sesle. Gözlerinin parıltısında kararlılığını görebiliyordu. Hayat, ağlama isteğini bastırarak hafifçe başını salladı.

"Güzel." Tunç burnunu çekti. "Sonra, çok daha sonra, herkesin o aptal çenelerini açamayacakları kadar bir süre sonra senin hiçbir işe yaramayan beyinsiz bir asalak olduğunu söyleriz ve yollarımızı ayırırız. Ama bu süre zarfında burada, bu dairede kalacaksın. Tıpkı arzuladığın gibi!" Yine küçükseyerek tek kaşını kaldırdı.

Hayat, onun sözlerinin ağırlığını bir şekilde görmezden gelmeyi başardı. Nereden geldiğini bilmediği bir cesaretle adamın gözlerine dik dik bakarak sırtını dikleştirdi. Dişlerini sıkarak, "Seninle evlenmeyi ben istemedim!" dedi. Sesi istediği kadar güçlü çıkmamış olsa da bunu söylediğine memnun olmuştu. Bu talihsizliği yaşayan sadece kendisi değildi. Bunu bilmesi gerekiyordu. Onun olası tepkisinden ödü patlasa da söylemek iyi hissettirmişti.

Tunç, onun kolunu bıraktı. Doğrularak, arabadaki sakin haline ani bir geçiş yaptı. Sanki Hayat hiç konuşmamıştı. Gözlüklerini takıp kapıyı açtı ve çıkıp gitti. Onun ardından, Hayat tüm enerjisi bir anda çekilmiş gibi yere çöktü. Titremeye başladı. Sırtını duvara vererek, kollarını, kendisine doğru çektiği dizlerine doladı. Başını kollarına dayayarak dakikalarca hıçkırıklarla ağladı. Bir gün öncesinde de böylesine, delicesine ağlamak istemişti. Sağlık raporunu alabilmek için özel bir hastanede saatlerce vakit geçirdikten sonra eve döndüklerinde, Hayat, Tunç'un ablası Melek'le karşılaşmıştı.

Melek, ona soğuk bakışlar atmış, o duysun diye ailesiyle yüksek tonla bir tartışma yaşamıştı. "Bunun sonunu gerçekten göremiyor musunuz?" diye bağırmıştı. "Çok güzel, lütfen böyle davranmaya devam edin!" Sonra Deryal Bey'in, o etkili ve kısık sesiyle konuştuğunu duymuş ama ne söylediğini anlayamamıştı. Melek kapıları çarpıp evi terk ederken, Hayat tıpkı o anda olduğu gibi, top gibi büzüşmüş, içinde biriken gerginliği ağlayarak atmak istemişti. Yabancısı olduğu evde, tanımadığı insanların arasında kendisini hiç olmadığı kadar yalnız hissetmişti. Şimdi, Tunç'un zehir gibi acı sözleri, tüm yaşanmışlıkların içinde oluşturduğu yoğun acı ve baskı gözyaşlarıyla birlikte dışarı akıyordu. İçinin dışına çıktığını hissedene kadar ağladı. Sonunda bilinçsizlik onu karanlık kucağına çekti.

Tunç eve geldiğinde de, o bavuluna sıkıca sarılmış, olduğu yerde top gibi büzüşmüş uyuyordu. Ona şöyle bir bakmış fakat ne onu yerden kaldırmak için bir harekette bulunmuş ne de uyandırmıştı. Dişlerini sıkarak öfkeyle ilerlemiş, kısa bir duştan sonra rahat yatağına kendini bırakıp uyumuştu.

Hayat gece yarısı gözlerini açtığında bir an nerede olduğunu şaşırdı. Kısa bir an, bir rüyanın içinde olduğunu düşündü. Sonra başını kaldırıp şaşkınlıkla etrafına baktı. Gerçek, karabasan gibi bir anda üzerine çullandığında yine sırtını duvara vererek bir süre öylece oturdu. Hayır. Ağlamadı. Bunu istedi ama yapamadı. Sarsak hareketlerle ayağa kalkıp dairenin içinde gözlerini dolaştırdı. Tunç, yatakta yatıyordu. Onu gördüğünde bir anda kalbi hopladı ancak uyuduğunu fark ettiğinde derin bir nefes aldı. Eşyalarını çıt çıkarmamaya özen göstererek -ve Tunç'un ayağına dolanmayacak şekilde- giriş kapısının biraz ilerisindeki duvara dayadı.

Gözleri tekrar dairenin içini taradı. Uzanabilmesi için

bir yer bulması gerekiyordu. Her ne kadar Tunç onu ayakaltında istemiyor olsa da, bir şekilde uyumak zorundaydı. Büyük televizyonun karşısında karşılıklı konuşlanmış tekli koltuklar, bir de ikili koltuk vardı. Uzun süre bakışları bu koltuğun üzerinde sabit kaldı. Dudağının bir kenarı, düştüğü acınası durum karşısında kendisiyle alay edercesine geriye doğru kıvrıldı. Başka yatabileceği bir yer yoktu. Ya da *'Efendi Tunç Hazretleri'nin'* söylediği gibi yere bir örtü serip yatacaktı.

İçinde bulunduğu duruma hâlâ inanamayarak başını iki yana salladı. İstemsizce yapılan bu tepkisinin ardından koltuğa -yatağına- doğru ilerledi. Ayağı bir şeye takıldı. Lanet! Ne olduğunu bilmiyordu ama sessizliği bomba patlamış etkisiyle yardığında nefesini tutarak donup kaldı. Gözleri ürkekçe yatakta kımıldayan adama kaydı. Kalbi yerinden çıkıp ağzında atmaya başlamışken kıpırdamadan durdu. Tunç, homurdanarak diğer tarafa dönüp kolunu başının altına aldı. Uyuyordu. Şükürler olsun, uyuyordu. Hayat, sessizce düşürdüğü şeye uzandı. Karanlığın içinde sadece bir karaltı olarak görünen serin obje, porselen bir bibloya benziyordu. Kaygan ve pürüzsüz bir yüzeyi vardı. Kırılmadığı için kendisini gerçekten şanslı hissetti. Biblo olduğunu düşündüğü şeyi öylece tekrar, eski yerine bıraktı.

Koltuğa kıvrıldı. Dizlerini kendine çekip gözlerini kapadı. Gerim gerim gerilen bedeni dakikalar sonra gevşediğinde, tonlarca yükü taşımış kadar yorgun hissetti. Evini, yatağının güvenli sıcaklığını ve ailesini özlemişti. Küçük bir kız çocuğu gibi o anda güvenli kollarda olmayı ve şefkatli ellerin saçlarını okşamasını istiyordu. Seçil olabilirdi. Annesi de... Babası da... Titrek bir nefes çekti. Kalbi ağrıdı. Bedenine onlarca iğne aynı anda battı. Bir daha asla babasının sıcaklığını, şefkatini duyamayacaktı. Bu, yaşadığı her şeyden çok daha kötü ve ağırdı. Onu kaybetmişti.

Bu yabancı evde, yabancı kocasıyla –Allah'ım gerçekten evlenmişti- yapayalnız hissediyordu. Tunç, Hayat'tan nefret ediyordu. Neden onun gitmesine izin vermiyordu? Pekâlâ, Hayat'a göre, evli kalmaları gereken zamanı ayrı ayrı yerlerde de geçirebilirlerdi. Ah tabii... Tunç için onun hayatını cehenneme çevirmek daha cazipti muhtemelen, sanki kendisi bunu istemiş gibi! Gözleri ağırlaştı. Acı düşünceleri beyninde hasarlı deliklere yol açarken uyuyakaldı.

▲▼▲

Ani bir gümbürtüyle yerinden sıçradı. Öylesine paniklemişti ki, neredeyse yattığı koltuktan düşecekken son anda kontrolünü kazandı. Gözleri borsa haberlerini sunan spikere kaydı. Uzun saniyeler boyu da orada takılı kaldı. Hiçbir şey anlamadı. Belki de saçma bir rüya görüyordu ve henüz uyanmamıştı. Başını biraz daha kaldırıp gözlerini kırpıştırdı. Sonra mutfaktan gelen tıkırtıları fark etti. Hayır, rüyada değildi. Tunç -yani kâbus- üzerine sadece basketbolcuların giydiği şortlardan giymiş haliyle su ısıtıcısına su koyup, raflardan birine uzanarak bir kupa aldı. Kahvesini hazırlamaya başladı. Hayat, aniden deve kuşu gibi kafasını yastığa gömdü. Onunla ne göz göze gelmek ne de herhangi bir temas içinde bulunmak istiyordu, zaten o da bunu istemediğini gayet açık bir dille belli etmişti.

Hayat, tekrar uyumayı denedi. Fakat televizyonun sesi bu kadar açıkken ve sanki spiker onun kulağının dibinde bağırıyormuş gibi kulaklarını tırmalarken bu mümkün değildi. Dişlerini sıktı. Yastığını ona fırlatmamak için kendini zor tuttu. Bunu yapmak zorunda mıydı? Göz kapakları kapalıyken gözlerini devirmeyi başardı. Tabii ki zorundaydı. Onu rahatsız edecek, hayatını cehenneme çevirecek, onu böyle cezalandıracaktı. Mutfaktaki tıkırtılar kesildi. Genç kız, spikerin sesini bastıran sesleri ayrıştırmaya çalıştı. Tunç'un hareketlerini duymamıştı ama duşun perdesinin açıldığını duydu. Su sesi. Sadece yedi dakika sonra duştaki sesler kesildi. Televizyonda, o anda spor haberleri vardı.

Genç kız, onun giyindiğini tahmin ediyordu. Kısa bir süre sonra, bir parfüm şişesinden geldiğini tahmin ettiği bir tıslama sesi duydu. Ardından derin bir iç çekmek istemesine neden olan koku burnuna değdi. Ayakkabılarının zeminde çıkardığı sesi duydu. Ses yanından geçip giderken anlamsız bir kalp çarpıntısıyla boğuştu. Gözlerinin önünde onun basketbol şortuyla rafa uzanan hali hızla belirip kaybolduğunda, Hayat kendine bir tokat atmak istedi.

Onun, evden çıkacağını düşünürken -dahası hevesle beklerken- tekrar mutfağa gittiğini fark etti. Kaşığın kupaya çarpan tıkırtısından sonra bir telefon melodisi spikerin sesine karıştı. Fakat Tunç cevap vermediğine göre muhtemelen mesaj gelmiş olmalıydı. Sonra sadece spikerin sesi kaldı. Genç kız dehşetle, ilerleyen zamanda kendi hayat döngüsünün böyle olabileceğini düşündü.

Genç kız, kulağı sese alıştıktan sonra aslında televizyonun sesinin çok yüksek olmadığını fark etti. Sadece televizyonla kendi yattığı koltuk arasındaki mesafe çok kısaydı ve sabahları gürültüyle uyanmaya alışık olmadığı için ses onu rahatsız etmişti. Tunç belki de her gün ne yapıyorsa onu yapıyor, günlük rutinine göre hareket ediyordu. Sadece Hayat yokmuş gibi davranıyordu. Bu nefret edilmekten daha yakıcı bir aşağılamaydı ve yaptığı darbe çok daha ağırdı.

Musluk açıldı. Kısa süre sonra kapandı. Televizyondan gelen sinir bozucu spikerin sesi bir anda kayboldu. Tunç'un ayak sesleri duyuldu. Kapı açılıp usulca kapandı. Hayat, yattığı yerde doğrulup etrafına bakındı. Yine de sanki bir yerlerden çıkabilecekmiş gibi tedirgindi. Allah'ım, bu evde mahremiyet kesinlikle yoktu. Aynı bölgenin içinde oldukları sürece de saklanmak çok zordu.

Fakat Tunç gerçekten gitmişti. Kol saatine baktı. Yediyi çeyrek geçiyordu.

Ayaklarını koltuktan sarkıttı. Duşun yanındaki lavaboya ilerlerken son anda bundan vazgeçerek duş almaya karar verdi. Seçil'in, hazırladığı bavula havlularını da koymuş olduğunu umarak bavulun yanına ilerledi. Bavulda çok fazla eşyası yoktu. Daha sonra kıyafetlerini getirmesi gerektiğini düşünerek bavulu kurcaladı. Bir baş havlusuyla banyo havlusu bulduğunda Seçil'e içinden bir teşekkür etti. Şampuanını, saç kremini, bakım kremlerini, diş fırçası ve macununu, kişisel temizlik malzemelerini bavuldan çıkardı. Duşun içindeki yukarıdan aşağıya sağa kayarak, aralarında belirli bir mesafe boşluk bırakılarak konuşlandırılmış raflara göz attı. Malzemelerini kucağında taşıyarak duşa ilerledi. Önce malzemelerini yerleştirdi. Duşun yanındaki lavabonun üzerindeki dolaba diş fırçası ve macununu koyup hızlı bir duş aldı.

Tunç'un işe gittiğini tahmin ettiği için gelebileceğinden endişe etmiyordu. Duştan çıkıp bavulundan bir pantolon ve gelişigüzel seçtiği bir tişört alarak üzerine geçirdi. Saçlarını taradı ama kurulamaya gerek görmedi. Önce bir kahve yapıp içti. Sonra kahvaltılık bir şeyler atıştırdı. Mutfak ve ana salonu birbirinden ayıran tezgâhın üzerindeki tabaktan başını kaldırıp daireyi inceledi. Gerçi, onunla geçirdiği gecenin sabahında dairenin tüm ayrıntılarını zihnine kaydetmişti. Çünkü o üzerinde uyuyakaldığı için yapacak başka bir işi yoktu. Gözlerini kapayıp sertçe yutkundu. O geceyi hatırlamak bile istemiyordu. Zaten karışık olan duygularını yine aynı girdabın içine sürüklemek de istemiyordu.

Tekrar gözlerini açıp karşıya baktı. Daire stüdyo tarzıydı. Fakat oldukça genişti. Çok fazla eşya olmadığı için çok fazla açık alan vardı. Daire bütünüyle kocaman bir üçgeni andırıyordu. Yatağın bulunduğu kısımdan bakıldığında tüm daireye hâkim olunabiliyordu. Battal boy, kocaman bir top gibi görünen yuvarlak yatağın hemen arkasında, iki duvarın birbiriyle kesiştiği yerde biraz geniş bir alan bırakılarak kitaplık olarak değerlendirilmişti. Tüm raflar kitaplarla doluydu. Üçgen bir görünümü olan kitaplık, önündeki yuvarlak yatakla birlikte oldukça ilgi çekici görünüyordu.

Daire kesinlikle kişiye özel alan tanımıyordu. Sadece bir kapı vardı ve bunun tuvalete açılan kapı olduğunu tahmin ediyordu. Gün içinde tuvalete girilmeden hemen önce o kapının ardında bir çamaşır makinesi, bir dolap ve kirli sepeti olduğunu öğrenecekti.

Plazma televizyonun bulunduğu büyük televizyon ünitesinin hemen önünde küçük ama rahat görünen oturma grubu -en azından oturmak için öyle görünüyordu, Hayat orada yatmanın iyi bir şey olmadığını bizzat test etmiştivardı. Dairenin ortasına püsküllü, füme rengi bir yolluk serilmişti. Tunç'un kıyafetlerinin, ayakkabılarının bulunduğu kapakları olmayan dolaplar -ya da raflar- bir duvarı boydan boya kaplıyordu. Hemen altlarında çekmeceler bulunuyordu. Duvarlara dikkatle bakıldığında aslında birçok gömme dolap olduğu fark ediliyordu. Anlaşılan fazla eşyayı sevmiyordu. Onun kadar varlıklı bir insanın böylesine küçük bir dairede yaşaması şaşırtıcı bir durumdu. O gün fazla dersi yoktu. Okula gitmekse hiç içinden gelmiyordu. Kendisini öylesine bitkin hissediyordu ki, sanki dayak yemiş gibiydi.

Bavulunda harap olan, biraz daha kalırlarsa giyilemeyecek duruma gelecek olan kıyafetlerini boşaltmaya karar verdi. Az sayıda bulaşığı makineye yerleştirip, bavuluna yöneldi. Kıyafetlerini Tunç'un boş raflarından birine yerleştirdi. Sırt çantasında duran kitapları için yapabileceği hiçbir şey yoktu. Çünkü onun kitaplığında tek bir kitap için bile yer yok gibi görünüyordu. Belki sonra küçük bir çalışma masası alabilirdi.

Öğleden sonra Seçil'le konuştu. Onu, iyi olduğuna inandırmak uzun dakikalarını aldı. Seçil, onun yanına gelmesi için ısrar ettiyse de Hayat'ın dışarı çıkabilecek gücü yoktu. Fakat market alışverişi yapmak için kısa bir süre çıkmak zorunda kalmıştı. En azından akşam için karnını doyuracak bir şeyler... Tunç'un malzemelerini kullanmak istemiyordu; zaten çok fazla mutfak erzakı bulunduğu da söylenemezdi. Hayat ise fil gibi yemek yiyordu. Onun genellikle dışarıda yediğini tahmin etti.

Akşam yemeğinden sonra, Tunç'u görebilmek için –Allah'ım gözleri kör olsa belki de daha iyiydi- kaldığı ders olan 'Genetik' kitaplarını ve notlarını mutfak tezgâhına yerleştirdi. En dipteki tabureye oturarak aklını yazılanlara adapte etmeye çalıştı. Kalmak için bu dersi seçtiğine inanamıyordu! Bu dersten sırf onu görebilmek için kalmış olması, içinde kocaman bir pişmanlık yumrusu gibiydi. Ancak artık olan olmuştu. Bilmeden kendi sonunu kendisi hazırlamıştı. Kafasını tezgâha vurma fikrinden son anda vazgeçerek dersine odaklandı. Kapı bir anda açıldığında irkilerek yerinden sıçradı. Aynı anda kalbi ağzında atmaya başladı. Kalemi tutan eli tutuklaşınca onu bırakıp notlarını eline aldı. Ama yazılanları okusa bile anlayamıyordu.

Tunç, -yine- o yokmuş gibi davranarak ceketini çıkarıp lavaboya ilerledi. Ellerini yıkadı, kuruladı ve mutfağa yöneldi. Buzdolabının kapağını açtığında, Hayat direkt onun sırtına baktığı için bedenindeki gerilmeyi fark edebilmişti. O kısa duraksamanın ardından bir bira çıkarıp kapağını açtı. Birkaç yudum alıp tezgâha bıraktı. Hayat, başını notlarına eğmiş olsa da onun beden hareketlerini takip edebiliyordu. Neden olduğunu anlayamadığı bir şekilde de kalbi gitgide atış hızını yükseltiyordu. Daha hızlı nefes almak istemesine neden olsa da, nefes alışlarına bile dikkat etmeye çalışıyordu. Lanet! Ne boktan bir durum!

Tunç mutfaktan çıkıp duşa ilerlerken, genç kız başını kaldırıp karşıdaki panonun camından onun yansımasına baktı. Genç adam duşa girince gözlerini kaçırdı. O duştan çıktıktan birkaç dakika sonra başını kaldırıp panoya, yansımasına baktı. Adam beline bir havlu bağlamış, başka bir havluyla saçlarını kuruluyordu.

Tunç, giysilerinin bulunduğu raflara ilerlerken başını kuruladığı havluyu yatağın üzerine fırlattı. Rafların önüne geldi, elleri tek tek gömleklerin üzerinde seri hareketlerle gezinirken bir anda donup kaldı. Sonra beli büküldü, ellerini dizlerine koyarak, güçlü ve çok yüksek sesli bir kahkaha patlattı. Sonra doğrulup başını arkaya yatırdı. Ve omuzları sarsılarak gülmeye devam etti.

Hayat çoktan ani kahkahasının getirdiği şaşkınlıkla istemsizce dönüp ona bakmıştı bile. Yutkundu. Çünkü bir şekilde atılan kahkahanın kendisiyle ilgili olduğunu biliyordu. Tunç'un kahkahası bıçakla kesilmiş gibi aniden durdu. Buz gibi bir öfkeyle kararan gözleri onun tedirgin bakışlarına kilitlendi.

Eli ağır ağır genç kızın elbiselerinin bulunduğu alana gitti. "Sana!" dedi, ürkütücü bir tonla. "Seni hatırlatacak hiçbir şeyi istemediğimi söylediğimi sanıyorum." Askılıktan elbiseleri alıp tek tek yere bıraktı. "Ama sanırım sözcüklerin anlamlarını iki kere de ancak kavrayabiliyorsun." Hayat kurşun yemiş gibi irkildi. "Ve giysi dolabımı kullanmana izin verdiğimi hatırlamıyorum." Konuşurken aynı anda az sayıdaki giysilerinin hepsini yere attı. Hayat'ın boğazına öyle bir yumru oturmuştu ki, nefes almakta bile güçlük çeker hale gelmişti. "Duşumda şampuanını görmek istemiyorum." Genç kızın fal taşı gibi açılan gözleri, duşa ve hemen yanında zeminde duran kendi malzemelerine kaydı. Hareketin altında ezilmiş, bedeni buz kesmişti. "Anlatabiliyor muyum?" diye sordu kadife gibi pürüzsüz, yanıltıcı bir sesle.

Hayat, ona karşı çıkmak, hakaretlerinin karşılığını vermek için çenesini kaldırdı. Son anda konuşmaktan vazgeçip başını salladı. Bu evden gidecekti. Başka bir çaresi yoktu, onunla bu şekilde yaşayamazdı.

Tunç keskin bir sesle, "Güzel," dedi. Üzerini giymek için ona arkasını döndü.

Hayat, onun buzdolabının önünde neden gerildiğini de anlamış oldu. Genç kızın market alışverişi yaptığını fark etmişti. "Gitmek istiyorum." Genç kız sesinin titrememesine şaşırmıştı.

Tunç, "Bunu konuşmuştuk. Hayır!" diyerek kestirip attı. "Denemeye bile kalkma, inan bana yaşadığın her güne lanet edersin! Altınel ailesi de öyle!" Dönüp, ona benzersiz bir nefretle baktı. "Ayrıca sesini duymak istemediğimi de söylemiştim." Aşağılayıcı ses tonu Hayat'ın boğazına bir yumru oturmasına neden oldu. Kendisini hiç bu kadar küçük düşmüş hissetmemişti. Dahası hiç kimse onu böylesine aşağılamamış, küçük düşürmemişti. Batan gözlerini kırpıştırıp dişlerini sıkarak ağlama isteğini bastırmaya çalıştı. Gururunu -eğer kaldıysa tabii- daha fazla ayaklar altına alamazdı.

Hayat sanki bir heykel gibi öylece dururken, genç adam üzerini değiştirip saçlarını taradı. Aynı anda telefonu çaldı. O, cevap vermek için yatağın üzerindeki telefona ilerlerken, Hayat'ın kıyafetlerinin üzerine basıp geçti. Hayat sanki kendisinin üzerine basılmış gibi acı çekti. Tunç telefonu açıp kulağına götürdü. "On beş dakika sonra yanındayım." Dudağının bir kenarı hafifçe yukarı kıvrıldı.

Ardından gözlerini devirdi. "Öyle olsun." Derin bir iç çekti. "Tatlım, bunun hesabını geldiğimde sorsan?" Bir süre karşısındakinin konuşmasını dinledi. "Görüşürüz," dedi. Telefonu kapadı. Tekrar Hayat'ın kıyafetlerinin üzerinden geçerek kapıya ilerledi ve çıkıp gitti.

Hayat, tuttuğu soluğunu dışarı verdi. Yanakları alev alev yanıyordu. Tabureden inip kıyafetlerini toplamak için yere diz çöktü. Ellerinin titrediğini fark ettiğinde dişlerini sıktı. Hayır, ağlamayacaktı. Ağlaması için hiçbir neden yoktu. O kendini beğenmiş, kibirli piçten zamanı geldiğinde kurtulacaktı. Hayır, ağlamayacaktı. Gözlerinden akan damlalar arka arkaya kucağına dökülürken, bulanık gözlerle kıyafetlerini toplayıp tekrar bavuluna yerleştirdi. Diğer tüm malzemelerini de geri dönüp aldı. Bavuluna koydu.

    Başını kaldırıp gözlerini duvara dikti. Ama kesinlikle baktığı yeri görmüyordu. Eğer gitseydi, Tunç pisliği acaba gerçekten ona neler yapabilirdi? Gitmek istiyordu. O evde bir dakika daha geçirmek istemiyordu. Fakat onun tehdidinin boş yere olmadığına da emindi. Kendisi için hiçbir şeyi umursamıyordu ama artık ailesini üzemezdi. Ya da onların bir kere daha kendisi yüzünden gururlarının kırılmasına izin veremezdi. Hayat, onun böyle bir şey yapabileceğinden emindi. Tunç'u aylarca takip etmiş, en dişli rakiplerini bile ezip geçtiğine tanık olmuştu. Kendi ailesi de köklü bir soya dayanıyor, gücü ellerinde tutuyordu. Yine de... Eğer Tunç, Altınel adını karalamak isterse bunu başarmak için parmak şaklatmasının bile yeterli olacağından emindi. Hayır. Hayat, böyle bir tehditle yerinden bile kıpırdayamazdı. En azından ailesine bu kadarını borçluydu. Bir anda omuzları sarsılarak, hıçkırıklarla ağlamaya başladı. Önünde duran bavula kapaklanarak, kendinden, korkaklığından utanarak yüzünü kollarına gömdü. Kendisine daha fazla tahammülü kalmamıştı.

7. Bölüm

"Çok solgun görünüyorsun, canım." Seçil, ağzına kadar dolu olan koca bir kola bardağını Hayat'ın önüne koydu. Hayat'ın asla vazgeçemeyeceği şeylerden biri kolaydı.

Hayat, "Sanırım biraz üşüttüm," diye yalan söyledi. Tabii ki Seçil inanmayarak gözlerini devirdi. Kendi kahve kupasını eline alarak karşısına oturdu. En çok zevk aldıkları şeylerden biri mutfak masasının etrafında oturup dedikodu, durum değerlendirmesi yapmaktı.

Seçil "Bugün Gülen'i aradım..." dedi. Yüz ifadesi sanki suç işlemiş gibiydi. "Sen burada kalmayacağına göre artık bir ev arkadaşına ihtiyacım var. Tek başıma masrafların altından kalkamam." Sesinin tonu son kelimelerde gitgide azaldı.

Hayat dalga geçerek, "Ve sen, bunun için kendini suçlu mu hissediyorsun?" diye sordu.

Seçil yüzünü buruşturdu. "Elimde değil, sana ihanet etmiş gibi hissediyorum."

Hayat, "Saçmalık," diye kestirip attı. Sonra gözleri dalgınca kola bardağına takıldı.

"Ona, senin odana taşınabileceğini söyleyeceğim. Henüz tatilde olduğu için bir ay sonra gelecek. O zamana kadar eşyalarını acele etmeden toplayabilirsin."

Seçil'in rahatça söylediği sözler Hayat'ı huzursuz etti. Telefonla görüştüklerinde ona kıyafetlerini en kısa sürede almak istediğini söylemişti. Fakat o anda, Tunç henüz eşyalarının üzerine basıp geçmemişti. Yutkunarak Seçil'in endişeli yüzüne baktı.

Seçil kaygıyla, "Sorun ne?" diye sordu. Araştıran gözleri Hayat'ın gözlerine dikkatle bakıyordu.

Genç kız, "Şey... Sanırım eşyalarımı alamayacağım," dedi çabucak. Tekrar yutkunup kolasından büyük bir yudum aldı.

"Neden? Onlara ihtiyacın olacak. Yoksa enişte bey, sana yeni ciciler mi alacak?" Gözlerinde, bu düşüncenin verdiği keyif parıltılarını görebiliyordu.

Hayat, kendisinden beklemediği bir kahkaha patlattı. Seçil, bir anda başını geriye çekerek şaşkınlığını belirtirken, onun kahkahası yine beklenmedik hıçkırıklara dönüştü. Tepkilerine ve ruhsal durumundaki çalkantıya engel olmak öyle zordu ki!

Seçil, "Aman Allah'ım!" dedi. Oturduğu yerden fırlayarak genç kızı kolları arasına aldı. "Hemen bana neler olduğunu anlatıyorsun."

"Allah'ım..." Hayat gürültüyle yutkunup boğazını temizledi. "Benden nefret ediyor." Sözleri dudaklarının arasından kırık dökük kelimeler olarak çıkmıştı.

Seçil bunun üzerine yorum yapmadı. Zira onun Hayat'tan nefret ettiği apaçık bir gerçekti. Seçil de o adamdan ölesiye nefret ediyordu. Arkadaşını sıkıca sarmaya, hıçkırıkları dinene kadar rahatlatıcı daireler çizerek omuzlarını ve sırtını okşamaya devam etti.

Sonunda Hayat, "İyiyim," dedi. Burnunu çekerek doğruldu.

Seçil, kendi yerine dönmekten vazgeçip bir sandalye çekerek onun hemen dibine oturdu. "Anlat! Ne yaptı?" Sesinde bastıramadığı bir hiddet vardı.

Hayat hiçbir ayrıntıyı atlamadan olanları anlattı. Anlattıkça içindeki acı baskı hafifledi. Anlattıkça Tunç'un, ona davranışlarının ağırlığı ardı ardına gelen darbeler gibi midesine kramplar girmesine neden oldu. Ve anlattıkça, onun, o güne kadar tanıdığı en berbat adamlardan biri olduğunun farkına vardı.

Seçil dişlerinin arasından, "Pislik herif!" dedi.

Hayat, onun yumruk olmuş ellerine ve yüz ifadesine baktığında gülüşünü bastıramadı. "Onunla dövüşecekmiş gibi görünüyorsun."

Seçil'in yüzüne mahcup bir gülümseme yerleşti. "Ah... Erkek olsam deneyebilirdim ama..." Gözleri irileşerek kollarını iki yana açtı, sırtını dikleştirdi. "Adam baya bir büyük. Yani..." Kolları iki yana doğru biraz daha açıldı. "Gerçekten BÜYÜK!" Hayat kıkırdadı. Seçil, hafifçe gülümsedikten hemen sonra gözlerinde kararlılık ışıltısıyla ona baktı. "Burada kalacaksın! Yine eskisi gibi birlikte kalırız. Gülen'i arar ve senin burada kaldığını söyleriz. İsterse o da kalabilir." Omuz silkti. "Ama sen burada kalacaksın!"

Hayat, umutsuzca başını iki yana salladı. "Deneyemem bile! Ona söyledim ama kabul etmedi."

"Ama neden?" Seçil'in başı kafa karışıklığını anlatmak istercesine yana eğildiğinde gözleri şaşkınlıkla irileşmişti. "Mademki seni istemiyor, burada kalman onun da hoşuna gidecektir." Dudaklarını büzdü.

"Ailelerimizle bir daha benim yüzümden karşı karşıya gelmek istemiyormuş. Bana daha çok beni eziyet yağmuruna tutmak istiyormuş gibi geliyor." Acıyla yüzü buruştu. "Gerçi benim ailemin artık benimle ilgili herhangi bir şeyi umursayacağını sanmıyorum."

Seçil güven veren bir tonla, "Düzelecek," dedi. "İnan bana baban sana tapıyor. Bunlar sadece yaşadığı şokla ilgili."

"Umarım." Böyle söylemesine rağmen Seçil kadar iyimser olamıyordu. En azından o, babasını gerçekten tanıyordu. Ona tapabilirdi. Fakat babası inatçı bir adamdı ve asla geri dönmezdi. Unutmak ister gibi başını iki yana salladı. "Ben bir gardırop alır, eşyalarımı ona yerleştirebilirim. Gülen için sorun olmaz sanırım."

"Tabii ki olmaz."
Hayat saatine baktı. "Banyoyu kullanabilir miyim?"
Seçil gözlerini devirdi. "Allah'ım! Acaba daha fazla ne kadar saçmalayabilirsin?"
Hayat birkaç parça daha kıyafet aldı. Havanın kararmış olmasına aldırmadan Tunç'un dairesine gitmek için oradan ayrıldı. Ayakları geri gitmek istiyordu. Sanki her bir adımda çığlık atıyorlardı ve Hayat'ın bu sessiz çığlıklardan başı dönüyordu. Seçil'in yanında kalmak, eski yaşamına kaldığı yerden devam etmek istiyordu. Daireden içeri girdiğinde onu sessizlik karşıladı. Tunç -Mirza, ona Mirza diyecekti. Madem kızıyordu, en azından içinden onunla böyle eğlenebilirdi- evde yoktu. Buna sevinerek derin bir nefes aldı. Gözleri ıslak duş zeminine takıldı. Demek ki yine *tatlısıyla* görüşmek için çıkmıştı. Bu, istemese de kalbinde bir batma hissi, kendisine acıma duygusu yarattı. Kendisini yine kanepeye atıp gözlerini kapadığı gibi uykuya daldı.
Tekrar uyandığında gün ışığı gözlerini rahatsız etti. Göz kapakları aralandı. Kendisini bilgisayar oyunlarından birinin içindeymiş gibi hissederek başını hafifçe kaldırdı. Onun evde olmadığını görünce esneyerek ayaklandı. *Bay kibirli piç kurusundan saklanma*! Muhtemelen oyunun adı da bu olurdu. Sonra birden omuzları çöktü. Her ne kadar onun kırıcı ve aşağılayıcı hareketlerini hak etmemiş olsa da, onun da hayatını alt üst ettiğini biliyordu. İçindeki adaletli insan bunu görmezden gelemiyordu. Gözleri, sehpanın üzerindeki mumluğun altındaki banknotlara takıldığında fincan altlığı kadar genişçe açıldı. Ona anahtarlarını bırakmıştı, bunu anlayabilirdi ama para bırakması? Her ne kadar kendisine bunda sevinecek veya umutlanacak bir durum olmadığını söyleyip dursa da, yine de içinde bir yerlerin, bu hareketine ısınarak karşılık vermesine engel olamadı. Onun parasını tabii ki kullanmayacaktı. Öylece sehpanın üzerinde bıraktı. Daha

sonra Mirza, içinde ısınan o yerleri tek tek bir buz parçasına dönüştürecekti.

▲▼▲

Zordu. Hayat, bavulda olan kıyafetlerini sürekli ütülemek zorunda kalıyordu. Kendini bir metrekarelik bir alana sıkışmış gibi hissediyordu. Böyle bir yaşam sürmek ona göre değildi. Taburenin üzerinde oturup ders çalışmak artık belinin ağrımasına neden oluyordu. Bir giysi dolabı ve çalışma masası alması gerekiyordu. Madem onun dolabını kullanamıyordu, kendisine bir dolap alabilirdi. Babasının yatırdığı aylık harçlığın hepsini harcayamaması, bankada birikmiş bir miktar parasının olmasını sağlamıştı. En azından hayat standartlarını değiştirmeden yaşayabiliyordu. Bir an babasının ona artık para yatırıp yatırmayacağını merak etti. Eğer yatırmazsa, Hayat bitmiş demekti. Sürekli okul, Seçil'in evi ve Mirza'nın dairesi arasında mekik dokuyordu. Taksi kullandığı için yol masrafı çok fazla oluyordu.

Seçil'in evine gitmek zorundaydı, çünkü Mirza'nın haftada iki gün gelen bir yardımcısı vardı. Ve suratsız kadın ona *'kıyafetlerinizi kendiniz yıkamak zorundasınız'* demişti. Tabii ki bu Mirza'nın emriydi. Kadın kirli sepetindeki kıyafetlerini ayırmış, sadece Mirza'nın kirlilerini yıkamıştı. Mirza, onun çamaşır makinesini bile kullanmasını istemiyordu. Buna isyan etmek istediyse de, Mirza geldiğinde tek söz söylememişti. Aciliyeti olan kıyafetlerini elde yıkıyor, diğerlerini bir torbada biriktirip Seçil'in evinde yıkayıp kurumaya bırakıyordu. Genellikle banyosunu da Seçil'de yapıyordu. Ve bir gün çoğunlukla öğrencilerin alışveriş yaptığı bir pasajı gezerken ikinci el bir çalışma masası gördü. Yüzüne kocaman bir gülümseme yayıldı. Tamamen şans eseriydi ve iki parçadan oluşan çalışma masası tam aradığı şeydi. Daha önce mobilyacıları dolaşmış olmasına rağmen böyle bir şeye rastlamamıştı.

Eni dardı ama hem üst kısmında hem de alt kısmında dolaplar vardı. Kitap raflarıydı. Fakat Hayat, onları kıyafetleri için kullanacaktı. Kitapları sırt çantasında kalabilirdi. Hiç düşünmeden satın aldığı çalışma masasını daireye taşımak için arkası kabinli bir araç kiralamak zorunda kalmış, epeyce masrafı olmuştu ama sorun değildi. Bu dolaba çok fazla ihtiyacı vardı. Ona sürekli gülümseyip duran apartman görevlisi ve arabanın şoförü ile birlikte çalışma masasını daireye taşıdılar. Hayat, sevinçle tüm kıyafetlerini -ki fazla değillerdi- dolaplara yerleştirdi. Kişisel temizlik malzemelerini masa kısmına koydu. Bir de kalemlik koydu. Çalışma masasıyla birlikte aldığı yumuşak ofis koltuğunu da hemen önüne yerleştirip test etmek için oturdu. Arkasına yaslanıp, bu küçük olayın bile onu ne kadar keyiflendirdiğini fark ettiğinde şaşırdı.

Hayat kendisine kahve hazırlarken -kahvesini de kendisi almıştı- dairenin kapısı açıldı. Mirza içeri girdi. Genç kızın bedeni artık tanıdığı bir ürpertiyle titredi. Acaba buna alışabilecek miydi? O, daireye her girdiğinde kalbi ağzında atmaya başlıyor, diken üstünde oturuyormuş gibi hissediyordu. Varlığı sanki tüm daireyi dolduruyormuş gibiydi. Çok güçlü bir enerjisi vardı. Bu, Hayat'ın nefesinin kesilmesine neden oluyordu. Genç kız çabucak kahvesini hazırlayıp oldukça sessiz olmaya çalışarak karıştırdı. O her zamanki gibi duşa girdiğinde, çalışma masasına oturmayı planlıyordu. Zira Tunç, genç kızın ortalıkta dolanmasından nefret ediyordu. Mirza'nın adımları dondu. Tam o anda genç kız elinde kahve fincanıyla dönüp ona baktı. Genç adamın gözleri Hayat'ın aldığı çalışma masasına kilitlenmişti. Ve göğsünden yükselen bir homurtuyla pencereye doğru ilerledi. Geniş, iki yana açılan camı sonuna kadar açtı. Başını dışarı çıkarıp şöyle bir aşağıya baktı. Tekrar gerisin geriye dönüp çalışma masasına ilerledi. Yüz ifadesi taş gibi sertleşmiş, burnundan soluyordu.

Hayat, onun ne yapmaya çalıştığını anlayamayarak ayakta durup donmuş gibi onu izledi. İki kişinin zorlukla taşıdığı çalışma masasının üst kısmını bir anda kucakladığı gibi pencereye doğru ilerledi. Genç kız bir an için çözülüp, "Hayır!" diye fısıldadı. Daha yüksek sesle, "Bunu yapamazsın," diye ekledi.

Mirza ona keskin bir bakış attı. Hayat, onun gözlerinde gördüğü karanlık öfkeyi fark ettiğinde, bir adım geri atmamak için kendisini zorladı. Ama yutkunmasına engel olamadı. Adam garip bir açıyla başını yana eğdi. Kucağındaki ağırlığı aşağıya, boşluğa saldı. Saniyeler sonra aşağıdan bir gümbürtü koptu ve dağılan çalışma masasının parçalarından çıkan kırılma sesleri genç kızın kemikleri kırılıyormuşçasına canını yaktı.

Adam yüz ifadesine tezat olan ipeksi bir sesle konuştu. "Hayır. Yapabilirim." Ve diğer parçayı da aynı şekilde pencereden aşağıya attı.

Hayat, ona çarpan ani öfkenin verdiği cesaretle bir adım ileri atıldı. Elindeki kahve kupasını sertçe tezgâhın üzerine bırakarak mutfaktan çıkıp karşısında durdu.

Genç adam, "Sana dair hiçbir şey istemediğimi söyledim," dedi zehir gibi acı bir tonla. "Burası benim ve seninle ilgili tek bir fazlalığı bile istemiyorum. Sen zaten yeterince büyük bir fazlalıksın!"

Hayat, "Piç kurusu!" dedi. Dudaklarını sinirle büzdü.

Karşısındaki adamın yüzü sanki bu mümkün olabilirmiş gibi daha çok gerildi ve gözleri siyah görünebilecek kadar karardı. "Ne dedin?" diye tısladı. İki adımda yanına ulaştı. Hayat, gayri ihtiyari geri çekilince sırtı duvara yapıştı. Mirza'nın kolları öne doğru uzandı, ellerini genç kızın başının iki yanında sabitleyip başını yana eğerek yüzüne baktı. Hayat'ın nefesi bir an boğazında tıkandı. Şimdi, nefesi yüzünü yalayıp geçerken, olması gerektiğinden çok daha büyük ve ürkütücü görünüyordu. İç organları yer değiştirmişti sanki. Ama sonra aklına parçalanan çalışma masası geldiğinde batan gözlerini kırpıştırarak, gözyaşlarını geriye itti. Çenesini havaya dikip meydan okuyan gözlerle baktı.

Dişlerinin arasından, "Piç kurusu!" diye tekrarlarken tek kaşını kaldırdı. Öfke, çenesinin titremesine neden oldu.

Mirza'nın gözlerinden anlık bir şaşkınlık parıltısı geçip gitti. Bir eli havalanıp sertçe tekrar duvara vurdu. Yanı başında duvara atılan sert tokat genç kızın sıçramasına neden oldu. Mirza, ona biraz daha eğildi. "Bir kez daha..." dedi oldukça alçak ama tehditkâr bir sesle. "Bana hakaret edersen, inan gerisini düşünmeden seni de o eski püskü hurdaların yanına gönderirim." Hafifçe gülümsedi. Soğuk gülüşü karşısında Hayat'ın bedeni de buz kesmişti sanki. "Ve inan hiç vicdan azabı duymam." Hayat yutkundu. Fakat onun gözlerine tüm öfkesiyle bakmaya devam etti. "Güzel," dedi Mirza, arkasını dönüp ilerlerken ceketini çıkarmaya başladı.

Hayat hâlâ duvara yapışık bir şekilde titreyerek duruyordu. "Piç kurusu!" dedi öfkeden titreyen, alçak bir sesle. İsterse onu da aşağıya atsın, o anda umurunda değildi. Mirza ışık hızıyla geri döndü. Gözleri şokla açılmış bir halde ona baktı. Sonra başını arkaya atarak bir kahkaha patlattı. Eli kravatına gitti. Usul usul çekiştirip boynundan çıkardı. Yine ani bir değişimle yüz ifadesi sakin bir hal aldı. Hayat'ın dudakları tekrar ona hakaret etmek için aralanınca, "Deneme bile, küçük sersem. İnan sabrımın sınırlarını öğrenmek istemezsin," dedi. Sesindeki bir tını genç kızın dudaklarını sımsıkı kapamasına neden oldu. Mirza, hâlâ karşısında soyunmaya devam ediyordu. Başını eğmiş kol düğmelerini çıkarırken, "Demek pençelerin de var," diye fısıldadı.

Hayat daha fazla katlanamayacaktı. Artık ona gerçekten âşık olduğundan bile emin değildi. Böyle kibirli, burnu havada ve kaba bir insana âşık olması zaten imkânsızdı.

İçinde filizlenmeye başlayan nefretle, duyduğu suçluluk hissini bastırdı. Hayat da en az onun kadar bu durumdan hoşnut değildi. Sırtını yapıştırdığı duvardan ayrıldı. Ona bir kez daha bakmadan sırt çantasını ve bavulunu kaptığı gibi dairenin çıkışına yöneldi. Çıkmadan hemen önce çantasından dairenin anahtarlarını alıp adamın suratına fırlattı. Mirza, yine şok olmuş gibi görünüyordu. Genç kız, onun bu halinden garip bir haz duydu. Genç adam başını eğerek, anahtarların ona çarpmasından son anda kurtulup dalga geçer gibi bir ifadeyle başını iki yana salladı.

Hayat tam kapıdan çıkarken çelik gibi sert parmaklar kolunu sıkıca kavrayıp onu kendisine dönmeye zorladı. Genç kız, adama bakmak için başını geriye atmak zorunda kaldı. Mirza yine ona eğilmişti ve Hayat, onun nefesini kendi derisinde hissediyordu. Genç adam, "Hiçbir yere gitmiyorsun," dedi oldukça sakin bir sesle. "Burada, bu dairede kalacak ve hak ettiğin hayatı yaşayacaksın. Birine zorlukla kendini kabul ettirmenin getirdiklerine katlanacaksın ve sesini çıkarmayacaksın." Burnunu çekti. "Ve sanırım yine, iki kere söylemeden anlamayacaksın. Gittiğin takdirde, yaşamın boyunca önüne koyduğum engellerle uğraşmak zorunda kalırsın. Ancak ben sana söylediğimde siktirip gideceksin!"

Genç kız, adamın sözleri üzerine dişlerini sıktı. Kolunu ondan kurtarmak için bir girişimde bulundu ama onun gücüne yetişebilmesi için insanüstü bir gücü olması lazımdı. Mirza'nın, kendisine daha yaşarken cehennemi tattırmak istediğini anladı. Onun, söylediklerini yapabileceğine de emindi. Ve eğer bir gün bu işkence gerçekten bitecek, Hayat sonunda özgür olacaksa, buna katlanmak mecburiyetindeydi. Yine de kendisine engel olamadan, "Seninle evlenmeyi ben istemedim," dedi. Allah'ım, sesi titremese olmaz mıydı? "Ben de senden, en az senin benden ettiğin kadar nefret ediyorum."

Mirza başını yana eğip tek kaşını kaldırdı. Ardından

yüzünü aydınlatan bir gülümsemeyle dudakları kıvrıldı. "Bunun beni incitmesi mi gerekiyor?" diye sordu yumuşak ancak alaycı bir sesle.

Genç kız yaralandığını hissettirmemeye çalışarak, "Hayır. Sadece bil istedim," dedi.

Mirza elini aniden geri çekip, sanki genç kızdan eline bir şey bulaşmış gibi elini silkeledi. "Umurumda değil," dedi küçümseyen bir tonla ve arkasını dönüp ilerledi. Hayat kaderine boyun eğerek, gözyaşlarını bastırarak sırt çantasını eski yerine -duvarın hemen önüne- koydu. Fırlattığı anahtarları gururunu orada bırakıyormuş gibi hissederek ve ağırlığı olmayan anahtarların manevi ağırlığı elini yakarak tekrar aldı. Bavulunu da alarak eşyalarını toplamak için daireden çıktı. Ondan nefret ediyordu. Ona karşı duyduğu büyük tutkunun yerini fark edemediği bir hızla nefreti almıştı. Ama böylesi daha iyiydi. Gözyaşlarını tutmasına, kalbinin daha fazla kırılmasına engel olmasına yarardı. Ya da öyle olduğunu umuyordu.

Harap olan eşyalarını toplayıp yukarı çıkarken -her şeyi mahvolmuştu ve patlayan şampuan şişesinden dökülen şampuan neredeyse bütün kıyafetlerine bulaşmıştı- kendine neden çekip gidemediğini soruyordu. Neden? Ne yapabilirdi ki? Onun hakaretlerinin, aşırı kaba davranışlarının altında ezilmektense, bir zavallı gibi buna katlanmaktansa ölmek daha iyiydi. Kesinlikle daha iyiydi ama Tunç'u daha önce ne kadar takip etmiş olursa olsun, onu gerçekten tanımıyordu.

Dişlerini sıkıp bavulunu tekrar yerine koydu. Bir eli öfkeden titreyerek saçlarını geriye attı. Sonra dudaklarının üzerine koyup öylece, dişlerini sıkarak bir süre durdu. Ya gidecek ve Tunç'un neler yapabileceğini öğrenecekti; ya kalacak ve bir gün, daha fazla katlanamadığı yerde onun üzerine kaynar su dökecekti; ya da özgürlüğünü eline alana kadar onun ayağının altından tamamen çekilecek ve bekleyecekti. Kendisine lanetler okuyarak, bu kadar ödlek olmasından nefret ederek kalmaya ve özgürlüğüne kavuşacağı günü beklemeye karar verdi. Ne de olsa eli birçok yere uzanabilen bir insan için onu rezil etmek işten bile değildi. Tunç'un yapacağı ilk şey onu bu hassas noktasından vurmak olurdu.

▲▼▲

İlerleyen günlerde, Hayat ortalıkta hiçbir eşyasını bırakmaması gerektiğini de öğrenmişti. Çünkü Mirza gördüğünde onları anında çöpe atıyordu. Ona bir metrekarelik bir yaşam alanı bırakmıştı. Ve Hayat artık boğuluyordu. O günlerde başına gelen en kötü şey ise, Seçil'in ailesinin ısrarlarına dayanamayarak İzmir'e geri dönmesiydi. Üniversite yeni öğretim sezonuna başlamadan önce de gelmeyecekti. O olsun olmasın, Hayat neredeyse her gün eski dairesine gidiyordu.

"İlerideki bankamatiğin önünde durabilir misiniz?"

"Olur, abla." Taksi şoförü sağ şeride geçip işaret ettiği bankamatiğin önüne geldiklerinde durdu.

"Beş dakika bekleyebilir misiniz?"

"Tabii, abla."

Hayat araçtan hızla indiğinde sıcak hava dalgası yüzüne çarptı. Allah'ım, ne sıcaktı. Bankamatiğe ilerlerken çantasından bir şişe su çıkardı ama öyle ılımıştı ki içmekten vazgeçip tekrar çantasına attı. Bankamatiğin önünde sadece bir kişi vardı. O da zaten Hayat daha varmadan işini halledip ayrılmıştı. Genç kız güneş gözlüklerini çıkarıp cüzdandan kartını çıkardı. Nakit parası bitmişti. Biraz daha oyalanırsa parası bittiği bir yerde mahcup olacaktı. Kartı makineye yerleştirdi, para çekme butonuna basıp şifreyi girdi. Ekranda çekmek istediği miktarı girmesi için ikaz yazısı çıkmıştı. Fakat o hesabında kalan paraya odaklanmıştı. Kalp atışları hızlandı. Sanki üzerine kaynar su boca edilmiş gibi afalladı. Bunu bir an düşünmüş olsa bile, yine de babasının ona para yatırmamasını beklemiyordu. Hiç aksatmazdı. Yatırması gereken tarihin üzerinden neredeyse bir hafta geçmişti. Bu, babasının ona para göndermeyeceği anlamına geliyordu. Bu, babasının onu gözden çıkardığı anlamına geliyordu. Bu, babasını gerçekten kaybettiği anlamına geliyordu. Bastırdığı gözyaşlarının nedeninin hangisi olduğunu bilemiyordu. İçine düştüğü çaresizlik mi, yoksa babasının onu gözden çıkarması mı? Belki her ikisi de!

Sadece 2.750,00 TL'si vardı. Hayat, uzun süre bu parayla geçinebileceğinden emin değildi. Mirza'nın parasını açlıktan ölüyor olsa da asla kullanmazdı. Birkaç kez görüştüğü annesi de genç kıza bu konudan hiç bahsetmemişti. Belki de bilmiyordu. Dudağını ısırdı. Taksilerle oradan oraya giderken çok fazla harcama yapmış, bir sürü de alışveriş yapmıştı. Taksiden gelen klakson sesiyle yerinden sıçradı. Çekmek istediği az miktarda parayı tuşladı. Zira fazlasını çekmeye cüret edemezdi. Hızlı adımlarla, hâlâ biraz şaşkın bir halde taksiye ilerledi. Tam binecekken duraksadı.

"Benim yakınlarda bir işim vardı. Üzgünüm, beklettim," dedi çabucak.

Taksi şoförü, "Önemli değil," gibi bir şeyler geveledi ama ifadesine bakılırsa, belli ki öyle değildi. Tutarı söyledi. Genç kız parayı uzattı. Gerilen sinirlerinin ellerini titretmemesine şükrederek paranın üstünü bekledi. Genellikle bahşiş bırakırdı ama artık değil! Taksi ilerledi. Genç kız, başını kaldırdığında Mirza'nın evinin hemen önünden geçmese de yakınlarında bir yerden geçen küçük minibüslerden gördü. Topuklu ayakkabılarıyla koşarak yolun neredeyse ortasında durup bekleyen tıklım tıkış minibüse sıkışarak bindi.

Daireye döndüğünde bitkin, sinirleri bozuk ve yapış yapıştı. Ensesinden yuvarlanan terler, kalçasına kadar iniyordu. Beyaz pantolonu bacaklarına yapışmış, ayakkabılarının içindeki ayakları terlemiş, artistik patinaj yapıyordu. Mirza, o saatlerde evde olmuyordu. Allah'a şükür. Üzerindekileri çabucak çıkarıp kendisini duşun altına attı. Çıktıktan sonra terden ıslanan kıyafetlerini, etrafa su sıçratmamaya özen göstererek yıkadı. Mirza gelene kadar nemini alması için çamaşır ipine astı. Saçlarını kurutmadan, saçındaki havluyu bir kez daha sarıp birkaç dakika dinlenmek için kanepeye uzandı.

Televizyonun sesiyle uyandı. Başını hafifçe kaldırmaya çalıştı. Ancak sanki balyozla vurmuşlar gibi tüm bedeni ağrıyordu. Televizyon? Kahretsin, Mirza! Televizyonun sesi dışında hiçbir ses gelmiyordu. Neredeydi? Başını biraz kaldırıp nerede olduğuna bakacak ve sonra uyuyormuş numarası yapacaktı. Mutfak kısmına baktığında bir çift, sert bakışlı lacivert gözle karşı karşıya geldi. Gözlerini kaçırdı. Mirza'nın bedeninin alt kısmını görememişti çünkü tezgâhın arkasında oturuyordu. Önündeki büyük servis tabağının içindeki kahvaltılıklarla kahvaltı yapıyordu. Artık uyandığını gördüğüne göre numara yapmasına gerek yoktu. Ayaklarını sarkıttı. Birden, bir önceki gün başına sardığı havlu omuzlarına düştü. Bütün gece deliksiz uyumuştu ve sığamadığı kanepe yüzünden her yeri ağrıyordu. Yüzünü yıkamak için lavaboya ilerledi. Oldukça sessiz hareket ediyordu. Mutfağa gidemezdi çünkü o, oradaydı. O günün pazar günü olduğunu unutmuş olduğuna inanamıyordu. Mirza, bir önceki pazarı da evde geçirmişti. Sanki Hayat yokmuş gibi!

"Misafirim geliyor. Bir saat içinde hazırlanıp çıkmak zorundasın. Seninle karşılaşmasını istemiyorum."

Onun kendisine yönelik konuşması, Hayat'ı hiçbir şeyin yapamayacağı kadar geriyordu. Sesindeki soğuk hava ve küçümseyen ton hep aynıydı. "Evet. Elbette," dedi o da aynı tonla karşılık vermeye çalışarak.

"Konuşmana gerek yok. Sadece yap!"

Hayat dişlerini sıktı. Elindeki havluyu ona fırlatmak

için seğiren kolunu sabit tutmayı zorlukla başardı. Hayat'ın bir ay boyunca söylediği son sözcük bu olmuştu. Ona sadece bakmış, sessiz kalmaya yemin etmişti. Her ne olursa olsun!

O gün eve geldiğinde, Mirza yatağında yüzükoyun uyuyordu. Belinden aşağısı parlak kumaş örtüyle kaplanmıştı. Hayat eve gece yarısı gelmişti. Daha da geç gelmek isterdi, ama son otobüs o saatteydi. Dairenin içi dağınıktı. Yere saçılmış kıyafetler, tezgâhın üzerinde iki kadeh ve yarısı yenmiş çerezlikler... Hayat'ın zaten beş kuruşsuz kalacağı endişesiyle ağrıyan başı, manzara karşısında tamamen infilak etti. Ağlamak istiyordu. Hiç bu kadar aşağılanmamış, böyle küçük düşmemişti. Gururuna ve kadınlığına yapılan büyük hakarete aldırmaması gerektiğini biliyor olsa da, durumun onu harap etmesine engel olamıyordu. Artık ona âşık olmadığını düşünüyordu. Âşık değildi, öyle değil mi? Peki, kalbindeki bu emsalsiz ağrı da neyin nesiydi?

▲▼▲

Hayat, kendisini nokta kadar küçültmeyi başarmıştı. Mirza'nın evde olduğu her an dışarı çıkıyor, eski dairesine gidiyor, gece yarısı eve dönüyordu. Banyosunu, çamaşır yıkama işini ve daha birçok kişisel işlerini eski evinde hallediyordu. Hesabındaki para yavaş yavaş suyunu çekiyor olsa da iyi idare ettiğini düşünüyordu. Ve Mirza hâlâ ona para bırakıyordu. Hayat'ın elini bile sürmeyeceği, değersiz kâğıt parçaları. Kahvaltısını mutlaka evde yapıyordu. Haftalık market alışverişini domates, peynir ve zeytine kadar indirgemişti. Ekstra hiçbir masraf yapmıyor, her türlü sosyal etkinlikten kaçınıyordu.

Ulaşım ücretini ise okuldan temin ettiği öğrenci kartına para yükleyerek hallediyor -öğrenci indirimiyle- artık tüm otobüs saatlerini ezbere biliyordu. İki haftada bir de bavuldaki kıyafetlerini eski dairedeki kıyafetlerle değiştiriyordu. Mirza için hazırladığı, onun resimleriyle dolu olan defter de eski evindeki o dolapta duruyordu. Birçok kere yırtmaya kalkmış olsa da, yine o anki saf duygularının vermiş olduğu cahillikle yaptığı çocuksu şeyleri yırtmaya kıyamıyordu. Bu arada günden güne zayıflıyor, zaten beyaz olan teni şeffafmışçasına solgun görünüyordu. Annesiyle ara sıra telefonda görüşüyor -babası kesinlikle onunla görüşmek istemiyordu- ama durumundan hiç bahsetmiyordu. Onların kendisini hiç düşünmeden böylesine bir canavarın eline bıraktıklarına hâlâ inanamıyordu. Her ne yapmış olursa olsun onların kızıydı ve bu muameleyi hak etmiyordu. Bunun için artık ne ilgilerini ne de paralarını istiyordu. Ama yine de onlar ailesiydi işte!

Mutsuzdu. Zorlukla mücadele etmeye alışık değildi. Hayatında hiç para sıkıntısı da çekmemişti ve daha önce hiç böylesine aşağılanıp küçük de düşmemişti. Ancak hepsine göğüs germeye, hepsiyle başa çıkmaya hazırdı. Mirza'nın magazine çıkan her haberi -çok fazla olmasa da- Hayat'ın kalbinin tamamen kararmasına neden oluyordu. Hem ona hem de hayata karşı... Geceler boyu eğlence peşinde koşarken, yanındaki güzeller hiç eksik olmuyordu. Bir keresinde çok, çok güzel, son derece şık bir kadının arkasında durmuş, kolunu beline dolamış ve kulağına eğilip kadının kahkaha atmasına neden olacak bir şeyler söylemişti. Hayat, işte o gün Mirza'yı tamamıyla silmişti. Sadece özgür olacağı günü bekliyor ve onu görmezden gelmeye çalışıyordu. Her ne kadar zor olsa da bunu bir şekilde başarıyordu.

Ve artık ondan korkmuyordu. Bu en şaşırtıcı ve en olağanüstü olanı buydu işte. Nasıl olduğunu bilmiyordu, fakat varlığını hissettiği her an yerinden sıçramıyordu artık. En büyük mutluluğu ise Seçil'in geri dönmesiydi. Seçil, görüştükleri ilk anda ona sıkıca sarıldı. Başını geriye çekip onu baştan aşağıya süzdü.

Öfkeyle, "Rejim mi yapıyorsun?" diye sordu. Sonra Hayat'ın cevap vermesini beklemeden devam etti. "Allah'ım! Ne olmuş sana böyle? Ölü gibi görünüyorsun." Sonra onu mutfağa çekip masayı yiyeceklerle donatarak, "Ye!" diye emretti. Hayat, normalde olsa hepsini silip süpürürdü çünkü her zaman garip bir şekilde hep açtı. Fakat midesi artık o kadar küçülmüştü ki, birkaç lokmadan daha fazla alamamıştı.

Seçil endişeyle, "Sana nasıl davranıyor?" diye sordu. Telefonda ne kadar konuşmuş olsalar da Hayat, ona hiçbir şey anlatmamıştı. Hayat muzırca gülümsedi. "Prensesler gibi! Bir elim yağda bir elim balda. Eğer bir elim daha olsaydı o da muhtemelen kaymaklı ekmek kadayıfında olurdu." Hayat'ın kendisiyle böyle alay etmesi ikisini de kahkahaya boğdu. Sonra genç kız bir anda ciddileşti. "Biz, birbirimizi çok fazla görmüyoruz. O sürekli dışarıda oluyor-"

Seçil öfkeyle tıslayarak sözünü kesti. "Evet. İzliyoruz!" Sonra arkadaşının yaralanmış bakışını gördüğünde, "Özür dilerim," dedi çabucak ve kolunu ovdu.

"Önemli değil." Genç kız omuz silkti. "Ben de izliyorum. O evde olduğunda ben de buraya geliyorum." Dudaklarına çekingen bir gülümseme yayıldı. "Beni her an görmeye hazırlıklı olsanız iyi olur."

Seçil gözlerini devirdi. "Keşke her an yanımızda kalsan." Sonra yüzüne geniş bir gülümseme yayıldı. "Bizim tayfa, yarın tastamam buradalar," dedi her zaman birlikte oldukları grubu ima ederek.

Hayat kaşlarını kaldırdı. "Onların bir iki hafta takacağını sanıyordum."

"Hepsi geliyor." Yüzünde bir şeyler gizlediğini belli eden bir ifade vardı.

Hayat fısıltıyla, "Söyledin mi?" diye sordu.

Seçil başını salladı. "Nasılsa öğreneceklerdi. Hepsi senin için geliyor, biraz neşelenmeye ihtiyacın varmış gibi görünüyorsun."

Hayat gülümsedi. Bu, tüm arkadaşlarının ona sürekli mesaj atmalarının ve arayıp durmalarının nedenini açıklıyordu.

▲▼▲

Hayat ertesi gün, kendini onu kucaklamak için sıraya giren arkadaşlarının şiddetli sarsmalarıyla başı dönerken buldu. Sonra hepsi rahatça koltuklara yayıldılar.

Genç kız şakacı bir şekilde, "Bir an hiç bitmeyecek sandım," dedi. O da kendisini boş bir koltuğa bıraktı.

Her zaman patavatsız olan Ahmet, "Evlendiğine inanamıyorum," dedi. "Hani benimle evlenecektin?" Alınmış gibi yüzünü düşürdü.

Hayat, ona baktı. Sonra kendisine merakla bakan diğerlerine göz gezdirdi ve her şeyi bildiklerini anladı. "Aşk tutulması," dedi dalga geçerek.

Ahmet, "Allah'ım!" dedi. Oturduğu koltuktan fırlayıp Hayat'ın yanındaki boşluğa hızla yerleşti. "Gözlerimin içine bak sevgilim ve asıl tutulmanın nasıl bir şey olduğunu gör!" Kaşlarını oynattığında, Hayat kahkahasını bastıramadı. Zaten bastırmak da istemiyordu.

Orhan, "Yarın gecelere akıyoruz," dedi. Eline sıkıca yapıştığı karısıyla birleşmiş ellerini havaya kaldırıp bir öpücük kondurdu.

Hayat, onlara hafifçe gülümseyerek baktı. Üniversitede tanışmışlar, ailelerini karşılarına alarak evlenmişlerdi. Birçok badirelerden geçmişler ama asla birbirlerinden vazgeçmemişlerdi.

Ahmet, "Kesinlikle. Mekân tercihini bana bırakın," diye atıldı.

Gülen yüzünü buruşturdu. "Kim bilir bizi nereye götürürsün!"

"Sen beni hiç tanımamışsın, kızım."

Hayat, hâlâ gevezelik ederken kendisini övüp duran Ahmet'in sözlerinin devamını duyamamıştı çünkü düşüncelere dalmıştı. İyi olmayan düşüncelere! Önceden mekân hep onun tercihi olurdu. Kimse de buna karşı çıkmazdı, şimdi ağzını bile açamıyordu ki zaten istese de karşı çıkamazdı. Parasını dikkatli harcamak zorundaydı. Artık bir işe de girmek zorundaydı. Hesabı genellikle erkekler üstleniyor olsa da, bu, daha önceleri ona dokunmazdı. Fakat artık kendi parası olmadığını bildiği için belki de, bunun düşüncesi bile onu rahatsız etmeye yetiyordu.

Onlar kendi aralarında didişirken, Hayat tüm tartışmayı yarıda keserek, "Ben gelemem," dedi.

"Ne demek gelemem?" Seçil'in kaşları kuşkuyla çatılmıştı.

Hayat gülümsedi. "Kendimi çok yorgun hissediyorum. Sanırım hasta olacağım." Yalan çoktu ama tabii inandırabilirse.

"Bir şey olmaz, güzelim. Ayakta bile duramıyor olsan da seni kollarımda büyük bir zevkle taşırım."

Ahmet, kolunu Hayat'ın omzuna attı.

Hayat, "Gerçekten gelemem," diye diretti.

Ve hep bir ağızdan azarlayan bir "Aaa!" sesi yükseldi.

Sonunda Hayat, onların ısrarlarına dayanamayıp bir gece için çıkmayı kabul etti. Bu bütçesine büyük bir zarar verecekti, ama onların bunu kendisi için yaptıklarından emin olduğundan onları kıramamıştı.

Bir gece mi demişti? Çok yanılmıştı. Çok, çok yanılmıştı. Hayat dışarı çıktıklarının ertesi gecesi de kendisini onlarla birlikte dışarıda bulmuştu. Onu asla yalnız bırakmıyorlar, sanki biliyormuş gibi hesabı da ödetmiyorlardı. Bu, genç kızın gururuna dokunuyordu fakat onlar kesinlikle rahat vermiyorlardı. Çıkmayacağını söylediği bir gece Orhan ve Ahmet onu kollarından tutmuş, Seçil'in evinden zorla çıkarıp arabaya bindirmişlerdi.

Hayat, "Bari üzerimi değiştirseydim," diye yakınmıştı.

"Sen her zaman güzelsin, bebeğim," demişti Ahmet de hemen arkasından.

Her zaman dışarı çıkmıyorlardı. Evde kaldıkları zaman Seçil ve Gülen'in evinde toplanıp; Tabu, Scrabble ya da en basitinden İsim-Şehir oynuyorlardı. Hayat, onların bu çabalarının sadece kendi solgun, mutsuz yüzünden dolayı olduğunu fark etmişti.

Bunu biliyor olması bile onlara zoraki gülümsemelerin dışında bir şey vermiyordu. Kendi mutsuzluğunun onları da üzdüğünün farkındaydı. Yine de elinden bir şey gelmiyordu. Mutsuzdu, çünkü yaşadığı hayata berbattan öte bir kelime lazımdı. Endişeliydi çünkü ne kadar dikkat etse de parası tükenmek üzereydi. Aynı evi paylaştığı, kocası olan adam gözünün önünde aşk yaşıyor -pekâlâ, tam olarak gözünün önü sayılmazdı ama en azından biliyordu- ve onu dairedeki daracık alanda yaşama zorluyordu. Hayat'ın kalbi bir daha tamir edilemeyecek derecede paramparça olmuştu. Dans edecek, onların neşeli sohbetlerine içtenlikle katılacak dermanı kalmamıştı.

Kıyafet getir-götürü yapmaktan usanmıştı. Sonbaharda oldukları için bavuldaki yazlık kıyafetleri Seçil'in evindeki dolaba, oradakileri de bavula yerleştirmişti. Parasal sıkıntısını Seçil'e dahi söylemiyor, ne yapacağını bilemiyordu. Onlar da bu durumu fark edemiyorlardı, çünkü aralarında para sıkıntısı çekmeyen tek insan Hayat'tı. Tabii bu geçmişte kalmıştı.

Bir anda eline güçlü bir el yapıştı. Ayaklanarak onu da kendisiyle birlikte ayağa kaldırdı.

Hayat afallayarak, "Ne yapıyorsun?" diye sordu.

Orhan ona kaşlarını çatarak, büyük bir öfkeyle baktı. "Seni dansa kaldırıyorum," dedi. Sesinin tonu itiraz kabul etmiyordu.

Hayat, bakışlarını Orhan'ın karısı Miray'a çevirdi. Orhan tarafından piste çekiştirilirken, "Kocana bir şey söyle!" dedi sızlanırcasına.

Miray geniş bir gülümsemeyle Orhan'a baktı. "Elini sıkı tut, sevgilim. Her an kaçabilir." Sonra gözlerini deviren Hayat'a neşeyle baktı. "Söyledim." Göz kırptı.

Hayat, "Miray," diye homurdandı. Ama çoktan dans pistinin ortasına geçmişlerdi bile. "Orhan, inan içimden gelmiyor," dedi.

Sesindeki yakarış, Orhan'ın yüzünün şefkatle yumuşamasına neden oldu. "İki gülümse diye kıçımızı yırtıyoruz, güzelim." Derin bir nefes alıp Hayat'ın yüzünü avuçları arasına aldı. "O deli dolu, neşeli kızı özledim. Miray'la evlenebilmem için ateşli savunuculuğumu yapan ve bana maddi-manevi destek olan o yılmaz kızı özledim." Eğilip alnına bir öpücük kondurdu. "Her şey yoluna girecek, güzelim. Ben ki en dibe düştüğüm anda her şey bitti gözüyle bakmadım. Sen ve siz baktırmadınız! Şimdi ben de aynısını senden istiyorum. Seni bir gün özgür bırakacak ve hayatına kaldığın yerden devam edeceksin." Hayat, batan gözleriyle ona baktı ama ağlamadı. "Benim için, bizim için bu akşam neşelen ve eğlen, lütfen." Genç kız böyle dostları olmasının, sırtında böyle sağlam elleri hissetmenin tarifsiz bir duygu olduğunu düşündü. Kollarını kaldırıp Orhan'ın boynuna doladı. "Ha şöyle," dedi genç adam gülümseyerek.

Birkaç dakika sonra, dansları henüz tamamlanmamışken, iki genç omuzlarında birer el hissettiler. Yanlarında tek kaşını kaldırmış halde onlara bakan figüre başlarını çevirip baktılar.

Ahmet otoriter bir tonla, "Yeter sana bu kadar dans," dedi. Fakat ne yaparsa yapsın, yüzündeki çocuksu, sevimli ifade asla kaybolmuyordu. "Hem benim daha çok zamana ihtiyacım var." Başıyla Hayat'ı işaret etti. "Onu önce boşanmaya, sonra da benimle evlenmesi için ikna etmeye çalışacağım. Yani lafın özü; yaylan bakalım!" Orhan kıkırdayarak genç kızı serbest bıraktı. "Hem senin bir karın yok mu, defol git onun yanına." Hayat'ı hiç vakit kaybetmeden kolları arasına aldı.

Orhan yerine geçerken müzik değişti ve ağır parçanın yerini hareketli bir dans müziği aldı.

Ahmet, "Hay içine edeyim böyle şansın," dedi. Ama sırıtıyordu.

"Niye?"

"Tam seni kollarıma almışım, ilan-ı aşk edeceğim, müzik değişti." Tek kaşını kaldırdı. Genç kızın bir elini tutup göğüs hizasına kaldırdı. "Bebeğim, var mısın bu gece ortalığı yakıp kavurmaya?" Hayat, kıkırdayıp başını salladı. Sonra kendisini Ahmet'e ve müziğin melodilerine bıraktı. Bir çift keskin, lacivert gözün kendi üzerine soğuk bakışlarla kilitlendiğinin farkında değildi.

8. Bölüm

Öfke. Öfke olmalıydı. Hem soğuk hem yakıcı... İkisinin aynı anda bedeninde yer bulmasına anlam veremiyor olsa da, neredeyse on dakikadır gözlerini dans pistinin ortasında çılgınlar gibi dans eden Hayat'a dikmişti. Bilmediği ve tanımadığı bir şey ona çarparak darbe etkisi yarattı. Onu önemsemiyordu. Hayır. Ondan nefret ediyor, yokmuş gibi davranıyordu. İşin aslı, kız da ona varlığını hissettirmemek için elinden geleni yapmıştı. Bazen onu gerçekten unutuyor, orada dursa bile fark etmiyordu. Hayalet gibi... Tam bir hayalet gibiydi. Onun geceleri ne yaptığını merak etmiyordu. Görünüşe göre küçük aptal, halinden oldukça memnundu. Ani bir kasılmayla midesinin asit gibi yanması genç adamı afallattı. Ama sabit duruşunu bozmadı. Bir kolu yanındaki kızın omzunun üzerinden oturdukları koltuğun sırtlığına dayanmış, diğeri sallayıp durduğu bacağının üzerinde duruyor, parmakları farkında olmadan elindeki kadehi sıkıca kavrıyordu.

Yanındaki kız, "Sorun ne?" diye sordu. Kıza döndü, dudaklarını geriye doğru gerip yapay bir gülümseme eşliğinde, "Hiçbir şey!" dedi. Sıktığı dişlerinin arasından konuştuğunu çok geç fark etti. İstemsizce başı yine Hayat'a döndü. Karşısındaki yılışığın elini sıkıca tutmuş, onun kendisini döndürmesine, bedenine yaslamasına, sonra Hayat kalçalarını bir o yana bir bu yana sallarken adamın kendisine eşlik etmesine izin veriyordu. Acaba hangisi âşığıydı? Biraz önce pistin ortasında onu alnından öpen ve ahtapot gibi kollarını ona dolayan mı, yoksa orada şebek şebek hareketler yapan zevzek mi?

Gerçi umurunda değildi. Nasılsa onu çok yakında gönderecekti. Kendisine bulaşmadığı sürece yaptığı hiçbir şeyle ilgilenmiyordu. Genç kızı baştan aşağıya bir kez daha süzdü. Kısacık, koyu renk bir etek, üzerine dökümlü, göğüslerinin yuvarlak hatlarını meydana serecek bir bluz, ayaklarına sivri topuklu ayakkabılar giymişti. Saçları yine bukle bukle omuzlarından aşağıya sarkmış, her hareketiyle sanki onunla birlikte dans ediyorlardı. İşveli bir bakışla karşısındaki adama baktı. Eline uzanıp çekiştirdi ama adam onu tekrar kendisine çekip elini beline dolayarak dans etmeye zorladı.

Tunç farkında olmadan dişlerini sıktı. Oturduğu locadan onun her hareketini tüm ayrıntılarıyla izleyebiliyordu. Kaderin çirkin bir oyunu muydu bu? Sonra bir anda aklında beliriveren bir düşünceyle başını arkaya atıp bir kahkaha patlattı.

"Ne oluyor Allah aşkına?" Nurşen şaşkın bir gülümsemeyle ona baktı.

Genç adam, "Aklıma bir şey geldi," dedi. Gülerek başını iki yana salladı. Tabii ya... Onun burada olduğunu biliyordu. Biliyordu ve o geri zekâlılarla dans ederek Tunç'u kıskandırmaya çalışıyordu. Ne kadar basit ve çirkin! Ayrıca hiçbir işe yaramayacak bir oyun. Bu sersem, oyunlar oynamayı ne çok seviyordu. Oturup derslerine çalışsa, bir meslek edinse daha akıllıca olurdu. Tunç başını iki yana salladı. Onu ilgilendirmiyordu. Tam o anda kızdan en kısa zamanda ayrılmaya karar verdi. Ona daha fazla katlanamayacaktı. Evinin rahatlığını ve özgürlüğünü özlemişti. Her şeye kaldığı yerden devam ediyor olsa da, yine de peşinde bir kuyruk varmış gibi hissetmesine engel olamıyordu.

Demek ona oyun oynamak istiyordu. Pekâlâ. Tunç,

ona oyunuyla karşılık verebilirdi. Yanındaki kızın kulağına eğilip, "Kalkalım mı?" diye sordu kısık sesle.

Nurşen şaşkınca, "Daha yeni geldik sayılır," diye karşılık verdi.

Tunç'un derin bakışlarındaki ifade, soğuk bir anlama dönüştü. "İstersen sen kal," dedi renksiz bir tonla.

"Ah. Hayır. Ben... Öyle demek istemedim." Kız masada duran telefonunu çabucak çantasına atıp masada bulunanlara özür diler bir bakış fırlattı.

Tunç, onun hazırlanmasını beklerken arkasını dönüp baktı. Güzel. Küçük aptal hâlâ dans pistinde tepiniyordu. Masadakilere hafifçe gülümseyerek, "İyi eğlenceler," dedi. Nurşen'le yalnız eğleneceklerini düşünürken kız neredeyse yanında bir ordu getirmişti. Ah! Tunç, insanlarla iyi anlaşırdı. Fakat onların geleceğinden haberi olsaydı daha iyi olurdu. Nurşen'in surat astığını fark etti. Genç kadın, masada bulunanlara hüzünle el sallayıp Tunç'un onu yönlendirmesine izin verdi.

Locaların bulunduğu koridorda ilerleyip merdivenlere doğru yöneldiler. Dans pistine varmadan genç adam elini Nurşen'in beline dolayıp bedenini yakınına çekti. "Kalktığımız için üzüldün mü?" diye sordu kulağına eğilerek.

Kız kaşlarını çatarak baktı. "Çok mu belli oluyor?" diye sordu alay edercesine.

Tunç sırıttı. "Hayır. Aslında benim altıncı hissimin bir hizmeti."

Nurşen, onun yüzüne baktığında ister istemez kıkırdadı. Aynı anda pistin hemen kıyısında dans eden bir çiftin yanından geçtiler.

Çift, onları fark etti. Kız aniden tökezleyerek kavalyesinin üzerine yuvarlandı. Tunç, yuvarlanma kısmını görmese de tökezleme kısmına bizzat tanık olmuştu. Aynı anda Nurşen, "Sevimli bir pisliksin," dediğinde, Tunç kahkahalara boğuldu. Nurşen sözlerinin onu böyle krize sokmasını beklemiyorsa da, onu neşelendirmek hoşuna gitmişti.

▲▼▲

"Sen gelmiyor musun?" Nurşen'in çenesi soruyu sorarken titredi. Sesindeki ağlamaklı ton Tunç'un yüzüne yumuşak bir gülümseme yaydı. Başını iki yana sallarken, "Hayır. Gelmiyorum," dedi. Nurşen'in apartmanının garajına girene kadar neredeyse hiç konuşmamışlardı. Her nedense Tunç, o gece evinin rahatlığını arıyordu. Nasılsa küçük aptal kendini dışarılarda eğlenceye vermişti.

"Biliyorum. Sana danışmadan akrabalarımı çağırdım diye kızdın." Nurşen'in sesinde yine o ağlamaklı ton vardı.

"Bu hoşuma gitmedi. Ama sebebi o değil." Dudağının bir kenarı yana doğru kaydı. "Keyfim yok, canım sıkkın, havamda değilim... Bunlardan birini seç. Tam olarak ben de bilmiyorum."

Kız sessizce oturmaya devam ederken, Tunç ona sabırsız bir bakış attı. Gerçekten eve gitmek istiyordu.

Nurşen gereksiz bir açıklama yapma girişiminde bulunarak, "Seni merak ediyorlardı," dedi. "Sonuçta uzun zamandır birlikteyiz."

"İki buçuk hafta!"

Tunç'un sesindeki alay tınısı genç kızın yüzünü buruşturmasına neden oldu. Ama azimle sözlerine devam etti. "Sonuçta birbirimizi tanımamız için iyi bir süre. Ve birbirimizden hoşlanıyoruz. İlişkimizi ciddiyete taşıyabilmemiz için tabii ki yakınlarımla tanışacaksın."

Kız coşkuyla bunları söylerken, Tunç ona sanki başka dünyadan gelmiş bir yaratıkmış gibi bakıyordu. Bu kızların derdi neydi böyle? Biliyor olsa bile yine de kesinleştirmek için sordu. "Ciddiyetten kastın nedir güzelim?" Ses tonu olması gerekenden çok daha nazikti.

"Şaka ediyorsun herhalde. Nişan, evlilik..." Genç kız omuz silkti.

"Ama bu imkânsız," dedi Tunç, gizli bir alayla.

"Neden?" Nurşen şokla gözlerini açıp ona baktı. Yaralanmış gibi görünüyordu. "Benden hoşlandığını sanıyordum." Bir eli kalbine gitti.

Tunç bıkkın bir nefes çekti. Arkasına yaslanıp eğlenerek ona baktı. "Öncelikle, hoşlanmanın ya da iki buçuk hafta gibi kısa bir sürenin evliliğe karar vermek için yeterli olduğunu sanmıyorum." Kız, kapalı dudaklarının ardındaki dişlerini sıktığında çenesi kasıldı. "Ama tüm bunları bir kenara bırakırsak... Ben zaten evliyim."

"Ne?"

Kızın şiddetli çığlığı Tunç'un kulaklarını tırmaladı. Ellerini kulaklarına götürdü. "Allah'ım! Beni sağır edecektin. Bağırma, lütfen."

Genç kız yüzünü buruşturdu. "Sen... Sen..." Dudakları büzüştü. "Sakın bir daha beni arama."

Bunu öyle bir kibirle söylemişti ki, Tunç uzatmaması gerektiğini bildiği halde buna engel olamadı. "Beni terk mi ediyorsun?"

"Elbette."

"O zaman biraz acele eder misin?"

Nurşen, "Küstah!" dedi. Araçtan hızla inip kapıyı olanca gücüyle çarptı.

Tunç, Nurşen'i ve onun hakkındaki tüm her şeyi garajda bırakarak hiç vakit kaybetmeden dairesine gitti. İçeriye girdiği anda Hayat'ın daha gelmediğini anlamıştı. Ev çok sessizdi. Gerçi gelmiş olsa bile kız varlığını unutturmak için elinden gelen her şeyi yapıyordu. Hayat'ı, çoğu zaman gerçekten unutuyordu. Ve bu tutumundan dolayı kızı takdir ediyordu. En azından önceden değilse bile o anda! Hiç sızlanmadan Tunç'un onu serbest bırakacağı ânı bekliyordu. Ya da Tunç, o akşama kadar öyle olduğunu sanıyordu.

Ceketini çıkararak koltuklardan birinin üzerine fırlattı. Kıyafetlerini de çıkarıp hızlı bir duş aldı. Üzerine sadece şortunu giyip -formasının şortundan başka bir şeyle yatmaktan pek hoşlanmıyordu- mutfağa ilerledi. Kendisine dolaptan bir bira aldı. Tam kapatıyorken, alt rafta duran, Hayat'ın yemeklik malzemelerine gözü takıldı. Onu rahatsız eden bir şey vardı fakat ne olduğunu kavrayamadı. Onun haftalık alışverişi yaptığı zaman -ki bu genellikle cuma günleri oluyordu ama bunu nereden bildiğini bilmiyordu- alt raf tıka basa dolu olurdu. Elini uzatıp poşetleri şöyle bir karıştırdı. Birkaç domates, beyaz peynir, zeytin... Başka bir şey yoktu. Onun gibi yemek düşkünü bir insanın alışverişini en aza indirgemesi garipti. Belki de henüz alışverişini yapmamıştı. Belki de rejim yapıyordu. Omuz silkti. Onunla ilgili hiçbir şey umurunda değildi.

Dolabın kapağını kapayıp televizyonun karşısındaki koltuğa -Hayat'ın yattığı yere- oturdu. Sehpadan kumandayı aldı. Ayaklarını sehpaya uzatıp arkasına yaslandı. Bir haber kanalında durana kadar kanal değiştirdi. Onu kıskandırmaya çalışmıştı. Muhtemelen bu kızın beyninde bir sorun vardı. Yoksa böyle aptalca bir oyuna girişmezdi. Acaba eline ne geçirmeyi planlıyordu? Yine de ona bir uyarıda bulunması gerekiyordu. Sonuçta kendi isteği doğrultusunda olmasa da bir şekilde kocasıydı, küçük aptal da *onun* soyadını taşıyordu. Kızın ne yaptığı kesinlikle umurunda olmasa da, soyadı ve gururu umurundaydı.

Saate baktı. Gece yarısına geliyordu. Nasılsa gelecekti. Tunç, o gelmeden yatmayı düşünmüyordu. Ona birkaç söz söyleyecek, o da ne yapması gerektiğini bilecekti. Birasından bir yudum aldı. Kısa süre dikkatini, ilgisini çeken bir habere verdi. Gözleri yine saate kaydı. Geç kalmıştı. Şimdi gelip çoktan kedi gibi koltuğuna kıvrılmış olması gerekiyordu. Ayağa kalkıp pencereye ilerledi. Şehrin ışıklarıyla aydınlanan kadife geceye baktı. Midesinde hoşuna gitmeyen bir yanma, göğsünde bir baskı vardı. Hasta mı oluyordu? Çok keyifsizdi. Arkasını dönüp tekrar koltuğa ilerledi. Kumandayı eline alıp televizyonu kapadıktan sonra, kitaplığına gidip yeni aldığı kitaplardan birine attı elini. Tekrar koltuğuna oturup ayaklarını sehpaya attı. Kitabın kapağını açıp okumaya başladı. Niye gelmemişti? Gelmediği hiç olmamıştı. Mutlaka gelecekti. Acaba dans ettiği o zevzeklerden biriyle mi kalacaktı? Geceyi hangisiyle geçirecekti?

Paragraf başına tekrar döndü. Okuduklarından hiçbir şey anlamamıştı. Tekrar okumaya başladı. Küçük aptal, onu şu an boynuzluyor olabilir miydi? Tabii ki onun herhangi bir şeyini umursuyor olduğundan değildi... Ama ya bir âşığı varsa? Ondan bir an önce kurtulmalıydı. Nurşen'e evlendiğini söylemişti ve bazen çok öfkeli kadınların neler yapabileceğini tahmin etmek bile güç olabilirdi. Bunu lehine çevirebilir, magazin basınına bu haberi ballandıra ballandıra anlatabilirdi ya da hüzünlü bir ayrılık sahnesi anlatmak daha cazip olurdu. Evli bir erkek tarafından kandırılmış zavallı bir âşık kadın! Onun kendisine âşık olduğundan değil, öyle olması daha çok ilgi çekeceğinden! Bu, muhtemelen magazin kurtlarının üzerine atlayacağı bir haber olurdu. Sonrasında küçük aptalı bulmaları hiç de zor olmazdı. Eğer kendisinin görmek ve izlemek zorunda kaldığı gibi, karısını başka adamların kollarında dünya umurunda değilmiş gibi dans ederken yakalarlarsa... Tunç, onu boğazlamak zorunda kalırdı.

Tekrar paragraf başına döndü. Ardından öfkeyle bir soluk çekti. Kitabı kapatıp televizyonu açtı. Saate baktı, biri yirmi geçiyordu. Gelmeyecekti. Dişlerini sıktı. Düşünceler düşünceleri kovaladı ve genç adamın bedeni öfkeyle ısınana kadar olasılıkları aklından geçirdi. Sonunda saat üçü geçtiğinde yatağına uzandı. Zorlukla da olsa uyumayı başardı. Saatin alarmı çaldığında gözlerini açtı. Hızla doğrulup Hayat'ın olması gerektiği yere, televizyonun karşısındaki koltuğa baktı. Gelmemişti. Yatak örtüsünü üzerinden atıp yataktan fırladı. Anlamlandıramadığı bir öfkeye kapılarak duş alıp üzerini giyindi. Kahvesini bile içmeden kendini evden dışarı attı.

▲▼▲

Pınar, masasının arkasındaki koltuğa henüz yerleşmiş, başını arkaya atmıştı ki asansörün kapısı her zamanki sinir bozucu sesiyle öterek açıldı. Gözlerini açmaya gerek duymadı. Muhtemelen, Tunç Bey'in odasını havalandırmak için Ersan gelmişti. Başı çok ağrıyordu. Hâlâ uyanabilmiş değildi. Tunç Bey'in gelmesine yirmi dakikadan fazla vardı. O zamana kadar dosyaları düzenleyip bilgisayara işlenmesi gerekenleri işleyecek ve onun görüşme listesini hazırlayacaktı.

"Üzerinize bir örtü ister misiniz, Pınar Hanım?"

Pınar, bir anda gözlerini fal taşı gibi açarak doğruldu. Tunç Bey'in buz gibi ses tonu onu bir anda iliklerine kadar dondurdu. "Gü... Günaydın, Tunç Bey," dedi.

Tunç, başını eğip hiç duraksamadan odasına ilerlerken, "Umarım sizin için de gün aydınlanmıştır," dedi yakıcı bir alaycılıkla.

"Elbette, Tunç Bey..."

"Bana bir kahve getirir misin? Sade olsun!" Tam ofis kapısını açıp içeri giriyordu ki omzunun üzerinden bir bakış attı genç kadına. "Hatta bir tane de kendine yap." Ve içeri girdi.

Tersinden mi kalkmıştı? Pekâlâ. Tunç Bey, öyle ortalığa her zaman neşe saçan bir insan değildi. En azından iş ortamında gerektiği yerde gerektiği gibi davranır, çalışanlarıyla arasına bir mesafe koyardı. Ama sabahları öyle güzel gülümserdi ki, çoğu zaman Pınar'ın başı dönerdi. Değişken hallerine alışmış biri olarak bu sabahki davranışı ona bile garip gelmişti. Fırladığı koltuğuna tekrar oturup birkaç kez derin nefesler aldı. Telefon çaldı. Dâhili hattın telefonuydu. Tunç Bey arıyordu.

"Buyurun, Tunç Bey?"
"Ofis havalandırılmamış!"
"Şey... E... Erken geldiniz."
"Aa... Öyle mi? Özür dilerim. Bundan sonra zamanında gelmeye çalışırım."
"Ben-"
"Ersan'ı çağır. Ve Allah aşkına elini çabuk tut. Kahveye ihtiyacım var!" Telefonu genç kızın suratına kapattı. Bunu da daha önce hiç yapmamıştı. Pınar, aceleyle Ersan'ı aradı. Onun hâlâ gelmediğini öğrendiğinde kalbi gümbürdemeye başladı. Tunç Bey, çoğu zaman nazik ve düşünceli olabilirdi, ama işler onun istediği gibi gitmediğinde yanında durmak kesinlikle iyi bir fikir değildi. Hayır. Genellikle böyle bağırıp çağırmazdı. O, daha çok insanı yaralayan buz gibi bakışlar yöneltir, iki kelime ile dünyanızı tersine çevirebilirdi. Pınar, henüz nasibini almamıştı. Ancak bu sabah bir başlangıç olabilirdi.

Kahvesini hazırlarken onu neyin böyle deliye döndürdüğünü merak etti. Sabah kahvelerini genellikle evinde içtiğini biliyordu. Kahvaltısını ofisinde yapar, sanki ertesi gün iflas edecekmiş gibi çalışır, her işini itina ile takip eder, asla özel ihtiyaçları için işinden zaman çalmazdı.

Kahve kupası elinde, Tunç Bey'in ofis kapısını tıklattı. Onun izin vermesini beklemeden ofise girdi. Tunç Bey, masasının ardındaki koltuğa sırtını dayamış, sağ dirseği ofis koltuğunun kolunda, işaret ve başparmakları dalgınca dudaklarının üzerinde geziniyordu. Pınar, onun kendisini fark etmediğini düşündü. İşte bu, tüm her şeyin içinde en garip olanıydı. Tunç Bey, asla dalgın olmazdı.

"Kahveniz," dedi, onu daldığı derinliklerden çıkararak. Genç adam bakışlarını kaldırıp, ürkek ve şaşkın gözlerle kendisine bakan Pınar'ı süzdü. Sonra genişçe gülümsedi. Allah'ım! Bu adamın değişken halleri insanı altüst ediyordu.

"Bu sabah sinir bozucu bir tipim, öyle değil mi?" Genç adam kahvesine uzandı.

"Estağfurullah, efendim." Pınar'ın gülümsemesi keyifliydi. Ofisin pencerelerini açmak için ilerledi.

Genç adam renksiz bir tonla, "Ersan yok mu?" diye sordu.

"Şey-"

"Anladım. Henüz gelmedi."

Pınar aceleyle, "Gelmek üzere," dedi. Pencereleri açtı. Ona döndü. "Başka bir arzunuz?"

Genç adam, "Bugün yapılacak görüşmelerin listesini istiyorum," dedi.

"Hemen, efendim." Pınar arkasını dönüp uçar adımlarla ofisten çıktı. Rahat bir nefes alarak görüşme listesini hazırladı ve ofisine götürüp bıraktı.

Döndüğünde, o gün nefes alamayacak kadar yoğun olduğunu hatırlayıp yüzünü buruşturdu. Şansına Tunç Bey'in de nefes alacak vakti yoktu. Öğleden sonra tam bir sigara molası vermek için dışarı çıkıyordu ki, genç adamın ofis kapısı açıldı ve önünden fırtına gibi geçip giderken, "Tüm görüşmelerimi iptal et!" dedi. Ona bakmamıştı bile. Gerçekten de... Tunç Bey'in nesi vardı?

▲▼▲

Tunç'un nesi vardı? Daireden içeri girdi. Kravatını çekiştirip çıkardı. Arkasından ceketini çıkarıp ikisini de koltuklardan birine fırlattı. Garip bir hisle boğuşuyordu ve bu tanımadığı his canını sıkıyordu. Neden eve gelmişti? Bunu bile bilmiyordu. Sanki görünmez eller bedenine yapışıp onu boğuyorlarmış gibi nefesi daralmış, ne yaptığı işe kendini verebilmiş ne de karşısında açılıp kapanan ağızlardan çıkan tek bir sözcüğü anlayabilmişti. Gömleğinin kollarını dirseklerine kadar kıvırıp üstten üç düğme açtı. Hava sıcak değildi ama onun ruhu daralıyordu. Lavaboya gidip yüzüne soğuk su çarptı. Dolaptan bir bira aldı. Tezgâhın arkasındaki taburelerden birine oturup beklemeye başladı. Daireyi şöyle bir gözden geçirdi. Gelmemişti. Daha önce geceyi hiç dışarıda geçirmemişti. Tunç da geçirmemişti. Bu yüzden bunu biliyor olmasında bir tuhaflık yoktu. Bu ilkti ve amacı Tunç'u bir şekilde oyunun içine dâhil etmekti.

Ama Tunç böyle oyunlar oynamak için artık çok büyüktü. Beklemeye devam etti. İç organları kalkıp gidiyormuş gibi hissetmesine neden olan şey her ne ise usul usul bedenini terk etti. Ani bir sakinlik duygusuyla sarmalandığında bu histen hoşlandı. Elbette gelecekti. O güne kadar Tunç'un her istediğine tastamam uymuştu. Yine uyacaktı. En azından ondan sonsuza dek kurtulana kadar...

Evleneli ne kadar olmuştu? Bir ay? Üç? Hayır, üç ay olmuş olamazdı. Tarihini bile hatırlamıyordu. Ama ekim sonlarında olduklarına ve ağustos başında evlendiklerine göre üç ay gibi görünüyordu. Ondan kurtulmalıydı. Bugün, eğer küçük sersem aklına gelip eve teşrif ederse ona söylemeliydi. Boşanma işlemleri bitene kadar yine dairede kalır, sonra ne istiyorsa onu yapardı. Fakat ondan kurtulmalıydı.

Kapı açıldığında Tunç'un dudağının bir kenarı geriye kaydı. Nihayet! Topuklu ayakkabılarının tangırtıları usul usul dairenin ortasına doğru ilerledi. Genç adam birasından ağız dolusu bir yudum aldı. Genç kız aniden donup kaldı. Tunç'un bakışı onun gözlerinin odaklandığı yere kaydı. Kravatını ve ceketini görmüştü. Güzel. Ondan ürküyordu. Başını aniden, tekrar birasını havaya diken Tunç'a çevirdi. Genç adama göre istemsizce yapılan bir hareketti bu. Göz göze geldiler. Şaşkındı çünkü Tunç'u beklemiyordu. Bu apaçık ortadaydı. Gözlerini genç adamın gözlerinden çabucak kaçırdığında bunun doğru olduğunu anladı. Küçük aptal yutkunup düşünceli bir ifadeyle ayakkabılarına baktı. Garip bir hareketti. Sonra topuklu ayakkabılarını çıkarıp bavulunun üzerine koymak için sessiz adımlarla ilerledi. Ah... Sessiz olmaya çalışıyordu. Tunç, gözlerini bir saniye bile onun üzerinden ayırmıyordu. Ona *'Merhaba'* bile dememişti. Neredeyse kendi kendine gözlerini devirecekti. O gün beyninin biraz geç çalıştığını düşündü. Kız onunla tıpkı istediği gibi, hiç konuşmuyordu. Neden şimdi merhaba desindi ki? Genç kız lavaboya ilerledi. Neredeyse parmaklarının ucuna basıyordu. Tunç, onu baştan aşağıya süzdü. Üzerinde bir önceki gece giydiği kıyafetler vardı. Bir de ek olarak üzerine giydiği kalın örgü ipinden yapılmış, iri iri desenleri olan siyah bir hırka vardı. Hırkanın boyu eteğiyle aynı hizadaydı. Garip bir seçimdi ama oldukça hoş görünüyordu. Hayat yüzünü kurularken onun bukle bukle saçlarına baktı. Ardından havlunun baskısından kurtulan yüzüne, ellerine... Kaşlarının derinleştiğinin farkında olmadan onun ne kadar solgun göründüğünü düşündü.

Sanki ona ilk defa bakıyordu. Aslında bu bir bakıma doğruydu. Ona gerçekten ilk defa bakıyordu. Fakat Hayat'la tanıştığı o günün her saniyesini hatırlıyordu. Ona çok fazla bakmış, çok fazla süzmüş ve çok fazla... Başını iki yana sallamamak için kendini zor tuttu. Genç kız tanıştıklarında kilolu değildi ama böyle zayıf da değildi. Sağlıklı, parıldayan, hemen pembeleşen bir yüzü vardı. Şimdiyse o kızın solgun bir yansıması gibiydi. Teni neredeyse şeffaflaşmış, altındaki damarlar belirginleşmişti. Hayır, çirkin değildi. Yine garip bir şekilde çekiciliği vardı. Tunç ondan nefret ediyor olabilirdi, ama asla kör bir insan olmamıştı. Hayat, bavuluna ilerleyip önünde diz çöktü. İçinden birkaç parça kıyafet çıkarıp bir plastik torba aldı. Plastik torba? Niye? Bu kızın neden her şeyi bir garip olmak zorundaydı? Tunç, üç aydır onun o daracık alanda yaşadığını düşündü. Çünkü kendisi öyle istemişti. Nokta kadar ufalmasını ve onu unutmayı istemişti. Ve Hayat, neredeyse bunu başarmıştı.

Tunç'un gözlerini üzerinde hissettiği için hareketleri yine sakarlaşmıştı. Eğer onunla konuşuyor olsaydı, kendisine bakıp *'Niye bana dik dik bakıyorsun?'* diye soracağından emindi. Kıyafetleriyle birlikte plastik torbayı kucaklayıp tuvaletin bulunduğu bölüme ilerledi. Kapıdan içeri süzülüp, Tunç'un görüş alanından kayboldu. Tunç birasından bir yudum daha aldı. Sonra onu tezgâha bırakarak ayağa kalktı. Tezgâhın diğer tarafına dolanıp kollarını göğsünde kavuşturdu. Beklemeye başladı. Hayat, dışarı çıktığında genç adam plastik torbanın kirli torbası olduğunu fark etti. Kalbinin derinliklerinde bir yer kıpırdadı, ama üzerinde durmadı. Ondan kurtulmalıydı. Onu da özgür bırakmalıydı. Belki de yeterince ceza çekmişti.

Kız bavula ilerledi. Kirli poşetini koyup ahşap, küçük sandık gibi bir kutu çıkardı.

Tunç aniden, "Konuşmamız gerekiyor," dedi.

Kız başını kaldırdı ama ona bakmadı. Sonra omuzlarını dikleştirerek elindeki küçük sandıkla -artık içinde ne varsa- yavaşça ayağa kalkıp, bedenini ona çevirdi. Gözlerinde birçok duygu yüzüyordu. Şaşkınlık, tedirginlik ve kafa karışıklığı... Tunç, onun konuşan bir yüzü olduğunu unutmuştu. Yüzü sonunda ifadesiz bir hal aldı. Duruşunu dikleştirerek konuşmasını bekledi.

Tunç, "Anladığım kadarıyla tekrar dışarı çıkıyorsun?" diye sordu. Sesinin tonunda renk yoktu. Başıyla kızın üzerindeki kıyafetleri işaret etti. Altında daracık, boru paça siyah bir pantolon, üzerinde mürdüm rengi V yaka bir kazak ve ayaklarında hafif topuklu siyah botlar vardı. Bu kız giyinmeyi biliyordu. Kazağın rengi ve beyaz teninin birleşimi ona olağanüstü bir görüntü kazandırmıştı. Hayat, sadece ona bakıyordu. Kesinlikle hiçbir tepki vermiyordu. Evet. Onunla konuşmayacaktı.

"Ama inan işe yaramayacak!" Tunç, ağırlığını bir ayağının üzerine verip alayla kaşlarını kaldırdı. Kızın kafası karışık görünüyordu. Soru dolu bakışlarını gözlerinden ayırmadı. "Beni kıskandırmaya çalışmandan bahsediyorum." Kızın resmen çenesi düştü, kaşları birkaç santim havalandı, o büyük ağzı balık ağzı gibi açıldı. Pekâlâ. Zaten konuşmasa da yüzü her zaman sözlerinden önce davranıyordu. Tunç, onun bu kadar şaşırmasını beklemiyordu. Ya da kız gerçekten iyi rol yapıyordu.

"Ne amaçladığın, ne elde etmeye çalıştığın hakkında en ufak bir fikrim yok, ama inan üzerimde hiçbir etkisi yok." Hayat, inanamaz bir ifadeyle başını iki yana sallarken kulaklarına kadar kızardı. Açık kahverengi gözleri kararak küçük iki misket gibi ona bakmaya devam ettiler. Genç kızın dudakları sanki kendisini konuşmamak için zor tutuyormuş gibi titriyordu.

"Gelelim diğer meseleye." Aslında bu komikti. Monolog onun garip hissetmesine neden olsa da konuşmaya devam etti. "Ne yaptığın umurumda değil! Fakat zorla almış olsan da soyadımı taşıyorsun ve ben, bu isme değer veriyorum. Senin değer yargılarının da benim için hiçbir önemi yok. Ancak hareketlerine dikkat etmelisin. En azından soyadımı taşıdığını unutmamalı ve ona göre davranmalısın." Çenesinin kasılmasından dişlerini sıktığını anlamıştı Tunç. Eğer kızı biraz daha öfkelendirirse mutlaka konuşacaktı. Uzun parmaklı, zarif ellerinden biri yumruk oldu, diğeri küçük sandığın etrafında daha çok sıkılırken, parmak boğumları beyazladı. Genç kız burnundan sert soluklar almaya başlamıştı.

"Sen kıçını başkalarının aletlerine dayamayı seviyor olabilirsin, ama en azından ben seni def edene kadar sabredebilirsin sanıyorum!" Başını yana eğip genç kıza baktı.

Hareket aniydi. Kızın kolu bir anda gerildi. Tunç, kendisini korumaya vakit bulamadan kızın elindeki sandık parmaklarının arasından fırlayıp genç adamın alnına şiddetle çarptı. Darbenin etkisiyle sersemledi. Allah'ım! Buna nasıl cesaret edebilmişti? Kolları çözüldü. Sersemliğinden kurtulmak için başını iki yana salladı. Afallamış bir sesle dişlerinin arasından konuştu. "Allah'ım! Aklını mı kaçırdın?" Girişin hemen yanındaki boy aynasına ilerledi. Şaşkınlığında bir nebze azalma olmadan kaşının hemen üzerinde açılan derin yaraya baktı. Derinin altından hızla dışarı taşan kan, gözünün kıyısından çenesine doğru iniyordu.

"Kaşımı patlattın!" Garip bir şekilde, ona kızmak yerine kahkaha atma isteğiyle doldu. Fakat sert ifadesini korumayı başardı. Kaşını yarmıştı! Buna inanamıyordu. Tunç ecza dolabına ilerlerken, genç kız öylece durup onu izliyordu. Büyük bir parça pamuk koparıp, daha aşağılara süzülmek için hızla hareket eden kanı yakaladı ve yüzünü temizlemeye çalıştı. Gömleği çoktan batmıştı bile!

"Üzgünüm." Genç kız dişlerinin arasından konuşmuştu. Tunç, bakışlarını hızla kıza çevirdi. Pamuğu yaraya bastırmıştı. Tam özrünü kabul etmek için başını sertçe eğmişti ki, genç kız kapkara bir öfkeyle, "Başını hedef almıştım," dedi. Genç adam, onun boynunu mu kırsa yoksa gülse mi karar veremedi. Kız resmen ona meydan okumuş, kaşını patlatmıştı; bir de karşısında öfkeden titriyordu. Kesinlikle korkudan değildi, çünkü onu öldürmek ister gibi bakıyordu. Kızın elinde başka bir şey olmadığı için şanslıydı.

"Sen delisin!" Tunç ilk defa söyleyecek bir şey bulamıyordu. Belli ki fazla üzerine gitmişti. Gülmemek için dudaklarını sıkıca birbirine bastırdı. Tepkisinin hoşuna gitmesi kızın katıksız öfkesinden kaynaklanıyordu. O konuşan yüzünde, Tunç'un ithamlarını kabul eden ve boyun eğen tek bir ifade yoktu. Belki de o zevzeklerden hiçbiriyle birlikte değildi. Kız fırlattığı sandığa gitti. Yere saçılanları sert hareketlerle tek tek toplayıp tekrar kutunun içine koydu. Sonra bir çift küpeyi titreyen ellerle kulağına takmayı başardı. Genç adam daha önce bu derecede öfkeye kapılan bir kadınla hiç karşılaşmamıştı.

Genç kız gözlerini kapadı. Meditasyon yapar gibi -ya

da belki içinden sayıyordu- derin bir nefes alışının ardından tekrar gözlerini açarak bakışlarını Tunç'a çevirdi. Dudakları gerildi, aralandı, tekrar kapandı. Alt dudağını kanatırcasına dişlerinin arasına aldı. Tekrar dudaklarını araladı. "Ayrıca *Bay Küçük Dağları Ben Yarattım*, eğlenirken aklımın en ücra köşesinde bile yoktun. Lütfen, kendini bu kadar önemseme." Durdu. Öfkeyle bir soluk çekti. Ve sanki tekrar Tunç'a saldırmak istiyormuş da kendisini zor tutuyormuş gibi göründü. "Ve umarım bu, *beni def etme* işini bir an önce yapar ve beni nefret ettiğim senden azat edersin."

Tunç renksiz bir tonla, "O, o kadar kolay değil!" dedi. Daha birkaç saat öncesine kadar sanki bir an önce ondan kurtulmakla ilgili şeyleri düşünen kendisi değilmiş gibi, sırf kız gitmek istedi diye ona meydan okudu. Hayat'ın gözlerinden resmen ateş çıkmıştı. Bedenindeki kasılmayı gözleriyle görebiliyordu. Bir süre öylece durdu. Sonunda bavulundan ceketini alıp üzerine geçirdi. Hareketlerindeki bariz öfke ve sertlikleri, Tunç'un ifadesiz tutmaya çalıştığı yüzünün seğirmesine neden oluyordu. Kız suskunluğuna geri döndü. Çantasını omzuna attı.

"Umarım geceyi yine dışarıda geçirmek gibi bir hata yapmazsın!" Hayat'ın kapıya ilerleyen bedeni dondu. Sırtı dikleşti. Taş kesilmiş gibi görünüyordu. Tunç, onun meydan okumasının kendisini eğlendirdiğine şaşırarak sırıttı. Eğer yüzünü görebiliyor olsaydı, düşüncelerini okumak kolay olurdu. Hayat, sonunda hareket etti, kapıyı açtı, çıktı ve bir kez daha arkasına bakmadan olanca gücüyle kapıyı çarparak kapadı.

Ardından Tunç bastıramadığı kahkahasını koyuverdi. Güzel. Karısı onu boynuzlamıyordu. Bunu anlamak için medyum olmaya gerek yoktu. Bir anda içindeki o dehşet verici, Tunç'u afallatan his ortadan kayboldu. Neşeli bir ıslık tutturup kaşındaki yarayla ilgilenmek için tekrar ecza dolabına yöneldi. Allah'ım! Gerçekten kaşını yarmıştı. Elinde bir şeyler varken onunla konuşmaması gerektiğini aklına kazıdı. Sonra kaşlarını çattı. Ne yani, daha sonra onunla konuşacak mıydı? Omuz silkti.

▲▼▲

Hayat aslında dışarıya çıkmayı hiç istemiyordu. Öğrenci kartına doldurduğu para tükenmek üzereydi. Hesaplarına göre Seçil'e ancak haftada bir kez gidebilirdi. Ama Tunç'la aynı ortamda uzun süre kalmaya daha fazla dayanamazdı. Allah'ım! Ona neler söylemişti! Pislik herif! Ahmet'le dans ederken, onu, yanındaki kızla sarmaş dolaş görünce birden tüm dengesini yitirmişti. Zaten o ne zaman etrafında olsa bir şekilde tüm dengesini yitiriyordu. Ya tedirginlikten ya da öfkeden... Hayat, onun kendisini fark etmediğini sanmıştı fakat onu uyarma gereğini duyduğuna göre fark etmişti. Aniden gözleri irice açıldı. Adamın kaşını patlatmıştı! Çenesi aşağıya düştü ve elini ağzına kapadı. Ya öfkeyle ona bir şey yapsaydı?

Allah'a şükür ki o da en az kendisi kadar şaşkın görünüyordu. Gerçi Hayat'ın şaşkınlığı zihninde yeni yeni yer buluyordu. Mirza'nın dairesindeyken öyle öfkeliydi ki, gözünün önünden kırmızı bulutlar geçtiğine yemin edebilirdi. Çirkin sözleri artık sabır bardağını taşırmış, genç kız sinirini kusmak zorunda kalmıştı. Hiçbir zaman şiddet eğilimli bir insan olmamıştı -gerçi kolay kolay öfkelenmezdi de- ama bu adam onu çileden çıkarıyordu. Ondan nefret ediyordu. Kesinlikle nefret ediyordu.

Otobüs durağa yaklaşırken ayağa kalkıp butona bastı. İndikten sonra durağın içindeki bekleme koltuklarından birine oturdu. Ceketine sıkıca sarınıp durağın içine kadar giren sert rüzgârın etkisinden kurtulmaya çalıştı. Tunç'un pisliklerinden çok daha büyük sorunları vardı. Parası kalmamıştı. Haftalık market alışverişini yapacak durumu bile yoktu. Okulda çay dışında kantinden alışveriş yapmıyordu. Sadece, Ahmet'le aynı üniversitede olduğu için şanslıydı. Onu sürekli gelip görüyor olsa bile Hayat, ona durumunu fark ettirmemeyi başarabiliyordu.

Çay içmeyi de bırakmalıydı. Derin ama kesinlikle onu rahatlatmaya yetmeyen bir iç çekti. Daha önce kimseden borç istemek zorunda kalmamıştı. Seçil'den borç istemeyi düşünmek bile sinirlerini harap ediyordu. Babasının ona hediye ettiği bir altın takı seti vardı. Her ne kadar içi yansa da onu paraya çevirmek zorundaydı. Fakat altın piyasasının yükselmesini bekliyordu. Fazladan her kuruşa ihtiyacı vardı. Bir de iş bulmalıydı. Eğer bunları yapmazsa okula yaya gidip gelecek ve açlıktan ölecekti. Arkadaşlarının ona yardım elini uzatacağını biliyordu, ama onlar da kendilerine ancak yeten insanlardı.

İçini çekip ayağa kalktı. Seçil'in dairesinin bulunduğu apartmana doğru ilerledi. Gece gezmelerine ara vermişlerdi çünkü artık derslerine ağırlık verme zamanları gelmişti. Eğlenceyi her ne kadar seviyor olsalar da, gruptaki herkes ayrıca bilinçliydi. Eğlenceden çok, derslerine önem vermeleri gerektiğini biliyorlardı. Seçil'den nasıl borç isteyecekti? Allah'ım!

Bir anda Mirza'nın sözleri beynine mancınık çarpmış etkisi yaparak onu afallattı. Gece eve gitmesi için onu resmen tehdit etmişti. Dişlerini sıkarken onun ne yapacağını merak ederek daireye dönmeme kararı aldı. Hayat'ı ne sanıyordu ki? Koyun mu? Madem onu bırakmıyordu, Hayat da onun istediklerini yapmaktan vazgeçecekti. Sonuçta iki şekilde de genç kızı özgür bırakmıyordu.

▲▼▲

Umut gözlerini aralık tutmaya çalışarak ekranda oynayan futbol karşılaşmasının sonucunu bekliyordu. Sırtını gererken inledi. Uykusunu açmak için birkaç kez gözlerini kırpıştırdı. Gülen'le neredeyse kamburları çıkana kadar ders çalışmışlardı. Hayat'ın gelişiyle de son vermişlerdi. Umut, Hayat'a minnettardı, yoksa Gülen'in onu bırakacağı yoktu. Gülen'le aynı bölümü okuyordu ama ayrı okuldaydı. Onunla Ahmet vesilesiyle tanışmışlardı. Umut da o gün bugündür onun peşindeydi.

Ah bir de açılabilseydi, her şey çok güzel olacaktı. Bir geri zekâlı gibi görünmeyi kabullenerek onun kendisini çalıştırmasına izin veriyordu. Yoksa başka türlü onu görme şansı olmayacaktı. Kapı zili çaldığında şaşırarak saatine baktı. Neredeyse gece yarısı olmuştu, kızlar mutfakta dedikodu yapıyorlardı. Birinin kalkıp kapıyı açmasını bekledi, fakat boşuna bir hevesti. İç çekerek ve tekrar sırtını gererek doğruldu. Zil ısrarla çalıyordu. Endişelenerek hızlı adımlarla kapıya yönelip açtı. Karşısındaki, her an üzerine atlayacakmış gibi tehditkâr görünen adam, onu baştan ayağa süzdü. Bir eli cebindeydi, diğer eli de ağır ağır cebine yollandı. Sanki onları saklamak istermiş gibi...

Umut, "Kimi aramıştınız?" diye sordu. Adamın tehditkâr görüntüsüne karşı sesinde hafif bir sertlik oluştu. Adam koyu renk gözlerini onun gözlerine dikti. Yüzünde buz gibi, küçümseyen bir ifade vardı. Sağ kaşının tam üzerinde kocaman bir yara bandı vardı.

Adam kısaca, "Karımı," dedi. Yine Umut'u baştan aşağıya süzdü.

Genç adam, şortunun üzerine bir tişört giymiş olmayı diledi. Adamı bir yerden hatırlıyordu ama nereden olduğunu çıkaramamıştı. "Karınız?" diye sordu. Kaşlarından birini kaldırdı. Başını yana eğip boynunu kaşıdı.

Adamın cevap vermesine fırsat kalmadan, Seçil arkadan, "Senin ne işin var burada?" diye atıldı. Umut, onun sesinde ilk defa böylesine bir hiddet duyuyordu.

Adam rahat bir hareketle omzunu duvara dayadı. Oldukça kayıtsız görünüyordu. "Geçerken uğradım," dedi dalga geçer gibi. Umut, tüm bu olan bitenden hiçbir şey anlamıyordu. Allah aşkına bu adamın karısı kimdi?

Seçil, "Git buradan!" dedi. Ardından, "Ve Hayat'ı rahat bırak!" diye gürledi.

Adam kaşlarını kaldırdı. Sanki Seçil ona hiçbir şey söylememiş gibi çenesini Umut'a doğru uzatarak sordu. "Kim bu Tarzan?" Umut, ancak o anda adamın öfkeli -çok öfkeli- olduğunu kavrayabildi. Dişlerini aralamadan sakin ama tehditkâr bir tonla konuşuyordu. "Seni ilgilendirmez. Git buradan." Seçil yüzünde amansız bir ifadeyle kapıya uzanıp hızla iterek kapamaya çalıştı. Adam parlak rugan ayakkabısının burnunu kapı aralığına koyarak buna engel oldu.

Umut, bu adamın artık fazla ileri gittiğini düşünüp başlarına bela olacağını anlayarak -Allah'tan kızların yanında kalmıştı- ve gövde gösterisi yaparak kapıyı açtı. Umut, üzerine yürürken adamın dudağı sanki gizli bir espriye gülüyormuş gibi yana kaydı. "Beyefendi, onun ne dediğini duydunuz. Daha fazla uzatmada-" Suratının ortasına yediği yumrukla sözleri yarıda kesilirken ister istemez birkaç adım geriledi.

"Hayvan! Ne yaptığını sanıyorsun?" Seçil'in yüksek perdeden çıkan sesi, mutfakta bulunanları girişe toplamaya yetmişti.

"Küçük bir öğüt. " Umut, öfkeyle elini patlayan dudağından sızan kana götürüp tersiyle sildi. Ve onun üzerine atılmak için harekete geçti. Adam kılını bile kıpırdatmadı. Birden birçok el Umut'un bedenine atılıp onu çekiştirmeye başladı. "Bir daha genç kızların bulunduğu bir ortamda, Tarzan gibi yarı çıplak gezmesen iyi olur. Benim kadar anlayışlı olmayan biri canını yakabilir." Sanki biraz önce Umut'a eşekten düşmüş gibi hissetmesine neden olan o yumruğu kendisi atmamış gibi rahat ve doğal görünüyordu.

Adamın gözleri Hayat'ı buldu. Kıza sadece baktı. Hayat da irice açılmış gözlerle ona bakıyordu. Uzun saniyeler boyu öylece birbirlerine baktılar.

"Çok unutkansın, güzelim." Adamın sesi oldukça yumuşaktı. "Bu gece evde olacağını tamamen unutmuşsun!" Hayat, çenesini sıkarak başını yukarı kaldırdı. Arkasını dönüp gitmek için harekete geçti. "Toparlanman için bir dakikan var. Ya da seni omuzlayıp öyle götüreyim."

Seçil, "Allah'ım!" diye soludu. Arkasından iyi olmayan birkaç şey daha homurdandı. Tunç, onun ne söylediğiyle ilgilenmiyordu. Gözleri yine kendisine dönen Hayat'ın yüzündeydi.

Onun konuşan yüzünden tüm duygularını anlayabiliyordu. Şaşkınlığın hemen ardından gelen öfke ve buna eklenen meydan okuma... Gözleri, yarı çıplak olan, hâlâ Tunç'a saldırıp ona gününü göstermek istiyormuş gibi görünen, ama kızların narin ellerinin baskını aşamayan -ne kadar zor olabilir ki Allah aşkına!- Tarzan'a kaydı. En azından Hayat, Tarzan gibi salak değildi. Öngörüleri kesinlikle doğruydu. Derin bir iç çekişle durumu çaresizce kabullenerek arkadaşlarına özür dilercesine bir bakış attı.

"Üzgünüm," diye ekledi ardından. Ceketini ve çantasını alarak Tunç'un önünden sert adımlarla geçerek merdivenlere yöneldi.

Tunç, ona bakan öfkeli kafileye kibar bir gülümseme gönderdi. Başını eğerek, "İyi geceler," dedi. Hayat'ın peşinden ağır adımlarla ilerledi.

Apartmandan çıktığı anda gözleri önce arabasını park ettiği kaldırımda, sonra orada göremeyince etrafta Hayat'ı aradı. Sonunda karşı kaldırımda bir taksiye binen narin figürü görünce dişlerini sıktı. Öfkeli cadı onu sinirlendirmek için elinden geleni yapıyordu. Tunç, ona yetişmek için vakit harcamadı çünkü taksi çoktan hareket etmişti bile. Kendi arabasına aceleyle binip hareket etti. Diğer araçları tehlikeli sollamalar yaparak geçti. Sonunda ön tamponunu neredeyse taksinin arka tamponuna dayadı ve apartmanın önündeki kaldırımda durana kadar birlikte ilerlediler.

Hayat dönüp bir kez bakmadan apartmana ilerledi. Ancak Tunç, hemen eve gitmeyi düşünmüyordu. Onun girdiğinden emin olduktan sonra içecek sert bir şeyler almak için -çünkü deli gibi ihtiyacı vardı- bir tekel bayiine gitmeye karar verip hareket etti. Belki bu zamanda içinde kaynayıp duran, onun aklını kırmızı bir buluta çeviren öfkesinden biraz olsun arınabilirdi. Neye bu kadar öfkelendiğini bilmiyordu ama öfkeliydi işte...

9. Bölüm

Hayat, önündeki tabakta bulunan malzemeleri didiklerken gözlerini ileriye dikmiş, alnı düşüncelerle kırışmıştı. Kulağının arkasından kurtulan saçları dalgınca tekrar kulağının arkasına sıkıştırdı. Çatalını batırıp durduğu peynir paramparça olup dağılmıştı ama farkında bile değildi. Ağrıyan bedenine bir faydası olmayacağını bilerek sırtını gerdi. Seçil'den aldığı borç onu bir süre idare ederdi. Altın piyasasını da sürekli takip ediyordu. Sürekli düşüşte olmasını kendi şanssızlığına bağlıyor olsa da, yine de beklemeye kararlıydı. Belki bu arada da bir iş bulabilirdi ki her gün gazete ilanlarına da bakıyordu. Çalışmak zorundaydı. Başka şansı yoktu.

Seçil'e haftada bir gün gidecekti, yoksa kartına doldurduğu yol parası ay sonuna kadar asla yetmezdi. Akşamları dışarı çıkmamaya da özen gösterecekti. Kendisi para harcamıyor olsa bile onların yanına gitmek için bütçesinden az miktar da olsa para kaybediyordu. Bir gün bu kadar ince hesaplar yapacağı ölse aklına gelmezdi, fakat insan kaderinden fazlasını yaşamazdı. En azından, Hayat artık böyle görüyordu. Yaşadığı zorlu dönem aslında ona birçok şey de kazandırmıştı. Mesela ne olursa olsun yanında olacağına emin olduğu ailesinin bile onu terk edebileceğini de öğrenmişti. İnsanın en yakını görmezden geliyorsa, başkaları neler neler yapmazdı. Annesi ona parasal durumunun nasıl olduğunu telefonda sormuştu. Fakat Hayat'a göre çok fazla geç kalmıştı. Genç kız, onlardan asla para istemeyecekti. Hayat, insanın, başına gelmedikçe bazı zorlukların gerçekten farkında olmadığını kabullenmişti. Aslında bunları aşabilecek gücün kendi içlerinde olabileceğini de fark etmişti.

Bir anda açılan kapı düşüncelerini bölüp kalbini tekletti. Mirza, "Bu taraftan," dediğinde, Hayat'ın birden yüreği ağzına geldi. Ne işi vardı bu saatte evde, onun işte olması gerekiyordu. Genç kız, homurdanmamak için kendisini zor tuttu. Mirza'nın arkasından daireye iki adam girdi.

Genç adam eliyle oturma gruplarını gelişigüzel işaret ederek, "Şuradaki üçlü grup," dedi. Hayat'ın nefesi kesildi. Allah'ım! Oturma grupları götürülüyordu. Anlaşılan pislik herif, onu yerde yatırmaya niyetlenmişti. *'Zalim'* dedi içinden dişlerini sıkarak. Muhtemelen onun isteğine uymayarak Seçil'de kalma girişiminde bulunmasının acısını böyle çıkaracaktı. Lanet olsun! Ondan nefret ediyordu.

Adamlar ter içinde kalarak oturma gruplarını daireden dışarıya taşıdılar. Daire bir anda genişlemiş gibi genç kızın gözüne oldukça büyük göründü. Mirza, ona çabucak bir bakış attı. Sonra gözleri genç kızın önündeki tabağa kaydı. Kaşları çatılıp çenesi yana kaydı. Sinirli görünüyordu. Hayat, yine ne yapmıştı? Fakat bir şey söylemeden dış kapıya yöneldi. Üzerinde koyu gri bir takım elbise, onun üzerine giydiği siyah, mevsimlik bir pardösü vardı. Hayat, ondan nefret edebilirdi ama bu, onun oldukça şık ve yakışıklı göründüğünü fark etmesini engellemiyordu. Mirza, varlığıyla sanki tüm daireyi dolduruyordu. Enerjisi çok güçlüydü ve bu güçlü enerji Hayat'a çarpıp ona kendisini ufalmış hissettiriyordu.

Dışarıdan bir 'küt' sesi geldi, ardından bir homurdanma, daha sonra da Tunç'un gürleyen sesi. "Dikkatli olun biraz!"

Neler oluyordu? Mirza yine neler çeviriyordu. Hayat,

kendisiyle ilgili bir şey olmamasını umuyordu. Eski grupları çıkaran adamlar ellerinde yeni, gösterişli ve oldukça büyük oturma grubuyla geri döndüler. Nefes nefese kalmışlardı, yüzleri de kızarmıştı. Hayat'ın gözleri büyüdü. Mirza geldiğinden beri put gibi duruyordu, ama o anda küçük bir heyecan dalgasıyla yerinde kıpırdanmasına engel olamadı. Koltuk kendi yattığından daha büyük ve genişti. Sonra dişlerini sıktı ve kaş çatışı derinleşti. Mirza belki de onu bu koltuklarda yatırmayacaktı bile. Ondan her şeyi beklerdi. Adamlar grubu televizyonun karşısına konumlandırdı. Mirza, onların ücretlerini ödedikten hemen sonra hızla çıkıp gittiler. Mirza kaldı. Lanet!

Tunç, yeni oturma grubuna bakıp dudaklarını büzdü. Dairedeki alanı daraltmıştı ama zevkli ve rahat görünüyordu. Plazaya giderken bir mobilya mağazasının vitrininde gözüne çarpmış, hiç düşünmeden de almıştı. Bu, o günlük işlerinin biraz aksamasına neden olmuştu. Fakat seçiminin ne kadar iyi olduğunu o anda daha iyi anlamıştı.

Başını kaldırıp Hayat'a baktı. O konuşan yüzünü ne kadar ifadesiz tutmaya çalışırsa çalışsın, yine de meraklı ifadesini saklayamamıştı. Ve Tunç'a bakmıyordu. Tabii ki! Dudakları yarım bir gülümsemeyle kıvrıldı. Kuru bir sesle, "Sence yerlerini değiştirmeli miyiz?" diye sordu. Genç kızın başı hafifçe yukarı kalktı, sırtı dikleşti. Şok olmuş gibi görünüyordu. Tunç, onun tedirgin oluşunun neden hoşuna gittiğini bilmiyordu. Gülüşünü saklamak için dudaklarını birbirine bastırdı, ardından hafifçe öksürdü. "Ne dersin?" diye sordu. Hayat, bukle bukle saçlarını önüne düşürünce yüzü görüş alanından çıktı. Tunç, o yüzünü saklamadan önce gözlerinin irileştiğini fark etmişti.

Ona cevap vermedi. Tunç da zaten öyle bir şey beklemiyordu. Ona sesini kesmesini söylemişti, kız da yapmıştı. Derince bir iç çekip mutfağa ilerledi. Nasılsa mutfağa gittiğinde yapacak bir şey bulurdu. Ne istiyordu? Onu çileden çıkarmak mı? Belki. Belki de onun huzursuz olmasını biraz daha izlemek istiyordu. Yaptığının gaddarlık olduğunu biliyordu. Onunla uğraşmasının doğru olmadığını da biliyordu fakat elinde değildi. Bir bardak meyve suyu doldurup tam karşısına oturdu. Kız, başı hâlâ yerdeyken yutkundu. Yüzünü göremese de boğazının yukarı kalkıp indiğini görmüştü. Genç adam önünde duran tabağa bakıp tek kaşını kaldırdı. Bu kız ne kadar az yemek yiyordu.

"Hâlâ cevap vermedin?" Bardağındaki sıvıdan bir yudum daha aldı. "Sonuçta benden çok seni ilgilendiriyor." Hayat, bu defa tepkisiz kalmayı başarabilmişti. "Koltukları beğendin mi?" diye sordu Mirza. Allah'ım! O konuşmadıkça daha çok üzerine gitmek istiyordu. "Beğenmedin mi?"

Hayat önündeki tabağı iki yanından sıkıca kavradı. Tunç, onun kavrayışından boğazını sıkmak istediğini düşündü. Genç kız tabağıyla birlikte tabureden atladı. Tabağın içindekileri çöpe döktü. Tunç, onun her hareketini izliyordu. Kızın her hareketinde bariz bir hiddet vardı. Hayat mutfaktan çıktı. Genç adam da onun arkasından kalktı. Ağır adımlarla, gözlerini kızdan ayırmadan peşinden ilerledi. Hayat, bavuluna ilerledi. Kapağını açtı. Kapak, arkasındaki duvara sertçe çarptı. İçinden bir kot aldığında oradan gideceğini anlayarak tepesinde dikildi.

"Çıkmana gerek yok," dedi yine kuru bir sesle. "Benim plazaya gitmem gerekiyor." Niye böyle bir açıklama yapma gereğini duymuştu ki? Hayat yine sanki onun boğazlıyormuş gibi elindeki kotu sıkıca kavradı. Bu, Tunç'u gülümsetti. Hayat, tabii ki ona ne baktı ne de cevap verdi. Bir süre öylece hiç kıpırdamadan durdular. Sonra Tunç, arkasını dönüp sessizce çıktı.

Saatler sonra eve tekrar döndüğünde onu yine tezgâhta ders çalışırken buldu. Geldiğini fark etmeden önce bir süre durup ona baktı. Belki de orada her zaman öylece ders çalışıyor ya da başka bir şeyler yapıyordu. Fakat önceden onu öylesine yok saymıştı ki, kızı gerçekten görmüyordu bile. Şimdiyse sanki başında yanıp sönen bir tabela varmış gibi gözleri direkt onu buluyordu. Değişen neydi? Bilmiyordu ama bir şey değişmişti.

Bir eli çenesinde, diğer elindeki kalem hararetle kâğıtların üzerinde ilerliyor, başını hafifçe kaldırıp önündeki kitabın bir sayfasını çeviriyor, kaşlarını çatıyor, yüzü geriliyor ve sonra başını yana eğerek düşünüyormuş gibi kalemi deftere vuruyordu. Saçları bir omzundan aşağıya sarkmış, yukarıya çektiği dizinin arkasında kayboluyordu. Üzerinde açık gri bir eşofman altı ve uzun kollu bir tişört vardı. Sürekli orada oturup durmak onu rahatsız etmiyor muydu? Sonra aklına gelen bir düşünceyle kızın başka çaresinin olmadığını hatırladı. Tunç çalışma masasını pencereden aşağıya atmıştı. Bunu gerçekten yapmıştı.

Bir ses çıkarmış olmalıydı. O kendisini öylesine ders çalışmaya kaptırmışken, Tunç da kendisini onu izlemeye vermişti. Elindeki kâğıda vurup duran kalem dondu, sırtı dikleşti ve başı hafifçe yukarı kalkarken çenesi kasıldı. Onu fark etmişti. O anda başını çevirip kıza bakmayı bıraktı. Pardösüsünü çıkarıp duvardaki yılan şeklinde kıvrılmış olan askılığa astı. Üzerini çıkarıp duşa girdi. Çıktığında kurulanıp üzerine her zaman giydiği şortunu giydi. Televizyonun karşısındaki koltuklardan birine -Hayat'ın yatacağı yere- oturdu, televizyonu açtı ve kumandayı eline alarak kanallarda gezinmeye başladı. Bir basketbol karşılaşmasında durup kumandayı sehpaya bıraktı.

Gözlerini Hayat'a dikti. Hâlâ tedirgin görünüyordu. Onun bir anda önündeki çok sayıda kâğıdı toplamaya başladığını fark etti. Yine kaçacaktı. Tunç çoğunlukla akşamlarını dışarıda geçirirdi. Kız da genellikle geldiğinde uyuyor olurdu. Evde olduğu anlarda ise genç kız hep dışarıda oluyordu. Tabii ki bu bir tesadüf değildi. Kendisi gibi o da onunla karşılaşmak ya da aynı ortamda bulunmak istemiyordu. Ve bunu başarmışlardı. Bu düşünce bir anda, içinde bir huzursuzluk hissinin patlak vermesine neden oldu.

Kayıtsızca, "Bir telefon bekliyorum," dedi. Gözlerini ondan ayırmıyordu. O hâlâ toparlanmaya devam ediyordu. Onu duymamış gibi davrandı. "Geldiğinde çıkacağım, çıkmana gerek yok." Bu külliyen yalandı. Hayat, Tunç'un sözlerinin ardından duraksadı. Sanki bir şeyleri hesaplıyormuş gibi kaşlarının ortası hafifçe derinleşti. Sonra kâğıtlarını tekrar tezgâha yaydı. Birbirlerine oyun oynamalarına gerek yoktu. İkisi de neyin ne olduğunu biliyordu. Sonra Tunç, ekrandaki karşılaşma hâlâ devam ederken gözlerini ekrana çevirmek yerine ona bakmaya devam etti. Kızın evde kalması için yalan söylemişti çünkü öyle olsun istiyordu. Bunu kendi içinde bir hesaplaşmaya çevirmeden üzerine bir örtü çekip ona bakmaya devam etti. Özgür bırakmalıydı. Kesinlikle kızı özgür bırakmalı, kendi de hayatına kaldığı yerden, hiçbir şey olmamış gibi devam etmeliydi.

Ancak o meydan okudukça Tunç'un ilgisini çekiyor, daha çok üzerine gitmesine neden oluyordu. Tıpkı o anda olduğu gibi! Hayat, saçlarını bir omzundan diğerine attığında narin boynu genç adamın gözlerinin önüne serildi. Genç kızın bedeni hafifçe ona doğru çevriliyor, sonra yine hemen önüne dönüyordu. Onu kontrol ediyordu. Genç adam bir anda ayağa kalktı. Telefonunu, bıraktığı komodinin üzerinden alıp bir numara tuşladı. Her zaman telefona cevap veren tiz sesli gence büyük boy karışık bir pizza sipariş verdi. Siparişinin gelmesini beklerken ortalıkta dolanıp durmasının kızı rahatsız ettiğinin farkındaydı. Ve bunu istiyordu. Onu rahatsız etmek, tedirgin etmek, öfkelendirmek istiyordu. Neden? Umurunda değildi. Sadece istiyordu.

Pizza geldi. Tunç mutfakta kendisine tabak hazırlarken duraksadı. Omzunun üzerinden ona baktığında genç kızın saçları hafifçe önüne savruldu. Tunç sırıttı. Kendisine bakıyordu ve Hayat, ona yakalanmıştı.

"İster misin?" diye sordu. Cevabı biliyordu. Sessizlik.

"Çok şey kaçırıyorsun!" diye ekledi. Kendi tabağını hazırlamaya devam etti. Sonra tabağını alıp onun tam karşısına oturdu. Kızın kaçabileceği hiçbir yer yoktu. Gözlerini ona dikip pizzasını yemeye başladı. Bir akıl hastası gibi davrandığını biliyordu. Gerçi çok normal olduğu da söylenemezdi. Hayat'ın elindeki kalem, kâğıda biraz daha baskı yaptığında inci gibi yazısında bozukluklar oluştu. Baskı, ince bir iz bırakan mürekkebi kalınlaştırdı. Genç kız yazdıklarının üzerine bir çizgi çekip tekrar yazmaya başladı. Tunç gülümsedi. Birazdan kâğıtları kafasına fırlatır mıydı? Mümkündü. Kalem, Hayat'ın terleyen ellerinden kayıp durmaya başladı. Tunç ona eziyet etmeye bayılıyordu. Kolasından bir yudum aldı.

"Okul nasıl gidiyor?" diye sordu. Hayat'ın çenesi kasıldı ama başka hiçbir tepki vermedi. Bir anda düşünceyle kaşları çatıldı. "Yanlış hatırlamıyorsam kaldığın bir dersin vardı." Durdu. Onun dudaklarını sıkmasını izledi. "Dersi verebilecek misin?"

Başı yerden hafifçe kalktı. Gözlerini direkt onun gözlerine dikti. Tunç tepkisiz kalmak için kendini zorladı. Gözlerindeki karanlık öfke onu olduğu yerde dondurmaya yetmişti. Kayıtsızmış gibi görünerek, gözlerini kaçırmamaya kendisini zorlayarak yemeğini yemeye devam etti. Daha önce ona bu derece nefretle bakan olmuş muydu? Tunç'un düşmanları olmuştu, onu öldürmek isteyen birçok insanın da gözlerinin içine bakmıştı. Ancak hiçbirisi onu böylesine etkilememişti.

Hayat önündeki malzemelerini bir anda toparlamaya başladığında buna memnun oldu. Pekâlâ, ona birçok şey yapmıştı. Hâlâ da yapmaya devam ediyordu. Bu konuda kendisini durduramıyordu. Daha ilk karşılaştıkları günden beri ona karşı bir şekilde hep tepkili olmuştu. Kızın sersemlikleri onu eğlendirmişti. Hem de hiçbir şeyin yapamayacağı kadar! Onunla birlikte olduğu gece arzunun doruğuna ulaşmış, en iyi deneyimini yaşamıştı. Ardından da oyuna getirilip onunla evlenmek zorunda bırakılmıştı. Hayat'tan şiddetle nefret etmişti. Onu daha önce böylesine çileden çıkaran bir insan olmamıştı. Ona karşı duyduğu her tepki en üst seviyede oluyor, bu da Tunç'u allak bullak ediyordu. Belki biraz da tedirgin ettiğini kendisine itiraf etmek zorunda kaldı.

Kayıtsızlığının, onu eğlenirken gördüğü andan sonra artık devam etmediğinin farkındaydı. Onu görmediğinde bir sorun yoktu. Fakat şimdi ne yaptığını biliyordu. Tunç'un hayatına zorla dâhil olmuşken, o çılgınlar gibi eğlenebiliyordu. Ona bakmaya bile tahammül edemiyor, muhatap olmak zorunda olduğu anlarda da kızın gözlerinin içine bakıyordu. Çünkü ona baktığında içinde bir şeylerin yine kıpırdayacağını biliyordu. Biliyordu çünkü böyle sevimsiz birçok gün yaşamıştı. Bastırmak zor olsa da bunu başarabilmişti. Kabullenmekten gocunmuyordu. Bedeni Hayat'a karşı her zaman tepki veriyordu.

Kayıtsız kalamadığı tek şeyse ona para bırakmaktı. Aralarında ne geçerse geçsin, kanlı bıçaklı iki düşman gibi olsalar da, bir genç kızın parasal sıkıntı çekmemesi gerektiğini bilecek kadar bir şeyler görmüştü. Ama Hayat, onun parasını asla kullanmıyordu. Genç adam da bir zaman sonra bu işi bırakmıştı. Paraları Füsun Hanım, bıraktığı yerden alıyor, televizyon ünitesindeki kutunun içine bırakıyordu. Çünkü değerli bir şeylerini ne zaman bulsa o kutunun içine bırakırdı. Muhtemelen ailesi ona para gönderiyordu. Tunç, onunla başka bir şekilde karşılaşmayı isterdi. Onu gerçekten yaşamayı isterdi fakat hayatına bir anda, basit bir oyunla dâhil olması önüne geçilemez öfkesini ortaya çıkarmış, ondan nefret etmesine neden olmuştu.

Hayat, kitaplarını ve notlarını çantasına tıkıştırdı. Bavulundan diş fırçasıyla macununu çıkarıp dişlerini fırçaladı. Onları tekrar yerine koyup koltuğa uzandı. Tunç'un gözleri saate kaydı. Üzerini giyinip dışarı çıkmaya karar verdi. Nereye gideceğini bilmeden süratle ilerlerken, onu hapsettiği bir metrekarelik alandan kurtarma vaktinin geldiğini biliyordu. Artık kendisinin ve onun özgürlüğünü geri kazandırması gerekiyordu.

Ertesi gün avukatını arayarak boşanma işlemlerinin başlatılmasını istedi. Ne kadar çabuk olursa o kadar iyi olabileceğini de belirtti. Sonraki günlerde eve gidiş saatlerini onun dışarı çıkamayacağını bildiği saatlere göre ayarladı. Bunu neden yaptığını içten içe bilse de, itiraf etmek istemiyordu. Onunla uğraşmak hoşuna gidiyordu. Ah! Ve onunla uğraştı. Onu çileden çıkarana kadar Hayat'la konuştu, yorumlarda bulundu, öfkeden deliye döndürüp gecenin bir yarısı kendisini sokağa atmasına neden olacak kadar genç kızı bunalttı. Peşinden gitti ama genç kız sert rüzgârın onu savururcasına esmesine aldırmadan sahile gidip bir bankta oturdu. Onunla ilgilenmemesi gerekiyordu, ona bulaşmaması gerekiyordu fakat elinde değildi.

Hayat'ın öfkesinde, çileden çıkmasında Tunç'u çeken bir şey vardı. Bir kere başladığında nedense kendisini durduramıyordu. Eve girdiği anda kızı göz hapsine almaya başlamıştı. Onu izledikçe, kız da bunu fark ettikçe hareketleri sakarlaşıyor, sürekli diken üzerinde gibi görünüyordu. Bu, genç adamı hiç olmadığı kadar eğlendiriyordu. Sürekli takılıp sendelemesi ve düşme tehlikesi yaşaması Tunç'un içini biraz olsun sızlatsa da, dudakları her an kahkaha atmaya hazır bir halde kıvrılıyordu. Ondan boşanarak sonsuza kadar ayrılmadan önce böyle bir oyun oynamaya kalkıştığı için Hayat'ın pişman olduğunu görmek istiyordu.

Tunç'un dikkatini çeken başka şeyler de vardı. Hayat'ın, onu ilk tanıdığı zamanki haliyle şimdiki hali arasındaki büyük farklılıklar! Sağlıksız beslenmesi kızın çöp gibi kalmasına neden olmuştu. Tabii Tunç'a dayanmak da onun açısından muhtemelen kolay olmuyordu. Kızı bu özelliğinden dolayı takdir ediyordu. Ama görünüşü öylesine sağlıksız, teni öylesine şeffaf gibi görünüyordu ki... Bazen, tabaktaki yarım bıraktığı yiyecekler için ona takılmaktan kendisini alamıyordu. Bir keresinde, *'Yiyecekleri israf etmek günahtır'* dediğinde, Hayat karşılık olarak dolaptaki tüm malzemelerini çöpe atmıştı. Tunç omuz silkmişti. Aç kalmak istiyorsa kendisi bilirdi. Üzerine bir şey almadan yatıyor, doğru düzgün bir uyku uyumuyor –kızın genellikle uyuyor numarası yaptığını fark etmişti- ve yemiyordu. Genç adam bunların hiçbiriyle ilgilenmiyor olsa da onun solgunluğunu fark etmemek imkânsızdı. Bunlara rağmen, onun artık tamamen gece yarısı eve gelmesini sağlayacak kadar hayatını cehenneme çevirmeyi başarmıştı. Hayat eve gelmemeye cesaret edemiyordu. Çünkü Tunç, onun gözünü korkutmayı başarmıştı. Sadece söylediğine karşı çıktığı için genç kızın bavulunu karıştırmış, ona gelen zarflardan birinin üzerinden Seçil'in adresi olduğunu tahmin ettiği yere gitmişti. Ve bingo...

▲▼▲

Tunç arabasını park etmek için garaja yönelmeden önce sağa sinyal verdi. Direksiyonu sağa kırmak üzereyken apartmanın önünde sabırsızca duran figür dikkatini çekti. Bu, Seçil'in evinde yumrukladığı Tarzan değil miydi? Onun ayaklarının dibinde birçok çantayla kendi kapısının önünde dikilip durduğunu görmek, genç adamın tepeden tırnağa öfkeyle dolmasına neden oldu. Kendisi için gelmediğine göre, Hayat için gelmiş olmalıydı. Dişlerini sıktı. Arabayı garaja sokmaktan vazgeçerek kaldırımın önüne park etti. Süratle inip kapıyı olanca gücüyle çarptı. Kendisini sert esen rüzgârın şiddetinden korumak için ceketinin yakalarını kaldırıp, sıkıca tutan gencin yanına ilerledi.

"Senin ne işin var burada?" diye gürledi. Hayat'la bir ilişkisi mi vardı? Muhtemelen öyle olmalıydı. Kızı evden kaçırıp gece yarısı gelmesine neden olarak böyle bir ortama kendisi mi zemin hazırlamıştı? Belki de kız, artık huzuru başka kollarda arıyordu ki kendi kolları pek huzurlu değildi. Pekâlâ, ayrılacaklardı. Tunç, çantasında avukatının o gün teslim ettiği, boşanma için gerekli evrakları taşıyor olabilirdi ama yine de... Hayat, hâlâ onun karısıydı! Ayrıldıktan sonra istediğini yapabilirdi. Ve eğer bu gençle bir ilişkisi varsa hiç düşünmeden bu adamı öldürecekti. Hem de o anda!

Tarzan ister istemez bir adım geriledi. Yüzünü buruşturarak, "Yine mi sen?" dedi.

Tunç öne doğru tehditkâr bir adım attı. "Apartmanımın önünde ne işin var?"

Genç adam, onun sert ses tonuna ve gözlerinde çakan öfke parıltılarına karşı yine bir adım geri attı. "Bana senin geç geleceğini söylediler," diye söze başladı.

Karısıyla onun dairesinde mi birlikte olacaklardı? Tunç tüm kaslarının tel gibi gerildiğini hissetti. Gözleri görüş alanındaki her objeyi daha keskin, daha kızılımsı görmeye başladı. Midesinde asit gibi bir yanma meydana geldi ama gerçekten neler olduğunu anlamak için kendisini olduğu yerde zapt etmeye zorladı.

"Seçil, hafta sonu için arkadaşlarıyla birlikte tatile çıkıyor. Hayat da geçerlerken kendi kitaplarını ve kıyafetlerini bırakmalarını rica etmiş." Genç durup dudaklarını yaladı. Anlatmak için biraz daha oyalanırsa Tunç onu boğazlayacaktı. "Ama Seçil'in arkadaşları çıkış saatlerini geriye çektikleri için bunu benden rica etti." Yere eğilip çantaların hepsini birden sıkıca kavradı. "İşte..." dedi ellerini havaya kaldırarak. "Tek amacım bunları getirip Hayat'a teslim etmekti, ama kendisi henüz gelmedi."

Tunç ona bir süre baktı. Daha fazla kurcalamamaya karar verdi. Doğruyu söylüyor gibi görünüyordu. İçin-

deki amansız öfke aniden durulduğunda bıkkın bir nefes aldı. Kuru bir sesle, "Ben kendisine teslim ederim," dedi. Çantalara ve karton alışveriş poşetlerine uzandı. Bir de Hayat'ın hamallığını yapacaktı!
"Yalnız ben ne getireceğimi bilemediğim için her şeyi tıkıştırdım. Karton olanlarda kitapları var. Onu aradım ama ulaşamadım." Tarzan omuz silkti.
Tunç, sabırsızca başını salladı. Ona bir kez daha bakmadan, teşekkür etme gereği duymadan, elleri kolları dolu bir şekilde apartmanın kapısını zorlukla açarak içeri girdi. Homurdanarak asansörü beklerken, şekilsizce tuttuğu çantalar ellerinin arasından kaydı. Öfkeyle dişlerini sıkarak onları daha sıkı kavradı. Daireye girdiğinde onları genç kızın bavulunun üzerine koyup arkasını döndü. Pardösüsünü çıkarırken arkasından bir *küt* sesi geldi. Dişlerini sıkarak bedenini sese çevirdi. Gözlerini kapayıp bir süre öylece kaldı. Tüm günü bir sinir harbi içinde geçirmişti. Avukatıyla görüştükten ve Hayat'la boşanmasının en kısa sürede gerçekleşebileceğini öğrendikten sonra, sabırsızlığının getirmiş olduğu bir hararetlenme yaşıyordu.
Gözlerini açıp yere düşen kitapları tekrar karton torbaya koyabilmek için eğildi. Üst üste duran kitapları elleriyle yanlarından kavradı. Altta kalan deri kaplı büyük boy bir defterin kapağını tam olarak kavrayamadığı için elinden kayarak yere düştü. Kapak açıldı. Ve Tunç defterin ön sayfasına bakakaldı.
Zaman ve tüm yaşamsal fonksiyonları bir anda donmuş gibi gelen uzun bir süre, öylece defterin ilk sayfasında, kalp içine alınmış kendi adına ve üzerindeki dokuz ay öncesine ait olan tarihe baktı. Hayat'la tanıştıklarından altı ay öncesine ait olan tarihe... Tunç'un içini, anlamlandıramadığı bir his sarmaya başladı. Sıcak ve yakıcıydı. Bu histen hiç hoşlanmamıştı. İçindeki mantıklı adam defteri olduğu gibi yerine koymasını, üzerinde durmamasını söylüyordu; mantıklı olmayan ve meraklı olan ise bir an

önce diğer sayfalara geçmesini! Bir an defterin içeriğine bakmak istemedi. Ama Allah aşkına, kendi adı yazıyordu ve kalp içine alınmıştı.

Merakı, defteri yerine koymasını söyleyen diğer adama karşı geldi. Elindeki kitapları zemine bırakarak yerde açık duran defteri aldı. Ayağa kalkıp bir sayfasını çevirdi.

"Bugün sana âşık oldum."

Tunç'un kalbi göğüs kafesinin içinde kıpırdandı. Sanki bir anda uyanışa geçmiş gibi... Tarihe baktı. Yine aynı tarih, bir önceki Şubat ayı!

"Bu doğru olmasın," diye fısıldadığında kulaklarına çarpan boğuk sesinden hoşlanmadı. Yazının altına yapıştırılmış olan kendi fotoğrafına baktı. Kahkaha atıyordu. Dizinde de bakımlı bir el duruyordu. Elin sahibi fotoğrafta yoktu. Kesilmişti. Tunç bir süre kararsızlık yaşadı. Diğer sayfaya geçmeli miydi? Gözlerinin önünde geçmişe ait kareler uçuşmaya başladı. Ne kadar uğraşsa da onları geri itemiyordu. Hayat'ın, onu ilk gördüğü andaki tepkisi, sersemlikleri, ona takılıp kalan bakışları ve büyüyen gözbebekleri... Kalbi göğüs kafesinin içinde sıkıştı. Dayanamayarak bir sayfa daha açtı. Gülümseyen bir fotoğrafıyla daha karşılaştı. Yine yanındaki kişi kesilerek kareden çıkartılmıştı. Fotoğrafın üzerindeki yoruma baktı.

"Dünyada başka hangi varlık böyle gülümseyebilir ki?"

Tunç yutkundu ama boğazına oturan yumruyu gönderemedi. İnanmak istemezmiş gibi başını iki yana salladı. Gözlerinin önünde Hayat'ın ona bakışı vardı. Gözbebekleri büyüyen, gülümsemesiyle ışıldayan parlak gözler... Onun dokunuşlarına istekle karşılık veren bir beden. Gülümseyen büyük bir ağız. Yanağındaki büyüleyici çukur... Tunç sırtını kapıya dayadı. Ayakta duramayacağını anlayarak oturma ihtiyacıyla yavaş yavaş zemine çöküp bir dizini kendisine çekerek bir sayfa daha çevirdi.

"Bu mekânda seninle birlikteydik. Tabii ki... beni fark etmedin."

Yazının altında Tunç'un bir fotoğrafı daha vardı. Bu defa gülümsemiyordu. Dalgın dalgın uzaklara bakıyordu. Kalbi ritmini arttırırken bir sayfa daha çevirdi.

"Yanındaki süslü bebeklerden birinin saçına yapışsam ne yapardın acaba?"

Tunç'un bir dudağının kenarı yana kaydı. Bir sayfa daha açtı.

"Neden daha normal birine tutulmadım ki? En azından günün birinde ulaşabilmenin ümidini taşırdım... :("

Bir sayfa daha...

"Bu fotoğraf yorumsuz! :D Pekâlâ... Nefesim kesildi."

Yazının altında Tunç'un hafifçe gülümseyen bir ifadesi ile yanındaki kişiye bakışları vardı. O fotoğrafta kime baktığını gayet iyi hatırlıyordu. Midesinden boğazına doğru tırmanan bir şeyi tekrar geri itmeye çalışarak yutkundu. Bir sayfa daha...

"Allah'ım! Bu kadar göz alıcı olmak zorunda mısın?"

Bir sayfa daha...

"Bugün yanımdan geçtin! Bugün yanımdan geçtin! Allah'ım, hâlâ kalbim gümbürdüyor! Tabii ki beni fark etmedin! :("

Bir sayfa daha...

"Seni seviyorum!"

Bir sayfa daha...

"Neden sen?"

Bir sayfa daha...

"Gülüşünün üzerimde titreşimli bir etkisi var. Ne olduğunu anlamadım. Ama kulağa çok güzel geliyor. Masallar ülkesinden gelen büyülü bir melodi gibi... Evet, o sensin! Ve lanet olsun ki ben de benim :("

"Bu fotoğrafı seviyorum. Aslında senin olduğun her fotoğrafı seviyorum. Ama bu, kalbimde ağır bir tahribat yapıyor..."

Tunç bir sayfa daha çevirdi. Kendi fotoğrafının yanına Hayat'ın bir fotoğrafının yapıştırıldığını gördü. Yorumu okudu.

"Sonunda buna cesaret edebildim. Keşke yapmasaydım. Sen...olağanüstüsün! Kendimi söylemiyorum bile! Güneşin yanında parlamaya çalışan sönük bir yıldız gibi... İçler acısı!"

"Bir sapık gibi seni takip ediyorum. Kendimden şüphe duymama neden oluyorsun. Aferin sana!"

Tunç kalbi ağzında atmaya başlamışken ve bunun farkında değilken hafifçe gülümsedi.

"Sana hiçbir zaman ulaşamayacağım. Ama seni sevmek... Bunu hiçbir şeye değişmem. Seni seviyorum, seni seviyorum, seni seviyorum, seni seviyorum..."

"Tek bir gün... Seninle olabileceğim tek bir gün diliyorum..."

Tunç defteri sertçe kapadı. Daha fazla bakamayacaktı. Kalbi sanki üzerinde tonlarca yük taşıyormuş gibi göğsünün içinde ağrıdı. Başını arkaya attığında bir *küt* sesiyle başı kapıya çarptı. Tunç kafasına defalarca o kapıya vurmak istiyordu. Bir kez daha vurdu. Kafasını patlatsa ne güzel olurdu.

"Allah'ım," dedi yutkunarak. Bir eli yumruk olup dudaklarının üzerine baskı yaptı. Hayat'la tanıştığı gün onu bir saniye rahat bırakmadan tekrar, tekrar ve tekrar gözlerinin önünden geçti. Ona bakarken yüz ifadesinin nasıl boşaldığını hatırlıyordu. Gözbebeklerinin nasıl büyüdüğünü... Sersemliklerini ve sakarlıklarını... Onu gördüğünde yüzündeki şok olmuş ifadeyi, safça Tunç'u tanıdığını söylemesini... Gözlerini kapadı, yoksa batmaya başlayacaklardı. Vicdanı, tam tepesine balyoz etkisi yaparak darbeler indiriyordu.

Hayat, o gün onu beklemiyordu. Bunun nedeni de gayet açıktı. Tunç'un nerede olacağını ya da nerede olmayacağını zaten biliyordu. Tunç ise onu aylarca kendisini kandırmakla suçlamıştı. Hayat, sadece ona âşıktı. Saf, temiz ama çok güçlü bir aşk. Tunç da resmen onun kalbinin üzerinde tepinmişti. Neden bir kız bekâretini tanımadığı bir adama bir gecede verebilir diye çok düşünmüş, aklına kendisini tuzağa düşürme amacından başka bir cevap gelmemişti. Şimdi cevabı biliyordu. Ve bu, onu baştan aşağıya yakıyordu. Kızın aşkını öylesine kirletmişti ki, Hayat artık ondan nefret ediyordu. Ruhunu öylesine yaralamıştı ki! Yanağını kemirdi. Kendini sersem gibi hissediyordu. Kapadığı deftere baktı. İçinde, nerede olduğunu bilmediği bir yerlerden yukarı bir his tırmanıyordu. Tunç buna engel olmak istediyse de yapamadı. Defterin kapağını tekrar açtı ama bu defa son sayfasına baktı. Özdemir Asaf'ın şiirlerinden birinden, sadece iki dörtlük yazılmıştı. Altında da Tunç'un bir resmi daha vardı. Yarım bir gülümsemeyle fotoğrafı çeken kişiye bakıyordu.

"Uykunun içinde bir rüya,
Rüyamda bir gece,
Gecede ben...
Bir yere gidiyorum,
Delicesine...
Aklımda, sen.

Ben, seni seviyorum,
Gizlice...
El pençe duruyorum,
Yüzüne bakıyorum,
Söylemeden tek hece."

Gerilere gitmeye niyetlenmişken daha fazla okumaya cesaret bulamayarak tekrar kapadı. Tunç'un hayatına sayısız kadın dâhil olmuş ama o, hiçbirini sevmemişti. Ya da onlar tarafından gerçek bir sevgi ile karşı karşıya kalmamıştı. Zaten ne sevmek ne de sevilmek istiyordu. Tabii ki ona âşık olduğunu söyleyenler olmuştu. Fakat bunların sözcüklerden ibaret olduğunu biliyordu. Kimi zaman sırf öyle söylediği için terk ettiği kadınların aşklarının, üç gün sonra başkasının kollarında çoktan unutulduğunu görmüştü. Onu hiç böylesine derinden, çocuksu bir saflıkla seven olmamıştı. Tunç sevmemesini dilerdi. Defteri görmemiş olmayı, kızın sevgisinden haberdar olmamış olmayı dilerdi. Neşesizce güldü. Hayat, artık onu seviyor olamazdı. Aksine ondan tamamıyla nefret ediyordu.

Tunç, onu cezalandırmak, hayatını cehenneme çevirmek istemişti. Çünkü Hayat'ın oyununa geldiğini düşünüyordu. Şimdi ne yapmalıydı? Beyni bir saksı gibiydi. Hiçbir şey düşünemiyor, o anda ne yapması gerektiğine dair aklına hiçbir şey gelmiyordu. Hayat, Tunç'la olabileceği tek bir gün dilemişti. Dileği gerçekleşmişti ama bedeli onun için çok ağır olmuştu. Ağır ağır ayağa kalktı. Hayat gelmeden ve onun defteri okuduğunu fark etmeden tekrar defteri yerine yerleştirdi. Hiçbir şey hissetmiyordu. Sanki içindeki tüm enerji bir şırıngayla çckilmiş gibi hissizdi. Pardösüsünü çıkardı, arkasından ceketini çıkarıp kendini televizyonun karşısındaki koltuklardan birine bıraktı. Düşünme yetisini yitirmiş gibiydi. Vicdan azabı onu küçük canavarlar gibi usul usul kemiriyordu. Televizyonu açıp gözlerini ekrana dikti. Ekranda oynayan figürleri gördüğü söylenemezdi. Zira bir çift sersem, kahverengi göz, görüşünü engelliyordu. Gözlerini kapadı. Birkaç kez, ona yetmeyen derin nefesler aldı. Allah'ım! Piç kurusunun tekiydi.

Hayatına öylesine hızlı dâhil olmuştu ki, kabul edememişti. Hayat'ı da kabul edememişti. Onun aşkına yine de karşılık veremezdi ama belki böylesine çirkin de davranmazdı. Sevmeyi bilmeyen bir insan olabilirdi fakat saygısı vardı. Bazen çok sevmenin, insanların mantıksızca hareket etmesine neden olabileceğini biliyordu. Ve kendi aptal paranoyaları yüzünden Hayat'ı resmen çarmıha germiş, gelip gidip onu dağlamıştı. Acımasızlığı dur durak bilmemişti.

Düşünceleri birbirini kovalar, tüm bu olan bitenin içinde boğulurken karanlığın onu esir aldığını fark edemedi. Hayat daireye girdiğinde hâlâ uyuyordu. Bavulunun üzerindeki kıyafet çantalarını ve kitapları kontrol ederken de uyuyordu. Hayat defteri görüp yüreği ağzına geldiğinde de uyuyordu. Ve sonra onun kendisiyle ilgili hiçbir şeyle ilgilenmemesinin verdiği rahatlıkla derin bir iç çekerken de uyuyordu. Hayat defterin her sayfasını hızla küçük parçalara ayırırken, sonra onları bir poşete koyup çöpe atarken, geriye kalan çıplak defter kabını çöpteki poşetin üzerine tıkıştırırken de uyuyordu. Genç kız kitaplarını alıp çalışmaya başladığında da, artık gözleri kapanıp sabırsızca onun kalkmasını beklediğinde de uyuyordu.

▲▼▲

Gözkapaklarının üzerine düşen farklı renklerdeki ışıkların hızıyla şiddeti onu rahatsız etti. Kulağına çalınan ses de öyle! Kurşun sesleri, bağırış çağırış ve öfkeli haykırışlara karışmıştı. Bir arabanın lastiklerinden çıkan acı çığlıkla motorun güçlü homurtusu gözlerini hızla açmasına neden oldu. Bir süre gözlerini kısarak karşısındaki ekrana baktı. Neler olduğunu anlamaya çalışırken bir anda gözleri irileşerek doğruldu. Tam karşıya, mutfak ve bulunduğu alanı ayıran tezgâha baktı. Hayat, başı tezgâhın üzerine düşmüş bir halde uyuyordu.

"Siktir!" dedi fısıltıyla. Uyuyakalmıştı. Kendisine duyduğu öfke sesinde yer bulmuştu ama o farkında değildi. Hızla doğrulup bir eliyle yüzünü sıvazladı. Uykuya dalmadan önce ne yapması gerektiğini düşünüyordu ve sürpriz... Hâlâ ne yapması gerektiğini bilmiyordu. Ayağa kalktı. Ayakkabılarını çıkarma zahmetine girmediği için adımları zeminde hafif sesler çıkararak Hayat'ın yanına ilerledi. Başı ders kitaplarının üzerinde, bir kolu başının üzerinde kıvrılmış, diğeri serbestçe aşağıya salınmıştı. Oldukça rahatsız olmalıydı fakat ona dokunmadı. Tezgâhın etrafından dolanarak tam karşısındaki tabureye oturup gözlerini onun uykuyla gevşemiş yüzüne dikti.

Yüzünü tamamen görüş alanının içinde tutmak için başını eğdi. Yanağını tezgâha dayayarak tıpkı onun gibi bir kolunu başının üzerine kıvırdı. Saçlarını bir kalemle tepesine tutturmuş, oradan buradan fırlayan kıvrımlı teller yüzüne ve boynuna dağılmıştı. Ağzı hafifçe aralıktı, aldığı alçak nefeslerle bedeni hafifçe yükselip alçalıyordu. Tunç, onunla ne yapacaktı? Birkaç saat öncesine kadar ayrılacakları güne kadar ona nasıl sabretmesi gerektiğini bilmediğini düşünüyordu.

Büyük ihtimalle onu yine dayanamayacağı kadar bunaltacak, eziyet etmeye devam edecekti. Şimdi belki de onu uyandırmalı, eşyalarını toparlamalı ve Seçil'in evine götürmeliydi. Zira artık Hayat ona katlanamıyor olmalıydı. Hem de uzun süredir. Tunç, onun aşkını nefrete çevirmeyi başarmış olabileceğini düşünüyordu. Hayatında bilerek, sırf eziyet olsun diye kimseye kötü davranmamıştı. Şimdi suçluluk duygusu onu yiyip bitiriyordu. Hayat'ın ona karşı işlediği tek suç, Tunç'u sevmiş olmasıydı. Onu bırakabilir, huzura kavuşturabilirdi ama kendisini biliyordu. Vicdanı onu rahat bırakmayacaktı. Yaşamında hep bir diken gibi ona batıp duracaktı.

Gülümsedi. Aklında şekillenen gelecek Hayat'ın hiç hoşuna gitmeyecekti. Fakat bencilce önce kendi vicdanını rahatlatmayı planlıyordu. Ona *'Çok affedersin'* diyemeyeceğine göre, önce kendisini affetmesini sağlamalıydı. Sonra belki iki arkadaş gibi ayrılabilirlerdi. Sonra belki ileride görüşürler ve yaşadıkları günleri anımsayarak gülebilirlerdi. Ah... Zor olacaktı. Hayat'ın yumuşaması için çok fazla zaman gerekiyordu ama sabretmek zorundaydı. Bunu sık sık kendisine hatırlatmalıydı. Çok aceleci davranıp defterini okuduğunu fark etmesini de engellemeliydi, yoksa kız çok utanırdı. Derin bir iç çekerek başını kaldırdı. Ayağa kalktı. Genç kızın yanına gidip tepesinde dikilmeye başladı.

Onu uyandırmalı mıydı? Böyle yatıp kalmasına izin veremezdi. Seslenerek mi uyandırmalıydı yoksa dürtmeli miydi? Nasıl bir tepki verirdi? Sonunda, böyle düşünüp durmaya devam ederse sabaha kızın tüm kemiklerinin daha çok ağrıyacağına karar verdi. Bir kolunu tabureden sallanan ayaklarının altına yerleştirdi. Canını yakmamaya özen göstererek omzuyla omzuna hafifçe baskı uygulayıp diğer koluna uzanması sağladı. Hayat uykusunda şikâyet ederek homurdandığında, genç adam gülümsedi. Kolları gevşekçe aşağıya doğru sallanıyor, ayaklarını kendisine çekmeye çalışıyordu. Allah'ım! Kuş kadar hafifti. Tunç'un kollarındaki ağırlık öylesine hafifti ki! Kaç kiloydu? Kırk mı? Mümkündü. Onu beslemesi gerekiyordu.

Annesinin, ona çok küçükken sütlü, ballı ve taze yumurtalı bir karışım içirdiğini hatırlıyordu, çünkü kendisi de çok zayıftı. Eğer aralarını düzeltmeyi başarabilirse, Hayat'a da bu uygulamayı yapması gerekiyordu. Belki de bunu yapmak için aralarını düzeltmeyi beklememeliydi. Onu koltuğa yatıracakken son anda vazgeçip kendi yatağına doğru ilerlemeye başladı. Bu gece kendisi koltukta yatabilir, kızın rahat bir uyku çekmesini sağlayabilirdi. Burnunun hemen dibindeki saçlarından yayılan enfes koku genç adamı huzursuz etti. Belki de hata yapıyordu. Ona yaklaşmasının arzusunu uyandırabileceğini biliyordu; çünkü Hayat'ın, onun bedeni üzerinde garip bir etkisi vardı. Böyle düşünürken bile yüzünü biraz daha eğip saçlarını kokladı. Gözlerini kapama isteğine karşı koyarken, onunla ilk tanıştıkları günün anısı hafızasına zorla girdi.

'Sersem' dedi içinden. Çünkü Hayat, sersem gibi davranıyordu. Nedenini ise ancak öğreniyordu. Genç kıza çok güzel koktuğunu söylemişti, o da 'Saç kremim' demişti. Hatıranın onu gülümsetmesine engel olamadı. Kızı yatırmak için hafifçe eğilip nazik davranmaya özen göstererek uzanmasını sağladı. Daha kollarını çekmemişti ki, Hayat kıpırdandı. Ve gözlerini irice açtı. Göz göze geldiklerinde gözleri daha çok açıldı. Kaşlarını çatarak başını sağa sola çevirip kollarında çırpınmaya başladı.

Tunç alçak sesle, "Sakin ol!" dedi. "Sadece seni yatırmaya çalışıyorum." O hâlâ debelenip duruyordu. "Sana zarar vermeyeceğim," diye fısıldadı. Kıza ne yapmış olduğunu görmek canını yaktı. Sonunda bir elini gerdanına koyup onu yatağa sabitledi. "Rahat dur."

Hayat dişlerini sıkarak, "Dokunma bana!" dedi.

Tunç elini bir anda çekti. "Uyuyakalmıştın," dedi. Sesindeki öfkenin kime olduğunu bilmiyordu.

"Ve sen de-" Genç kız bir anda dudaklarını birbirine bastırdı. Başını çevirip Tunç'un yatağında olduğunu fark ederek dehşetle bir soluk aldı. Yan tarafa yuvarlanarak aceleyle yataktan kalktı.

"Irzına geçecekmişim gibi davranma." Tunç dişlerini sıktı "Sadece... Daha rahat uyumanı istemiştim."

Hayat birkaç adım atmışken durdu. Omzunun üzerinden ona baktı. Ağzını açtı. Sonra dudaklarını sımsıkı kapadı. Dudaklarından öfkeli bir alaycılıkla *hımp* sesi çıktı. Yine yerine, televizyonun karşısına uzandı.

Yapma böyle. Tunç kendisini öyle iyi tanıyordu ki, o kaçmaya başlarsa peşinden bir takipçi gibi gidecekti. Yanağını kemirip burnunu çekti. "Üzerine bir örtü almalısın," dedi kendini tutamadan. Şimdi gidip üzerini örtse bunu kabul etmeyecekti. Daha çok kime öfkelendiğini bilemeden yatağına uzanıp üzerine örtüyü çekti. *Dokunma bana*, demişti. Dokunuşundan mı tiksinmişti, yoksa gerçekten haklı kızgınlığının bir getirisi miydi bu? Tunç, kaşlarını çatıp ona baktı. Her zaman rahat ettiği yatağı sanki çivilerin üzerinde yatıyormuşçasına onu rahatsız etti. Ne yapması gerekiyordu? Ona nasıl yaklaşmalıydı? Keşke özür dilese ve Hayat da kabul etseydi. Her şey yerli yerine oturduğunda, genç adam kaldığı yerden hayatına devam edebilseydi.

Bir anda yataktan kalktı. Babasından aldığı en kötü

özelliği takıntısıydı. Gömme dolaplardan birine gidip örtü çıkardı. Genç kızın yanına ilerleyip tepesinde dikildi. Hayat'ın onu fark ettiğini biliyordu ama kız bunu belli etmemek için hiç kıpırdamıyordu. Örtüyü üzerine örtüp kulağına eğildi.

"Eğer bu örtüyü üzerinden atarsan... Seni bu örtüye sarar, sonra her bir yerine düğüm atarım." Onun bedeninin gerildiğini fark etmekten çok hissetti. Güzel. "Gerçekten yaparım."

Tekrar yatağına döndüğünde kendi kendine sırıttı. O örtüyü atmak istediğini, öfkeden kudurduğunu tahmin ediyordu. Tunç aslında kendini yatakta zor tutuyordu. Onu karşısına alıp özür dilemek ve o, özrünü kabul edene kadar özür dilemeye devam etmek istiyordu. Sırf ruhu huzur bulsun diye!

▲▼▲

Boğuluyordu. Nefes alamıyordu. Gözlerini açıp kırpıştırdı. Saatin kaç olduğunu bilmiyordu ama gözlerini zifiri karanlığa açmıştı. Aniden fark etti. Başının üzerinde top olmuş örtüyü kaldırıp attığında rahat bir nefes aldı. Ardından bir kahkaha patlattı. Hayat örtüyü kafasına geçirmişti. Onunla konuşmayacak kadar gururluydu ama meydan okuyan ruhu, Tunç'a karşı gelmesini engelleyememişti. Bunun da iyi bir şey olduğunu düşündü. En azından çok da kayıtsız değildi.

Ve Tunç, onun bir an önce kendisiyle konuşmasını istiyordu. İç çekerek yataktan kalktı. Hızlı bir duş alıp kahve yapmak için mutfağa ilerledi. Kahvesini yaptı. Tezgâha sıçrattığı suyu söylenerek bir peçeteyle temizledi. Alt dolaplardan birinin kapağını açıp peçeteyi çöp kovasına attı. Kapağı kapadı. Sonra kapağı tekrar açıp çöp kutusuna eğilerek yanlış gördüğünü düşündüğü anlık görüntüye tekrar baktı. Hayır. Doğru görmüştü. Deri kaplı koyu kahverengi defterin bir ucu, üzerindeki ağzı sıkı sıkıya kapatılmış bir çöp poşetinin altında duruyordu. Önce poşeti çıkardı. Sonra defteri çekip aldı. Sadece kapağıydı. Sayfalar gitmişti. Poşetin hafifliğine bakarak sayfaların orada olduğunu tahmin etmesi güç olmamıştı. İçinde bir anda patlak veren baskıcı hissi görmezden gelerek poşetin ağzını açtığında parçalanmış sayfaları gördü. İlk düşüncesi daha fazlasını okuyamamış olmanın verdiği hayıflanmaydı. Sonra, kalbindeki sızı ve dişlerini sıkmasına neden olan, nereden geldiğini bilmediği yakıcı öfkeye karşı şaşkınlığı... Artık ona âşık değildi. Güzel. Tunç, zaten böyle bir şeyi istemiyordu. Ona olan aşkını böylesine parçalayarak çöpe atmış olması önemli değildi. Belki böylece genç adamın yaptıklarını daha kolay affedebilirdi. Poşeti ve defterin kapağını çöpe geri attı. Ayağa kalkıp taburelerden birine oturdu ve kahvesini içti.

 Sonra dairenin içinde volta atmaya başladı. Ne yapmalıydı? Bir yerden başlamak zorundaydı. Onun canını fena halde yakmıştı. Fiziksel değildi. Tabii ki öyle bir insan değildi ama ruhunu öyle yaralamıştı ki, bu onun bedenini de tüketmişti. Yutkundu. Ani bir manevrayla arkasını dönüp tekrar çöpe ilerledi. Sayfaların bulunduğu poşetle deri kabı tekrar aldı. Onları kendi evrak çantalarından birinin içine yerleştirdi. Ve bunu yapmamış gibi davranmayı tercih etti. Tunç, yaptığı şeyin nedenini kendisine dahi söyleyemezdi çünkü o da bilmiyordu. Ama... En azından... Öylesine bir aşkın yerinin çöp kutusu olmadığını biliyordu.

 Gözleri bavula takıldı. Önce kendi kıyafet raflarına ilerledi. Alt ve üst raflardaki gömlekleriyle tek pantolonlarını çıkarıp başka bir bölüme yerleştirdi. Genç kızın bavuluna ilerlerken onu merak eden Pınar'ın telefonuna cevap verdi ve onu şoka sokarak o gün gitmeyeceğini belirtti. Hayat'ın, bavulun içindeki kıyafetleri öylesine kırışmıştı ki, giyilecek durumları kalmamıştı. Bu canını sıksa da hak ettiğini düşünerek tüm kıyafetlerini tek tek, titizlikle ütüledi. Özenle raflara yerleştirdi. Kirli çamaşırlarını yıkadı. Şampuanını ve kişisel temizlik malzemelerini banyodaki rafa yerleştirdi. Giysi raflarından bir tanesini daha boşaltıp, genç kızın kafasına fırlattığı küçük sandıkla birlikte diğer ıvır zıvırlarını yerleştirdi.

Sonunda yorgunca tabureye çöküp bir bira açtığında gözünü dolaptaki kıyafetlere dikti. Genişçe sırıttı. Hayat deli olacaktı. Bundan emindi. Hiçbir şey yemediği aklına geldiğinde dışarıdan yemek söyledi. Hayat gelmiş olsaydı ona da söylerdi. Yüzünü buruşturdu. Kabul etmezdi. Yemeğini bitirdiğinde saatine baktı. Çok geç olmuştu. Nerede kalmıştı? Tunç, onun yüzündeki ifadeyi görmek istiyordu. Bunu gerçekten merak ediyordu. Aniden yükselen heyecanına şaşırarak huzursuz oldu. Kapı açıldığında ayaklarından birini altına almış, e-postalarını okuyordu. Başını kaldırıp ona baktı. Her zamanki gibi solgun ve buna ek olarak bir de oldukça bitkin görünüyordu. Hasta mıydı? Herhangi biri için endişelenmeyeli uzun zaman olduğu için bu his onda sanki iğne batıyormuş gibi bir etki yaratıyordu. Şimdi onun için neden endişeleniyordu ki?

"Hoş geldin." Sesinin tonunun nasıl olması gerektiğini bilemediği için kendi kulağına bile garip gelmişti. Hayat bir anda başını kaldırıp ona baktı. İhtiyatlı görünüyor, gözlerinde soru işaretleri dolanıyordu. Kıza yaptıklarından sonra davranışını sorgulaması normaldi. Bir de Tunç'u gördüğüne üzülmüş gibi görünüyordu. Bu canını sıktı. Ve tabii ki ona cevap vermedi.

Hayat yüzünü yıkayıp bavuluna yöneldi. Dışarı mı çıkacaktı? Tabii ki. Tunç evdeydi ve o, kendisiyle aynı ortamda kalmamak için kaçacaktı. O zaman kızla nasıl iletişim kuracaktı? Hiçbir fikri yoktu. Genç kız, boş bavulu açtı. Ardından ürkmüş bir ifadeyle, hızla Tunç'a baktı.

"Bakma öyle!" dedi genç adam ses tonunu hafif tutmaya çalışarak. "Sadece raflara yerleştirdim." Genç kızın gözleri raflara kaydı. Kıyafetlerini orada gördüğünde Tunç'un beklediği tepkinin aksine endişeli göründü. Hızla ayaklandı. Askılara gitti. Arkasından Tunç da ayaklanıp kızın peşinden gitti. Hayat'ın elleri kıyafetleri yerlerinden almak için uzanırken, genç adam tam arkasında durup bileğine yapıştı. Bu Hayat'ın bedeninin titremesine neden oldu.

"Sakın onları bavula koymayı aklından bile geçirme!" Gülümseyip kızın kulağına eğildi. "Yemin ediyorum hayatımda ilk defa ütü yaptım ve belim çok feci ağrıyor."

Hayat kaskatı olmuş bir bedenle uzun süre öylece kaldı. Tunç hâlâ parmaklarını onun bileğinden çekmemişti. *'Konuş benimle'* dedi içinden. O anda bunu öylesine şiddetle istiyordu ki, küfür bile etse razı gelecekti. Çünkü sırf kızı çıldırtmak için onunla konuştuğu zamanlarda bile artık tek bir tepki alamıyordu. Genç kız sadece kaçıyordu. Hayat, bileğini hışımla çekti. Tunç aynı anda bir adım daha yaklaşarak onu bedeninin önünde tuttu. Bedenine çarpan sıcaklığını görmezden gelerek sadece ondan tek bir kelime bekledi. Havaya kalkıp beline yerleşmek için uzanan ellerini izledi. Sanki kendinden bağımsızca hareket ediyorlarmış gibi ona uzandılar. Hayat, daha ona dokunamadan raflardan rastgele bir kazak ve bir kot alıp Tunç'un yakınlığından uzaklaştı.

Tunç'un dişleri birbirini ezdi. Hayır. Kızgınlığı ona değildi. Hayat'a artık nasıl kızabilirdi ki? Ona yok yere çok fazla öfkelenmemiş miydi zaten! Ona âşık olması tabii ki Tunç'un suçu değildi ama en azından kızı anlayabilirdi. Bu derece de kötü davranmazdı. Derin bir iç çekti. "Çıkmana gerek yok, ben zaten çıkacağım," dedi.

▲▽▲

Tunç dışarıda eğlenmekten gerçekten zevk alıyordu. Gece eğlencelerini, partileri, arkadaşlarıyla birlikte olmayı ve iş stresini bu şekilde atmayı seviyordu. O anda yanındaki arkadaşları bir şeyler konuşup gülüşürken ağızları sanki kocaman, uğuldayan bir mağara gibi geliyor, canlı müzik grubunun çaldıklarını kulaklarının dibinde kükreyen bir canavarmış gibi algılıyordu. Eve gitmek istiyordu. Gitmek ve... Ve aslında Tunç ne yapacağını bilmiyordu. Hayatının hiçbir evresinde böylesine bir bocalamaya düşmemişti. Tek istediği, Hayat'ın onunla konuşması ve onu affetmesiydi. Sonra rahatlayacağını biliyordu. En azından sızlayan ruhu için bunu yapmak zorundaydı.

Hem Hayat'la uğraşmak eğlenceliydi de... Tunç bunu hiçbir zaman inkâr etmemişti. Ama artık onunla uğraşmayı değil, konuşmayı istiyordu. Bunu nasıl başarabileceğini de gerçekten bilmiyordu. Tunç, yaptığı her eziyetle bir sıra daha ördüğü duvarı nasıl yıkması gerektiğini bilmiyordu. Vaktin dolduğuna karar vererek ortamdan ayrılıp normalin biraz üzerinde bir hızla daireye döndü. Kapıdan içeri girdiğinde onu karanlık ve daireyi esir alan sessizlik karşıladı. Hayat uyuyordu. Sessiz adımlarla ilerlerken gözleri kıyafet raflarına takıldı. Yüzünü buruşturup inlememek için kendisini zor tuttu.

Hayat tüm yerleştirdiklerini kaldırmıştı. "Yapma böyle, güzelim!" diye fısıldadı. O böyle davrandıkça Tunç üzerine daha çok gidecekti. Allah'ım! Ütü bile yapmıştı. Başını iki yana sallayarak Hayat'ın bavuluna ilerledi. Tekrar -bu defa ütülemeden- kıyafetlerini raflara yerleştirdi. Demek küçük sersem ona meydan okuyordu.

▲▼▲

Hayat sabahın erken saatlerinde sessiz adımlarla bavulunun bulunduğu yere gidip kapağını açtı. Boş bavula bakarak, "İnanamıyorum," diye fısıldadı. Raflara baktı. Tüm kıyafetleri yine özenle raflara yerleştirilmişti. Bu adam ne yapmaya çalışıyordu? Hayat, onun bir şeyin peşinde olduğunu biliyordu. Onunla konuşmaya çalışıyordu. Uzun zamandır kendisiyle konuşuyordu ama Hayat, Mirza'nın bunu sırf kendisini çıldırtmak için yaptığını biliyordu. Şimdiyse... Şimdi kıyafetlerini ütülemiş, kendi raflarına yerleştirmişti. Ne olmuştu da birdenbire böylesine değişmişti? Ne istiyordu? Hangi oyunun içindeydi? Hayat, ona bir kez daha kapılırsa başına neler gelebilirdi? Gerçi artık bu öylesine zordu ki... Ondan nefret ediyordu. Hiç kimseden nefret etmediği kadar nefret ediyordu. Hışımla kalktı, raflara ilerleyip askılara uzandı.

"Sakın!" Tunç'un sesi keskindi. Hayat'ın elleri dondu. "Yemin ediyorum onların hepsini çöpe atarım ve önce bavulundan başlarım. Sonra da sana benim aldıklarımı giymek zorunda kalırsın." Hayat dişlerini sıktı. Onunla hiçbir şekilde iletişime geçmek istemiyordu. Adama istediğini vermeyecekti. Belki de artık yaptığı eziyetler eğlenceli gelmiyordu ve yeni bir yol deniyordu. Hayat'ı kandırmaca...

Tuzağına düşmeyecekti ama öylesine öfkelenmişti ki, başını çevirip ona baktı. Mirza tatlı tatlı gülümseyip oldukça yumuşak bir sesle, "Günaydın," dedi.

Hayat tam çenesi yere düşecekken son anda kendisini durdurdu ama "Benden ne istiyorsun?" demekten kendisini alamadı.

Mirza kayıtsızca omuz silkti. Ardından dudaklarını büzdü. "Günaydın diyebilirsin." Yine genç kıza ışıl ışıl bir gülümseme gönderdi. Onunla eğleniyordu. Onunla yine eğleniyordu. Hayat, kendisine bir kıyafet seçip topuklarını vura vura giyinmek için ilerledi.

Mirza, "Çok kabasın," dedi. Sesinin tonundan muziplik akıyordu.

Hayat dairede mahremiyet sağlayan tek yerin kapısını açtı ve çarparak kapadı. Mirza'nın kahkahası kapalı kapının ardından ona ulaştı. Giyinip dışarı çıktı. Lavaboya ilerledi. Arkasından Mirza kalktı ve o yüzünü yıkarken lavabonun yanında durdu. Sırtını fayanslara yaslayıp kollarını göğsünde kavuşturdu. Genç kız göz ucuyla onu görebiliyordu. Neden üzerine bir şeyler giymiyordu ki? Mirza boğazını temizlediğinde ister istemez adamla göz göze geldi. Ve bir anda nefesi kesildi. Her zaman ona yönelmiş olan nefret dolu bakışların yerinde yumuşak bir şeyler vardı. İki lacivert göz ona ışıl ışıl bakıyordu.

Mirza, "Ne?" diye sordu eğlenen bir tonla. "Yüzümü yıkayacağım."

Hayat arkasını dönüp bavuluna yöneldi. Kendini durduramadan homurdanarak raflara ilerledi. Ama aradığı havlu Mirza'nın parmakları arasında havada sallanıyordu.

Mirza, "Bunu mu arıyordun?" diye sordu. Hayat ıslak yüzünü kurulama ihtiyacı içinde ona doğru ilerledi. Tek bir havlusu vardı ve ölse onun hiçbir şeyini kullanmazdı. Ödü patlıyordu. Bu adam ondan ne istiyordu? Neyin peşindeydi? Ondan nefret ediyordu ve değişen bir şey yoktu. Hayat'ı bıraksa olmaz mıydı?

Havluya uzandı. Fakat Mirza bir adım geri çekilip havluyu kaçırdı. "Önce *günaydın*'ımı istiyorum," dedi ipeksi ve yumuşak bir sesle. Hayat'ın öfkeli bakışlarına karşılık başını yana eğdi. "Olması gerektiği gibi kibar bir şekilde!" Hayat ellerinin dolu olmadığına şükretti. Yoksa kafasına indirmek için hiç beklemezdi. Elleri iki yanında yumruk oldu. Meydan okuyan gözlerini bir süre onun gözlerinden ayırmadı. Tunç, onun ellerine baktı. "Sandığını ister misin?" diye sordu. Hayat'ın kaşlarında çok hafif bir oynama oldu. Mirza ciddi görünüyor, yine gözlerini onun gözlerinden ayırmıyordu.

Genç adam, "Sadece bir günaydın istiyorum," dedi. Hafifçe gülümsedi ama daha önceki gülümsemeleri gibi değildi. Alay yoktu. Gözlerinde bir beklenti, sabırsızlık vardı. Öyle derinlerdi ki, yutkunmamak için kendisini zor tuttu. Hayat arkasını döndü. Ders kitaplarını ve çantasını alarak kendini daireden dışarıya attı.

10. Bölüm

"Bir şeyin peşinde!" Hayat, endişeyle başını iki yana salladı. "Ama bunun hakkında tahmin bile yürütemiyorum."

"Ben, hâlâ burada kalmanı öneriyorum." Seçil dudaklarını sinirle büzüp dişlerini sıktı.

Hayat, ona gözlerini devirdi. "Sanırım, kalmaya çalıştığımda neler olduğunu unutuyorsun."

"O pisliğin sana zarar vermesine izin verme."

Hayat, ona hafifçe gülümsedi. Geniş mutfakta, her zamanki gibi karşılıklı oturmuş, yemek yiyorlardı. Banyo yapmak -doğru düzgün bir banyo- ve kıyafetlerini yıkamak için gelmişti. Bir kısmını daha önce getirmişti, bir kısmını da o gün getirecekti ama Mirza onları zaten yıkadığı için getirmesine gerek kalmamıştı. Gerçekten yıkamıştı. Buna hâlâ inanamıyordu.

Seçil, ağzındaki lokmayı çiğnerken başını yana eğip gözlerini kıstı. Sonra aniden gözleri irice açıldı ve masaya doğru eğildi. "Belki de seninle ilgilenmeye başlamıştır."

"Komik olmaya mı çalışıyorsun?"

"Hayır." Arkadaşı hızla başını iki yana salladı. "Üç aydır aynı evin içindesiniz. Neden olmasın?" Omuz silkti.

"Evet. Ve o, üç aydır hayatımı cehenneme çevirebilmek için her yolu denedi. Ben isteklerine tamamen uyunca da artık eğlenceli olmamaya başladı. Şimdi de başka bir yol deniyor ve bunun sonunda üzülen yine ben olacağım. Onun tek istediği de bu!" Elindeki kola bardağını hızla masaya çarptı.

Seçil yüzünü buruşturarak, "Olabilir," dedi. "Allah'ım! Artık seni özgür bırakmalı..."

"Kesinlikle. Ondan nefret ediyorum."

Seçil'in şüpheli bakışları onun gözlerini araştırdı.

"Bundan pek emin olamıyorum," dedi sonunda.

"Yaşamım altüst oldu, Seçil. Bir metrekare bir alanda yaşıyorum. Doğru düzgün bir banyo bile yapamıyorum. Göçebe gibiyim. Ama bunların ötesinde... Onun bakışları ve hareketleriyle bana hissettirdikleri..." Yüzü hüzünle gölgelendi ve gözleri batmaya başladı. Fakat ağlayamayacağını biliyordu. Ağlayabilseydi belki ruhu böyle sıkışmazdı. "Bunu sana açıklayabilecek kelimeleri bulabileceğimi sanmıyorum."

Seçil, "Bak ne yapalım..." dedi bir anda neşelenerek. "Bizimkileri arayalım ve yarın akşam dağıtalım."

Hayat hızla başını iki yana salladı. "Yapamam. Bu sene hiçbir dersi kaçırmak istemiyorum." Bakışları masada bulunan yarısı yenmiş yiyeceklere kaydı. Endişesini anlamaması için çatalına uzanıp, dolu midesinin üzerine birkaç lokma daha sıkıştırmaya çalıştı.

"Benden gizlediğin bir şey mi var?"

Hayat gözlerini kaldırıp ona baktı. "Ne olabilir ki?"

"Eğer varsa ve ben bunu daha sonra fark edersem-"

Hayat, "Hayır. Hiçbir şey yok!" dedi. Güven veren bir gülümsemeyle ona baktı. Sesinin güçlü çıkması için uğraşması gülümsemesini biraz yavan kılsa da idare ettiğini düşündü. *'Beş parasızım ve ne yapacağımı bilmiyorum'* dedi içinden. "Artık gitsem iyi olacak," dedi ve hızla ayaklandı.

Seçil içtenlikle, "Ne acelen var? Otur biraz daha," dedi.

Hayat biraz daha kalırsa otobüsü kaçıracağını biliyordu. "Çok geç oldu. Yolda tedirgin oluyorum," dedi ona arkasını dönerek. "Haftaya kıyafetlerimi almaya gelirim. Onları sana yük ettiğim için üzgünüm."

"Sorma... Nasıl zor, nasıl zor katlanmak!"

Seçil'in sitem edercesine homurdanmasına güldü.
Neredeyse otobüsü kaçıracaktı. O saatte bile tıklım tıklım olan otobüste boş bir yer bulduğuna memnun oldu. Yanında, kucağında bebeğiyle bir kadın oturuyordu ve bebek sürekli ağlıyordu. Kadın, bebek ağladıkça etrafına bakıyor, çekingen bakışları bebeğin ağlamasından endişe duyduğunu anlatıyordu. Kadın bir koluyla bebeği tutmaya çalışarak diğer eliyle bebeğin çantasını karıştırmaya başladı. Bebek hâlâ ağlıyordu ve kadın, o ağladıkça daha da tedirgin oluyor, aradığını bir türlü bulamıyordu.

Yumuşak bir tonla, "Bebeği tutmamı ister misiniz?" diye sordu Hayat.

Kadın, tartan bakışlarını ona çevirdi. Ardından gülümsedi. "Çok sevinirim," dedi minnetle. Hayat, bebeği iki eliyle kavrarken gülümsedi. Kadın iki elini de kullanarak hızla çantayı kurcalamaya başladı. Sonunda çantadan küçük bir biberon dolusu suyu çıkarıp Hayat'a döndü. "Çok teşekkürler, alabilirim," dedi. Bebek hâlâ ağlıyordu.

"Rica ederim." Genç kız bebeği annesine vermek için havaya kaldırdı.

Bebek kusmak için tam o anı seçti. Beyaz, kokulu sıvı Hayat'ın saçlarından aşağıya boşandı.

Genç kız şaşkınlıkla, "Aman Allah'ım," dedi. Neden bu kadar şanssız olmak zorundaydı ki!

Kadın, "Çok üzgünüm, çok üzgünüm..." diye özürlerini sıralamaya başladı.

Hayat, tersine döndüğünü düşündüğü midesini görmezden gelmeye çalışarak çok üzgün görünen kadına bakıp hafifçe gülümsedi. Allah'ım! Kötü kokuyordu. "Önemli değil," diye mırıldandı.

Sıvının boynundan aşağıya indiğini hissediyordu. Kadın hâlâ özür diliyordu. Hayat da onu, önemli olmadığına ikna etmeye çalışıyordu. Daha yeni banyo yapmıştı ve sadece saçlarını yıkaması yetmeyecekti. Çünkü V yakalı kazağının altından sızan kötü kokulu sıvı göğüslerinin arasına kadar inmişti. Otobüsten inerken Mirza'nın evde olmaması için dua ediyordu. Banyo yapması, üzerindeki kötü kokuyu bir an önce gidermesi gerekiyordu. Çantasından bir peçete alıp, temizleyebildiği kadarını temizledi ve kendisine bir deodorant banyosu yaptırdı. Banyo yapana kadar bu kokuya dayanamazdı.

Daireden içeri adımını attığında inlememek için kendini zor tuttu. Mirza televizyonun karşısındaki koltukta oturmuş, bir basketbol karşılaşması seyrediyordu. Genç kızı fark ettiğinde başını kaldırıp gözlerini ona dikti. Hayat çantasını bavulun üzerine bırakırken, Mirza bakışlarını tekrar televizyona çevirdi. Ellerini yıkamak için ilerlerken, adam da oturduğu yeri değiştirip tekli koltuklardan birine geçti. Hayat yıkanmak istiyordu. Ama o uyuyana kadar yapabileceği hiçbir şey yoktu. Ders kitaplarını alıp tezgâhın üzerine yaydı. Her zamanki gibi oturduğu köşe tabureye ilişti. Bu sert tabure yüzünden bir gün poposunda yaralar çıkacaktı. Tam notlarını deftere geçiriyordu ki -çünkü yazarken hepsi aklına kazınıyormuş gibi hafızasında daha iyi yer ediyordu- televizyonun sesinin kısıldığını duydu.

Mirza, onunla konuşma girişiminde bulunmadı. Henüz. Genç kız buna da şükretti. Genç adam arada maçla ilgili hoşuna gitmeyen bir pozisyon olduğunda homurdanıyordu. Dakikalar çok yavaş ilerliyordu. Ve Hayat'ın gözleri kapanmaya başlıyordu. Bu adamın uyumaya niyeti yok muydu? Mirza, sonunda televizyonu kapatıp mutfağa ilerledi. Varlığı yakınına gelmeden önce sanki bunu bedeninde hissetti. İster istemez yutkundu. Bu adam neden sadece bir şortla dolaşıp duruyordu ki? Bir basketbol formasına ait olduğunu düşündüğü şort dizlerinin üzerinde duruyordu. Her seferinde kıçından düşecekmiş gibi görünüyordu. Böyle, haşarı bir çocuk gibi görünüyordu. Fakat açıkta kalan bedeni, her seferinde genç kızın başına çekiçle vura vura onun bir çocuk olmadığını söylüyordu.

Hayat, o her hareket ettiğinde dalgalanan bedeninin dikkatini çekmesinden nefret ediyordu. Mirza, büyük bir bardak su içtikten sonra duraksadı. Hayat'a baktığında genç kız gözlerini kaçırdı. Adam bardağı makineye yerleştirdikten sonra yine bir süre öylece durup bekledi. Niye? Hayat istemese de kalbinin küt küt atışına engel olamadı. Mirza oturma bölümüne geçmek için önce birkaç adım attı. Fakat son anda tekrar geriye dönüp Hayat'ın tam karşısına oturdu. Genç kız, yine inlememek için kendisini zor tuttu.

Aslında, *'Ne istiyorsun?'* diye sormak istiyordu. Ya da *'Yaptıkların yetmedi mi?'* diye sormak istiyordu. Hayat artık bıkmıştı. Gerçekten bıkmıştı. Mirza ellerini tezgâhın üzerinde birleştirdi. Çenesini de üzerine koydu. İki laciverti yine ona dikti. "Günün nasıl geçti?" diye sordu. Ses tonu oldukça yumuşaktı. Sanki genç kız cevap verecekmiş gibi bir süre sustu. Ardından derince bir iç çekti. Hayat, göz ucuyla ona baktığında, adam kaşlarını sevimlice havaya kaldırdı. Allah'ım!

"Basketbol seviyor musun?" diye sordu. Sonra doğrulup dirseklerini tezgâha dayadı. "Ben severim. Hatta bir süre de oynadım." Yine susup Hayat'tan bir tepki bekledi. Genç kızın bir eli notlarının yanında yumruk oldu. Dişlerini sıktı. Gidip yatsa ve uyusa olmuyor muydu?

Bir anda Mirza'nın eli kendi yumruk olmuş elinin üzerine kapaklandı. Aynı anda Hayat'ın içinde bir yerlerde kıyamet koparken, şaşkınlıkla elini alıp yüzüne götürmesine izin verdi. Mirza, onun elini kendi yanağına koydu. Çıkmaya başlayan sakalları genç kızın tenine hafifçe battı.

Genç adam, "Tam buraya," dedi. Hayat elini çekmeye çalıştı ama Mirza buna izin vermedi. Genç kız öfkeli gözlerini onun yoğun bakışlarına dikti. Adam, "Buraya vurabilirsin," dedi. Oldukça ciddi görünüyordu. "İstersen

sana nasıl daha çok zarar verebileceğini öğretebilirim."
Beklenti dolu gözlerini ondan bir saniye olsun kaçırmıyordu. Hayat, araba farına takılıp kalmış bir tavşan gibi gözlerini ondan çekememişti. Mirza usulca, yumruk olmuş parmaklarını açmaya çalışırken, Hayat bir anda elini onun tutuşundan kurtardı. Aceleyle başını eğerek -yanan bir yüzle- eşyalarını toparlamaya başladı.

Genç adam ellerini havaya kaldırıp, "Pekâlâ, pekâlâ..." dedi. "Söz veriyorum seni daha fazla rahatsız etmeyeceğim. Gidiyorum, yatıyorum ve uyuyorum."

'Şükürler olsun!'

Mirza ayağa kalkıp yanından ayrılırken Hayat derin bir nefes aldı. O böyle yapmaya devam ederse, Hayat bundan asla sağ çıkamazdı. Onun tamamen uyuduğuna emin olmak için bir saat kadar bekleyip kalbi gümbürdeyerek duşa ilerledi. Sanki yasak, yanlış bir şey yapıyor gibi kalbi hızla atıyordu. Girmeden önce ona baktı. Bir kolu başının altında, bir ayağını yukarıya çekmiş, gevşemiş bedeniyle öylece uyuyordu. Kapadığı duş perdesinin üzerine kendi havlusunu astı. Çünkü perde onu gizleyemeyecek kadar şeffaftı. Sonunda perdenin arasından süzülüp duşa girdi ve kıyafetlerini çıkarıp, dışarıya bıraktı.

Suyu açıp hızla saçlarını köpürtmeye başladı. Sonra bedenini temizleyip, rahatlamayla sessizce bir iç çekti. Hızla saçlarını ve bedenini durulamaya başladı. Saf su yüzünden akarken gözlerini kapadı. Köpükler tenini terk ettiğinde açtı. Ve o anda, nefesi boğazında tıkandı. Tunç, yatağında uzanmış, başını eline dayamış onu izliyordu. Yüzünde öyle garip bir ifade, gözlerinde öyle bir yoğunluk vardı ki, Hayat yutkundu. Astığı havlu yere düşmüştü. Bir anda şaşkınlığından kurtulup öfkeyle doldu. Adam başını çevirme zahmetine bile katlanmıyordu. Hışımla perdeyi aralayıp örtüye atıldı ve bedeninin önünde tuttu.

Mirza, inledi. "Bu haksızlık!" dedi alçak, boğuk bir tonla. "Önce aklımı başımdan al, sonra..." Bir cık cık sesi çıkardı. "Anladım, beni çıldırtmaya çalışıyorsun." Dudaklarını alaycı bir ifadeyle büzdü.

Hayat öfkeden zorlukla nefes alıyordu. Köpüklü lifi kapıp onun suratının tam ortasına fırlattı. Sinirden tüm bedeni zangır zangır titrerken, "Piç kurusu!" dedi. Mirza liften kaçmak için yeterince hızlı hareket edemedi, hedef yerini buldu.

Ama öfkelenmek yerine büyük bir kahkaha attı. Lif hâlâ yüzündeyken, "Hâlbuki elinde bir şey olmadığından emin olmuştum!" dedi. Hayat, ona öfkelense de görüntüsünün sevimliliğinin dikkatini çekmesine engel olamadı. Adam lifi yüzünden çektikten sonra ona garip bir bakış attı. "Seni sabunlamamı mı istiyorsun?" diye sordu. Yine bir anda değişken mizacı ortaya çıkmış, sesi boğuklaşmıştı.

Genç kız dişlerinin arasından, "Beni rahat bırak!" dedi. Havluyu tamamen bedenine sarıp duştan çıktı.

Mirza önce derince bir iç çekti. Sonra Hayat'ın anlayamadığı bir şeyler homurdandı. Yataktan kalkıp, elinde köpüklü lifle birlikte duşa ilerledi. Önce lifi yıkadı. Ardından başını akan suyun altına sokup yüzünü ve saçlarını yıkadı. Aynı anda genç kız hâlâ öfkeyle titrerken giyinmek için küçük bölüme girip kapıyı sertçe kapadı. Pijamalarını giyip çıktı. Hâlâ bedeni öfke sarsıntıları geçiriyordu. Mirza'yı kahve içerken gördü. Saçları nemliydi, garip bakışlarını da yine onun üzerine sabitlemişti.

Genç adam, "Sana da yaptım," dedi. Sanki her gün böyle oturup kahve içiyorlarmış kadar doğal bir tavrı vardı. Ona hazırladığı kahve kupasını iki parmağıyla ileriye doğru itti. Hayat, başını çevirip koltuğa - yatağına- doğru ilerledi. Kendini koltuğa bırakıp gözlerini kapadı.

Mirza, "Saçlarını kurutmayacak mısın?" diye sordu.

Sesinde ne bir alay ne de eğlenme vardı. Allah'ım! Bu adam ondan ne istiyordu? Hayat, onun oyununa bir kere kapılırsa bir daha sağ çıkamayacağını biliyordu. Adama tutulmak öyle kolaydı ki, Hayat'ın ödü patlıyordu. O böyle sevimli ve ilgili davranırken topukları kıçına vura vura kaçmak istiyordu.

"O havlu başında uyursan saçların nemli kalacak ve zatürre olacaksın!" Genç adamın sesinde bastırılmamış öfke kıvılcımı vardı.

Genç kız kendi kendine, "Kapa çeneni!" diye fısıldadı.

Mirza, "Söylediğini duydum," diye homurdandı. "Çok kaba bir kızsın. Ve ayrıca müsrifsin de! Şimdi senin içmediğin kahveyi içmek zorunda kalacağım."

Hayat yine kendisini durduramadan fısıldadı. "Allah'ım!"

"Daha önemli işleri olduğundan eminim." Adamın sesi yine kahkaha kokuyordu.

Genç kız, onun gülmemek için çaba sarf ettiğine emindi. Sonunda tepkisiz kalmayı başarmıştı ama hâlâ bedeni öfkeyle yanıyordu.

Tunç bir süre sessiz kalarak onun tepki vermesini bekledi. Fakat Hayat yine suskunluğuna gömülmüştü. Gözlerini kapadı. Hızla tekrar açtı. Hiçbir şey fark etmiyordu. Hayat'ın duştaki görüntüsü gözlerinin önünden bir türlü gitmiyordu. Gerilen kasları hâlâ gevşememiş, bedenini sızlatıyordu. Su sesiyle birlikte gözlerini açmıştı. Onun duş aldığını fark ettiğinde içindeki haylaza dur diyemeden, duş perdesinin üzerine örttüğü havluyu, yatakta aşağıya doğru sessizce kayıp ayak parmaklarının ucuyla çekiştirip yere düşürmüştü. Ve girişteki hafif ışığın yansımasıyla ıslak, bronz gibi görünen çıplak, kıvrımlı bedeni Tunç'un donup kalmasına neden olmuştu.

Uyarılması öyle ani olmuştu ki, sanki yüksek bir yerden aşağıya düşüp yuvarlanmıştı. Kaskatı bedenini zorlukla hareket ettirerek bir elini başının altına dayayıp kıza bakmaya devam etmişti. Baktıkça yanına gidip onu sarma isteği artıyor, bedenini yatağa sabitlemek için insanüstü bir çaba harcıyordu. Sonunda onun öfkesi, kendi arzusunu biraz olsun bastırmıştı. Fakat hâlâ sertti. Kafasını tezgâha vurmamak için kendini zor tutuyordu. Aferin ona! Kahvesinden bir yudum aldı. Yüzünü buruşturdu. Gözleri, kıvrılıp uzanmış Hayat'ın üzerindeydi. Üzerinde kalın pijamaları vardı. Ancak bu bile gördüğü görüntüyü aklından atmasına yetmiyordu. İşi bitmişti. Kesinlikle bitmişti. Onun kendisini affetmesini sağlayıp arkadaş kalma planları aniden suya düşmüştü. Tek bir bakış ve tek bir kareyle!

 Hayat daha önce böyle bir şeye meydan vermemişti. Dairede olduğu zaman zarfı içerisinde genellikle paspal kıyafetler giyiyordu ve zaten Tunç, onunla ilgilenmeyi reddettiği için böyle bir zeminden kendini uzak tutmayı başarabiliyordu. Eğer beyni biraz olsun çalışmış olsaydı, kızın verdiği bu işaretleri anlar, oyun oynamadığını keşfederdi. Konu Hayat olduğunda hep hatalı, önyargılı, acımasız olmuştu.

 Kahretsin! Onu istiyordu. Tam o anda onu çılgınca istiyordu. Daha önce böyle bir bocalamanın içine girmemişti. Neler olacağını biliyordu. Birlikte oldukları gecenin her saniyesi aklına kazınmıştı. Hiçbir zaman onunla yaşadığı deneyimi küçümsememiş, unutmamıştı. Sabahında gözlerini açar açmaz onu yine ve yine istemişti. Ama bir şekilde beyninde bu anıyı gerilere itmeyi başarabilmişti. Sonunda pes etti. Bir tavşan gibi yakalanmıştı. Ne kıpırdayabiliyor, ne gözlerini kaçırabiliyordu. Eğer o defteri görmeseydi kızı suçlamak, ondan uzak durmak kolaydı. Hayat'ta ona dokunan bir şey vardı. Ona değen, onu tedirgin eden bir şey. Fakat artık ne kendi hislerinin ne de ona olan yoğun arzusunun önüne geçebilirdi. Film kopmuştu.

Bir anda panikleyerek onun ruhunu geri dönülmez bir şekilde yaralamış olabileceğini düşündü. Hayat'ı geri kazanmak istiyordu. Ve bunu istiyorsa bir şeyler yapmalıydı. Ancak ne yapacağı hakkında hiçbir fikri yoktu. Eğer onu geri kazanabilirse... Orasını o zaman düşünecekti. Ah. Evet. İlk önce onu öpmekle başlayabilirdi! Derince bir iç çekti. Tabureden kalkıp genç kıza doğru ilerledi. Genç kız uyuyor gibi görünse de bedenindeki gerginliği o mesafeden bile fark edebiliyordu. Gömme dolaplardan birine gitti. İnce bir battaniye alıp kızın üzerine örttü.

Kulağına eğilerek, "Üzerinden atarsan ne yapacağımı biliyorsun," diye fısıldadı. Doğrulmak için kendisini zorladı ama yapamadı. Dudaklarını hafifçe şakağına sürtüp gözlerini kapadı. Hayat'ın bedeni sanki taş kesilmişti. Artık dokunuşlarından bu kadar mı nefret ediyordu? "İyi geceler," diye fısıldadı boğukça. O doğrulup yatağına ilerlerken, kızın dudaklarından bir mırıltı kaçtı. Tunç kendi kendine gülümsedi.

▲▼▲

Hayat, asansörle daireye çıkarken Mirza'nın evde olup olmayacağını merak etti. Sonunda o üzerini örtüp durduğu için eski pikesini daireye getirmişti. Gözlerini kapayıp başını iki yana salladı. Lanet olsun! Dudaklarının bıraktığı iz sanki hâlâ o saniyedeymişçesine hatırındaydı. Neden ona karşı bu kadar savunmasızdı? Neden tek bir dokunuşu onu yerle bir ediyordu? Neden Mirza onunla iletişime geçmeye çalışıyordu? Ne zaman eve gelse onu evde buluyordu. Sonunda konuşma girişimlerinden vazgeçmiş gibi görünse de onun kendisini göz hapsine aldığını biliyordu. İlk anlarda olduğu gibi rahatsız etmek için uğraşmıyor, Hayat ona bakınca gözlerini kaçırıyordu. Asansörden indi. Yorgunluktan ölüyordu. Hiçbir yere çıkacak gücü

de yoktu. O ne yaparsa yapsın evde durmaya niyetliydi. Ki son günlerde onunla çok fazla uğraşmıyordu. Dairenin kapısını açtığında şaşkınlıkla kalakaldı.
"Şükürler olsun. Sonunda gelebildin." Mirza bir dizi yerde, bembeyaz, kocaman bir çalışma masasının alt kapağını yerine oturtmaya çalışıyordu. Kafası karışık halde adama şaşkınca baktı. "Topunu tüfeğini birkaç saniyeliğine bırakıp bana takım kutusundan yıldız tornavidasını uzatır mısın?" Mirza, ona bakmıyordu. Hâlâ kapakla uğraşıyordu. Hayat hareket etmeyince başını kaldırıp baktı. "Lütfen," dedi alçak sesle.

Hayat biraz şaşkınlığından biraz da Mirza zor durumda gibi göründüğünden çantasını yere bırakıp, kapıyı kapadı. Ayaklarının dibinde duran takım kutusuna eğildi. Ama orada yıldıza benzer bir şey yoktu.

"Tatlım, rica ederim biraz acele et. Bu kapak yerinden üçüncü kez çıkmak için can atıyor." Mirza ona hızlıca bir bakış atıp güldü. Genç kız kaşlarını çattı. Onunla konuşmak istemiyordu. Sonunda takım kutusunu adamın kıvrılmış dizinin önüne doğru sürdü. Ayağa kalkıp lavaboya ilerledi.

O mutfağa geçtiğinde, Mirza aldığı büyük çalışma masasıyla ilgilenmeye devam ediyordu. Buzdolabının kapağını açıp haftalık alışverişine baktı. Sadece domates ve peynir kalmıştı. Sabahtan beri tek bir simitle duruyordu, yakında açlıktan ölecekti. Ölmeden önce isteyenler için bir paket kına alıp bırakmayı düşünüyordu. Uygun bir yerlerine yakarlardı. Kendisine bir sandviç yaptı. Gazı gitmiş bir bardak kola doldurup tezgâha oturdu. Gözlerini Mirza'ya diktiğinde geriye attığı sorular aniden beynine üşüştü. Yine evdeydi, yine bir şeylerin peşindeydi. Ve Hayat bu işin sonundan korkuyordu.

Genç adam kendi kendine, "İşte bitti," dedi. Yaptığı işle gurur duyuyormuş gibi çalışma masasına baktı. Sonra Hayat'ın kitaplarının bulunduğu sırt çantasına ilerledi. Kitaplarını içinden çıkararak -ona sorma nezaketinde bile bulunmadan- tek tek raflara yerleştirmeye başladı. Hayat'ın lokması boğazında tıkanıp kaldığında şiddetli bir öksürük nöbetine girdi. Öyle şiddetli öksürüyordu ki Mirza bir anda elindeki kitapları çalışma masasına fırlatıp ona doğru ilerledi. Bir bardak su doldurup önüne koydu. Hayat boğazı acıyla zonklarken hâlâ öksürmeye devam ediyordu. Ama onun verdiği suyu içmek yerine bardağı geri itti.

Genç kızın öksürüğünün şiddeti azalırken, Mirza, "Suyu iç!" dedi. Sesinde itiraz kabul etmeyen bir ton vardı. Yüzü bir anlık öfkeyle karardı ve gözlerine sert bakışlar yerleşti. Amansız bakışı bir an için Hayat'ı esir aldı. "İç yoksa kendim içireceğim." Elleri ona dokunmak için havalandı. Hayat bedenini geriye çekerek suyu kaptı -sırf o tepesinde dikilip durmasın diye- bir yudum içip bardağı bıraktı.

Mirza, "Biraz daha," diye diretti. Hayat bardağı sıkıca kavrayarak birkaç yudum daha aldı. Mirza, ilgiyle ona doğru eğildi. "İyi misin?" diye sordu. Genç kız gayri ihtiyari ona baktı. Genç adam, onun bakışlarına karşılık, "Ooo... Böyle bakabildiğine göre iyi olmalısın," dedi. Tekrar çalışma masasına ilerleyip kitapları yerleştirmeye başladı. "Benim kitaplığım oldukça dolu," diye mırıldandı. "Ve ayrıca ders çalışabileceğin bir yere de ihtiyacın vardı." Omuz silkip kitapları yerleştirmeye devam etti.

Hayat, ona karışmayacaktı. Karşı çıktığında ve kitapları yine sırt çantasına koymaya kalkıştığında neler olacağını biliyordu. Ona bir çalışma masası mı almıştı? Genç kızın aklına kendi aldığı çalışma masası ve pencereden fırlatılışı geldi. Bizzat Mirza tarafından! Ne bekliyordu? Gerçekten orada oturup ders çalışmasını mı? Hayat'ı ne sanıyordu? Gururssuz biri mi? Allah aşkına, bunların tümü saçmalıktan ibaretti. Neden yapıyordu? Genç kız asla o çalışma masasına oturmayacaktı.

Mirza, onun düşüncelerini bölerek, "Bu masa lambasını da hediye ettiler," dedi. Lambanın düğmesine bastı. Lamba küçüktü ama yaydığı ışık oldukça güçlüydü. İyi, Mirza orada oturup lambasını yakar, komplo teorilerini hazırlardı.

Mirza başını ona çevirip beklenti dolu gözlerle baktı. Aynı anda genç kız başını öne eğip sandviçini yemeye devam etti. Adam, onun ilgisizliğine homurdandı. Sonra ona doğru bir adım attı. Aniden, "Allah'ım!" diye soludu. "Sen yine o sandviçlerden mi yiyorsun?" Hayat başını kaldırıp şaşkınlıkla bakarken lokmasını yuttu. "Sen sadece bunlarla mı besleniyorsun?" Adam öfkeyle başını iki yana salladı. Telefonunu sehpadan alıp bir numara tuşladı. "Pizzanı nasıl yersin?"

Hayat, onun yarattığı karmaşaya karşılık gözlerini kapadı. Mirza, "Karışık?" diye devam etti. Sanki onun hareketini görmemiş gibi! "Zeytinli? Salamlı ve kaparili? -Benim tercihim bu arada- Pastırmalı? O, sonrasında çok kötü kokutuyor." Genç adam yüzünü buruşturdu. Genç kız, onun hareketlerine karşılık gülmemek için tüm iradesini kullandı. "İyi akşamlar. İki karışık pizza ve iki kola." Adresi verip telefonu kapadı. "Beş dakika içinde buradalar. Servisleri çok iyi!"

Hayat cevap vermeyip sandviçini yemeye devam etti. Mirza'nın çıkardığı sesleri duyuyordu ama onunla ilgilenmedi. Ellerini yıkadı. Ders kitaplarını alıp tezgâha yaydı.

Genç adam, "Bu çalışma masasını senin için aldım," dedi. Hayat, onun dişlerinin arasından konuştuğunu fark etmişti. "Orada iki büklüm ders çalışmanı istemiyorum." Genç kız dişlerini sıkarak ona cevap verme dürtüsünü bastırdı. O, üç aydır bu tezgâhın üzerinde ders çalışıyordu, hem de onun yüzünden. Bunu yeni mi fark etmişti?

Mirza'nın öfkeyle nefes aldığını duydu, aynı anda kapı çaldı. Genç adam siparişleri aldıktan sonra mutfağa ilerledi. "Tam beş dakika," dedi renksiz bir tonla. Pizzaların kutularını açtı. Dolapları açıp kapatarak, tabakları ve bardakları çıkardı. "Yemek yapabilmeyi dilerdim ama bu konuda anneme çekmişim. Allah'ım! Hâlâ bu işi beceremiyor. Ben de öyle." Pizzaları tabaklara servis yaptı. "Ama çok iyi sipariş verebiliyorum. Bu konuda üstüme yok!" Hayat dudaklarını birbirine bastırırken, adam oturma bölümüne gidip kısa sürede geri geldi. Allah'a şükür o akşam üzerine bir tişört ve siyah, paçaları yerlerde sürünen bir eşofman altı giymişti.

Tabakları alıp tam karşısına oturdu. Birini genç kızın önüne koydu. Sonra kola bardağını koydu. Hayat derin bir iç çekti. En çok sevdiği şeylerden ikisi; pizza ve kola! Ağzı sulandı ama ders çalışmaya devam etmek için kendisini zorladı. Bir bok anlamıyordu.

"Bu akşamlık pizzayla idare edebilirsin. Daha sonra gerçekten besleyici şeyler yemelisin. Şimdilik en hızlısı buydu."

Hayat kitaplarının hemen yanında duran tabağı ona doğru itti fakat ona bakmadı. Tabak tekrar önüne geldi. Bu defa içinde yapay olduğu belli olan bir zeytin dalı duruyordu. Yukarıya kıvrılmak isteyen dudaklarını zorlukla birbirine bastırıp tabağı tekrar ona itti. Tabak tekrar önüne konduğunda şişman bir asker figürü, elinde beyaz bir bayrak sallıyordu. Zeytin dalı ve pizza diliminin yanında! Hayat tabağı tekrar ona itti.

Mirza kendi kendine mırıldanır gibi, "Oysaki şişman asker çok şirin duruyordu," dedi. Sözlerine, "Koyacak başka bir şeyim kalmadı," diye devam etti. Ve tabağı tekrar ona itti. "Fark ettiğin üzere hepsi planlanmış şeyler. Bu şirinlikleri geri çevirmen çok kötü oldu. Ben onları bulana kadar ayaklarım su topladı."

Hayat bir anda ayağa fırlayınca Tunç'un kalbi titredi. Tanımadığı his onu ne kadar huzursuz etse de kız saatine bakıp telaşla toplanmaya başladığında, ayağa kalkıp o ilerlerken usul usul peşinden gitti. Genç kız kitaplarını, kalemlerini, kâğıtlarını gelişigüzel çantasına tıkıştırmaya başladı. Tunç, ona yetiştiğinde çantasını omzuna takıp çıkmak için harekete geçti. Tunç'un bir kolu öne doğru uzanıp kızın beline dolandı. İstem dışı bir hareketti ve kendisini durduramamıştı. Alnını onun saçlarına dayadı. "Gitme..." dedi fısıltıyla. "Tamam. Artık seninle uğraşmayacağım." Hayat kolunun sıkı tutuşundan kurtulmak için hareket etti. Fakat Tunç, onu serbest bırakamadı.

Bir anda bedenine çarpan sıcaklığı öyle güzeldi ki, bu hissi biraz daha tadabilmek ve kopmamak için onu bir süre öylece tuttu. Ani uyarılışıyla bir adım gerilemek zorunda kaldı. Zaten yeterince ürkmüş görünen genç kızı daha fazla ürkütmek istemiyordu. "Söz veriyorum, uğraşmayacağım. Çıkma bu saatte," dedi yumuşak bir tonla. "Seni rahat bırakacağım." Ama kolunu ondan çekememişti. Yüzünü biraz daha eğerek burnunu saçlarına sürttüğünde Hayat'ın bedeni yaprak gibi titredi. Zorlukla, beynine üst üste emirler göndererek kolunu belinden çekip onu serbest bıraktı.

Hayat hızlı iki adımda kapıya ulaştı ve çıkıp gitti. Tunç'un omuzları dikleşirken elleri yumruk oldu. Uzun saniyeler boyu kapalı kapıya öfkeyle baktı. Onu nasıl geri kazanacaktı? Attığı her adım çıkmaz bir yol gibi sonuçsuz kalıyordu. Onu istiyordu. Ama daha kız onunla konuşmuyordu bile. Sonunda sanki beyninde bir ışık patladığında, aklına gelen düşünceyle yüzü buruştu. Ancak eğer karısını geri istiyorsa hoşuna gitsin gitmesin bir şeyler yapmak zorundaydı. Ve Tunç, Hayat'ı geri istiyordu. Adımları onu hızla telefonuna götürdü. Bir numara tuşladı.

İkinci çalışta annesinin şaşkın ve endişeli sesi cevap verdi. "Tunç?"

Onları nikâhın olduğu günden beri aramamıştı. Tunç, "İyi akşamlar," dedi. Bir anda ne diyeceğini bilemedi.

"İyi akşamlar." Bir süre sustular. Sonunda Burcu, "Nasılsın?" diye sordu.

"Teşekkür ederim. İyiyim." Durup dudaklarını yaladı. "Sen?"

"Ben de... İyiyim." Annesinin sesi kaygılı geliyordu. "Tunç? Bir sorun mu var?" diye sordu sonunda.

"Evet."

"Yardımcı olabileceğim bir şey mi?"

"Kesinlikle." Tunç derin bir nefes alıp, o konuşmaya başlamadan devam etti. "Çok kötü bir kayınvalide olduğunu düşünüyorum."

Burcu ani bir öksürük nöbetine tutuldu. "Öyle mi?" diye sordu. Sanki ne söylemesi gerektiğini bilemiyormuş gibiydi.

"Öyle! Üç aydır evliyiz ve bizi yemeğe bile çağırmadınız."

"Ah."

"Yani böyle şeyler olur sanıyorum, değil mi? Yeni evliler... Aile ile kaynaşma gibi şeyler! Bilemiyorum."

"Şey... Tabii. Elbette."

"O zaman bizi yemeğe davet etmelisiniz."

"Ne zaman istersen."

"Yarın?"

"Çok güzel olur."

Tunç, bir süre sustu. "Melek'leri de çağırmalısın. Kalabalık olursak çok daha güzel olur."

Annesinin gülümsediğini duyar gibi oldu. "Harika olur."

"Ama sanırım ne kadar iyi bir kayınvalide olduğunu göstermen için Hayat'ı senin araman gerekiyor. Ben iletirsem... Bunu hatırınıza getirdiğimi anlayabilir ve kırılabilir. Onun üzülmesini istemem." Tunç yutkundu.

Burcu'nun keskin bir soluk aldığını duydu. "Elbette, Tunç!" dedi. Fakat sesinde bariz bir şaşkınlık vardı.

"Sana telefonunu mesaj atarım."

"Çok iyi olur."

"Anne?"

"Evet?"

"Yemekleri sen yapmasan?"

Burcu, "Şimdi kalbimi kırdın!" dedi. Yine de sesi kahkaha kokuyordu.

"Üzgünüm. İnan amacım kalbini kırmak değil. Ama karımın ve benim mide fesadı geçirmemizi istemezsin, değil mi?" Tunç'un sesi oldukça neşeli çıkmıştı. Buna kendisi bile şaşırdı.

"Pekâlâ. Sanırım Deryal bu konuda bir şeyler yapabilir."

"Gerçekten mi?"

"Buna memnun olacağına eminim."

"Teşekkür ederim."

"Tunç?"

"Evet?"

"Çok sevindim. Yani, yemeğe geliyor olduğunuza."

"Şey... Evet. Ben de."

"O halde yarın görüşürüz."

"Görüşürüz."

Tunç telefonu kapayıp yanağını kemirdi. Görüşmenin onu ne kadar gerdiğini ancak anlayabiliyordu. Bedeni bir anda gevşediğinde derin bir nefes aldı. Bu geceki kaçışı Hayat'ın her zaman kaçacağına işaret ediyordu. Bu planla en azından kızı bir gece olsun yanında tutabilirdi. Daveti geri çevirmeyeceğini umuyordu, çünkü o iyi niyetli bir kızdı. Gerçekten iyiydi. Ondan nefret etmesine rağmen takım kutusunu sırf zor durumda kalmış göründüğü için uzatmıştı. Bir eli yüzünü bulup sertçe ovuşturdu. Acaba karısı nereye gitmişti? Seçil'e? Ya da belki dışarıda eğlenmeye çıkmıştı. Onun peşinden gitmeli miydi? Ah! Elbette bunu yapmayı isterdi ama Hayat'ı biraz daha sıkıştırırsa ters tepmesinden korkuyordu. Onu yanında tutabilmek için elinden ne geliyorsa yapacaktı. Yardım etmesi için Allah'a bir dua yakardı. Hafifçe gülümsedi. Hayat çok kızacaktı.

11. Bölüm

Burcu elindeki telefonu sıkıca tutmuş, kalbi hızla atarken, soğuğa aldırmadan verandada oturup kahvesini içen kocasına bakıyordu.

Deryal onu fark etti. İfadesindeki şaşkınlığı görünce bir anda ayağa fırladı. Endişeyle, "Sorun ne?" diye sordu. Kaygılı bakışları karısının yüz hatlarında dolaştı.

"Tunç..."

"Bir şey mi oldu?" Deryal'in kaygısı gözle görünür bir şekilde arttı.

"Ah. Hayır. Endişelenecek bir şey değil." Burcu hâlâ şaşkın görünüyordu.

"Lütfen! Ben çıldırmadan önce ne olduğunu söyleyecek misin?"

"Karısıyla birlikte onları yemeğe davet etmemizi istedi." Burcu, kocasının yüzünde beliren garip ifadeye kıkırdadı.

Deryal'in kaşları havaya kalktı. "Ciddi olamazsın!"

"Çok ciddiyim. Ve yemekleri benim yapmamı istemiyor. Benimle şakalaştı! Buna inanabiliyor musun?" Burcu'nun gözleri hafifçe sulandı. "Hemen yarın, karısını arayıp davet etmemi istedi." Deryal'in kafa karışıklığını yansıtan gözlerinin içine bakıp elini usulca yanağına götürdü ve konuşmaya devam etti. "Melekleri de davet etmemizi istiyor."

"Bu gerçekten garip..."

"Aynen. Karısının ve kendisinin mide fesadı geçirmesini istemediği için yemekleri yapmak sana düşüyor. Handan Hanım da yapabilir ama senin ilgilenmen çok daha iyi olur."

Deryal kahkaha attıktan sonra gülümseyen bir yüzle karısına baktı. "Gerçekten karım mı dedi?"

"Öyle duyduğuma yemin edebilirim."

Burcu, kocasının gözlerindeki heyecan pırıltılarını görebiliyordu. Deryal, karısının eline uzanıp kendisiyle birlikte usul usul ilerlemeye zorladı.

Burcu, onun peşinden şaşkınlıkla giderken, "Nereye?" diye sordu.

"Buzluktan etleri çıkarmaya..."

"Yarın geliyorlar, bu akşam değil."

"Ah, sevgilim. Ne zaman öğreneceksin bilemiyorum." Karısına bakıp gülümsedi. "Eğer gerçek bir ziyafet istiyorsak her şey kusursuz olmalı! Etleri marine etmeliyim!"

Burcu başını iki yana salladı. Bu işi yarına da bırakabileceğini biliyordu. Fakat Deryal, heyecanını böyle saklamayı tercih etmişti. Mutfağa girdiklerinde karısının elini bırakıp dondurucuya ilerledi.

Aniden değişen ruh haliyle, "Melek'i ara," dedi. "Yarın sabah, erkenden burada olsun. Zibidi kocasının gelmesine gerek olmadığını söylemeyi de unutma."

Burcu kıkırdadı. Hafif azarlayan bir tonla, "Ayrım yapıyorsun," dedi.

"Olabilir," Deryal buzluktan etleri çıkarıp mikrodalgaya atarken omuz silkti.

▲▼▲

Genç adam kahve kupasını dudaklarına götürüp kupanın üzerinden Hayat'a baktı. Zaten son zamanlarda yaptığı tek şey ona bakmaktı. Ona bakmak, bakmanın ne kadar keyifli ve huzurlu bir şey olduğunu bilmek... Yüz hatlarını ezberlemek, onun olmadığı anlarda da zihninde kıza bakmaya devam etmek. Derin bir iç çekti. Hâlâ uyuyordu. *'Miskin!'* dedi içinden. Kupasını iki eliyle birden kavradı. Bakışlarının yoğunluğundan habersizce onu izlemeye devam etti. Gece geldiğini duymuştu. Sadece duymuştu çünkü gözlerini açmak istememişti. Tunç'un yakınında olup ilgisine maruz kalmak Hayat'ı tedirgin ediyordu. Huzursuzluğunu ve korkusunu gözlerinden o kadar net okuyordu ki, bu canını yakıyordu. Yüzünü buruşturdu. Bu yeni hisleri sanki tenini gıdıklıyor, hiç hoşuna gitmiyordu.

Sürekli onu düşünmenin yanında, sürekli onun ne düşündüğünü de düşünüyordu. Gerçi eğer akıl okuyabilme gibi bir yeteneği olsaydı kızın sorularının yağmuruna tutulmuş olur, bu sele kapılırdı. Eh... Başka ne bekliyordu ki? Ona karşı değişen davranışlarının hızı fark edilmeyecek kadar çabuk olmuştu. Değişken yapısına artık alışmıştı, ama bu, kendine bile fazla gelmişti. Yoksa tenine iğneler batıyormuş gibi hissetmezdi.

Genç adam, Hayat mırıldanarak döndüğünde gülümsedi. Onda bir şey vardı. Bakışında, duruşunda, her hareketinde bambaşka bir şey vardı. Ne olduğunu bilmiyordu. Bilmek için de uğraşmıyordu. Tunç, ona giden kapıyı bir kez açmış, girişi yapmıştı. Tüm her şeyin -buna hisleri ve düşünceleri de dâhil- üzerine hücum etmesine izin veriyordu. Kendisini açık bir hedef gibi hissediyordu. Hayat da onu on ikiden vurup duruyordu. Kızı ilk fark ettiği an, tanıştıkları gece dizlerinin üzerine çöküp Tunç'un ayağına bakmak istediği andı. Hayat gözlerini kaldırıp ona bakmış, Tunç'un kalbi de öylesine bir takla atmıştı ki, oturduğu yer sanki dört tarafı kapalı, dar bir alan gibi gelmişti. Farklıydı işte, Hayat... Daha o anda bile. Ve Tunç, kendine onu tanıma fırsatı vermeden her şeyi yakıp yok etmişti.

Dairenin sessizliğini canlı, yüksek sesli bir melodi doldurdu. Hayat'ın telefonu! Tunç, annesinin olduğunu tahmin ediyordu. Hayat'ın göz kapakları titreşirken kaşları derinleşti. Sonra gözlerini açtı. İri gözleri daha da irileşirken hızla doğruldu. Gözleri buluştuğunda yumuşak iki kahverengi bakış titredi. Genç kız aniden yattığı yerden fırladı. Şaşkın görünüyordu. Ona bir daha bakmadan çantasına koşturdu. Telefonu çıkarıp ekrana baktı. Kaşları daha da derinleşerek telefonu açıp kulağına götürdü. Tunç, ona bir kahve yapmak için kalktı.

"Alo? Evet, benim. Ah! Günaydın, Burcu Hanım. Yo, hayır. Uyandırmadınız."

Tunç kıkırdayıp alçak sesle, "Yalancı!" dedi. Hayat'ın gözleri ona kaçamak bir bakış attığında parmakları telefonu daha sıkı kavradı. Tunç, onun kahvesini de tezgâha koyup eğlenerek kıza bakmaya devam etti.

"Teşekkür ederim. İyiyim, siz?" Bir süre duraksadı. Yüzü kulaklarına kadar kızardı, gözleri yine irice açıldı. "Öyle mi?" dedi. Afallamış görünüyordu. "Ben... Bilemiyorum... Sanırım 'o' müsait olmayabilir."

Bunları söylerken çenesi titredi ve dudaklarını büzdü. Buradaki *'O'* Tunç oluyordu.

"Sormamın bir sakıncası var mı?" Sanki annesi onları görüyormuş gibiydi; Tunç hafifçe gülümsedi. "Ben sizi daha sonra rahatsız ederim." Telefonu kapadı. Bakışlarını Tunç'a çevirdi. Yüzünde öyle bir ifade vardı ki, sanki onunla konuşmak zorunda kalmak katlanılmaz acılar veriyormuş gibi...

"Annen," dedi düz bir sesle. Yutkundu. "Bu akşam seni ve beni," *Biz değil. Tabii ki!* "Yemeğe davet ediyorlar."

Tunç, o konuşurken tabureden inip kıza doğru ilerlemeye başladı. "Elbette. Bu nazik teklifi geri çeviremeyiz." Hayat huzursuz göründü. Sanki kendi içinde büyük bir ikilem yaşıyormuş gibiydi. Burnunu kırıştırdı. Sonra başını iki yana salladı. Genç adam, onun iki adım ötesinde durdu. "Gitmek istemiyor musun?" diye sordu yumuşak bir tonla.

Hayat, ona bakmadı ama onaylarcasına başını salladı. Bir eli gergince, omzundan kıvrıla kıvrıla inen saçlarını arkaya savurdu. Tunç aniden panikledi. Hayat hiçbir şekilde onun yanında durmak istemiyordu. Kalbi bu düşünceyle ağrıdı. Biliyordu ki Hayat yalnız gidecek olsa tekliflerini reddetmek istemezdi. Nereden bildiğini bilmiyordu, fakat biliyordu işte.

Yapmak zorunda kaldığı şey için, içinden ona özürlerini sıraladı. Kaşlarını çatıp gözlerine sert bakışlar yerleştirdi. "Biz..." dedi kısık ama keskin bir tonla. Önce onu, sonra kendisini işaret etti. "Birbirimizin yanında durmaya katlanamıyor olabiliriz. Ama kendi savaşımızın içine ailelerimizi sürüklemek zorunda değiliz." Hayat başını kaldırıp baktı. Gözlerinde öylesine bir bakış vardı ki! Tunç, onun yutmak zorunda olduğu sözcüklerin hepsini kusmasını istiyordu. Ama acımasızca sözlerine devam etti. "İçtenlikle yapılan bir yemek davetini gerçekten bu şekilde geri mi çevireceksin? Unutma ki onların yaşadıklarımızla ilgili tek suçu yok! Her ne kadar kendim görmemiş olsam da, onların senin yanında durup sana destek oldukları gerçeğini unutmuş olabileceğini sanmıyorum." Tek kaşını havaya kaldırıp tüm baskıcı gücünü kullanarak ona baktı.

Hayat bocalıyordu. Savaşının her anını yüzünden okuyordu. Genç kız yutkundu. Elindeki telefonu sıkıca kavradı. İçinde yaşadığı tüm karmaşayı ayna gibi yansıtarak ona baktı. Kabul edecekti. Çünkü kimseyi kıramayacak kadar nazik ve iyi niyetliydi. Ve adildi.

Genç kız, "Lanet olsun!" diye fısıldadı. Aniden omuzları çökmüştü. Tunç, kollarını ona sıkıca sarmamak için kendini güçlükle tuttu.

Genç kız, annesini geri aradı. Nazik bir tonla yemek davetlerini kabul ettiklerini bildirip telefonu kapadı. Bir eli saçlarının arasından geçti. Tunç, ona arkasını döndü. Yüzüne engel olamadığı bir gülümseme yerleşti. Tekrar gidip tabureye oturdu. Hayat'ın bedeni öylesine gerilmişti ki, bunu baktığı mesafeden bile görebiliyordu. Genç kız, yüzünü yıkayıp kıyafet dolabına ilerledi. Tunç'un kaşları çatıldı. Cumartesi'ydi! Nereye gidecekti ki? Ve Allah aşkına, kahvaltı bile yapmayacak mıydı? Biraz daha böyle giderse açlıktan ölecekti. Belki de alışverişe gidiyordu.

Tunç kuru bir sesle, "Bence birlikte kahvaltıya gitmeliyiz," dedi. Kendisini tutamamıştı. Günü onunla geçirebileceğinin ümidiyle işi gücü bırakmıştı.

Hayat, başını çevirip ona baktı. Uzun, oldukça uzun bir süre de bakmaya devam etti. Tunç'un kalbi her saniye daha da ısındı. Onun içine düştüğü karmaşayı görebiliyordu. Ona karşı aylarca aklın almayacağı kadar çirkince davranmış, eziyet etmişti. Şu anki ilgisi de aynı şekilde onun için eziyetti. Genç adam o anda kendine lanetler okuyordu. Kız sonunda gözlerini ondan kaçırıp inanamazmış gibi başını iki yana salladı. Giyinmek için kapalı olan tek alana girip kapıyı sertçe kapadı. Genç adam, ona kahvaltı hazırlamak isterdi ama öyle beceriksizdi ki, yapamayacağını biliyordu. Bu yüzden genç kızı kahvaltıya götürmek istemişti. Hayat iki şekilde de kabul etmeyecekti. Ne bekliyordu ki? Aslında Tunç, bile bile neden kendisine umutlanma izni verdiğini bilmiyordu.

Nereye gidecekti? Aklına gelen ani bir düşünceyle kasları tel gibi gerildi. Dişleri birbirini ezerken kalbinin üzerine bir ağırlık çöktü. Biriyle mi görüşecekti? Belki de Tunç'u kalbinden tamamen atmıştı. Ve kalbini başkasına açmıştı. Belki de davranışları ona itici geliyordu. Bir anda kıza karşı beslediği şiddetli hisler tamamıyla yer değiştirdi. Bir öfke dalgası beraberinde gelen yakıcı bir kıskançlıkla bedenine yerleşti. Oturduğu taburede tepeden tırnağa titredi. Hayat dışarı çıktı. Dar paça, koyu renk ve bacaklarını tamamen saran bir kot, üzerine koyu renk, V yaka, yine tüm hatlarını ortaya seren bir kazak giymişti. Tunç, ona dokunmak istiyordu. Ona dokunmak, onu öpmek, kollarında tutmak... Yaşadıkları deneyimi tekrar, tekrar ve tekrar yaşamak istiyordu.

Duyguları ilmek ilmek olup birbirine geçti. Öfkesinin üzerine binen arzu bedenindeki ve zihnindeki gerilimi katlanılmayacak bir noktaya sürükledi. Hayat kabanını aldı. Tunç, bir anda ayağa fırladı. O kapıdan çıkmadan hemen önce tam önünde durup yolunu kestiğinde, Hayat dehşetle iki adım geriye attı.

Kendi anlaşılmaz hareketlerinin yarattığı şoku göz ardı ederek, "Nereye gidiyorsun?" diye sordu. Hayat başını kaldırırken elinde tuttuğu kabana daha sıkı sarıldı. "Umarım sana verdiğim uyarıyı aklında tutuyorsundur." Kollarını göğsünde kavuşturdu. Sırf onu çekip şaşkın yüzünü avuçları arasına alıp dudaklarını öpmemek için! Sırtını kapıya yasladı. Hayat anlamayan gözlerle baktı. "Benim adımı taşırken başkalarıyla birlikte olamayacağın konusunda uyarmıştım seni," dedi ipeksi bir sesle. Ve bunu kendisini terk ettikten sonra yapabileceğini söylemişti, ama artık bunun için çok geçti çünkü avukatına işlemleri durdurması için talimat vermişti. "Aklında tutman gereken şey!" Başını yana eğip gözlerini kısarak ona tehditkâr bir bakış attı. "Üzgünüm fakat bunu ancak benden kurtulduğunda yapabilirsin." *Ki artık öyle bir şey söz konusu değildi.*

Hayat'ın yüzüne tırmanan kırmızılık kulaklarına kadar ilerledi. Utanç? Öfke? Her ikisi de? Ve sonra, bedeni şiddetle titremeye başladı. Kendi kendine dişlerinin arasından, "Allah'ım!" dedi. Aniden elindeki kabanla Tunç'a saldırdı. Öyle şiddetli vuruyordu ki, Tunç, kızın tüm gücünü kullandığına yemin edebilirdi. Ama darbelerin etkisi sinek ısırığı kadar hafif geliyordu. Bir anda göğsüne tırmanan kahkahayı koyuverdi. Aynı anda kollarını uzatıp kızı hapsetti.

"Bırak beni, seni piç kurusu!"

Bu, Tunç'un kahkahasını artırmaktan başka bir işe

yaramamıştı. "Küfür lügatina yeni kelimeler eklemen lazım, güzelim."

Hayat, "Bırak diyorum!" diye bağırdı. Ayakları genç adama aralıksız darbeler vuruyordu.

Tunç, onu havaya kaldırarak ters çevirdi. Ardından kapıya yaslayıp üzerine eğildi. "Seni beslememiz lazım," diye fısıldadı. Gözleri, kızın öfkeli yüzünün her santiminde ağır ağır dolanıyordu. "Karımın daha güçlü ve kendisini koruyabilecek kadar dayanıklı olmasını isterim. Civciv kadar hafifsin." Allah'ım! Kızın çileden çıkması neden bu kadar eğlenceli ve cezbediciydi?

"Benim. Hiçbir şeyim. Seni. İl-gi-len-dir-mez!" Genç kız öfkeyle titreyerek ve dişlerinin arasından konuşuyordu. Sert bir soluk çekti.

Tunç, yumuşak bir gülümsemeyle karşılık verdi. "Kahvaltıya gidelim. Sahil kenarında bir yere?"

"Seninle hiçbir şey yapmayacağım. Rahat bırak beni. Sonsuza kadar!"

Tunç başını iki yana salladı. "Gitme!" dedi sanki o hiç konuşmamış gibi. Kollarıyla hapsettiği bedenini serbest bıraktı ama onu daha da sıkıştırarak, kollarını başının iki yanına sabitledi. Hayat başını çevirmişti, adama bakmıyordu. Kızın bedeninin şiddetli sarsılmasını kendi bedeninde hissediyordu. Çenesine uzandı. Tenini parmak uçlarında hissetti. Ardından başını çevirip gözlerine bakmaya çalıştı. Onu öpmek istiyordu. Öpmek, bedeninin içine, derinliklerine dalmak istiyordu. Tam o anda öylesine şiddetle istiyordu ki tüm bedeni sancıyor, canı yanıyordu. Başını yana eğip dudaklarına uzandığında Hayat başını hızla yana çevirdi.

Genç kız fısıltıyla, "Sakın!" dedi. Ardından yutkundu.

Tunç aniden düştüğü arzu çukurundan yukarıya tırmandı. Başı öne düşerek bir 'tak' sesiyle sertçe kapıya vurduğunda Hayat sıçradı.

"Bir şey soracağım ve dürüstlükle cevap vermeni istiyorum." Soluğu kapıya çarpıp tekrar adama geri döndü. "Ben evde olduğum için mi çıkıyorsun?"

Hayat onaylarcasına başını salladı. Genç adam bir anda kızı serbest bırakıp giyinmek için raflara yöneldi. "Öyleyse çıkmana gerek yok," dedi renksiz bir tonla. "Ben gidiyorum. Evde kal! Rica ediyorum, düzgün bir kahvaltı yap. Akşam için hazırlan."

Üzerindekileri çıkarıp raftan bir takım elbise çıkardı. Tekrar giyinmeye başladı. Hayat hâlâ mum gibi kapının önünde dikiliyordu. Tunç, "Üzerine giyecek bir şey almak ister misin?" diye sordu. Genç kız cevap vermedi. Genç adam derin bir nefes alırken kemerini taktı. Kravatını pantolonunun cebine tıkıştırdı. "Pekâlâ." Ceketini giydi. "Akşama erken gelirim. Saat altıda seni alırım."

Hayat yine cevap vermedi ama kabanını ve çantasını usulca zemine bıraktı. Tunç'un günü birlikte geçirme planları altüst olmuştu. Fakat en azından Hayat evde kalacaktı.

Ona bir kez daha bakmadan, saçını tarayıp parfümünü sıkmadan ve evrak çantasını almadan evden çıktı. Garaja indi, arabasına binerken evrak çantasını unuttuğunu fark etti. Tekrar yukarı çıktı. Daireden içeri girdiğinde yutkundu. Hayat'ı sutyen ve külotla yakalamıştı. Ne zamanlama ama? Arzu seli bedenini yıkayıp geçerken, genç kız hızla üzerine bir havlu çekip öfkeyle soludu. Tunç gülmemek için dudaklarını birbirine bastırdı. Hızlı adımlarla evrak çantasına ilerledi. Aldı, Hayat'a baktı. O, ona bakmıyordu. Daha ağır adımlarla yanına kadar ilerledi. Yanından geçerken durup hafifçe kızın bedenine eğildi. Saçları omuzlarından aşağıya dökülmüş, siyah havlunun üzerine yayılmıştı. Beyaz teninde muhteşem bir tezatlık yaratan siyah havlunun! Saçlarına hafifçe dokunup omzunun arkasına attı. Hayat titreyerek bir adım gerilerken, o kulağına eğildi. "Piç kurusu olabilirim. Ama şanslı bir piç kurusuyum, ha?" Yanından geçerken gülerek başını iki yana salladı.

Arkasında bir hışırtı duydu. Bir şekilde eğilmesi gerektiğini anladı. Üzerinden bir kıyafet yığını geçip gitti. Kahkahalara boğulmuşken kaçarcasına evden ayrıldı. Karısı öfkeli pilicin tekiydi ve Tunç, onun öfkesine bayılıyordu. Omuzları çöktü. Allah'ım! Seksiydi. Çok seksi. Ona dokunmazsa ölecekti!

▲▼▲

Hayat, adamın evden gitmesine memnun olmuş, tüm günü ders çalışarak geçirmişti. İngilizce kursuna olan aylık ödemelerini yapamadığı için ara vermişti. Ancak bir şekilde para kazanmaya başladığı anda tekrar devam edecekti. O zamana kadar kendisi ders takibini yapabilirdi. Ayrıca işe yarıyor gibi görünüyordu. Bir şeyler atıştırmak ve televizyon seyretmek için ara verdiği derse akşamüzeri tekrar başlamıştı. Kendisini bir şekilde meşgul edip yemek davetini kafasından atmak istiyordu. Öyle gergindi ki, bu, kaslarının dayanılmaz bir ağrıyla baş etmek zorunda kalmasına neden oluyordu. Tunç'un anne ve babası öylesine samimi, iyi niyetli insanlardı ki, daveti kabul etmek zorunda kalmıştı. Bir gece, değil mi? Sadece bir gece dişini sıkabilirdi.

Kendi telefonunu satmak zorunda kaldığı için -ayrıca diz üstü bilgisayarını da satmıştı- yeni ama gayet eski olan telefonunu çıkarıp tezgâhın üzerine koydu. Kulaklıklarını takıp yüklediği müziklerden birini açtı. Kendisini çalışmasına öyle bir kaptırmıştı ki, Tunç'un geldiğini duymamıştı. İçeri girip kıpırdamadan durarak onu izlediğini de fark etmemişti.

Tüylerini diken diken eden yemek daveti bir anda zihnine girdiğinde inleyerek başını arkaya attı. Bir süre öylece durup başını tekrar kitaplarına çevirdi. Onları toparlayıp alnını kitapların üzerine dayadı. Gözlerini kapadı. Kulaklarındaki müziğe yüksek sesle eşlik ederken akşamın bir an önce gelmesini, yemek tantanasının bir an önce bitmesini istiyordu. Derin bir nefes aldı. Mirza neden ona ilgi gösteriyormuş gibi görünmeye çalışıyordu? Ona güvenmiyordu! Kesinlikle güvenmiyordu. Bir şeyin peşindeydi. Belki de ona iyi davranarak Hayat'ın tekrar ona âşık olmasını sağlayacaktı. Elbette Mirza, ona âşık olduğunu -yani önceden, şimdi kesinlikle âşık değildi- bilmiyordu. Fakat ilgisini bariz bir şekilde belli etmişti. Mirza da bunu kullanarak onu tekrar cehennemine çekecekti. Bu defa Hayat daha beter yaralanacaktı. Sanki yeterince yanmamış, yeterince acı çekmemiş gibi! Hayır. Ona asla ama asla kanmayacaktı.

Kulağındaki kulaklık aniden çekildiğinde kendine engel olamadan çığlık attı. Başını çevirip adamın kahkaha oynaşan gözlerine baktı.

"Tatlım, şarkı söylemeye başlayana kadar her şey mükemmeldi. Ama nezaketen de olsa dinlemeye katlanılamayacak kadar kötü bir sesin var."

Hayat öfkeyle kısa ama sık nefesler alırken adamın doğruyu söylediğini de biliyordu. Sesi çok kötüydü ve şarkı söylemeye başladığı zaman ağzını kapamak için bir sürü el ona uzanıyordu.

Eşyalarını toplayıp çantasına ilerlerken onun soğuk sesini duydu. "Birincisi; Neden hâlâ hazır değilsin? İkincisi; Neden çalışma masasında ders çalışmıyorsun?" Hayat ikisine de cevap vermedi. "O çalışma masasını senin için aldım. Tezgâhın üzerinde ders çalışmanı istemiyorum." Bu adam kendini ne sanıyordu? Bunu istemiyorum, şunu istiyorum! Şunu yapma! Bunu yap! Kibirli piçin tekiydi ve Hayat sırf inat olsun diye söylediklerinin tersini yapmak istiyordu.

Mirza homurdanarak duşa girerken, Hayat kendisine bir kıyafet seçmek için rafa ilerledi. Ona bakmaktan kaçınmak için duşa arkasını dönmüştü. Ama dönmeden önce, adam saçlarını yıkarken sırtı kendisine dönük halini görme talihsizliğine yakalanmıştı. Kolları başının üzerine kalktığı için sırtının ortasında, beline kadar inen derin bir çizgi oluşmuştu. Çizginin iki yanında kasları her hareketiyle dalgalanıyordu. Neden örtünmek için hiçbir çaba sarf etmiyordu ki? İpeksi teninden -bunu parmak uçlarında hissettiği o andan biliyordu- su damlacıkları aşağıya doğru süzülürken, adamdan nefret etmesine rağmen ağzının kurumasına engel olamadı. Bel kemiğinden yukarı bir sıcaklık yayılmıştı. Hızla başını çevirdi. Karın bölgesindeki titreşim yüzünden kıyafetlerine bakıyor ama görmüyordu. Eli askılarda öylece dururken istemsizce başını iki yana salladı.

Ve Tunç kıkırdadı.

Hayat tepeden ayak tırnaklarına kadar yandığını hissetti. Kalbi hızla ritmini arttırıp gümbürdemeye başladı. Fark etmiş olabilir miydi? Hayır, nereden anlayacaktı ki? Onun akıl sağlığının zaten yerinde olmadığını düşünerek rastgele bir elbise seçti. Sade, siyah, V yakalı, kolları dirseklerindeki manşetlere kadar uzanan, diz üstünde bir elbise...

Elbiseyi alıp giyinmek için kapalı bölüme gitti. Duşun kapandığını duyduğunda ona giyinmesi için biraz zaman tanıdı. O çıktığında, Mirza siyah gömleğini üzerine geçiriyordu. Genç kız hafif bir makyaj yaparak saçlarını tarayıp açık bıraktı. Diz altlarına gelen çizmelerini de ayaklarına geçirip, kabanını ve el çantasını alarak Tunç'u beklemeye başladı.

Mirza aynanın karşısında saçlarıyla uğraşıyordu. Koyu renk bir kotun üzerine siyah bir gömlek giymiş, gömleğini her zaman yaptığı gibi pantolonunun üzerine salmıştı. Başını çevirip Hayat'ı görünce ansızın güldü. "Bir de hazırlanmadığın için söyleniyordum, değil mi?" Kalın ceketini alıp, tek parmağını takarak omzuna attı. Telefonunu da gömleğinin cebine attı. "Genelde erkeklerin kapıda durup eşlerini beklemeleri gerekmiyor mu?" dedi alayla. Yüzünde Hayat'ın anlamlandıramadığı bir ifade vardı. Sanki oldukça keyifli görünüyordu. Dahası... Mutlu görünüyordu. Hayat, onun sözlerine gülmedi.

Mirza'nın bakışları onu saçlarından çizmelerine kadar süzdü. Gözlerindeki neşeli parıltılar aniden derinleşerek karanlığa çekildi. Yüz ifadesi derinleşti. Sabit bakışlarını genç kızın gözlerinde tuttu. Hayat meydan okurcasına bakışlarına karşılık verdi.

Mirza kuru kuru, "Çok güzel olmuşsun!" dedi. Hayat, bu sözlerin sırf söylenmiş olmak için sarf edildiğine inandı. En azından ses tonu böyle söylüyordu. Adam bir süre daha ona baktı. Aniden gerginleşerek bir elini yüzünde dolaştırdı. Sonra elini saçlarından geçirdi. Hayat, onun ne yapmaya çalıştığını anlayamayarak kaşlarını çattı. Allah'ım! Bu adam deliydi. Bildiğin deli!

Tunç, Hayat'ın soru işaretleriyle dolu bakışlarını ve kaş çatmasını fark ettiğinde kendi kendine güldü. O anda kızın üzerine atılıp, bedenini tamamen saran elbiseyi -şanslı elbise- bir çırpıda çıkarmak, onu çıplak bırakmak, yatağa atıp derinliklerine dalmak istiyordu. Kasıklarının zonklamasını hissetmesinin yanında, neredeyse duyacağından şüpheleniyordu. Öylesine güzel, asil ve narin görünüyordu ki ikilemini atlatması çok zor olmuştu. Allah'ım! Üzerindeki elbiseyi kıskanıyordu. Kulağına taktığı minik küpeleri kıskanıyordu. Ayağındaki çizmeleri kıskanıyordu. Elindeki çantayı da kıskanıyordu, çünkü hepsi ona dokunabiliyor, onu sarabiliyordu.

Genç kızın yanına ilerlerken kendisiyle eğlenen bir tonla, "Merak ediyorsun değil mi?" diye sordu. Beklediği gibi Hayat cevap vermedi. "Üzerindeki elbisenin ne kadar şanslı olduğunu düşünüyordum. Ve açıkçası seni yatağa atarsam bana neler fırlatabileceğini, bana ne kadar zarar verebileceğini düşünüyordum." Hayat'ın keskin soluğunu duydu. Donup kalmış bedeninin yanından geçerken yanağından bir makas aldı. Sonra yüzünü ekşitti. Kızın kendisine olan nefretiyle girişimi zorlamaya dönüşürdü. Çünkü artık ona bir kere dokunursa bir daha duramayacağını biliyordu.

Asansörde garaja doğru ilerlerken bu yemek olayının aralarındaki buzları biraz olsun kırabileceğini düşünüyordu. Bunu tüm kalbiyle istiyordu. Onun aşkını tekrar geri kazanmak istiyordu. Ona tekrar gülümsesin, yanağındaki çukur derinleşsin... Tunç, onun bu sevmediği özelliğiyle alay etsin! Onunla öpüşsün, dokunsun, sevişsin, sevişsin ve bir daha sevişsin... Tunç, bunların hepsini istiyordu. Öyle ki isteği acı çekmesine, göğsünün sıkışmasına neden oluyordu. Eğer Hayat, ona sonsuza kadar karşılık vermezse ne yapacağını bilemiyordu. Kıza olan aşkı bir saplantıya dönüşecekti... Bir anda başını kaldırıp gözlerini irice açarak asansör kapılarına baktı.

Şaşkınlıkla, "Siktir!" dedi. Asansör durdu. Saniyeler sonra ışıklar kapanarak onları karanlığa hapsetti. Tekrar, "Siktir!" diye fısıldadı. O akıl edemediği için Hayat asansörün kapısına uzanıp açtı. Işıklar tekrar asansörün içinde parladı. Genç kız ona bakmıyor, narin parmakları gergin bir şekilde kapıyı tutuyor ve bekliyordu.

Tunç, Hayat'ın saçlarına, üzerindeki elbisenin altındaki kıvrımlı bedenine, çok güzel olmayan ama garip bir çekiciliğe sahip olan narin yüzüne baktı. Orada öylece durup ona bakmaya devam etti. Sonra da dizlerini kırıp asansörün içine oturdu. Kahkahalarla gülmeye başladı. Ceketini kucağına koyup gülmeye devam etti. Sonunda Hayat başını çevirip akıl sağlığını sorgularcasına ona baktı.

Gülmeye devam ederken kendi kendine, "Buna inanamıyorum," dedi. Ne zaman olmuştu? Daha düne kadar ondan nefret ediyor, varlığı hiçbir şeyin rahatsız etmeyeceği kadar rahatsız ediyordu. Pekâlâ, ona karşı sonunda bir vicdan azabı ve sonrasında yoğun bir arzu beslemişti ama aşk? Geçişin hızı nasıl bir hızdı ki Tunç farkına bile varamamıştı.

Onu aldığı nefesten giydiği elbiseye kadar kıskanıyordu. Çantasını, tuttuğu bardağı, dokunduğu her şeyi, baktığı her yeri kıskanıyordu çünkü ondan başka her yere bakıyor, her şeye dokunuyordu. Tunç, o elbisenin yerine bedenini sadece kendisi sarmak istiyordu. Bir dizini yukarı çekip sabırsızlanan Hayat'tan gözlerini ayırdı. Bir eliyle yüzünü kapayıp kendi sefil durumuna için için, acı acı gülmeye başladı. Karısına âşık olmuştu ama karısı artık ondan nefret ediyordu. Bir anda sihirli bir değnek onlara dokunmuş, rolleri tersine çevirmişti. Tunç, o değneği alıp kendini bir güzel dövmek istiyordu.

Çünkü aşkı, o karşılık vermedikçe saplantıya doğru gidiyordu. Tunç gözlerini açtığında ilk düşüncesi Hayat'la başlıyor, onunla devam ediyor, gözlerini kaparken onunla son buluyordu. Hiç âşık olmamıştı ama bu aşktan başka ne olabilirdi ki? Ya ona bir daha asla geri dönmezse, ya aşkına karşılık vermezse? Genç adam kendini biliyordu. O zaman hareketlerini kontrol edemeyecek, sonunda kızı tamamen kaçırana kadar peşinde koşacaktı. Hayat orada öylece durup dikilmekten sıkılmış olmalıydı ki asansörden çıkmak için hareket etti.

Genç adam garip bir tonla, "Bekle!" dedi. Hayat durdu. İç çekerek ona baktı. "Bir akıl hastası gibi görünüyorum, değil mi?" diye sordu. Kaşlarını düşürüp karısına sevimli bir bakış gönderdi. Onun yüzüne öyle dikkatle bakıyor olmasaydı yanağındaki çukurun hafifçe derinleştiğini göremezdi. Burnunu çekti. *'Zor tutuyor'* diye düşündü. Gülüşünü bastırmak için kendisini tutuyordu ve yüzü yine domates gibi kızarmaya başlamıştı. Birisi gelip onun bu sefilliğini görmeden ayağa kalkmak için hareket etti. Aslında, hazır yerlerde sürünüyorken ayaklarına kapanıp af mı dileseydi?

Ayağa kalktığı anda asansörden hızla çıkan Hayat'ın peşinden ilerledi. Onu geçti. Başını alaycı bir şekilde eğerek Hayat için yolcu kapısını açtı. Kız binmek için zorlanırken ve yüzünde huysuz bir ifade belirirken onu çığlıkları arasında belinden tutup havaya kaldırdı. Koltuğa yerleştirdi. İncecik bir beli vardı. Parmakları belinin etrafında neredeyse birbirini bulacaktı. Hayat yumruğunu sıkıp ona doğru atıldığında gülerek geri kaçtı. Ama kapıyı kapatmadan önce dirseklerini koltuğa dayayıp ona baktı. "Ne? Bana vuracak mıydın?" diye sordu dalga geçercesine. İşaret parmağını yanağına götürdü. "Sana neresi olduğunu göstermiştim. Öyle rastgele savurmak senin canını yakar." Hayat'ın şaşkına dönmüş yüzüne karşı güldü. Sonra iç çekti. "Hak ettiğimi biliyorum, tatlım." Tunç da kendisine sıkı kroşelerinden birini atmak istiyordu. Kapıyı kapatıp sürücü koltuğuna ilerledi.

Yolda sessizce ilerlerken o yumruktan daha fazlasını hak ettiğini düşünüyordu. Ona öyle eziyet etmiş, canını öyle yakmıştı ki her şeyi hak ediyordu. Ne yapacağını da bilemiyordu. Hayatında ilk defa ne yapacağını, nasıl davranması gerektiğini bilemiyordu. Hayat'ın ördüğü duvarların arkasına başını uzatıp bakamıyordu bile. Genç kız kendisini öylesine kapatmıştı ki, delice öfkelenmedikçe duvarının ardından çıkmıyordu. Çıkıp baksa, kalkanlarını indirse belki genç adamın aşkını fark edebilirdi. Hislerini tek tek anlatsa inanmayacağını biliyordu. Ona asla güvenmeyecekti. Haklıydı da! Tunç da olsa kendisine güvenmezdi. Duygularını iten veya kabul etmeyen bir insan değildi. Ne hissediyorsa onu yaşar, asla bastırma gereği duymazdı. Ani ruh değişimleri de bundan kaynaklanıyordu. Herkes ani ruh değişimleri yaşardı ama Tunç, bunu kimi insanın daha iyi sakladığını, kimininse kendisi gibi açık yaşadığını düşünüyordu. Aşkını da açık yaşayacaktı. Ancak önce duvarları yıkması lazımdı. Sevgiden köşe bucak kaçan bir adam olarak, istediği en son şey âşık olmaktı. Ama bir kere olmuştu işte! Bu elinde olan bir şey değildi. Zaten nasıl olduğunu da anlayamamıştı. Fakat madem olmuştu. Eh... Hayat sonsuza kadar onunla yaşayacaktı. Kendi kendine gülümsedi. Bu iş kızın hiç hoşuna gitmeyecekti.

Sadece, sessizce atıştıran yağmur sesinin eşlik ettiği arabada hiç konuşmadan ilerlediler. Genç adam, ailesinin evinin dış bahçesindeki demir kapıdan geçmeden önce sağa çekip kıza döndü. Onun bedenindeki gerilimi sanki kendi bedeninde hissediyor, huzursuzluğu tenini karıncalandırıyordu. Bu, ona karşı hissettiği yeni ve güçlü duygularla mı alakalıydı bilemiyordu ama başkasının hislerini kendi bedeninde tatmaya alışık olmadığı için duyguyu garipsedi. Tüm bu karmaşayı daha sonra masaya yatırmak için beyninde gerilere iterek, planını uygulamaya geçme zamanının geldiğine karar verdi.

"Senden bir şey rica edeceğim," diye söze başladı. Sesi yumuşaktı fakat içindeki gerginliği de duyabiliyordu. Aslında söyleyeceklerinin, planının dışında gerçekten olmasını istediği, arzuladığı şeyler olduğunu fark etti. Hayat başını çevirip ona garip bir ifadeyle baktı. Tunç neredeyse aklından geçenleri yüzünden okuyordu. *'Bunu istemeye yüzün var mı?'*

Yoktu! Ondan hiçbir şey beklememesi gerekiyordu. Yaptıklarından sonra Hayat'tan gelecek her şey ona müstahaktı. Fakat onu geri kazanmak istiyorsa bir şeyler yapmak zorundaydı. Ve istiyordu!

"Sadece ailemin yanında duvarlarımızı yıkalım ve çok samimi olmaya gerek olmadan ama birbirimizi her an bir silahla vuracakmışız gibi de görünmeden bu yemeği sessizce atlatalım." Hayat'ın gözlerinde bir titreme oldu. Genç adam her zaman kolaylıkla okuyabildiği ifadesinden hiçbir şey anlamadığı için lanet okudu. "Bunu kendim için değil, ailemin huzuru için istiyorum. Ama tabii kabul etmezsen de anlayışla karşılarım."

Hayat boğazını temizledi. Sanki konuşmak acı veriyormuş gibi yüzü asıldı. Ona bakmaya dayanamıyormuş gibi bakışlarını camdan dışarıya çevirdi. Tunç hareketiyle altüst oldu ama duruşunu bozmayarak cevabını bekledi.

"Ben, her şeyin zaten güllük gülistanlık gittiğini düşündüklerini sanmıyorum."

Tunç gözlerini kapayıp derin bir nefes aldı. En azından denemişti. "Peka-"

"Ama bana dokunmaya kalkmadığın sürece sana ayak uydururum."

Bu kadar... Tunç gözlerini açtı. En azından uzlaşmacı ve anlayışlı bir kişiliğe sahipti. Aslında o, sadece iyiydi. Katıksız iyi. "Teşekkür ederim," dedi minnetle. Kızın elini tutma, kolunu omzuna dolama ve yanağından da olsa onu öpebilme gibi planları suya düştü. Yapabilirdi. Fakat Hayat'ın özverisine karşı bu, bir ahlaksızlık olurdu. Arabayı park edip indiklerinde, şoför onları elinde bir şemsiyeyle karşıladı. Hayat'ın bulunduğu yöne ilerleyip şemsiyeyi başının üzerinde tutarak eve ilerlediler. Tunç biraz ıslanarak arkalarından aceleyle ilerledi. Daha onlar verandaya çıkmamışlardı ki kapı açıldı. Yüzlerde ışıl ışıl gülümsemelerle karşılandılar. Tunç'un gözleri Melek'i aradı. Göremeyince de içinde huzursuz bir kıpırdanma oldu.

Burcu, "Hoş geldiniz," dedi. Yüzündeki gülümseme sıcaklığını koruyordu.

Tunç, Hayat'ın yanında durdu. Kızın yüzünde gördüğü ani değişim onu şoka soktu. Annesine aynı sıcak gülümsemeyle karşılık verirken yanağındaki çukur belirginleşti. Tunç, ona hayran hayran bakarken ve içten içe *'Aynı gülümsemeden istiyorum!'* diye tepinmek isterken babasına yakalandı. Özleminin ne kadarının yüzüne yansımış olduğunu bilmiyordu, ama babasının keskin bakışlarında bir şey yanıp söndü.

Tunç mesafeli bir gülümsemeyle, "İyi akşamlar," dedi. Babası da aynı serinlikle karşılık verdi. "İyi akşamlar."

Deryal, Hayat'a döndü. Genç kız yüzündeki gülümseme silinmeden ama gözlerinde hafif bir ürkeklikle Deryal'e baktı. Duru bir sesle, "İyi akşamlar, Deryal Bey," dedi.

Babasının sadece dudakları değil, gözlerinin içi de güldü. Eh. Tabii. Hayat, Tunç'a böyle gülümsese dayanamayıp dudaklarına yapışırdı. Elini uzatıp o çukura dokunmak istiyordu. Ama teni bunun için karıncalanırken zorlukla eline engel olmayı başardı. Öpüşüp koklaşma faslı bittiğinde onları direkt yemek masasına davet ettiler. Melek, masanın hemen yanında tatsız bir yüz ifadesi, gözlerinde düşmanca bakışlarla dikiliyordu. Babası, yanından geçerken Melek'e hafifçe eğilerek bir şeyler fısıldadı. Melek gözleri büyürken kendi kocasına baktı. Tunç sırıtmamak için kendisini zor tutarken, Melek tekrar babasına sinirli bir bakış attı. Fakat babasının amansız bakışlarıyla karşılaşınca zoraki bir gülümsemeyle Hayat'a döndü.

Buz gibi bir kibarlıkla, "İyi akşamlar," dedi.

Hayat, "Teşekkür ederim," dedi. Tunç endişeyle genç kıza baktı. Ablasının soğukluğuna karşı huzursuz olmuş gibi görünmediğine karar verdi.

"Bence hemen oturmalıyız. Açlıktan ölüyorum." Annesinin sesi resmen şakıyordu.

Tunç, ablasının yanağına soğuk bir öpücük kondurdu. Ardından masanın çevresindeki yerlerine yerleştiler. Babası ve annesi masanın iki ucuna, Melek ve eşi Gürkan, yan yana oturan Tunç ve Hayat'ın tam karşısına oturdular. Genç adam, *'Suratsız'* diye düşündü. Her zaman samimi, sıcakkanlı olan ablası -ona bu gece için çok güvenmişti- acaba neden bir cadı gibi davranıyordu? Hayat'ı gözleriyle oymak ister gibi baktıkça ve Hayat huzursuz oldukça, üç çift azarlayan, öfkeli göz onu buluyordu. Sonunda Tunç dayanamayıp masanın altından ablasının ayağını kendi ayakkabısının ucuyla sertçe dürttü. İlk defa ablasına karşı böyle bir harekette bulunuyordu.

Annesi, "Umarım yemeklerin lezzeti hoşuna gider," diyordu.

Tunç o anda ablasının şok olmuş gözlerinin içine tehditkâr bakışlar fırlatmakla meşguldü. Çocukluklarında bile el şakası, sözlü şaka yapmayan iki kardeş için bu, aslında sıcak bir davranış bile sayılabilirdi. Melek'in gözlerine muzip bakışlar yerleştiğinde, Tunç yaptığı çocuksu hareketin onun hoşuna gittiğini anladı.

"En azından buradan çok lezzetli görünüyorlar." Hayat'ın sesinin tınısındaki sıcaklık Tunç'un içini eritti. Bir de kendisine karşı böyle sıcak olsaydı! Aynı anda onu takdir de ediyordu. Tüm yaşadıklarına rağmen hiçbir şey olmamış gibi davranabiliyor olması, surat asmaması genç adamı gururlandırdı. "Keşke bu kadar zahmete girmeseydiniz," diye sözlerini kibarca bitirdi.

Melek, sırf Hayat'ı huzursuz etmek için, "Niye?" diye atıldı. "Diyette misin?" Keskin bakışları Hayat'ın üzerindeydi. Tunç, buna neden olan şeyin kendi tekmesi olduğunu anladı. Hayat'ın sineceğini düşünüp ablasına ağzının payını vermek için dudakları aralandı ancak karısı neşeli, küçük bir kahkaha atarak onu şaşırttı. Tabii masada bulunan tüm gergin yüzlere de bir şaşkınlık belirtisi yerleştirmiş oldu.

"Fil gibi yediğim düşünülürse diyet kesinlikle bana göre değil." Sonra hafifçe gülümsedi. "Kibarlık yapmaya çalışıyordum. Ellerinize sağlık." Sözlerinin ardından babası bir kahkaha attı. Sonra gözlerini Hayat'a dikip onu süzdü. Hayat fil gibi mi yiyordu? Tunç bunu niye görmemişti?

Deryal hafif bir şakacılıkla, "Kabalık saymazsan eğer, o kadar yiyeceği nerende sakladığını sorabilir miyim?" diye sordu.

Burcu telaşla, "Deryal!" diye uyardı. Fakat genç kızın gülümsemesi genişlediğinde, Burcu özür diler bir bakış attı.

Hayat eğlenerek, "Allah'ın şanslı kullarından biriyim diyelim," dedi. Ve Tunç, onu öpme isteğiyle doldu. Allah'ım! Onu nasıl tanıyamamıştı. Dahası nasıl kendisine bu fırsatı vermemişti.

Deryal hafif bir gülümsemeyle, "Sevindim," dedi. "Yoksa hazırlıklar boşa gidecekti."

Masadan hafif bir homurdanma yükseldi. "Biz de buradayız, baba!"

"Ama yemek, sevgili Hayat'ın onuruna!" Deryal, Tunç'a döndü. "Öyle değil mi?"

Tunç, "Kesinlikle," dedi. Ardından başını genç kıza çevirdi. "Fil gibi yiyebilirsin, sevgilim." Hafifçe eğilip dudaklarını kulağına yaklaştırmıştı. Hayat istemsizce irkilirken tedirgin bakışları genç adamı buldu. Bu, masadaki herkesin dikkatli bakışlarından kesinlikle kaçmamıştı.

Kısa bir sessizlik anından sonra genç kız zorlukla gülümsedi. Sırf masadaki gerginliği dağıtabilmek için! Alçak sesle, "Öyle yapmayı düşünüyorum," dedi.

Tunç, ona minnetle baktı. Zorlanmış olsa da en azından durumu kurtarmaya çalışıyordu. "Babam bu konuda şahanedir," dedi. Kızın kendisine çevrilmiş gözlerinin derinliklerine bakıyordu. Genç adam masadaki herkesi unuttu. O kendisiyle bir kelime daha konuşsun diye gerginlikle, yanan gözlerle bekledi.

Genç kız neredeyse fısıldar gibi, "Öyle mi?" dedi. Şaşkın görünüyordu. Gözlerini gözlerinden çekip aldı. Tunç, içine özlemle bir nefes çekti. Bu kadardı işte... Yine de içinin umutla dolmasını engelleyemedi. Gözlerine bakarken, orada, derinlerde bir yerde bir şeylerin kıpırdadığını görmüştü. Genç adam hâlâ karısına bakıyordu. O ise babasına..."Çok güzel bir yetenek," diye şakıdı. "Benim babam yumurta bile kıramaz." Sonra yüzü özlem ve acıyla gölgelendi. Genç adam, onun ailesiyle görüşüp görüşmediğini merak etti. Hayat, ifadesini çabucak değiştirip Burcu'ya döndü. Neşeli bir tonla, "Yemek davetiniz için gerçekten çok teşekkür ederiz," dedi. "Çok memnun olduk."

Tunç ister istemez sırıttı. O kadar memnun olmuştu ki kızı tehdit etmek zorunda kalmıştı. Yine de ikisi adına konuşması ve onları 'biz' yapması, içini ılık bir hisle doldurdu. "Bizim ailede bir gelenek..." diye atıldı. Tabii ki böyle bir şey yoktu. Ancak Tunç, Hayat'ın böyle düşünmesini istiyordu. Masadakiler bir anda şaşkın bakışlar sergilese de oyununu bozmadılar. "Yeni evli çiftler, yemeğe davet edilir. Sıcak ve neşeli bir ortam her zaman aile bağlarını güçlendirir." Gülmemek için kendisini zor tuttu. Yıllardır mesafeli durduğu ailesi de muhtemelen şoka girmişti, ama kimse onu düzeltmediğinde içinden onlara bir teşekkür gönderdi.

Gürkan, "Kesinlikle," diye atıldı. Durumu ilk fark eden o olmuştu. Karısının 'Ne saçmalıyorsun sen?' bakışlarına aldırmadan konuşmaya devam etti. "Biz de evlendiğimizde tüm eş, dost ve akrabaları ziyaret etmiştik." Karısına döndü. "Öyle değil mi, sevgilim?" Deryal, o anda boğazını temizledi. Burcu da gözlerini kısarak kocasına tehditkâr bir bakış fırlattı.

Melek'in yüzü şaşkın balık ifadesini aldı. "Evet. Tabii," dedi. Sesi de en az yüzü kadar şaşkınlıkla doluydu.

Gürkan tekrar Hayat'a döndü. "Gelenek aile yakınlarını da kapsıyor." Sevimlice gülümsediğinde yakışıklı yüzü ışıldadı. Gözlerinde kahkaha parıltıları titrerken, "Bunun için yarın akşam yemeği için de bize davetlisiniz," dedi. Tunç ani, sıcak bir duygunun göğsünü sıkıştırmasıyla Gürkan'ın gözlerinin içine baktı.

Hayat, "Tabii, neden olmasın," dedi. Fakat aniden ihtiyat ve endişeyle başını Tunç'a çevirdi.

Genç adam, onun kendi adına cevap verdiği için endişelendiğini fark ederek hafifçe gülümsedi. "Bir programın var mıydı?" diye sordu. Yumuşak bakışlarını yine gözlerine dikmişti. Hayat, başını iki yana sallarken gözleri pişmanlıkla titreşti. Tunç gülmemek için kendini zor tutuyordu. Onun, nezaketinin ve inceliğinin daveti geri çevirmesine engel olduğunu anlamıştı. "Çok güzel," deyip Gürkan'a baktı. Gürkan, Tunç'a göz kırptı. Tunç ise minnettarlıkla gülümsedi. Onun böylesine anlayışlı olacağı hiç aklına gelmemişti. Melek'in kıpır kıpır kıpırdaması dikkatini çektiğinde bakışları ablasını buldu. Yüzünde daha önce hiç görmediği bir gülümseme vardı.

Ablası heyecanla, "Bu harika," diye şakıdı. "Harika olacak," dedi yine kendisini tutamadan. Onlar evleneli iki yıl olmuştu. Tunç bir kez bile kapılarını çalmamıştı.

Deryal, "Sonra Filiz teyzenler var," diye araya girdi. Genç adam bakışlarını babasına çevirdi. İçindeki garip his yoğunlaşmıştı. "Atlarsanız çok ayıp olur." Gizlice Tunç'a göz kırptı.

Çorba kâseleri önlerinde yerlerini alırken, Tunç hâlâ babasına bakıyordu. Anlayış dolu gözlerinin içine bakmak boğazının düğümlenmesine neden oldu. Ailesi durumu o kadar çabuk kavramış ve yardıma o kadar çok açıklardı ki yüreği sıkıştı. "Evet," dedi kısık bir sesle. Gergin boğazı konuşmasını güçleştiriyordu. "Çok ayıp olur."

Annesi uyaran bir tonla, "Adem amcanı unutma!" diye araya girdi. "Sonra siteminden iki yıl rahat bırakmaz."

Tunç, annesine sırıttı. "Öyle bir hataya asla düşmem."

Hayat şaşkına dönmüş görünüyordu. Tunç, onun üç akşam daha yanında olmasını garantilemişti. Belki bu akşamlarda karısı yumuşar, duvarlarını kırar, ona bir kapı açabilirdi. "Senin için bir sakıncası var mı?" diye sordu. Hayat, ona baktı. Gözlerindeki ateşi çok net bir şekilde görebiliyordu. Çıkmazını da anlıyordu. Genç kız başını iki yana sallarken, Tunç tamamen kendinden bağımsız hareket eden elinin ona uzanmasını izledi. Eli, gülümsediğinde yüzünde beliren o çukuru kapayan saçlarını kulağının arkasına attı. Hayat, onun bu hareketiyle kaskatı kesilip çabucak geri çekildi. Eli havada öylece asılı kalan genç adam dişlerini sıktı. Kaşığını eline aldı. Babası yemeğe başladıktan sonra kaşığı kâseye daldırdı.

Melek gergin sessizliği bölerek, "Ömer amcayı da unutmayın!" dedi. "Arya Amerika'da olduğu için kendilerini çok yalnız hissediyorlar. Onlar için de çok iyi olur."

Hayat, çorbasını içerken hızla yutkunup Melek'e baktı. "Başka gidilecek yer var mı?" diye sordu şaşkınca. Melek sırıtarak başını iki yana salladığında gülümsemek zorunda kaldı.

Gülmemek için birbirine bastırılan dudaklar kaşıkların arkalarına gizlendi. Tunç, teşekkür etmek için ablasının ayağını dürttü. Melek yoğun bir özlem duygusuyla bakınca da gözlerini kaçırdı.

Çorbalar bitip, kâselerin yerlerini ana yemek tabakları aldığında Burcu, Hayat'a baktı. "Ailen nasıl?" diye sordu.

Hayat'ın yüzüne acı bir gülümseme yerleşirken göz bebekleri titredi. Tarazlı bir sesle, "İyi olduklarını umuyorum," dedi.

Annesinin kaşları derinleşti. Yüzüne sorgulayan bir ifade yerleşti. İhtiyatla, "Neden umuyorsun?" diye sordu.

"Benimle konuşmuyorlar."

Sesindeki acı ton Tunç'un göğsünü parçaladı. Aynı anda masaya derin bir sessizlik çöktü. Hayat etini dilimlerken, genç adam yutkundu. Dairesinde babasıyla karşılaştıkları an gözlerinin önüne geldi ve baba-kızın birbirine bakışlarını hatırladı. Şimdi onun yüzünden araları bozulmuştu. Bir şekilde bunu telafi etmeye karar verdi.

Anlaşılan babası da aynı fikirdeydi. Kararlı bir tonla, "Aileni İstanbul'a davet etmeliyiz," dedi.

Annesi hemen arkasından, "Harika bir fikir," diye destekledi.

Melek, "Aslında biz de onlara bir sürpriz yapabiliriz," diye atıldı. "Çok daha güzel olur."

Hayat başını iki yana salladı. Yüzlerine tek tek bakarak gülümsedi. "Çok teşekkür ederim. Ama bu, ümitsiz bir çaba olur. Lütfen, kafanızı yormayın." Ve yemeğini yemeye devam etti. Hayat'ın hafife almış gibi görünen üzüntüsü masadaki herkesi esir almış gibi uzun bir süre çatal bıçakların sesinden başka ses çıkmamıştı.

Hayat aniden, "Bu, çok lezzetli!" dedi. Yüzünde takdir eden bir ifadeyle babasına baktı. "Çok başarılısınız."

"Ben de öyle düşünüyorum." Babasının alçak gönüllülükle uzaktan yakından alakası olmayan sözleriyle kendini beğenmiş yüz ifadesi herkesi kıkırdattı.

Sonra Tunç'un babası, annesi ve ablası Hayat'ı soru yağmuruna tuttular. Tunç, onlara sorularına bir son vermelerini söyleyebilirdi ama kızın hakkında bir şeyler öğrenmenin cazibesi onu müdahale etmekten alıkoyuyordu. Ayrıca Hayat sorulardan sıkılmış gibi görünmüyor, büyük bir kibarlıkla cevap veriyordu.

"O zaman bir gün seninle bahçeyi dolaşmak isterim." Babası bu konuda oldukça hevesli görünüyordu. "Yemekten anladığım kadar otlardan da anlasaydım, bahçeyi daha verimli hale getirebilirdim." Deryal, Hayat'a dönüp garip bir ifadeyle baktı. "Otları oldukça seviyorum."

Hayat'ın gülmemek için bastırılan dudakları titredi. Kıkırdamasını öksürükle boğmaya çalıştı. Tunç, onların arasındaki gizli esprinin ne olduğunu anlayamadı.

"Buna hiç şüphem yok!" Hayat hafifçe gülümsedi. Gözlerinde muzip ışıltılar vardı. "Muhtemelen bitki çaylarına da bayılıyorsunuzdur."

"Ah. Kesinlikle. Onlar olmasaydı ne yapardım bilemiyorum." Deryal, Hayat'a göz kırptı. Tunç, annesinin şaşkınlıkla çatılan kaşlarına baktı. Herkesin bu konuşmanın içindeki gizi merak ettiğini anladı. "Her neyse, bahçe konusunda anlaştık mı?"

Hayat, "Elbette. Çok memnun olurum," dedi.

Burcu, "Lütfen, bana bahçıvanlık işine tekrar soyunma fikrini aklına getirdiğini söyleme. Çiçeklerime zarar vermeni istemiyorum," diye hayıflandı.

"Asla! Hiçbir şekilde herhangi bir canlı türüne katliam yapmaktan hoşlanmıyorum. Bu konuda Hayat'ın bana engel olacağına eminim." Annesi ve babası birbirlerine bakıp gülümsediler.

Hayat, genç adam ona dokunmadıkça durumu çok güzel idare etti. Ve Tunç bir şekilde sıkıştırıp kızı öpmemek için ellerini sürekli zapt etmek zorunda kaldı. Böyle yakıcı bir istekle başka bir kadını istemiş miydi? Hatırlamıyordu. Ama bunun duygularının da işin içine karışmasıyla böylesine yoğun bir hal aldığını tahmin ediyordu. Yemek masasından kalkıp oturma gruplarına yerleştiklerinde, kızın yüzünden başka bir yere nadiren odaklanabilmişti. Gözlerini dikip ona bakmasından huzursuz olduğunu biliyordu, ama bir şekilde onu huzursuz etmek de hoşuna gidiyordu. Sonunda geç bir saatte daha sonra yeniden -en kısa zamanda- görüşmek üzere evden ayrıldılar.

Tunç, arabaya binip yola koyulduklarında kendisini tekrar başlangıç çizgisine geri dönmüş buldu. Hayat bir süreliğine açtığı kapıları tekrar kapamış, duvarlarının arkasına saklanmıştı. Ve Tunç kafasını direksiyona defalarca vurmaktan kendini son anda alıkoymuştu.

12. Bölüm

"Sanırım bu kızı seveceğim."

Gürkan, karısına yandan bir bakış attı. Çok nadir cadılığı tutan karısının Hayat'ı yemek boyunca üzeceğini düşünmüştü. Hafiften alaycı bir tavırla, "Birkaç saat öncesinde ondan nefret ettiğini sanıyordum," dedi.

"Öyleydi!" Genç kadın omzunu silkti. Ardından yüzünde hüzünlü bir gülümseme belirdi. "İki yıldır evliyiz ve Tunç bu iki yılda evimize bir kez adım atmadı." Gürkan, hafif yağan yağmurda dikkatle yola bakıp şerit değiştirdi. "Tunç'u bir şekilde yakınımızda olmaya teşvik eden herkesi ve her şeyi sevebilirim." Omuzları çöktü. "Zaten Hayat'a da onu bizden daha çok uzaklaştırdığı için kızmıştım."

"Tunç'u biliyorsun. Yıllar öncesinde buna alışman gerekiyordu." Gürkan omuz silkti. "Sonuçta her zaman uzaktı. En azından bana böyle söylemiştin."

Melek kederli bir mırıldanmayla, "Doğru! Babam hâlâ bu konuda kendisini suçluyor," dedi.

"Yapabileceği ne varsa yapmış. Tunç'a fark ettirmeden birçok çocuk psikiyatristiyle görüştürmüş. Hepsi de üzerine gitmenin bir fayda sağlamayacağını söylemiş, öyle değil mi?" Gürkan karısının kendisini de bu konuda bir şekilde suçlu hissettiğini biliyordu.

"Evet. Ama babam hâlâ onu iyice bir pataklamadığı

için hayıflanıyor. Ben de onunla aynı fikirdeyim." Sinirle güldü. "Belki o zaman her şey daha farklı olurdu."

"Saçmalıyorsun meleğim."

Melek, huysuzca omuz silkti.

Gürkan bir süre sonra, "Araları iyi değil," diye belirtti.

"Evet. Bu çok kötü!" Gözleri irileşerek kocasına döndü. "Ona nasıl baktığını gördün mü?"

Gürkan onaylarcasına başını salladı. "Görmemek elde mi? Çaresiz, âşık ve özlemle." Keyifsizce iç çekti. "Tunç, kıza yakın olabilmek için yardımımıza başvurdu."

"Evet. Ve ayrıca sana da teşekkür etmeliyim."

"Rica ederim." Tek kaşını kaldırarak, "Ödülüm ne?" diye sordu. Dudaklarına çapkın bir gülümseme yerleşti.

Melek kızararak ona bir yumruk attı. "Konumuz bu değil." Gürkan hüzünle iç çekerken karısı düşüncelere dalarak başını yana eğdi. "Hayat, ondan kaçıyormuş gibi görünüyor."

"Aynen öyle yapıyor."

"Neden acaba? Belki de Tunç'tan hoşlanmıyor." Melek'in bedeninden ani bir öfke dalgası gelip geçti.

Gürkan yumuşak bir tonla, "Mantık yürüt," dedi. "Tunç kolay biri değil. Hatta benim tanıdığım insanlar arasında en zoru! Evlendikleri gün bir silahı olsaydı kızı vuracakmış gibi görünüyordu." Kaşlarını kaldırdı. "Ve bunu yapsaydı zerre kadar vicdan azabı çekmezdi."

Melek yüzünü buruşturdu. "Allah'ım! Kızın canını yakmış olmalı."

"Şimdi de onu kazanmaya çalışıyor."

"Umarım başarır."

"Çok zor gibi görünüyor."

▲▼▲

Genç adam arabanın konsolundaki müzik sistemine uzanıp bir düğmeye bastı. Sevdiği bir rock müzik grubunun diğerlerine nazaran daha yumuşak parçası aracın içindeki sessizliği doldurdu. Vites değiştirdikten hemen sonra yanındaki bedene kaçamak bir bakış attı. Yine kendi tarafındaki cama başını çevirmiş ve yine o kahrolası suskunluğuna geri dönmüştü.

Tunç, ona sesini duymak istemediğini söyleyen diline lanet ediyordu. Onun yerine defalarca dilinin kopmasına razıydı. Çünkü Hayat, onunla konuşmuyor, berrak sesini kendisinden esirgiyordu. Kıza olan düşmanca bakışlarından dolayı gözlerine lanet okuyordu. Eğer onun kendisini affedeceğini bilse gözlerini kaybetmeye razıydı. Çünkü Hayat, ona bakmamak için elinden geleni yapıyordu. Öyle geçit vermez bir duvar örmüştü ki, asla ama asla ona ulaşamıyordu.

Öfkeleniyor, köpürüyor, kuduruyor, yumuşak davranıyor yine de bir duvarla karşılaşıyordu. Günlerdir ziyaret edebilecekleri tüm yakınlarını ziyaret etmişlerdi. Hayat, bu anlarda başkalarına sıcak gülümsemelerinden, gülüşlerinden, samimi bakışlarından yolluyordu. Ancak çok zorda kalmadıkça asla Tunç'la iletişime geçmiyordu. Çoğunlukla sözlerini duymamış, arada kaynamış gibi yapıyor, kaçabildiği kadar kaçıyordu. Tunç'un sabrının sınırları zorlanıyor, sanki çatırdamasını duyuyor gibiydi. Ve sonra onun katlandıkları tek tek zihnine sızıyordu. Sonrasında da ayaklarına kapanıp yalvarma dürtüsüne karşı koymak zorunda kalıyordu. Yapmak istemediğinden değil, Hayat bunu kabul etmeyeceğinden karşı koyuyordu. Özellikle karmaşık bir karakter yapısına sahip olan kendisi için bile bu kafa karışıklığı ve duygusal karmaşa fazlaydı.

Sabretmek için elinden geleni yapıyor ama onu sadece delice kızdırdığında bir tepki alabiliyordu. Eh... Buna da razı gelmek zorundaydı ki zaten kızın çıldırması hoşuna gidiyordu. Tunç kahkaha atarken, o topuklarını yere vurarak kaçacak delik arıyordu. Şimdi ne yapması gerektiğini bilemiyordu. Ziyaret edecekleri bir yerleri kalmamıştı.

Kızın ertesi akşam mutlaka gidecek bir yerler bulacağını biliyordu. Bir şeyler yapması gerekiyordu fakat takır takır işleyen beyninin çarkları sanki durmuştu.

Ziyaretler sadece onu, Tunç'un yanında tutmaya, hatta kırık dökük birkaç cümle koparmaya, Hayat hakkında bir sürü bilgi edinmeye yaramıştı. Çayını tek şekerli içiyordu. Fakat kendisi gibi o da kahve tutkunuydu. Pizza-kola ikilisine bayılıyordu. Siyah ve kırmızı renklerinden hoşlanıyordu. Adana'yı, taşra yaşantısını şehrin gürültüsüne tercih ediyordu. Bunlar küçük şeylerdi ancak genç adam bunları öğrenmekten bile büyük bir mutluluk duyuyordu. Ama aralarındaki buzlar ve duvarlar sanki daha da artmış, Hayat her günün sonunda ondan daha da kaçar olmuş, sinirlense bile tepki vermemek için elinden geleni yapar olmuştu.

Hayat'ın ona karşılık olarak yaptığı tek bir şey vardı. Hoşlanmadığını bildiği için, zor durumda kaldıkça başkalarının yanında Mirza adını kullanmasıydı. Tunç, ismi sevmiyor olsa da onun bu tepkisi karşısında öfkelenmek aklının ucundan geçmiyordu. Aksine Mirza adı dudaklarında oldukça güzel duruyordu. Ama başka hiçbir tepki yoktu. Hayat'ın daha da içine kapanmasından başka eline geçen hiçbir şey yoktu! Bu da genç adamı paniğe sevk ediyor, daha çok üzerine gitmesine neden oluyordu. Boka batmıştı ve çıkış yolu hakkında hiçbir şey bilmiyordu.

"Daha erken! Bir yerlere gitmek ister misin?" Tabii ki cevap vermeyeceğini biliyordu ama kendisine bir türlü hâkim olamıyordu. Belki işe yarar umuduyla, "Arkadaşlarını da davet edebilirsin," diye ekledi.

Sanki yanında nefes alıp veren şahane bir yaratık yoktu da, kendi kendine konuşuyordu. Hiçbir tepki yoktu. Ne bedeninde bir kıpırdama ne nefes alışverişinde bir farklılık... Onu duyduğu ya da onun varlığının orada olduğunu bildiğine dair hiçbir işaret yoktu. Genç adam sonunda bıkkın bir nefes çekti. Akşamın henüz dokuzuydu ve Tunç, onunla bir şeyler yapmak istiyordu. Akla gelebilecek herhangi bir şey... Ah. Tabii ki onu en çok yatağında istiyordu. Ve bedenindeki sırları tekrar, tekrar ve tekrar keşfe çıkmak istiyordu. Bilmediğinden değil! Aslında onun nasıl bir sıcaklığa, sıkılığa sahip olduğunu, nasıl vahşi bir dişi olduğunu bildiği için arzusu kimi zaman katlanılmayacak noktaya varıyordu. Karnının alt bölgesinde bir titreme olurken ateş gibi bir sıcaklık ensesinden aşağıya, bel kemiğine doğru hızla inip bedenini titretti. Allah'ım! Onu öylesine istiyordu ki aklını kaçırmak üzereydi.

Garaj kapısından içeri girip arabayı park etti. Hayat her zaman ki gibi onu beklemeden kapıyı açıp aşağıya atladı ve asansöre yöneldi. Tunç, asansör garaj katına inmeden aheste adımlarla kapıları kilitleyip yine aynı adımlarla yanına ulaştı. Aynı anda asansör indi. Açılan kapıdan içeriye girdiler. İki yabancı gibi...

Tunç, bedenini ona çevirip biraz daha yaklaştı. Hayat'ın onunla asansöre binmekten nefret ettiğine emindi. Genç adam merdiven yolunu kapadıkları için oldukça memnundu. Onunla çok fazla yakın durdukları bu fırsatı asla kaçırmıyordu. Elini uzatıp saçlarına dokundu. Yumuşaklığını derisinde hissetti ve burnuna götürüp derin bir iç çekti. İçine çektiği havanın tadındaki farklı aroma kemiklerine kadar inen bir arzu seline yol açtı. İpeksi, kaygan saçlar parmak uçlarının arasından aşağıya süzüldü. Hayat, hiçbir şey olmamış gibi karşıya bakıyordu. Tekrar saçlarını eline alıp aynı hareketi tekrarladı. İki parmağının tersiyle boynundaki pürüzsüz tene parmaklarını sürttü. O yutkunduğunda, deri parmaklarının altında hafifçe titreşip tekrar eski formunu kazandı. Tunç, onu o akşam her zamankinden daha çok istiyordu. Bedeninin her milimini dudaklarında hissetmek, kızı arzudan kıvrandırmak, çığlıklar atmasını sağlamak istiyordu.

Ve yine sadece istediğiyle kalacak ve kafasını sivri bir yerlere vurmamak için sürekli kendisine hâkim olmak zorunda kalacaktı. Gerçi kafasını vurmasa da canı öylesine yanıyordu ki, çıldırmak üzereydi.

"Acaba çektiğim eziyeti bilseydin bana acır mıydın?" diye saçlarına doğru fısıldadı. Hayat titredi ve tekrar yutkundu. Ama duruşunu bozmadı. Tunç, onu tekrar sıkıştıracakken aniden kapıları açılan asansör kızın imdadına yetişti. Genç kız aceleyle kendisini dışarı atarken, o başını arkaya atarak derin bir iç çekti. Asansörden çıkarken öfkesine hâkim olabilmek için parmakları burun kemerini sıkıştırdı. Hayat, çoktan içeri girmiş, topuklu ayakkabılarından çıkan aceleci ses daireyi doldurmuştu. Genç adam ağır adımlarla arkasından ilerleyip içeri girdiğinde kapıyı kapadı. Başını kaldırıp ona baktı. Hayat, seri hareketlerle raflardan kıyafetlerini aldı. Ve saatine bakarak aceleyle kapalı bölüme girip kapıyı kapadı.

Genç adam ceketini çıkarıp astı. Mutfağa ilerledi. Sert bir şeylere ihtiyacı vardı, fakat sadece birayla yetinmeye karar verdi. Kafasının içinde kocaman bir soru işareti belirdi. Hayat'ın acelesi neydi ya da niyeydi? Ders mi çalışması gerekiyordu? Zaten tüm gün saatine bakıp durmuştu. Bunu Ömer amcalarda yemekteyken de fark etmişti. Kız erken kalkabilmek için elinden geleni yapmıştı. Belki de vize haftasıydı. Birasını açıp bardağa gerek duymadan kafasına dikti. Bir yudum alırken Hayat dışarı çıktı. Bira Tunç'un boğazında kaldı. Ağzındaki sıvıyı püskürtmemeye çalışırken boğazı acıyarak, zorlukla midesine gönderdi. Ve öfkeyle kararan gözlerini kızın üzerinden ayırmadan birkaç kez öksürdü.

Hayat kıçının dibinde bir mini etek giymiş, ince siyah bir çorapla kaplanmış bacaklarını ortaya sermiş, oldukça yüksek, ince topuklu siyah ayakkabılarla zaten ağız sulandıran görüntüsünü daha fazla seksi kılmıştı. Genç adam dişlerini birbirine kenetledi. Kaslarının aniden gerilmesiyle tüm bedeni titredi. Siyah, mini eteğin üzerine giydiği dar kesim gömleğin üstten üç düğmesi açık bırakılmış, kızın gerdanı insanın dokunmak istemesine neden olacak şekilde gözler önüne serilmişti. Onu hiç böyle giyinirken görmemişti. Hem de hiç! Baştan aşağıya erotik bir görüntü sergiliyordu. Tunç, onun bu haline çılgınca öfkelenirken bile uyarılmasına engel olamamıştı. Karın bölgesindeki kasılmaları görmezden gelerek birasını sertçe tezgâha bıraktı. O, çantası ve ceketini alırken sert adımlarla yanına ulaştı.

Kız çantasını kurcalarken, Tunç ona uzanan ve kolunu sıkıca kavrayan kendi parmaklarını izledi. Hareketlerinin daha beynine emir vermeden gerçekleştiğini fark etti ama umursamadı. Hayat sıçradı fakat ona bakmadan kolunu çekmeye çalıştı. Genç adam kolunu daha sıkı kavrayarak başını bedenine eğdi. Konuşabilmek için yutkundu. "Bu halde nereye gittiğini öğrenebilir miyim?" Renksiz ve alçak sesindeki tehditkâr ton, Hayat'ın gerilmesine neden oldu. İpeksi sesin barındırdığı öfke patlamak üzere olduğunun habercisiydi. Genç kız kolunu tekrar çekmeye çalıştı. "Bana bu kılıkla ve akşamın bu saatinde nereye gittiğini söylemeden daireden dışarıya adımını atamazsın!" Kenetli dişlerinin arasından öfkeli bir soluk çekti. Öfkesi öylesine şiddetliydi ki, ensesinden yakalayan endişe ürpertisini gizlemeyi başarabiliyordu.

Hayat başını ona çevirdi. Açık kahverengi gözleri siyaha çalmıştı. Yüzünü kaplayan ipeksi derisi gergef gibi gerilmiş, çenesi öfkeden titriyordu. Ancak Tunç, tüm bu hiddet ve öfkenin altında yatan endişeyi görebilmişti. Hiddetiyle gizlemeye çalıştığı korkusu onu daha da narin göstermiş, üzerindeki kıyafetleri tamamen uyumsuz kılmıştı. Bir an onu kucaklamak istedi ama Hayat'ın titrek bir sesle söylediği sözcükler onu dondurdu.

"Ne sıfatla?"

Sarf ettiği sözlerden çok, onun görüşündeki gerçeklik vurmuştu genç adamı. Gözlerini kapadı. "Kocan olma sıfatıyla," dedi fısıltı kadar alçak sesle.

"Ne kendini ne de beni kandırmaya zahmet etme! Neyin peşinde olduğun umurumda değil. Ama böcek gibi tiksinerek baktığın ve her fırsatta bunu hissettirdiğin birini önemsiyormuş gibi davranman üzerinde çok eğreti duruyor." Hayat burnundan sert bir soluk çekti. "Şimdi ellerini üzerimden çek ve beni rahat bırak."

Tunç ona baktı. Sözlerindeki doğruluk hiddetini daha da yumuşatmış, bakışlarındaki sertlik ani bir değişime uğrayıp çaresiz bir ifade almıştı. "Ne düşünürsen düşün! Seni bu halde dışarı gönderemem." Başını iki yana salladı. "Üzgünüm. Yapamam."

Hayat kolunu öyle bir hızla çekti ki Tunç'un parmakları onun canını yakmamak için açılmak zorunda kaldı. "Lütfen beni umursuyormuş gibi davranmaktan vazgeç. Komik görünüyorsun. Başka bir etkisi olmuyor!"

Tunç, afallamış bir ifadeyle baktı. Aynı anda genç kız ona bir daha bakmadan çıkıp gitti. Karmakarışık duygular bedeninde ürpertiler dolanmasına sebep olurken, genç adam birkaç saniye öylece durup bekledi. Sonunda arkasını dönüp tezgâha ilerledi. Birasından bir yudum alıp aniden bira şişesini televizyona fırlattı. Sertçe ekrana çarpan bira şişesinden fışkıran köpük etrafa saçıldı. Ekran bir çatırdama sesiyle çarpma noktasından kenarlara yayılarak ince çizgiler halinde çatladı. Tunç, tezgâha bir yumruk attı. Parmakları anında ezilmenin etkisiyle kızarıp saniyeler sonra eti kabarmaya başladı. Buna izin vermeyecekti. Hızla kapıya ilerleyip ceketini alıp üzerine geçirdi. Beyni sanki fokurdayan bir kazana dönmüştü. Ona, yanıldığını bir şekilde anlatacaktı. Hayat hakkında hissettiklerini ve benzersiz kıskançlığının nelere mal olduğunu onun bilmesini sağlayacaktı. Karısıydı, âşık olduğu kadındı ve onu geri kazanmak için her şeyi yapacaktı. Ama önce kıza bunu hissettirmesi lazımdı.

Lastikleri yakarak garajdan çıktı. Sadece içgüdüleriyle hareket ederek caddede sağ şeritte giden arabaların içine daldı. Birkaç dakika sonra onu kaldırımın biraz gerisinde, otobüs durağında beklerken gördü. Gergin ve telaşlı görünüyordu. Tunç önündeki arabayı sollayıp basit hasarlarla atlatabileceği bir kazanın eşiğinden döndü. Gazı kökledi. Tam yetişmek üzereyken genç kız önünden geçen taksiye el kaldırdı. Taksi durdu ve Hayat aceleyle bindi. Tunç önce aracın yolunu kesmeyi düşündü ama içindeki merak duygusu daha ağır bastı. Nereye gidiyordu ve bu acelesi neydi? Taksim'in arka sokaklarında tekinsiz gibi görünen bir sokak arasına girdiler. Taksi, canlı, kırmızı bir ışıkla renklendirilmiş tabelası olan bir barın önünde durdu. Adamın bakışları taksiden yine aceleyle inen genç kıza kilitlendi.

Kız hızlı adımlarla, karanlıkta temkinle ilerleyerek barın girişine yürüdü. Barın önünde koruma bile yoktu. Tunç, park edecek bir yer ararken barın içinden gürültü patırtıyla ve sarhoş oldukları her hallerinden belli olan bir grup genç dışarıya adeta savrularak çıktılar. Genç adam arabayı park edip hızla araçtan indi. Grubun elemanlarından biri yüzünde Tunç'un hiç hoşlanmadığı bir ifadeyle arkadaşlarından birini dürttü. Başını öne eğmiş bara girmeye çalışan Hayat'ı işaret etti. Onlara bakmıyor olmasına rağmen durumun kızın hoşuna gitmediği belliydi. Eleman yolunu kapadığında genç kız kaçınmak isterken bir adım yana kaydı. Genç eleman da onunla birlikte kaydı. Tunç, onlara doğru ilerlerken ve bedeni öfkeyle buz gibi olmuşken, Hayat sonunda içeri girmeyi başardı. Ancak genç eleman da ona bir omuz atmayı başarmıştı. Genç kız çok kısa bir an durduktan sonra karanlık girişte kayboldu.

Tunç kararlı adımlarla onlara doğru ilerlerken grup elemanları aralarında şakalaşıyorlardı. Genç adamın yakıcı bir öfkeyle kararmış gözleri ise tek bir kişiyi hedef almıştı.

"N'oldu oğlum? Piliç sana yüz vermedi?"

"Kevaşe... Ne olacak!" Eleman sarhoşluğun da verdiği bir dengesizlikle iki sarsak adım atarken aniden, nereden geldiğini anlayamadığı bir yumruk çenesinde patladı. Genç eleman yere savrulurken aklına *'Allah'ın sopası yoktur'* deyimi geldi. Ama o, sopası olmasa da sert yumrukları olan elçileri olduğunu düşündü. Herif kaldırıma boylu boyunca uzanırken hâlâ yumruğun nereden geldiğini anlayamamıştı. "Ne oluyor lan?" dedi kırıldığını tahmin ettiği çenesini zorlukla hareket ettirerek. Bir itiş kakışın ardından acı bir inleme daha duydu. Başını kaldırıp neler olduğunu anlamaya çalıştı.

Arkadaşlarından biri yalvaran bir tonla, "Ben bir şey yapmadım, abi," diyordu.

Kule gibi bir adam onun kazağına yapışıp yumruğunu geriye doğru çekmişti. Çenesini ovuşturup gözlerini kırpıştırdı. Lan, acaba sızmıştı da rüya mı görüyordu? Arkadaşını dövmekten vazgeçen, dudakları gerilmiş ve siyah gözleri çılgınlar gibi parlayan adam onu sertçe itti. Sonunda bar kapısının hemen yanında yerde duran, barın adının yazıldığı tabelaya çarpıp dengede durmaya çalıştı. Adam, bir kez daha onlara bakmadan üzerine çekidüzen verdi. Bar kapısından içeri girip kayboldu. Sanki üç kişiye biraz önce asfaltı öptüren ve birini azat eden o değilmiş gibi...

Peltekçe, "Buna ne derler biliyor musunuz?" dedi ve kendi kendine kıkırdadı. "Şeytan çarpması!"

▲▼▲

Tunç zifiri karanlık barın içine daldı. Loş ışıklara gergince baktı. *'Yanmasalarmış da olurmuş'* diye düşündü. Göz gözü görmüyordu. Barın içinde de ağır bir koku vardı. Hayatının hiçbir döneminde adım atmayacağı böyle bir yerde Hayat'ın ne işi vardı? Dişlerini biraz daha sıkarsa kırılabileceklerini düşündü. Çenesi ve bedenindeki kaslar gerilimden dolayı sızlıyordu. Birbirine uyumsuz sesler çıkaran, bunu da bar müşterilerine müzik diye yutturmaya çalışan zevksiz bir grup, baterinin kulakları tırmalayan sesiyle şarkı diye adlandırdıkları gürültüye son verdi. Barın ışıkları bir anda yanarak ortalığı aydınlattı. Ayakta sallanıp dans ettiklerini sanan insanların yüzlerinde tek tek gözlerini gezdirdi. Allah aşkına, şarkı bitmişti. Onlar ne yapıyorlardı? Hayat, ayakta sallanan grubun içinde değildi. Yıpranmış ve üzerleri keskin aletlerle çizilmiş koyu renk ahşap masaların etrafında oturanlara baktı. Allah'ım! Böyle bir yere adım attığı için karısını ayağından bağlayıp sallandırmak istiyordu.

Seviyesiz davranışlarda bulunan bar müşterilerinden birkaçının otel odası ya da kuytu köşe denen şeyden belli ki haberi yoktu. Tunç tuvaletlerin yerini öğrenmeye çalışırken ceketini çekiştiren bir el hissedip başını aşağıya eğdi.

Dudaklarını kulaklarına kadar geren boya küpünün biri, "Yalnız kovboy!" dedi. "Birine içki ısmarlamak istiyorsan bu kişi ben olabilirim."

Genç adam, kadına bir kez daha bakıp başını iki yana salladı. Ceketine yapışan elini ittirdi. Renksiz ve pürüzsüz bir sesle, "Tuvalet ne tarafta?" diye sordu.

Kadın yüzünü buruşturup başıyla barın hemen arkasındaki karanlık bir koridoru işaret etti. "O tarafta."

Tunç saniye bile kaybetmeden tuvaletlerin bulunduğu kısma ilerledi. Kadınlara ait olan bölümün küçük levhasını görünce kapıdan içeri daldı. Daha sonra ellerini dezenfekte etmeyi aklına not etti. Kapıları tek tek tıklayıp ses gelmeyenleri açarak kontrol etti. Son bir tanesini tıkladığında kabinin içinden, "Dolu be!" diye cırtlak bir ses yükseldi. Genç adam arkasını dönüp çıktı. Neredeydi bu kız? Bir anda karşısındaki bir kat yukarı tırmanan dar merdivenleri fark edip kararlı adımlarla merdivenlere yöneldi. Basamakları üçer beşer çıktı. Koridordaki tek ofisin aralık kapısından canlı bir ışık sızıyor, merdivenlerin bitimindeki dar alanı aydınlatıyordu.

"O yok işte!" dedi kalın bir ses. "Bana güven!"
"Bana öyle söylememiştin!"
Tunç, Hayat'ın sesini duyduğunda bedeninden bir ürperti geçti. Sırtını dikleştirdi. Adımları aralık kapının önünde durdu. Tam içeri girecekken, onun neyin peşinde olduğunu öğrenmenin merakıyla durdu.

▲▼▲

"Barın sahibiyle görüşmeyi tercih ederim." Hayat kulaklarına gelen kendi sesinin endişeli tonunu fark ettiğinde hafifçe yutkundu.

Karşısında duran ve yoğun, kararmış bakışlarını üzerinde dolaştıran Murat, kendisini tedirgin hissettirmişti. Yüzünde yakıcı bir ifade vardı. Bu da Hayat'ın ensesinin karıncalanmasına neden oluyordu. Sabah ders arasında kampüs bahçesinde iş ilanlarına bakarken, Murat uzun bir süre arkasında dikilmiş, genç kız ise bunu fark etmemişti. Çok samimi görünerek ona çalıştığı barda iş ayarlayabileceğini söylemiş, kızın ısrarı üzerine bundan kimseye bahsetmeyeceğine de söz vermişti. Hayat, ona günlük para kazanabileceği bir iş aradığını söylediğinde konuyu patronuyla görüşeceğini, hemen o gece başlamasının mümkün olacağını söylemişti. Saat ona çeyrek kala orada olması gerektiğini, çalışanların giydiği tek tip kıyafeti giymesi gerektiğini anlatmıştı. Genç kız giydiklerinden rahatsız olsa da bu işe ihtiyacı vardı. Teklif, beş kuruşsuz kalan kendisi için parlak bir ışık gibi gelmişti. Ama şimdi bundan emin değildi. Son parasını da geç kalmamak için taksiye harcamış -ve avans alabileceğine güvenmişti- elinde kala kala öğrenci kartına doldurduğu yol parası kalmıştı. Ne kadar olduğunu bilmiyordu fakat tükenmek üzereydi.

"Niye? Ben ilgini çekmedim mi?" Murat'ın alçak ve alaycı sesi hafif bir tehdit tınısı barındırıyordu. Adam sevimsizce güldü. Hayat konuşmak için dudaklarını aralandığında sözlerine devam ederek ona fırsat vermedi. "Zaten okulda da dönüp bir kere bakmıyorsun."

Genç kızın sırtı dikleşti. "Bakmam mı gerekiyordu?" Murat'ın adımlarının çıkardığı sesler havaya yükselerek korkusunun artmasına neden oldu. Murat ağır adımlarla kendisine yaklaşıyordu.

"İlgini çekmek için bir takla atmadığım kaldı." Adam tam önünde durdu.

Genç kız bir adım geri atmak isterken onun art niyetli bakışlarına karşılık meydan okudu. "Bu konuşma hiç iyi-"

"Şişt... Kulağım deliktir bilirsin. Evlendiğini duydum." Bukle bukle saçlarına uzandığında Hayat başını geriye çekti. "Arkadaşların bazen çenelerini tutamıyorlar." Başını yana eğerek genç kıza baktı.

Ahmet! Allah'ım! Hayat, arkadaşının dilini koparmak istiyordu.

"Bunu biliyor olman güzel. Evlendim ve asabi bir kocam var!" Tehdidinin işe yarayabilmesi için içinden dualar ediyordu.

"Ama sanırım bu asabi koca sana karşı çok ilgisiz." Dilini şaklattı ve başını yana eğip keskin, yeşil gözlerini Hayat'ın gözlerine dikti. "Seni ilgiye boğabilirim ve ilgili bir erkek tarafından sevilmenin ne kadar zevkli olduğunun farkına varabilirsin."

Hayat, onun sevilmekten kastının kendisinin bildiği türden sevilme olmadığını anlayacak kadar bir şeyler biliyordu. "Şimdi tamamen saçmaladın işte!" Genç kız arkasını dönüp gitmek için harekete geçti.

"Sanırım seni bu gece yanımda, çok yakınımda tutacağım." Adam kolunu beline doladığında, Hayat irkilerek keskin bir soluk aldı. Boğazına yapışan korkunun baskısını göndermek için sertçe yutkundu.

Etkili olacağını umduğu bir tınıyla "Bana dokunma!" dedi.

Murat, onu kendisine çevirip diğer elini de ensesine yerleştirdi. "Ama dokunacağım!"

Hayat'ın bedeni korku içinde titremeye başlamıştı. Ondan kurtulabilmek için ellerini göğsüne dayayıp sertçe ittirdi. Hiddetle bağırarak, "Bırak beni!" dedi.

Sonra beline yapışan elleri hissederek güçlü bir çığlık attı. Kimse onu duymuyor muydu? İki kişiydiler. *'Allah'ım yardım et!'* dedi içinden. Bir anda kenara savrulurken iri bir beden Murat'ın üstüne atılıp art arda yumruklarını savurmaya başladı. Murat'ın yüzüyle yumrukların her birleşmesinde, kulağına çatırdamalar çarpıyordu. Sonunda şaşkına dönmüş ve suratı anlamsız bir şekilde kırmızı boya çalınmış bir tabloya dönen Murat'ın burnunun üzerine bir kafa attı. Aman Allah'ım! Mirza...

Murat yakasını tutan Mirza'nın ellerinden kurtulup arkaya doğru savruldu. Ağzından kanlar püskürürken yere düştü. "Seni piç!" diye bağırdı.

Hayat şaşkınlıkla donup kalmış olmasına rağmen korkunun bedenini terk ettiğini, bir güven duygusunun onun yerini aldığını hissetti. Murat dirseklerinin üzerine doğrulup saldırmak için harekete geçtiğinde, Mirza dizlerini kırıp eğildi. Bir dizini onun göğsüne bastırırken zarif parmakları onun çenesini sıkıca kavradı. Murat, onun baskıcı tutuşuyla ürkek, şaşkın bir balığa benzemiş, dudakları öne uzamıştı.

"Bir kez daha karıma el sürersen parmaklarını tek tek yerinden koparırım." Soğuk sesindeki karanlık tını Hayat'ın tüylerini ürpertti. "Ama bu bana yetmeyeceği için kollarını da parmaklarının yanına gönderirim." Ona doğru biraz daha eğildi. Hareketiyle omuzları daha da dikleşirken ürkütücü bir görünüm sergiledi. Allah'ım! Bir de Hayat bu adama sürekli saldırıp duruyordu. "Değil önünde takla atmak, ona bakmayacaksın bile!" Başını korkuyla geriye çekmiş olan Murat'ın gömleğinin yakasını nazikçe düzeltti. Sonra eli havaya kalktı. Parmakları kapanırken işaret parmağı kanca şeklinde kıvrıldı. "Yoksa gözlerine veda etmek zorunda kalırsın. Bunun yanında, okul hayatına da veda etmen gerekir ve gerçekten ilgili bir koca nasıl olur anlarsın." Mirza burnunu çekti. "Beni anladığını umuyorum." Murat, hızla başını aşağı yukarı sallamaya başladı. Mirza, başını eğerek kulağını ona uzattı. "Duymadım?"

"Anladım, abi. Çok iyi anladım."

"Güzel." Murat'ı serbest bıraktı. Doğrulup bedenini Hayat'a çevirdi. Genç kız, onun ifadesi karşısında yutkunmak zorunda kaldı.

Mirza, ona doğru gelirken gözlerini üzerinden hiç ayırmadı. Eğer o çıkıp gelmeseydi, bu gece Hayat için hiç iyi şeyler olmayacaktı. Bunun için ona minnet duyuyordu. Fakat boyun da eğmeyecekti. Genç adam tam önünde durdu. Parmakları bileğine uzanıp sıkıca kavrayarak Hayat'ı da kendisiyle birlikte çekiştirerek ofisten dışarı çıktı. Tutuşunun sıkılığından genç kızın bileği sancıyordu.

Merdivenlerden aşağıya inerken, "Bırak beni! Canımı acıtıyorsun!" diye bağırdı Hayat. Mirza, onu bırakmak yerine hızını arttırıp daha çok çekiştirdi. "Sana kolumu bırak diyorum," diye tısladı. Artık adama yetişemiyor, tökezleyip duruyordu. Dizginlenemez bir hiddete kapılan Mirza'yı durdurmak için ayaklarını yere bastırdı. Boş bir çabayla kolunu tekrar çekiştirdi. Ancak bu hareketi sadece ayakkabısının çıkmasına neden oldu. "Mirza!" diye haykırdı sonunda. "Durur musun, lütfen?"

Genç adam sesini yükselterek, "Hayır!" dedi.

Çevredeki insanların şaşkın bakışları, tezahüratları ve alkışları onlara yönelmişti. Hayat çıplak ayağının üzerine bastıkça zeminin soğukluğunu teninde hissediyordu. Topallayarak yürümeye devam ederken sonunda tepesi attı. "Ayakkabım çıktı," diye bağırdı. "Kes artık şunu!"

Mirza aniden durunca, ona çarpmaktan son anda kurtuldu. Genç adam önce onun yere değmemesi için hafifçe kaldırdığı ayağına baktı. Sonra loş ışıkla aydınlatılmış barın zeminini araştırdı. Gözleri bir noktaya kilitlendikten sonra sanki bunu yapmakta zorlanıyormuş gibi homurdanarak Hayat'ın bileğini bıraktı. Ayakkabıya doğru ilerledi. Eğilip zeminden aldı ve tekrar genç kıza döndü. Hayat, sinirden titreyen elini ona uzattı. Genç adam elini görmezden gelerek bir anda önünde diz çöküp, büyük eliyle ayağını kavrayınca dudaklarından şaşkınlıkla bir inilti çıktı. Ayağını çekmeye çalıştı ama tabii ki adama bir etkisi olmadı. Genç adam, ayakkabıyı kızın ayağına geçirip doğruldu.

Buz gibi bir sesle, "Seni kucağımda taşımamı ister misin?" diye sordu.

Hayat, bir adım geri çekilirken, "Hayır," diye soludu.

Mirza tekrar eline uzandı. Bu defa parmakları genç kızın parmaklarının arasından geçti. "O halde bana karşı gelme. Yoksa seni bir un çuvalı gibi omzuma atarım."

Hayat, bir süre adama dik dik baktı. Sonunda onunla inatlaşmaktansa, bir an önce bu lanet yerden çıkmak istediğini fark etti. Usulca başını salladı. Mirza da sertçe başını eğerek, tekrar -ama daha ağır bir tempoyla- yürümeye devam etti. Bardan çıktıklarında, bir anda bardaktan boşanırcasına yağan yağmurla karşılaştılar. Hafif eğimli olan sokağın asfalt yolunda aşağıya doğru neredeyse bileklere gelecek kadar, sel gibi yağmur suyu akıyordu. Tunç alçak sesli bir küfür savurdu. Hayat'a baktı. Ve ceketini çıkarıp onun itirazları arasında saçlarını kaplayacak şekilde üzerine geçirdi. Anahtarlarını cebinden çıkarıp elinde tuttu. Barın onları koruyan tentesinin altından çıkmadan önce genç kızı kucakladı.

Hayat, onun enfes kokusunu taşıyan ceketinin sıcaklığıyla üşüdüğünü ancak fark ederken, kaslarının bu sıcaklıkla sızlayarak gevşediğini hissetti. Tenine iğne batırıyorlarmış gibi hissediyordu. Mirza yağmurun altında hızla arabaya ilerledi. Genç kız, onun ceketinin korumasında, yağmur damlaları başının tepesinde 'pıt pıt' sesleri çıkarırken adamın kendisini takip ettiğine memnun olduğunu düşündü. Genç adam aracın yolcu kapısını açıp Hayat'ı koltuğa yerleştirdi. Genç kız, üzerindeki ceketi çıkarırken, Mirza aracın çevresinden dolaşıp hızla arabaya bindi.

Saçlarından ve yüzünden aşağıya süzülen damlalar zaten sırılsıklam olan kalın gömleğinin omuzlarına düşüyordu. Mirza elini ıslak saçlarının arasından geçirdiği sırada genç kız ceketi ona uzattı. Genç adam ona baktı, ardından homurdanarak başını iki yana salladı fakat ceketi almadı. Hayat ceketi uzun süre öylece havada tutup bekledi. Sonunda arka koltuğa bıraktı. Göz ucuyla motoru çalıştıran genç adama baktığında görüntüsünün karşısında kalbinin kıpırdanmasına engel olamadı. Mirza, arkasına yaslanıp rahat bir duruşla ilerledi. Koltuk da ıslaklıktan nasibini almıştı ama genç adam sanki hiç ıslak değilmiş, soğuktan etkilenmemiş gibi görünmeyi bir şekilde başarıyordu. Hayat derin, titrek bir nefes çektiğinde Mirza kısa bir bakış atıp tekrar yola döndü. Onun kendisine bağırıp çağırmasını bekliyordu ama adam sessiz kaldı.

Hayat, onun yakınında olmaktan huzursuzluk duyuyordu. Duyuyordu çünkü tekrar ona kapılması an meselesiydi. Onunla konuşmaya çalışıyor, onun için bir şeyler yapıyor, Hayat'tan herhangi bir tepki görebilmek için çırpınıyordu. Niye? Hayat ona güvenmiyordu. Onun ne amaçladığını asla tahmin edemezdi. Fakat ne olursa olsun, zarar gören yine, zaten parçalara ayrılmış olan kalbi olacaktı. Mirza hiçbir şey olmamış gibi kolaylıkla yoluna devam edebilirdi. Arkasında bir enkaz bırakmış olmak umurunda olmazdı. Bunun için adamın tüm hareketlerine ve girişimlerine karşı kayıtsız davranmak için tuzla buz olmaya çok yakın olan iradesini insanüstü bir çaba harcayarak zorluyordu. Ama kimi zamanlarda öyle sevimli, can alıcı ve göz kamaştırıcı oluyordu ki bedenindeki kemikler dâhil hamur kıvamına geliyor, genç kız ağır ağır eriyormuş gibi hissediyordu.

En çok da asansöre her binişlerinde ve Mirza, onu sıkıştırdığında hızla atan, kocaman bir yürek oluyordu. Sadece onun kokusuyla dokunuşlarını hissedebiliyordu. Mantığını yerden alıp kullanması, onun yaptıklarını hatırlaması uzun dakikalarını alıyordu. Bir de, Hayat sinirden aklını oynatana kadar onunla uğraşması vardı. Biraz daha böyle devam ederse adamın kafasını yaracağını düşünüyordu. Öylesine öfkelendiriyor, Hayat herhangi bir tepki gösterene kadar onu öylesine zorluyordu ki, gözleri sonunda öfkeden kızıl görmeye başlıyordu.

Tunç arabayı garaja park etti. Arkaya uzanıp ceketini alırken, Hayat çoktan aracın dışına çıkmıştı bile. Genç adam göğsüne yapışan gömleği iki parmağıyla kavrayarak çekiştirdi. Ardından yüzünü buruşturarak burnunu çekti. Sonra başını iki yana sallayarak asansörü bekleyen Hayat'ın yanına ilerledi. Geliş yolunda sessiz kalmaya çalışarak öfkesinin biraz olsun dinmesini beklemişti, ancak hiçbir işe yaramamıştı. Hâlâ iç organlarını bile sarsacak kadar yoğun bir öfkeyle doluydu.

Ya gitmemiş olsaydı? Gözlerini kapatıp kesik kesik bir nefes çekti. Bunu düşünmek bile istemiyordu. O orospu çocuğunun Hayat'ın üzerine eğilmiş, kolunu beline dolamış görüntüsü aklına yer etmişti. Daha önce onu böylesine darmaduman eden yoğun bir hisle karşılaşmadığı için resmen tepetaklak olmuştu. Onu giydiği elbiseden soluduğu havaya kadar kıskanıyorken, bir başkasının ona yakın durması çileden çıkmasına neden olmuştu. Tek parmağını taktığı ceketini omzuna atıp Hayat'ın yanında durdu. Ona bakmadı. Kendisinin kıza öyle, o piçin durduğu kadar bile yakın duramamış, görüntüye göre de duramayacak olması artık gücünü tüketiyordu. Elbette ona soruları vardı ama daireye çıkana kadar bekleyebilirdi. Asansörde her zaman yaptığı gibi onunla uğraşmadı.

Yoksa aynı o piç kurusunun duruma düşecek ve onu öpmeye kalkacaktı.

Daireden içeri girdiler. Hayat üzerini değiştirmek için önce raflara, ardından kapalı alana ilerleyip gözden kayboldu. Tunç bedenini yakan histen biraz olsun kurtulabilmek için duş almaya karar verdi. Kendisi duş yaparken ne yapacağını şaşıran Hayat'ı izlemek, belki onun öfkesini biraz dindirebilirdi.

Ama hayır. Yatıştırmadı. Üzerini giyip kızın tam karşısındaki tekli koltuğun arkasına geçerek durduğunda, genç kızın yine o yokmuş gibi davranmasıyla birden patladı.

"Orada ne işin vardı?"

Hayat başını kaldırıp ona baktı. Koltuğun üzerine tünemiş, dizlerini kendisine çekmiş ve kollarını etrafına dolamıştı. "Seni ilgilendirmez."

Tunç konuşmasını beklemediği için bir an şaşkınlıkla bocaladı fakat bunu saklamayı başardı. Sonra kızın korkusunu fark etti. Aslında fark etmekten çok hissetti. Sanki sakin görünüşünün altına gizlenmiş korkusunun kokusunu duymuştu. Ve sanki tenini karıncalandırmıştı. Daha yumuşak bir tonla, "O orospu çocuğu sana zarar verebilirdi," dedi. Ancak dişlerini sıkmasına engel olamamıştı. Elleri, arkasında durduğu koltuğun sırtlığını sıkıca kavradı. "Ve benim nereye gittiğinden bile haberim yok!" Kendi sesindeki çaresizliği duyduğunda yüzünü buruşturmamak için kendini zor tuttu.

"Beni rahat bırak!" Hayat alnını dizlerine dayayıp yüzünü gizledi.

"Bırakmayacağım." Genç kızın yanına ilerleyip bir dizini altına alarak onun tam karşısına oturdu. "Sorularıma cevap verene kadar bırakmayacağım."

"Sana hiçbir şey açıklamak zorunda değilim." Genç kızın sesi, başı hâlâ dizlerine dayalı olduğu için boğuk çıkıyordu.

"Zorundasın! Sen benim karımsın." Durdu. Onu kızdırmak, belki bu sayede bir şeyler öğrenebilmek için aklına geleni söylemeye başladı. "Soyadımı taşıyorsun." Hayat aniden başını kaldırdı. Uzun bir süre ateş saçan, koyulaşmış gözlerini onun gözlerine dikti. Ama cevap vermedi. Tunç azimle devam etti. "O, kıçını bile örtmeyen etekle, berbat bir mekânda, barın sahibiyle neden görüşmek istediğini bana açıklayacaksın!"

Hayat sadece ona bakmaya devam etti. Tunç'un aklına aniden yerleşen bir düşünce, midesinin asit gibi yanmasına ve oturduğu yerde dengesini kaybetmiş hissetmesine neden oldu. İpeksi, aldatıcı bir tonla, "Sevgilin miydi?" diye sordu. "Yana yana aradığına göre öyle olmalı." Dişlerini sıktı. Karısının gözbebekleri, gözlerinin rengini kapatacak kadar irileşti, gözleri fal taşı gibi açıldı. Genç adam kıskançlığının onu yakalayıp ele geçirdiğinin farkındaydı ama buna engel olamadı. Kaşları alayla kalkarken ona doğru eğildi. "Eğer zor durumdaysan yardımcı olabilirim." Pekâlâ, sözlerinin affedilmeyecek kadar ağır olduğunun farkındaydı. Fakat o, yine duvarlarının arkasına saklandığını belli eden ifadesine bürünmüştü. Tunç ise onun tepkisizliğini istemiyordu.

Hayat'ın sinirlerini tutan her neyse onlar kopmuş olmalıydı. Kendine hâkim olup, ona karşı duvar vazifesi olmaktan bir anda sıyrıldı. Koltuktaki yastığı alıp Tunç'un suratının ortasına geçirdi. Hareket aniydi ve genç adam yine fark edememişti. Genç kız sağlı sollu yastıklarla girişirken ve kendisi kahkaha krizine tutulmuşken, ne yastıklardan kurtulabiliyor ne de onu durdurabiliyordu.

"Seni pislik, adi, piç kurusu, manyak!" Hayat'ın sesindeki hiddetle birlikte saf öfkesi ona istediğini vermişti. Ama karısının neden orada olduğu hâlâ karanlıkta saklıydı. Tunç, başını geriye attı. Kahkahaları kıkırdamaya dönüşürken, Hayat parmaklarıyla kolunu sıkıca kavrayıp sıkıştırarak çevirdi.

"Ah. Bu acıttı!" Tunç kaşlarını çattı. Sonunda kolları

genç kızın da kollarını kavrayacak şekilde bedenine dolandı. Yüzlerinin arasındaki mesafe sadece bir karış kalmıştı. Hayat farkında olmadan ona o kadar çok yaklaşmıştı ki, Tunç, kızın buna pişman olduğuna emindi. "Allah'ım!" dedi dalga geçerek. "Her gün karımdan şiddet görüyorum. Bu sende alışkanlık yaptı."

Hayat, "Bırak beni!" diye hırladı.

Tunç daha önce bir kadının böyle hırladığını duymamıştı. Kızın her şeyi gibi öfkesi de farklıydı. Genç adam onun öfkesini de seviyordu. Ona *'seni seviyorum'* demek için dilini ısırdı. Diyebilirdi ama Hayat'ın buna inanmayacağını biliyordu. "Seni bırakmam için bana cevap vermen lazım." Sesinin tonu yumuşaktı. Bir ayağı yerde, diğeri koltuktaydı ve dizini kendisine doğru çekmişti. Hayat tam bacaklarının arasında duruyordu. Ayaklarını kaldırıp bedenine dolayarak genç kızı esareti altına aldı.

Hayat'ın gözleri fal taşı gibi açıldı. "Zorba herifin tekisin. Sana hiçbir açıklama yapmak zorunda değilim. Beni serbest bırak dedim."

Tunç başını iki yana salladı. "Yapmayacağım." Bir şekilde, -zorla da olsa- ona böylesine yakın durmanın verdiği tat öyle güzeldi ki, bundan kopmamak için sonsuza kadar onu kollarına hapsedebilirdi.

Hayat, "Lütfen," diye fısıldadı. Kurtulmak için bir iki kez kıpırdandı. Fakat genç adamın tutuşu çok sıkıydı. O bırakmadan kızın serbest kalmasına imkân yoktu. Tunç yine başını iki yana salladı. Ardından başını uzatarak burnunun ucuna bir öpücük kondurdu. "Yapmayacağım." Dudakları yarım bir gülümsemeyle kıvrıldı. "En azından bir süre," diye fısıldadı. Yanağını öptü. Genç kız soluğunu tuttuğu sırada alnını öptü.

Genç kız, "Öpme beni!" diye terslenirken başını yana çevirdi.

Saçları Tunç'un yüzüne savrulduğunda enfes kokusu burun deliklerinden içeri girip genç adamın bünyesini sarstı. Ona dokunuyor, bedenine yakın duruyor oluşu Tunç'un kıskançlığını ve aklındaki tüm soruları fezaya yolladı. Kan akışı damarlarında hızlanır, saf arzuyla genişlerken, bunu görmezden gelmek için tüm iradesini kullanmak zorunda kaldı. Kızın saçlarına doğru, "Özür dilerim," diye fısıldadı. Başını hafifçe oynattı. Kokusu dalgalanarak aklını bir sis bulutunun sarmasına neden oldu. Hayat, ona baktı. Yutkundu. Titrek bir fısıltıyla, "Özrün kabul edildi," dedi. "Şimdi beni serbest bırak."

Aldığı derin nefesle genç adamın göğsü yukarı kalktı. "Çok güzel hissettiriyorsun," dedi nefesini koyuverirken ipeksi bir sesle. "Bırakmak istemiyorum." Hayat'ın yüz ifadesi, afallamasıyla boşaldığında yine o sersem görüntüsüne kavuştu. Tunç kıkırdadı. "Allah'ım! Bu sersem ifade sana yakıştığı gibi başka hiçbir kadına yakışmaz."

Hayat diklenerek, "Sensin sersem!" dedi.

Genç adamın yüzü hüzünle gölgelendi. "İşte bunu iyi dedin! Ben, kendimden daha sersem birini tanımadım." Onun burnunu tekrar öpmek için uzandığında, Hayat öpüşünden sakınmak için başını arkaya attı. Tunç, hareketiyle gerilen boynunun ipeksi derisine dudaklarını değdirdi. Ve sonra inlememek için dişlerini sıktı. Gözlerini kapadı. Dudakları genç kızın tenindeyken yalvarırcasına, "Özür dilerim," dedi. Genç kızı aniden kaldırıp tekrar karşısına oturttu. Onu bıraktı. Bırakmak zorundaydı, yoksa aklında beliriveren düşünceleri uygulamaya geçecekti. Ve her şeyi berbat edecekti.

Hayat tam karşısında top gibi büzülüp ondan kaçınırken, genç adam arzudan sancıyan bedenini uzaklaştırmak için kalkıp diğer koltuğa geçti. Dirseklerini dizlerine dayayıp başını avuçlarına bırakarak parmaklarıyla saçlarını karıştırdı. Aslında hepsini yolsa belki biraz rahatlayabilirdi.

Hayat kısık sesle, "Teşekkür ederim," dedi.

Tunç aniden başını kaldırıp ona baktı. Fakat onun bakişinin odağı yerdeki küçük yolluktu. Kaşlarını kaldırarak sordu. "Ne için?"

"Bu gece... Orada olduğun için." Genç kız sustu. Tunç fısıltısındaki minneti duymuştu. "Rica ederim." Aslında teşekkür etmesine gerek olmadığını söylemek istedi fakat uzatmak yersiz olurdu. Küçük bir mutluluk hissi arzularını iteleyip bünyesinde yavaş yavaş ilerleyerek Tunç'u sarıp sarmaladı. Gerçi hâlâ kızın o büyük ağzına dalıp kendinden geçirene kadar öpmek istiyordu. Fakat bununla baş edebilirdi. Baş edemeyeceği şey ona tekrar dokunmaktı. Karısının tam bir Doğrucu Davut olması hoşuna gidiyordu. O, her şeyi bir kenara bırakıp, doğrusunun bu olduğunu düşünerek teşekkür edebilecek kadar gönlü yüce bir insandı. Ve Tunç'un ondan öğrenmesi gereken şeyler vardı!

Yumuşak ve ikna edici bir ton kullanarak, "Gerçekten..." dedi. "Eğlenmek için çıkmadığın belli. Orada ne arıyordun?"

Hayat başını kaldırıp baktı. Sonunda! "Gerçekten," dedi düz bir tonla. "Seni ilgilendirmez."

Tunç gözlerini kapayıp başını arkaya attı. Derin nefesler alıp verirken, gülse mi kızsa mı ikilemde kaldı. Başını tekrar kaldırdı. Acı çeker gibi, "Beni deli ediyorsun, kadın!" diye fısıldadı. Hayat gözlerini ondan kaçırmak için başını televizyona çevirdiğinde kaşları şaşkınlıkla havaya kalktı. Aynı anda dudaklarından küçük bir hayret nidası kaçırdı. Kızın ekranı çatlamış televizyona dikkat kesildiğini gördüğünde hafiften dalga geçerek, "Her yönden!" diye ekledi.

Tunç aniden bitkin hissetti. Üzerine sanki tonlarca yük binmiş gibi bedeni ona ağır geldi. Ayağa kalktı. Zaten Hayat konusunda ne kadar zorlarsa o kadar geri tepiyordu. Ve yine onu üzecek kelimeler sarf etmek istemiyordu. Yatağına uzanmak için atılan birkaç adım hiç bu kadar zor gelmemişti. Yatağına uzandığında ani bir titreme bünyesinden geçip gitti. Diş etlerine kadar tüm vücudu sızladı. Tunç aniden gelen titremeyle afallayarak yastığına sarıldı. Sarıldığının aslında Hayat olmasını dileyerek...

▲▼▲

Hayat gecenin karanlığında duyduğu garip seslerle gözlerini açtı. Göz kapakları birkaç kez açılıp kapandı. Kulağına bir inleme ve bir küfür çalındı. Ses cılızdı. Algısı açılırken bir anda doğrulup başını arkaya çevirdi. Mirza'nın yatağına baktı. Adam yatakta diğer tarafa dönmeye çalışıyordu. Ve bunda zorluk çekiyormuş gibi görünüyordu. Bir süre öylece oturup onu izledi. Nesi vardı? Mirza tekrar inleyip kısık sesle bir küfür savurdu. Genç kız, onun yanına gidip gitmemekle kararsız kaldı.

Mirza kendi kendine, "Bu da nesi böyle?" dedi. Sesi hırıltılı çıkmıştı.

Hayat, onu tanıdığı andan bu yana sesinin bir kez bile bitkin ve yorgun olduğunu duymamıştı. Hasta mıydı? Genç kız içini çekti. Bir inleme daha duyduğunda ayaklandı. Aslında bunu yapmamalı, ne hali varsa görsün diye adamı kendi haline bırakmalıydı. Hatta bunu hak etmişti. Ama ne var ki Hayat'ın insanlık yönü daha ağır basıyordu. Sadece sağduyu sahibiydi. Kesinlikle Mirza için endişelenmiyordu. Düğmeye basıp ışıkları yaktı. Mirza'nın yatağına doğru ilerledi. Onun acı çekiyormuş gibi buruşan yüz hatları, içinde huzursuz bir kıpırtı oluşmasına neden oldu. Başucuna kadar ilerledi. Usulca, "İyi misin?" diye sordu.

Mirza'nın başını çevirmesi birkaç saniyesini aldı. Tek gözünü açıp genç kıza baktı ve dudakları zorlukla aralandı. "Üzerine fil oturmuş bir insan ne kadar iyiyse ben de o kadar iyiyim." Bir titremeyle dişlerini sıkıp arasından bir nefes çekti. Genç adam yatak örtüsünü boğazına kadar çekip yine titredi.

Hayat kararsızlıkla ona uzanıp elini hafifçe alnına koydu. Genç adam, "Allah'ım! Lütfen elini çekme. Çok sıcak," diye mırıldandı.

Hayat sesindeki endişeyi saklamaya çalışarak, "Yanıyorsun!" dedi. Elini hızla çektiğinde adam itiraz ederek mırıldandı.

Mirza, "Aslında bana donuyormuşum gibi geliyor," diye fısıldadı.

Genç kız, "Muhtemelen," dedi. O, kendisine bakmadığı için gülümsemesine engel olmadı. "Sanırım bir doktora ihtiyacın var." Başka ne söyleyeceğini bilememişti.

"İnan bana, parmağımı oynatamayacak kadar bitkin hissediyorum." Genç adam yüzünü buruşturdu. Ardından, "Saat kaç?" diye mırıldandı.

Hayat başını kaldırıp bir pusula görünümündeki, küçük bir cihazın duvara ışık yansıtmasıyla oluşan gölge duvar saatine baktı. "Dördü on iki geçiyor," diye bildirdi.

"Lütfen, gidip yatar mısın? Sabaha bir şeyim kalmaz." Tunç'un yüzü acıyla buruştu.

"Bana hiç öyle gelmedi." Genç kız arkasını dönüp mutfağa ilerledi. Küçük bir kap ve temiz bir bez aldı. Küçük kaba su doldurup içine sirke damlattı. Bildiği tek yöntem buydu ve elindekini kullanacaktı. Tekrar yatağa ilerledi. Komodinin üzerine kabı yerleştirip bezi içine daldırdıktan sonra sıkıp Mirza'nın alnına yerleştirdi.

Genç adam, bezin soğukluğunu hissettiğinde gözleri aralandı. "Allah aşkına, ne yapıyorsun?" diye soludu inleyerek. "Zaten donuyorum." Sesi aksi bir çocuğunki gibi çıkmıştı.

"Ateşini düşürmek lazım ve ben de başka bir yol bilmiyorum."

"Bana sarılabilirsin. İnan ki daha iyi hissedeceğim." Genç adamın dudağının bir kenarı hafifçe yana kaydı. "Bu şey berbat kokuyor," dedi sonra yüzünü buruşturarak. Hayat, dudaklarını bastırdı ama yana kıvrılıp gamzesinin belirmesine engel olamadı. "Gördüm. Gamzen belirdi. Gülümsedin!" Hayat, onun sırıtışını fark edince kaşlarını çattı. Sert bir şeyler söylemek için ağzını açtı fakat göğü yaran ani bir gök gürültüsü onu yerinden sıçrattı. Sanki gök gerçekten ortadan ikiye ayrılıyormuş gibi gümbürdeyen ses onu ürkütmüştü.

"Korkuyor musun?"

Hayat, tarazlı çıkan sesiyle başını çevirip ona baktı. Ve gülmemek için kendisini zor tuttu. Alnında ıslak bezle ve büzüşmüş dudaklarıyla komik görünüyordu. "Hayır." Başını iki yana salladı.

"Hımm." Genç adam gözlerini kapattı. "Korkarsan ben seni korurum," diye mırıldandı. Hayat, bir an için onun kendinde olmadığını düşündü. Alnındaki bezi alıp tekrar suya daldırdı. Sıkıp ona döndü. Örtüyü üzerinden çekti.

Mirza kısık sesle, "Üşüyorum," dedi.

Hayat, onun sözlerini umursamadı. Boynuna elinin tersiyle hafifçe dokundu. Ateşi çok yüksekti. Kuru olmasına özen gösterdiği bir sesle, "Üzerindekileri çıkarmalısın," dedi.

Mirza'nın dudakları çapkın bir gülümsemeyle büküldü. "Aklında ne var?"

Hayat bezgin bir halde başını arkaya atıp derin bir iç çekti. Bu halde bile onunla uğraşıyordu. Eğer yüzünün bitkin halini görmemiş olsaydı ve zorlukla kıpırdanıyor olmasaydı, onun hasta olmadığını düşünürdü. Genç kız tekrar ona baktı. Dişlerini sıkarak, "Başından aşağıya bir kova buzlu su boşaltmak var," dedi.

Tunç, sadece sözlerinin etkisiyle bile titredi. "Sarılsan olmaz mı?" diye fısıldadı.

Genç kız onun sözlerine aldırış etmemeye karar verdi. "Üzerindekileri çıkarır mısın?"

Mirza zorlukla doğruldu. Hayat, onun tişörtünü eteklerinden tutup, başının üzerinden çıkarıp kenara attı. Mirza dişlerini birbirine bastırıp, "Çok soğuk," dedi. İnledi. "Bana işkence etmek istemediğinden emin misin?"

"Güzel fikir. Ama ben adil dövüşmeyi severim."

Genç adam bitkin bir tonla, "Bak sen..." dedi ve kendisini bir çuval gibi yatağa bıraktı.

Hayat ıslak bezi onun dirseklerine, koltuk altlarına ve göğsüne sürdü. Mirza sıktığı dişlerinin arasından söylenip dururken, genç kız adamın bedeninin kendisinde bıraktığı etkiyi görmezden gelmeye çalışıyordu. Bezi tekrar ıslatıp alnına koydu. Örtüyü üzerinden çekip aldı. Mirza çocuk gibi örtüyü zorlukla kaldırdığı ayaklarıyla yakalamaya çalıştı ama Hayat buna müsaade etmedi.

"Öcünü alıyorsun, değil mi?" Genç adam inlerken gözlerini kapadı.

Hayat, onun top gibi büzüşmemek için kendisini zor tuttuğunu gergin bedeninden anladı. Terslenerek, "Yardım etmeye çalışıyorum," dedi.

"Eşofman altımı da çıkaracak mıyız?"

Hayat, onun bitkin sesindeki muzip tınıyı duymuştu. "Hayır," dedi sertçe. "Evde derece var mı?"

"Evet."

"Nerede olduğunu söyleyecek misin?"

"Evet." Tunç şiddetle öksürdü.

"O zaman söyle be adam!"

Mirza güldü. "Mutfaktaki ecza dolabında."

Hayat dereceyi alıp geri döndü ve onun koltuk altına sıkıştırdı. Birkaç dakika sonra çıkardı. 39.5 derece ateşle karşı karşıya kalınca gözleri büyüdü.

"Ölecek miyim doktor?" Genç adam şiddetle titreyince dişleri birbirine çaptı. "Lütfen gerçeği benden saklamayın," diye alay etti.

Hayat, onun genellikle güçlü çıkan sesindeki bitkinliği duyduğunda hâlâ nasıl alay edebildiğini anlayamıyordu. İnanamayarak başını iki yana sallayıp kaşlarını çattı. Islak bez bir işe yaramıyordu. Yetişkin insanlarda yüksek ateşin vereceği zararları bilecek kadar da bir şeyler biliyordu.

Mirza, "Allah'ım! Çok ciddi görünüyorsun," diye mırıldandı. "Sadece biraz ateşim var, hepsi o kadar. Sabaha bir şeyim kalmaz. Lütfen, gidip yatar mısın?"

Hayat onun sözlerine aldırmadı. "Eğer kalkabilirsen ılık bir duş alman ateşinin düşmesinde etkili olabilir."

"İnan kıpırdayamayacak kadar bitkin hissediyorum." Mirza alnındaki bezi çekip aldı. Sanki yüksek sesle konuşmak onu yoruyormuş gibi, "Gerçekten," diye fısıldadı. Hayat bunu görebiliyordu. Güzel yüzü yüksek ateşten kızarmıştı, gözleri yorgun bakıyordu. "Üzerimi ört ve uykuna dön!" Genç adam hafif sert bir ton kullanmaya çalışsa da hiçbir etkisi olmadı.

Genç kız bir anda ne yapacağını bilemeyerek, "Ailenden birini aramamı ister misin?" diye sordu.

"Kesinlikle, hayır." Şiddetli bir titreme daha. "Sakın böyle bir şey yapma."

"Neden?"

Genç adam, "Lütfen, beni uğraştırma," diye inledi. "Git ve uyu. Rica ediyorum."

Hayat yine aldırmadı. Babasının kendisi hasta olduğunda yaptığı karışım aklına geldi ve içindeki sızıyı görmezden gelerek mutfağa ilerledi. Dolap kapaklarını açıp kapatarak bir şişe soda bulmayı başardı. Ecza dolabına yöneldi. Allah'a şükür bir gripin vardı. Büyük bir bardağa gripinin tozunu boşalttı. Buzdolabından bir limon çıkardı. Yarısını kesip sıktı, bardağın içine boşalttı. Bir kaşık yardımıyla sodayı yavaş yavaş bardağa dökmeye başladı. Aniden köpüren sodanın taşmaması için sürekli karıştırdı. Tekrar Mirza'nın yanına gitti. "Bunu içmelisin," dedi kararlı bir tonla.

Mirza, zorlukla tek gözünü aralayarak ona baktı. Şüpheyle, "O ne?" diye sordu.

"Bir karışım."

"Beni zehirlemeye mi çalışacaksın?"

Hayat sinirle başını iki yana salladı. "İnanılmaz birisin."

Mirza doğrulmaya çalıştı. "Sadece şaka yapıyordum. Gerçekten o ne?"

"Soda, gripin ve limon."

"Daha önce hiç duymadım."

"Benim bildiğim tek yöntem bu!" Hayat yatak başlığına uzanmış olan adama bardağı uzattı.

Mirza bardağı sıkıca kavrayıp bir yudum aldı. Yüzünü buruşturarak ve öksürerek bardağı ona uzattı. Garip bir sesle, "Berbat bir şey bu!" dedi.

Hayat bardağı almadı ama elindeki kaşıkla bir kez daha karıştırdı. "Hepsini içmen gerekiyor."

"İçmeyeceğim."

Genç kız sinirle, "Ölmeyeceksen de iyi durumda değilsin. Bunu içmelisin!" dedi.

"Bunu içersem bana bir öpücük verir misin?" Genç adam kaşlarını düşürdü. Bu haliyle gerçekten küçük, haylaz bir çocuk gibi görünüyordu.

"Sen delisin!"

Hayat arkasını dönüp gidecekken, Mirza, ona uzanıp pijamasının arkasını kavradı parmaklarıyla. "Şaka yapıyordum. Bu, beni biraz olsun kendimde tutuyor." Genç kızın pijamasını serbest bıraktı. Hayat bir süre öylece durdu, sonra tekrar ona döndü. "Ama bu, öpücük istediğim gerçeğini değiştirmiyor." Genç kızın dudakları hayretle açılırken, adam bardağa tiksintiyle baktı. Burnunu tutarak bir dikişte hepsini bitirdi. Sonra ekşi bir ifadeyle başını iki yana salladı. "Berbat, berbat, berbat..." diye söylenip durdu.

Genç kız arkasını dönüp kıyafet raflarına ilerlerken, Tunç bilincini açık tutmaya çalışarak, gözlerini aralık tuttu ve onu izledi. "Nereye?" diye sordu. İkilemi büyüktü. Hem onun uyuyup dinlenmesini istiyor, hem de günlerdir ondan beklediği ilgiye devam etsin diye çıldırıyordu.

Genç kız, "Terleyeceksin," diye mırıldandı. "Sık sık üzerini değiştirmelisin."

Tunç, kızın yerinde bir başkası olsa onunla bu şekilde asla ilgilenmeyeceğini biliyordu. Öfkeli bir piliç olan karısı katıksız iyiydi. Bildiğin iyi! Başını iki yana salladı. Hasta olmaktan nefret ediyordu. Kemiklerine kadar her yeri ağrıyordu. Aslında konuşmakta da güçlük çekiyordu. Ağrıyan boğazı her konuştuğunda acı veriyordu. Ama Hayat ona böyle ilgi gösterecekse sonsuza kadar yatmaya razıydı. O berbat karışımı da başka tek bir Allah'ın kulu ona içiremezdi. Çok yorgun hissediyordu. Gücünün son damlasını da doğrulmak için kullanmıştı. Aşağıya doğru kayıp kendisini yastıklara bıraktı. Hayat, elleri kolları onun kıyafetleriyle dolu bir halde geri döndü. Kıyafetleri yatağın üzerine bıraktı. Tunç, gözlerini açık tutmak istese de yapamadı. Gerçekten fena hasta olmuştu. Daha önce hasta olduğunu bile hatırlamıyordu. İradesi zayıf bir insan değildi ama belki de zihinsel yorgunluğu ve uğraşları onu zayıf düşürmüştü.

Hayat bir hemşire edasıyla, "Bunları giymelisin," dedi.

Tunç, onun ciddi tonuna gülümsedi. Biraz önce onu soymak istemişti, şimdi de giyinmesini istiyordu. Aslında Tunç, Hayat ne isterse onu yapmak da istiyordu. Ama kıpırdayacak hali yoktu. "Yavrum, inan halim yok." Öksürüp boğazını temizledi. "Sadece üzerimi ört ve uykuna devam et. Sabaha bitkin düşeceksin." Sözlerinin ardından sanki Hayat yok olmuş gibi hiçbir yaşam belirtisi göstermedi. Sanki nefes bile almıyordu. Gözkapaklarını zorlukla araladığında kulaklarına kadar kızarmış bir halde öylece dikildiğini gördü. Ne demişti? Onu neyle utandırmıştı?

"Şey... Önemli değil." Genç kız elinde tutuğu atleti ve pamuklu bir eşofman takımını havaya kaldırdı. "Bunları giymelisin. Ter... Terleyeceksin."

Tunç, onu kırmamak için gerçekten giyinmek istiyordu fakat kıpırdanamıyordu bile. Yapabildiği tek şeyi yaparak başını iki yana sallayıp gözlerini kapadı. Onun derin iç çekişini duydu ve koltuk altlarında parmaklarını hissetti.

Hali olmayabilirdi ama hisleri de ölmüş değildi. Dokunuşunu hissettiği anda bedeni kasılarak ürperdi. Karnının alt kısmında bir yerler bando mızıka çalmaya başladı. Kendi ağırlığını bildiği, onun da kararlı olduğunu fark ettiği için zorlukla doğrulmaya çalıştı.

Hayat, atleti başından geçirirken Tunç gözlerini aralık tutmaya çalışarak, bakışlarını bir saniye olsun onun yüzünden ayırmadı. Hayat, bir bebekle ilgilenir gibi nazikçe, dikkatle hareket ederken, Tunç sadece ona bakıyor, yüzünün tüm hatlarını içercesine gözlerini ondan alamıyordu. İlgisi, yakınlığı kalbini defalarca dağlıyor, onu acı içinde bırakıyordu. O anlarda, Hayat onu giydirirken karısına bir kez daha âşık oldu. Bir kez daha ve sonra bir kez daha... Hissin yoğunluğuyla kalbi göğsünün içinde büyürken, Hayat ifadesiz bir yüzle aşağıya uzanıp eşofmanının bel kısmına parmaklarını geçirdi. Tunç afallamayla hareketsiz kaldığında kızın yutkunduğunu gördü.

Hayat, "Yardım eder misin?" diye fısıldadı.

Genç adam, o sırada kıza kollarını dolayıp yanına çekmeyi, sıkıca bedenine sarılmayı arzuluyordu. Sadece sarılmayı ve ona sayısız öpücükler kondurmayı! Kalçasını hafifçe havalandırdı. Hayat, Tunç'un o anda fark ettiği terden sırılsıklam olan eşofman altını çıkarıp yenisini giydirdi. Bu yakınlık, ilgi hiçbir şeye benzemiyordu. Özeldi. Sevişmekten, sohbet etmekten, dışarıda özel bir akşam yemeğinden çok daha öteydi. Hayat üzerini sıkıca örttü. Bu, uzun saatler boyu böyle devam etti. Genç adamdan ter boşandıkça, Hayat bir havlu yardımıyla onu kurulayıp üzerini değiştirdi. Her terleme nöbetinin ardından titremeyle ağrıyan kaslarının gevşediğini, terle birlikte sanki hastalığını da atıyormuş gibi hissetti. Ara ara bilincini kaybetse de ve aslında bedeni uyku ihtiyacı içinde kıvransa da, sonunda onun yine ilgisiz haline döneceğini bildiği için kendini ayık tutmaya zorladı.

Allah'ım! Onu seviyordu. Onu öylesine seviyordu ki

kimselere vermediği, paylaşmadığı sevgisi bir şelale olmuş sanki kıza akıyordu. Tunç aşktan ölüyordu. Tatmadığı bu duygunun yoğunluğuyla afallayarak zaten bitkin olan bedeni sonunda uykuya yenik düştü.

13. Bölüm

Genç adam gözlerini açtı. Birkaç saat öncesinde titreme nöbetlerine tutulup, kendinden geçen o değilmiş gibi bedeninde bir hafiflik hissediyordu. Hayal meyal Hayat'ın ona bir şeyler içirdiğini de hatırlıyordu. Sabaha kadar uyumamış mıydı? Onun için? Tunç, kendi kendine gülümsedi. Belki de artık bir şeyler değişebilirdi. *Allah'ım lütfen.* Bir tıkırtı duyduğunda kaldırdığı başını tekrar yastığa koydu. Gözleri aralık bir şekilde, giyinmiş ve çıkmak için hazır olan Hayat'a baktı. Genç kız saatini koluna takıp başını kaldırdı. Göz göze geldiler. *'Yorgun görünüyor'* diye düşündü. Kahretsin! Onun yüzünden dinlenememişti bile.

Genç adam, "Nereye gidiyorsun?" diye sordu. Sesi pürüzlü çıktığından boğazını temizledi.

Genç kız hesap yapar gibi göründü. Sanki kendi içinde Tunç'la konuşup konuşmamayı tartıyordu. Sonunda cevap verdi. "Okula." Başını yana eğdi. "Kendini nasıl hissediyorsun?"

Genç adam yüzünü buruşturarak, "Çok kötü," dedi. "Gitmek zorunda mısın?" Kısık sesle konuşmuştu. Çünkü yüksek sesle konuşsaydı çok da kötü olmadığını anlardı. Ki Hayat zaten şüpheli görünüyordu.

"Evet." Genç kız hızlı adımlarla yanına yaklaştı. Dizlerine kadar gelen çizmelerinden çıkan tangırtı dairenin içini doldurdu. "Daha iyi görünüyorsun." Elini alnına koyduğunda, Tunç gözlerini kaldırıp ona baktı. Her ne kadar sabit yüz hatlarını korumaya çalışsa da yüzüne bir endişe gölgesi yerleşmişti. Durum bildirir gibi, "Ateşin yok!" dedi. Elini hızla çekti. "Kahvaltı hazırlamıştım." Başıyla mutfağı işaret etti. "Orada. Şimdi ister misin?" Tunç başını iki yana salladı. "Anneni veya ablanı aramalıyız."

"Ah. Hayır. Buna gerek yok."

"İstediğin herhangi bir şey var mı?"

"Evet."

Genç kızın kaşları sorarcasına havaya kalktı. "Yapabileceğim bir şeyse?" Sonra yüzünü buruşturdu. "Ama fazla vaktim yok."

Tunç, "Çok uzun sürmez," dedi. Allah'ım! Onunla uğraşmaya bayılıyordu. Gülmemek için kendini zor tuttu. Kaslarını gerip ciddiyetle genç kızın yüzüne baktı. "Bir öpücüğe fena halde ihtiyacım var." Hayat'ın şok olmuş yüzüne baktı. "Beni öper misin?"

Genç kızın yüzü öfkeden kızardı. Sonra daha da kızararak pancara döndü. "Burada durmuş saçmalıklarını dinliyorum." Başını iki yana sallayarak arkasını döndü. Ayaklarını zemine sertçe vurarak ilerledi.

"Ölüm döşeğinde olabilirim ve bu, son isteğim olabilir." Hayat dönüp kötücül bir bakış attığında, "Sonra vicdan azabı çekebilirsin!" diye devam etti.

Genç kız, ona cevap vermedi. Kabanını ve şemsiyesini alıp hızla çıktı. Kapıyı çarpmadı! Tunç gülerek başını iki yana salladı. Yataktan fırladığında ani hareket başının dönmesine neden oldu. Bir an duraksayarak o kadar da iyi olmadığını anladı. Ama sevgili, sevimli karısı gece boyunca ona neler içirdiyse daha iyi hissediyordu. Su ısıtıcısına su koydu ve o ısınırken hızla üzerini çıkarıp bir duş aldı.

Yüzüne yapışıp kalmış gibi duran geniş gülümsemeye engel olamıyordu. Günlerdir onunla doğrudan bir kelime konuşabilmek için her yolu denemiş, fakat hepsi geri tepmişti. Aslında onun tüm gece kendisiyle ilgilendiğine inanmakta güçlük çekiyordu. Bu kadar iyi olduğu için Allah'a şükrediyordu. Eğer Hayat'ın içinde biraz olsun art niyet olsaydı -kendisi gibi- ona dönüp bakmaz ve düştüğü durumdan zevk alırdı. Kızın kendisiyle ilgilenmek istemediğine emindi, çünkü o haldeyken bile gözlerindeki ikilemi sezebilmişti. Ancak sağduyusu onu Tunç'la ilgilenmeye zorlamıştı. Bu fırsatı kaçırmayacaktı.

Duştan çıktı. Kurulanıp kalın bir şeyler giydi. Kahvesini hazırlayıp içti ve Hayat'ın hazırladığı kahvaltıdan, sırf o hazırladığı için birkaç lokma yedi. Kahvaltı tabağının yanında küçük bir tabağın içinde duran ilacı görünce gülümseyip hiç düşünmeden yuttu. Dışarıda bir gümbürtü kopunca gözleri pencereye kaydı. Hava berbattı, ama plazaya gitmesi gerekiyordu. Yüzünü buruşturdu. Bir de televizyonu değiştirmesi gerekiyordu. Hayat'ın yağmura yakalanmadan okula varabilmiş olduğunu umdu. Düşünce garip hissetmesine neden oldu. Daha önce kendisinden başka hiç kimseyi düşünmediğinden, birisi için kaygılanmak sendelemesine neden oluyordu. Garip hissettiriyordu. Yapabileceği tek açıklama buydu. Hava bir kez daha gümbürdediğinde işlerini bir an önce bitirip Hayat'ı okuldan alma kararı aldı. Muhtemelen onunla gelmek istemeyecekti. Fakat Tunç, onun taksilerle uğraşmasına izin vermeyecekti. Gerekirse arabasına zorla bindirirdi.

Pınar'ın hazırladığı raporları okumak, imzalamak ve diğer evrak işleri uzun saatlerini aldı. Ardından birkaç görüşme yaptı ve saatine baktı. *14:20*. Yorgun hissediyordu. Sabah bedenine dolan enerji sanki bir anda geri çekilmiş gibiydi. Kapı tıklatıldı. Pınar, onun cevap vermesini beklemeden içeri daldı. Her zamanki gibi...

Tunç, bir elini saçlarının arasından geçirirken Pınar'ın kaygılı gözleri onun yüzünde dolaştı. "Kötü görünüyorsunuz."

Tunç alaycı bir ifadeyle, "Teşekkür ederim," dedi.

Pınar yarım bir gülümsemeyle yanına kadar ilerledi. "Bu dosyayı gözden geçirmeniz gerekiyor." Tekrar Tunç'a baktı. "Ya da eve gidip biraz istirahat etmeniz gerekiyor."

Tunç başını kaldırıp ona baktı ve ayağa kalktı. "Dosyanın canı cehenneme!" diye mırıldandı.

Pınar onaylayarak, "Doğru bir karar," dedi. Hafifçe gülümseyerek dosyayı göğsüne bastırdı. "Eve gitmeniz iyi bir fikir."

"Karımı okuldan alacağım. Önce oraya gitmem gerekiyor." Tunç paltosunu giydikten sonra Pınar'a birkaç talimat vermek için döndü. Ve genç kadının yüz ifadesi karşısında bir kahkaha atıp başını iki yana salladı.

Pınar'ın gözlükleri burnunun ucuna düşmüş, ağzı kocaman bir hayret ifadesiyle açılmış ve elindeki dosyayı sımsıkı göğsüne bastırmıştı. "Karınız... mı?"

"Aynen." Pınar'ı orada şaşkınlığıyla bırakıp uzun adımlarla ofisten çıkmak için ilerledi.

Tunç, onun hangi üniversitede eğitim gördüğünü biliyordu, ama ders saatlerinden haberi yoktu. Nereden olacaktı ki? İç çekti. Saatlerce beklemesi gerekecekse de önemli değildi. Yetişmiş olabilmeyi umuyordu. Yağmur öyle şiddetli yağıyordu ki, sert damlalar aracın ön camına çarpıyor, silecekler aralıksız çalışıyorsa da görüşünü kısıtlıyordu. Etiler Hisarüstü'ne doğru ilerlerken rüzgâr yağmurun yönünü değiştirerek şiddetini artırdı. Fırtınada ilerlemek oldukça zordu, fakat okula varmak üzereydi. Kırmızı ışık yandığında durmak zorunda kaldığı için küfretti. Aracın çatısına vuran damlalar kulaklarını tırmalıyordu sanki. Yağmuru severdi ama fırtınayı değil!

İleride, kaldırımda hareket eden bir figür dikkatini çekti. Karşı istikametten geçen arabaların arada sırada görüşünü kapatmalarına rağmen figürün uzun, ıslak saçlarının rüzgârın şiddetiyle savrulmasından onun bir kadın olduğunu anladı. Rüzgâr aniden kadına şiddetle çarptığında elindeki şemsiyenin çıtaları bu şiddete dayanamayarak ters döndü. Kadın başını kaldırıp şemsiyesine baktığında Tunç'un gözleri irice açıldı. Kadının kıyafetleri ve o anda dikkatle baktığı şemsiyenin yaprak desenleri zihninde bir anı canlandırdı. Hayat'ın şemsiyesi, Hayat'ın paltosu! Tunç yutkundu. Kadın uzaktaydı. Yağmur da görüşünü bulanıklaştırıyordu, ama her şeyden önce içindeki karmaşık hisler, kalbinin hoplaması ve içgüdülerinin yönlendirmesi o kadının Hayat olduğunu söylüyordu. Hiç düşünmeden arabayı çalışır vaziyette bırakıp paltosunu kaptığı gibi araçtan atladı.

Yağmurun ve rüzgârın şiddeti bedenini dövüp onu baştan aşağıya bir anda sırılsıklam ederken, hareket halindeki arabalara aldırmadan hızla karşı kaldırıma geçti. Şemsiyesini düzeltmeye çalışan kadına doğru ilerledi. Yaklaştıkça onun Hayat olduğundan hiç şüphesi kalmadı. Onu fark etmeyen, şemsiyesiyle kavga eden kızın yanına ulaşıp paltosunu omuzlarına sardı. İçindeki tüm karmaşık hislerin yerini buz gibi bir öfke aldı.

Hayat bir çığlık atarken yağmurdan sırılsıklam olmuş bir halde ona döndü. "Mirza!" dedi bir solukta. Yüzüne düşen yağmur damlaları yüzünden gözlerini birkaç kez kırpıştırdı. "Burada ne işin var!"

Genç adam dişlerinin arasından, "Kapa çeneni ve hareket et," dedi. Onu kollarıyla sıkıca sarmalayıp biraz üzerine eğilerek arabaya yönlendirdi.

"Kendim gidebilirim." Genç kızın itirazı zayıftı.

Genç adam alçak sesle, "Allah'ım! Seni boğmak istiyorum," dedi. Hayat'ın onu duyup duymadığından emin değildi, zira kulaklarının içine kadar yağmur suyu dolmuştu.

Yeşil ışık yandığı halde, Tunç'un yolun ortasına park ettiği aracı yüzünden hareket edemeyen arabalardan çıkan korna sesleri, kafalarını camlardan çıkarıp yağmura aldırmadan bağırıp çağıran sürücüler tam bir karmaşa yaratmıştı. Hayat'ı yolcu koltuğuna yerleştirip hızla aracın etrafından dolanarak sürücü koltuğuna yerleşti. Vitesi değiştirip hızla hareket etti. Hayat titriyor, paltoya daha sıkı sarınıyordu. Aracın kliması bir nebze olsun fayda etmiyordu. Tunç bir 'U' dönüşü yapıp normalin üzerinde bir hızla geldiği yoldan Ortaköy'e doğru hareket etti.

Genç adam dişlerinin arasından sertçe, "Bana neden bir taksi tutmadığını söyleyecek misin?" diye sordu. Bir eli ıslak saçlarının arasından geçti. "Allah aşkına bu havada o kaldırımda ne işin vardı?"

Hayat alaya almaya çalışarak, "Yağmurda yürümeyi seviyorum," dedi.

Birbirine çarpan dişleri Tunç'un kaslarını tel gibi gerdi. "Yağmurda yürümeyi seviyormuş-muş..." Direksiyona sertçe vurdu. "Dışarıda deli gibi fırtına var!"

Hayat, "Kendim gidebilirdim," dedi terslenerek. "Beni mi takip ediyorsun? Ayrıca sen hasta değil miydin?"

Tunç hiddetle, "Konuyu değiştirme! Kendinin ne kadar iyi gidebildiğini gördük," dedi. Bir süre dikkatini yola verdi. Sadece kısa bir andı. Hayat ise sanki bu anı bekliyormuş gibi başını diğer yana çevirerek suskunluğuna gömüldü. Tunç neden bir insanın bu fırtınada yürümeye çalıştığını anlamaya çalışırken zihnine hızla gelen bir düşünceyle boğulur gibi oldu ve gözlerini bir kez açıp kapadı.

"Allah'ım... Lütfen, lütfen, lütfen bana lanet olası bir otobüse binecek kadar bile paran olmadığını söyleme!"

Hayat bir an için sessiz kaldıktan sonra mırıldandı. "Param vardı. Taksi bulamadım." Sesi, yalan söylüyorum diye haykırıyordu. İfadesini saklamak için başını çevirip camdan dışarı baktı ve telaşla konuşmaya başladı. "Hepsi doluydu. Bu yağmurda beni göremediler bile. Şirret bir kadın benim durdurduğum bir taksiye bindi..."

O, dişleri birbirine çarparak telaşla anlatmaya çalışırken, Tunç'un burnu onun sıraladığı yalanlar üzerine sızladı. Kalbi onun parasız kalmış olması gerçeğiyle ezildi.

Ve farkına varamadığı birçok ayrıntı aynı anda başına üşüşüp genç adamı altüst etti. Hayat önceleri çılgın gibi alışveriş yaparken haftalık malzemelerini en aza indirgemişti. Son zamanlarda neredeyse hiçbir şey almıyordu. "Allah'ım..." diye soludu, boğulur gibi. Hayat ona dönüp baktı. Tunç kızın tedirginliğini gözlerinden okuyabiliyordu. Kendisine öyle öfkeliydi ki, bir araba dayak yese soğumazdı. Hayat simit yiyordu çünkü Seçil'in adresini bulmak için çantasını kurcalarken bunu görmüştü. Aç yaşıyordu. Resmen aç yaşıyordu. Yeni hiçbir kıyafet almıyordu. Kişisel bakımını da en aza indirgemişti. Genç adam bu ağırlığın altında ezildi. Kızın neden çöp gibi zayıfladığını anlamak Tunç'u allak bullak etti. Kendisi âlem yaparken, zaten eziyet ettiği karısı bir de parasızlıkla boğuşuyordu. "Ah. Lanet olsun!" Yutkundu. "Lanet olsun!" O barda da eğlenmek için değil, çalışmak için bulunuyordu. Allah'ım!

Öfkeden titreyen bir sesle, "Simitle besleniyorsun," diye mırıldandı. "Ah. Lanet olsun!" Artık sözcükleri içinde tutamıyordu. Kalbi sancıyor, kızı o anda sıkıca kucaklamak istiyordu.

"Simidi çok severim." Tunç, onu duymazdan geldi ama hayranlık duymadan da edemedi. Hâlâ gururuyla dimdik ayaktaydı. Onu görmemiş olsa aynı şekilde devam edeceğine emindi.

Aniden, "Ailen sana para göndermiyor," diye soludu. Onunla konuşmaya tenezzül etmiyorlarken neden para gönderme zahmetine gireceklerdi ki! Tunç, onun babasını boğazlamak istiyordu. Nasıl yaparlardı? Nasıl kızlarını böylesine yalnız bırakırlardı? Nasıl Tunç'un davranışlarından sonra onu arayıp sormazlardı? Göz ucuyla Hayat'a baktı. Omuzları çökmüştü. Yağmur damlalarının arasından süzülen parlak gözyaşlarını görebiliyordu. Boğazına yapışıp kalan ağrıyı göndermenin bir yolu yoktu. Konuşmak acı veriyor olsa da yutkunarak, "Ne zamandan beri?"

diye sordu. Hayat yine cevap vermedi. "Yalvarırım şu inatçı gururunu bir kenara bırak ve bana doğru düzgün bir cevap ver. Ne olur yalan söyleme!" Tunç kendi sesindeki yakarışı duyabiliyordu.

Genç kız zorlukla titrek bir nefes aldıktan sonra kabullenmiş bir ifadeyle omuzları çöktü. "Evlendiğimizden beri..." diye fısıldadı. Bunu söylemek ona zor geliyormuş gibiydi.

Tunç dudaklarından acı bir inleme kaçırdı. Allah'ım! Önce ondan nefret etmiş, hiçbir şeyiyle ilgilenmemişti. Sonra onunla iletişim kurabilmek, onu kazanmaya çalışmak ve arzu duymaktan başka bir halt düşünmediği için gözleri önündeki durumunu fark edememişti. Hâlbuki tam orada, baktığı yerdeydi. Tunç, bunu göremeyen gözlerine lanet okuyordu.

Oldukça yumuşak bir tonla, "Neden evden çıktın?" diye sordu. İçindeki yıkılmışlığı ona yansıtmamaya çalışmak için çaba sarf ediyordu, çünkü Hayat bunu acıma olarak algılayabilirdi. "Yani madem bu durumdaydın..." Daha fazlasını dile getiremedi. Sanki zehir yutmuş gibi diline acı bir tat yerleşmişti.

"Öğrenci kartım vardı. Sanırım sabah bindiğim otobüste düşürdüm." Elinin tersiyle burnunu sildi. Sonra burnunu çekti. Paltoya daha sıkı sarılarak içine gömülmek istermiş gibi göründü.

"O, her boka verecek bir cevabı olan Seçil'in bu durumundan haberi yok mu? Ya da arkadaşlarının? Hadi ben lanet olası, beyin yoksunu bir kördüm! Ya onlar?" Genç adamın kaşları neredeyse gözlerini örtecek kadar çatılmıştı. Boğazındaki ağrıyı yine yutkunarak göndermeye çalıştı, yine olmadı. Öylesine karmaşık hislerle boğuşuyordu ki, arabayı kullanmak için hâkimiyet sağlamakta güçlük çekiyordu.

"Onlarla çok sık görüşmüyorum." Hayat, başını paltonun içine gömmüştü; sesi boğuk geliyordu. "Ben... bilmelerini istemedim."

Tunç, onun durumunu düşündükçe karnına ağrılar giriyor, midesi asit gibi yanıyor, boğazına tırmanan safranın tadını duyumsayabiliyordu. Aniden patlayarak acı içinde, "Sana para bırakmıştım," dedi. "Sana onlarca kez para bıraktım. Dokunmadın bile! İhtiyacın olmadığını düşündüm." Birinin onu vurmasını istiyordu. Kırmızı ışıkta durdu. Bedeni katlanamadığı bu gerçekle acı içinde öne doğru bükülürken başını direksiyona sertçe vurdu. "Ben keyif yaparken, karım yanı başımda aç yaşıyordu. O pislik yuvasında çalışmayı düşünebilecek kadar çaresiz bir durumdaydı." Bu derece zekâ özürlü olduğu için kendisine lanetler okuyordu. Nasıl anlamamıştı? Nasıl dikkat etmemişti? "Allah'ım! Allah'ım! Allah'ım!" Yutkundu yine. "Ölmeyi hak ediyorum."

Arkasında duran arabaların korna sesleri yüzünden hareket etti. Garaja gidene kadar tek kelime konuşmadı. Boğazında giderek artan ağrının şiddeti konuşmasına engel oluyordu. Hayat zaten konuşmuyordu. Araçtan inip hızla genç kızın kapısını açmak için ilerledi. Genç kız çantasını, koyduğu ayakucundan almak için eğilirken, "Bırak. Ben sonra alırım. Zatürre olacaksın!" dedi Tunç, ifadesiz bir sesle. Onu kucakladığı gibi asansöre taşıdı.

Hayat, "Yürümeyi biliyorum," diye fısıldadı.

"İyi," Tunç'un sesi sertti. "Sevindim." Daireye çıktıklarında kızı duşun hemen yanında bıraktı. Genç kız titrerken suyun ısısını ayarladı. "Hemen sıcak bir duş almalısın," Hayat'ın üzerindeki paltoyu çekip aldı.

Hayat sertçe itiraz ederek, "Hayır," dedi. Ya da belki sesinin sert olması için uğraşmıştı.

"Benimle inatlaşarak vakit kaybetme." Tunç nereye fırlattığının farkında olmadan paltoyu attı. "Gerçekten hasta olacaksın."

"Kurulanırım. Bu yeterli. Senin yanında duş almayacağım!"

Tunç ellerini beline koyup ona baktı. Çenesi yana kaydı. Sonra burnunu çekti. Kısık ama etkili bir sesle, "Yeter!" dedi. Genç kızın itirazları arasında onu kucakladığı gibi sıcak su akan duşun altına soktu. Su ikisinin başından aşağıya akıp, sıcaklık derilerini sızlatıp kaslarını gevşetirken, Tunç onun öfkeli, güzel yüzüne eğildi. "Kıyafetlerini çıkar. Yoksa ben çıkaracağım. Arkamı döneceğim. Bakmayacağım." Burnunun ucuna bir öpücük kondurdu. "Lütfen," dedi yalvarırcasına. Duştan çıktı. Ona bir daha bakmadan raftan bir havlu çekip aldı.

Hayat, soyunup kurulandıktan sonra kalın kıyafetler giydi. Tunç, genç kızın çıkardığı seslerden, dönüp ona bakmayacağına ikna olduğunu anladı. Arkası ona dönük bir şekilde duşun yanında bağdaş kurup oturdu. Alçak, pişmanlık dolu bir sesle, "Bana söylemeliydin," dedi.

Hayat sözlerinin ardından neşesizce güldü. "Evet. Sana söylemeliydim. Sen de böcek kadar değer vermediğin bir insana yardım elini uzatır, hatta bunu gerçekten yapar ve sana muhtaç olduğum için bundan zevk alırdın!"

Sözleri keskin bıçak darbeleri gibi Tunç'un bedenini deldi geçti. Öyle ki, öne doğru eğilip sanki gerçekten yara almış gibi acısını hafifletmeye çalıştı. Hesaplaşma zamanı mıydı? Belki... Tunç her sözünü, sitemini ve isyanını sineye çekmeye razıydı. Bu onu kavursa bile! "Ne yapmayı planlıyordun?" diye sordu. "Nasıl geçinmeyi?"

"Aklımda bir şeyler vardı."

"O berbat barda çalışmak gibi mi?" Tunç yüzünü buruşturdu. "Kahretsin! Orada ne iş yapmayı düşünüyordun?" Aklına gelen sayısız düşünceyle başını iki yana salladı. "Lanet olsun. Bana lanet olsun!"

"Bir işe ihtiyacım vardı. Çalışmak zorundaydım. Nerede veya nasıl bir iş olduğuna aldıracak lüks sahip değildim. Murat..." Susup bıkkın bir nefes çekti. "Ona da güvenmiştim. Sessiz sakin biriydi..."

"Sana zarar verebilirdi!" Tunç, bunu düşündükçe aklını oynatacak gibi oluyordu. "Bunu kolaylıkla yapabilirdi." Hayat sessiz kaldı. Uzun saniyeler boyu duş başlığından akan suyun dışında tek ses çıkmadı. Genç adam artık sessizliğe dayanacak sabrı kalmadığında, "Benimle konuşmuyorsun," dedi.

"Çünkü sesimi duymak istemiyorsun."

"Şimdi istiyorum."

"Şımarık, piç kurusunun tekisin."

Tunç sözlerine neşesizce güldü. "Kabul," dedi. "Sana yaklaşamıyorum bile. İçinde bulunduğun durumu nasıl anlayabilirdim ki? Seninle konuşabilmek için o kadar meşguldüm ki..." Genç adam, Hayat'tan çok kendisine söyleniyormuş gibi konuşuyordu. "Berbat hissediyorum. Midem bulanıyor. Allah'ım, çöp gibi kaldın. Benim yüzümden..."

Hayat sanki onun sözlerini duymamıştı. "Artık konuşabildiğimize göre..." dedi ve burnunu çekti. "Bazı şeyleri açıklığa kavuşturmak istiyorum. Ve beni anlamanı istiyorum." Tunç, onun sesinin tonundan da girizgâhından da hiç hoşlanmamıştı. Kasları gerilirken kaşlarını çatıp gergince sözlerine devam etmesini bekledi. "Bir düzene ihtiyacım var. Beni bırakmanı istiyorum. Gerçekten gitmek istiyorum. Sana zorluk çıkarmayacağımdan emin olabilirsin."

Tunç'un bedenini bir panik dalgası sarsarken, gözleri irice açılmış bir halde arkasını döndü.

Hayat, "Bakmayacağına söz verdin!" diye tısladı. "Arkanı dön!"

Tunç ona aldırmadı. İfadesiz bir sesle, "Söz vermedim," dedi. Onu süzdü. "Ayrıca bir şey göründüğü yok," dedi alaya almaya çalışarak. Fakat genç kızın sözleri kalbinin ritmini telaşla artırırken sesine hâkim olabilmesi imkânsızdı. Hayat gitmek istiyordu! Tekrar onu baştan aşağıya süzdü. Sırtını duvara yaslamış, dizlerini bedenine dayayıp kollarını etrafına dolamıştı. Yanağını dizlerine dayamış, Tunç'a bakıyordu. Saçlarına değen ve yüzünden aşağıya akan damlalar kızı aydınlatan ışıkların altında parlıyordu.

Tunç, onun tam zıt tarafına dönüp dizlerini kendisine çekti. Kollarını etrafına dolayıp yanağını dizlerine dayayarak ona baktı. Tıpkı onun gibi. Sadece onun istediğini yerine getiremiyor oluşundan dolayı. "Üzgünüm," dedi. "Seni bırakmayacağım."

Hayat bir anda gözlerini kapadı. Bitkin görünüyordu. Tekrar açıp Tunç'a sert bir bakış gönderdi. "Neyin peşinde olduğunu bilmiyorum ve umurumda değil, ama oyununa gelmeyeceğim."

Tunç neşesizce güldü. Onun renksiz sesinde gizlenmiş olan ürkekliği duymak, bünyesini altüst etti. Ondan korkuyordu! "Bir oyun oynamıyorum. Ve neyin peşinde olduğum çok açık, değil mi?" Omuz silkti. "Senin peşindeyim."

Hayat çaresizce, "Benden ne istiyorsun?" diye fısıldadı. "Ben bunları kaldırabilecek kadar güçlü değilim. Tükenmek üzereyim. Beni bırak ve kendi yollarımıza gidelim."

"Yapamam ki!" Tunç hüzünle başını iki yana salladı. "İmkânsızı istiyorsun benden."

Genç kız tiz bir sesle, "Neden?" diye sordu. Başını kaldırdı. Tunç da kaldırdı. "Benden nefret ediyordun. Şimdi gerçekten ne istiyorsun?"

"Senden nefret ediyordum. Bunu inkâr edecek değilim. Zaten çok belli ettim." Vicdan azabı ve pişmanlığı somut bir varlık gibiydi. Sanki orada, aralarında öylece duruyordu. Çok derin bir iç çekti. "Ama birden yuvarlandım ve kendimi sana kapılmış buldum. İnan o ânı hatırlamıyorum. Çok aniydi." Güldü. "Fakat senden çok bir şey

istemiyorum." Durdu. Gözlerini tüm duygularını saklamadan, açığa vurarak onun gözlerine dikti. Hiç düşünmeden aklından ve kalbinden geçenleri tek tek sıraladı.
"Burnun aktığında burnunu silmek istiyorum." Hayat güldü. Ama gülüşü öyle yavandı ki, gözlerine ulaşamadan dudaklarında dondu. "Ayakların ağrıdığında ovmak istiyorum." Genç kızın kaşları havaya kalktı. "Seni ilgiye boğmak, şımartmak istiyorum. Sana hediyeler almak, imkânım neyi el veriyorsa ayaklarına sermek, her sözünü emir kabul etmek istiyorum. Seni yatağımda, yanımda, tenimde istiyorum." Hayat'ın irice açılmış gözlerinden tek tek damlalar düşmeye başladı. "Allah'ım! Seni öpmek istiyorum. Sarılmak, o farklı kokunu içime çekmek... Seninle uyumak istiyorum. Sonra uyanmak! Benim için, bana gülümsemeni istiyorum, bana bakmanı! Aşkıma karşılık vermeni istiyorum. Bana yenid-" Sustu. Neredeyse onun tekrar kendisine âşık olmasını istediğini söyleyecekken sözlerini yuttu. Ve onun afallamış, koca koca açılmış gözlerine baktı. Fakat kızın şokuna aldırmadan devam etti. "Bana âşık olmanı istiyorum. Benim seni sevdiğim gibi beni sevmeni istiyorum. Kalbini istiyorum. Ruhunu, bedenini." Başını yana eğip çaresizce ona baktı. "Özetlersek... Seni istiyorum. Her şeyinle."

Hayat afallamış bir halde, "Gerçekten de..." dedi, "çok bir şey istemiyormuşsun." Tunç omuz silkti. Genç kız başını iki yana salladı. "Sana güvenmiyorum," diye fısıldadı. "Hiç güvenmiyorum."

Tunç usulca hareket ederek duşun altında ürkek ve afallamış görünen genç kızın yanına süzüldü. Duş başlığından akan su onu tekrar tekrar ıslatırken, sadece kızın gözlerine bakıyordu. Onun kendisine inanmasını istiyordu, onu anlamasını... Fakat bunu nasıl yapabileceğini bilmiyordu. Her yolu denemiş, her şey geri tepmişti. Elleri ağır ağır havalanıp kızın ıslak yüzüne uzandı. Bir süre durup karşı çıkmasını bekledi, ama Hayat kıpırdamadan duruyordu. Yüzünü avuçları arasına aldı. "Affet, ne olur! Lütfen, artık affet beni. Sana çok kötü davrandım ve inan hiçbir şeyden böylesine pişmanlık duymadım. Özür dilerim." Başını ona eğdi. Hayat yutkunurken usulca onu alnından öptü. "Çok özür dilerim." Alnını alnına dayayıp pişmanlığıyla başını iki yana salladı. "Çok özür dilerim," diye fısıldadı. "Ne olur affet artık. Yalvarırım!" Genç kızın bedeni titredi.

Hayat sanki bir anda yok olmuşçasına sessiz ve hareketsiz kaldı. Sanki nefes dahi almıyordu. Tunç, onun yüzüne bakıyor olmasa orada olduğuna emin olamazdı. Hâlâ onu avuçları arasında tutuyordu. O saniye yaşamının bundan sonraki anlarının bir daha eskisi gibi olmayacağını görebiliyordu. Hayat'ını avuçları arasında tutuyordu ve ona, sevgisine delicesine ihtiyacı vardı. Ama o sırada en çok da onu affetmesine ihtiyacı vardı. Hayat, ellerinin arasında başını iki yana salladığında Tunç yutkundu.

Genç kız kısık sesle, "Bir anın bir anına uymuyor," dedi. Tunç ellerini çekip karşısında bağdaş kurup oturdu. Sadece o, kendisini daha kolay ifade etsin diye. "Bir an alaycısın, bir an neşeden kahkaha atıyorsun, diğer bir an öfkeden gözün hiçbir şeyi görmüyor." Genç kızın sesinin ritmi cümlesinin sonuna doğru iyice kaybolup yitti.

Tunç öfkelendiğinde ona nasıl davrandığını hatırlayarak yüzünü buruşturdu. Renksiz bir tınıyla, "O benim!" dedi.

"Şimdi de bana âşık olduğunu söylüyorsun!" Genç kız inanamayarak başını iki yana salladı.

"Delicesine!"

"Daha dün benden nefret ediyordun! Nasıl sana inanmamı bekliyorsun? Ya yine senin tabirinle *yuvarlanırsan* ve benden nefret edersen?"

Genç kızın çaresiz bakışları sanki onun gözlerini delip geçiyordu. Gözlerindeki ürkek bakış ve temkin, Tunç'u mahvediyordu. "Bu asla olmayacak!" diye fısıldadı. Ona inanmasını öyle çok istiyordu ki, fısıltısındaki yakarışını kendi kulaklarında duymuştu.

"Ama bunu ben nereden bileceğim?"

Tunç, ona uzandı. Yüzüne yapışan ıslak saçları kulağının arkasına sıkıştırdı. Gözleri onun parlak damlalarla taçlanmış yüzünde ağır ağır dolaştı. Endişenin ve korkunun somut bir nesne gibi belirdiği gözlerinde, titreyen büyük dudaklarında, kızarmış yanaklarında... Ve hafifçe gülümsedi. "Çünkü ilk defa âşık oldum," diye fısıldadı. Hayat keskin bir soluk çekti. Dirseğini dizine, elini de alnına dayayarak ona çaresizlikle, içinde yaşadığı çılgın karmaşayla baktı. "Bana izin ver! Sadece bana izin ver ve senin için neler hissettiğimi gör." Hayat yutkundu ve başını iki yana salladı. "Eğer ikna olmazsan..." Genç adam durdu. Gerginliğini gizlemek için zaten ıslak olan dudaklarını yaladı. "...seni bırakacağım," dedi zorlukla. "Gitmek istediğinde... Gidebileceksin!" Onu bırakabilmesi için Tunç'u yok etmeleri gerekiyordu ama bir şekilde, onun için denemek zorundaydı. Hayat gözlerini kaldırıp araştıran, temkinli bir ifadeyle baktı. "Lütfen, Hayat!" diye fısıldadı. "Bana müsaade etmezsen, benden kaçarsan sana kendimi nasıl anlatabilirim?"

Hayat bir süre ona baktı. Dudağını ısırıp başını diğer tarafa çevirdi. Fakat Tunç o kısa anda bile gözlerindeki acıyı görmüştü. Genç kız, "Beni evden gönderdin," diye fısıldadı. "Beni gönderdin ve sevgilini çağırdın!"

Tunç tüm bu olan bitenin içinde takıldığı son noktanın bu olmasını anlayabiliyordu. Allah'ım! Canının nasıl yandığını biliyordu. O zamanlarda olmasa da, o anda biliyordu çünkü kendisi de aynı şekilde acı çekerdi. Hiçbir şey söylemedi. Kendisi açıklamaktansa yapacağı şeyin daha etkili olacağına emindi. Hızla telefonunu alıp geri döndü ve bir numara tuşlayıp hoparlörü açtı.

Kısa süre sonra hattın diğer ucundaki Ali, "Evet?" dedi. Hayat hızla başını çevirip şaşkınlıkla telefona baktı.

Tunç duşun hemen dışında durmuş, gözlerini kızın şaşkın gözlerine dikmişti.

Tunç düz bir tonla, "Bu hafta sonu ne yapıyorsun?" diye sordu.

"Kahretsin! Hayır." Ali'nin inlemesi duyuldu. "Hafta sonu aya yolculuğa çıkıyorum ve bir süre yokum!"

Tunç güldükten sonra dudaklarını yaladı. "Ben de seni misafir etmeyi düşünüyordum."

"Aklından bile geçirme. Hâlâ ne yaptığını anlamaya çalışıyorum! Bana mı asılıyorsun?"

Tunç tekrar güldü. "Siktir git!"

"Aklıma başka türlüsü gelmiyor." Ali güldü. "Kırmızı şarap, kristal kadehler... Allah'ım! Cips! Daha ince düşünmeliydin, çok kırıldım. Beni ayartmaya çalışıyorsun, değil mi? Avucunu yalarsın!"

Tunç, "Ben de her şeyin dört dörtlük olduğunu düşünmüştüm," diye mırıldandı. Gözleri Hayat'ın bir anda parıldayan gözlerindeydi ve doğru yol üzerinde olduğunu anladı. Onu aldatmıştı, fakat en azından eve kadın getirecek kadar alçalmamıştı. Hayatına başka kadınları dâhil etmişti çünkü Hayat'ı hiçbir şekilde kabul etmemişti. Ona göre ne karısı vardı ne de bir evliliği... O, yaşamına kaldığı yerden devam etmişti.

"Sen, basketbol maçı, kırmızı şarap ve cips romantik bir dörtlüsünüz ama ben bu işte yokum." Ali bir anda kahkaha attı.

Tunç, onun neden güldüğünü biliyordu. Dalga geçerek, "Şansımı denemek istedim," dedi.

Ali aniden ciddileşerek, "Yine ne oldu?" diye sordu.

Tunç telefonu kapatmak ve konuşmaya devam etmek arasında kaldı. Başını yana eğdi. "Yemek komplon iyi gitmiyor mu? Bana da gelebilirsiniz!" Ali bu konuda oldukça ciddiydi.

Hayat aniden başını kaldırırken gözleri de irice açıldı.

Madem her şey açığa çıkmıştı... Tunç artık ipin ucunu bıraktı. "Eh işte," diye mırıldandı.

"Yapabileceğim herhangi bir şey var mı, sonradan olma Romeo?"

Hayat gülmemek için dudaklarını birbirine bastırırken, Tunç kıkırdadı. "Hayır." Sanki Ali, onu görüyormuş gibi başını iki yana salladı. "Sonra görüşürüz."

Ali kapatmadan hemen önce, "Kızın üzerine gitme!" diye bir uyarıda bulundu.

Tunç arkasını dönüp telefonu yatağın üzerine fırlattı ve Hayat'a döndü. Tekrar onun yanına, duşun altına girip bağdaş kurdu. "Misafirim gelecek dedim, kız arkadaşım değil!" diye fısıldadı. Hayat'ın sorgulayan bakışlarına karşılık iç çekti. Bir eli gergince saçlarının arasından geçti. "Bir anda hayatımın tam ortasına düştün ve bu bana fazla geldi. Kalktığımda orada öylece yatıyordun. Seni huzursuz etmek istedim. Sana kızıyor, sana karşı inanılmaz bir öfke besliyordum. Sadece canını yakmak istemiştim."

Bunları itiraf edebilmenin bu derece zor olacağını tahmin etmemişti, fakat her kelimede sesi dalgalanıyor, konuşmakta güçlük çekiyordu.

Genç kız, "Yemek komplosu?" diye sordu.

Tunç omzunu silkti. "Seni evde tutabilmek için eş dosttan aldığım küçük bir yardım." Kaşlarını indirerek kıza baktı. *Allah'ım, çok utanç verici!*

Hayat'ın bir dudağı geriye doğru kıvrıldı ve başını iki yana salladı.

Sonunda genç kızın suskunluğuna dayanamayarak, "Bana bir şans verecek misin?" diye sordu.

Hayat derin bir nefes alışla sırtını dikleştirdi. Sonra başını, onaylarcasına salladı. Tunç'un kalbi o anda olduğu yerde taklalar atarken, Hayat konuştu. "Seninle birlikte olmayacağım!" Sesi oldukça kararlı çıkıyordu.

Tunç önce ondan tokat yemiş gibi afallayarak baktı.

Sonra gözlerini kapayıp başını arkaya attı. "Anladığım şeyden bahsetmediğini söyle, lütfen!" dedi yakarırcasına.

"Anladığın şeyden bahsediyorum."

Genç adam tekrar başını kaldırdı. Dudakları aralandı ve her kelimeyi tane tane fısıldayarak konuştu. "Bana verebileceğin en büyük ceza ve çekebileceğim en büyük işkence!"

Hayat başını iki yana salladı. Dalgalanan bir sesle, "Hayır. Niyetim ceza vermek değil!" dedi. Yutkundu. "Eğer sana kapılırsam... o duvarı yıkarsam, sen yine yuvarlanıp gittiğinde yoluna kolaylıkla devam edebilirsin." Tekrar başını iki yana salladı. "Ama ben yapamam. O kadar güçlü değilim. Önce sana güvenmek istiyorum."

Tunç zorlukla iç geçirdi. Gitmeyeceğini, onu asla bırakmayacağını söyleyerek ikna etmeye de çalışabilirdi, ama Hayat'ın buna ihtiyacı var gibi görünmüyordu. Zorlukla, "Tamam," diye fısıldadı.

"Bunun için bana söz verebilir misin?"

Tunç, onun yüzüne baktı. Beyaz teninin sarmaladığı bedenine, uzun, kıvrılmış, çıplak bacaklarına baktı. Yine derin bir iç çekişle alnını genç kızın dizlerine dayadı. Boğukça, "Söz veriyorum," diye fısıldadı. Dudaklarının hemen dibindeki ıslak tenine usulca dudaklarını değdirdi. "Söz veriyorum." Onun dizini bir kez daha öptü. Başını kaldırıp dikkatle kıza baktı. "Benimle konuşacak mısın?" diye sordu.

Hayat, başını salladı.

"Bana gülümseyecek misin?"

Genç kız yine başını salladı ve onun bu çocuksuluğuna güldü. Yanağındaki çukur belirdiğinde, Tunç elinde olmayarak gamzesinin üzerine bir öpücük kondurarak genç kızın soluğunu kesti. Sonra masum bir öpücük için gözlerini kapayarak dudaklarını dudaklarına değdirdi. Buna öylesine ihtiyacı vardı ki! Kendine engel olamamıştı. Hayat elektrik çarpmış gibi titredi. Genç kız dudaklarını kaçırırken, Tunç, onu öpmeyi bıraktı.

"Söz ver-"

Tunç, kızın çıkışını hafif bir gülümsemeyle keserek, "Öpemeyeceğimi söylemedin," dedi. Sonra yüzüne eğildi. Hayat o sırada gürültüyle yutkundu. Genç adam, "Seni seviyorum," diye fısıldadı. Hislerini sesli ifade edebilmenin verdiği huzura şaşırmıştı. Hayat'ın şok olmuş ifadesine baktı ve bir kahkaha attı. "Bunu benden sıklıkla duymaya alışsan iyi olur; çünkü seni seviyorum.

Hayat gözlerini kırpıştırıp huzursuzca kıpırdandı. "Arkanı dön! Duştan çıkacağım," dedi telaşla.

Tunç, onun bu ne yapacağını bilemez haline gülümsedi. Dalgacı bir şekilde yüzünü buruşturarak, "Romantizmde son nokta," dedi. Arkasını dönüp raflardan iki havlu çıkardı. Biri kendisi için biri Hayat içindi. Ona bakmadan elini arkaya uzatarak genç kızın havluyu almasını bekledi.

Hayat'ın iç organları birbirine geçip düğüm olmuştu. Kalbinin nerede attığından ise kesinlikle haberi yoktu, zira tüm bedeni nabız olup atıyormuş gibi hissediyordu. Durumunu ona fark ettirmemek için de iradesini son damlasına kadar kullanıyordu. Onu sevdiğini söylemişti! Ona âşık olduğunu söylemişti. Daha bir sürü güzel şey de söylemişti! Hafifçe gülümserken dudağını ısırdı. Sonra kaş çatışı derinleşti. Daha önce onun canını yakacak bir sürü kelime de sarf etmişti. Keşke ona gerçekten inanabilseydi. Keşke kalbini yerinden çıkaracakmış gibi olan sözleri gerçek olsaydı. Ona kapılmaktan ölesiye korkuyordu. Ve bunun tam sınırındaydı. Bir nefes öteda cenneti vaat eden Mirza'nın büyüsüne kapılmak üzereydi. Sonunda paramparça olmaktan korkuyordu. Havluyu bedenine sardı. Tekrar giyinen Mirza'nın yanından geçip raflara ilerledi.

Onun kolları ağır ağır bedenine dolandığında gözlerini kapadı. Bel kemiğinden yukarı çıkan sıcaklık, hızla tüm bedenine yayılıp kaslarını tel gibi gerdi. Mirza saçlarını bir omzunda toplayıp açıkta kalan tenine dudaklarını değdirdi. "Teşekkür ederim," diye fısıldadı ve onu tekrar öptü. "Teşekkür ederim."

Hayat konuşamayacak kadar boğazı kuruduğu için sadece başını salladı. Mirza kollarını bedeninden çektiğinde rahatlamayla derin bir nefes aldı. Kıyafetlerine uzandı.

Mirza, "Onları değil!" dedi. Hemen yanında durarak bir kot pantolon ve boğazlı bir kazak seçip aldı. "Bunları giymelisin." Elindeki kıyafetleri genç kıza uzattı.

"Neden?" Hayat'ın kaşları şaşkınlıkla havaya kalktı.

"Çünkü seni yemeğe çıkarıyorum."

"Bu havada mı?"

Mirza başını çevirip pencereden dışarı baktıktan sonra onaylarcasına başını salladı. Kendisi çoktan çıkmak için hazır gibi görünüyordu. "İnan bana tek bir yağmur damlası bile seni ıslatmayacak."

Hayat başını iki yana salladı. "Ondan değil," dedi mırıldanarak. "Hastasın ve çok ıslandın..." Sesi cümlesinin sonuna doğru kaybolup gitti ve kulaklarına kadar kızardı.

Mirza'nın gözlerinde çılgın bir parıltı belirirken, yüzü gülümsemesiyle aydınlandı. "Beni düşünmene bayılıyorum ama kendimi çok iyi hissediyorum." Dudağının bir kenarı yana kaydı. Bir eli onun yüzüne uzandı. "Seni tıka basa doyurmak istiyorum."

▲▼▲

Hayat tıka basa doymuştu. Hatta çatlamak üzereydi. Mirza, onu, çok yakın olduğu için tercih ettiği Ortaköy'de bir restorana götürmüştü. Mekânın daimi müşterilerinden olduğunu, garsonların onu gördüğünde telaşla koşturmalarından ve her zaman oturduğu masaya yönlendirmelerinden anlamıştı. Mekân denizin üzerinde, bembeyaz masa örtülerinin kapladığı masaları, yüzlerinden gülümsemeleri eksik olmayan garsonlarıyla, İtalyan mutfağının en seçkin lezzetlerini sunan bir menüye sahipti. Ve mükemmel bir boğaz manzarasına bakıyordu. Sanki kendisini gemide, denize açılmış gibi hissediyordu. Hayat sık sık manzaraya takılıp kalmış, Mirza da onu bu anlarda hiç rahatsız etmemişti. Ah... Onun ağzına bir şey tıkıştırmadığı anlarda tabii!

Hayat, ona aile ziyaretlerinde zaten çok güzel yemekler yediğini söylese de bu adamı kesinlikle durdurmuyordu. Kimseye aldırmadan çatalını onun dudaklarına uzatıyordu.

Mirza, "Bundan tatmalısın!" dedi. Çatalının ucunda Hayat'ın adını bile söyleyemediği bir yemeği dudaklarına uzatmıştı. Taze kum midyeli Liguine... Bildiğin makarnaya benzemesine rağmen müthiş bir lezzeti vardı. Sarımsak ayrıntısı hoşuna gitmediyse de oldukça lezzetliydi. Genç kız kum midyelerinin içindeki görüntülerini çok sevmişti.

Genç adam bir başka yemeği uzatırken, "Bunun damağındaki lezzeti bir başkadır," dedi.

Hayat, ona gözlerini devirse de sırf adamın bakışlarının hatırına yedi. Yan masalardan kaçamak bakışların, dudaklardan kaçan kıkırtıların ikisinin bu hallerine olduğuna emindi. İş adamları oldukları belli olan, masalardaki takım elbiseli toplulukların bile dikkatlerini üzerlerine çekmişlerdi. Hayat ikaz edip dursa da Mirza sadece omuz silkiyordu. Sonunda Hayat, yediklerini masaya çıkarmakla tehdit ettiğinde Mirza onu doyurmaya çalışmaya bir son verdi.

Mekândan ayrıldıklarında Mirza eve gitmek yerine, mutfak erzakı almak için bir 'alışveriş' merkezine yöneldi. Hayat bunu normal bir marketten -hatta dairenin hemen yakınındakinden- yapabileceklerini söylediyse de Mirza kapalı otoparkı olduğu için tercih ettiğini söyleyerek genç kızı ikna etti. Hayat kendini davul gibi şişmiş hissettiği için biraz yürümek iyi gelmişti. Mutfak erzakından çok, Hayat için akla gelmeyecek birçok şey almışlardı. Mirza kıyafet mağazalarına yöneldiğinde, Hayat yürüyecek halinin kalmadığını söyledi ve bu sızlanmasının sonunda genç adam çılgın alışveriş maratonuna bir son verdi. Daireye vardıklarında yorgunluktan ölüyordu. Ama Mirza aldıkları erzakları dolaplara yerleştirirken itirazlarına rağmen yardım etti ve sonunda bitkince koltuğa yığıldı.

Genç kız, "Allah'ım! Üç gün hiçbir şey yemeyeceğim," dedi sızlanarak. Eli midesinin üzerindeyken gözlerini irice açmıştı. Mirza, onun bu haline kıkırdadı. Ardından bir bardak turuncu renkli bir sıvıyla onun yanına oturdu. Genç kız gözlerini dehşetle açarak, "Sakın onun benim için olduğunu söyleme!" dedi.

"Senin için."

Hayat hızla başını iki yana salladı. "İçinde ne var?"

"Bal, yumurta ve süt!" Genç adam tek kaşını havaya kaldırdı.

"Çiğ yumurta mı?" Mirza, Hayat'ın yüzünün aldığı ekşi ifadeye bir kahkaha attı. "İçmem. Kesinlikle içemem. Kendimi fazla havayla şişirilmiş bir top gibi hissediyorum ve onu da içersem patlarım."

"Bunu içeceksin, yoksa ben içiririm. Hem bana içirdiğin o berbat karışıma karşı bunu nezaketle kabul etmelisin! Hayatımda daha önce öyle berbat bir şey içmemiştim."

Hayat gözlerini hayretle açıp ona baktı. Bu adam ciddiydi. "Ama iyi geldi," dedi Hayat.

"Bu da sana iyi gelecek."

Hayat sonunda ondaki kararlılığı fark ederek bardağa uzanıp zorlukla ve hiç ara vermeden hepsini bitirdi.

"Aferin." Mirza elinden bardağı alıp ayaklandı.

Hayat gözlerini devirdi. Dudağında kalan sütü diliyle yaladı. Hareketi genç adamın gözlerini kısıp bakmasına, çenesinin de yana kaymasına neden oldu. "Öyle şeyler yapmanı tavsiye etmem." Burnunu çekti. "Kendi iyiliğin için." Mirza'nın ciddi yüz ifadesine karşılık genç kız dudaklarını birbirine bastırdı. Ve Mirza kıkırdadı.

Hayat, üzerini değiştirip dişlerini fırçaladıktan sonra yatmak için eski yerine doğru ilerledi. Tam uzanmak üzereydi ki güçlü bir kol beline uzanıp sıkıca kavrayarak ayaklarını yerden kesti. Genç kız küçük bir çığlık attı. Mirza, onu kendisiyle birlikte yatağa götürdü. Üzerini değiştirmiş ve yine sadece bir eşofman altı giymişti.

"Söz vermiştin!" Hayat tırnaklarını adamın koluna geçirdi.

Mirza hafifçe sızlanırken kızı yatağa bıraktı. "Biliyorum." Hayat'ı yatmaya zorladı. "Şu lanet olası sözü hatırlatıp durma." Genç kızın şaşkın bakışları arasında örtüyü üzerine serdi. "Sözümü tutacağım." Eğilip dudaklarına tüy kadar hafif bir öpücük kondurdu. "Oradaki koltukta bir gece daha geçirmene razı olamam." Doğrulup ışıkları kapamak için ilerlerken, "Ve sen de eminim bu yufka yürekliliğinle benim orada yatmama müsaade etmezsin," dedi mırıldanarak.

"Fena fikir değil." Hayat'ın sesinde ne kadar muziplik varsa bir o kadar da umut vardı.

Mirza kıkırdadı. Işıkları kapadı. Geri dönüp yatağa, örtülerin altına girdi. Genç kızın yanına sokulup onu kollarının arasına çekti. "En azından sıcaklığını esirgeme benden." Şakağına bir öpücük kondurdu. Derin bir çekti. Homurdandı ve saçlarına da bir öpücük kondurdu.

Hayat'ın kalbi güm güm atıyordu. Heykel gibi taş kesilmiş bir halde, nefes bile almadan, kollarının ve bedeninin sıcaklığı onun tenine nüfuz ederken oda etrafında fıldır fıldır dönüyordu.

Mirza, "Gevşe biraz," diye fısıldadı. Eli rahatlatıcı daireler çizerek hafifçe sırtını okşadı. "İnan senden daha gerginim ama sözümü tutacağım." Aldığı derin nefesi verirken kızın saçlarını havalandırdı. "Sonunda duvarlara tırmanacak olsam da..." diye devam etti.

Sözleri ve sesinin tonu kızın gevşeyerek kıkırdamasına neden oldu. Mirza'nın gülümsediğini şakağındaki dudaklarının hareketinden anladı. Genç kız bocaladı. İçindeki ona sarılma dürtüsünü sonuna kadar destekleyen kızla, Mirza'nın, onun sevgisine olan ihtiyacına inanan kız bir süre çatıştı. Sonunda dayanamayarak elini hafifçe kaldırdı.

Hayat'ın ürkek, titreyen parmakları önce taş gibi sert midesine dokundu. Genç adamın parmak uçlarındaki tenini dalgalandırarak yukarıya çıkıp beline dolandı. Mirza'nın dudaklarından küçük bir inleme kaçtı.

Mirza, onun dokunuşuyla birlikte küçük çaplı bir sarsıntı geçirirken yutkundu. Allah'ım! O kendisine dokunana kadar ihtiyacının büyüklüğü konusunda hiçbir fikri yoktu. Gözlerini kapadı. Dokunuşunun akıl almaz tadını sanki dilinde duyumsadı.

"Teşekkür ederim." Mirza'nın boğuk fısıltısı genç kızın kulağından içeri girdi. Bünyesini sarsarak dolanıp içini titretti.

Mirza dişlerinin arasından sert bir soluk çekti. "Bana güvendiğin an," dedi. Bir süre duraksayıp onu daha sıkı sardı. "Sana çok kötü şeyler yapacağım."

14. Bölüm

Hayat, kulaklarını rahatsız eden uyumsuz takırtıların sesiyle gözlerini açtı. Bedenindeki dinçlik hissi öyle güzeldi ki, kedi gibi mırıldanmamak, uykuya tekrar dönmemek için kendini zor tuttu. Uzun zamandır ilk defa böyle rahat bir uyku çekmişti. Sanki aylardır yorgundu ve ilk defa dinlenmişti. Ayağını ileriye doğru uzatarak bacaklarını gerdi. Gözleri fincan altlığı kadar açıldı. Yatak? Kısık sesle savrulan bir küfür duyduğunda şaşkınlığını atamadan başını kaldırdı. Bakışları, sesin sahibini buldu. Mirza söylenerek mutfakta bir şeyler yapıyordu. Genç kızın zihni bir gün önceyi geriye sardı. Sonra mini bir film oynatır gibi her şeyi bir bir sıraladı. Biraz şaşkınca, yumuşak bir gülümseme yüzüne yayıldı. Rüya görmemişti! Bunun gerçekliği Hayat'ın nefesini boğazında tıkadı. Onun yanında, kolları arasında yatmıştı. Kulağına melodi gibi gelen güzel sözleri fısıldamasıyla uyumuştu. Bütün gece!

Biraz tereddüt ederek alt dudağını ısırdı. Cesaretini toplayarak dudaklarını aralayıp yüksek sesle, "Günaydın," dedi.

Mirza ona baktı. Gülümsedi. Ellerini yıkayıp bir kâğıt havluyla kuruladı. Yatağa -Hayat'a - doğru uzun adımlar atarken, "Günaydın," dedi. Hayat kendini, sesinin ipeksiliğinde kaybolup gitmekten son anda alıkoydu. Eşofmanının paçaları yine yerleri süpürüyordu. Mirza yatağa, hemen yanına oturdu. Yüzüne eğilip dudaklarından minik bir öpücük çaldı. "İyi uyudun mu?" Hayat'ın şaşkın ifadesine kıkırdadı. "Şu sersem ifadene bayılıyorum." Bu defa ağır ağır tekrar yüzüne eğildi. Onu öpmeden önce bir süre duraksayıp dudaklarını onunkilerin hemen önünde tuttu. Onun, Hayat'ın heyecanlanmasından zevk aldığını biliyordu. Mirza, hafifçe dudaklarını birbirine sürttüğünde Hayat'ın soluğu kesildi. Sonra genç adam kıkırdayarak küçük bir öpücük daha çaldı. "Şimdi?" diye sordu genç kızın kaş çatmasına fırsat vermeden geri çekilerek. "İyi uyudun mu?"

Hayat, ona bir süre tek kaşını kaldırarak baktı. Sonra dudaklarının kıvrılmasına engel olmayarak başını salladı. Mirza karşısında öyle bir gülümsüyordu ki, kaş çatmak çok zordu. Sözlerinin nereye gittiğinin farkında olmadan, "Uzun zamandır uyumadığım kadar iyiydi," dedi.

Mirza'nın gözlerinden hüzün geçerken, dudaklarındaki can alıcı gülümseme soldu. Gözlerini kapayıp başını arkaya attı. "Bunun için kendimi asla affetmeyeceğim," diye fısıldadı. Gözlerini açtı. İşaret parmağını Hayat'ın burnunun ucuna dokundurdu. "Acaba her güne bir özürle başlasam senin tarafından affedilebilir miyim?" Kaşlarını kaldırıp hüzünle baktı.

Hayat'ın bir dudağının kenarı muzipçe kıvrıldı. "Geceleri yatmadan önce bir defa daha söylersen belki!"

"Aman Allah'ım. Karım benimle dalga geçiyor." Hafifçe gülümsedi.

Ama Hayat, onun gözlerine yapışıp kalan hüznün gölgesini görebiliyordu. Konuyu değiştirmeye çalışarak, "Mutfakta ne yapıyordun? Oldukça hararetli görünüyordun," diye sordu.

"Karıma romantik bir kahvaltı hazırlamaya çalışıyordum ama sanırım berbat ettim." Kaşları havaya kalktı. "Bu konuda anneme çekmişim. Tam bir beceriksizdir."

"Çok ayıp." Hayat hayretle kıkırdadı.

"Hayır. Bunu kendisi de biliyor." Mirza bir anda ayağa

kalktı. "Haydi, bir an önce zıpla ve hazırlan. Kahvaltıyı dışarıda yapalım. Sonra seni okula bırakırım."

Genç kız, ayaklarını yataktan aşağıya sallandırırken başını iki yana salladı. "Okula geç kalırım."

"Bir şeyler yemeden okula gidebileceğini düşünüyorsan avucunu yalarsın."

Hayat, onun renksiz bir tonla söylediği sözler üzerine gözlerini devirdi. Yüzünü yıkamak için lavaboya ilerlerken, "Ben hazırlarım," dedi.

Genç adam, "Ama ben, senin hazırlamanı ve yorulmanı istemiyorum," diye mırıldandı.

Hayat, onun sesinin tınısında kaçırdığı şeyin ne olduğunu merak etti. "Kahvaltı hazırlamaktan bahsediyo-" Sözleri savaş alanına dönmüş mutfağı gördüğünde yarım kaldı. "Aman Allah'ım! Burada ne yaptın böyle?"

"Kahvaltı hazırlamaya çalışıyordum!" Mirza'nın yüzünü sevimli bir ifade kapladı. Sanki yaramazlık yaparken yakalanmış huysuz bir çocuk gibi görünüyordu. "Domatesleri soymak gerçekten bir sanat! Büyük bir özveri ve beceri gerektiriyor." Kendi kendine mırıldanırken bir yandan yarattığı dağınıklığı toparlamaya çalışıyordu. "Bir de onlara krepler eklenince..." Hayat, birden onun tişörtünün arkasına bulaşmış unu fark etti. Unun orada ne işi olduğunu ve Mirza'nın bunu nasıl başardığını merak etti. Genç adam salatalıklar ve kızarmış ekmekleri konu alan tiradına devam ederken Hayat'ın omuzları sessiz kahkahasıyla sarsılmaya başladı. Sonunda bir eliyle tezgâhtan destek alıp ağrıyan karnını tuttu.

Mirza, yere düşürdüğü birkaç parça şekilsiz nesneyi toplarken omzunun üzerinden ona baktı. "Sen, bana mı gülüyorsun?" diye sordu renksiz bir tonla.

Hayat gülmeye devam ederken başını iki yana salladı. Art arda öksürüp boğazını temizledi. Göğsüne tırmanan kahkahasını tutmaya çalışarak, "Hayır," dedi. "Sana gülmüyordum."

Ve tekrar, bu defa sesli bir kahkahayla omuzları sarsılarak gülmeye başladı. Mirza ağır ağır doğruldu. Durumu ne kadar komik olursa olsun, üzerine yapışan zarafeti onu baştan aşağıya erkeksi ve seksi gösteriyordu. Sanırım adamın bundan kurtulması imkânsızdı. Ellerini yıkadı, kuruladı ve kısılmış gözlerini Hayat' a dikip ağır ağır ilerledi.

Hayat tekleyerek gülerken yutkunup pancara dönmüş yüzünü saklayamadığı için hayıflandı.

"Demek bana gülüyorsun?" Mirza tek kaşını kaldırıp ipeksi bir sesle sordu. Hayat, başını iki yana salladı. Gözlerini ondan kaçırmak isterken bakışı harap olmuş mutfağı yakaladı ve dudakları titredi. "Hımm. Bakalım gülme krizine tutulan bu zavallı kız için neler yapabiliriz?" Kollarını usulca beline doladığında genç kızın soluğu boğazında tıkandı. Mirza, "Daha çok erken!" diye fısıldadı. "Henüz hiçbir şey yapmadım."

Hayat yutkundu. Ona doğru eğilen Mirza'dan geriye kaçarken sırtı tezgâha dayandı. Genç kız, ona bir şeyler söylemek istediyse de kelimeleri sanki dudaklarının arkasında hapis kalmıştı. Yine de çaresizce bir girişimde bulundu. "Ben-" Sözleri Mirza'nın dudaklarını yakalamasıyla yarıda kesildi. Tüy kadar hafif başlayan öpücük genç kızın kararsızlıkla verdiği karşılıkla bir anda derinleşti. Mirza göğsünden yükselen bir mırıltıyla ellerini bedeninde kaydırarak baldırlarına ulaştı. Sıkıca tutup havaya kaldırarak onun tabureye oturmasını sağladı. Genç kızın ağzının derinliklerini keşfeder, tadar ve her saniye yoğunluğun içinde kaybolurken elleri tekrar yukarı tırmandı.

Alt dudağını çekiştirdi. Pijamasının altından sırtına tırmanan ellerinin altındaki çıplak, pürüzsüz ten titredi. Hayat zayıf bir itirazla ellerini adamın kollarına koydu ama bu, onu açlıkla öpen Mirza'ya bir fayda etmedi. Bir eli belinde duraksarken, diğeri genç kızın tenine ürpertiler yayarak yukarılara tırmanıp ensesinde sabitlendi. Hayat ellerini ne zaman onun boynuna ve saçlarına götürdüğünü hatırlamıyordu. Ama hafif nemli, yumuşak saçlarını kendi derisinde hissetmenin nasıl benzersiz bir keyif olduğunu hatırlamakta gecikmedi. Mirza sonunda dudaklarını serbest bıraktığında her ne kadar kendisini bir boşluğun içine savrulmuş gibi hissetse de bunu yaptığına memnun oldu, yoksa sonrası için ona karşı koyması imkânsızdı.

Mirza gerdanına minik bir öpücük kondurup yüzünü boynuna gömdü. Hayat, kendi bedeniyle bütünleşmiş bedeninin kaskatı kesildiğini hissedebiliyordu.

Mirza derince bir nefes aldıktan sonra burnunu boynuna sürttü. "Mazosişt olmalıyım," diye fısıldadı. Kulak memesini hafifçe dişleyip genç kızı titremeye saldı. Başını geriye çekip arzudan kararmış lacivert bakışlarını onun gözlerine dikti. "Bana güvendiğin an," dedi ve yutkundu. "Sana çok kötü şeyler yapacağım."

Hayat'ın gözbebekleri büyüdü. Yüzü sanki olabilirmiş gibi biraz daha kızardı. Yanakları alev alev yanarken teni karıncalanıyordu. Bir gece öncesini kastederek, "Bunu... Daha önce de duymuştum," diye mırıldandı.

Genç adam alaycı bir şekilde, "Hımm," dedi. Gözleri tüm hatlarını içercesine ağır ağır yüzünde dolaşıyordu.

Genç kız soluğunu verirken, "Evet," dedi. "O zaman... Sana hiç güvenmemeliyim," diye zorlukla fısıldadı.

Mirza'nın dudağı muzip bir gülümsemeyle kıvrıldı. "Ve mezar taşıma *'bu işkenceye daha fazla dayanamadı'* yazarlar."

Hayat kıkırdayarak başını iki yana salladı. Mirza'nın bakışlarında hiçbir değişiklik olmamasına karşı, bir adım geriye çekilip dişlerinin arasından yavaşça bir soluk çekti. Bu, her nedense Hayat'ın bedenini öpüşmelerinin etkisinden daha çok gerdi. Kaslarını ağrıtıp midesinin titremesine neden oldu. Kalbi yüksek perdeden bir ötüş tutturmuştu.

Mirza, "Seni seviyorum," diye fısıldadı. Ve Hayat'ın kalbi tekledi.

Mirza gözlerini kapayıp onu zorlukla serbest bıraktı. "Ve şimdi sakinleşmem için birinin üzerimde tepinmesi gerekiyor," diye şikâyet etti. "Aferin bana!"

Hayat, adamın kendi kendine söylenmesine istemsizce güldü. Mirza da gözlerini aralayıp ona kötücül bir bakış attı. Bir süre bakmaya devam etti ve başını iki yana sallayarak mutfağı toparlama işine geri döndü. Genç kız hem mutfağı toplamak hem de kahvaltı hazırlamak için yardım etti. Birbirlerine sataşarak hazırladıkları kahvaltılarını yaptıktan sonra, Mirza süt olduğunu iddia ettiği, yine o turuncu sıvıyı içmesi için tepesinde dikildi. Genç kız da bunun için büyük bir savaş vermek zorunda kaldı. Sonunda Hayat'ın elinde kalan, koca bir yenilgi oldu. Zorlukla içmek zorunda kaldığında adamın yüzünde kendisiyle gurur duyan bir ifade oluştu. Bunun üzerine de Hayat'tan bir dirsek darbesi yedi.

Daireden çıkmadan hemen önce genç kız paltosunu giydi. Çantasını omzuna asıp Mirza'yı beklemeye başladı. Hayat önce başını yere eğerek gülümsemesini sakladı. Ama sonra dayanamayıp tekrar gözlerini özenle hazırlanmakta olan adama dikti. Ah. Ona özgürce bakabiliyor olmanın keyfini unutmuştu. Aylarca sapkın bir takipçi gibi onu göz hapsine almış, yüzündeki her mimiğin, her kas hareketinin, dudaklarının kıvrılışının, kaşlarını kaldırışının, bedensel hareketlerinin en ince ayrıntısına kadar hafızasına kazımıştı. Daha sonra eve gidip başını yastığına koyduğunda yüzünde aptal bir gülümsemeyle onları saklandıkları yerden bulup çıkarmış ve hepsini tek tek özümsemişti. Hayat belki de onun bedenini ondan daha iyi tanıyordu. Ve yine, körü körüne ona bağlanmaya doğru dörtnala ilerliyordu.

Mirza, takım elbisesinin ceketini üzerine geçirip arkasını döndüğünde dudağının bir kenarı yana kaydı. "Nasıl her seferinde benden daha önce hazır olabiliyorsun?" Tek kaşını havaya kaldırarak baktı. Ardından başını iki yana sallayıp ona doğru ilerledi.

"Belki de süslenmek için senin kadar vakit harcamadığımdandır."

Mirza paltosunu giyerken genç kızın yüzünde oluşan kendini beğenmiş ifadeye karşılık hafifçe gülümsedi. Evrak çantasını almadan hemen önce yanağından bir öpücük çaldı. Başını geriye çekerken derin bir nefes alışla gözleri kapanıp açıldı. Hayat ise ayaklarının yürüyemeyecek kadar jöle kıvamına gelmediğini umdu.

"Belki de senin süslenmeye ihtiyacın olmadığı, ama benim fena halde ihtiyacım olduğu içindir." Mirza göz kırpıp kapıyı açtı. Genç kızın çıkmasını bekledi. Hayat kapıdan geçerken ona gözlerini devirdi.

Soğuk garajın içine adım attıklarında genç kız ürpererek kollarını ovuşturdu. Soğuk hava hakkında şikâyetlerini sıralarken, Mirza kolunu omzuna dolayarak ona arabaya kadar eşlik etti. Genç adam, onun binebilmesi için yolcu kapısını açtığında, Hayat üşüyen ellerini paltosunun ceplerine soktu ve kendisine ait olmadığına, deriyle kaplanmış olduğuna emin olduğu bir nesne eline çarptı. Parmakları nesneyi kavradı. Dışarı çıkardığında kaşları şaşkınlıkla havaya kalktı. Erkek cüzdanı? Bakışı Mirza'nın gözlerine ulaştığında onun huzursuzca kendisine baktığını gördü.

Genç adamın bir eli saçlarını buldu. Başını yana eğip tek parmağıyla başını kaşıdı. Gözlerini arabaya, Hayat'ın bineceği koltuğa çevirdi. "Üşüyeceksin!" dedi mırıldanarak.

Hayat, onun ne yapacağını bilemez hallerine hafifçe gülümsedi. Cüzdan hâlâ aralarında, havada duruyordu. "Sanırım bu sana ait?" dedi. Yutkundu. Allah'ım! Mirza burnunu çekip tekrar başını kaşıdı. Bir anda büyük elleri -birinde hâlâ evrak çantası duruyordu- genç kızın belini kavrayıp, onu yolcu koltuğuna yerleştirdi.

Genç kız hafif bir sinirle, "Mirza!" dedi. Fakat adam çoktan kapıyı kapamıştı.

Genç adam arabanın etrafından dolaştı. Arabaya binip çantasını arka koltuğa fırlattı. Ve ona döndü. Renksiz bir tonla, "Ne?" diye sordu.

Ondan para alacak olması genç kızın gururunu zedeliyordu. Ama Mirza'nın davranışının inceliği burnunu sızlattı. İçinde umudun yeşermesine engel olamadı. En azından onu biraz olsun tanıyabilmiş olması Hayat'ın kalbine bir el gibi uzanıp, hafifçe okşadı. Hafif tarazlı bir sesle, "Teşekkür ederim," dedi. Hâlâ cüzdanı elinde tutuyordu. Mirza'nın yüzü gülmese de gözlerinin içi ışıl ışıl olmuştu. Genç kız kısa bir duraksama anından sonra, "Hislerimi düşünme nezaketini gösterdiğin için," diye belirtti.

"Aklıma başka bir şey gelmedi." Genç adam omuz silkti. Yutkundu ve motoru çalıştırıp hareket etti.

Garajdan çıkarken Hayat derin bir nefes aldı. Ellerini cüzdanla birlikte kucağında birleştirdi. Ve camdan dışarıya baktı. Söyleyeceklerinin onu kızdıracağından eminde ama kendi doğrularından şaşmayan bir insandı. Yine doğru bildiği yoldan gidecekti. Kararlı olduğunu umduğu bir tonla, "Tek bir şartla kabul edebilirim," dedi.

Daha o konuşamadan Mirza, onun aklını okuyormuş gibi sözlerine devam etmesine izin vermedi. "Hayır."

Doğrudan, ne söyleyeceğini duymadan ve sertçe verilmiş cevapla birlikte genç kız başını hızla çevirip ona baktı. Dişlerinin arasından, "Ne söyleyeceğimi nereden biliyorsun?" diye sordu.

"Muhtemelen çalışmak ve bana geri ödeme yapmak isteyeceksin."

Hayat, kendi aklından geçenleri onun bir bir sıralamasının ardından başını geriye çekerek, kaşlarını kaldırdı. "Şey... Evet."

"Cevabım hâlâ aynı!" Mirza sola sinyal verip şerit değiştirdi.

Hayat sinirle alt dudağını ısırdı. Bir elini beline koyarak ona baktı. Mirza göz ucuyla ona bir bakış atıp alçak sesle güldü. "O yüksek egonu zedelediğim için üzgünüm ama sana soracağımı da nereden çıkarıyorsun?" Adamın gülüşü Hayat'ın sinirlerini zıplattı.

Mirza onun sözlerini duymazlıktan geldi. "Dövüşecek miyiz sevgilim?" diye sordu. Genç kızın belindeki eline bir bakış atıp tekrar yola döndü. "Şimdiden söyleyeyim, iyi bir boksör olmamla övünmeme rağmen seninle güreşmeyi asla hafife almam." Genç kızı baştan aşağıya yakan kısa bir bakış daha fırlattı. "Hatta üzerimde olmanı tercih ederim."

Sözlerinin altında yatan çift anlam, genç kızın kulaklarına kadar kızarmasına neden oldu. Belindeki eli aşağıya düşerken bir an için adamla ne hakkında tartışıyor olduklarını unuttu. Sözleri zihnine yerleşip uygunsuz kareler gözlerinin önünde uçuşurken, kendisine gelebilmek için başını iki yana salladı. Kaslarının bir anda gerilmiş olmasını görmezden gelmeye çalışarak kaşlarını çattı. Ne diyeceğini bilemeyerek, "Sen çılgınsın!" dedi.

Genç adam hayıflanan bir tonla, "Az kaldı, sevgilim!" dedi.

Hayat, ona soran gözlerle baktı. "Neye az kaldı?" Adamın sözlerinden bir anlam çıkaramamıştı. Mirza, dudaklarını birbirine bastırdı. Ve Hayat bir dejavu hissi yaşadı. Allah'ım! Onunla yine eğleniyordu.

Mirza, "Çıldırmama," diye fısıldadı.

Genç kız bir süre sessiz kalıp sakinleşmeyi beklerken gözlerini devirmemek için kendini zorlukla zapt etti. Ani bir manevrayla Hayat'ı konunun dışına taşımış, aklını karıştırarak çalışma konusundan tamamen uzaklaştırmıştı. Kararlılıkla, "Çalışma konusundaki fikirlerimi değiştiremeyeceksin!" dedi.

Mirza bıkkın bir nefes aldı. "Dışarıdan bakıldığında her ne kadar parti çocuğu görüntüsü çiziyor olsam da içimde ilkel bir adam var. Ya da varmış." Durdu ve burnunu çekti. "Çalışmana izin verebileceğimi sanmıyorum. En azından bu şartlar altında. Okulunu bitirdiğin zaman bu konuyu tekrar konuşabiliriz." Hayat'ın itiraz etmek için dudaklarını araladığını gördüğünde ona çileden çıkmış bir bakış attı. Ve sonra omuzları çöktü. "Lütfen," diye fısıldadı. "Bunu sonra konuşalım, olur mu?" Sesinin tonundaki bir şey genç kızın geri adım atmasına neden oldu. Onaylarcasına başını salladı.

Mirza, onu okula bıraktıktan sonra, ikinci dersin ortalarındayken Hayat'ın telefonu bir mesaj bildirimiyle titredi.

- *Özledim seni.*

Hayat, onun numarasını kaydetmemişti ama tüm rakamlar ezberindeydi. Kalbi bir anda yerinden hoplarken -ki bir mesaja neden böyle bir tepki verdiğini anlayabilmiş değildi- dudakları muzip bir gülümsemeyle kıvrıldı. Numarasını telefonuna kaydettikten sonra profesöre kaçamak bir bakış atıp mesaja cevap verdi.

Hayat: *Numaranızı tanımıyorum! Kim olduğunuzu bilemediğim için özleyeceğim birisi olup olmadığınızı da bilemiyorum.*

Tunç ekrandaki yazıları gördüğünde alçak sesle güldü. Toplantı masasının etrafında hissedarı olduğu bir şirketin diğer hisse sahiplerinden ikisinin, mali müşavirlerin ve asistanların başı birden ona çevrildi. Onlara aldırmadan ve yüzündeki gülümsemeye engel olamadan mesaja karşılık verdi.

Mirza: *Tarafınızdan görülmemiş bir işkenceye tabi tutulan masum ve saf bir genç.*
Hayat: *Masum ve saf?*

Mirza: Ben! Ve acımasız, gaddar sen!
Hayat: O halde sizi tanımıyorum.
Mirza: Hımm... Küçük bir yardım; dudaklarının tadı ve teninin kokusu hâlâ tazeliğini koruyarak sağlıklı düşünmeme engel oluyor. Bu sabah... Kahvaltıdan hemen önce...
Hayat: Sanırım... Hatırladım.
Mirza: Hatırlamak mı? İstediğim etkiyi bırakamamışım. Akşama daha yoğun bir çalışma uygulamalıyım.
Hayat: Prof. çok kötü bakıyor. Görüşürüz.
Mirza: Kaç bakalım! Görüşürüz, 'Hayat'ım.

Tunç başını kaldırdı. Sıkıntılı yüz ifadeleri ve onaylamaz bakışlarıyla onun görüşlerini bekleyen yüzlere tek tek baktı. Bu insanlar her zaman böyle sıkıcı mıydı?

"Beklettiğim için üzgünüm," dedi kayıtsızca ve zaten kimse üzgün olduğuna inanmadı.

▲▼▲

Hayat bina kapısından içeri girdikten sonra omzunun üzerinden bakıp onu getiren taksinin hareket ettiğini gördü. Mirza, kendisinin onu okuldan almaya gelemediği günler için dairenin hemen yakınındaki bir taksi durağından güvenilir olduğunu düşündüğü bir taksi şoförünü ayarlamıştı. Mustafa Bey, ellili yaşlarının ortalarında -ki bunun özellikli bir seçim olduğunu düşünüyordu- kafasının tepesinde hiç saç olmayan, beyaz ve sarı kalın bıyıkları, yuvarlak yüz hatları, hafif göbeği, kısa boyuyla oldukça sevimli bir adamdı. Emekli matematik öğretmeniydi ve tam bir İstanbul beyefendisiydi. Hayat, onunla sohbet etmekten oldukça keyif alıyordu.

Alt dudağını ısırdı. Mustafa Bey kesinlikle özellikli bir seçimdi, çünkü Mirza fena halde kıskanç bir adamdı. Bunu saklamak için de hiçbir çaba göstermiyordu. Anlaşmalarının üzerinden iki hafta geçmişti. Mirza çoktan genç kızın ayaklarını yerden kesmişti bile. Hayat hâlâ tam olarak ona güvenemediği için onunla birlikte olmaya karşıydı. Çünkü bu, sanki aralarında bir sınırdı. Her şeyi değiştirecekmiş gibi hissetmesine engel olamıyordu. Onunla tek bir gece geçirmişti ve genç kızın hayatı bir anda tepetaklak olmuştu. Belki de bu, bilinçaltına yerleşen bir korkuydu.

Mirza, onu istiyordu. Bunu her fırsatta söylemekten de asla çekinmiyordu. Söylemese de bakışları, hareketleri bunu zaten defalarca anlatıyordu. Dilini ısırmadan onu sevdiğini de söylüyordu. Hiç sakınmadan, gözlerini gözlerine dikerek, kimi zaman öfkeyle ve kimi zaman o içinde boğulup gittiği sesinde yoğun bir duyguyla söylüyordu. Hayat ise onun gözlerine her bakışında buna inanmaya başlıyordu. İnanmamak çok güçtü. Bazen öyle şefkatli, öyle düşünceli ve iyi oluyordu ki! Hayat her sabah onun sıkıca sarmış güçlü kolları arasında uyandığında bunun kendisinin kurduğu pembe bir düş değil de gerçeğin ta kendisi olduğunu fark ediyor, ona bir adım daha itiliyordu.

Mirza, onu okula bırakıyor, okuldan alıyor, bir yerlere götürüyordu. Evde film izliyorlar, birlikte yemek yapmaya çalışıyorlardı. Mirza her şeyi yüzüne gözüne bulaştırsa da iyi gidiyorlardı. Maç izliyorlardı. Her seferinde ikisi de ayrı takımları tutuyordu. Hayat, Galatasaray'ı tutuyordu. Mirza, Fenerbahçe'yi. O, bunu öğrendiğinde gerçeği kabul etmekte oldukça zorlanmıştı. Hayretle, "Bir kadın nasıl kocasıyla aynı takımı tutmaz!" demişti. "Hemen takımını değiştiriyorsun." Oldukça ciddi görünüyordu. "Ve doğru yolu buluyorsun!"

Hayat, ona afallayarak bakmıştı. "Aman Allah'ım! Galatasaray taraftarı olan bir kadınla yatıp kalkıyorum." Başını iki yana sallamıştı. "Bu, inanılır gibi değil. Nasıl baştan sormayı akıl edemedim." Hayat, onun ciddi yüz ifadesine bakmış, bembeyaz kesilmişti. Çenesi aşağıya düşmüş bir halde öylece Mirza'nın ifadesinden hiçbir şey kaybetmeyen yüzüne bakarken, adamın çenesi titremiş, bastırdığı kahkahası göğsüne tırmanmış ve dudaklarından fırlamıştı. Sonra, onu kolları arasına alıp uzun uzun öpmüş, Hayat'tan hak ettiği yumruğu da midesine yemişti.

Genç adam, "Sana boks öğretmekle hata mı ediyorum acaba?" diye sızlanmıştı. Midesini tutarak iki büklüm duruyordu. Ama genç kız, onun zerre kadar etkilenmediğini biliyordu. Evet. Mirza, ona boks öğretiyordu. Kesinlikle çok eğlenceliydi. Gerçi Hayat'a daha çok onun bedeninin girinti ve çıkıntılarını ezberliyormuş gibi geliyordu. Yine de bu, eğlencesine mani olmuyordu. Bir de adamın onu tıka basa doyurma takıntısı vardı. Onu elleriyle -gerçekten elleriyle- besliyordu. Tezgâhta karşılıklı oturmuş konuşurlarken, özellikle de Hayat anlattığı bir şeye tamamen kendini kaptırmışken, Mirza onun bu dalgınlığından yararlanıyor, ağzına bir şeyler tıkıştırıp duruyordu.

Hayat'ın telefonunun melodisi apartmanda yankılandı. Yüzünde hafif bir tebessüm oluşturan düşüncelerinden sıyrılıp çantasından telefonunu çıkardı. *Seçil*. Aramayı yanıtlarken merdivenlerden çıkmaya devam etti.

"Alo?"

"Yaşıyor musun?"

Hayat güldü. "Nasılsın?"

"Ben iyiyim. Asıl sen nasılsın? Her aradığımda iki kelime konuşup kapatıyorsun. Seni merak ediyorum. İnsan bir arar, nasıl olduğunu haber verir. Görüşemiyoruz da! Önceden haftada bir kez olsun geliyordun, artık onu da yapmayı bıraktın! O sevimsiz adam yüzünden ben de gelemiyorum. Beni ne zaman-"

Hayat, onun aralıksız ve kesinlikle nefessiz konuşmasını, "Seçil!" diye kesti. "Yeter! Beynim kaynadı. İyiyim. Çok üzgünüm, seni aramalıydım. Ama gerçekten iyiyim."

"O buz kütlesiyle mi? Hah. İşte buna inanmam." Genç kız sinirle iç çekti.

"Hayır. Bana kötü davranmıyor. Bir dakika!" Anahtarını çıkarıp kapının kilidine soktu. "Aslında bunu konuşmak için görüşmeliyiz."

"Hey. Sesin bir acayip geliyor? Sanki fazla neşeli gibi?"

"Çünkü öyleyim!"

"Anlat!"

Hayat kapıyı açtı ve donakaldı.

Telefonda kısa bir sessizlik olduktan sonra Seçil tekrar konuştu. Hayat, onu unutmuştu bile. "Hayat, iyi misin?"

"Şey. Evet. Ben seni sonra ararım." Seçil konuşurken telefonu kapadı.

Dairenin içi loş bir ışıkla aydınlatılmıştı. Işığın kaynağını göremiyordu. Fakat eşyaların üzerine düşen titreşimlerinden mum alevi olduğunu anlamıştı. Hemen girişte, parlak taşlarla birbirine paralel iki şerit çizilerek bir yol oluşturulmuştu. Ve her adımda bir gül vardı. Hayat'ın kalbi gümbürdemeye başladı. Başını kaldırdığında ise soluğu kesildi. Kapıyı kapatıp, gülleri tek tek toplayarak ilerlerken arada bir başını kaldırıp kırmızı, pembe, beyaz balonların tavanda bulutları andıran görüntüsüne şaşkınlıkla baktı. Yol dairenin ortasında bitiyordu. Taşlar bir samanyolunu andırarak dairenin her yanına dağılmış, mum ışığında parıldıyordu.

Genç kız zorlukla yutkundu. Başını arkaya, mutfak kısmına çevirdi. Ve tezgâhın başında dikilmiş, dikkatle kendisini izleyen Mirza'ya baktı. Hayat ne kadar uzun süre baktığını bilmiyordu. Ama Mirza'nın ara sıra alevlerle gölgelenen yüzünün görüntüsü öyle can alıcıydı ki, bir süre gözlerini kapamak dahi istemedi. Genç adam bir heykel gibi kıpırdamadan durmuş onu izlerken, genç kız yine durup gerçekliğini sorgulama ihtiyacı hissetti. Gerçekten bütün bu şahane hazırlıkları yapmış, sonra da orada durmuş ona mı bakıyordu?

Genç adam alçak sesle, "Beğendin mi?" diye sordu. "Ya da dur! Söyleme." Yutkundu. "Olumsuz bir yorumu kaldırabilecek durumda değilim."

Hayat zayıfça güldü. Çantasını yere bıraktı. Adımları onu tezgâha doğru götürürken hâlâ biraz şaşkındı. Gözleri tezgâhın üzerine kaydı. Karşılıklı iki tabak, içlerinde muhtemelen kırmızı şarap olan birer kadeh, yine parlak taşlar, yine güller ve tüm bu renkli, özenle hazırlanmış görüntünün tam ortasında bir mücevher kutusu. Hayat tabakların içindeki birer dilim pizzaya baktı. Ardından bakışları Mirza'nın derin kuyular gibi görünen gözlerini buldu. "Pizza fikri çok orijinal," dedi mırıldanarak.

Mirza güldü. Başını eğdi, tekrar kaldırdı. Elleri pantolonunun ceplerindeyken omzunu silkti. "Bilirsin... Çok iyi pizza siparişi verebiliyorum."

Hayat kuruyan dudaklarını yaladı. Başını çevirip tekrar dairenin içine baktı. "Bu, sanırım güzel bir rüya," diye fısıldadı. Sesi inanamazmış gibi çıkıyordu. Mirza başını iki yana salladı. "Ben... Ne diyeceğimi bilemiyorum. Çok teşekkür ederim." Genç kızın elleri yüzünü buldu. Tekrar iki yanına salındı. "Harika bir sürpriz! Çok beğendim."

Mirza, "Otursana," dedi. Ellerini ceplerinden çıkarıp tabureye oturan Hayat'ın karşısına oturdu. Çatalını bıçağını eline aldı ve başıyla onun da yemesini işaret etti. Hayat kollarını kaldıramayacak, midesine bir lokma indiremeyecek kadar heyecanlıydı.

Mirza lokmasını yuttuktan sonra, "Daha önce," diye mırıldandı. "Bu tür şeyler yapmak aklımın ucundan geçmediği için..." Kayıtsızmış gibi görünmek için omuz silkti. "Biraz acemice olabilir. Ama bir mekânda kutlama yapmak yerine ikimize özel olmasını istedim."

Genç kız kaşlarını kaldırarak, "Neyi kutluyoruz?" diye sordu.

Mirza aniden başını kaldırıp ona baktığında, sanki Hayat onun yoğun duygularının saldırısına uğramış gibi başını geriye çekmemek için çaba sarf etti.

Mirza boğuk bir tonla, "Bizi. İkimizi," dedi. Tekrar pizzasını yemeye koyuldu. Birkaç lokmadan sonra ayağa kalkıp ağır adımlarla onun yanına ilerledi.

Genç kız sopa yutmuş gibi dimdik duruyor, hareket edemiyordu. Mirza arkasında durarak, kollarını onun beline doladığında sıcacık bir şey genç kızın bedenini baştan aşağıya hızla dolandı. Genç adamın bir kolu beline dolanmış, çenesi omzuna dayanmışken boşta kalan eliyle mücevher kutusuna uzandı. "Bu senin," diye fısıldadı. Şakağına bir öpücük kondurup kutuyu genç kızın önüne usulca bıraktı.

Hayat kadife kutunun kapağını okşadı. Kumaş, derisinde yumuşak, tatlı bir his bıraktı. Kapağını açtığında kaşları havaya kalktı. Damla şeklinde, *özel tasarımım* diye bağıran yüzük, küçük zümrüt damlalarından oluşuyordu. Ortasında üçtaştan oluşan pırlantalarla süslenmişti. Yutkundu. "Bu... Şahane!" diye fısıldadı.

Mirza yüzüğe uzanıp kutudan çıkardı. Genç kızın sağ yüzük parmağına taktı. Çenesi hâlâ genç kızın omzundayken boğuk bir fısıltıyla konuşmaya başladı. "Çok yakıştı!" Hayat'ın elini havaya kaldırıp dudaklarına dokundurdu.

Hayat onun göğsüne yaslanırken, "Teşekkür ederim," dedi.

Mirza, ona sıkıca sarıldı. "Geçen gün baktığımda karımın mükemmel kavrama ve fırlatma becerilerine sahip parmaklarının boş olduğunu fark ettim. Belki biraz bencilce, ama üzerinde beni ve evliliğimizi hatırlatan bir şey olsun istedim." Durdu. Kıpırdandı. Bir eli pantolonunun cebine yol alıp başka bir kutuyla dışarı çıktı. "Ve birlikteliklerin simgesi olan alyanslardan bizde olmadığını fark etmem de çok sürmedi tabii. Beni bağışla, bunun için çok geç kaldım, ama inan bir gün arayı kapatacağım."

Kutuyu açıp iki tane alyans çıkardı. Sol elini kaldırıp birini onun parmağına geçirirken bir anda durdu ve yüzüğü tekrar çıkardı. "Yazı yazdırdım," diye mırıldandı.

Sesinin tonunda öyle bir şey vardı ki, Hayat onun gerginliğinin nedenini anlayamadı. Yüzüğü eline aldı. Biraz eğilip mum ışığına tutarak yazıyı okumaya çalıştı. Genç kız, "Seni seviyorum," diye fısıldadı.

Mirza alçak sesle güldü. Hafif bir mizahla, "Ben de seni seviyorum," diye mırıldandı.

Hayat onun kelime oyununa güldü. Ardından diğer taraftaki yazıyı fark etti. *'Hayat'ım'*. Tek kelimeydi ama sanki içinde yüzlerce kelimeyi barındırıyormuş gibi çok şey anlatıyordu. Mirza yüzüğü ondan aldı. Parmağına takıp kendi elini uzatarak Hayat'ın yüzüğü takmasını bekledi. Genç kız ellerinin titrediğini o anda fark etti. Sanki içinde deprem olmuş gibi derinliklerinde bir yerde, hatta ruhunda da bir sarsıntı vardı. Mirza'nın yüzüğünün içinde de yazı olup olmadığına baktı.

Mirza dalga geçerek, "O kadar da yüksek egolu değilim," dedi. Genç kız gülerek yüzüğü onun parmağına geçirdi. Aniden, ne yaptığını fark etmeden eğilip yüzüğün üzerinden parmağını öptü. Mirza, keskin bir soluk alırken, Hayat tepeden tırnağa kızardı.

"Sanırım bu, yazılabilecek herhangi bir şeyden çok daha değerli." Mirza'nın sesindeki pürüz, onun zorlukla konuşuyor olduğunu anlatıyordu.

Genç adam, Hayat'ın bedenini kendisine çevirip yüzünü avuçları arasına aldı. Hafifçe -biraz da şaşkınca- gülerek dudaklarını dudaklarına sürttü. "Bana..." dedi fısıltıyla. Sanki kurumuş gibi dudaklarını yalayıp, yutkundu. "...bana bir gün, Hayat'ını avuçların arasında tutacaksın deselerdi inanmazdım." Derince bir iç çekip burnunun ucunu öptü. Sonra yanaklarını öptü. Hayat'ın ya kelimeleri bir yere kaybolmuştu ya da boğazındaki büyük yumru konuşmasını engellediği için konuşamadı. Ama kollarını Mirza'nın beline dolayıp başını göğsüne yaslamayı başardı. Boğazında mutluluğun getirip yerleştirdiği öyle bir yumru vardı ki, kalbi göğsünün içinde öyle bir sıkışmıştı ki, uzun süre de konuşamayacak durumda olduğunu biliyordu.

"Çünkü koca bir *hayat* avuçların arasına nasıl sığabilirdi ki?" Mirza, Hayat'ın başının tepesini öptü. Sırtında usulca, minik daireler çizmeye başladı. "Sığabiliyormuş!" diye ekledi fısıldayarak. Onu hafifçe itti. Yüzünü tekrar avuçları arasına alıp gözlerini delercesine gözlerine baktı. "Sığabiliyormuş!" dedi tekrar.

Dudakları önce hafifçe dudaklarına değdi. Minik bir öpücük çaldı. Sonra derinleştirerek tüm duygularını dudaklarından ona aktarmaya çalıştı. Tunç başka türlü nasıl anlatabileceğini bilmiyordu. Onu seviyordu. Bildiği sadece buydu. Artık göğsünü yarıp geçmek isteyen, gittikçe büyüyen ve içi tamamen Hayat'la dolu olan bir kalbe sahipti. Her atışında sanki görevinden sıyrılmış, Hayat'ın adını söyleyerek, onun için çarpıyordu. Kızı daha çok hissetmek için kollarını daha sıkı doladı. Ve dudakları öpüşünü daha da derinleştirdi. Narin ellerinden biri usulca göğsüne değdiğinde bedeninde şiddetli bir sarsılma oldu. Dudaklarının arasından da bir inleme kaçtı. "Seni seviyorum," dedi onu tekrar tekrar öperken. "Seni seviyorum."

Onu seviyordu. Onu öylesine seviyordu ki, kimselere vermeye kıyamadığı tüm sevgisi Hayat'ın üzerine yoğunlaşmış, bir girdap gibi onu içine çekmişti. Kalbi, ruhu, bedeni aşkıyla sancıyor, acı çekiyordu. Onu sereseme çeviren duygu yoğunluğu fazla geliyor olsa da Mirza işinin bittiğini biliyordu. Ne kendisi, ne ailesi, ne işi... Kendini öyle bir kaptırmıştı ki canlı her bir santiminde Hayat bir nabız gibi atıyor, Mirza'yı sarıp sarmalıyordu. Nefes almak için dudaklarını zorlukla ondan ayırdı. Onu öpmeye doyamıyor, birini öpmenin gerçekten nasıl bir şey olduğunu her seferinde şaşırarak fark ediyordu.

Hayat başını kaldırıp onun gözlerinin içine baktı. Mirza meraklı parıltıların soru işaretleriyle titreştiğini fark etti. Onun ne beklediğini biliyordu. Ya da neyi merak ettiğini! Hayır. Onunla sevişmeyecekti. Karısı hâlâ ona güvenmiyor, sevgisine karşılık vermek için temkinli davranıyordu. Bunun için ona kızmıyordu. Haklıydı. Ve o, kendisini isteyene kadar cehennem ateşinde yansa da, bedeni acı içinde zonklasa da onunla birlikte olmayacaktı. Bu da Mirza'nın cezasıydı. Genç kızın gözleri, arkalarındaki büyük yatağa çabucak bir bakış attı. Onun heyecanını, hevesini görüyor ama kaygısının ve korkularının daha baskın olduğunu biliyordu.

"Mirza?" Genç kız başını iki yana salladı. "Özür dilerim, Tunç."

Mirza iki parmağını dudaklarına götürerek onu susturdu. "Sen söylediğinde isim kulağa çok güzel geliyor. Söylemiştim," diye fısıldadı. Hayat'ın dudakları hafifçe yukarı kıvrıldı ama yoğun tedirginliği gözlerinin içine yerleşmişti. Genç adam, "Hayır, bebeğim," diye fısıldadı. "Senden bir beklentim yok." Başını iki yana salladı. "Sadece çok geç kaldığım şeylerin bir telafisi... Sana ne yapsam az ama elimden ancak bu kadarı geliyor."

Hayat minnetle onun gözlerinin içine baktı ve yutkundu. "Teşekkür ederim."

"Rica ederim." Onun şakağına bir öpücük kondurup tekrar karşısına geçti. "Hazırlık yapmaya o kadar yoğunlaştım ki gerçek bir yemek siparişi vermeyi unuttum." Tunç omuz silkerken utanmış görünüyordu. Sonra eğlenerek, "Allah hızlı pizzacıları korusun," dedi.

Hayat, "Pizza en sevdiğim şeylerden biri," diye mırıldandı.

Alçak sesle sohbetlerine devam edip pizzalarını yediler. Bir telefon melodisi onların konuşmalarını yarıda kesince ikisi de sanki çok garip bir şeymiş gibi telefona şaşkınca bir bakış attı.

Hayat, telefonunu alıp tekrar yerine oturdu. Seçil'den bir mesaj vardı. "Seçil," diye mırıldandı.

Mirza yüzünü ekşitti. "O kızdan hoşlanmıyorum."

Hayat gülerek, "O da senden hoşlanmıyor," dedi.

Seçil: *Telefonu yüzüme kapatmasaydın yarın akşam için toplanacağımızı ve gecelere akacağımızı söyleyecektim. Özledik seni. Lütfen gel! Lütfen! Lütfen!*

Hayat'ın kararsız ifadesine bakan genç adam yumuşak bir tonla, "Bir sorun mu var?" diye sordu.

Hayat başını iki yana salladı. "Yarın akşam, arkadaşlar toplanmak istiyorlar. Son zamanlarda çok sık görüşemedik." Beceriksizce gülümsedi.

Mirza'nın yüzüne bir karanlık çöktü. "Bu arkadaşlarının içinde abidik gubidik hareketlerle seninle dans etmeye çalışan o maymun da var mı?"

Hayat'ın gözkapakları birkaç kez açılıp kapandı. Sonunda, "Anlamadım?" diye sordu.

Mirza başını yana eğip sadece baktı ve Hayat bir kahkaha patlattı.

Genç adam, "Komik değil!" diye söylendi.

"Ahmet benim çok yakın bir arkadaşım. Hatta İstanbul'a geldiğimde tek arkadaşım oydu. Seçil'lerin grubuyla da onun sayesinde tanıştım. Ve her ne kadar ders saatlerimiz uyuşmasa da aynı üniversitede eğitim görüyoruz."

Mirza yüzünü ekşitti. "Gitmek istiyor musun?" diye sordu.

Evet. Hayat gitmek istiyordu. Ama sanki Mirza'yı yalnız bırakacakmış gibi, bu onu huzursuz ediyordu. Kararsızlığıyla alnındaki çizgiler derinleşti. Sonra başını onaylarcasına salladı.

"Tamam, o zaman. Gideriz."

Hayat'ın kaşları şaşkınlıkla havaya kalktı. "Benimle mi geleceksin?"

"Ne sandın yavrum? Seni o iki kollu ahtapotla yalnız bırakacağımı mı?"

15. Bölüm

Gözleri genç kızın arkasında bir noktaya kaydı. Düşünürken başını yana eğip kaşlarını çatarak sabit bir noktaya bakmaya devam etti. Aniden gülümseyerek, "Arkadaşlarını Kayıp Şehir'de ağırlayalım," dedi.
"Sen, ciddi misin?"
"Genelde şaka yaptığımda belli ediyorum sanıyorum?" Mirza ayağa kalkıp ağır adımlarla genç kızın yanına ilerledi. Hayat gözlerini ayırmadan gelişini izlerken, genç adam hemen önünde durdu. Yüzünü avuçlarının arasına alıp alnına bir öpücük kondurdu. "Yatma vakti," diye fısıldadı.

O, kendisine her yaklaştığında, dokunduğunda olduğu gibi sanki Hayat'ın bedeninden yüksek voltajlı bir akım geçmişti. O da fısıltıyla karşılık vererek, "Uyumak için çok erken değil mi?" diye sordu. Onun derin lacivertlerine bakarken, farkında olmadan hızlanan nefesiyle göğsü inip kalkıyordu.

Mirza şefkatle gülümsedi. Ellerini yüzünden çekti. "Yatalım dedim, uyuyalım demedim."

Genç kız, adamın yüz ifadesinde bir anda beliren karanlığa karşı yutkundu. Bir şey beklemediğini söylemişti, öyle değil mi? Mirza, onu kucaklarken şaşkınlıkla bir nefes çekti. "Ama sen... Yani, demiştin ki..."

"Hımm..." Mirza, onu yatağa taşırken kıkırdadı. "Demek espri yaptığımda da anlaşılmıyormuş."

Hayat yüzünü ekşiterek göğsüne bir şaplak attı. "Çok kötüsün!"

Genç adam, onu yatırmadan önce başını döndürerek, acı verecek derecede bir ahestelikle üzerindekileri çıkardığında, Hayat birkaç defa yutkunmak zorunda kaldı. Her yakınlaşmaları sanki aralarında kıvılcımlar çaktırıyordu. Genç kız aceleyle pijamalarını giymek için arkasını dönerken, Mirza'nın büyük elleri ince belini kavradı. Hayat itiraz mırıltıları tuttururken, o kahkaha atıyordu. Sonunda onu yatağa yatırmayı başardı. Hayat gibi üzerindekileri çıkarıp iç çamaşırlarıyla kaldı.

Tunç yanına süzülürken karısı bir kaçma girişiminde daha bulundu. Kıkırdayarak onu tekrar yakaladı. Ve sözsüz, sadece bedenlerinin hareket halinde olduğu bir boğuşmanın içine girdiler. Ah. Tabii ki istese onu kıpırdayamayacak duruma getirebilirdi çünkü karısı minik bir kuş kadar zararsızdı. Elinde bir şey olmadığı sürece tabii! Çünkü Hayat'ın fena halde bir fırlatma alışkanlığı vardı. Güreşen iki çocuk gibi nefes nefese kalana kadar yatağın üzerinde boğuştular. Tunç, onunla uğraşmaya bayılıyordu. Daha önce birlikte olduğu kadınlarla da boğuşmuştu ama tamamen farklı nedenlerden dolayıydı. Ne böylesi çocukça, ne böylesi eğlenceliydi. Hayat'la birlikte yaptığı her şey ama her şey arkasında bıraktığı hayatı tamamen değersizleştiriyordu. Tabii bir de ona olan büyük açlığı vardı. Varlığı genç adamın bünyesine çarptıkça gerilen bedeni yüzünden kasları ağrıyor, karnının altındaki titreme hiç durmuyordu. Kanı, yerini Hayat'a duyduğu arzuya ve şehvete bırakıyor, kasıklarındaki zonklama artık tarifsiz acılar vermeye başlıyordu. Ama sabretmesi gerektiğini biliyordu çünkü sonunda ödülü hiçbir şeyle boy ölçüşemeyecek kadar büyük olacaktı.

Hayat heyecandan kızarmış yüzüyle ona pis bir sırıtma gönderdi. Tunç aniden suratına yediği yastıkla kendisini yatağa bıraktı. Genç kız, yastığı suratına yapıştırmış, öylece tutmaya da devam ediyordu. Genç kızın bacaklarını aralayarak üzerine oturduğunu hissedince yastığın altından boğuk bir inleme yükseldi.

Hayat nefes nefese, "Artık tamam mı?" diye sordu.

Tunç, onun ne yaptığının farkında olmadığını düşündü, yoksa oturduğu yerin neresi olduğunu anlardı. Genç adam yüzü hâlâ yastığın altındayken katıla katıla gülmeye başladı. Fark ettiğinde yüzünün alacağı hali görmek için ölüyordu. Kahkahayla tüm bedeni sarsılırken, Hayat aniden yastığı yüzünden çekti. Kaşlarını kaldırıp meraklı bir ifadeyle ona baktı. Görüntü karşısında Tunç'un kahkahası boğazında tıkanıp kaldı. Yutkundu. Ama yutkunmak, boğazındaki ağrıya hiçbir etki etmedi.

Genç kız kısık sesle, "Komik olan ne?" diye sordu.

Tunç cevap veremedi, çünkü ağrıyan boğazı ve göğsündeki sıkışma konuşmasına engel olmuştu. Elleri bedeninin üzerinde, iki yana açılmış bacaklarının üst kısımlarında sabitlenip hafifçe sıktı. Aynı anda kalçasını hafifçe yukarı kaldırarak sertliğini ona bastırdı. Hayat'ın bir anda donup kalan yüz ifadesi, panikle dolan bakışları bile onu güldüremedi. Üzerindeki görüntüsü öyle şahaneydi ki! Sonunda bu manzaraya dayanamayacağını düşündü. Bedeni, onun içinde olmak için isyan çığlıkları atarken gözlerini kapadı. Fakat hiçbir etkisi olmadı. Tabii ki! Manzara hâlâ gözkapaklarının önünde onunla alay ediyordu. Bukle bukle dağılmış saçları omzunun iki yanından aşağıya sarkmış, göğüslerinin bir kısmını örtmüş ama gerdanını açıkta bırakmıştı. Sütyeninin altında kalan beyaz teni gölgelerle titreşiyor, Tunç'un ağzını kurutuyordu. Yüzünde öyle heyecanlı bir ifade vardı ki beyazın üzerine tatlı bir pembelik yayılmıştı. Tunç, onun bedenindeki gerilimi kendi bedeninde hissediyor, sanki kokusunu duyuyordu. Parmak uçlarındaki satenimsi ten genç adamı yerle bir ediyordu.

Gözlerini açmadan, "İçinde olmak istiyorum," diye fısıldadı. Sanki boğazına eller yapışmış gibi sesi garip çıkmıştı.

"Ama-"
"Biliyorum," dedi sertçe. "Lanet olası bir söz verdim. Yapmayacağız. Ama istiyorum. Buna engel olamam ki."
"Ben..."
Genç kız kalkmak için hareketlendiğinde, Tunç, ellerini onun teninde kaydırarak ince beline yerleştirdi. Aşağıya doğru bastırarak kızı sabit tuttu. Aynı anda dudaklarından bir inleme kaçırdı. Acı çeker gibi fısıldayarak, "Biraz daha kal..." dedi. Acı çekiyordu. İhtiyacı ve isteği öyle büyüktü ki, acı çekmemesi imkânsızdı. Suçlarcasına alçak ve boğuk bir tonla, "Acımasız kadın!" dedi. Gözlerini açıp tekrar ona bakmaya korkuyordu, çünkü aynı şahane manzaraya tekrar bakarsa sözünü unutup kızın üzerine çıkacaktı. Hayat kalkma çabasından vazgeçmiş olmalıydı ki ağırlığı üzerinde daha çok baskı yaptı. Tunç'un çığlık atmak istemesine neden oldu.
"Acımasız değilim! Sadece..."
"Biliyorum. Bana güvenmiyorsun. Haklısın. Kabul ediyorum." İnledi. "Ama hiç mi yol kat edemedim?"
"Şey... İyi gidiyorsun." Hayat'ın renksiz çıkması için uğraştığı sesinde utangaçlık vardı.
"Şükürler olsun! Umarım iyinin yanında hızlı da gidebiliyorumdur."
Hayat'ın dudaklarından gergin bir gülüş çıktı. "Öyle görünüyor."
Tunç yetmeyeceğini bildiği halde derince bir iç çekti. Elleri tekrar belinden aşağıya süzüldü. Ve tekrar bacaklarının üst kısmına yerleşti. Dairesel hareketlerle hafifçe okşamaya başladı. "Bana güvendiğin an," dedi ant içer gibi, "Sana çok kötü şeyler yapacağım!" Onun bedeninden geçen ürpertiyi avuçlarında hissetti.
Genç kız, "Söylemiştin," diye zorlukla mırıldandı. "Birkaç kere."
"İyi. Kazı bir yerlere!" Tunç yine derince bir iç çekti. "Bana bir şeyler anlat. Komik olsun. Seni bırakmak iste-

miyorum ama... Her neyse! Anlat." Hayat bir süre sessiz kalınca onun şaşkınlıktan mı sustuğunu yoksa bunun üzerine düşünüyor mu olduğunu anlayamadı.

"Bugün profesörlerimizden biri yere düşen kâğıtlarını almak için eğildiğinde pantolonu ayrıldı. Öpücük desenli baksır giyiyor."

Tunç'un kahkahası ikisinin bedenini de sarstı. "İyiydi." Yüzünü buruşturdu. Hâlâ gözlerini açmaya cesaret edemiyordu. "Ama hâlâ delice içinde olmak istiyorum. Devam et!"

Hayat, onun üzerinde oturmaya ve anlatmaya devam etti. Gece boyunca Tunç'u kahkahalara boğdu. Sonunda gözlerini açıp genç kızı kollarının arasına aldı. Sıkıca sarıldı. Yine de alçak tınılı sesiyle bir şeyler anlatmaya devam etmesini istedi. Onu dinlemek, ona sarılmak, onu hissetmek... Tunç, onun her şeyine bayılıyordu. Genç kızın Adana'da geçirdiği zamanları özlemle ve hüzünle anlatmasını dinlerken, okul öğretime ara verdiğinde Hayat'ı ailesinin yanına, Adana'ya götürme kararı aldı. Onun karısı hayatta hiçbir şey için üzülmeyecek, mutsuz olmayacaktı. Eğer dünyayı isterse bir şekilde onu da ayaklarının altına sermeye çalışacağını biliyordu. Yeter ki onun şapşal, sevimli ve feci seksi karısı ondan bir şey istesin. Sadece istesin...

▲▼▲

Seçil, sanki mutluluk hapı yutmuş gibi yüzlerinden gülümseme hiç eksilmeden eğlenen insanlara bakıyordu. Hayat'ın mesajından sonra gidecekleri mekânda değişiklik yapıp Kayıp Şehir'e gelmişlerdi. Elbette mekânın kime ait olduğunu biliyordu. Bilmediği; neden orada olduklarıydı! Hayat'ın, Tunç gerzeğiyle aralarının iyi gibi olduğunu fark etmişti, ama arkadaşıyla konuşamadığı için bir şey öğrenememişti. Meraktan da ölüyordu. Tunç sonunda elinde tuttuğu kıymetin değerini anlamış mıydı? Başını eğerek, Gülen'in kıkırdayarak anlattığı bir şeye gülerken gözleri kendilerine yaklaşan Ali'ye takıldığında kalbi hop etti. Ve uyarı çanları ondan uzak durmasını öğütler gibi çalmaya başladı. Loca gibi üç tarafı kapalı, geniş bir bölmeye alınmışlar, geldiklerinden o âna kadar özel bir ilgiyle karşılaşmışlardı. Seçil bunun çok havalı olduğunu, arkadaşlarının da etkilendiğini biliyordu.

Ali bembeyaz dişlerini ortaya seren bir gülümsemeyle "Selam gençlik!" dedi. Seçil yutkundu. Ve Kendi kendine, *'Ondan uzak dur!'* dedi. Yoksa ona kapılabilir, kalbi fena halde kırılabilirdi. Eser'den ayrılmasaydı iyi olacaktı! "Eğleniyor muyuz?" Genç adam masadakilerin ellerini tek tek sıkıp selamladı. Sonra Seçil'e yöneldi. "Güzellik!"

Seçil'in yüzüne, profesyonelce olmaktan çok uzak, hatta yeni yetme bir genç kız gülümsemesi yerleşti. Zorlukla, "Selam," diyebildi. Ali eline uzanıp avuçları arasına aldıktan sonra başını eğerek dudaklarını hafifçe tenine değdirdi. Kahretsin! Adam bildiği bütün çapkınlardan daha tecrübeliydi. Bu yüzden ondan kesinlikle uzak durmalıydı.

Elini bırakıp hemen yanında yerini alırken, "İyi vakit geçiriyor musunuz?" diye sordu.

Seçil, "Kesinlikle! Her şey harika." dedi.

"Size hayranız. Mükemmel bir işletmecisiniz!"

Ali hiç tevazu göstermeden başını eğerek Ahmet'in övgüsünü kabul etti. "Bir isteğiniz olursa lütfen çekinmeyin."

Gülen abartılı bir kıkırdamayla, "Daha ne olabilir ki?" dediğinde, Umut bir öksürük nöbetine tutuldu. "Her şey harika!"

Orhan ağırbaşlılıkla, "İlginiz için teşekkürler," dedi.

"Değerli Hayat'ımızın arkadaşları bizim için de önemlidir." Ali içindeki huzursuzluğu belli etmemek için gerginliğini gülümseyen yüzünün arkasına gizledi. Tunç hiçbir zaman insanlardan bir şeyler isteyen karakterde biri olmamıştı. Bunun için, Ali onun ricasını en iyi şekilde yerine getirmek istiyordu. Ama zamanlama kötüydü. Hatta Seçil'e kur yapıp, yüzünü kızartıp eğlenmek için bile keyfi yoktu. Ona tutulduğundan değil tabii! Ali'nin kimseye tutulacak bir kalbi yoktu. Çünkü birisi onu cebine koyup da uzaklara götürmüştü. O sadece eğleniyordu. Grubu koyu bir sohbete doğru çekerken, kendilerine doğru gelen Tunç ve Hayat'ı gördüğünde çenesini aşağıya düşmekten son anda kurtardı.

Pekâlâ, duyumları almıştı. Araları iyi gibiydi. Hatta Melek ağzından kaçırmak istemezken, Tunç'un abayı yakmış olduğunu bile söyleyivermişti. Fakat yine de Tunç'tan böyle bir sahiplenme beklemiyordu. Dizlerinin üzerinde, siyah bir elbisenin üzerine modern kesim bir ceket giyen Hayat'ın tam arkasında duruyordu. Tunç bir kolunu onun beline dolamış, parmaklarını kendi parmakları arasından geçirmişti. Buraya kadar her şey normaldi. Normal olmayan ise, Tunç'un sanki savaş alanındaymış ve genç kızın muhafızıymış gibi kaşları çatık bir halde kalabalığa dik bakışlar atmasıydı. Tunç koluna taktığı kadını her zaman sahiplenmişti. İlgiliydi, nazikti ve çoğu zaman şefkatliydi ama bu... Bu, farklı bir şeydi!

Tunç kulağına eğilip bir şey söylediğinde Hayat güldü. Başını arkaya çevirip ona bir şey söyledi. Arkadaşı başını arkaya atarak bir kahkaha attı ve Ali'nin keyfi yerine geldi. Yüzünde geniş bir sırıtmayla ayağa kalkıp Hayat'ın arkadaşlarına, "Affedersiniz," dedi. Seçil de kendisi gibi şaşkınlıkla Tunç ve Hayat'a bakıyordu. Masaya yaklaşırken Tunç, genç kızın yanına geçti ama elini bırakmadı. Ali, onları yarı yolda karşıladı.

Tunç, Ali'nin kendisine olan bakışlarını gördüğünde yüzünü ekşitti. Gözlerindeki alay parıltılarının daha sonra alaycı bir sözcük yığınına dönüşeceğini biliyordu. Ellerini öne doğru -Hayat'a doğru- uzattı. Hayat, Tunç'un elini bırakıp Ali'nin ellerini tuttuğunda, genç adamın kaşları istemsizce çatıldı.

Ali, Hayat'ın yanaklarını öperken, "Bu ne güzellik?" dedi.

"Teşekkür ederim."

Tunç, karısının sesindeki mahcubiyeti duyunca hafifçe gülümsedi. Ve onlarla ne yapacağını bilemediği ellerini beline koyup karısını iltifat yağmuruna tutan adamın yüzüne dik dik bakmaya başladı.

"Bu şanslı hergele neden hep dört ayak üstüne düşüyor?" Ali, Hayat'a göz kırptı. Lanet olsun ki hâlâ karısının ellerini tutuyordu. Bir, iki, üç, dört... Tunç, içinden saymaya devam etti.

"Tatlım, ondan sıkıldığında haberim olsun. Seni yemeğe çıkaracağım."

Hayat, "Çok ayıp!" dedi. Fakat onun alaycı sözlerine karşı kıkırdıyordu.

Tunç da onun dalga geçtiğini, kendisini kızdırmak istediğini biliyordu. Ah. Evet. Kızmıştı. "Eğer burnunun yerini seviyorsan karıma ağdalı laflar söylemeyi kesmelisin! Yoksa yerini değiştireceğim."

Ali, Hayat'ın ellerini bırakıp bir kahkaha attı. Ardından genç kıza göz kırptı. "Bu, kıyamet alametlerinden biri olmalı!"

"Kes şamatayı!" Tunç, Ali'yle tokalaşırken, Hayat masaya ilerledi. "Yemin ediyorum-" Hem konuşup, hem yolundan çekilmesi için Ali'nin belinin kıyısına hafifçe dokundu Tunç ve o anda eline temas eden sert obje, tehdidini yarıda kesti. Bir adım gerileyip onun aniden ifadesizleşen yüzüne baktı. Buz gibi bir sesle, "Neler oluyor?" diye sordu. Sesindeki endişeyi soğukluğunun arkasına gizledi. Ali daha önce hiç silah taşımamıştı.

Ali kayıtsızca, "Önemli bir şey değil, sen eğlenmene bak!" dedi.

Tunç, onun yüzündeki aldatıcı gülümseye kanmadı. "Tabii ki eğleneceğim!" dedi sertçe. Alçak sesle, "Şimdi... Neler oluyor?" diye ekledi.

Ali, onun neler olduğunu öğrenmeden yakasını bırakmayacağını biliyordu. Bıkkın iç çekişi, geçiştiremeyeceğini fark etmesinin kanıtıydı. "Sadece tedbir amaçlı!" Gerginliğini azaltmak için gözleriyle çevreyi taradıktan sonra ayaküstü, hızla nasıl açıklayabileceğini düşündü. "Yeni türemiş bir çete... Kulübü almak istiyorlar." Gözlerini devirdi. "Telefonlar, gittiğim yerlerde karşıma çıkmalar, gelip kulüpte gövde gösterisi yapmalar. Ne ararsan var... Daha önce seyrek olarak arıyorlardı ama birkaç gündür iyice sıklaştırdılar."

"Bizimkilerin haberi var mı?"

"Deli misin? Topu tüfeği kuşanıp kulübe yerleşirler."

"İyi." Tunç dişlerini sıktı. "Bana ne zaman haber vermeyi düşünüyordun?"

Ali yine gözlerini devirdi. "Açıkçası haber vermeyi düşünmüyordum. O kadar da önemli değil. Sonunda nasıl olsa sıkılacaklar..."

Tunç işaret parmağını onun yüzüne doğrulttu. "Şimdi, Hayat'ın biraz eğlenmesini istiyorum ve canının sıkılmasını istemiyorum, ama iki saat sonra bu işi ofisinde derinlemesine konuşacağız."

"Buna gerek var mı?" Ali hiddetle ona baktı.

Tunç, ona sadece baktı. Ali'ye arkasını döndüğünde iki kollu ahtapotun kollarını karısına doladığını gördü.

Ali hemen arkasından, "Siktir!" dedi. Ardından bir kahkaha patlattı. Tunç çoktan Hayat'ın yanına ulaşmıştı bile.

Tunç, Ahmet'in ensesine yapıştı. Ahmet daha neler olduğunu anlayamadan gözleri iri iri açılmış bir halde, kendisini Tunç'la burun buruna buldu.

"Bir kez daha kollarını karıma doladığını görürsem seni zemine yapıştırıp pas pas yaparım." Burnunu çekti. "Ve evimin girişine serip sabah-akşam üzerinden geçerim." Ahmet, fal taşı gibi açılmış gözlerle ona bakmaya devam ederken kısık sesle, "Anlaşıldı mı?" diye sordu.

Ahmet, "Evet," diye mırıldandı. Korkmuştan çok, şaşkın görünüyordu.

"Mirza!" Hayat öfkeyle haykırdı. "O benim arkadaşım. Ne yapıyorsun?"

"İsterse dayının oğlu olsun." Tunç gözlerini hâlâ Ahmet'in gözlerinde tutuyordu. "Sana öyle sarılamaz."

Grubun arkasındaki Umut birkaç adım geri çekilmişti bile. Bu adamın konuşmak denen şeyden haberi yok muydu? Allah'ım! Herif tam bir deliydi.

"Arkadaşımı bırakır mısın?"

Tunç, bir anda Ahmet'i bırakınca, genç adam sendeleyerek ayaklarının üzerinde durmaya çalıştı. Sonra ciddi bakışlarını onun gözlerine dikti. Ahmet her zaman eğlenceli ve neşe kaynağı olan bir gençti. Bu yüzden ciddi ifadesi endişeli bakışlarla kendisine bakan arkadaşlarını şaşırttı. Üzerini başını usulca düzeltip hâlâ kendisine öfkeyle bakan Tunç'a hafifçe gülümsedi.

"Mirza Bey-"

Genç adam sertçe terslendi. "İsmim Tunç!" Aynı anda ona öfkeyle bakan Hayat'ın elini sıkıca kavradı.

"Tunç Bey, Hayat'la dört senelik bir arkadaşlığımız, kardeşliğimiz var. Biz, birçok şeyi birlikte yaşadık. Mutluluğu da, üzüntüyü de…" Onun yüzüne yakıcı bir alay ifadesiyle baktı. "Son zamanlarda omzumuzda o kadar çok ağladı ki!" Son sözlerinin ardından Tunç, irkilmesine engel olamadı. "Onu mutlu görmek beni ve bizi mutlu hissettirdi. Onu koruyup kolladığınızı görmek gerçekten bizi rahatlattı. Gözümüz arkada kalmayacak. Ve bilmelisiniz ki, onun hakkında hiçbir zaman fesat bir niyetimiz olmadı, olmayacak. Kendi adıma size teşekkür ederim." Arkasını dönüp oturdu ve içkisinden bir yudum aldı.

Hayat, uyarırcasına onun elini sıktı. Tunç bakışlarını Hayat'a çevirdi. Daha önce hiç geri adım atmamıştı. Fakat aşırıya kaçtığının farkındaydı. Ama onun soluduğu havayı bile kıskanıyorken, herhangi birinin ona dokunmasını kaldıramıyordu. Ondan özür dileyecek de değildi. "Sanırım biraz aşırıya kaçtım," diye mırıldandı. Allah'ım! Sözlerinin ardından herkes derin 'oh' çekti.

Ahmet'in gözleri alaycı bir ifadeyle büyüdü. "Biraz mı? Bir an beni kedi yavrusu gibi fırlatacağını düşündüm." Tunç'a sırıttı.

"Ama sen yine de karıma birkaç adım uzaktan sarıl." Ahmet bir kahkaha attığında, Tunç gülümsedi.

Hayat, arkadaşlarını Tunç'la tanıştırdı. Seçil'le zaten tanışıyorlardı ve ikisi de birbirlerine tepeden bakan bir selam verdiler. Genç kız, onların bu hallerine kıkırdadı. Ali daha sonra tekrar uğrayacağını söyleyerek masalarından ayrıldı. Tunç, genç kızın elini bir saniye bırakmıyor, neşeli ve bol kahkahalı sohbetleri devam ederken dalgınlığından faydalanıp ağzına bir şeyler tıkıştırıp duruyordu. Sonunda Hayat ağzı dolu bir şekilde ona döndü. Gözlerini irice açıp konuşmaya çalışarak isyan etti.

Tunç gülümseyerek, "Ağzın doluyken konuşma," dedi. "Zaten bir şey anlaşılmıyor."

Masadakilerden kıkırtılar yükseldi. Hayat zorlukla ağzındakileri yutup gözlerini kırpıştırdı. "Bir lokma daha alırsam buraya kusacağım!"

Tunç'un eli yüzüne uzandı. Başparmağıyla dudağının kenarına bulaşan sosu temizledi. "Tamam," diye fısıldadı.

Seçil, Hayat'ın kulağına eğilerek şaşkın bir tonla, "Bu adama ne yaptın?" diye sordu.

Hayat başını kaldırıp dudaklarında muzip bir gülümsemeyle ona baktı. "Papaz büyüsü!" dedi dalga geçerek. Onlara doğru eğilmiş, konuşmalarını dinlemeye çalışan Gülen ve Miray'da dâhil olmak üzere bir kahkaha attılar. Tunç masada bulunan diğer erkeklerle -özellikle ekonomi okuyan Orhan'la- sıkı bir dünya ekonomisi sohbetine tutuşmuşken, Hayat kızların soru bombardımanına tutulmuştu.

Hayır. Onun neden bir anda değiştiğini bilmiyordu ama kafasına attığı takı sandığı beyninde hasara yol açmış olabilirdi.

Hayır. Hayat, zaten hâlâ ona tam olarak güvenemiyordu. Evet. Her zaman böyle nazik ve ilgiliydi. Hayat sonunda sorulardan bunalıp yanaklarını şişirdi.

Sonra kulağında gizli bir alay taşıyan derin ve kısık sesi duydu. "Bence dans etmeliyiz!" Hayat başını çevirip ona baktı. Gülümsedi. Genç adam tek kaşını kaldırarak, "Tabii dedikodumu yapmayı bitirdiyseniz," diye ekledi.

Miray öksürdü. Seçil manikürünü kontrol ediyormuş gibi gözlerini tırnaklarına dikti. Gülen gözlerini dans edenlere çevirdi.

Hayat, "Biz de daha yeni ara vermiştik," dedi. Ve diğer kızların gözleri büyürken, o sırıttı.

Tunç parmaklarını onun parmaklarının arasından geçirerek dans pistine ilerledi. Melodiyle uyumlu olmasına gerek duymadan, birbirlerine sarılarak ve sanki orada sadece ikisi dans ediyormuşçasına sağa sola salınarak dans ettiler. Genç adam alnını karısının alnına dayadı. İlk dans ettikleri geceye gönderme yaparak derinden gelen bir sesle, "Bir dejavu hissi yaşıyorum," dedi.

Hayat'ın dudakları sinirli bir gülümsemeyle kıvrıldı. "Yaşamım boyunca yaptığım aptallıkların totalini aşan bir geceydi." Yutkundu.

Tunç başını iki yana salladı. "Bir tırın kasasını güllerle doldursam ve her gülün üzerine özür dilediğimi belirten bir etiket yapıştırsam? Etiketleri tek tek kendim yazsam?"

Hayat başını kaldırıp şeytanca bir bakış attı. Neşeyle, "İyi fikir," dedi.

Tunç'un yüzü ekşidi. "Zalimsin kadın!"

"Bunu söyleyen sen misin?"

"Evet. Seni E.A.S.K.D'ye şikâyet edeceğim."

Hayat afallayarak baktı. "O da ne?"

"Erkeklerin Akıl Sağlığını Koruma Derneği!"

Genç kız, Mirza'nın ciddi yüz ifadesine bir süre baktıktan sonra çınlayan kahkahasıyla bedeni titredi. O, hâlâ gülümsemeye devam ederken, Mirza gözlerinde hiçbir ifade olmadan mekânı taradı. Genç kız, onun gece boyunca bunu birkaç kez daha yaptığını hatırladı. Minik bir kuşku hissi onu dürterken, Mirza tekrar ona döndüğünde bakışıyla bunun da kıskançlıkla yapılmış bir hareket olduğunu düşündü.

"Öyle bir dernek mi varmış?" diye sordu.

"Bilmiyorum." Omuz silkti. "Ama olmalı." Genç adam tekrar çevreyi dikkatle taradıktan sonra onu biraz daha kendisine çekerek neredeyse tek beden gibi durmalarını sağladı. Ardından yutkunup kulağına eğildi. "Allah'ım! Seni çok istiyorum," diye fısıldadı. Boğuk fısıltısındaki yoğun arzu, genç kızın dizlerini titretti. Ama ona cevap veremedi. O da Tunç'u istiyordu, bunu inkâr edemezdi ama keskin bir çizgiyle çizilmiş gibi olan sınırı aşarsa her şey tersine dönecekmiş gibi hissetmekten kendini alamıyordu. Ne olduğunu tam olarak bilemese de yaşadıkları o gecenin ardından gelen, onu dibe çöktüren olayların bilinçaltında yarattığı korkuyla ilgili olduğunu düşünüyordu. Gerçi ona daha ne kadar direneceğini kesinlikle bilmiyordu, çünkü iradesi tuzla buz olup havaya dağılmak üzereydi. Yanlarına yaklaşan ikili, düşüncelerini böldü. Başlarını çevirip Seçil ve Ali'ye baktılar.

Ali muzip parıltılarla dolu gözlerini Mirza'ya dikmişti. "Kollarındaki şahane varlıkla dans etmeme müsaade var mı?" Tunç'un kaşları çatılıp çenesi kasıldı.

Hayat dalga geçerek, "Bunun için benden izin alman gerekmiyor mu?" diye sordu.

"Tatlım, ben başvurmam gereken merciyi iyi biliyorum." Ali, Hayat'a göz kırpıp tek kaşını kaldırarak gözlerini Mirza'ya dikti. Mirza'nın bedeni durdu. Genç kızı bıraktıktan sonra Ali'nin kulağına eğilip bir şeyler mırıldandı. Ali, genç kızı kolları arasına alırken gürültülü bir kahkaha patlattı. Mirza da istemeye istemeye Seçil'le dans etmek zorunda kaldı.

Ali, "Nasıl gidiyor?" diye sordu. Yüzünde geniş bir gülümseme vardı ama ses tonu oldukça ciddiydi.

Genç kız, "Uzaktan bakıldığında nasıl görünüyor?" diye karşı soru sordu.

Ali sırıttı. "Tunç hapı yutmuş gibi." Hayat hafifçe gülümsedi. Sonra aslında hâlâ kafa karışıklığı yaşadığını anlatan bir bakışla ona baktı. Ali, onun düşüncelerini anlamışçasına gülümsedi. "Daha iyi olacak. Buna eminim," dedi.

Sesindeki güven tınısı Hayat'ın içini ısıttı. "Ben... Neyin değiştiğini bilemiyorum. Her şey öylesine hızlı gelişti ki, inanması güç, bir rüya gibi. Gözden kaçırdığım bir şey varmış gibi geliyor. Aklım gerçekten çok karışık!"

Ali, gözlerindeki çaresiz ve tedirgin bakışa karşılık şefkatle gülümsedi. "Tatlım. Tunç, gördüğün adam! Başka birisi değil, ne hissediyorsa o! Bildiğin düz yani, bence hiç ilgi çekici değil." Hayat onun alaylı sözleri üzerine hafifçe kıkırdadı. Genç adam tekrar konuştuğunda yine dikkat kesildi. "Onda gizeme, karmaşıklığa yer yok. Oyunlar oynamaz. Eğer sana âşıksa -ki kesinlikle öyle görünüyor- öyledir ve bu, hayatı boyunca değişmeyecek bir gerçek! İnan bana!"

Ali'nin sözleri genç kızın endişelerinin üzerine ferahlatıcı bir meltem estirirken Hayat şakacı bir şekilde sordu. "Aşk konusunda tecrübeli gibi görünüyorsun?" Hayat bunu şakayla karışık sormuş olmasına rağmen, Ali'nin gözlerinden gelip geçen duygu yoğunluğu genç kızı sarstı. Onun gözlerinde gördüğü şey özlem miydi?

Ali sadece, "İnan bana," demekle yetindi. Müzik bir anda değişip hareketli bir parça kulübün içini sarsarken, Ali, Hayat'ın elini tutup havaya kaldırdı ve kendi etrafında döndürdü.

Bir dakika geçmemişti ki Tunç yanlarında bitti. Kolunu beline dolayıp kızı kendisine çekti. "İzninle karımı geri alıyorum."

Ali, "Hay hay," dedi. Ardından somurtan bir yüz ifadesiyle duran Seçil'e kaşlarını kaldırıp sorarcasına baktı. Seçil ateş saçan gözlerini Mirza'ya diktiğinde, Ali eline uzanıp onu dans pistinin ortasına çekti.

Mirza ve Hayat bir süre orada öylece durup onlara baktılar. Genç adam hafif bir çekingenlikle, "Hayatım," dedi. "Eğlenceni bozmak istemem ama ben böyle kıvırmalı dansları beceremiyorum."

Hayat kıkırdayıp başını ona çevirdi. Ve yüzüne masum bir ifade yerleşti. "Aslında Ahmet böyle dansları çok iyi beceriyor."

Mirza'nın bedeni bir an için gerildi. Ona baktı. Genç kızı biraz daha çekip bedenine bastırdı. Yüzüne eğilip tek kaşını kaldırdı. "Ama eminim Ahmet, kollarından memnundur. Onları yerinden söküp çıkarmamın çok hoşuna gideceğini sanmıyorum."

Hayat'ın gözleri onun ciddi ses tonuna, bakışlarına karşılık irice açıldı. Genç kız yutkundu. Gerçekten de... Şaka yapmıyordu.

▲▼▲

Taşkın Yıldız, geniş salonunun penceresinden kendi yansımasına baktı. Sonra şehrin ışıklarıyla taçlanmış kadife geceye gözlerini dikti. Yüzüne engel olamadığı bir gülümseme yayıldı. Hayallerine ulaşmasına öyle az kalmıştı ki, daha fazla keyiflenemezdi. Dilini dişlerinin üzerinde gezdirdiğinde şarabın ardından kalan tadı duyumsadı. Bunu seviyordu! Telefonunun melodisi geniş alanda yankılanınca elindeki kadehi pencerenin pervazına bırakıp hızlı adımlarla telefonunun durduğu cam, oval sehpaya yöneldi. Telefonunu eline alıp doğrulduğunda bilmediği bir numarayla karşılaştı. Hiç bekletmeden açtı.

"Evet?"
"Züppe mekânda!"
Taşkın kaşlarını çattı. "Bak sen... Var mı bir şeyler?"
"Bir grup zevzekle birlikteydi. Yanında tatlı bir hatun var. Grup gitti. Hatunla ikisi yukarı çıktılar."
Taşkın başını yana eğdi. Ağır adımlarla büyük saksıdaki bonsai ağacına doğru ilerledi. Karşı tarafın suskunluğundan faydalanarak düşünmeye başladı. Ağacın yanında durdu. Parlak yapraklarından birini iki parmağı arasına sıkıştırıp çekiştirdi. Parti veledi daha önce ne mekâna uğramıştı ne işlerine karıştığına dair bir duyum almıştı. Demek Ali sonunda köşeye sıkıştığını anlayıp ortağından destek istemişti. Her ne kadar kulüp ikisinin adı ile anılsa da, Taşkın parti veledini önemsemiyordu -ki adamın kulüple uzaktan yakından, eğlenmek dahi olsa ilgisi yoktuama işin içine babalarının girme ihtimalini aklına düşürüyordu. Aniden, "Hatun yanında mı dedin?" diye sordu.
"Aynen."
"Bir 'alo' yaparız artık. Niyetleri ne öğrenir, yolumuzu ona göre çizeriz."
"Tamamdır. İş sende!"
Taşkın telefonu kapayıp tekrar pencereye doğru ilerledi. Yüzüp yüzüp kuyruğuna gelmişti. Araya kim girerse girsin vazgeçmeyecekti. Ayrıca İstanbul'un en çok konuşulan mekânına sahip olamadıktan sonra yaptıklarının ne anlamı kalırdı ki? Kayıp Şehir'e sahip olamazsa bu, işi yüzüne gözüne bulaştırmak demek olurdu. Diğerleri de sindikleri köşelerden çıkar, onları artık bir tehdit olarak görmez ve haklarını aramaya başlarlardı. Dişlerinin arasını temizleyip derin bir iç çekti. Ali muhtemelen onu özlemiş olmalıydı. Eğer aralarında bu tatsız durum olmasaydı, Ali'yle iyi anlaşacaklarına emindi ama artık olan olmuş, bir yola girmişlerdi.

▲▼▲

Ali, Hayat'ın arkadaş grubunun mekândan ayrılmasının ardından önemli bir iki müşterisiyle ayaküstü görüştü. Hayat ve Tunç'un ofise çıktıklarını görmüştü. Karşısındaki kadın ona övgüler yağdırıp dururken gözlerini sürekli kaçırıp duruyordu. Allah'ım! Tunç, Hayat'ı eve gönderseydi olmuyor muydu? Aslında Tunç'un da bu işe karışmasını istemiyordu. Aslında, ona söylediği gibi ufak hesapların peşinde koşan bir çete işi değildi bu. Bunu anladığında muhtemelen o sıkı kroşelerinden biriyle yüzünü dağıtmak isteyecekti. Lanet olsun! Zamanlama kötüydü. O, daha yeni yeni yaşamına bir yol vermeye başlamışken onu uzak tutmak istiyordu, ama artık Tunç'u durdurmasının bir yolu olmadığını biliyordu. On dakika sonra onların ardından ofise gitmek için harekete geçti. Kapıyı çalmaya gerek duymamıştı fakat içeri girdiğinde buna pişman oldu.

Tunç masada oturan Hayat'ın aralık bacaklarının arasına girmiş, genç kızı... yiyordu! Evet. Buna öpücük demek fazla masum kaçardı. Onu fark etmemişlerdi bile. Boğazını temizledi. Hayat panikle geri çekilirken, utanmaz arkadaşı onun pancar gibi kızarması hoşuna gitmiş gibi sırıttı.

Ali şakacı bir tavırla, "Bölmüyorumdur umarım," dedi. Usul adımlarla yanlarına ilerledi. Görmemiş gibi yapmak için hem çok geç kalmıştı hem de... Görmüştü işte!

Tunç dönüp ona baktı. Yüzünden kesinlikle çözemediği garip, anlık bir ifade geçti. "Aslında," dedi. Bir süre sonra şakasına karşılık sırıtarak, "Bölüyorsun!" diye devam etti.

Aynı anda Hayat, onun dizine bir tekme attı. "Sana söylemiştim," dedi. Alçak sesinde öfke tınısı vardı.

"Allah'ım!" Tunç gülerek genç kızın onu tekmeleyen ayağını kavradı çünkü Hayat'ın gözlerinden ateş çıkıyordu. Her an bir tekme daha yiyebilirdi. "Karımdan her gün şiddet görüyorum." Kaşlarını kaldırarak Ali'ye yapmacık bir hüzünle baktı. Ve bu haliyle bir aslan yavrusunu andırdı. Çünkü Tunç'tan olsa olsa aslan yavrusu olurdu. "Senin şu sabah programlarının telefon numaraları neydi?" diye sordu. "Yardım çağrısında bulunacaktım."

"Sen o treni kaçıralı çok oldu." Ali masasının arkasındaki yerine yerleşirken, Tunç büyük elleriyle genç kızın belini kavrayıp onu ayaklarının üzerine bıraktı. "Geçmiş olsun!" Ali genişçe sırıttı.

Tunç masanın üzerinden bir dergi alırken hayıflanır gibi derince bir iç çekti. Ali gözlerini önce Tunç'un gözlerine dikti, sonra bakışı Hayat'ı buldu. Ne anlatmak istediğini arkadaşının anladığını biliyordu. Hayat'ın yüzü, yakalanmış olmalarından dolayı giderek daha çok kızarırken, Tunç bu halinden faydalanıp elini sırtına koydu ve asma katın merdivenlerine doğru yönlendirdi.

"Nereye?" Hayat merakla omzunun üzerinden ona baktı.

"Sana asma katı göstermek istiyorum."

"Sonra-"

Tunç, onun sözlerini yumuşak bir sesle kesti. "Şimdi, Hayat'ım!"

"Mirza!"

"Evet, sevgilim?"

Ali merdivenleri çıkan ikilinin arkasında kaşlarını kaldırarak baktı. İkisinin görüntüsü karşısında yüzünde oluşan sıcak gülümseme, yerini şaşkın bir dudak bükmeye bıraktı. Tunç gerçekten Hayat'ı düzeltme gereği duymamış mıydı? İşte bu şaşırtıcıydı. Yıllardır Mirza ismiyle her karşılaştığında sanki refleks olmuş gibi insanları düzeltme gereği duyuyordu. Hayat'a karşı ise tek bir tepki gelmemişti.

Hayat endişeli bir sesle, "Bir şeyler dönüyor?" dedi. Çoktan gözden kaybolmuşlardı bile.

Tunç, "Senin sayende dönen tek şey benim başım," dedi. Ve Ali sözleri karşısında kıkırdadı. Allah'ım! Adam gerçekten abayı yakmıştı.

Ali aniden kaşlarını çattı. Hayat'ın neden yanlarında olduğunu anlayamamıştı. Yukarıya çıkarmış olması bir şeyi değiştirmeyecek olsa da, en azından onun yanında konuşmak zorunda kalmadığı için rahatlamıştı. Yukarıdan Tunç'un gürültülü kahkahası duyuldu. Ardından genç adam hızla merdivenlerden inmeye başladı. Sanki bir şeyden kaçıyordu. Kıl payı farkla arkasından gelen dergi - biraz önce Tunç'un eline almış olduğu dergi- genç adamın kulağını sıyırıp geçti. Tunç kahkahalara boğuldu. Hâlâ gülerken eğilip dergiyi yerden alıp masanın üzerine, aldığı yere koydu.

Ali'nin şaşkın bakışlarına karşılık, "Ne?" diye sordu. Genç adam dudaklarını zorlukla birbirine bastırıyordu.

Ali, onu ilk defa böylesine rahat, gözlerinde yanıp sönen ışıltılarla görüyordu. Kaşları havaya kalktı. "Sanırım dergi okumaktan hoşlanmayan bir karın var?"

Tunç'un çenesi yana kaydı. "Bana da öyle geldi," dedi o da mırıldanarak. Ali'nin karşısındaki koltuklardan birine rahatça oturdu. Hayat'ın yüksek sesli homurdanmasına karşılık birbirlerine bakıp kıkırdadılar. Ali'nin kaşlarının arasındaki çizgi derinleştiğinde, Tunç'un yüzündeki neşeli ifade de silinip kayboldu.

Ali, "Hayat'ın neden burada olduğunu sorabilir miyim?" diye fısıldadı. Bakışları asma kata kayıp tekrar Tunç'u buldu.

"Önce neler olduğunu anlat!" Tunç, Ali'nin onaylamayan bakışlarına karşı gözlerini bile kırpmadı.

Ali, onun inadına devam edeceğini fark ettiğinde derin bir nefes alışla kabullenmiş gibi omuzları inip kalktı. Tunç'un sabırsız bakışlarına karşılık, "Kulübü istiyorlar," dedi. Koltuğunda rahatça arkasına yaslandı. "Tabii ki kendi istedikleri fiyattan."

Tunç, "Tabii," diye araya girdi.

"Çevredeki ismi öne çıkan, bol müşterili tüm eğlence yerlerinin üzerine oturmuşlar. Hazır müşterili yerleri tek bir isim altında toplayıp kaymak yemenin peşindeler. Ve en sona da Kayıp Şehir'i bırakmışlar."

"Kim bunlar? Derin bir bilgin var mı?"

Ali'nin yüzü ifadesiz bir hal aldı. "Yeni yetme bir çete değil." Kayıtsız sözleri üzerine Tunç'un gözleri öfkeli parıltılarla oynaştı. Ali, onun öfkeden köpürdüğünü biliyordu. Şakağındaki damar pıt pıt atıp gittikçe koyulaşırken, Ali anlatmaya devam etti. "Arkaları sağlam sanırım, pervasızca hareket ediyorlar. Daha önce önünü arkasını düşünmeden böyle balıklama dalan birilerine rastlamadım. Benim gibi satmaya yanaşmayanları açıkça tehdit ediyorlar. Düşler Diyarı'nın sahibi Erdal Bey'in oğlunun kolunu kırıp evine gönderene kadar adamın burnundan getirmişler." Tunç'un gözleri onunkilerden ayrılıp, ofisteki büyük pencereye yöneldi. O anda öyle ifadesiz, sakin bir görüntü sergiliyordu ki! Ali, onun ne zaman kopma noktasına geleceğini merak ediyordu.

Tunç alçak sesle, "Devam et!" dedi.

Ali tekrar derin bir nefes aldı. "Bizim mekânı sona bırakmalarının nedeni sanırım yaptıkları marifetleri gözümüze sokarak güç gösterisi yapmak."

"Ne zamandan beri ve ne sıklıkla rahatsız ediyorlar?"

"Başımın üzerine bir de tepe lambası koy ve sorgulamana daha rahat devam et. Belki kaçırdığın bir mimiğim vardır!" Ali, ona gözlerini devirdiğinde Tunç'tan öfkeli bir bakış yedi.

"Başının üzerine değil de burnunun üzerine koymak istediğim sağlam bir şeyim var! Hiç değilse başkalarının benzetmesine gerek kalmadan halletmiş olurum o işi."

Ali, onun bu korumacı tavrına karşı sırıttı. "İnan bana!" dedi gülerek, "başkalarını tercih ederim." Gözleri irice açılırken sahte bir korkuyla titredi. "Hâlâ son maçındaki o yumruğu unutamam."

Tunç sabırsız bir nefes çekti. "Boşuna çabalıyorsun! Çaban, ancak zamanımızdan çalıyor."

"Denemekten zarar çıkmazdı, değil mi?"

Tunç, "Konuya dön Aliş," diye bastırdığında, Ali yüzünü buruşturdu.

"Bir buçuk aydır tepemdeler. Son zamanlarda özlemleri öyle yoğun ki, günde iki kere arıyorlar. Ya da soğuk bir şey içmek için mekâna geliyorlar." Kayıtsızca iç çekti. "Ben geri adım atmadıkça da dişlerini yavaş yavaş gösteriyorlar."

Tunç renksiz bir tonla, "O zaman dişlerini ellerine vermenin zamanı geldi," diye mırıldandı.

Ali, onun sözleri üzerine sırıttı ama Tunç'un tekrar konuşmaya başlamasıyla yüz ifadesi yine hiçbir şeyi ele vermeyen bir hâl aldı. "Bana neden haber vermediğini hâlâ anlamış değilim." Eğer Tunç'un gözlerinden ateş çıkıyor olsaydı, çoktan Ali'nin paçalarını tutuşturmuş olurdu.

"Karışmanı istemedim. Tam da… Her neyse. Başa çıkabilirim."

Tunç, "Başa çıkamayacağını söyleyen kim?" diye gürledi. Bir anda yüzünü buruşturarak asma kata baktı, bir süre yukarıdaki sessizliği dinledikten sonra tekrar Ali'ye döndü. "Ama öyle, belinde emanetle, tek tabanca sonuna kadar gidemezsin!"

Ali'nin düşünceleri onun sözlerinde değil de, biraz önce baktığı yerdeydi. Huzursuzca, "Hayat'ı daireye bırakmak daha iyi bir fikir, değil mi?" diye sordu.

"Onu yanımdan ayıramam." Yüzü her ne kadar ifadesiz gibi görünüyorsa da gözlerindeki kaygıyı saklayamıyordu. Kayıtsızmış gibi, "Boy gösterdik," diye mırıldandı.

Ali'nin karışan kafası nedeniyle kaşları çatıldı. Başını yana eğerek ona baktı. Sonunda, "Ne?" diye sordu.

"Ne sanıyorsun? Seni tehdit edip öylece kenara çekilecek ve kuzu kuzu kabul etmeni mi bekleyecekler?" Tunç'un sözlerinin ardından oturduğu yerde dikleşip öne doğru eğildi. "Buraya adım atmıyor olabilirim ama..." Dişlerini sıkıp sözlerinin arkasını getiremedi. Evet, buraya adım atmıyor olabilirdi ama kulüp ikisinin adıyla anılıyordu.

Ali, "Geldiklerinde saklanma gereği duymuyorlar," dedi. Fakat onun sözlerinin, içinde bir huzursuzluğun baş göstermesine engel olamamıştı. Tunç, ona sadece baktı. Hiçbir şey söylemedi fakat arkadaşı, ne anlatmak istediğini lanet olsun ki anlamıştı. "Ah. Hayır." İnledi. "Çok üzgünüm. Hiç aklıma gelmedi. Gelmenize engel olmalıydım."

Tunç, arkadaşının yüzünde aniden beliren ifadeye karşılık, onu rahatlatmak için hafifçe güldü. "En başından haber vermeliydin ve bu işten birlikte sıyrılmalıydık!" Sitemkâr sözleri karşısında Ali yine kendi içine dönüp hiçbir tepki vermedi. Tunç, onun bu hiçbir şey ele vermeyen tutumuna karşı başını iki yana salladı. Ali ne zaman herhangi bir duyguyu derinden yaşıyor olsa ne duruşundan, ne sesinden, ne de yüz ifadesinden bir şey anlaşılabilirdi. Onun bu tutumuna deli oluyordu. Kendisi ne kadar açıksa, Ali o kadar içe dönüktü. Bir bacağını diğerinin üzerine atarak arkasına yaslandı. Sitemleri bir kenara bırakarak gerçekten bir şeyler yapmak için dudakları aralandı. "Bana bir isim ver." Cebinden telefonunu çıkardı.

"Taşkın Yıldız. Artık sözcüleri mi, liderleri mi bilmiyorum. Lakabı bile var. *Kemik Kıran*." Ali güldü. "Bana Mahallenin Muhtarları dizisindeki o yaşlı cadıyı hatırlatıyor."

Tunç da güldü ama telefonun diğer ucundaki kişi aramasına karşılık verdiğinde ifadesi sertleşti. Kayıtsızca, "Ne yani, uyuyor muydun?" diye sordu. Bir süre hattın diğer ucundakinin konuşmasını bekledi. "O zaman dır dır yapma! Sana bir isim vereceğim. Evet. Hayır. Taşkın

Yıldız! Nam-ı diğer; *Kemik Kıran*." Tunç'un önce kaşları çatıldı. Sonra yüzünde buz gibi soğuk bir ifade belirdi. Karşıdakinin konuşmalarını büyük bir dikkatle dinlerken uzun süre sessiz kaldı. "Siktir!" diye mırıldandı. "Her neyse. Bilgi istiyorum. Zerre kadar da olsa ihtiyacım var. Eş-dost, çoluk-çocuk... Öyle mi? Pekâlâ, onu da istiyorum!" Tunç'un sert bakışları dirseklerini masaya dayamış, onu dikkatle dinleyen Ali'yi buldu. "Bir, en fazla iki saate kadar!"

Telefonu kapatıp masanın üzerine bıraktı. Sonra tekrar geri alıp elinde çevirmeye başladı. Ali, kaşlarını kaldırmış ona bakıyordu, ama Tunç, sanki aklı dört bir yana dağılmış gibi düşünceli görünüyordu. Ali, hafif bir sinirle, "Aklını gittiği yerlerden toplayıp bana bir şey söyleyecek misin?" diye sordu.

Tunç başını salladı, bir eli yüzünü ovuşturdu ve burnunu çekti. "Konuştuğum kişi emniyetten ayrılmış bir ahbabım. Ama hâlâ sıkı bağlantıları var. Kemik Kıran denen itin, belalının teki olduğunu söylüyor. Arkası çok, çok sağlammış, yaptıklarını bildikleri ama kanıtları olmadığı için hiçbir şey yapamadıkları bir sürü mevzusu var."

Ali, "Çetelesini istedin?" diye sordu. Allah aşkına adamın sülalesinin onlara ne gibi bir yararı olabilirdi ki?

Tunç hafifçe gülümsedi. "Zor durumda kaldığımızda işimize yarar birilerinin olması fena olmaz. Sapın tekiyse yapacak bir şey yok ama eğer değilse..." Omuz silkti.

"Allah aşkına aklından neler geçiyor?" Ali'nin sesi kuşkuluydu.

Tunç renksiz bir tonla, "Kulübü benim onayım olmadan satamazsın!" dedi.

Ali bir anda irkilerek bedenini arkaya doğru gerdi. Daha önce aralarında böyle bir konu hiç geçmemişti. Şimdi birdenbire neden konuya buradan giriş yaptığını anlayamamıştı. Yine gerginliğini ifadesizliğinin ardına saklayarak, "Öyle," dedi.

"Hatta benim payımın yüzde altmış olduğunu hesaba katarsak, ben ne dersem o olur." Ayaklarını koltukların arasında bulunan sehpaya uzatıp rahatça arkasına yaslandı.

Ali'nin kaşları havaya kalktı. Aralarında ne paylaşım yapmışlar, ne böyle bir şeyin üzerine düşmüşlerdi. Zaten kulüp hâlâ babalarına aitti. O sadece işletiyordu. "Bir bok anlamadım!" dedi sonunda. Tunç'un gözlerinden bir ışıltı gelip geçti. "Kulüp zaten bize ait değilken hangi yüzde altmış paydan bahsediyorsun?"

"Ama bunu sadece biz biliyoruz." Tunç kusursuzca tek kaşını havaya kaldırdı. "Ve ben de kulübü satmak istiyorum." Birden sırıttı. Gözlerinde alaycı parıltılar oynaştı. "Fotoğrafını çekmek istiyorum. Karizmayı çizdiriyorsun!"

Ali gülerek arkasına yaslandı. "Sayende çorba olan aklımı biraz yerine getirsen diyorum."

"Eğer durum bu olsaydı... Uzaktan yakından ilgilenmediğim bir kulüp için neden uğraşayım, başımı ağrıtayım ve zaman kaybedeyim ki?" Omuz silkti.

Ali bir anda beyninde flaşlar patlamış gibi hissetti. Kafasını yana eğerek ona baktı. "Peki, bu ne işimize yarayacak?" diye sordu.

"Beklediğim telefondan sonra kimi takip edeceğimizi öğrenip bir hafta kadar takipte kalacağız. Sadece ikimiz! O sırada muhtemelen seni arayıp yoklayacaklardır. Onlara benim istekli ve hevesli olduğumu sezdireceğiz, ama fiyatı biraz daha yukarı çekebilmek için zaman isteyeceğiz. Bu, sadece onların tereyağından kıl çeker gibi işi halledebilmelerinin onları şüphelendirmemesi için." Tunç bir süre duraksadı. Burnunu çekti. "Sonra sadece bizimle anlaşmaları için kulübe gelmelerini bekleyeceğiz. Bizim de onlara güzel sürprizlerimiz olacak."

Ali inanamayarak başını iki yana salladı. "Beni kendine hayran bırakıyorsun. Bu hiç iyi değil."

Tunç neşesizce güldü. "Birkaç tanıdığım var. Sanırım yardımlarına ihtiyaç duyacağız."

Ali'nin telefonunun melodisi masanın üzerinden havaya süzüldüğünde eğilip numaraya baktı. "İt-çomak meselesi," dedi gülerek. Telefonu açtı. Ardından hoparlörü de açtı.

"Ben de beni unuttuğunu sanıp yas tutmaya başlamıştım."

Taşkın karşıdan bir kahkaha patlattı. "Size bayılıyorum, Ali Bey."

"O kadar samimiyetimiz var, bırakalım artık Bey'leri!" Tunç ve Ali'nin gözleri telefonun üzerinden birbiriyle buluştu.

"Pekâlâ, sevgili Ali... Lütfen, teklifimi düşündüğünü söyle ve kalplerimiz kırılmadan bu işi halledelim."

Ali kaşlarını kaldırarak Tunç'a baktı. Genç adam başını eğerek sessiz sorusunu yanıtladı.

"Açıkçası ortağımla daha yeni bir görüşme yaptık. Onun bu duruma olumlu bakmasını her ne kadar hoş karşılamasam da sanırım sizden yana ve tek şikâyeti teklifinizin çok düşük fiyattan olması." Tunç tekrar onaylarcasına başını eğdi.

"Ah. Öyle mi? İşte bu gece aldığım en güzel haber! Ama üzülerek belirtmeliyim ki, teklifimizin bir kuruş bile oynaması söz konusu değil!" Alçak sesindeki hafif tehdit tınısı onun dişlerini açığa çıkardığına işaretti.

Ali, onun söylediklerinin hoşuna gitmediğini belirtmek ister gibi derince bir iç çekti. "O halde bize biraz düşünme süresi vereceğinizden eminim."

"İşin başı-sonu bu! Neresini düşüneceğinizi merak ediyor olsam da, aramızda bir haftanın lafı olmaz elbette."

"Pekâlâ, o halde. Sanırım en kısa zamanda görüşeceğiz."

"Tunç Bey'e ve tatlı hanım arkadaşına da selamlarımı ilet lütfen!" Hat kesildi. Tunç'un bedeni irkildi. Çenesi kasılıp yüzü taş kesmiş bir ifade alırken, yutkunarak gözlerini kapayıp başını arkaya yasladı.

16. Bölüm

Gece yarısını geçmiş olmalarına rağmen, seyrek bir trafiği olan E-5 karayolunda, yanlarından hızla geçtikleri araçların sert sesleri sanki kulaklarına çarpıyordu. Otobanın kenarındaki aydınlatmalar bir bir arkada kalıyor, genç kızın gözleri onları takip etmekte zorlanıyordu. Aracın içinde yankılanan, Hayat'ın daha önce dinlemediği yumuşak bir melodi, oldukça rahatsız edici sessizliği dolduruyordu. Soru işaretleriyle dolu bakışları ilerledikleri güzergâhı tarıyor, ama nereye gittiklerini bir türlü kestiremiyordu. Daireye dönmedikleri belliydi. İçini, rahatsız edici bir his sardı. Başını çevirdiğinde gözleri, arabaya bindiklerinden beri yüzünü taş kesmiş bir ifade kaplamış olan genç adamı buldu. Ne tek bir kelime konuşmuş ne de orada olduğuna dair herhangi bir tepki göstermişti. Hayat, bir şeylerin ters gittiğinin farkındaydı ama o şeylerin ne olduğunu bilmiyordu.

Mirza bir robot gibi mekanik hareketlerle arabayı kullanıyor, gözlerini yoldan ayırmıyordu. Gözlerini görebilseydi eğer belki bir şeyler anlayabilirdi. Dakikalar ilerledikçe ve o böyle sus pus durmaya devam ettikçe sinirleri zıplıyor, endişelenmeye başlıyordu. Mirza, Ali'yle yalnız görüşmek istediği için Hayat'ı asma kattaki kanepeye götürmüş, eline bir dergi tutuşturmuş, büyük ekran televizyonu açıp kulaklığı kulaklarına yerleştirmişti. Hayat itiraz edip kulaklığı çıkarmış, somurtmuş fakat bu Mirza'ya bir fayda etmemişti. Zaten Ali'ye yakalanmış olmalarının utancını üzerinden atamayan genç kız, Mirza'nın kanepe ve fanteziler hakkında yaptığı edepsiz yorumlarla birlikte yine tepeden tırnağa ama bu defa üzerine öfke de binerek kızarmıştı. Kulağına eğilip fısıldadığı sözler iliklerine kadar ulaşmayı başarmış, kafasını karmakarışık yapmıştı. Hayat ne hakkında somurttuğunu, hatta kızdığını bile unutmuştu. Mirza da onun bu durumundan yararlanıp kulaklığı kulağına yerleştirmişti. Beş yaşındaki bir çocuğu kandırmak ne kadar kolaysa, Hayat da ona öyle kanmıştı.

Hızla geçtikleri aydınlatmaların gölgeler düşürdüğü yüzünü bir anda çevirip ona baktı. Gözlerindeki soğuk bakış, genç kızın gözleriyle kesiştiği anda yumuşadı. Hayat, onu izlerken yakalanmanın verdiği ufak çaplı bir heyecan dalgasına yakalandı, ama gözlerini kaçırmamak için direndi. Genç adam yola hızlı bir bakış attı. Bir eli direksiyonu bırakırken diğeri onun yerini aldı. Eli usulca ona uzanıp tersiyle genç kızın yumuşak tenini hafifçe okşadı. Dokunuş, göğsünden yayılan bir sıcaklığın tüm bedenini sarmasına neden oldu. Hayat, yutkundu. Ne zaman kendisine dokunsa aklı bir uçağa binip sanki uzak diyarlara yolculuğa çıkıyordu. Hislerini göz ardı etmeyi zorlukla başararak cesaretini topladı ve fısıldadı. "Nereye gidiyoruz?"

Mirza bir anda elini çekip tekrar direksiyonu sıkıca kavradı. Başını çevirip gözlerini bir kez daha yola dikerken dirseğini cama dayadı. İki parmağını bükerek şakağına bastırdı ve başının ağırlığını parmaklarına verip burnunu çekti. Ah. Mirza gergindi. "Bizimkilerin yanına." Sesinde hiçbir renk yoktu. Düz ve boş.

Hayat titrek bir nefes aldı. O, böyle nereden eseceğini bilmeyen bir rüzgâr gibi olduğu zamanlarda geçirdikleri iç karartıcı, Hayat'ı dibe çöktüren günleri anımsamaktan kendini alamıyordu. Ama biraz önce yakaladığı cesarete yapışarak sordu. "Neden?"

"Öyle gerektiği için."

Genç kız, bir an için onun bu hallerinin kendisini geri çekmesine izin verecekti. Fakat sonra dişlerini sıktı ve gözlerini kapayıp başını arkaya yasladı. İçinde durdurulamaz bir öfke baş göstermişti. Neler döndüğünü bilmek istiyordu. Allah aşkına! Gecenin bu saatinde Mirza'nın ailesinin evlerinde ne işleri vardı? Bunu bilmek Hayat'ın hakkıydı. "Kafana bir şey indirmek istediğimi söylersem etkili olur mu?" Dişlerinin arasından bir anda gelen hiddetiyle konuşmuştu. Gözlerini açıp ona dikerek ne kadar ciddi olduğunu anlatmak istedi.

Mirza başını çevirip ona baktıktan sonra gürültülü bir kahkaha patlattı. "Ne indirmek istediğine bağlı," dedi o da alaycı bir tavırla.

"Ayakkabımın sivri topuğu çok cazip geliyor!"

Mirza yumuşakça güldü ama yine bir şey söylemedi. Arabanın konsolundaki müzik sistemine uzanıp hafifçe sesini açarak çalan parçayı değiştirdi. Hayat çileden çıkmış gibi bir elini dağılmış, fena halde taranmaya ihtiyacı olan saçlarının arasından geçirdi. Asma kattaki kanepede uyuyakaldığı ve sonra uyandırıldığı için uykusuz, yorgun ve... berbattı işte. Ayaklarını ağrıtan ayakkabılarını çıkarıp ayak parmaklarını rahatlatmak için birkaç kere oynattı. Dizlerini yukarıya çekerek topuklarını oturduğu yolcu koltuğuna bastırıp kollarını dizlerinin etrafından doladı.

Mirza, "Hımm. Çok kızmışsın!" dedi mırıldanarak. Sonra gözleri sahte bir korku ifadesiyle genç kızın ayakkabılarına kaydı.

Hayat her ne kadar ona kızmışsa da sinirli bir gülüşün dudaklarından kaçmasına engel olamadı. "Önce beni, ailesinin konuştuklarını dinlememesi için kışkışlanmış küçük bir çocuk gibi hissetmeme neden olarak asma kata postalıyorsun! Sonra müzik zevkimi umursamadan kulağımı saçma sapan bir müzikle dolduruyorsun! Muhtemelen uykularının en güzel yerinde olan ailenin endişelenmesine neden olarak gecenin bir vakti onlara baskın yapmayı planlıyorsun! Bir şeyler ters gidiyor ve ben ne olduğunu bilmek istiyorum." Sinirle elini tekrar saçlarının arasından geçirdi.

"Kabahatlerim boyumu aşmış!" Mirza'nın sesinde alaycı bir tını vardı. Genç kıza kısa bir bakış atıp onu baştan aşağıya süzdü ve yine o ani değişimlerinden birini yaşayarak yoğun bir bakışla gözleri karardı. "Ama seni üzgün hissetmenden alıkoyacak bir sürü şey biliyorum. Belki affedilebilirim."

"Aklımı karıştırmaya çalışmaktan vazgeç! İçimde kaçırılıyormuşum gibi bir his var!" Hayat, onun son sözlerinin kendisini kandırmasına izin vermedi.

Mirza derince bir iç çekti. Alçak sesle, "Öyle zaten, yavrum!" dedi.

Hayat sesindeki bastırılmış hiddetin kime olduğunu anlayamadı. Bu, onu tedirgin etse de sormasına engel olmadı. "Neden?"

"Bunu vardığımızda konuşsak? Senden bir şey saklamak niyetinde değilim. Çünkü bilmen gerekiyor, çünkü senden bir şeyler isteyeceğim, çünkü bunlar senin hoşuna gitmeyecek."

Mirza'nın sesindeki baskıcı tona karşı çenesi kasıldı. Başını camdan dışarıya çevirip aydınlatmalarla yanıp sönen parıltılı bir oyuncağı andıran geceye baktı. "Bırak da ona ben karar vereyim."

Genç kız, göz ucuyla onun öne doğru uzanıp bir düğmeye basarak aracın içini sessizliğe gömmesini izledi. Onun konuşmak için böyle bir şey yaptığını düşünmüş olasına rağmen Mirza'dan uzun süre tek kelime çıkmadı. Başını çevirip baktı. Genç adamın kaşlarının arasındaki çizgi derinleşmişti. Yüzünde yine o sert ifadeyle, parmakları şakağında trampet çalarken, sanki seçeceği kelimeleri en ince ayrıntısına kadar düşünüyormuş gibiydi. Hayat konuşmak için dudaklarını araladığında, onun sesi arabayı, bedenini ve rahatsız edici sessizliğin üzerini kapladı.

"Babam, mutlaka gidişimizin sebebini kurcalayacaktır. Söyleyeceklerimi sadece senin bilmeni istiyorum."
Susup dudaklarını yaladı.
"Gecenin bu saatinde onları rahatsız edeceğiz!"
"Anahtarlarım var."
"Ne yani? Öylece girip sabah da onları şoka mı sokacağız?"
"Evet."
Allah'ım! Bazen bu adamı anlamakta güçlük çekiyordu. Başını iki yana salladı. Biraz önce açıklamasının yarıda kaldığını ima ederek, "Dinliyorum!" dedi.
Mirza sağa sinyal verdi. En sağ şeride geçene kadar bir süre dikkatini sadece yola verip geçtiğinde hızını düşürdü. "Bunu sadece senden isteyeceğim şeyi neden yapman gerektiğini anlaman için açıklıyorum." Tekrar sustuğunda Hayat'ın içinde bir anda beliriveren çığlık atma isteği arttı. Gerçekten de... Hoşuna gitmeyecek bir şey söyleyecekti.
"Kulübü çerez fiyatına satın almak isteyen bir şehir eşkıyası var. Birkaç işletmeyi devralmış ve sonunda gözünü Kayıp Şehir'e dikmiş. Diğer mekânlarda zor kullanmak, tehdit etmek ve can yakmak dâhil birçok boktan şey uygulamışlar." Hayat'ın gözlerinin irice açıldığını fark edip dişlerini sıktı.
Hayat ise yutkunarak onun sözlerini sindirmeye çalıştı. Kalbi, onun tehlikede olabileceği gerçeğiyle olduğu yerde sıkışırken, nefesi boğazından yukarı tırmanacak bir boşluğu zor buldu. Gözlerinde kaygılı bir bakışla baktığında Mirza'nın yüzündeki ifade tüylerini diken diken etti.
Genç adam, "Uzun süredir Ali'nin başının etini yemişler," diye devam etti. "Ben... Durumu bu gece öğrendim. Eğer bilseydim sana oraya gitmeyi hiç teklif etmezdim." Hayat keskin bir soluk çekti. Sırf bir şeyler yapıyor olmak için ayaklarını koltuktan sarkıtıp ayakkabılarını

giydi. "İzleyeceğimiz bir yol var ve kısa zamanda her şey sonuca ulaşacak. Yaptığımız telefon görüşmesinde senin üzerinden uyarı niteliğinde bir tehdit savurdu." Duraksadı. Gözleri kapanıp açıldı ve aniden direksiyona sertçe vurdu. Hayat, onun yüzüne yerleşen ürkütücü ifadeye mi, yoksa yaptığı fevri harekete mi sıçradı bilemiyordu.

Mirza başını çevirip pişmanlıkla ona baktı. Aldatıcı, ipeksi bir sesle, "Özür dilerim," dedi. Hayat sadece başını salladı. "Onların suyuna gidecekmişiz gibi göründüğümüz için şimdilik bir problem yok. Ama bu iş sonuçlanana kadar ailemin yanında kalacağız. Benim fazla zamanım olmayacak ve yalnız kalmanı istemiyorum." Son sözleri açıklamadan çok emir vurgusundaydı.

Hayat bir şekilde onun istediği şeyin ailesinin yanında kalmaları olmadığını biliyordu. Sesini bir yerlerden bulup çıkarmayı başararak "Benden istediğin nedir?" diye sordu.

"Okula bir süre gitmeyeceksin."

"Ben mi?"

"Sen!" Durdu. Dudakları seğirdi. "Başka çıtır öğrenci tanımıyorum."

Hayat, onun yine konuyu değiştirmek için bir girişimde bulunduğunu anladı. Afallamış bir sesle, "Ne demek *'okula bir süre gitmeyeceksin!'*?" diye sordu.

"Neresini anlayamadın, yavrum? Okula bir süre gidemeyeceksin. Bu kadar. Hiçbir karmaşa, kelime oyunu, aldatmaca yok!"

Hayat'ın çenesi titreyerek öne doğru uzadı. Onu anlıyordu. Onu tabii ki anlıyordu ama eğer derslerinden geri kalırsa vizelerini veremeyecekti. "Yapamam," dedi birden.

Mirza direkt, "Ben yaparım," dedi.

Hayat gözlerini kırpıştırarak ona döndü. "Neyi yaparsın?"

"Gerekirse seni bağlarım. Birinin gözetiminde tutarım.

Bir şeyler yaparım!" Mirza vitesi yükseltip gazı kökledi ve şerit değiştirdi.

Hayat öylesine öfkelenmişti ki, ona bakıp da kararlılığıyla karşılaştığında, sözlerinin nereye gideceğini düşünmeden bir anda konuşmaya başladı. "Bir kere daha senin yüzünden derslerimden kalmayacağım." Dişlerinin arasından sert bir soluk çekerken, Mirza bir anda ona gözleri parlayarak döndü. Dudağının bir kenarı yukarı kıvrılmak istiyor, genç adam da onu zorlukla tutuyormuş gibi görünüyordu. Lanet olsun!

Mirza inanamayarak, "Ne? Ne dedin?" diye sordu.

"Bir şey demedim." Hayat'ın kalbi bir anda dışarı fırlamak ister gibi atarken, sanki onu olduğu yerde tutabilecekmiş gibi kollarını göğsünde kavuşturdu.

"Yanlış sordum!" Mirza'nın dili dudaklarının üzerinde gezindi.

Hayat, dikkatini dağıtan bu görüntüden kaçmak için bakışlarını ön cama dikti. Çenesiyle cama yapışan sinekleri işaret etti. "Camını temizletmelisin!" dedi kayıtsız olmasını umduğu bir tonla. "Görüşünü engelleyebilir."

Mirza, ona şaşkınlık dolu bir bakış atıp kahkaha patlattı. "Kaçabileceğini mi sanıyorsun?" diye sordu. "Kaldığın dersten benim yüzümden mi kaldın gerçekten?"

Allah'ım! Sırf sesindeki memnuniyet için onu boğmak istiyordu. "Tabii ki hayır!" Bir anda sözcükler sanki ona yardım etmek ister gibi dudaklarından fırladı. "Seni tanımıyordum bile," dedi sözlerinin üzerine basarak. "Sadece bir kere daha dersten kalmak istemediğimi söylemek istemiştim." Başını çevirip hızla bir nefes çekti.

Büyük eli usulca elini kavradığında, teninden yayılan sıcaklık bedeninde milim milim ilerlemeye başladı. Ta ki bütün bedeni alev alana kadar, ta ki Mirza elinin üzerine dudaklarını hafifçe dokundurana kadar! Hayat şaşkınlıkla ona baktığında Mirza'yı kandıramadığını anladı. Elini geriye çekip, kollarını kendi kendini bir şekilde ele vermiş olmanın siniriyle göğsünde kavuşturdu. Ama açıklamasını yapmıştı, değil mi? Her ne kadar yarı doğru yarı yalansa da inanıp inanmamak onun sorunuydu.

Kısa bir sessizliğin ardından, "Gitmem gerekiyor," diye diretti.

Mirza'nın yüzündeki sıcak ifade dondu. Ardından başını iki yana salladı. "Üzgünüm."

"Lütfen! Vizelerim başladı. Kaçırırsam tekrar aynı dersleri görmek istemiyorum. Çok sıkı çalıştım. Heba olmasını da istemiyorum."

Genç adamın bir eli çileden çıktığını gösterircesine sertçe yüzünde dolaştı. Uzun bir süre sadece sert bakışlarla yola odaklandı. Yüzünden, önce meydan okuma, sonra anlayış ve sonra çaresiz bir kabullenme geçti. "Söylediklerime harfiyen uyacaksan... pekâlâ," dedi zorlukla konuşarak.

Hayat gülümseyerek dudağını ısırıp, "Teşekkür ederim," diye fısıldadı. Oturduğu yerde huzursuzca kıpırdandı. Bir elini koltuğa dayayarak hafifçe kalkmak için destek aldı. Emniyet kemerinin elverdiğince ona uzanıp dudaklarını yanağına değdirdi.

Geri çekilmeden önce Mirza onun dudaklarını yakalayarak çabuk bir öpücük kondurarak Hayat'ı baştan aşağıya kızarmaya saldı.

Genç adam hafifçe gülümsedi. "Rica ederim." Sonra bakışları dikiz aynasından arka koltuğa kaydı. Kaşlarını çatıp gözlerini yola dikti. "Tam şu anda seni arka koltuğa atmak istiyorum," diye boğukça fısıldadı.

Hayat'ın gözleri yuvalarından fırlayacakmış gibi açılırken şoka girmiş bir halde adama baktı. "Çok..." dedi ve ne söyleyeceğini bilemeyerek duraksadı.

"Çok güzel bir fikir, değil mi?" Mirza başını onaylar gibi salladı. "Kesinlikle."

▲▼▲

Deryal, kaçan uykusunu tekrar yakalayabilmek için kendi tarafındaki lambayı yaktı. Komodinin üzerindeki kitabı eline alıp gözlüklerini taktı. Burcu mırıldanarak diğer tarafa döndüğünde ona bakıp hafifçe gülümsedi. Kaldığı yeri bulup birkaç satır okumuştu ki, merdivenlerden geldiğini düşündüğü tıkırtılarla kaşlarını kaldırdı. Gözü tam karşı duvarda asılı duran saate kaydığında kaşlarını çattı. 01.45. Gecenin o saatinde yatak odalarının bulunduğu kısımda kendilerinden başka kimin, ne için dolandığını merak ederek örtüyü üzerinden fırlatıp yataktan kalktı.

Burcu uykulu bir sesle, "Nereye?" diye mırıldandı.

Deryal, "Geliyorum, Burcu'm," diye mırıldandı. Fakat Burcu çoktan uykusuna geri dönmüştü. Kapıyı açtı. Koridorda telaşsız adımlarla ilerledi. Merdivenlere yönelip bir basamak aşağıya inmişti ki iki kişinin fısıltılı tartışmasını duydu. Ne konuştukları anlaşılmıyorsa da kesinlikle tartıştıkları anlaşılıyordu. Deryal birkaç basamak daha indi. Diğer tarafta merdivenleri tırmanan Mirza ve Hayat'la karşılaşınca tam bir şok yaşayarak adımları dondu ve kaşlarını kaldırarak onlara baktı. Herhalde evin içine meteor düşse bu kadar şaşıramazdı. Birbirlerine kaşlarını çatarak, iki horoz gibi meydan okuyarak bakıyorlardı ve kendisini fark etmemişlerdi bile.

"Sanırım yolunuzu kaybettiniz."

İkisinin birden başı aniden kendisine çevrildiğinde yüzlerinde tedirgin bir ifade belirdi. Hayat ek olarak kulaklarına kadar kızarmaya başlamıştı. Deryal'in şaşkınlığı hızlı bir manevra yapıp büyük bir endişeye dönüşse de, alaylı yüz ifadesinden hiçbir şey kaybetmedi. Gençliğinde bile taşkınlık yapıp geceleri evinin ne merdivenlerinde ne de başka herhangi bir yerinde yakalamadığı oğlu, şimdi eşiyle birlikte gecenin bir vakti habersizce gelmişti. Bundan daha fazla endişelenecek bir şey düşünemiyordu.

Mirza mesafeli bir tonla, "Rahatsız ettik," dedi. Tabii. Her zaman mesafeli!

"Dairede fare mi var?"

Hayat sözlerini anlayabilmek için kaşlarını çatıp başını yana eğerek bakarken, Mirza başını eğerek güldü. Sonra gözlerini kaldırıp Deryal'in gözlerinin içine baktı. Ve Deryal, onun sabit tutmaya çalıştığı ifadesinde yatanları bir bir gördü.

Genç adam alayına karşılık, "Öyle de denebilir," dedi. Hayat bir ona bir Mirza'ya baktı ve kafası karışık göründü.

Deryal, genç kıza hafifçe gülümseyerek, "Hoş geldiniz," dedi. Neden bu kıza her bakışında kendisini gülümsemek zorundaymış gibi hissediyordu?

Genç kız her zamanki kibarlığıyla, "Teşekkürler," diye karşılık verdi. Gecenin bu saatinde böylesine kibarlık? Güzel. "Biz... Rahatsız ettiğimiz için gerçekten üzgünüz."

Deryal kaşlarını kaldırıp, "Kahve?" diye sordu. Hâlâ merdivenlerin başında durduklarını fark etmişti.

"Deryal?"

Deryal başını arkaya çevirip Burcu'nun yükselen sesinin geldiği yere, koridora baktığında diğer ikisinin de bakışı aynı yönü buldu.

Burcu görüş alanına girdi. Merakla, "Burada ne yapıyorsun?" diye sordu. Menekşe gözlerinden uyku akıyordu. Birkaç basamak inerek yanına ulaşıp elini yüzüne doğru uzattı. Mirza öksürdüğünde, Burcu irkilerek başını iki gence çevirdi. Çenesi gerçekten aşağıya düşüp bir süre açık kaldı.

Deryal, karısının çenesine uzanıp yukarı doğru ittirdi. Saatine baktı. "Sanırım bu gece misafirlerimiz var," dedi yumuşak bir tonla.

"İyi geceler, çocuklar." Burcu her ne kadar şaşkınlığını üzerinden atamadıysa da durumu kurtarmaya çalışıyordu.

Hayat'ın gözlerindeki meraklı bakıştan neden bu kadar çok şaşırdıklarını anlayamadığını ve hiçbir şey bilmediğini düşündü. Gençler mırıldanarak ona karşılık verdiler.

"Sevgilim, neden Hayat'ı misafir odalarından birine götürmüyorsun? Biz de Mirza'yla birer kahve içeriz." Deryal, Mirza'nın onu düzeltmesini beklemişti ama onu ikinci kere şaşkınlığa sürükleyerek hiçbir tepki vermedi. Ve Burcu, hâlâ şaşkınlığını atamamış olmalı ki o saatte kahve içeceği için tek kelime şikâyet etmemişti.

Mirza, "Rahatsız olmanıza gerçekten gerek yok, baba," diye atıldı. Birkaç basamak çıkarken genç kızın da elini kavrayıp kendisiyle birlikte ilerletti.

Deryal, onun kaçma girişimine kanmadı. "Hiç rahatsız olmam. Annenin aşk kitaplarını okuyacak kadar uykusuz durumdayım." Mirza gülümsedi. Fakat gözlerine yerleşen huzursuzluk orada duruyordu. Hayat dudaklarını birbirine bastırdı ve Burcu kıkırdadı.

"Geceleri kitaplarımı okuduğunu biliyordum!" Burcu neredeyse yanlarına varmış olan Hayat'a elini uzatıp mırıldanmasına devam etti. "Kitaplarımı okuduğunu biliyordum! Ve her seferinde inkâr ediyor!" Hayat'a doğru eğilmiş kulağına fısıldar gibi ama yüksek sesle konuşmuştu. "Ne güzel bir sürpriz," dedi konuyu hızlıca geçiştirerek. Genç kızı arkasına şaşkın bakışlar atar halde merdivenlerden yukarı çıkarıp, misafir odalarından birine götürdü.

Mirza, Deryal'in yanından sıvışmaya çalışırken, "İyi geceler," dedi.

"Kahve içeceğiz!" Deryal'in keskin bakışı Mirza'nın gözlerini buldu.

"Bu saatte içtiğim kahveler uykumu kaçırıyor, yarına erteleseniz?"

"O zaman süt içersin!"

Deryal, arkasını dönüp merdivenlerden inmeye başladı. Oğlunun da arkasından geleceğini biliyordu. İkisi de mutfağa ne için indiklerini biliyordu. Deryal kendine bir kahve yaptı. Mirza içinse buzdolabından süt şişesini çıkarırken omzunun üzerinden ona baktı. Kayıtsız bir sesle, "Sıcak? Soğuk?" diye sordu.

Mirza, neredeyse ona gözlerini devirecekken kendisini son anda durdurdu. Dudaklarını bastırarak, "Soğuk," diye mırıldandı. Sonra öksürdü.

Deryal tekrar önüne döndüğünde gülümsedi. Sütü bir bardağa koyarak masanın etrafındaki sandalyelerden birine oturan Mirza'nın tam önüne koydu. "Afiyet olsun!"

Mirza'nın bakışları koca bir bardağa doldurulmuş süte kaydı. Dudakları titrerken bir eli bardağı kavradı.

Deryal onun karşısına oturduğunda direkt, "Sorun ne?" diye sordu.

Mirza sütten bir yudum aldıktan sonra başını kaldırıp ona baktı. "Çok fazla üzerine düşülecek bir sorun yok. Bir anlaşmazlık..." dedi. Üzerindeki kalın gömleğin üst düğmelerinden birini açtı, eli ensesini bulup ovuşturdu ve gözlerini kaldırıp tekrar Deryal'e baktı. "Sadece Hayat'ı güvende tutmak istediğimi bilin yeter." Arkasına yaslandı. Tekrar öne eğilip sütten bir yudum daha aldı. "Teşekkürler," dedi bardağı havaya kaldırarak.

"Rica ederim." Deryal'in gri gözleri dikkatle oğlunun yüzünde geziniyordu. Ah. Tabii ki daha fazlasını anlatmasını bekliyordu, fakat Mirza'nın gözlerindeki kararlı ifade daha fazlasının olmadığını söylüyordu. Eğer yardıma ihtiyaç duyarsa ona danışacağını da biliyordu çünkü oğlu mantıksız bir insan değildi. Dikkatle, "Burada mı kalacaksınız?" diye sordu.

Mirza yutkundu. Sütünden bir yudum daha içti. "Müsaade ederseniz, birkaç gün." Sesindeki huzursuzluk resmen çığlık atıyordu.

"Elbette." Deryal kahvesinden bir yudum aldı. Gözlerini kaldırıp fincanın üzerinden tekrar ona baktı. "Yardım edebileceğim başka herhangi bir şey?" diye sordu.

Mirza bir anlık dalgınlıkla dudaklarındaki sözcükleri

tutamadı. "Hayat'ı okula gitme inadından vazgeçirmek için bir yol!" Sonra gözlerini kaldırıp kendi sözlerinin şaşkınlığının içinde boğulduğunu gösteren bir bakış attı.

Deryal hafifçe gülümsedi. "İnan bana, şu hayatta bildiğim bir şey varsa, o da kadınları gerçekten istedikleri bir şeyden nasıl vazgeçirebileceğimi bilmemek!" Mirza'nın gözlerindeki şaşkın bakışın yerini sıcak bir parıltı aldıktan sonra dudağının kenarı hafif bir gülümsemeyle yukarı kıvrıldı. "Onu okula ben bırakırım."

Mirza hızla karşı çıkarak başını iki yana salladı. "Ben ayarladım bir şeyler." Başını yana eğerek, boynunu gerdi.

Deryal, onun bu huzursuz hallerine gülümsedi. İnanılmaz! Oğlu gerçekten âşıktı. Ve Deryal hayatta bir mucizeye daha tanık olmaktan büyük bir mutluluk duyuyordu. "Burada olduğu sürece Hayat'ın güvende olacağından emin olabilirsin."

Mirza birden ayağa kalktı. "Sanırım, bu kadar! "İyi geceler."

"İyi geceler." Deryal sabit duruşunu bozmadan onun bocalamasını izliyordu.

Mirza çıkmak için arkasını döndü. Tekrar babasına döndü. "Teşekkür ederim." Dudaklarını yaladı. "Her şey için!"

"Rica ederim." Deryal gülümsedi. Oğlu yanından ayrıldıktan sonra gözlerine bir hüzün çöktü. Eh. Yıllar sonra bu da bir gelişmeydi.

▲▼▲

Hayat büyülenmiş bir halde Deryal Bey'in mutfakta şahaneler yaratmasını izliyordu. Burcu Hanım da bacak bacak üzerine atmış, masanın etrafındaki sandalyelerden birine oturup hayranlıkla kocasını izliyordu. Mutfaktaki yardımcı kadını *sepetlemişlerdi*. Bu Deryal Bey'in tabiriydi. Çünkü ikisi mutfakta kesinlikle anlaşamıyorlardı. Hayat,

Deryal Bey'in becerileriyle Mirza'nın beceriksizliğini karşılaştırmadan edemiyordu. Bu da Mirza'nın yemek yapma çabası içindeyken yüz ifadesinin aklına gelmesine neden oluyordu. Gözleri bir noktaya takılıp kaldığında etrafındaki insanları da nerede olduğunu da unuttu. Şu sıralar sık sık bu durumla karşı karşıya kalıyor, kendisine geldiğinde baştan aşağıya kızarmasına engel olamıyordu. Ama elinde değildi. Mirza'nın başının her an bir derde girebileceğini bilirken, bu gerçekle ruhu, kalbi ve aklı aynı anda sıkışırken kendinde kalması zordu. *Allah'ım!* Ona yine tutulmuştu. Yine ona delicesine âşık olmuştu. Ya da aslında aşkından hiç vazgeçmemişti ve bunu yeni fark ediyordu.

Mirza'yı neredeyse üç gündür göremiyordu bile. Geceleri geç geliyordu. Hayat, o geldiğinde genellikle uyuyor oluyordu. Gözlerini karanlığa her açışında onun kollarının kendi bedenine sarılmış olmasıyla derin bir nefes alıyordu. Başını ona doğru yaslayıp tenini, sıcak ve güçlü bedenini, saçlarına değen ılık nefesini hissederek, yanında ve onunla olduğunu anlayıp içini anlamlandıramadığı garip bir his sararken uykusuna devam ediyordu. Ona zarar gelebilecek olmasının fikri bile karnına ağrılar saplarken nefes almakta zorlanıyordu. Bu karmaşık, tehlikeli işlerin bir an önce bitmesi için Allah'a dualar yakarıyordu.

Sabahları onu okula bırakırken kısa bir zaman geçiriyor olsalar da, Hayat onun varlığının sürekli yanında olmasına farkında olmadan öyle alışmıştı ki, bu kısa görüşmeler ona yetmiyordu. Mirza'nın da aynı durumda olduğunu sanıyordu. Çünkü araçtan inene kadar onu kolları arasında tutuyor, genç kızın bedenini ateşlerin içinde bırakacak kadar yoğun bir şekilde dudaklarından öpüyor, birbirlerine veda ediyorlar ve Mirza onu yakalayıp tekrar öpüyordu. Kendisi okul binasına girene kadar gitmiyor, akşam da onu almaları için iki adam gönderiyordu. Kulübün güvenliğinden olduğunu söyledikleri iki adam onun çıkış saatinden yarım saat önce hazır bulunuyorlardı.

Kulaklarına çarpan bir kıkırdamayla gözleri odağını bulduğunda, Deryal Bey'in gözlerinde muzip parıltılarla kendisine baktığını gördü. Kaşlarını kaldırarak, "Rica ederim, bu sefer de dalga geçmeyin. İnanın alınacağım," dedi ve yine baştan aşağıya kızardı.

Deryal, "Hayır," dedi. Ağır adımlarla masayı çoktan kurmaya başlamış olan Burcu'nun yanına ilerledi. "Kesinlikle öyle bir niyetim yoktu. Sadece hâsılatı merak ediyorum." Önce karısının yanığa bir öpücük kondurdu. Sonra masada kendisine ayrılmış olan yere oturdu. Dudaklarını büzüp elini daldırıp çıkarıyormuş gibi bir hareketle aşağı yukarı salladı. "Bu defa fazla derine daldın."

Karısı, "Deryal!" diye onu uyarsa da adam oralı bile olmadı. "Hayat'ı rahat bırakır mısın?"

"Tam yedi dakika sevgilim." Deryal'in gözleri irice açıldı. "Bu bir rekor! Kendime nasıl engel olabilirim?"

Burcu, Hayat'a özür diler bir bakış attı. "Lütfen, ona aldırma!"

Hayat neredeyse hazır olan masaya yardım etmek için çekmeceyi açıp çatalları ve bıçakları çıkarmaya başladı. "Aldırmıyorum. Muhtemelen dün gece tavlada yenildiği için böyle yapıyor!" diye mırıldandı. Minik adımlarla yürüyen, her zaman fark edemediği bir hızla hareket eden Nur, onun elinde tuttuklarını aldı. Yerlerine koyup asıl takımları çıkarmaya başladı. Hayat, ona sert bir bakış fırlattı. Burcu kıkırdamasını öksürükle boğmaya çalıştı.

Deryal tabii ki fırsatı kaçırmadı ve bir kahkaha patlattı. "Dün geceki maçın rövanşını bu akşam göreceğimiz için o konuyla ilgili hiçbir sorunum yok!"

Hayat masaya ilerlerken Deryal'e kötücül bir bakış atıp başını iki yana salladı. "Hile yapıyorsunuz!"

"Allah'ım! Cazgır bir gelinimiz var! Hiç utanması yok."

"Deryal!"

"Ne?" Burcu başını iki yana sallarken, Deryal, Hayat'a dönüp göz kırptı. Genç kız da bu göz kırpmaya bir gülücükle karşılık verdi.

Hayat çekingenlik sınırını ve mesafeyi ne zaman aştıklarını bilmiyordu. Öyle sıcak, öyle sevgi dolu bir aileydi ki insanın kendisini evinde, yıllardır onlarla yaşayan, onlardan biri gibi hissetmemesi çok zordu. Sadece üç gün kalmış olmasına rağmen onlara çok fazla alışmıştı. Daireye dönecekleri zaman bunu nasıl yapabileceğini bilmiyordu. Deryal Bey, daha orada uyandıkları ilk sabah onunla uğraşmaya başlamış, genç kızın kızarıp bozardığını fark ettiğinden beri bile bile üzerine gidiyordu. Bundan büyük bir keyif aldığı da bariz bir şekilde belliydi.

Burcu Hanım daha ılıman, bilgili ve neredeyse her konuyu konuşabileceği anlayışlı bir kadındı. Hayat, onunla ne hakkında olursa olsun bir şeyler konuşmaya bayılıyordu. Arada sırada kızları Melek uğruyor ve onların bu samimi ortamına katılıyor, Hayat gittikçe ona daha çok ısınıyordu.

Deryal, derin bir iç çekti. Ardından kaşlarını kaldırıp Hayat'a baktı. "Sanırım Mirza yemeği yine kaçıracak."

Hayat'ın bir anda kaşlarının arasındaki çizgi derinleşti. "Eğer müsaadeniz olursa bir soru sormak istiyorum."

Burcu, yardımcı kadın geldiği için masayla ilgilenmeyi bırakıp eşinin yanında yerini aldı. Deryal, "Elbette," dedi.

Genç kız pat diye, "Mirza'nın ismiyle sorunu ne?" diye sordu.

Burcu aniden sırtını dikleştirdi. Deryal'in dudakları gülümsemekten çok uzak bir kıvrılmayla yanlara kaydığında kenarındaki kırışıklıklar daha çok belirginleşti. Kaşları çatıldı. Mutfaktaki çalışanlara şöyle bir göz gezdirip düz bir tonla mırıldandı. "İsmini ben koydum."

Hayat hiçbir şey anlamamış olsa da onların arasında

aşamadıkları bir sorun olduğunu artık biliyordu. Mirza'nın böylesine sıcak, sevgi dolu bir ailesi varken neden ailesinden uzaktı? Eğer cesaretini toplayabilirse bunu sormayı düşünerek kâsesine doldurulan çorbaya kaşığını daldırdı.

▲▼▲

Hayat bina kapısından çıktığında Mirza'nın telefonunu bir kez daha tuşladı. Cevap yoktu. Hızlı adımlarla ilerleyip telefonunu cebine attı. Mirza bu işe çok kızacaktı. Tam iki dersi boşa çıkmıştı ve onu eve götürmek için gelecek olan adamların geliş saatlerine daha çok vardı. Ne yapması gerektiğini bilemeyerek kampüsün kapısından çıkmadan duraksadı. İlk defa ulaşamadığı Mirza'nın, onun dışarı çıkmasını istemeyeceğini düşündü. Buz gibi bir hava vardı. Genç kız da telefonlarını kaydetmeyi akıl edemediği güvenliği beklemek istemiyordu. Fakat orada, yalnız başına durmak da istemiyordu. Her ne kadar tehlikenin ona kadar uzanmayacağını tahmin etse de, içten içe tedirgin oluyordu. Allah'ım! Mirza gerçekten çok kızacaktı. Ona üzerine basa basa kaydetmesi gerektiğini söylemişti. Onların telefonlarını kaydetmesi gerektiğini biliyordu fakat bunu nasıl unuttuğunu bilemiyordu.

Ne yapacağını bilemeden bir süre ileri geri volta attı. Önce Deryal Bey'i aramayı düşündü, fakat sonra onun doktor kontrolüne gideceğini hatırlayarak yüzünü buruşturdu. Aklına gelen bir düşünceyle yüzüne geniş bir gülümseme yayılırken tekrar telefonuna uzandı. Rehberine kayıtlı olan, daha önce onu okuldan alan Mustafa Bey'in numarasını tuşladı.

Mustafa Bey nazik sesiyle, "Evet, güzel kızım?" diye cevap verdi.

Hayat, ona durumunu üstü kapalı bir şekilde anlattı. Adamın Etiler'de olduğunu öğrendiğinde içi bir ferahlamayla doldu. Sadece on dakika sonra Mustafa Bey, kampüsün araçlar için olan giriş kapsından taksisiyle girdi. Hayat, ona gülümseyerek el salladı.

Mustafa Bey'in araçtan inmesini beklemeden önünde duran arabanın arka yolcu kapısını açıp hızla araca bindi. "Teşekkür ederim, Mustafa Bey."

"Lafı mı olur, kızım!" Adam vitesi takıp arabayı hareket ettirdi. "Hem seninle sohbet etmeye bayılıyorum."

"Teşekkür ederim." Hayat sıcak arabanın içinde arkasına yaslandı. Bedeninde iğne batma hissi oluştuğunda ne kadar üşüdüğünü ancak o zaman fark etti.

"Uzun zamandır böyle soğuk görmemiştim. İnanın sizi Anadolu Yakası'na sürüklemek istemezdim ama çaresiz kaldım." Genç kız üşüyen ellerini nefesiyle ısıtmaya çalıştı.

"Dert etme!" Mustafa Bey kayıtsızca omzunu silkti. "Biz nerelere nerelere gidiyoruz," dedi.

Ardından gazetede okuduğu bir haberi anlatmaya başladı. Konunun konuyu açtığı sıcak bir sohbet, genç kızın hem bedenindeki soğukluğu aldı hem içini sıcacık yaptı. Ömerli'nin yakınlarında ormanlık bir alandan geçerken seyrek trafik olmasına rağmen, oldukça yavaş giden taksinin önünde bir araba yavaşladığında onlar da yavaşlamak zorunda kaldılar. Yol çok dar olduğu için yanlarından geçme imkânları yoktu.

"Bu insanları hiçbir zaman anlayamayacağım." Mustafa Bey öndeki çift kabinli kamyoneti başıyla işaret etti. "Yolun ortasında ne durursun be ahmak!" Özür diler bir bakış attı. Mahcup bir tonla, "Kusura bakma, kızım," dedi.

Hayat, "Dert etmeyin!" diye mırıldandı. Mirza'yı tekrar aramak için çantasına attığı telefonunu çıkardı.

Mustafa Bey, "Bir sorun var sanırım. Galiba adamların günahlarını aldık," diye mırıldandı. Önlerindeki araç durdu. Hayat sadece başını sallamakla yetindi, ama aslında Mirza'ya ulaşamadığı için artık bünyesine yerleşen öfkeyi bastırmaya çalıştığı için tam olarak ne söylediğini anlayamadı. "Yardıma ihtiyaçları olmalı, bize doğru geliyorlar."

Sonunda Hayat, Mirza'ya mesaj çekmeye karar verdi. Harfleri tuşlarken bir anda taksinin kapıları her iki taraftan açıldı.

Mustafa Bey, "Ne oluyor, beyefendi?" diye sordu. Bir anda araca yerleşen iki adama şaşkınlıkla baktı. "Ne yapıyorsunuz?"

Hayat afallayarak başını kaldırdı. Hemen yanına oturan uzun paltolu, simsiyah saçları olan ve gözlerinde kindar bir bakışla kendisine bakan adamla göz göze geldi. Ön tarafa bir kişi daha oturmuştu. Hayat'ın kelimeleri yaşadığı şokun üzerine bir yerlere kaybolmuş olmalıydı ki onlara, 'Neler oluyor?' diye soramadı. Aslında zihni neler olduğunu çoktan çözmüştü. Ama bu gerçekle yüzleşmek için öylesine korkuyordu ki, kanı damarlarında donmuş, nefesi ciğerlerinden çıkmak için çığlıklar atıyordu. Adamlar Mustafa Bey'e susturucu takılmış bir silah dayadıkları anda çığlığı boğazında tıkanıp kalmış, tüm beden fonksiyonları o anda donmuştu. Nasıl hareket edeceğini bile unutmuştu.

Arkada oturan adam kabaca, "Hemen önündeki girişten içeriye dal," dedi.

Mustafa Bey dili tutulmuşçasına titreyerek hızla başını salladı. Aracı hareket ettirip onların isteği üzerine biraz ilerleyip, ormanın içine dalan bir yola saptılar. Hayat'ın telefonu elinden düştü. Yanındaki adam ona bakıp güldü. Başını ilerledikleri yola çevirdiğinde... Genç kız yutkundu. Dudakları sanki birbirine dikilmiş gibi aralanmakta zorlansa da birkaç kelime zırvalamaya çalıştı ama sesleri bir türlü bir araya getiremiyordu. Kalbi göğsünden çıkmış, sanki ağzının içinde atıyordu. Korkuyu iliklerine kadar hissetmişti.

Korkunun içgüdülerine gönderdiği sinyalle kendinden bağımsız hareket eden elini gördü. Eli kapının koluna asıldı. Hızla, titreyerek sarsmaya başladı. Yanında oturan adam ona döndü. Bedeni yüksek voltajlı elektriğe tutulmuş gibi zangır zangır titreyen genç kızın şakağına avucunun içini yukarı doğru kaldırıp sertçe çarptı. Hayat'ın başı bir top gibi cama çarpıp tekrar geriye savruldu. Genç kızın patlayan kaşından cama bulaşan kan usulca aşağıya doğru süzüldü. Hayat acısını bir çığlıkla bastırmak istediyse de yapamadı.

Mustafa Bey titrek bir sesle, "Bizden ne istiyorsunuz?" diye sordu. "Onun, canını yakmayın!" diye fısıldadı ama Hayat'a dönüp bakmaya cesareti yetmemişti.

Öndeki adam sertçe, "Sen sür lan!" dedi. Ve Mustafa Bey sürmeye devam etti.

Hayat'ın titreyen parmakları şakağını bulup zonklayan yere değdi. Sıcak ve ıslak kanın eline bulaşmasıyla sanki yeni yaralanmış gibi yarası daha çok zonklaya başladı. Gözlerinden süzüldüğünü fark etmediği yaşlar elindeki kana karışmıştı.

Alacakaranlıkta, ormanın ıssız ve dar yolunda ilerlerken arkadaki adam, "Burada dur!" dedi. Mustafa Bey'in kafasını silahıyla dürttü. Adam anında durdu.

Öndeki adam arkaya doğru bir telefon uzattı. Arkadaki adam birkaç kez üst üste bir numarayı tuşladı. Hayat bu sırada ne kadar zaman geçtiğini bile hatırlamıyordu. Bedeni korkuyla titrerken ona sanki yıllar geçmiş gibi geliyordu.

Adam, "Sonunda," diye fısıldadı. Hoparlörünü açarak telefonu avucunda tuttu.

"Alo?" Mirza'nın tok sesi aracın içini doldurdu. Hayat, ona seslenmek için ağzını açtı ama korkudan tutulmuş dili bir türlü kelimeleri kıvırıp bükemiyordu.

Mirza bir kez daha sertçe, "Alo?" dedi.

Arkadaki adam Mustafa Bey'in kafasının arkasına dayanmış silahı ateşledi. Hayat'ın gözlerinin önünde parçalanan, ön cama, adamlara ve aracın birçok yerine dağılıp yapışan kanlı et parçalarıyla önce soluğu içine hapsoldu. Çatlayan cam ve Mustafa Bey'in bir çuval gibi hantalca öne doğru eğilip direksiyona yaslanan bedeninin görüntüsü genç kızın göğsünde sırayla dizilmiş, dışarı çıkmayı bekleyen çığlıkları salıvermesine neden oldu. Art arda boğazı yırtılırcasına acı çığlıklar atarken ve olduğu yerde tepinip çırpınırken hattın diğer ucundan bir fısıltı duyuldu.

"Hayat..."

17. Bölüm

Taşkın hazırladıkları evrakları tekrar tekrar okudu, dosyayı ortadaki büyük, cam sehpaya fırlatıp oturduğu rahat koltukta keyifle arkasına yaslandı. Geniş bir sırıtmayla, "Artık önceden içeriye alınmadığımız ne kadar mekân varsa elimizde lan!" dedi. Bakışı, karşısında oturan kardeşinin siyaha yakın gözlerini buldu. Mehmet ağır ağır başını salladı. Ama gözlerindeki kuşku hâlâ orada duruyordu. Taşkın, onun bu tutumuna karşı başını iki yana salladı. "Yine ne var?" diye sordu. Keyfi bir anda kaçmıştı. O böyle sevinirken Mehmet'in her seferinde canını sıkması artık sinirlerini bozuyordu.

Mehmet, "Kayıp Şehir işi sana da çok kolay görünmedi mi?" diye sordu. Öne eğilerek dirseklerini dizlerine dayadı.

Sözleri üzerine Taşkın'ın alnındaki çizgiler derinleşti. "Bir buçuk aydır peşindeyiz, hangi mekânda böyle uğraştık? Ali'ye kalsa hâlâ uğraşıyorduk, ama Tunç denen o züppenin bulaşmak istemediği zaten başından belliydi. Parti veledi oğlum, o!" Bir cık sesi çıkardı. "Gelemez o böyle işlere." Mehmet yüzünü buruşturduğunda, Taşkın'ın yüz hatları sertleşti. "Herif hiç çaba harcamadan parayı yukarı çekmenin peşinde! Ufak gözdağımız da onu tedirgin etmiştir. Ali, onu dinlemek zorunda, söz sahibi parti velediymiş!" Kaşlarıyla dosyayı gösterdi. "Her şey hazır! İmzaları atacaklar ve bu iş kapanacak!"

"Onların mekânına gitmeyelim. Bizim istediğimiz yere gelsinler."

Taşkın gözlerini kapayıp başını arkaya yasladı ve küçük kırlentlerden birinin kumaşını avucunda sıktı. "Adamlar üç gün sonra imzayı atmak için hazır bekliyor olacaklar! Neden işi yokuşa sürelim." Tekrar başını kaldırıp kardeşine baktı. "Mekân herifin umurunda değil, anlamıyor musun? Onun işi başından aşmış zaten!"

Mehmet hâlâ ikna olmamış gibi görünüyordu. Fakat daha fazla uzatmayacağını belli ederek başını onaylarcasına salladıktan sonra bir içki almak için ayağa kalktı.

Ellerinde ne kadar paraları varsa ortaya koyarak, takıldıkları kızları da kollarına takıp felekten bir gece için çıktıkları gecenin sonu nezarette bitmişti. Hem kızlara hem arkadaşlarına rezil olmuşlardı. Sükseli ne kadar mekân varsa dolaşmışlar, kıçlarına baka baka geri dönmüşlerdi. Paranın gözü kör olsun! Hâlbuki o gece paraları da vardı ama içeriye herkesi almıyorlardı. Keyifleri kaçmış, herkes evlerine dağılmıştı. Giderayak bir ton da alaya alınmışlardı. Kızlar söylediklerinin arkasında duramayan adamları sevmiyorlardı. Bir daha onlarla görüşmeyecekleri küçümseyen bakışlarından belli olmuştu. Sonra gururlarına yediremeyip akıllarına ilk gelen yere gitmişler, kavga çıkarmışlar, bir kişinin canına kıymışlar ve sonra birkaç yıl hapis yatmışlardı.

Taşkın adamı kendisi öldürdüğü için ondan daha fazla yatmış, bu zaman sürecinde içeride tanıştığı, onu seven bir ahbabı olmuştu. Hem de ne ahbap! Sonraları, Taşkın'ın cezası bittikten sonra adamın ağır abi dedikleri türden biri olduğunu anlamışlardı. Taşkın ve Mehmet'in resmen elinden tutmuştu. Baran Abi, nereye girse orada insanlar ayağa kalkıyordu. Arkası çok sağlamdı. İnsanlar ondan korkuyordu çünkü çok acımasızdı. Ve ikisi de ondan çok fazla şey öğrenmişlerdi.

Birkaç yıl sonra Baran yediği tek kurşunla yatağa mahkûm olmuş, her zaman yerinde laflar eden dili bile konuşamaz olmuştu. Taşkın ve Mehmet, onu hiçbir zaman yalnız bırakmamışlardı. İşlerini idare etmişler, ona en güzel şekilde bakmışlardı. Ama Mehmet yaşadıkları o geceyi unutsa da, Taşkın unutmamıştı. Onun yatağa düşmesinden faydalanarak, adının arkasına sığınıp o gece alınmadıkları ne kadar mekân varsa hepsinin sahibi olmaya ant içmişti.

Mehmet bu işe bulaşmayı hiç istememişti, çünkü kendilerine güzel bir gelecek hazırlamışlardı. Fakat Taşkın'ın neden böyle inat ettiğini de biliyordu. Hiçbir zaman ondan duymamış olsa da Oylum'u seviyordu. O rezil oldukları gecede koluna takıp hava atmak isteği kızı... Taşkın, onu bulmuştu. Hatta ondan bir oğul sahibi bile olmuştu. Ancak geçmişte kendisini terk ettiği için, o zaman da sadece Taşkın'ın kendisine değil de parasına kandığı için kızla evlenmemiş, oğlunu nüfusuna almamıştı. Ama kadını hâlâ seviyor, oğluna tapıyordu. Hem zaten bu kadar boka batmışken, onları açığa da çıkarmazdı. Onlarla seyrek görüşüyor, fakat bulduğu her fırsatı da değerlendiriyordu. Abisi hâlâ Oylum'dan başka bir kadının koynuna bile girmemişti. Öyle kara bir sevdaydı! Çok sarhoş olduğu bir gece, Taşkın ağzından hayalini kaçırmıştı. Tüm mekânları eline geçirdiğinde Oylum'u koluna takacak, başını gururla dikip onu tek tek hepsinde dolaştıracaktı.

Mehmet hazırladığı kadehi dudaklarına götürüp tekrar Taşkın'ın yanına ilerlerken bir yudum aldı. Aynı anda kapı zilinin sesini duyduklarında gözleri hızla birbirini buldu.

Taşkın kaşlarını çatarak, "Kim olabilir ki?" dedi. Gecenin kör vaktinde pek ziyaretçileri olmazdı. Bir dakika sonra, oturdukları alana çıkan merdivenlerde önce yardımcıları Selen, sonra arkasında onun sağa sola sallanan kalçalarını keyifle izleyen Şeref göründü.

Bu lavuğun çenesini bir gün kıracaktı. Ama herif öz abisine kazık atmak isterken onların işini öyle bir kolaylaştırmıştı ki bir şey diyemiyordu. Zaten Taşkın da ona izin vermezdi.

Selen huzursuzca, "Şeref Bey, geldiler," dedi. "İstediğiniz herhangi bir şey yoksa ben müsaadenizi alsam?" Selen de Şeref'ten hoşlanmıyordu çünkü kızı sıkıştırıp duruyordu.

Taşkın, başını eğerek kızın isteğini kabul etti. Selen gözlerini yere dikerek, Şeref'in onu izleyen pis bakışlarından kaçınmak ister gibi uzağından yürümeye çalışarak tekrar merdivenlere yöneldi. Şeref'in gözleri kız gözden kaybolana kadar onun üzerinde kaldı. Sonra geniş bir sırıtmayla Taşkın'a döndü. "Bayılıyorum senin bu hatuna!" dedi yılışıkça.

Taşkın, "Edebinle dur lan!" diye terslendi.

Mehmet bıyık altından gülümsedi. Ona selam bile verme gereği duymadan abisinin yanında yerini alıp, kendilerine yaklaşan Şeref'e gözlerini dikti.

Şeref'in yüzündeki sırıtma bir anda yok oldu. Kendisine bir içki almak için bara yöneldi. "Siz bu koruma çocuğa o kadar parayı boşuna veriyorsunuz!"

Arkası onlara dönüktü. Şeref viski şişesinin tıpasını çekip çıkararak sert hareketlerle kadehini doldurdu. Mehmet, onun ellerinin titrediğini o anda anladı. Abisiyle göz göze geldiler.

Taşkın, "Kayıp Şehir'deki korumadan mı bahsediyorsun?" diye sordu.

Ali'nin her hareketini izleyen, orada yıllardır çalışan bir korumayı lüks bir ev ve araba karşılığında resmen satın almışlardı.

"Ondan bahsediyorum." Şeref teklifsizce gelip karşılarına oturdu. Koltukta arkasına yaslanarak rahatça yayıldı. Sonra doğrulup üzerindeki kalın yeleği çıkardı. "Burası da sıcakmış," diye mırıldandı.

Yüzündeki sıkıntılı ifade Mehmet'in hoşuna gitmemişti. Dişlerinin arasından, "Lan! Anlatsana ne söylemek istediğini! Kıvrandırıyorsun," diye atıldı.

Şeref tek kaşını havaya kaldırdı. "Dün gece kulüpte

yapılan büyük toplantıdan haberiniz var mı?" İkisinin boş bakışlarına karşı alayla güldü. "Yok tabii! O, Tunç denen piç kuyunuzu kazıyor, sizin haberiniz yok!"

Mehmet bir anda öfkesinin gözlerini karartmasıyla onu yumruklamak için ileriye doğru atıldı.

Fakat Taşkın kazağından tutup çekiştirerek onu yerine oturttu. Şeref, istifini bozmamıştı bile.

Taşkın sakin bir sesle, "Rahat dur!" dedi. "Bir dur da ne olduğunu anlayalım." Sert bakışları Şeref'i buldu. "Sen de adam gibi uzatmadan anlat, bakalım neler dönüyormuş."

"Tunç denen şerefsiz aldığınız ne kadar mekân varsa hepsinin sahipleriyle ve ek olarak bir de Demir'le bir toplantı yapmış!"

Taşkın'ın sırtı dikleşti ve dişlerini sıkıp öne doğru eğildi. "Bu Demir dediğin adam benim tahmin ettiğim adam mı?"

Şeref'in gözlerinde ürkek bir bakış belirip kayboldu. "Aynen öyle. Tunç'la oldukça yakın ilişkileri varmış. Bizimkisi gururuna yedirebilse göbek atacak! Biraz önce, kafası bir milyon olduğu için ne var ne yoksa anlattı." İçkisinden bir yudum daha aldı. "Bana bakın, eğer adım anılırsa biterim. Eğer sizinle iş birliği yaptığımı anlarsa abim kafamı kopartır!"

Taşkın içinde kaynayan öfkenin yanında gelen büyük bir endişeyle kaynarken, yüzünde ölümcül bir ifade belirdi. "Başlatma lan adına da sana da! Şu işi adam gibi anlat, yoksa az sonra kafanı ben koparacağım."

Şeref söz dinleyen bir çocuk gibi kadehini masaya bırakıp bir ayağını diğerinin üzerine attı. "Dün gece hepsi mekândaymış-"

Mehmet, "Öyle bir şey olsaydı bizim kuş haber verirdi!" diye araya girdi. Kayıp Şehir'deki korumayı ima etmişti. "Tunç oraya uğramamış bile!"

"Siz öyle sanın! Herif mekândan çıkmıyormuş ki!

İşlerini telefonla da halletmiyorlar. Bizzat gidip abime de teklif götürmüşler. Maksatları iş birliği yaparak sizi mekâna çekmek ve bir gecede yaptığımız ne varsa hepsinin içine etmek. Tunç safa yatıyormuş. Adamın uğraştığı ilk siz değilmişsiniz ki! Bir de tutup herifin karısını tehdit etmişsiniz! Bence bırakın bu işin yakasını, çünkü sizi ortadan kaldırmaya niyetli! Arkasında bir dağ topluyor."

Taşkın'ın gözleri irice açıldı. Sonra bir kahkaha attı. Şaşkınlıkla, "Karısı mı?" diye sordu. "Desene hedefi on ikiden vurmuşuz."

Sözlerinin ardından Şeref'in yüzünde soğuk bir ifade belirdi. "Bence o herifi bu kadar hafife alma. Abim biraz araştırma yapmış. Adam bugüne kadar tek bir kişiye boyun eğip geri adım atmamış! Onlara bile söylemedikleri bir şeylerin peşine düşmüşler. Bence götünüzü kollayın! Hiç iyi şeyler olmayacak. Tunç piçi bildiğin arıza, yani abim öyle dedi. Hepimiz, onun saf ayağına kandık."

Mehmet aniden ayağa fırlayarak konuştu. "Ben sana söylemiştim. Bu işte bir bit yeniği var demiştim!" Bir sinirle eli saçlarının arasından geçti. "Bırakalım orayı demiştim!"

Taşkın, "Korktun mu lan!" dedi.

Mehmet, ona döndü ve abisinin yüzündeki kayıtsız ifade sinirlerini zıplattı. "İşin içine Demir de girecek!" diye bir hatırlatmada bulundu. Sonra tek kaşı kalktı. "Korkudan Kimliksiz'in adını bile söyleyemiyorsun! Demir, Deryal Yiğit'in yanında bebe yağıyla yoğrulmuş kalır. Bana diyene bak!"

Taşkın'ın gözleri bir an için büyüdü. "Ki... Kimliksiz ortalarda yok! Ondan şimdilik bir zarar gelmez." Taşkın bir anda kapıldığı korkuyu sindirmeye çalışıp Şeref'in yanında düştüğü küçültücü durum karşısında başını havaya dikti. Kimliksiz'in yerine sahip olduğu zaman herkes onun nasıl biri olduğunu anlayacaktı. Bunu deli gibi bekliyordu. "İstediklerini yapsınlar. İşin içine kimin girdiği sikimde değil! Orayı alacağım. Hem de bizim arkamızdan iş çevirecekler, öyle mi? Ben en iyi bildiğim yoldan gidip elini kolunu bağladım mı hiçbir şey yapamaz. Ne kadar ciddi olduğumuzu göstermenin zamanı gelmiş."

Şeref endişeyle, "Ne yapacaksın?" diye sordu. Ama Mehmet çoktan anlayarak başını iki yana salladı. Başlarına iş açacaklardı ve abisinin bu pervasız inadı yüzünden her şey boka saracaktı.

"Söyledim ya! Her zaman ne yapıyorsam onu! Zaten fazla beklemiştik." İçkisinden bir yudum alıp yüzünü buruşturdu. "Isınmış lan bu." Şeref'e kadehini kaldırdı. "Değiştir şunu."

▲▼▲

Tunç eski model bir kamyonetin içinde kollarını göğsünde kavuşturmuştu. Taşkın'ın biraz önce girdiği, neredeyse tüm ışıkları yanan iki katlı müstakil eve gözünü dikmişti. İki saatten fazla kalmayacağını biliyordu çünkü iki gece önce de aynı şeyi yapmıştı. Derin bir araştırmayla kadının, Taşkın'ın sevgilisi, üç ya da dört yaşında olduğunu tahmin ettiği çocuğun da oğlu olduğunu öğrenmişti. Ama kayıtlarda isimlerinden eser yoktu. Bunun neden olduğunu bilmek için kâhin olmaya da gerek yoktu. Kişi kendinden bilir işi diye boşuna dememişlerdi.

Tunç bir gece, bir gün daha geçirip kadının ve oğlunun günlük yaşamlarında neler yaptığını, nerelere gittiklerini, evlerine kimlerin gelip gittiğini öğrenecekti. En küçük bilgi kırıntısına ihtiyacı vardı. Daha şimdiden kadının Taşkın'ın dışında bir sevgilisi olduğunu bile öğrenmişti. Oğluna bir bakıcı bakıyor, genç kadın onların yanında sevgilisiyle görüşmekten çekinmiyordu. Durum mide bulandırıcıydı ama onu ilgilendirmiyordu. Tunç'un hoşuna gitmeyen tek şey havanın soğuk olmasıydı.

Tabii Ali de boş durmuyordu. Daha şimdiden işlerine

yarayacak birçok bilgi toplamışlardı ve yaltakçılıklarını yaptıkları Baran'ın, ahmak kardeşleri kullanarak bir sürü boktan işlere imza attıklarını öğrenmişlerdi. Tunç, Demir'e bu bilgiler için çok borçlanmıştı. Demir'le uzun yıllar önce büyük bir sürtüşmeleri olmuş, sonunda nasıl olduğunu anlayamadan ahbap olmuşlardı. Tunç, onu içine düştüğü, sonunun hiç iyi olmadığı bir işin içinden çekip aldıktan sonra, Demir için vazgeçilmez bir dost olmuştu. Genç adam, Tunç'un isteğini yerine getirebilmek için bir saniye bile düşünmemişti. Elinin uzanamadığı bir yer yok gibi görünüyor, her saat başı onlar hakkında edindiği en ufak bilgiyi haber vermek için arıyordu. Tunç, Taşkın'ın onlar hakkında öğrendikleri şeyleri ve ellerinde bulundurdukları kozları fark ettiği andaki yüz ifadesini merak ediyordu.

Belirledikleri bir tarihte devir tesliminin imzalarını atmak için anlaşmışlardı. Diğer mekân sahiplerinin de desteğini arkalarına alarak onlara büyük bir sürpriz hazırlamışlardı. Tunç kendi kendine gülümsedi. Taşkın ve kardeşi şoka girecekti. Ama onları emniyete vermeyi düşünmüyordu. Öyle bir düşman kazandıktan sonra öfkesinin nelere yol açacağını bilemediği için, bilgileri güvence olarak elinde tutacaktı. Bir de tabii Demir'in başının belaya girmesini istemiyordu. Her ne kadar Demir, *'Ben sağlamdayım!'* dese de kendisi yüzünden ona zarar vermek istemiyordu.

Tunç birkaç saniyeliğine batan gözlerini dinlendirmek için göz kapaklarını kapadığında, anında zihnine Hayat'ın görüntüsü düştü. Derince ve özlemle bir iç çekti. Allah'ım! Onu öylesine özlüyordu ki motoru çalıştırıp eve gitmek, ona sarılıp varlığını hissetmemek için zor duruyordu. *'En fazla bir saat'* diye kendisini telkin etmeye çalıştı. Daha önce birine özlem duyduğunu hatırlamıyordu, onun özlemini çekmek ne kadar yakıcıysa, tekrar dokunduğu o anın tadı da kelimelerle anlatamayacağı kadar yoğun, farklı bir duyguydu. Özlemi ve ona olan açlığı dilinde acı bir tat bırakıp bedenini ağrıtana kadar kaslarını gererken, onunla olmak başka bir boyuta adım atmak gibiydi. Ve Tunç, onun yanından ayrılırken sanki cehennem azabı çekiyordu. Ne ona bakmaya, ne kokusuna ne de onu öpmeye doyabiliyordu. Daha varlığı onu terk ettiği saniyede genç adamın yüzü düşüyor, onu da alıp ülke dışına çıkma, her şeyi arkada bırakma isteği Tunç'un aklını kurcalıyordu. Onu bir odanın içine kapatmak, kilidini de bir daha bulamayacakları bir yere atmak istiyordu. İkisi baş başa kaldıklarında, Tunç onunla kendisini unutana kadar sevişmek istiyordu. Bedeni tarifsiz özlemiyle sertleşip midesi kasıldığında sessizce bir küfür savurdu.

İnatçı bir karısı vardı. Tunç, onu inadından vazgeçirmek için dizine yatırıp kaba etini pataklamak istiyordu. Başını iki yana salladı. Taşkın'a her baktığında elleri onun boğazına yapışmak, nefesini kesip ciğerlerindeki son havayı tüketene kadar baskı uygulamak için sızım sızım sızlıyordu. Hayat'ı tehdit eden o dilini yerinden çekip almak istiyordu. Şimdilik işlerin gidişatı onların isteği yöndeymiş gibi göründüğü ve Tunç hevesli bir görüntü sergilediği için bir tehlike yoktu. Aniden genç adamın tüyleri diken diken oldu. Yine de Taşkın'ın sözleri hâlâ kulağını tırmalıyordu. Tunç, o an yaşadığı bocalamayı, içini titretip aklını başından alan korkuyu unutmuyordu. Onun sözlerinden sonra bir anda ne yaptığını fark etmeden ayaklanmış, gidip karısını kollarına alma, onu herkesten saklama isteği duymuştu. Elinden gelse kızı cebine sokar, uzun bir süre orada tutardı. Ali'nin çökmüş omuzlarını ve suçluluk duygusuyla dolan bakışlarını fark ettiğinde kendisine hâkim olabilmeyi başarmıştı. Ve Hayat güvendeydi. Küçük tehditlerinin varacağı bir yer yoktu. Genç adam sürekli olarak kendisine bunu hatırlatıp durmak zorunda kalıyordu.

Taşkın evden çıktığında karanlık olmasına rağmen

bedenini biraz daha aşağıya çekti. Karısının adını ağzına alma cesaretini gösteren adam karşısındaydı ve Tunç sadece yumruklarını sıkıp kendisini oturduğu koltukta kalmaya zorlamakla yetiniyordu. Işık sızan aralık kapıyla Taşkın'ın arasında duran kadın, omzunun üzerinden arkaya bir bakış atıp gülüşünü saklamak için bir elini dudaklarının üzerine kapadı. Taşkın paltosunun yakasını yukarı kıvırıp, rüzgârdan korunmaya çalıştı. Arkasını dönüp gitmek için hareket etmişken tekrar dönüp kadının yanağına bir öpücük kondurdu ve işaret parmağını havaya kaldırarak ona bir şeyler söyledi. Kadın tekrar omzunun üzerinden arkaya, evin içine bir bakış atıp yüzünü ona çevirerek başını salladı. Taşkın yürüyerek sokağın köşesine kadar ilerleyip gözden kayboldu. Tunç, onun arabasını birkaç sokak ötedeki bir kapalı otoparka park ettiğini biliyordu.

Kadının sevgilisi gelip de ışıklar bir süre sonra kapanana kadar orada kaldı. Motoru çalıştırıp hareket ettiğinde hayıflanarak saatin oldukça geç olduğunu, Hayat'ın yine uyumuş olacağını düşündü. Kendisinin yokluğunda onun çok sıkılacağını, ailesine alışması için zamana ihtiyacının olacağını düşünmüştü ama bir sabah beraber kahvaltıya indiklerinde şaşırmış, hiç beklemediği bir kıskançlık hissiyle karşı karşıya kalmıştı. Her zaman mesafeli davrandığı ve uzak durmaya çalıştığı ailesiyle karısının araları öyle iyiydi ki! Sanki Hayat onların kızı, kendisi dış kapının mandalı gibiydi. Babası ve Hayat'ın birbirleriyle olan tatlı atışmaları, arada annesinin onların bu atışmalarına karışmasıyla kendisini masada fazlalık gibi hissetmiş, onlara dâhil olamamıştı. Tunç hangisini daha çok kıskandığını bilemiyordu. Hayat'ı mı, ailesini mi, yoksa babasıyla karısının aralarındaki sıcak ilişkiyi mi? Babasıyla sıcak bir diyalog içinde olduğu günler hatırlayamadığı kadar uzaktı ve bunu kendisi istemişti, öyle değil mi? Kafasını sürekli karıştıran bu düşüncelerini zihninde arkalara doğru savurup bir yere kapattı. Dikkatinin dağılmaması gereken bu zamanda bir de kafasını karıştırmaya hiç ihtiyacı yoktu. Kulübün gizli otoparkına girdi. Aracını değiştirdi. Kendi arabasının rahatlığını özlediğini düşünerek daha fazla özlem duyduğu şeye doğru normalin üzerinde bir hızla yol aldı.

Her gece olduğu gibi kendisini bekleyen babasına her şeyin yolunda olduğunu söyledikten sonra sabırsızca yanından ayrılıp, onlar için ayrılan yatak odasına girdi. Genç kızın odayı saran öz kokusu burun deliklerinden içeri usulca yol aldığında, kendini yuvaya dönmüş gibi hissetti. Başındaki siyah kasketi çıkardı. Gözlerini yatakta uyuyan ve aklını başından alan varlığa dikti. Bukle bukle saçları başını koyduğu beyaz yastığa, yumuşak bir örtü gibi serilmişti. Bir kolu yataktan aşağıya sarkmış, bir dizini kendisine çekmişti. Üzerinde beyaz bir tişört, siyah bir şort vardı. Tunç, onu çeken bu cezbedici manzaradan gözlerini hızla kaçırıp yüzüne odaklandı.

Genç kızın uykuyla gevşemiş yüzündeki huzursuzluk ifadesi göğsünü sıkıştırıyordu. Çünkü onun kendisini merak ettiğini -hatta fazlasıyla- biliyordu. Neredeyse her saat başı telefonda konuşuyorlardı ve Tunç, onu sürekli iyi olduğuna inandırmak zorunda kalıyordu. Karısı onu hâlâ seviyordu. Tunç'un yüzüne geniş bir gülümseme yayıldı. Hayat inkâr ediyor olabilirdi, belki kendisine bile inkâr ediyordu ama genç adam bunu biliyor, kalbi bu gerçeklikle kabarıyordu. Bunu kızın gözlerinde görüyor, sesinde duyuyordu. Ve Hayat bilmiyor olsa da, Tunç dudaklarının arasından fısıldayışını da duymuştu. Uykusunda olması bir şeyi değiştirmiyordu. Önemli olan... Onu seviyordu.

Kıyafetlerini çıkarıp kısa bir duş aldı. Üzerine sadece iç çamaşırını geçirerek örtünün altına, genç kızın yanına süzüldü. Kolunu beline dolayarak onu kendisine çekip dudağını şakağına bastırdı. Daha önce o olmadan ne yapıyor olduğunu merak etti. Gerçekten de... Tunç, o yokken nasıl yaşıyordu? Ve Hayat, onu bulmak için neden bu kadar geç kalmıştı?

Hayat kollarının arasında kıpırdanıp başını hafifçe ona çevirdi. Derin bir nefes alıp, "Geç kaldın!" diye fısıldadı. Tunç gülümsedi. "Hayır, Hayat'ım." Burnunu saçlarının arasına gömdü. "Asıl sen çok geç kaldın!"

▲▼▲

"Evet, Pınar?" Tunç bir sayfa daha çevirip isminin altına imzasını attı. "Başka bir şey varsa acele etsen iyi olur!" Pınar'ın onu kaç defa aradığını bilmiyordu, fakat resmen beyninin etini yemişti. İtalya'da anlaşmalı oldukları firmaya göndermesi gereken raporların hemen o gün imzalanması gerektiğini söyleyip durmuştu. Pınar'dan bir cevap gelmediğinde gözlerini kaldırıp baktığında onun gözlerini sabit bir noktaya diktiğini gördü. Bakışının yönünü takip ettiğindeyse Ali'nin güldü gülecek yüz ifadesiyle karşılaştı. Gözlerini devirip boğazını temizledi, ama Pınar bunu fark etmedi bile. Sertçe, "Pınar Hanım!" dedi.

Pınar irkilerek ona döndü. "Evet, Tunç Bey?"

Tunç, ona tatlı tatlı gülümsedi. "Arkadaşımın yüzüne hayran hayran bakmaya bir ara verseniz de işimize dönsek?"

Pınar tepeden tırnağa kızarırken, Ali gözlerini irice açıp Tunç'a onaylamaz bakışlarla baktı. Sonra gülüşünü bastırmak için elini yumruk yapıp dudaklarına götürüp öksürdü.

Tunç, onun utancını umursamadan, "Başka bir şey var mı?" diye sordu.

"Şey... Hayır, hayır." Genç kadın başını iki yana salladı. Boğazını temizleyip gözlerini kırpıştırdı. Arkasını dönüp usul adımlarla ofisten çıktı.

Ali bir *'cık cık'* sesi eşliğinde, "Çok fena bir adamsın!" dedi. Karşısındaki koltukta rahatça oturmuş, gözlerinde muzip bakışlarla ona bakıyordu.

Tunç tek kaşını kaldırdı. "Seni ofisime davet ederken

bir kez daha düşünmeliyim! Çalışanlarımın performansını düşürüyorsun!"

Ali'nin kaşları kendini beğenmiş bir edayla havaya kalktı ve eliyle çehresini işaret etti. "Allah'ın bir hediyesi!" Omzunu silkti. "Elimden ne gelir ki?"

"Allah'ım!" Tunç tekrar dosyaya döndü. "Kibrin bu kadarı!" diye mırıldandı. Sonra kaşlarını çatarak başını kaldırıp ofisin kapısına baktı. "Nerede kaldı bu çocuk?" Başını Ali'ye çevirip arkasına yaslandı. "Telefonumu arabada unuttuğuma inanamıyorum!" Yüzü huzursuzlukla buruşurken ağrıyan ensesini ovuşturdu. Eğer Hayat aradıysa kesinlikle meraktan çıldırmış olmalıydı.

"Ben, asıl kendini bir yerlerde unutmadığına şaşırıyorum." Ali başını iki yana salladı. Sıkılmış gibi bir iç çekerek Tunç'un masasının üzerindeki dosyalardan birini alıp, sırf vakit geçirmek için incelemeye koyuldu.

Saniyeler sonra Tunç tekrar kâğıtlardaki yazıları okuyup altına imza atma işine girişmişken kapı bir anda açıldı. "Tunç Bey, özür dilerim." Ofis elemanlarından biri avucunda telefon, hızlı adımlarla ona ilerliyordu. "Birisi art arda aradığı için kapıyı-"

Tunç, onun sözlerini, "Önemli değil!" diye kesti. Ayağa kalkıp telefonu onun avucundan aceleyle aldı. "Sen çıkabilirsin!" Eleman hızlı adımlarla ofisi terk etti.

O, numaraları kontrol ederken, Ali alayla, "Liseli âşık!" dedi.

Tabii ki Hayat aramıştı. Lanet olsun! Tunç, Hayat'a geri arama yapmak için bir tuşa bastığı anda bilmediği bir numaranın rakamları ekranda belirdi. Meşgule aldı ama aynı numara tekrar aradı. Önce öfkeyle dişlerini sıktı. Sonra derin bir iç çekip kalçasını masanın kenarına dayayıp bedenini pencereye çevirdi. Aramayı cevapladı.

"Alo?" Önce bir fısıltı duyuldu. Başını çevirip sanki cevap ondaymış gibi Ali'ye baktı. Sonra hattın diğer ucundan boğuk ve mekanik bir ses geldi. Tunç anlamsız seslere odaklanırken, Ali sorarcasına başını sağa sola salladı. Tunç, omuz silkip telefonu kulağından çekti ve hoparlörü açıp Ali'nin de duymasını sağladı.

Tekrar sertçe, "Alo?" dedi.

Ali karşısına geçmiş, kollarını göğsünde kavuşturmuş ve kalçasını geniş pencerenin pervazına dayamıştı.

Hattın diğer ucundan acı bir çığlık duyuldu. Ali bir anda doğruldu. Tunç'un gözleri irice açıldı. Ardı arkası kesilmeyen çığlıkların sesi, ofisin içini doldurdu ve Pınar'ın bile ofise birden dalmasına sebep olacak kadar yükselmeye başladı. Çığlıklar kulaklarını tırmalarken Tunç'un içini usul usul karanlık sardı. Kanının akışı sanki damarlarında donmuştu. O an, kalbinin durduğunu biliyordu. Sonra yukarıya doğru çıkıp dışarı fırlamak ister gibi attığını...

Sesi tanıdı. Korku, ayak parmaklarından saç diplerine kadar sarıp iliklerine kadar işledi. Tunç'un içinden bir şeyler çekilip alınırken aniden dizleri boşaldı. Düşmemek için tek eliyle masasının kenarını sıkıca kavradı. Her çığlık bedenine girip çıkan keskin bir bıçak misali ardından sızısını bırakıyordu.

Her çığlık içinden bir şeyleri söküp alıyordu. Her çığlık ayakta durmasını sağlayan ve bir parça kalan gücünden çalıyordu.

"Hayat..." Dudaklarının arasından çıkan, yoğun bir acıyla dolup taşan fısıltının farkında değildi.

Tunç hayatında bir kez korkmuştu. Çok korkmuştu ve bir kez daha başına gelmemesi için elinden gelen her şeyi yapmıştı. Ama böylesi bir korku... Zihninde, beyninde hiçbir şey bırakmamış, kalbini yarıp geçmiş, bölmüş ve uzaklara savurmuştu. Atışını bile hissetmiyordu. Sanki onu parçalara ayırarak benliğindeki ruhunu alıyorlardı.

Ali içinden lanetler okurken, karşısında kireç gibi beyazlamış yüzüyle, kendi gözlerinin içine çaresizce bakan adamın an be an yıkılışını izliyordu. Bir eli sertçe yüzünü bulup ovuştururken suçluluk duygusu ve Hayat'a bir şey olacak olmasının korkusu tüm bedenini sardı.

"Yapmayın! Yapmayın!" Hayat'ın feryadı bir kez daha havaya yükseldi ve Tunç telefonu eli yanmış gibi masanın üzerine atıp avuçlarını şakaklarına bastırdı. Sanki çığlık atmak ister gibi ağzı açılırken boğulur gibi bir ses çıkardı. Avuçları kafasını arasında ezmek istercesine iki yandan sertçe baskı uygularken genç adam öne doğru eğildi. Hayat'ın çığlıklarının yerini sertçe ve sık aldığı soluklar almıştı.

Ali dişlerini kırmak ister gibi sertçe birbirine bastırdı. Çaresizlik elini kolunu bağlamıştı. Hiçbir şey yapamadan öylece görmek, duymak zorunda kalmak daha önce yaşadığı hiçbir şeye benzemiyordu.

"Tunç Bey?" Tok ve kalın bir erkek sesi Hayat'ın sesini bastırdı.

Tunç ellerini başından çekip bir anda doğruldu. Üst üste yutkunurken gözlerini kapayıp açtı. Bir eli telefonuna uzanıp sertçe kavradı. Ali onun anlık değişimini şaşkınlıkla izlerken, Tunç sessizce boğazını temizledi. Sanki biraz önce kendinden geçen adam o değilmiş gibi "Evet," dedi.

"Sanırım kelime kalabalığına gerek yok. Bir saat sonra Mehmet Bey imzalamanız gereken evraklarla birlikte kulüpte olacak. Demir Bey'i devre dışı bırakacaksınız ve arkamızdan çevirdiğiniz işlerden vazgeçeceksiniz! Eşinizin durumu gayet iyi, öyle değil mi?" Karşı taraftan Hayat'ın sık nefeslerinden başka tek ses gelmedi.

"Öyle değil mi, Hayat Hanım?" Adam kaba bir tonla dişleri arasından konuştu.

Tunç, Hayat tek kelime de olsa konuşsun istiyordu çünkü çaresizce onun sesine ihtiyacı vardı. Hayat tiz bir çığlık daha attı ve Tunç'un gözleri kapandı.

Genç kız hızla, acı içinde arka arkaya, "Evet. Evet. Evet," dedi.

Tunç, adamlara ona zarar vermemeleri için yalvarmak ve onları parçalara böleceğini söyleyerek tehdit etmek arasında sıkışıp kalmıştı. Aklı ona mantıklı, soğukkanlı davranmasını söylerken ruhu yaşadığı korkunun esiri altına girmek üzereydi.

Sözcükleri bulup toparlamak zor olsa da sonunda, "Bir saat çok az," dedi. Ali'ye bir bakış attı. Masanın etrafından dolaşıp ofisin ortasında bir heykel gibi duran Pınar'ın yanından geçerek paltosunu askılıktan aldı. "Kulüpten çok uzağım. Yetişemem." Düz sesinde hiçbir renk yoktu. Ofisin kapısından çıktığında arkasından gelen sert adımları duydu.

"Bir saat, Tunç Bey! Daha fazlasına ihtiyacınız yok." Adam isteğinde kararlıydı.

"Bir buçuk saat!" Tunç'un alçak sesi kısa bir duraksamaya neden oldu.

"Pekâlâ! Sadece bir buçuk saat!"

Tunç telefonu kapayıp cebine attı. Bulundukları kattaki asansörün kapısının açılması için düğmeye sertçe bastı. İki yana açılan kapıdan içeri girip arkasını döndü.

Hemen arkasından Ali kabine girip zemin katın tuşuna bastı. "Ne yapacağız?"

Tunç, onu taşımakta zorlanan dizlerini kırıp asansörün içine çöktü. Sesinin feri gitmiş gibi alçak sesle konuşup aklından geçenleri anlatmaya başladı.

Tunç arabasının kapısını açar açmaz içeriye atladı. Marşa basıp motoru çalıştırdı.

Vitesi takıp gaza basarken, Ali yanındaki koltuğa ancak oturmuştu. Bir kulağında telefonu tutuyor, bir yandan küfürler savuruyordu. Telefonu kapadıktan sonra düz bir sesle, "Okuldan erken çıkmış," diye bildirdi. "Bizimkiler gittikleri güzergâhta ilerliyorlarmış. Hayat'ın dersi erken bitmiş!"

Tunç başını eğdi. Ali tekrar telefonu kulağına götürdüğünde, "Kimi arıyorsun?" diye sordu.

"Deryal amcayı!" Ali bir süre hattın açılmasını bekle-

di. "Hayat'ı kaldırmışlar." Tunç, onun sözleriyle birlikte irkildi ve araba yalpaladı. "Görüştüğümüzde her şeyi anlatırız. Biliyorum! Evet." Ali telefonu kapadı. Şaşkınlıkla, "Deryal amca bana küfretti," dedi.
Tunç, ona cevap vermedi. İçi pişmanlıkla yanarken, babasına her şeyi anlatmış olması gerektiğini düşündü. O, ne yapacağını bilirdi. O, zaten her zaman ne yapacağını bilmişti ve öyle yapmış olsaydı içi şimdi böylesine kavrulmazdı.
Ali, "Nereden öğrendiler?" diye sordu.
Tunç diğer mekân sahiplerinden bahsederek, "İçlerinden biri geveze çıktı," dedi.
"Ne yapacaksın?"
"Ne gerekiyorsa onu!"
Otuz iki dakika sonra Tunç, Taşkın'ın evinin bahçe kapısının önünde durup arabadan hızla atladı. Ali'yi beklemeden adımları onu evin giriş kapısına götürdü. İçinden evde olmaları için bir dua yakardı. Sertçe zile bastı. Zil onun basışıyla üst üste çalmaya devam ettiğinde içeriden bir koşuşturmaca duyuldu. Kapıyı bebeğin bakıcısı olan genç, kısa boylu kız açtı.
Gözlerinde kuşkulu bakışlarla, "Kimi aramıştınız?" diye sordu.
Tunç sabırsızca, "Oylum Hanım'ı," dedi. Aynı anda Ali gelip yanında durdu.
"Kimmiş Gülşen?" İçeriden Oylum'un meraklı sesi yükseldi. Sesinin hemen ardından kafası kapı aralığından uzanıp gök mavisi gözleri ikisinin üzerinde gezindi. "Buyurun?" Gözlerinde soru işaretleri ve hafif bir endişe vardı.
Tunç sertçe, "Bizi Taşkın Bey gönderdi!" diye lafa girdi. "Bunlar kendisinin sözleri; ne bok yediğinizden haberi varmış. Eğer kendisi gelirse katil olmaktan korktuğu için oğlunu bize teslim etmenizi istedi. Bizi zor kullanmak zorunda bırakmadan isteğini yerine getirsiniz iyi olur."
Kadın hiddetle kapıyı açıp, gözleri şokla açılmış duran

bakıcı kızı eliyle kenara iteledi. "Neden bahsediyorsunuz siz?" dedi cırtlak bir sesle. "Oğlumu kimselere vermem!" Kapıyı kapatmak için eli kenarını sıkıca kavrayıp ittirdi.

Tunç kapı aralığına ayağını koydu. Ali de kapıyı eliyle ittirerek tekrar araladı.

"Oylum Hanım, bence zorluk çıkarıp Taşkın Bey'in buraya gelmesine neden olmayın. İnanın çok öfkeli!"

Ali'nin uzlaşmacı sesiyle genç kadının kapıyı kapatma çabaları son buldu. Gözlerindeki suçunu ele veren bakışları kaçırmak için başını eğdi. Zayıf bir itirazla, "Ben bir şey yapmadım!" dedi.

Tunç kara bir mizahla, "Sevgiliniz öyle demiyor ama!" dedi. "Taşkın Bey, Enver'e bizzat sordu. Sıranın size gelmesi bence hiç iyi olmaz." Tunç, ortaya attığı yemin doğru olmasını, kadının sevgilisiyle henüz görüşmemiş olmasını diliyordu.

Kadının başı hızla yerden kalktı. Gözlerinden önce korku, sonra bir meydan okuma ve sonra pişmanlık geçti... Hızlı hızlı nefesler alırken kabullenişiyle omuzları çöktü. "Ya... Yaşıyor mu?" diye sordu.

"Şimdilik!"

Oylum hızla bir nefes çekti. Gözleri yaşlarla dolarak ürkmüş görünen bakıcı kadına çenesiyle işaret etti.

"Zorluk çıkarmadığınız için teşekkürler." Ali'nin sesi yumuşaktı. Tunç, onun duygularını önemsemiyordu. İlerleyen her saniye onun ömründen bir gün çalıyordu sanki.

Oylum kollarını göğsünde kavuşturup perişan bir görüntü sergiledi. "Onu bana gösterecek mi?" Gözlerinden yaşlar damlarken fısıltısı boğuk çıkmıştı.

"Bizim bu konuda bir şey söylemek için yetkimiz yok." Ali ağırlığını bir ayağının üzerine verdi.

Dakikalar ilerledikçe ve Tunç'un sabırsızlığı arttıkça küçücük alanda volta atıyordu. Bakıcı kadın kucağında minik çocukla göründüğünde, Ali, Tunç'a bir bakış atıp çocuğa uzandı. Oylum bir anda atlayıp onun ellerini çekti. Oğlunu kucağına alıp sıkıca göğsüne bastırıp yüzüne sayısız öpücükler kondurdu.

Gözlerindeki yaşlar minik çocuğun yüzünü ıslatmıştı.

"Anne, yereye gidiyos?" Çocuk annesine bakıp elini yanağına götürdü ve yüzündeki yaşlardan birini yakalayıp parmaklarının ucunu birbirine bastırarak inceledi. Hıçkırıklarını tutmaya çalışan bakıcıya bakıp, "Anne ağlıyor," dedi.

Oylum elleri titreyerek oğlunu Ali'ye uzattı. O, çocuğu kucağına aldığında her adımda hıçkırıkları daha da artarken koşar adımlarla yanlarından ayrıldı.

Tunç arkasını dönüp ilerlerken içine dolan karanlık hisleri bastırmaya çalışıyordu. Ali, annesine seslenerek ağlayan çocukla arkasından geliyordu. Arabaya binip motoru çalıştırdı ve Ali bindikten hemen sonra gaza bastı. Araç lastikleri yakarak kulübün yolunu tutarken, Ali ağlayan çocuğu susturmaya çalışıyordu.

Tunç ise Hayat'ı düşünmemeye çalışıyordu, yoksa o anda aklını kaçırır, işe yaramaz boş bir beden olarak kalırdı. Kendini durduramayarak bir yakarışla *'Allah'ım...'* dedi. *'Eğer günahlarımın bedelini ödüyorsam, işlenen hiçbir günahın bedeli böylesine ağır olamaz. Biliyorsun! Onun bendeki değerini biliyorsun!'*

Kulübün yolunu yarılamışlarken çocuk hâlâ ağlamaya devam ediyordu. Tunç ciğerlerini rahatlatmaya yetmeyen bir nefes aldı. Ali'ye baktı. Çocuğun ağlayan sesi beynini oyuyor, kulaklarını uğuldatıyordu. Birileri sanki başına art arda darbeler vuruyormuş gibi hissediyordu. Beyninin içinde açılıp kapanan ağızlardan çıkan çığlıklar görüşünü engelliyor, sanki onu sağır ediyordu.

"Sustur şunu!" dedi fısıldayarak.

"Tunç!"

Tekrar sesini yükselterek, "Sustur şunu!" dedi. Çocuk mızmızlanmaya başladığında direksiyona üst üste vurdu.

"Sus! Sus! Sus!"

Ali sertçe, "Kendini kaybediyorsun!" dedi. Çocuğun kafasını okşayıp, onun korkusunu hafifletmeye çalıştı.

▲▼▲

Tunç ofisin içinde volta atarken, Ali olan biteni Deryal ve Adem'e anlatıyordu. Bekledikleri gibi teçhizatlarını kuşanıp öylece sonunu düşünmeden çıkıp gelmişlerdi. Tunç, onların gelişiyle biraz olsun mantıklı düşünmeye başlamıştı. Keşke o da biraz olsun onların soğukkanlılığından nasibini almış olsaydı. Kulübün içini boşaltmışlar, içeride çalışanları göndermişler, dans pistinin orta yerine bir masa yerleştirmişler ve ellerindeki tüm bilgilerin kopyalarını üzerine dizmişlerdi. Mehmet'in gelişini bekliyorlardı. Kulübün güvenlik elemanları onların belirledikleri alanlara yerleştirilmişti. Kolunu çevirip saatine baktı. "Nerede kaldı bu! Gelmiş olması lazımdı." Başını çevirip ayakta duran üçlüye baktı.

Babası düz bir tonla, "Kendi ellerindeki koza güveniyor, süreyi uzatıp seni daha fazla huzursuz etmek istiyorlar," dedi.

"Hep böyle yaparlar!" Adem omuz silkti. Sanki bunu bilmiyor olması şaşırtıcı bir şeymiş gibi gözlerini devirdi. "Merak ediyorum da tüm bunlar yaşanırken sizin aklınız nerenize kaçmıştı?" diye sordu. Başını iki yana sallayıp sert bakışlarını Ali'ye çevirdi.

"Her neyse... Olan oldu," Deryal düşüncelere dalmış gibi gözleri uzak bir noktaya kilitlendi.

Tunç'un elinde tuttuğu telefon çaldığında vakit kaybetmeden aramayı cevapladı.

Demir hattın diğer ucundan, "Geldi," dedi.

Tunç, telefonu kapadı. "Gelmiş." Dişlerini sıkmış, arasından konuşuyordu. Hiç vakit kaybetmeden ofisten çıkıp kulübün ana salonuna indiler. Tunç, çocuğu Ali'nin elinden alıp dans pistinin ortasındaki masanın biraz gerisinde durdu. Çocuğu yere bırakıp elini sıkıca tuttu. Babası, Adem ve Ali, onun arkasında yerlerini almışlardı.

Mehmet gözleri endişeli bakışlarla fıldır fıldır dönerken dakikalar sonra içeriye girdi. Aniden, sertçe nefes alarak duraksadı. Arkasını dönüp kaçmak gibi yersiz bir girişimde bulundu, ama döndüğü anda Demir'in silahı alnının ortasına dayandı.

Genç adam alay ederek, "Bir yere mi gidiyordun?" diye sordu. Mehmet ellerini havaya kaldırıp kendi etrafında döndü. Arkasından gelen adamları itilip kakılarak kulübün güvenlik elemanları tarafından içeriye sokulup dizleri üstüne çöktürüldü.

"Amca!" Tunç'un elini kavradığı çocuk ileri atıldı, ama Tunç'un sıkı tutuşundan kurtulamayıp ağlamaya başladı.

Mehmet bir anda bedenini sesin geldiği yöne çevirdi. Alçak sesle, "Yiğit!" dedi ve ardından küfürler savurmaya başladı. Çocuğa doğru bir adım attı.

Tunç ipeksi bir sesle, "Orada dur!" dedi. "Abini ara!" diye ekledi. Mehmet dişlerini sıkıp ona ölümcül bakışlar gönderirken, "Hemen," dedi.

Mehmet, hızlı hareketlerle telefonunu pantolonunun ve paltosunun ceplerinde aramaya başladı. Heyecandan elleri titriyordu ve sürekli, kısık sesle küfür edip duruyordu.

Deryal, "Acele et!" diye araya girdi.

Mehmet, onun sakin ama ölümcül bir tehdit taşıyan ses tonunun üzerine gözlerinin içine ürkek bakışlarla baktı ve başını hızla salladı hızla. Telefonunu çıkardı. Numarayı çevirip telefonu kulağına dayadı. "Bir sıkıntı var."

▲▼▲

Taşkın arabaya nasıl atlayıp da yola çıktığını bilemiyordu. Orospu çocukları! Şimdi ne yapacaktı? İt oğulları, Tunç'un hatununu ellerinden kaçırmıştı. Tunç'la neyi takas edecekti de oğlunu geri alacaktı. Taşkın önce onları taramayı düşündü ama bu tamamen çaresizlikle gelen saçma bir düşünceydi. Belki de yalvarmalıydı? Kimliksiz de oradaydı! Bir eli saçlarının arasından geçip üst üste kafasına vurmaya başladı. Arkasından gelen adamlarına baktı. Ne onların ne de dünyayı bir araya toplasalar kimsenin bir faydası olmazdı artık. Elemanlarından biri işemeye gittiğinde, diğeri Tunç'un karısına asılmış, nasıl becerdiyse hatun onun gözüne kalem saplamış, arabadan kaçmış ve o da can havliyle karanlıkta karının arkasından rastgele ateş etmişti. Hatunun çığlığını duymuşlardı, ama onun kaçtığı yöne gidip aralasalar da bulamamışlardı.

Taşkın, Taner'i eline geçirdiğinde tüm kemiklerini kıracaktı fakat itin soyu kaçmıştı. Nasıl olsa onu bulurdu. Ama önce oğlunu Tunç'un elinden kurtarması gerekiyordu. Oğlunu nereden bulmuştu? Dahası bir oğlu olduğunu nereden biliyordu? Oylum'u aramak istemiş ama kadın kayıplara karışmıştı. Kevaşe! Onu da yakalarsa bu defa kalbini değil, aklını dinleyecekti. Nasıl her şey bir anda tepetaklak olmuştu lan?

Kulübün otoparkına girdi. Her zaman tıklım tıklım olan otoparkta tek tük araba vardı ve onun düşündüğü gibi kimse onu karşılamamıştı. Motoru durdurur durdurmaz arabadan atladı. Arkasından lastikleri acı çığlıklar attırarak elemanları otoparka girdi. O, kulübün girişinden içeri hızla dalarken onlar daha yeni park etmişlerdi. Ensesinden aşağıya terler yuvarlanıp beline kadar kayarken buz gibi havayı hissetmiyordu bile. Sanki içinde bir ateş yanıyordu ve ilk defa korkunun nasıl bir şey olduğunu tadıyordu. Daha kulübün ana salonuna girmeden çok iyi tanıdığı sesin yakarışlarını duydu. İçeri girdiğinde kalabalık bir anda başını ona çevirdi ve Taşkın'ın gözleri yuvalarından fırlayacak gibi açıldı. "Ne yapıyorsunuz lan kardeşime?" Silahını belinden çekerek pervasızca birkaç

adım ileri atıldı. Ama hiçbir tepki göstermeyen adamların gözlerindeki bakış onu olduğu yerde durdurmaya yetmişti. Kimliksiz dizini kardeşinin boğazına dayamış, saçlarını diplerinden koparacak derecede sıkı bir tutuşla çekerek yüzüne eğilmişti. Mehmet'in üzerinde sadece pantolonu kalmış, yüzü çarşamba pazarına dönmüştü.
  Adam oldukça sakin bir sesle, "Sohbet ediyoruz," dedi. Anasını sattığımın adamı sanki muz dilimliyordu. Gözlerindeki boş bakış Taşkın'ın tüylerini diken diken etmişti.
  "Karım nerede?"
  Taşkın'ın korkulu bakışı sesin geldiği yöne çevrildi. Tunç dans pistinin ortasında duran bir masaya kalçasını dayamış, yüzünde buz gibi bir ifade ile gözlerini kısmış kendisine bakıyordu. Taşkın arkasına bakıp adamlarının neden hâlâ gelmediğini düşündü.
  "Karım nerede?" Tunç gittikçe sesini yükseltmek yerine daha alçak ama daha keskin bir tonla konuşuyordu.
  O da karşı soru sorarak, "Oğlum nerede?" diye sordu. Sesi titremediği için şükretti. Tunç başıyla yukarıyı işaret etti. Taşkın'ın gözleri hızla üst kattaki ofisin bulunduğu yere, kulübe bakan büyük pencereye kaydı. "Yiğit," diye fısıldadı. Gözleri kapanırken derin bir nefes aldı. Güvende hissetmesi için oğluna gülümseyerek el salladı. Ali'nin kucağında duran Yiğit iki elini havaya kaldırarak el salladı ve Ali hemen arkasını dönerek çocuğu camdan uzaklaştırdı. İyi! Taşkın'ın gözleri tekrar Tunç'u buldu. Kararlı bir bakışla baktı. "Önce oğlumu güvenli bir yere götüreceksiniz!" dedi. Eğer başarabilirse oğlunu kurtarırdı ve sonra kendisine ne istiyorlarsa yapmaları sorun değildi. Çünkü ona karısının nerede olduğunu istese de söyleyemezdi.
  Tunç başını iki yana salladı. "Karım nerede?" Sanki bu sözcüklere takılıp kalmış gibiydi. Taşkın, içinden lanetler okumaya başladı. Tunç sanki kendisini olduğu yerde zorlukla tutuyormuş gibi oturduğu masadan kalkıp bir iki

adım attığında, Taşkın bir anda dizlerinin üzerine çöküp başını ellerinin arasına aldı.

"Dramatik tiyatro oyunları pek ilgimizi çekmiyor!" Taşkın, Adem'in sözleri üzerine onunla göz göze geldi. Sesindeki çaresizliğe engel olamayarak, "Oğlumu bırakın söyleyeceğim," dedi. Kimliksiz, Mehmet'i de kendisiyle birlikte kaldırarak ayağa kalktı.

Tunç'un duruşunda bir kırılma oldu. Genç adamın bedeni gözle görülür bir şekilde titredi. Sanki içinde salmaktan korkup sıkıca tutmaya çalıştığı bir canavar varmış gibi geri adım attı. "Karımı en kısa sürede buraya istiyorum. Yoksa hiç iyi şeyler olmayacak," dedi.

Taşkın çaresizce, "Bilmiyorum," dedi. Tunç hangi ara yanına gelmişti, hangi ara elleriyle kulaklarını kavrayıp başının arkasını yere vurmaya başlamıştı bilmiyordu. Ama her sert darbede sanki beyni yer değiştiriyormuş gibi hissediyor, canı oradan çıkacakmış gibi acı çekiyordu.

"Ne demek bilmiyorum! Ne demek bilmiyorum!" Tunç'un kendisini kaybetmiş haliyle Taşkın'ın aklı başından gitti. "Karım nerede?!"

Taşkın'ın çaresizliği, korkusu ve acısı giderek arttı. Sonunda kelimeler bir anda dudaklarından çıkmaya başladı. Tükürür gibi, "Kaçmış!" dedi. Tunç sonunda kafasını zemine vurmaya bir ara verip sert soluklar alırken kara, boş bakışlarla bakan gözlerini gözlerine dikti. Yüz kaslarının hepsi ayrı ayrı oynuyor, onun aklını kaçırdığından şüphe ediyordu. "Bizimkilerden birinin gözünü oyup kaçmış." Tunç'un gözleri yuvalarından fırlayacakmış gibi açıldı. Söyleyeceklerinin adamın üzerindekinin etkisinin ne olacağını bilmiyordu ama başka ne çaresi kalmıştı ki? Oğlunu kurtarsa yeterdi.

"Ömerli'deki ormanın yakınlarında... Bizimkilerden biri arkasından ateş etmiş." Canının acısının artmasıyla dudaklarından bir inleme kaçırdı. Başı dönüyor, midesi sanki ağzına çıkmış, oradan yere dökülmek istiyormuş gibi hissediyordu. "Öldü mü, kaldı mı bilmem! Ama bulamamışlar."

Tunç kopacakmış gibi hissettiği kulaklarını serbest bırakıp bir anda ayağa kalktı. Ellerini başının arasına alıp olduğu yerde tepinmeye başladı. Gözleri yukarıya, ofisin camına kaydığında Taşkın'ın yüreği ağzına geldi. O anda tüm acısını, başından zemine yayılarak ensesini ıslatan yapışkan sıvıyı unutmuştu.

Tunç'un sertçe attığı birkaç adımdan sonra Kimliksiz onun önünde durdu. "Tam olarak neresi olduğunu öğrenip aramaya başlayalım! Sonrasına sonra bakarız."

Tunç uzun bir süre babasına baktı. Ardından tekrar yukarıya baktı. Son olarak gözleri yerde, boylu boyunca yatan Taşkın'ı buldu.

Kimliksiz sanki onun sessiz sorusunu duymuş gibi, "Onlar Demir'e emanet," dedi.

Tunç başını salladı. Taşkın o anda tuttuğunu fark ettiği nefesini dışarı salarak gözlerini kapadı ve karanlık bir yolculuğa çıktı.

▲▼▲

Tunç içinde alabora olmuş hislerinin hangisini tutup yakalaması gerektiğini, hangisini görmezden gelmesi gerektiğini bilmiyordu. Ali aracı kullanırken, o yolcu koltuğunda heykel gibi kıpırtısız duruyordu. Bedeni ne kadar hareketsizse, içinde o kadar kıyamet kopuyordu. Ödü patlıyordu. Ya ona bir şey olduysa? İliklerine kadar titreten bir korkuyla ve çaresizlikle sarmalandı. O zaman ne yapacaktı? Allah'ım! Çocuğa zarar verecekti! Öylesine aklını kaybetmişti ki Taşkın'ın canını yakmak için günahsız bir çocuğa zarar verecekti. "Ona zarar verecektim!" diye fısıldadı.

Ali başını çevirip ona kısa bir bakış attı. Karanlık gecede sanki araba yarışlarından birindeymişçesine hızlı ama dikkatli ilerliyordu. "Biliyorum," dedi. "İzin vermezdik."

Tunç acıyla yüzünü buruşturdu. "Ama bu, istediğim gerçeğini değiştirmiyor."

"Korkmuştun."

"Beni savunmaktan vazgeç!" Titrek bir nefes çekti. "Ya ona bir şey olduysa!" Sözcüklerinin sonuna doğru kelimeleri kaybolmuştu.

Fakat Ali, onun ne söylemek istediğini anlamıştı. Güven veren bir tonla, "O zaman da yanında olacağız," dedi. Tunç aniden çaresizlikle, '*Yaşayamam ki*!' diye düşündü. Ama sözcüklerinin dudaklarından fırladığının farkında değildi. Tam o anda fark ediyordu ki, Hayat giderse peşinden gidecekti. Hiçbir zaman dışarıdan göründüğü kadar güçlü olmamıştı. İçinde acılarla baş etmeye, onlarla savaşmaya yetecek kadar güçlü olmayan, savunmasız bir çocuk vardı. Tüm hayatını arkasında bırakıp her şeyi görmezden gelmişken nereden çıkmıştı ki karşısına? Onun acısını yaşamak istemiyordu. Onsuz kalmak istemiyordu. O olmadan ne yapacağı hakkında hiçbir fikri yokken yaşamayı nasıl becerebilirdi ki? O anda, geriye dönmeyeceğini bildiği kararını verdiğinde, rahatlatan bir his korkularının üzerine yumuşak bir örtü gibi serildi. Hayat nereye giderse gitsin hiç düşünmeden peşinden gidecekti. Bu, kara toprak olsa bile...

Ali başını iki yana salladı. "Söyleyeceklerimin seni rahatlatmaktan öte olduğunu bilmelisin." Bir arabayı sollayarak silme geçip ona kısa bir bakış attı. "Düşün bir kere! Eğer kurşun ona isabet etmiş olsaydı kaçabilir miydi?" Hafifçe gülümsedi. "Hayat'tan bahsediyoruz." Güldü. "Sana dayanabilen bir kadından bahsediyoruz!"

Tunç'un dudakları hüzünlü bir gülümsemeyle yukarı doğru kıvrıldı. "Onu bulduğumda... dizime yatırıp pataklayacağım."

Ali gülerek, "İyi fikir," dedi.

En fazla bir saat sonra Taşkın'ın elemanının bulunduğu alandan gittikçe genişleyen bir arama çalışması başlatılmıştı. Tunç kararını değiştirerek emniyete haber vermiş, onlardan da destek alarak eğitimli köpeklerin de bulunduğu geniş bir arama çalışması başlatılmıştı. Bir acil yardım ekibi ve ambulans hazır bekliyordu. Mustafa Bey ölmüştü. Bu haberle birlikte yerle bir olmuş, içindeki korku giderek artmış, elinde fenerle neredeyse her taşın altına bakarak çaresizce dualar yakararak aramaya devam etmişti. Her şey olabilirdi. Yaralanmış ve kan kaybediyor olabilirdi, bilincini kaybetmiş olabilirdi, baygın olabilirdi, şokta olabilirdi, aç olabilirdi, üşüyor olabilirdi. Korkuyor olabilirdi. İhtimaller her geçen saniye mantığından bir parça daha alıp götürüyor, onu yine deliliğin sınırına getiriyordu. Cep telefonu çaldığında hızla cebinden çıkarıp babasının numarası ekranda belirince yüreği hoplayarak cevap verdi.

"Evet?"

"Bulduk. Senin tam ters istikametindeyiz."

Tunç'un kalbi kulaklarını sağır edecek derecede şiddetle çarparken boğuk bir sesle, "Ya... yaşıyor mu?" diye fısıldadı.

Babası sesi titreyerek, "Sanırım... uyuyor," diye mırıldandı.

Tunç'un gözlerinde tutamadığı damlalar yanaklarından aşağıya bir bir yuvarlanırken, "Şükürler olsun," diye fısıldadı. Ciğerlerindeki nefes ona yetmeyene kadar koştu. Ağzı kurumuş, boğazı sanki birbirine yapışmış gibiydi. Kalabalığın bulunduğu, fenerlerle aydınlanmış olan alana vardığında nefes nefese kalmıştı. Kalbinin atışını artık hissetmiyordu bile. Kalabalığın önünde sağlık ekipleri duruyordu ve çalışmaları için geniş bir alan bırakılmıştı. Onlara yaklaştı. Çevresindeki herkesi, her şeyi unutarak ona doğrultulan fenerlerin ışığında derince, toprak bir oyuğun içinde top gibi büzüşmüş genç kızı gördü.

Tel gibi gerilmiş kasları onu bulmuş olmanın getirdiği rahatlıkla gevşerken, yaşadığı sarsıcı duyguların onu kendinden geçirmesine izin vermedi. Fenerini ve telefonunu attığının bile farkında olmadan ellerini toprağa dayayarak yukarıya tırmanıp daracık oyuğun içine girdi. Usulca, boynu bükülmüş, dağılmış saçları yüzünün bir kısmını örtmüş kızın yanına ilerledi. Hayat'ın öne doğru bükülmüş sırtı yaşadığının haber verircesine derin nefes alışıyla yukarı kalkıp indi.

Tunç, onu ürkütmekten korkarak titreyen ellerini yüzüne uzatıp elinin tersiyle hafifçe okşadı. "Hayat'ım..." diye fısıldadı. Yüksek sesle konuşamamıştı. Hem onu ürkütmemek için hem de sesinden emin olamadığı için! Hayat huysuzca mırıldanarak kıpırdanıp yüzünü buruşturdu. Tunç'un omuzları rahatlamayla birlikte gelen hıçkırıklarıyla sarsılır ve aynı anda kıkırdarken onun saçlarını okşadı. Gözlerinden düşen sayısız damlalar görüşünü bulanıklaştırıyordu. Bir eliyle gözlerindeki ıslaklığı yok etmeye çalıştı.

Gülerek, "Bebeğim," dedi.

Hayat, "Geç kaldın," diye mırıldandı. Ve Tunç, kısık sesli bir kahkaha attı. Hâlâ uyuyordu. Ona sarılmak istiyordu. Allah'ım, ona sıkıca sarılıp içine sokmak istiyordu. Ama alan öyle dardı ki uzanmakta bile zorlanıyordu.

Alçak sesle, "Biliyorum!" dedi. "Telafi edeceğim." Genç kızın saçlarına uzanıp dudaklarını saçlarına bastırdı. "Ama önce buradan çıkmamız gerekiyor." Tunç geri çekilirken, Hayat bir anda kıpırdandı. Gözlerini kırpıştırarak yüzüne doğrultulan fenerlerin ışığından kurtulmaya çalıştı. Önce kafası karışık göründü. Sonra bir anda çığlıklar atmaya başladı. Sanki kaçabilecekmiş gibi olduğu alanda geriye doğru kendini itmeye çalıştı.

"Benim!" Tunç ona uzandı, ama Hayat hâlâ çığlıklar atarak kaçmaya çalışıyordu. "Güvendesin, bebeğim. Benim. Mirza!" Tunç'un içi onun kaçışıyla ve korkusuyla paramparça olurken bir yandan genç kızı tutmaya çalışıyordu.

Hayat duraksadı. Sanki sesini duymalarından korkuyormuş gibi fısıltıyla, "Mirza?" diye sordu.

Tunç, tekrar onu ürkütmemek için alçak sesle, "Benim, *Hayat'ım*!" dedi. Hareket etmeyi bırakıp onun kendisini tanıması için sessiz kalmaya çalıştı.

Genç kız aniden dar alanda onun boynuna atlamayı başararak sıkıca kollarını boynuna doladı. "Mirza! Mirza! Mirza!" O, arka arkaya hıçkırıklarla ve titreyen sesiyle adını haykırırken, Tunç gözlerinden düşen damlalara engel olamamıştı. Bir kolunu beline sarıp sonunda onu kucağına çekmeyi başardı.

Başının tepesine sayısız öpücükler kondururken, "Benim, sevgilim!" dedi. Onu kollarıyla sıkıca sararak üzerine eğildi. Sanki onu içine sokabilecekmiş, her şeyden koruyabilecekmiş gibi resmen üzerine kapaklandı. Sanki o her nefes alışında yaşıyorum dercesine bağrışını duyabilecekmiş gibi. Sanki dünyayı ve kalan her şeyi arkasında bırakmış gibi... Tunç bencilce onu biraz daha kollarında tutarak, sayısız kere öperek, sadece onu soluyarak yaşadığını, yaşadıklarını hissetti.

18. Bölüm

Koyu renk gözleri telaşsızca üzerinde dolandı. Yüzünde tek bir hareket olmamasına karşın gözlerindeki bakış kalbini durdurmaya yetecek kadar ürkütücüydü. Hayat yutkundu. Hâlâ zangır zangır titriyordu. Çığlıklardan tahriş olup sızlayan boğazı için suya ihtiyacı vardı. Gözlerini ondan ayırmaktan korkuyordu. Adam hâlâ dikkatle ona bakıyordu. Bir şey yapabileceğinden değil, ama bakışını kaçırmayışı kendisini az da olsa güvende hissetmesine neden oluyordu. Ve Mustafa Bey'in cansız bedenine bakıp tekrar çığlık atmak istemiyordu. Bir anda suçluluk duygusu bedenini kor gibi yaktı. Gözleri kapanıp açıldı. Gözlerindeki kırmızı çizgilerin üzerinde biriken yaşlar gözkapaklarının kapanmasıyla dışarıya taştı.

Adam sapkın bir sırıtmayla, "Çok da güzel değilmişsin!" dedi. "Bu herif senin nereni beğenmiş ki?" Dudaklarından garip bir gülüş çıktı. Hayat titreyen ellerini koltuğa dayayarak kendisini geriye çektiğinde sırtı canını acıtarak kapıya çarptı. "Ama bir ufakla iyi gidersin ha!" Hayat'ın nefesi içine düştüğü korku girdabıyla sıklaşırken kalbi davul gibi atmaya başladı.

Adamın eli ona doğru uzandı. Hayat geriye doğru kaçabilecek yerinin olmadığını bilmesine rağmen engel olamadığı bir kaçma dürtüsüyle yine kendisini geriye doğru çekti. Adamın eli kot pantolonunun üzerinden bacağına yapıştı. "Bacakların güzelmiş!" dedi. Sanki iltifatına teşekkür etmesini bekliyormuş gibi onun gözlerinin içine baktı.

Hayat, "Ellerini çek!" dedi. Sesinin güçlü çıkması için uğraşsa da karga gaklaması gibi çıkmıştı.

Adam yine o garip gülüşüyle güldü. "Napcan? Engel mi olcan?" Hayat'ın sıkılı yumruğuna küçümseyerek baktı. Genç kız, ona gücünün yetmeyeceğini biliyordu. Ama kendisine dokunmasını istemiyordu. Adamın eli hâlâ bacağına yapışmış, sıkıca kavradığı parmakları usul usul hareketlenmişti. Adam sesi boğuklaşarak, "Hadi!" dedi. "Gelmez o şimdi. İki dakkada bitiririz."

Diğer eli arabanın tavanına uzanarak ortada bulunan lambanın düğmesine bastı. Ortalık bir anda zifiri karanlık olmuştu. Genç kız sanki kara, şeytani bir gölgeye bakıyordu. Nefes alışları gittikçe artarken kanı sanki damarlarında akışını durdurmuştu. Adamın eli yukarıya doğru tırmanıp, paltosunun altına süzüldü. Hayat'ın midesi sanki ağzına çıkmıştı ve kusmamak için üst üste yutkundu. Adam kısık, boğuk sesiyle, "Memelerin nasıl ki?" dedi.

Hayat, onun nefes alışlarının ritminin değiştiğini duyabiliyordu. "Dokunma bana!" diye çığlık attı. Ayaklarını birleştirerek havaya kaldırıp üzerine eğilmiş yüzüne bir tekme savurdu.

Beklenmedik tepkisi adamın küfür edip kendisini geriye çekmesine neden oldu. Hırlar gibi, "Vay orospuya bak!" dedi.

Aynı anda Hayat tekrar ona tekme atmak için dirseklerini koltuğa dayayıp güç almak istedi. Sanki gücüne güç katabilecekmiş gibi paltosunun cebinden avucuna düşen nesneyi sıkıca kavradı. Korkuyla aklı başından gitmesine rağmen elindeki nesnenin ne olduğunu aniden kavradı. Adam sertçe ayaklarını kenara ittirip elini pantolonunun kemerine uzatıp çekiştirmeye başladı. Hayat yine kendisine engel olamadan çığlık atıp onu tek eliyle ittirmeye çalıştı. Ne yaptığından emin olamayarak Mirza'nın ona hediye ettiği dolma kalemin kapağını başparmağıyla ittirdi ve kapak yere düştü.

Genç kız boğazı yanarken, "Dokunma bana!" diye bağırdı. Olanca gücüyle kolunu gerip elindeki kalemi sadece gölgelerden oluşuyormuş gibi görünen adamın bedenine rastgele sapladı.

Adam can havliyle bağırıp geri çekilirken, Hayat hızla arkasını döndü. Titreyen elleriyle yoklayarak kapının mandalını aramaya koyuldu. Korku onun sarsak hareket etmesine yol açıyordu ama aramaktan vazgeçmedi.

"Lan! Lan! Lan! Gözüm. Gözümü çıkardın!"

Hayat, onun acı yakarışıyla arkasına çabucak bir bakış atıp tekrar önüne döndü. Mandalı bulup geriye doğru çekti. Nefes nefese kalmıştı. Bir göle yuvarlanmış gibi baştan aşağıya terlemiş, parmakları yağa bulanmış gibi kavramakta zorluk çekiyordu. Kapı aniden açıldığında genç kız bir çuval gibi aşağı düştü. Sanki ciğerlerinde havaya dair hiçbir şey kalmamıştı, ama arkasına bir kez daha bakmadan karanlık ormanın içinde koşmaya başladı. Tökezledi. Dizlerinin üzerine düştüğünde ellerine kıymıklar battı. Arkasına çabucak bir bakış atıp tekrar koşmaya başladı. Gücünün tükendiğini düşünmesine rağmen korkuyla gelen adrenalinle bacaklarını hareket ettirmeyi başarabiliyordu. Arkasından bir silah patladığında genç kızın çığlığı ormanın içinde yankılandı. Kolunun kıyısından geçen kurşunun sesini duydu. Yüreği ağzına geldi, ama koşmaya hiç ara vermedi. Kendisinde kalan bir parça mantıkla koşması, uzaklaşması gerektiğini biliyordu.

Karanlığın içinden birden bir gölge belirdi. Gölgenin etrafını parlak bir ışık huzmesi hızla sararken genç kızın adımları yavaşladı. Soluğunun sesi kendi kulaklarını doldurup beyninde yankılanırken bir anda dondu. Heyecanlı bir sesle, "Mustafa Bey?" dedi.

Adam ona yaralı bir bakış attı. Hüzünle, "Beni burada mı bırakıyorsun?" diye sordu.

Hayat ona doğru tekrar adım atmaya başladı. "Hayır. Hayır!" dedi. Tökezledi. Yine de kendisini ayakları üzerinde durmaya zorladı. Tekrar ağlamaya başlayarak, "Özür dilerim. Özür dilerim," dedi. Suçluluk duygusu gelip kalbinin orta yerine oturmuştu. "Birlikte gidelim," dedi. Ona ulaşabilmek için adımlarını hızlandırdı.

'*Su dökmeye gidiyorum,*' diyen diğer adam bir anda Mustafa Bey'in arkasında belirdi. Hayat'ın adımları o anda dondu. Sert bir soluk çekti. "Dikkat edin!" diye bağırdı ama Mustafa Bey arkasına dönüp bakmadı.

Adam, "Bir yere mi gidiyordunuz?" diye sordu. Silahını kaldırıp Mustafa Bey'in kafasına dayadı.

Hayat'ın onu taşıyamayan dizleri bir anda toprakla bütünleşti. "Yapmayın," diye yalvardı. Elini öne doğru uzattı. "Lütfen!" Tetiği çekerken adamın eli bile titremedi. Mustafa Bey bir anda yere yığılırken Hayat'ın çığlıkları ormanın içinden karanlık göğe doğru yükseldi.

Haykırış ve çırpınışlarının arasında güçlü bir kol beline dolandı. Bir eliyle terden sırılsıklam olmuş saçlarını okşayıp kulağına yatıştırıcı sözler sarf ederken genç kızı kendi bedenine yasladı. Mirza kulağına, "Geçti bebeğim," diye fısıldadı.

Hayat uyandığını biliyordu. Onun sesini duyduğu anda karanlık kenara çekilmişti. Genç kız kendini geniş yatakta, Mirza'nın bacakları arasında, sırtı onun göğsüne yaslanmış bulmuştu. Ama bu bile gördüğü kâbusun etkisini hafifletmeye yetmiyordu. Gözlerini her kapadığında gözkapaklarının ardında bir korku filmi gibi sevecen, güler yüzlü ve günahsız olan Mustafa Bey'in vurulduğu anın görüntüsü beliriyordu. Hayat başının ağırlığını Mirza'nın göğsüne daha çok verdi.

Genç adam usulca, "Aynı kâbus mu?" diye sordu.

"Evet." Hayat'ın fısıltısında yakasını uzun zaman bırakmayacak olan pişmanlık vardı.

Mirza boğuk bir sesle, "Güvendesin hayatım," dedi. Sertleşen kasları genç kızın teninin altında kıpırdandı.

Genç adamın dudaklarının baskısını saçlarında hissetti. Sonra şakağında.

"Biliyorum." Hayat derince bir iç çekti. Güvende olması içindeki suçluluk duygusunu ve pişmanlığını bastırmaya yetmiyordu. Onun yüzünden hiç suçu olmayan biri hayatını kaybetmişti. Günlerce ağırlık çalışmış gibi ağırlaşmış kollarını zorlukla kaldırarak kollarını onun beline doladı.

Mirza onu uyararak, "Çok terledin!" dedi. "Duş almalısın!" Hayat omuz silkti. Bunu yapmakta bile zorlanmıştı. Gördüğü kâbuslar sanki içindeki tüm enerjiyi tüketiyor, genç kıza hiçbir şey bırakmıyordu. Mirza bıkkın bir iç çekti. Öne doğru uzanırken genç kızı da kendisiyle birlikte hareket ettirerek parmaklarıyla örtüyü kavrayıp onu sıkıca sardı. Alçak sesle, "Alacaksın!" diye diretti.

Hayat inatçı bir çocuk gibi itiraz ederek, "Yorgunum," dedi. Sesinin gücü kalmamış gibi fısıltıyla konuşabiliyordu.

"Ve böyle kalırsan yanına ek olarak hasta da olacaksın!"

Genç kız uykuyla uyanıklık arasında, "Birazdan," diye mırıldandı. *'Sakinleştiricilerin etkisi olmalı'* diye düşündü. Parmağını bile kıpırdatacak hali yoktu. Yemek yemek istemiyor, konuşmak istemiyor... Aslında hiçbir şey yapmak istemiyordu. Sanki ruhu ölmüş, bedenini de yanına çağırıyordu. Belki de hâlâ şoktaydı.

Mirza örtünün üzerinden sırtını dairesel hareketlerle okşamaya başladı. Genç kız hareketiyle ona daha çok sokularak gözlerini kapadı. Engel olamadığı hıçkırıklarla omuzları sarsılmaya başladı. Kapalı gözkapaklarının ardından taşan damlalar Mirza'nın göğsünü ıslatıyordu. Genç adamın bedeni taş gibi kaskatı kesilse de, dudaklarından tek kelime çıkmadı. Hayat, onun sabrına şükrediyordu. Yaşadıklarının üzerinden sayamadığı günler geçmiş olmasına rağmen etkisi bir nebze olsun azalmamıştı. Her şeyin ötesinde onu yerle bir eden bir duyguyla boğuşuyordu. Yaşadıkları korkunç dakikaları bir kenara bırakabiliyordu, ama vicdan azabı ve suçluluk duygusunu yenemiyordu. Sadece durup beklemeyi seçseydi ya da Mirza'nın telefonuna ulaşabilmek için biraz daha sabırlı olabilseydi yaşadıkları hiçbir şeyi yaşamayacaklardı. Suçsuz günahsız, emekli öğretmen Mustafa Bey de hayatta olacak, yüzünden hiç silinmeyen sevimli gülümsemesi dudaklarında kalacaktı. Hıçkırıkları azalmak yerine artarken, Mirza kollarını ona daha sıkı dolayıp çenesini başının tepesine dayadı. Bulunduğu andan beri, genç adam, onu bir saniye olsun yalnız bırakmamıştı. Genç kız her ne kadar onun hayatının akışına normal düzeninde devam etmesini istese de buna minnettardı. Ve Mirza, onu daireye değil, ailesinin evine getirmişti.

Şans eseri bulduğu oyuğun içinde Mirza kollarını zorlukla çekip genç kızı serbest bıraktığında, Hayat, kendini sağlık ekiplerinin ellerinde bulmuştu. İlk olarak kaşının üzerindeki derin yarayı temizleyip dikiş atmışlar, sonra sıkı bir kontrolden geçirmişlerdi. Hayır. Genç kızın başka herhangi bir yerinde yara yoktu. Bunu söylemiş olmasına rağmen Mirza tüm bedenini kontrol etmiş, eğer şoktaysa farkında olmayabileceğini söylemişti. Sonra onu kendi aracına götürmüş, ifadesini Hayat ne zaman müsait olursa o zaman alabileceklerini söylemişti. Arka koltuğu oturtup yanına binmiş, sonra onu kucağına çekmişti. İşte o an, onun kendine has kokusuyla sarıp sarmalanırken Hayat gerçekten güvende olduğunu hissetmişti. O andan sonrasını hatırlamıyordu. Eve girdiğinde önce Burcu Hanım'ın, sonra Melek'in ve sonra Şirin Hanım'ın gözyaşı dolu sıkı sarılışlarına, güven veren tatlı sözlerine maruz kalmıştı. Sonra hepsi üzerine titremişlerdi.

Hepsine minnettardı. Yalnız kalmaktan ödü kopuyordu ve asla onu yalnız bırakmıyorlardı. Bir de onu asla bırakmayan kâbusları vardı. Mirza gözlerinde endişeli bakışlarla ne gördüğünü sormuş, ama Hayat cesaret edip anlatamamıştı. Genç adam da üstelememişti.

Hayat her ne kadar yalnız kalmak istemese de, kendi dünyasına yolculuğa çıkmış gibi hiç kimseyle konuşmak istemiyor, sorulan sorulara tek kelimelik kısa cevap vermekle yetiniyordu. Yine de suçluluk duygusu, korku ve vicdan azabının onu sardığı çemberin içinde koşup koşup başlangıç noktasına dönerken fark ettiği garip bir şey vardı.

Çevresinde ona yardım etmek için bir saniye olsun durup düşünmeyen insanların gözleri Mirza'nın üzerindeydi ve ona karşı oldukça temkinli davranıyorlardı. Sanki her an kaçıp gidecekmiş gibi yüksek sesle bile konuşma cesaretini gösteremiyorlardı. Hayat bunun nedenini bir türlü kavrayamıyordu. Zaten üzerinde düşünecek kadar da kendisini toplayamamıştı.

Genç adam hafif bir öfkeyle, "Sırılsıklam oldun!" dedi. Sesinin dalgalanan ritmindeki çaresiz tını genç kızın içini sızlatıyordu. Mirza'ya, yaptıkları, yanında kaldığı için teşekkür etmek istemişti ama kendisinde konuyu açıp üzerinde konuşacak gücü bulamamıştı.

"Üzerimi değiştirsem?" diye sızlandı.

Mirza yine derin bir iç çekti. "Sevgilim, sıksam suyun çıkacak." Sonra hafifçe güldü. "Ayrıca kokarsın!"

Hayat günlerdir ilk defa dudaklarının gülümsemek için kıvrıldığını hissetti. "Fazla açık sözlüsün!" diye mırıldandı.

"Direncin bu kadar savunmasızken hasta olmanı istemiyorum."

Genç kız kurtuluşunun olmayacağını anlayarak, "Tamam," diye fısıldadı.

Mirza kıpırdandı. Dizini yukarı çekerek onun arkasından çıktı. Genç kızı özenle örtüye sardı. Kundaklanmış bebek gibi kucağına alıp banyoya taşıdı. Onu klozete oturtup suyun ısısını ayarlamak için küvete ilerledi. Suyu ayarlayıp tıpasını taktı ve dolmasını bekledi. Klozetin üzerinde iki büklüm duran genç kızın yanına gelip onu ayağa kaldırırken örtüyü üzerinden çekip aldı. Hayat tüm bedenini uyuşmuş gibi hissediyor, ayak parmakları karıncalanıyordu. Mirza tişörtünün eteklerinden tutup yukarı doğru çekiştirdi, ama genç kızın ne açıkta kalan tenini örtecek ne de kollarını kaldıracak hali vardı.

Genç adam, "Kollarını kaldır, bebeğim," diye fısıldadı. Hayat başını kaldırıp onun derin kuyular gibi görünen gözlerinin içine baktığında bir an için orada kaybolmak istedi. Mirza yüzüne eğilip burnunun ucuna bir öpücük kondurdu. Genç kız, onu daha fazla zora sokmamak için isteğini yerine getirdi. Genç adam tişörtü çıkarıp yere attı. Eşofmanını çıkarmak için parmaklarını beline uzatıp kemer kısmına taktı ve aşağıya çekti. Uyuşmuş bedeni dokunuşuyla harekete geçtiğinde genç kız irkildi. Genç adam paçalarını ayaklarından çıkarırken başını kaldırıp yoğun bakışlarını ona dikti. Sonra muzipçe göz kırpıp genç kızı utandırdı. Eğer gücü olsaydı ona çıkışır, üzerini örtmeye çalışırdı. Fakat sadece iç çamaşırlarıyla kaldı. Mirza'nın daha fazlasını çıkarma riskine girmediği için şükretti.

Genç adam, onu kucaklayıp küvete taşıdı. Usulca sıcak suyun içine bırakarak ayaklarının üzerinde durmasını sağladı. Hayat daha fazla ayakta durmaya katlanamıyormuş gibi dizlerini kırıp suyun içine çöktü. Sıcak su zaten uyuşmuş olan bedenini gevşetti. Genç adamın hareketsizliğini fark ederek başını kaldırıp gölgeler düşen yüzüne baktığında gözlerindeki kararsızlığı, bedenindeki gerginliği fark etti.

Genç kız kısık bir tonla, "Ben hallederim," dedi. Onun bakışlarındaki yoğunluk boğazına bir yumrunun gelip yerleşmesine neden oldu. Mirza başını iki yana sallayıp üzerinde basketbol formasının şortuyla suyun içine, genç kızın tam karşısına çöktü. Hayat hallerine hafifçe gülümsedi.

Genç adam, "Ne?" diye sordu. Hayat gözleriyle üzerindeki az sayıda kıyafeti işaret ederek omuz silkti. "Çok saçma ama psikolojik açıdan beni rahatlatıyorlar." Tek kaşını havaya kaldırarak düşünür gibi başını yana eğdiğinde sevimli bir görüntü sergiledi. "Yani, bir nevi kalkan gibi!" Genç kızın dudakları sözleri üzerine yukarıya kıvrıldı. Hareketi genç adamın gözbebeklerinin büyümesiyle yüzüne hüzünlü bir gülümseme yerleşmesine neden oldu.

Mirza karşısında bağdaş kurmuş otururken bir elini yüzüne, gamzesinin belirdiği noktaya uzattı. Başparmağı gamzesini okşarken boğuk bir fısıltıyla, "Ne kadar özlemişim," dedi.

Genç kız, onun sözlerinin hemen ardından yüzünü asarak, "Özür dilerim," dedi.

Mirza, "Hayır. Hayır," dedi. İki elini de onun bacaklarına uzattı. Parmakları tenini kavrayarak hafifçe havaya kaldırdı. Kendi bacaklarını onun iki yanından uzatırken usulca onunkileri de üzerine yerleştirdi. Genç kızın beline uzanıp, onu kendisine çekti. Ardından başını avuçları arasına aldı. "Özür dilemen için söylemedim," diye fısıldadı. Burnunu burnuna sürttü. "Sadece... özledim seni." Çabucak dudaklarını dudaklarına bastırdı. Arkasını dönüp duş başlığını aldı.

Genç kızın saçlarını ıslattı, şampuanladı, özenle yıkadı ve duruladı. Hayat, onun kendisiyle böylesine incelikle ilgilenmesine şaşırıyordu şaşırmasına ama aklını sürekli meşgul eden görüntülerle içinde boğulduğu yoğun hisler bunu derinlemesine düşünmesine engel oluyordu. Nasıl olmasın ki? Bir yaşam, bir can sadece onun sorumsuz hareketinin ve sabırsızlığının neticesinde yok olmuştu. Bunun ağırlığını kaldırmakta zorlanıyordu.

Mirza duş başlığını omuzlarına tutarken genç kızın gözlerinden düşen damlalar saçlarından ve yüzünden akan suya karıştı. Hıçkırıklarıyla nefes alışları sıklaştı. Genç adam başını kaldırıp onun kızarmış gözlerinin içine baktı. Duş başlığını elinden bırakıp suyun içinde kaybolmasını sağladı. Elleri genç kızın boynunun iki yanında kıvrılıp onu ıslak, sert göğsüne sıkıca bastırdı. Sanki ne yapacağını bilemiyormuş gibi telaşla onun sırtını sıvazlamaya başladı. Boğukça, "Yapma ne olur," diye fısıldadı. "Sen böyle ağladığında kalan bir gram aklım da uçup gidiyor." Onu geriye iterek yüzünü avuçları arasına aldı. İkna etmeye çalışarak, "Geçti hepsi! Bitti!" dedi.

Genç kız, onun gözlerindeki yalvaran bakışla kendini zorlukla da olsa toparlamaya çalıştı ama yapamadı. "Benim yüzümden!" Yüzü acıyla buruştu. Dudakları titrerken başını iki yana salladı. "Gözlerimi her kapadığımda..." Susup yutkundu ve tekrar yutkundu. "Her uyuduğumda karşımda beliriyor. Tek suçu beni yalnız bırakmak istememesiydi." Hayat'ın sesi her sözcüğünde dalgalanıyor, konuşmakta zorluk çekiyordu. Dudaklarından canı yanmış gibi bir inleme çıktı. Suçlulukla dolup taşan bakışları onun gözlerine bakmaktan kaçınıyordu.

Mirza derin bir nefes aldı. Bir eli usulca yüzünde hareketlendi. Parmakları çenesinin altına yerleşerek onu kendisine bakmaya zorladı. Genç kız gözlerini kaçırdığında bakışını yakalamak için başını eğdi. Sonunda Hayat cesaretini toplayıp onun siyaha çalmış gözlerinin içine baktı. Genç adam yumuşak bir tonla, "Kâbusların? Onunla ilgili mi?" diye sordu. Eğilip dudaklarını kaşının üzerindeki yaraya hafifçe bastırdı. Dişlerinin arasından bir nefes çekip gözlerini tekrar ona dikti.

Hayat başını salladı. Ellerini onun göğsünde birleştirip alnını ellerinin üzerine dayadı. "Seni dinlemeliydim! Beklemeliydim." Kalbi hislerinin ağırlığı altında tuzla buz olurken başını iki yana salladı. Diline yapışıp kalan acı tat sanki hiç gitmeyecekmiş gibiydi. "Benim sorumsuzluğumun bedelini o ödememeliydi."

Mirza ayaklarını uzatıp onun kucağına oturmasını sağlayarak arkasına yaslandı. Kollarını bedeninin etrafına sarıp dudaklarını saçlarına bastırdı. "Belki..." Genç adam omzunu silkerken Hayat bu gerçeklikle irkildi. "Ama bazen ne olacakların önüne ne de kendi düşünce ve davranışlarımızın önüne geçebiliriz. Ben sana söylediğim gibi seni evde zorla tutabilir, buna engel olabilirdim. Seni kulübe hiç götürmeyebilirdim. Ali, olanları daha önceden anlatmış olabilirdi. Ben, daha sen masaya oturmadan bir şeyler öğrendiğimde senin orada kalmana izin vermeyebilirdim. Ve bunun gibi sana daha bir sürü şey sıralayabilirim." Tekrar genç kızın ıslak yüzünü kendisine çevirdi. "Ama hiçbirimiz yapmadık, öyle değil mi? Sen..." dedi kaşlarını kaldırarak. "Kendine göre sorumlu davranarak onun yanında bulunmasını sağladın. Böyle olacağını bilemezdik." Omzunu silkti. "Hiçbirimiz bilemezdik." Eğilip dudaklarından küçük bir öpücük çaldı. "Eğer bir suç varsa bu paylaşılması gereken bir suç."

Mirza'nın yüzü acıyla gölgelenirken gözlerini kapadı. Uzun süre de açmadı. Söyleyeceği kelimeleri dikkatle seçiyormuş gibi başını iki yana sallayıp duruyordu. Ve gözleri kapalıyken konuşmaya başladı. "O piç, senin nerede olduğunu bilmediğini söylediğinde, ben..." Dişlerini sıktığında çenesi kasılırken yüz hatları sertleşti. "Ben... küçük bir çocuğa -sırf onun oğlu olduğu için- zarar vermek istedim!" Gözlerini açıp acıyla gölgelenen iki çift laciverti gözlerine dikti. "Eğer durdurulmasaydım..." Gürültüyle yutkundu fakat sözlerine devam edemedi. Hayat'ın gözbebekleri büyüyüp gözleri fal taşı gibi açıldı. Aslında kendi bencil vicdanının sızısına kapılıp onun hislerini umursamadığını dehşetle fark ederken, Mirza'nın yüzünde hiç görmediği kadar karanlık bir ifade belirdi. "Onun açgözlülüğünün, hırsının kurbanıyız. Bunu bildiğim halde en başından beri seni daha iyi koruyamadığım için yaşadığım bocalamayı ve suçluluk duygusunu istesem de anlatamam. Yaşadık ve bitti! Mustafa Bey için çok üzgünüm. Ama benimle, burada, kollarımın arasında olduğun için... Gitmediğin için memnunum. Hiçbir şey... yanımda olmanın mutluluğunun üzerine geçemez!"

Genç kız fısıltıyla, "Sen elinden geleni yaptın!" dedi. "Senin suçlu hissetmen için bir neden yok!"

Mirza neşesizce güldü. "Yapsaydım, olanların hiçbirini yaşamazdık. Ben de seni kaybetme korkusuyla karşı karşıya gelip bir canavara dönüşmezdim!" Dişlerini sıktı. Yine o ani değişimlerinden birini yaşayarak gözlerine ürkütücü, sert bakışlar yerleşti. Üzerine daha çok eğildiğinde yüzleri arasında bir parmak mesafe kalmıştı. "Bir kez daha... beni bir kez daha yokluğunla tehdit etme! Beni bırakıp gitmekle tehdit etme! Ve bil ki nereye gidersen git peşinden geleceğim." Fısıltılı, tehditkâr sesi sanki yemin ediyordu.

Hayat konunun ve onun ani değişimiyle afallamış, gözlerine şaşkın bakışlar yerleşmişti. "Bu..." Mirza dudaklarını bir anda onun dudaklarına bastırıp sanki onu cezalandırır gibi sert bir öpücükle genç kızın sözlerini yarıda kesti. Kısa bir nefes aralığında, "Sakın gitme!" diye fısıldayıp dudaklarını tekrar yakaladı. Hayat'ın bilinçsizce araladığı dudakları arasından dilini içeri kaydırdı.

Hayat sersemleyerek ve o anda Mirza'ya olan ihtiyacını fark ederek öpücüğüne ürkeklikle karşılık verdi. Genç adamın göğsünden garip bir ses yükseldi. Bir eli başının arkasını bulurken, diğeri onun kucağında kıvrılmış olan bacağının üst kısmına kayıp orada kaldı. İkisini de nefessiz bırakan derin öpüşü alt dudağını ısırıp çekiştirmesiyle son buldu. Mirza alnını alnına dayayıp dişlerinin arasından sert bir nefes çekti. Hayat tepeden tırnağa titrerken, karnının altında bir kelebek sürüsü uçuşmaya başladı.

Genç adam sitem edercesine, "Ödümü patlattın!" dedi. "Kendimi yine dokuz yaşında, o bekleme koltuğunda oturan küçük çocuk gibi hissetmeme neden oldun! Seni... Seni dizime yatırıp pataklamalıyım." Başını sertçe sağa sola salladı.

Hayat, ona aptal aptal bakarken Mirza'nın yüz ifadesi boşaldı. Sanki neler söylediğinin o anda farkına varıyormuş gibi gözleri irileşti.

Hayat, "Dokuz yaşında mı?" diye sordu. Sesinin tınısı merak yüklüydü. Sözlerinden hiçbir şey anlamamıştı.

Mirza aniden sırtını dikleştirip doğruldu. Yüzü ifadesiz bir hal alırken bakışlarını suya dikip elini suyun üzerinde ileri geri hafifçe oynattı. Duygusuz bir selse, "Su soğuyor," diye mırıldandı. Onun gözlerine bakmaktan kaçındı. "Çıksak iyi olur." Hayat'ı kucağından indirdi. Ayağa kalktı. Şortunun paçasından sular damlarken küvetten çıktı. Hayat gözlerini kırpmadan afallamış bir halde ona bakıyordu. "Sanırım gerisini halledebilirsin." Havlu dolabını açtı. Bir havlu çekip aldı ve kızın sessizliği üzerine başını çevirip ona baktı. Hayat'ın gözleri onun yüzünden bir saniye olsun ayrılmazken, genç kız başını yana eğdi. Sanki biraz önce dibe çöken o kız kendisi değilmiş gibi Mirza'yı böyle kaçmaya iten şeyin çekimine kapılarak, kısa süreliğine her şeyi bir kenara bıraktı. Mirza hızla gözlerini kaçırdı. Havluyla saçlarını kurularken, "Hadi," dedi.

Genç kız, onun tepkisini merak ederek alçak sesle, "Su çok güzel!" dedi. Ayaklarını küvete uzatarak ona tekrar baktı.

Mirza'nın kararan gözleri yakıcı bir bakışla onu baştan ayağa süzdü. Gözleri kısıldı. Genç kız, onun bakışının etkisinde kalan kalbinin dörtnala gitmesini, ayak parmaklarının kıvrılmasını görmezden gelmeye çalıştı. Düşüncelerini kelimelere dökememiş olsa da soru dolu gözlerini onunkilerden kaçırmadı. "Herkes sanki sen, her an kaçacakmışsın gibi davranıyor," diye fısıldadı.

Mirza'nın saçlarındaki elinin hareketi gittikçe yavaşladı, sonunda durdu. Gözlerini kaldırıp genç kızın gözlerinin içine uzun saniyeler baktı. Sonra sinirle güldü. "Fark ettin demek," diye mırıldandı. Ve sadece bunu söylemekle kalarak saçlarını kurulamaya devam etti. Hayat, onun çıkıp gidebileceğini biliyordu. Bedeninin gerginliğini olduğu mesafeden bile fark edebiliyor, o anda sadece Hayat'ı yalnız bırakmamak için orada kalmaya katlandığını da biliyordu. Ama genç kız, onu serbest bırakmak yerine, neler döndüğünü öğrenmek istiyordu. Belki bencilceydi fakat merakı onu serbest bırakamayacak kadar büyürken, zihnini biraz olsun yaşadıkları korkunç dakikalardan uzaklaştırabilmişken buna sıkıca sarılmak istiyordu.

Mirza bir anda havluyu omzuna atıp sırılsıklam olmuş basketbol formasının şortunu indirerek karşısında çıplak kaldığında, genç kızın zihnine üşüşen düşüncelere dair her şey ansızın buhar olup uçtu. Genç kızın yüzünü sersem bir ifade ele geçirirken neredeyse kayıp suyun içine düşecekti.

Genç adam, onun fal taşı gibi açılmış gözlerinin içine bakarak güldü. Havluyu beline sardı. İyi manevraydı, ama genç kız bunu fark edemeyecek kadar afallamıştı. Mirza, "Ne?" diye sordu. Sesinde muzip bir tını, yüzünde eğlenen bir ifade vardı. Bakışı aşağıyı, sertleşmiş erkekliğini işaret ettikten sonra, omzunu silkerek tekrar genç kıza baktı. "İkimiz, tamamen ayrı tellerden çalıyoruz."

Hayat suyun içinde doğrulup yine kayıp düşme tehlikesi yaşamamak için küvetin kenarını sıkıca kavradı. "Ben... şey..." dedi ama ne söyleyeceğini bilemediği için boğazını temizleyerek susmak zorunda kaldı.

Genç adam onun için bir havlu çıkarırken, "Sen... ne?" diye sordu. Hayat sessizliğe gömüldüğünde omzunun üzerinden ona bir bakış attı. "Evet?" diye üsteledi.

Parlak ışıkların altında ışıldayan yüzüne öylesine takılıp kalmıştı ki genç kız, Mirza'nın ne sorduğunu bile unuttu. Nemli, koyu renk saçları parıldıyordu. Her an gülecekmiş gibi kıvrılmaya hazır dudaklarının cazip görüntüsü gözlerinin onlara takılıp kalmasına neden oldu. Her ne kadar yüzünde eğlenen bir ifade olsa da, gözlerindeki yoğun bakış, genç kızın bir girdabın içinde dönüp duruyormuş gibi hissetmesine neden oldu.

Genç adam yine, "Evet?" diye sorarken gülüşünü öksürükle bastırmaya çalıştı.

Hayat odağını bulmaya, kendini gerçekliğe dönmeye zorladı. O da, "Evet?" diye sordu. Aslında ne sorduğunun farkında bile değildi.

Mirza, omuzları hafifçe sarsılırken küvete eğilip duş başlığını suyun içinden çıkardı. Boşta kalan eliyle genç kızın elinden tutarak ayağa kaldırıp ayaklarının üzerinde durmasını sağladı.

Hayat'ın biraz önceki uyuşukluğundan eser kalmamıştı. Sanki günlerdir çıkamadığı o çemberin dışına bir anda savrulmuş, bu hız da başını döndürmüştü. Bedenindeki uyanışı kontrol edemiyor, tepeden tırnağa kızardığını hissediyordu. Zira tüm bedeni sanki alev almış gibiydi. Sonra genç kız biri onu dürtmüş gibi Mirza'nın birbirine bastırdığı dudaklarını fark etti. Ne kadar uzun süre öylece ayakta durduklarını bilmiyordu ama adam, onu tekrar sudan geçirdiğine göre uzun süre kaybolmuş olmalıydı.

O, suyu kapatıp duşu tekrar yerine takarken Hayat utanarak onun göğsüne bir şaplak attı. Mirza, gülerek geriye doğru bir adım attı. "Allah'ım! Biri bana şiddet görmeyi özleyeceğimi söyleseydi, aklından zoru olduğunu düşünürdüm."

Hayat utancını huysuzluğuyla bastırmaya çalışarak, "Çok fenasın!" dedi.

Genç adam boğuk bir tonla, "Öyleyim," dedi. Ardından omuz silkti. Sesi sanki genç kızın tenini okşar gibi üzerinde dolandı. Kollarını bedeninin arkasına uzatıp sutyeninin kopçasını açtı. Biraz önce bu işleri Hayat'a bırakmamış mıydı? Genç kızın sertçe aldığı nefes ciğerlerini yakarken, Mirza askılarını omuzlarından sıyırdı. Ön kısmına tek parmağını takarak aşağıya doğru çekip düşmesini sağladı. Genç kız aniden iç organları yer değiştiriyormuş gibi hissetti. Sık aldığı nefesleri göğsünü şişirirken, onun omzundaki havluya uzanıp alelacele bedenini sardı.

Mirza bir anda ondan esirgenen manzara karşısında hayıflanarak iç çekti. "Sen daha fenasın!" Eğilip dudaklarını hafifçe alnına değdirdi. Büyük eli yanağında şekillendi. Gözlerinde genç kızın bir anlam yükleyemediği pırıltılar oynaşırken, başparmağıyla gamzesinin bulunduğu noktayı hafifçe okşadı. Ve onu orada, öylece bırakarak arkasını dönüp banyodan çıktı.

Hayat daha küvetin dışına yeni adım atmıştı ki, Mirza'nın önce kıyafet dolu olan bir eli, sonra başı kapı aralığında göründü. Kıyafetleri hafifçe havaya kaldırdı sonra kirli sepetinin üzerine bırakıp tekrar gözden kayboldu. Alnındaki çizgiler derinleşirken, Hayat başını yana eğdi. Mirza ya onun sorular sorup üstelememesi için kaçıyordu ya da onun tabiriyle yine *'içine girmek'* istediği için kaçıyordu. Bir anda ayak parmaklarından saç diplerine kadar titredi. Muhtemelen soru sormasını istemiyordu. Çabucak kurulanıp üzerine tişörtünü ve şortunu geçirdi. Banyoyu toparlayıp çıplak ayaklarla usulca yatak odasına süzüldü.

Mirza eşofman altını giymiş yatağa yüzükoyun uzanmıştı. Onu fark ettiğinde başını çevirip tek gözünü aralayarak baktı. "Saçlarını kurulamalıyız!"

Alçak sesinde Hayat'ta geri adım atma isteği uyandıran bir tını vardı, ama çenesini havaya dikerek ve omuz silkerek yatağa ilerledi. Kalçasını onun hemen kolunun yanına iliştirerek yatağa oturdu. Öğrenmeye kararlı bir tonla, "Dokuz yaşındayken ne oldu?" diye sordu.

Mirza bıkkınca iç çekerek yüzünü yastığa gömdü. Hayat'ın eli usulca havalanıp parmakları onun çıplak, pürüzsüz sırtını buldu. Genç adam kasılıp boğukça inlerken sırtının ortasındaki çizgi belirginleşti, genç kızın parmak uçlarındaki teni kıpırdandı.

Mirza yüzü hâlâ yastığa gömülmüş bir halde, "Bazen çok inatçı oluyorsun!" dedi.

Sesi yastık engeline takılsa da genç kız sözlerini duymuştu. Geri adım atmayacağını hissettirerek, "Olabiliyorum," diye mırıldandı.

Mirza huzursuzca kıpırdandı. Yan döndü, ona sert bir

bakış atıp gözlerini kapadı. Hayat, onun içinden bir şeyler homurdandığını düşündü. Genç adam bir anda doğrulduğunda Hayat geri çekilmek zorunda kaldı. Mirza bağdaş kurup tam karşısında oturdu. Hayat da onun karşısında bağdaş kurdu, çünkü onun gözlerindeki kabullenişi görmüştü. Genç adam, onun kucağındaki ellerine uzanıp dalgınlıkla parmaklarıyla oynamaya başladı. Ve gözlerini ellerine dikti. Hayat sanki dilinde onun huzursuzluğunun tadını alıyormuşçasına yüzünü buruşturdu.

Mirza alçak sesle, "Herkes babasının kendisini çok fazla sevdiğini düşünür. Öyledir de!" dedi. Kelimeleri dudaklarından öyle sessiz çıkıyordu ki Hayat duymakta güçlük çekiyordu. Genç adam başını iki yana salladı. "Ama Deryal Yiğit, ailesine sevgiden daha öte bir his besliyordu. Bu bakışlarında, sözlerinde, sesinde... Bizim için yaptığı her şeyde yoğun bir şekilde hissediliyordu." Kaşlarını kaldırarak şaşkın bir bakışla genç kıza baktı. "Allah aşkına! Hangi baba, oğlu onu arkadaşlarıyla tanıştırmak istedi diye uzun zamandır beklediği bir görüşmenin tam ortasındayken, işi kaybetme riskine rağmen, sırf oğlu istedi diye gelir ki?" Gözbebekleri titredi ve dudakları buruk bir gülümsemeyle kıvrıldı. "O geldi! İşi alamadı ama bunu hiç umursamadı. Çünkü o, böyle seviyor!" Genç adamın yüzü sanki iki taraftan çekiliyormuş gibi gerildi. "O, seni öyle seviyor ki sen istesen de istemesen de içinde kendi bağlılığını da büyütüyorsun." Tekrar gözlerini hareket edip duran parmaklarına dikti. Hayat, onun neden sözlerine buradan başladığını merak etti.

Sözlerine devam ederek yine zor duyulur bir tonla, "Annemi de öyle seviyordu," dedi. "Aşkları sanki somuttu." Aniden yüzü buruştu. "Ve o kaza oldu. Önce onun güçlü olduğunu düşündüğümden yaşayacağına emindim. Ama hastaneye gittiğimizde durumun öyle olmadığını anladık. Ömer Amca'ya kalan tüm umutlarım, onun gözlerindeki çaresiz ve korku dolu bakışlarla söndü. Yine de babama olan inancımla içimde ufacık da olsa yaşayacağına dair bir his vardı. Fakat o bekleme koltuğunda saatler ilerledikçe her şeyin sona erdiğini anladım. Babamı kaybedecektim ve yetmezmiş gibi onun gidişiyle annemi de kaybedecektim." Gürültüyle yutkunup derin bir iç çekti. Hayat'ın yüzü onun gözlerinde gördüğü acıyla buruştu.

Mirza sanki güç almak ister gibi parmaklarını onun parmaklarının etrafında sıkıca kenetlendi. "Çok küçüktüm ve yaşadığım acıyı kaldırmakta güçlük çekiyordum. Öyle çok korktum ki ondan önce kendim ölmek, beni içine çeken o duygulardan kurtulmak istedim. Dakikalar ileriye sararken ben geriye, onunla geçirdiğimiz günlere dönüyordum. Ve hatırladıkça kalbim ağrıyor, sırtım yanıyor, sanki dövülmüş gibi hissediyordum. Beynim uyuşmuş gibiydi. Yaşadıklarımı dün gibi hatırlıyorum, ölene kadar da unutmayacağım."

Mirza duraksadığında, genç kız kendini oturduğu yerde tutmakta zorluk çekiyordu. Ona atılmak, kollarını boynuna dolamak, sanki o küçük çocuğu teselli edebilirmiş gibi başını göğsüne yaslamak ve tazeymiş gibi hissettiği acısını çekip almak istiyordu. Ama tepkisinden çekinip gözlerinde biriken damlaları dışarı atmakla yetindi. Mirza gözlerini kaldırıp ona baktı. Kucağında sıkıca kenetlenmiş olan ellerini bırakıp yüzüne uzandı. Başparmakları gözlerindeki yaşları silerken yüzünde yumuşak, sevgi dolu bir ifade vardı. "Yufka yüreklim benim!" diye fısıldadı.

Büyük elleri genç kızın belini kavradı. Kendisi yatak başlığına yaslanırken genç kızı da kucağına çekti. Kollarını beline dolayıp çenesini başının tepesine dayadı. Hayat bir şekilde, bunu yüzünü gizlemek için yaptığını biliyordu.

"Sonra babamın kurtulduğu haberini aldık. Herkes içindeki büyük rahatlamayı dışa vurup sevinirken ve neredeyse dans edecekken, ben sevinemedim. Bedenim öyle kasılmıştı ki günlerce dayanılmaz ağrılar çektim. Korku zihnimi öyle uyuşturmuş ki toparlayabilmek çok zor olmuştu. O bekleme koltuğunda yaşadığım günler aynı korkuları bana yaşatarak her gece rüyalarıma giriyordu." Bedeni bir anda kasılırken kolları genç kızın canını yakacak kadar sıkı sardı. Hayat, bunun farkında olmadığını düşünerek şikâyet etmedi.

"Kurtulduğunu öğrendiğimde doğru veya yanlış bir karar vermiştim. Bir daha aynı acıyı yaşamayacaktım. Belki kadere küsmek, trip atmak ya da neyse ne işte! Kendimi onlardan uzak tutup soyutladım. Sevgilerini istemiyordum. Onları sevmeyi de istemiyordum. Ben uzaklaştıkça onlar çırpınmaya, beni geri kazanmak için daha çok üstüme gelmeye başladılar, ama kararımdan asla dönmedim. Onlarla vakit geçirmek için özlemle yandığım halde kendimi meşgul edecek bir sürü uğraş buldum. Başardım da! Daha on dokuzumda evden ayrılıp mesafeyi daha da açtım. Onlar her bayramda, yılbaşında, doğum günlerinde ziyaret edilmesi gereken uzak bir akraba gibi oldular. Ve zaten onlar da sonunda vazgeçip beni öyle kabullendiler."

Hayat başını çevirip göğsüne öpücük kondururken gözyaşları onun çıplak göğsünü yıkadı. Mirza, onun saçındaki havluyu çekip çıkardı. Parmaklarını ıslak, karışık saçlarının arasından geçirdi. "Saçlarını kurutmalıyız," dedi. Ardından homurdanarak onu önünde tutup havluyla saçının nemini almaya girişti.

Hayat ürkekçe, "Baban," diye fısıldadı.

"Ne olmuş ona?" Mirza'nın elleri çok kısa bir an duraksayıp tekrar hareket etti.

"Ben, senin isminle probleminin ne olduğunu sorduğumda, *'Çünkü ben koydum'* dedi." Hayat, Deryal'in başarılı bir taklidini yaptığında, Mirza kıkırdadı.

"Sen ne kadar meraklı çıktın böyle! Bir de arkamdan araştırma yapmışsın." Hayat, kayıtsızca omuz silkti. "Evet. İsmi babam koydu. Tunç'u Melek istemiş. Ama bana 'Mirza' adıyla sesleniyorlardı. Aslında bu bir tepki değil. Sadece o olaydan sonra bana her 'Mirza' dendiğinde babamla geçirdiğim o tatlı anılara kayıyordum. Onun ismimi bir dua gibi, sevgiyle söyleyişi aklıma geliyordu. Ve kırılma noktasına geliyordum."

Havluyu yere atıp kollarını genç kızın beline doladı. Burnunu saçlarına gömerek derin bir iç çekti. Hayat artık konuşmayacağını düşünürken, Mirza tekrar mırıldanmaya başladı. "Kimseyi sevmeye niyetim yoktu. Çünkü bırakıp gitme ihtimalleri vardı ve ben, aynı acıları tekrar yaşamak istemiyordum. Bundan ödüm kopuyordu." Genç kızın kulağını hafifçe dişledi. Sanki bir el genç kızın bedeninin içine girip dolanmış gibi ürpermesine neden oldu.

Mirza hayıflanarak bir soluk çekti. Cezalandırır gibi bu defa genç kızın boynunu dişledi. "Ve karşıma bir anda sen çıktın! Hayatıma bomba gibi düştün. Ben âşık olmamak için elimden gelen her şeyi yapmama rağmen sana çok fena tutuldum." Saçlarını bir tarafta toplayıp dudaklarını hafifçe ensesine değdirip, Hayat'ın gözlerini kapamasına ve titremesine neden oldu. "Sanırım genlerimizden kaynaklanıyor. Sevdiğimiz zaman ayarı bir türlü tutturamıyoruz ve dibine kadar düşüyoruz." Elini genç kızın tişörtünün altından sokup usulca karnını okşadı. "Sen hariç benim kör sevgilim, herkes sana olan düşkünlüğümün farkında. Bunun için yine kaçıp gideceğimden korkuyorlar."

Mirza ellerini daha yukarılara kaydırırken, Hayat üst üste yutkunup sırtını gerdi. Genç adam, onun tepkisine kıkırdayarak karşılık verdi. Elini tekrar karnına indirdi. Sonra bir anda irkilerek genç kızın bedenini de titretti. "Seni kaybettiğimi sandığımda... Açıkçası kaçmak aklımın ucundan bile geçmedi. Çünkü onların bilmediği; değil bir ömür boyu, bir saniye senden ayrı kalamıyor oluşum." Derince bir nefes alıp genç kızı koluna yatırdı. Yoğun bakışların yüklendiği gözlerini onun gözlerine dikti. "Sen öyle büyük bir armağansın ki! Korkularım sana sahip olmamın kefareti. Ve ben, yanımda olduğun sürece bunu çekmeye razıyım. Zaten nereye gidersen git peşinden geleceğim." İşaret parmağını gözleri ağlamaktan şişmiş kızın kızarmış burnuna dokundurdu. "Sen bana inanmasan da bir gün beni anlayacaksın ve ben sabırla o günü bekliyor olacağım."

Gözlerindeki bakış öyle yoğundu ki sevgisi zaten içinde parıldıyordu. Zaten Hayat, onun kendisi için yaptıklarından sonra nasıl inanmazdı ki? Genç kızın gözleri onun gözlerinden ayrılıp, tam karşıya dikildi ve orada kaldı. Bir şeyler söylemek istiyordu fakat bunun için yeterince cesareti yoktu. Genç kız, aslında onun kendisine olan o çirkin davranışlarını bir kenara bıraktığında ondan çok kendisine güvenmiyordu. Mirza resmen parıldıyor, etrafına ışık saçıyordu. Ama Hayat'ın hiçbir özelliği yoktu. O, o kadar zeki, bilgiliydi ki, Hayat onu dinlerken çenesini yerinde tutmaya zorlanıyordu.

Aslında ona değil, kendine güvenmiyordu. Onun gibi bir insan Hayat'ı nasıl sevebilirdi ki?

"Çok yorgun görünüyorsun?"

Genç kız gözlerini takıldığı yerden çekip aldı. Odağını bulmaya çalışarak onun gözlerine baktı.

"Yatıp dinlenmen gerekiyor."

Ve düşünceliydi. Her zaman kendisinden önce Hayat'ı düşünüyordu. Genç kız başını iki yana sallayarak omuz silkti.

Mirza hafif bir sinirle, "İnatçı keçinin tekisin!" dedi.

Hayat'ın dilinin ucuna kadar gelen kelimeler bir türlü yer bulup dışarı çıkamıyordu. Belki de o böyle yoğun bir şekilde gözlerini yüzünde aşkla gezdirdiği içindi. Sanki bakmıyor, genç kızın yüzünü ezberliyor, içiyordu. Derin bir nefes alarak kollarında kıpırdanıp elinin tersiyle burnunu sildi.

Mirza alayla, "Sümüklü," dedi. Ama genç kızın kucağından kalkmak için hareketlenmesine şaşırmış görünüyordu. Hayat, onun karşısında oturup bağdaş kurarken alayını umursamadı. Çünkü Mirza zaten bulduğu her fırsatta onunla alay ediyordu.

Hayat dudaklarını yaladı. Sonra ısırdı. Bir eli saçlarının arasından geçti. Mirza gözlerini kırpmadan dikkatle onu izlediği için huzursuz olmuştu. Keşke ona başka yere bakmasını söyleyebilseydi. Belki o zaman daha rahat konuşabilirdi. "Aslında." Sesi çatallaşınca boğazını temizleyip sustu. Genç adam kaşlarını kaldırarak onun konuşmasını beklerken uzun süre sessiz kaldı.

Mirza sonunda dayanamayarak, "Aslında?" diye sordu. Ardından sanki uzak kalmışlar gibi elini ona uzattı fakat genç kız başını iki yana salladı. Genç adamın gözlerinde bir kırılma olsa da yüzü ifadesiz bir hal aldı. Bir ayağını yataktan salarken sanki kıza dokunmasını engellemek istiyormuş gibi bir dizini kendisine çekip kolunu etrafına doladı.

"Aslında... Sana güvenmemekten çok, sanırım kendime güvenmiyorum." Genç kız sonunda bir şeyler söyleyebilmiş olduğu için kendini tebrik ederek derin bir nefes aldı.

Mirza dizine dayadığı çenesini kaldırıp şaşkınlıkla genç kıza baktı. Kafası karışık bir halde "O ne demek?" diye sordu.

Hayat kelimelerini toparlayabilmek için yine uzun süre sustuğunda genç adam sabırla bekledi.

"Bana olan çirkin davranışlarını bir kenara bırakırsak-"

Mirza pişmanlıkla gözlerini kapadı. "Ne olur hatırlatma, canım yanıyor," diye fısıldadı. Gözlerini açıp ona yalvarırcasına baktı.

Genç kız onun durumunu umursamadan, "Onları bir kenara bırakırsak," diye devam etti. "Bana âşık olduğuna inanmaktansa korkunç bir hastalığın pençesine düşüp şuurunu kaybetmen daha mantıklı geliyor." Mirza'nın yüzü ölü balık ifadesini aldı. Tam genç kız tekrar konuşurken başını geriye atıp bir kahkaha attı. "Yoksa... Sana inanmıyorum." Mırıldanması genç adamın kahkahası arasında boğulup gitti.

Mirza kahkahaları durulduğunda, "İnan ne söylemeye çalıştığını anlamadım!" dedi. Fakat gözlerinden gizli bir parıltı geçip gitti.

Hayat, onun kahkaha atmasına, sözlerinin arada kaynamasına bozulsa da belli etmedi. Bir elini havaya kaldırıp onun yüzünü işaret etti. "Bir sana bak!" dedi. Sonra kendi yüzünü işaret etti. "Bir de bana!" Başını iki yana salladı. "Senin bana âşık olman çok saçma! Güzel bile değilim, ama bana hissettirdiklerini görmezden de gelemem."

Mirza kıkırdayarak başını iki yana salladığında, Hayat onun zaten zorlukla kurduğu cümlelerine böylesine kayıtsız kalıp alaya alınmasına öfkelenerek ayağa kalktı. Ayrıca iki kere ona inandığını da söylemişti ama arada kaynamıştı. Eh madem istemiyordu!

Mirza'nın büyük elleri onun belini kavradı. Genç kız ne olduğunu anlamadan kendini yatakta, onun bedeninin altında buldu. Ona öfkeyle bakarak altından çıkmaya çalıştı. "Kalk üzerimden!" dedi tıslayarak.

Genç adam artık gülmüyordu. Kararmış lacivertleri onun yüzünde ağır ağır dolaştı. Yüzündeki sert ifade Hayat'ın yutkunmasına neden oldu. "Hayatımda duyduğum en saçma sözleri sarf ettin. Başka ne yapmamı bekliyordun?" Garip sesi genç kızın kalbine bir el gibi uzanarak sıkışmasını sağladı ve nefesi boğazında tıkandı.

Mirza, onun burnunu öptü. "Sen." Dudaklarını dudaklarına sürttü. "Öyle." Çenesini öptü. "Güzelsin ki!" Dudakları derin bir öpücükle dudaklarını yakaladı. Hayat, onun altında heyecandan nefes almakta güçlük çekerken istemsizce öpüşüne karşılık verdi. Mirza inleyerek dilini aralık dudaklarından içeri salıp derin bir keşfe çıktı. Genç kızın sırtına dolanan ellerini önce dirseklerinden yakalayıp, yukarı kaldırdı. Ellerini birleştirip tek eliyle kavrayarak başının tepesine uzatıp orada öylece bıraktı. "Öyle güzelsin ki ben de akıl bırakmadın." Dudaklarından garip bir gülüş çıktı. "Hem ben, sana gözlerimle değil, kalbimle bakıyorum. Ve bu kalbin içinde güzel olan tek şey sensin!"

Tekrar onu öpmek için başını eğdi. Aniden geriye çekilerek irice açılmış gözlerle tekrar ona baktı. Boğuk bir fısıltıyla, "Sen ne dedin?" diye sordu.

Hayat afallayarak, "Ne dedim?" dedi. Dudaklarından inlemekten başka hiçbir şey çıkmamıştı.

Mirza, onun tepesinin üzerindeki ellerini serbest bırakıp dirsekleri üzerinde doğruldu. "Bana inandığını söyledin!"

Genç kız sesindeki dalgalanmayla gözlerindeki karmaşık bakışa hafifçe güldü. Utançla tepeden tırnağa kızarırken, "İki kere!" diye fısıldadı. "Daha önce fark etmeni beklerdim."

Mirza gözlerini kapayarak başını arkaya attı. "Akıl mı bıraktın bende be kadın!" Başını tekrar eğerek, gergin bir yüzle bakarken suçlarcasına, "Beni ne hale soktun," diye fısıldadı. Sanki gözlerinde yıldızlar oynaşıyordu. "Birkaç kelime sarf ettin ve ben ergen gibi titriyorum." Sıklaşan nefesi genç kızın yüzünü yalayıp geçerken her sözcüğü midesini düğümleyerek nefesini içinde hapsetti. "Kalbim göğsümü parçalayıp yerinden çıkacak!" Adamın dudaklarından garip bir ses çıktı. Tam olarak gülme sayılmasa da ona benzer bir şeydi. "Ve ben, o heyecandan durmadan önce içinde olmak istiyorum."

Daha Hayat rahatlatıcı bir nefes alamadan dudakları sertçe dudaklarını buldu. Öpüşüyle dudaklarından boğuk bir inleme çıktı. Genç kızın sırtı yukarı kavislenince bedenleri birbirine yapıştı.

Tunç içinden, *'Acele etme!'* dedi. Ne onunla yaşadığı

ilk deneyimdi -ki her saniyesi hafızasına kazınmıştı- ne de kendisi ilk defa biriyle birlikte oluyordu. Ama on altı yaşında ilk defa bir kadınla birlikte olduğunda bile böylesine heyecanlanmamıştı. Onun dudaklarını engelleyemediği bir acelecilikle öper, ağzının içini keşfederken kendine sakin olması gerektiğini söyleyip duruyordu.

Eli onun ıslak saçlarının arasına kayarken, dili kadife kıvamındaki nemli boynunu süpürdü. Boynuna bayılıyordu. Uzun, ince ve her hareketiyle oluşan kıvrım onu olduğundan daha narin gösteriyordu. Dudakları çenesine çıkıp minik dokunuşlarla kulaklarına ulaştı. Dişleri kulak memesini hafifçe sıkıştırdığında, genç kızın dudaklarından utangaç bir inilti çıktı.

Dışarıda coşkun, sert bir rüzgâr ağaçların yapraklarını döverek esiyordu. Onun inlemeleri, içeriye sızan uğultunun, cama vurup duran ağaç dalının seslerine karışarak genç adamın kulağında daha önce duymadığı, tatmadığı, egzotik bir melodi oluşturuyordu. Ve kalp atışları bu ahenge yüksek perdeden bir ötüşle eşlik ediyordu. Boşta kalan eli bacaklarının üst kısmından usul okşamalarla yukarı, kalçasına doğru tırmandı. Parmakları tenini kavrayıp hafifçe sıktı.

Tunç benzersiz bir huzur hissinin onu yavaş yavaş sardığını hissetti. Damarlarındaki kan yerini yoğun kıvamlı bir hazzın akışına bırakırken, onun tamamen kendisinin olacağının mutluluğunu yaşıyordu. Bunun ilkel bir dürtü olduğunun farkındaydı ama önemsemiyordu. Zaten Hayat'a âşık olduktan sonra içinde bir mağara adamının yaşadığını fark etmişti. Kıskanç, sahiplenici, fena halde korumacı ve sırılsıklam âşık!

Bünyesini yalnızlık hissi sararken doğruldu. Genç kızın şaşkın bakışları arasında nemlenmiş, ışıldayan yüzüne bakarken omuzlarından tutup onunda kendisiyle birlikte oturmasını sağladı. Pembemsi bir renk alan yanaklarında, heyecanla titreşen gözlerinde, berelenmiş dudaklarında gözleri gezindi. Eli kendinden bağımsızca yüzüne uzandı. Başparmağı alt dudağını hafifçe okşadı. "Bir de güzel değilim demiyor musun?" dedi sertçe fısıldayarak. Tunç, ondan daha güzel bir şey gördüğünü hatırlamıyordu. Nasıl kendisini görmezdi? Nasıl güzelliğinden bihaber olabilirdi?

Genç kız umursamazca omuz silkince başını iki yana salladı. Onu öyle sevecekti ki, Hayat tüm yanlış bildiklerini unutacaktı. Heyecandan titrediğini yeni fark ettiği ellerini tişörtünün eteklerine uzattı. Titriyor olduğuna şaşırarak boğuk bir sesle, "Tanrım!" dedi. Biraz da utanmıştı!

Tişörtünü başından çekip çıkardıktan sonra nereye savurduğunu fark etmeden fırlattı. Hayat'ın bir anda omuzlarına dökülen nemli saçları, dolgun, uçları dikleşmiş göğüs uçlarına kıvrıla kıvrıla döküldü. Ve Tunç nefes almayı bıraktı. Göğüslerinin teninden bir ton açık rengi, duruşu ve burnuna değen farklı kokusuyla ürperdi. Dişlerini sıkıp arasından almayı unuttuğu nefesi sertçe çekti. *'Allah yardımcım olsun'* diye düşündü. Ona bakmaktan kendini alamıyordu. İşaret parmağı genç kızın yüzüne uzandı. Burnundan, sık ve kesik nefesler aldığı aralık dudaklarının arasından, çenesinden aşağıya teninde hafif bir kırmızılık bırakarak bir yol çizdi. Göğüslerinin arasında durakladığında parmak ucundaki ten hafifçe titredi.

Tunç yüzüne eğilerek tekrar dudaklarını kendi dudakları arasına hapsetti. Öyle tatlı bir tadı vardı ki! Genç adam, tadını küçükken ağzını sulandırarak yediği farklı aromalı şekerlere benzetiyordu. Dudakları göğüslerine inerken kızın dudaklarından kaçan inlemeler gözlerini kapamasına neden oldu. Tek göğsünü ağzının içine alıp sertleşmiş ucunu diliyle süpürdü. Hayat'ın sırtı küçük, utangaç bir çığlıkla yukarı doğru kavis çizdi. Elleri saçlarının arasına kayıp parmakları genç adamın saçlarını sertçe çekiştirdi. Tunç, onun kopma noktasına gelmesini, yine o ilk gece olduğu gibi içindeki vahşiliği ortaya çıkarmasını istiyordu.

Genç kız sırtını tekrar yatağa bastırırken, "Mirza!" diye soludu. Tunç adını bilinçsizce zikrettiğinin farkındaydı. Diğer göğsüne geçer, o tatlı kokusu art arda yutkunmasına neden olurken, ona yaşadığı her şeyi unutturmaya kararlıydı. Aklını başından almak, kendisini bile unutturup yine o neşeli, cıvıl cıvıl kız olmasını sağlamak istiyordu. Bir daha kâbus görmeyene kadar onunla saatlerce sevişmek istiyordu. Dudakları teninden aşağıya yakıcı öpücüklerle kayarken kulaklarında giderek şiddetlenen uğultu sanki onu sağır etmişti. Onun zevkini arttırmak için kendisini öyle sıkı tutuyordu ki gerilen kasları ağrımaya, gittikçe daha çok sertleşen, onun içinde olmak için çırpınan erkekliği zonklamaya başlamıştı.

Parmakları genç kızın şortunun kenarlarına takıldı. Onun kalçasını kaldırmasıyla bir çırpıda ayaklarından çekip çıkardı. Tekrar bedenine eğilmeden önce ayaklarının üzerine öpücükler kondurup dilini küçük parmağına dokundurarak Hayat'ın yay gibi gerilmesine neden oldu. Kendi az sayıdaki kıyafetlerini bir çırpıda çıkarıp dizleri üzerinde durdu. Heyecanlı, meraklı ve ürkek bir bekleyiş içerisindeki genç kızı baştan aşağıya, içercesine süzdü.

Odadaki loş ışık kızın terlemiş bedenine vuruyor, teninin altın gibi parlamasına neden oluyordu. Işığın kırılmasıyla oluşan gölgelerle belirginleşen ve gizli bir vaat sunan kıvrımları genç adamın midesinin altında bir curcunaya yol açıyordu. Genç kızın vücudunu gideremeyeceğini düşündüğü bir merak ve baş dönmesiyle izliyordu. Onun seyrine doyamadığı görüntüsü karşısında ağzı kurumuş, boğazında bir ağrı hissi oluşmuştu. Seyri öyle güzeldi ki bir an önce ona sahip olma ve onu günlerce, gecelerce izleme isteğinin arsızlığıyla ikileme düştü.

Hayat'ın küçük bir öksürük krizine tutulduğunu fark ettiğinde bakışları çabucak gözlerini buldu. Onun da kendisinin bilhassa en belirgin, dikkat çeken sertliğinde takılıp kaldığını fark etti. Onun utangaç bakışlarına karşılık kıkırdadı. Genç kız gözlerini kırpıştırarak tekrar onun yüzüne odaklandı. Sonunda ciğerlerinin istediği havayı veremediği bir nefes çekip kızın üzerine uzandı. Kokusu bedeninin etrafını sarıp aklını bulandırırken dudaklarını öptü. Dili onun çekingen ama hevesli diliyle buluşurken, Tunç arzusunun onu tamamen ele geçirmek üzere olduğunun farkındaydı. Kızın her saniyede delice zevk almasını istiyordu ama o, altında kıpırdanıp dururken, ayakları kıpır kıpır oynaşırken kendi kontrolünü sağlaması güçleşiyordu.

Sonunda şeytanca bir bakış atıp onu meraka saldı ve bedeninde kayarak en mahrem yerlerine doğru yol aldı. Dudakları aylakça karnının üzerinde uzun saniyeler geçirdi. Elleri dizlerinin arkasına baskı uygulayarak hafifçe yukarı kaldırdı. Bir eli kalçasından aşağıya, genç kızın bedenini titreten okşayışlarla inerken gözleri hoş bir dalgınlıkla geriye doğru döndü. Tunç, onun bilinçsiz hareketi karşısında sertçe alt dudağını dişledi. Parmakları kadınlığına ulaşıp ıslaklığını fark ettiğinde, bedeni taş gibi sertleşirken tek parmağını içeriye daldırdı. Hayat küçük bir çığlık atarak elinin altında ne varsa sıkıca kavrayıp başını kaldırarak gözleri irileşmiş bir halde genç adama baktı. Bacaklarını kapamak istediyse de Tunç dirseğinin yardımıyla buna engel oldu. Başını eğip parmağının keşfettiği kadınlığına dudaklarını bastırdı.

Genç kız dehşetle, "Ne... ne yapıyorsun?" diye fısıldadı.

Tunç güldü. Başını kaldırıp ona baktığında kızın daha fazla dik tutamadığı başını yastığa sertçe bıraktığını gördü. Boğuk bir sesle, "Kötü şeyler!" dedi.

Tunç tekrar dudaklarını ona bastırdığında Hayat'ın kalçası yukarı kalktı. Dilinin her kıvrılışı kızın dudaklarından sert inlemelerin kaçmasına neden oluyordu. Elleri sertçe Tunç'un saçlarını kavrayarak sanki onu geriye çekmek istiyormuş gibi baskı uyguladı. Genç adam umursamadan ve onun *'Lütfen'*lerinin arasında gözlerini kaldırıp tekrar kıza baktı. Hayat'ın göğsü yukarı kalkmış, boynu gerilmiş ve başını arada sağa sola sallayarak inlemelerinin arasında Tunç'a yalvarıyordu.

Genç adam kendi ilkel arzularını karısı rahatlayana kadar bastırmaya kararlıydı ama canı öyle yanıyordu ki alnında boncuk boncuk ter birikmişti. Sırtından aşağıya yuvarlananları saymıyordu bile! Sonunda Hayat, güçlü bir çığlık atıp tüm bedeni zangır zangır titreyerek ve anlamsız sözcükler fısıldayarak rahatladı. Onun titremeleri tamamen durduğunda üzerinde yükselip yüzüne bir santim kalana kadar yüzüne eğildi. Yüzünün gevşemiş görüntüsü engel olamadığı bir gurur hissinin baş göstermesine neden oldu. Öyle bir mutluluk yaşıyordu ki! Bu, zihninde veya kalbindekinden çok başkaydı. Teniyle, onun bedeniyle yaşayarak tattığı bir mutluluktu.

Genç kızın gözleri odağını bulduğunda Mirza'nın kararmış gözleriyle karşı karşıya geldi. Bakışları öylesine karanlıktı ki, Hayat sert bir soluk çekti. Fakat bariz bir gurur ışıltısı da o gözlerde parıldıyordu. Adamın yüzünde sert bir ifade vardı. Hayat, onun kendisini tuttuğunu biliyordu ama bunu neden yaptığını bilmiyordu. Şakağındaki damar mavi bir boru gibi genişlemiş, pıt pıt atıyordu. Alnında ter birikmiş, ışığın altında parlıyordu. Gergin ve aralık dudaklarının arasından sığ nefesler alırken dudaklarına çabucak bir öpücük kondurduğunda, genç kız onun dudaklarında kendi tadını alarak utandı. Kaslarının gerginliğinden sanki dayak yemiş gibi hissetmişti, ama ağrıyan bedeni gevşemeyle birlikte uyuşmuştu. Parmağını kıpırdatacak hali kalmamıştı.

Mirza'nın yoğun bakışları üzerine, "Ne?" diye sordu. Resmen nefes nefeseydi!

Genç adam, "Ne, ne?" diye sordu. Gerilen boğazından sesi çatlayarak çıktı.

"Bana çok garip bakıyorsun…"

"Garip mi?" Mirza başını iki yana salladı. Koltuk altlarından yukarı uzanarak parmaklarını saçlarının arasına daldırdı ve başını avuçlarının arasına aldı. "Sadece seni izliyorum," diye fısıldadı.

"Hım."

"Hım."

Mirza, onun alt dudağını yakalayıp çekiştirdiğinde Hayat'ın uyumuş bedeni bu küçük hareketle bile kıpırdandı.

Tunç, onun başını yana eğerek bir düşünceye dalmış gibi bakışını yakaladı. Her ne kadar sinirleri zıplamış, gerginlikten darmaduman olmuş olsa da ne düşündüğünü merak etti. "Ne düşünüyorsun?" diye fısıldadı.

"Senin kötüden anladığınla benim kötüden anladığım tamamen başka şey- Ah!"

Tunç aniden tek ve sert bir hareketle içine daldığında, kızın gözleri yine yukarı çevrildi. Sırtı genç adamın bedeniyle birlikte yukarı kalktı. Genç adam, onun ıslak sıcaklığında usulca hareket etmeye başladı ve Hayat'ı o anda kaybettiğini anladı. Dudaklarından boğuk bir gülüş çıktı. Ardından gergin bir sesle, "Ne diyordun?" diye sordu. Kalçası gittikçe daha da hızlanıyor, Hayat'ın dudaklarından kelimeler yerine inlemeler dökülüyordu.

"Ben..."

"Sen!" Tunç sertçe tekrar içine daldı. Kız tekrar boğuk bir çığlık attı. Kısa bir an duraksadığında, "Evet?" diye sordu.

Genç kız, "Bilmiyorum," diye soludu. Başını yastığa sertçe dayadı.

Tunç tekrar hareket edip onun içindeki, gövdesinin ta derinindeki sarsılmayı hissettiğinde kontrolünü kaybetti. O altında kıpırdanırken, hareketlerine mani olamadan kalçası ileri geri hareket etmeye başladı.

Hayat sanki bir yerlerden düşüyormuş ya da boğuluyormuş da, tek sığınağı Tunç'muş gibi parmaklarını sırtına geçirdi. Genç adamın canı yanmışsa bile bunu fark etmedi. Onun çığlıklarını dudaklarıyla boğdu. Genç kızın kasılıp erkekliğinin etrafını sararak karşılık verdiği salınımlarına ara vermeden devam etti. Ve en derinlerine girdi. Onun yine doruğa çıkmasını istiyor, bunun için sabretmeye çalışıyordu ama artık ne o güzel melodiyi duyuyor, ne de dünyanın geri kalanının nasıl bir yer olduğunu hatırlıyordu. İkisi de terden sırılsıklam olmuştu. Fakat birbirlerine olan tutkularını yaşıyor olmanın mutluluğu gözlerindeki karanlığın içindeki parıltılarda gizliydi. Birbirine sürten terli tenleri kayıyor, her dokunuşta sanki kıvılcım çakıyormuş gibi alev alev yanıyor, Tunç'un aklını başından alıyordu.

Dişlerinin arasından boğukça, "Üzgünüm, bebeğim. Daha fazla direnemeyeceğim," dedi.

Hayat, onun sözlerini duymamış gibi anlamsız bir bakış attı. Tunç içinde daha hızlı hareket ederken ve onun bedeniyle birlikte şiddetli bir titreme nöbetine girip yükseklere çıkarken, kendisini adının Hayat olduğu bir dünyada buldu. Bedeni şiddetle sarsıldı. Tüm kasları önce gerilip sonra rahatlamayla gevşerken Hayat'ın zevk çığlıkları kulaklarından içeri dalıp onun hazzını arttırdı. Sonunda hâlâ titreyen genç adam, onun üzerine yığılarak başını boynuna gömüp derisini hafifçe dişledi.

Gürültülü nefesleri birbirine karışırken uzun saniyeler kıpırdamadan öylece durdular. Genç kız, ona sıkıca sarılmış kollarından birini aşağıya salıp diğerini yukarı kaldırarak ensesindeki saçlarıyla oynamaya başladı. Parmaklarının hareketi Tunç'un bedenini ürpertti. Başını çevirip kulak memesini dişledi. "Yine uyuyup kalmadan önce üzerinden kalkmam lazım," diye fısıldadı. Hayat, yumuşak bir sesle güldüğünde, gülüşünün üzerinde yarattığı etkiyle sarsıldı. Derin bir iç çekişle hâlâ genç kızın içindeyken kalçasını çevirdi. Hayat'tan boğuk bir ses yükseldiğinde kıkırdayıp yana kaydı.

"Allah'ım! Ne kadar duyarlısın."

Uzanıp genç kızı kollarının arasına alırken başının tepesine dudaklarını bastırdı. Sessizlik aralarında dağ gibi büyüyüp tüm odayı sararken, onların parmakları kıpırdanıp durarak birbirlerinin tenlerini buluyordu. Sonunda Tunç, onun bu derin sessizliğine dayanamadı. Elini çenesine uzatarak başını çevirip yüzünü kendisine çevirmesini sağladı. Fakat genç kız farkında değildi. Hayat, sanki başka bir dünyadaymış gibi gözleri uzak bir noktaya odaklanmıştı. Uzanıp başparmağıyla onun kaşlarının arasında düşünceli kıvrımı düzeltmeye çalıştı.

Genç adam sonunda dayanamayarak fısıltıyla, "Ne düşünüyorsun?" diye sordu.

Hayat titredi ve gözleri odağını bulduğunda kendisini onun gözlerinin derinliklerine bakarken buldu.

Tunç'un kaşları onun derin düşüncelerle kırışmış çizgilerini fark ettiğinde hafifçe çatıldı. "Allah aşkına, aklından neler geçiyor?"

"Düşündüklerimi senin bilmeni isteyip istemediğimi düşünüyorum."

Genç adamın kaşları onun karışık cümlesiyle havaya kalktı. "Anladım demek isterdim ama anlamadım," diye mırıldandı. Hayat'ın yüzünden bir kararsızlık ifadesi geçti. Gözleri huzursuz parıltılarla oynaştığında başını eğerek yüzünü ondan gizledi. "Hayat'ım?" Tunç kendi sesindeki meraklı tınıya şaşırdı.

"Evet?"

Hayat, ona bakamadan fısıldadığında, Tunç gözlerini kapayıp açtı. Sonunda onun kararsız olmadığını, utandığını fark etti. Yüz ifadesi şefkatli bir ifade aldı. Onu sıkıştırmak yerine sabırla söylemek istediği şeyleri dışarı atıp kurtulmasını bekledi.

Saniyeler sonra genç kız zor duyulur bir sesle fısıldadı. "Seni seviyordum."

Fısıltısı kalbine bir çekiç darbesi indirmiş gibi hissettiği için Tunç allak bullak oldu. Onun itirafını beklemiyordu. Bedeni onun sözlerini devamı beklerken kaskatı kesildi, ama konuşarak cesaretini kırmak istemediği için sessiz kaldı.

"Seninle tanıştığımız geceden çok önce seni tanıyordum ve sana âşıktım." Hayat utangaç bir gülüşle sözlerine kısa bir süre ara verdi. "Öyle bir saplantı yapmıştım ki! Senin gittiğin her yeri biliyor, seni takip ediyordum. O gece... tüm aptallıklarım, şaşkınlığım bu yüzündendi!" Tekrar sustu.

Tunç, onu sıkıca sararak dudaklarını sertçe saçlarına bastırdı. Her şeyine duyduğu gibi cesaretine de hayranlık duydu.

"Genetik dersine hiç çalışmamıştım, çünkü yaz okulunda kalıp seni daha fazla görebilirim diye umutlanıyordum. Kaldım da! Seni her gördüğümde yanında güzel kadınlar oluyordu ve ben kıskançlıktan çılgına dönüyordum. Biliyordum, sana ulaşamazdım çünkü sen... benim için her şeyin fazlasıydın." Gözlerini kaldırıp sanki tüm dünyayı o yumuşak kahverengilere yüklemiş gibi Tunç'un gözlerine baktı. Bakışı kalbine bir yol çizip gümbürtüyle atmasına neden oldu.

"Seninle tek bir gün diledim ama sen... tamamen senin olmak hayallerimin çok ötesindeydi." Kurumuş dudaklarını yaladı. Tunç utangaç bir pembelik saran yanağına uzandı. Eli yanağında şekillenip öylece kaldı. O konuşmadan hemen önce minnetle, teşekkür edercesine dudaklarını öptü. "Senden nefret ettiğimi sandığım zamanlarda bile aslında seni seviyordum. Hâlâ seviyorum ve sanırım bu, sonsuza dek süren bir hastalık!" Hayat'ın dudaklarından sinirli bir gülüş çıktıktan sonra yutkunarak gözlerini kaçırdı.

Tunç tekrar yüzünü kendisine çevirdi. Sesinin ritmi dalgalanırken, "Teşekkür ederim," diye fısıldadı. Onu uzun uzun öptü. Geri çekildiğinde, "Seni seviyorum," dedi boğuk bir fısıltıyla. Fısıltısında sevgisi, aşkının büyüklüğü gizliydi. Sonra bir dudağının kenarı yana kaydı. "Ve senin beni sevdiğini de biliyorum," diye mırıldandı. Hayat hızla başını geriye çekerek ona şaşkınca baktı. Huysuzca, "Allah'ım! Senin kadar kibirlisini görmedim," dedi.

"Ali!"

"Ne?" Hayat onun göğsüne bir şaplak attı. "Ali nereden çıktı şimdi?" Kaşlarını çatıp genç adama sinirle baktı.

"O benden daha kibirli." Genç adam omzunu silkti. "Ama beni sevdiğini kibrimden bilmiyorum. Gerçekten bildiğim için biliyorum."

Genç kızın gözleri kuşku ifadesiyle kısılırken yüzü kulaklarına kadar kızardı. "Nereden biliyorsun?"

"Biliyorum işte." Tekrar omuz silkti.

Genç kız, onun gözlerindeki gurur ifadesini görebiliyordu. *'Kendini beğenmiş!'* dedi içinden ama sevimli yüz ifadesine hafifçe gülümsedi.

Mirza aniden, "Biliyor musun?" dedi. "Ofisimde Hayat'ımın yapbozunu yapıyorum ama oldukça zorlu!" Genç kızın kafası onun sözleriyle tamamen karıştı. Bir anda konunun bir yapboza nasıl geldiğini kavrayamadı. Kaşları şaşkınlıkla kalkmıştı. Genç adam, "Belki bana bir gün yardım edersin?" diye sordu. "Tamamlamak için elimden geleni yapıyorum ama dediğim gibi... Oldukça güç!"

Hayat gözlerinde karmaşık ifadelerle başını onun göğsüne yasladı. Afallamış bir sesle, "Elbette," dedi. "Elimden geleni yaparım."

"Teşekkür ederim."

Uzun dakikaların sonunda genç kız uykulu bir sesle sordu. "Ne yapmayı düşünüyorsun?"

Mirza'nın parmakları onun sırtında daireler çiziyordu. "Kendimi toparlayabildiğim an yeniden üzerine çıkmayı düşünüyorum."

Hayat, yine onun göğsüne bir şaplak attı. "Çok edepsizsin!"

"Ne düşündüğümü sordun?" Mirza gülerek omuz silkti.

"Ailen hakkında ne yapmayı düşünüyorsun?" Hayat'ın parmak uçlarındaki ten bariz bir şekilde gerildi.

"Sanırım... bir şekilde kendimi affettirmeye çalışacağım."

19. Bölüm

Hayat, gözlerini irice açıp karşısındaki adama bakarak, "Deryal Bey, zar tutuyorsunuz!" diye şikâyet etti.

"Tatlım, henüz cisimleri düşünce gücü ile hareket ettirebilme yeteneğine sahip değilim."

Genç kız, Deryal'in kayıtsız ses tonuna ve umursamazlığına karşı başını iki yana salladı. Ardından dudaklarından sert bir nefes çıktı. "Ne demek istediğimi gayet iyi anladınız!" Zarları avucunda sallayıp ileri fırlattı.

"Evet. Ama işime gelmiyor."

Hayat, Deryal'in sözleri üzerine başını geriye atıp bir kahkaha patlattı.

Burcu, "Baban ona bayılıyor," diye mırıldandı. Gözlerini eşi ve Hayat'tan ayırıp oğluna dikti.

Tunç'un yüzündeki gülümseme silinmeden başını annesine çevirdi. "Öyle görünüyor,"

Tekrar bakışı Hayat'ı buldu. Sevimli karısı bazen küçük bir çocuk gibi görünebiliyordu. O kadar saf ve masumdu ki! Ona uzatılan elma şekerine kanan bir çocuk gibi, bazen bir şeker için her şeyi ardında bırakabileceğini düşündürtüyordu. Ama Tunç, sadece onun öyle görünmesini istediğini biliyordu. İç derinliği, sanki içinde yaşadığı acıyı ve fırtınayı başkalarının görüp bundan etkilenmemesi için oluşturduğu bir kalkanıydı. Hayat her şeyi kendi içinde yaşayacak, kendisinden başka hiç kimse zarar görmeyecekti. Tunç başını iki yana salladı. Bir de o, kendisinden önce konuşan yüzü olmasaydı neredeyse başaracaktı! Hayat her zaman fedakâr, kendisinden önce başkalarını düşünen bir insan olacaktı. Bu, onun en büyük ve en değerli özelliklerinden biriydi. Fakat biraz olsun kendisini de düşünmesini isterdi.

Hayat gözlerini dikip başka bir âleme daldıkça, Tunç'un elleri hâlâ ona zarar verenleri çıplak elle parçalamak için sızlıyordu. Fakat bu işin peşine düşmektense karısının yanında kalmayı tercih etmişti. Mustafa Bey'in ölümüne duyduğu üzüntüyü aşması çok zor olmuştu. Gerçi daha tam olarak aşabildiği söylenemezdi. Ama Hayat artık geceleri çığlıklar atarak uyanmıyordu. Tunç, onu bulduktan sonra geçirdikleri ilk geceyi anımsadıkça tüyleri diken diken oluyordu. Genç kızın uykusundaki yakarışları ve haykırışları aklını başından alıyor, onun acısını ta içinde yaşatarak çaresi olmayan bir bocalamanın içine düşüyordu. Kızın gözünden düşen tek damlaya kıyamazken, narin, kırılgan Hayat'ının içine düştüğü derin acıyla vicdan azabının neden olduğu, onu parçalara bölüyormuş gibi göğsünden gelen yaralı sesleri Tunç'un kalbini eziyordu.

Sonunda ona güvendiğini söylediği andan sonraki geceleri öylesine yoğun geçiyordu ki, genç kızın başka bir şey düşünmeye hali kalmıyordu. Tunç onu öpmeye, dokunmaya doyamıyor, genç kız bitap düşene, artık yoğunluğa dayanamayıp yalvarana kadar kızla sevişiyor, onu tadıyor, ona yeni şeyler öğretiyordu. Hayat'ın utangaçlığını yenmesini sağlayıp kendi bedeninin isteklerini ona söylemesini istiyor, sonra derinliklerine dalıyordu. Hayat çok çabuk kavrayıp uygulamaya geçiyordu. Ve genç adam, onunla geçirdiği gecelere bayılıyordu. Genç kız artık kâbuslarından değil, aldığı hazdan çığlıklar atıyordu. Değil kâbus, rüya göremeyecek kadar yorgun olduğu için her seferinde Tunç'un göğsüne yığılıp kalıyor, sabaha kadar deliksiz bir uyku çekiyordu.

Tunç daha sonraları onun ifadesini almak isteyen emniyet memurlarını birçok kere geri çevirmiş, genç kızın toparlanmasını beklemişti. Taşkın, kardeşi, birkaç adamı ve kulüp sahiplerinden biri olan Erol Bey'in kardeşi -kardeşi ondan nefret ediyordu- gözaltına alınmışlardı. Ellerindeki bilgilerle de mahkemeye çıkarılıp tutuklanmışlardı. Ali, Taşkın'ın kaçan sevgilisinin yerini çocuğun bakıcısını sıkıştırarak öğrenmiş, istemeye istemeye Yiğit'i annesine teslim etmişti.

Sonunda Hayat ifade verebilecek kadar iyi olduğuna dair genç adamı ikna etmişti. Kızın kuru bir sesle anlatımını dinlerken hop oturup hop kalkmış, ifade boyunca sinirleri gerilmiş ve bir daha gevşeyemeyeceğini düşünmüştü. Allah'ım! Adam karısına tecavüze yeltenmişti. O adamı öldürmek istiyordu. Eğer demir parmaklıkların ardında olmasa bunu yapardı da! Tunç, aklına geldikçe hâlâ kırılma noktasına gelecek kadar dişlerini sıkıyordu. Eve döndüklerinde onu sıkıştırmış, adamın ona dokunup dokunmadığını öğrenmeye çalışmıştı. Hayat *'Eğer bana dokunmaya kalkmasaydı ben hâlâ şokta olur, kaçamazdım!'* demişti. Allah'ım! Her şeyin içinde iyi bir şey bulmak tam da Pollyana'nın modern bir sürümü olan karısına göreydi. Tunç o gece Hayat yorgunluktan bitap düşene, kendisi de aklındakilerden biraz olsun kurtulana kadar onunla sevişmişti.

Hayat'ın ailesini de çağırıp aralarındaki soğukluğu artık bitirmek, karısının özlemini dindirmek istemişti, ama Halis Bey daha onun sesini duyar duymaz telefonu suratına kapatmıştı. Onu üzmemek için bundan genç kıza bahsetmemişti. Ancak havaların düzeldiği ilk anda Hayat'ı Adana'ya götürmeye kararlıydı. Halis Bey istesin ya da istemesin kızıyla arasını düzeltecekti. Genç adam da bunun için gerekirse zor kullanmaya bile razıydı. Duruma Halis Bey'in gözünden baktığında onu da bir yere kadar anlayabiliyordu. Fakat hiçbir baba, kızını böyle savunmasız, bir başına bırakma hakkına sahip değildi. Ona kızabilirdi ama baba olmak kızdığında sırtını dönmek demek değildi.

Tunç, aile ve dostluk kavramlarının ne demek olduğunu o zamana kadar bilmiyorsa da öğrenmişti. Yakınındaki herkes onlar için canla başla çırpınır, Hayat için en az kendisi kadar özveride bulunurlarken içinde garip bir sızıyla bunu tatmıştı. Göremediğin yerde göz, uzanamadığın yerde el, sen dik duramadığında seni ayakta tutacak direnç ve güç, senin için atan onlarca kalp demekti! Ve genç adam bunu yirmi yedi yaşında öğrenmiş olduğu için pişmandı. Başta annesi ve babası olmak üzere, herkes Hayat için el birliği yapmıştı. Tunç'un kalbine giderek daha fazla insan sığmaya başlıyordu. Bir yerden sonra bunu kaldırıp kaldıramayacağını, ağırlığı altında ezilebileceğini düşünüyordu.

Tabii bir de Ali vardı. Kendisi gibi işi gücü bırakıp her gün yeni bir fikirle pat diye salonun ortasında bitiyordu. Hayat'ın arkadaşlarını da yanına katarak ne Tunç'a ne Hayat'a nefes aldırıyordu.

▲▼▲

"Kimsede rastlayamayacağınız sinema sistemimde ve evimin benzersiz konforunda..." Ali burada durup Tunç'a anlamlı bir bakış attı. "... sizi film izlemeye davet ediyorum ve 'hayır'ı cevap olarak kabul etmiyorum." Ali, Seçil, Ahmet ve Gülen'i de peşine takarak onları almak için gelmişti. Tek tek herkesin yüzüne sevimli bir bakış atıp kaşlarını kaldırarak sormuştu.

Adem bir anda dudaklarını bükerek, "Sanırım bu çocuğu yaparken ters bir hareket yaptık. Fazla kibirli!" dedi. Ali ve Tunç, aynı anda öksürdü, Hayat'ın arkadaşları salonu çok beğenmiş gibi yeniden incelediler. Deryal ve Burcu kıkırdamalarını saklama gereği duymadılar.

Şirin'in gözleri irileşti. Hâlâ bir genç kız gibi kızarmayı başararak yüzüne tatlı bir pembelik yerleşti. Ama gözleri ateş saçıyordu. Neredeyse tıslayarak, "Adem!"

dedi. Adem, kaşlarını sorarcasına kaldırdığında, "Ne kadar ayıp!" diye azarladı.

"Ne? Hâlâ onları leyleklerin getirdiğine inanmıyorlar herhalde."

Ali inanamayarak başını iki yana salladı.

"Allah'ım! Ben ondan daha kibirlisini bir zamanlar tanımıştım." Şirin hızlı hızlı nefesler alarak zaten düzgün olan yakasını tekrar düzeltti.

"Takılma anne, tek derdi benim sistemimin bir alt sürümünü kullanıyor oluşu!"

Adem, Ali'ye gözlerini kısarak baktı. Sonra bir kahkaha attı. "Sana söylemiştim!" Şirin'e tek kaşını kaldırarak baktı.

Genç adam gözlerini devirdi. "Allah'ım, nasıl meydana geldiğim açık oturumla tartışmaya açılmadan bir an önce tüyebilir miyiz?"

Tunç eve daha yeni adım atmıştı. Hayat'ı yatak odalarına götürüp sabaha kadar onu uyanık tutmak niyetindeydi. Gözlerini çevirip sorarcasına karısına baktı.

Genç kız, "Tabii. Neden olmasın!" diye mırıldandı. Ve Seçil yumruğunu havaya kaldırarak dudaklarından bir sevinç nidası kaçırdı. Herkesin şaşkın bakışı bir anda onu bulunca başını yere eğerek kızaran yüzünü gizledi. Ali'ye çoktan kapılmıştı bile, ama Tunç genç adamın ona karşılık veremeyeceğini biliyordu.

Ali'nin sinema odasında –Allah'ım! Adamdan baştan aşağıya kibir ve kalite akıyordu– genç adamın, onların önüne dizdiği filmlerin içinden birini seçmeye çalışıyorlardı. Tabii ki seçim hakkı Hayat'a aitti. Ama nedense genç adam, onun beğendiklerinin hiçbirini izlemek istemiyordu. Tunç filmleri tek tek ona uzatıp her seferinde, "Bu?" diye soruyordu.

"Ah. Bunun erkek başrol oyuncusuna bayılıyorum! Öyle bir yüze sahip biri daha yeryüzüne inmedi!" Tunç, ona tek kaşını kaldırarak bakmış, bu konuda ne kadar ciddi olduğunu fark etmişti.

Hızla, "Bunu izleyenler beğenmiyorlar," diye kestirip atmıştı.

Ali, Seçil ve Ahmet, koltuklarda oturmuş sabırla ikisini bekliyorlardı.

"Bu?"

"Bu adamın gözleri okyanuslar gibi."

"Bu bana hiç güzel gelmedi. Konusu çok saçma. Peki ya bu?"

"Allah'ım! Bu aktör aksiyon alanında tek! Şu kaslara baksana!"

"Kapağındaki resmi beğenmedim. Ya bu?"

"Şu kapkara saçlara bakar mısın? Yaşına rağmen tek bir beyaz tel göremezsin ve vücudu hâlâ oldukça dinç duruyor."

"Bu salt aşk! Vıcık vıcık… Biraz macera lazım! Bu?"

Sonunda salondan kıkırtılar yükselmeye başladığında Tunç önce elini alnına dayayıp gözlerini gizleyen ve omuzları sarsılarak gülen Ali'ye baktı. Sonra dudaklarını birbirine bastıran Seçil'e, gülüşünü saklamaya gerek duymayan Ahmet'e ve sonra filmlere değil de onun gözlerinin içine yumuşak bir bakışla bakan Hayat'a…

Ali, "Orada bir yerlerde yunusların yaşamlarını anlatan bir belgesel olacaktı. Ne kaslılar, ne kara saçlı, ne de erkekle dişisini birbirinden ayırt edebiliyorsun," diye atıldı. Ardından kahkahalarını koyuverdiler. Tunç sonunda mahcubiyetini gizlemeyi başararak ağır adımlarla barın olduğu bölüme geçti. Kendisine bir içki doldurarak yerine geçip film seçme işini Hayat'a bıraktı.

▲▼▲

Deryal, Hayat'ı bir kez daha kızdırdı. Genç kız da çileden çıktı.

Hayat'ın sesi Tunç'u düşüncelerinden koparıp onu şimdiki ana geri getirdi. Gülerek, "Ya da babam Hayat'a takılmaya bayılıyor," dedi.

Annesi, "Sanırım tavla oynamak bahane," dedi. Ardından kulaklarına kadar kızaran Hayat'ın görüntüsü karşısında kıkırdadı. "Allah'ım! İyi dayanıyor."
Tunç başını çevirip annesine baktı. "Bana katlanabildiğine göre babam onun için hiçbir şey."
Oğlunun yüzünden hüzünlü bir gölge geçtiğinde Burcu'nun sırtı dikleşti. Tunç'la konuşabilmek, onunla ne zaman kaçıp gidecek diye düşünmeden özgürce vakit geçirebilmek bir şeydi, ama onun kendisini böyle rahatça açabilmesi bambaşka bir şeydi. Mayın tarlasında yürür gibi dikkatle oğlunun gözlerinin derinliklerine baktı, orada yatan pişmanlığı gördü. "Çok mu üzdün?" diye sordu.
"Tahmin edebileceğinden daha fazla!" Tunç derince bir iç çekip başını iki yana salladı. Bir eli saçlarının arasından geçti.
Burcu hafifçe ve şefkatle gülümsedi. "Seni seviyor," diye mırıldandı. "Sonuçta her şey tatlıya bağlanmış gibi görünüyor. Geçmişi su yüzüne çıkarıp kendini ve onu üzmemelisin."
Tunç'un gözlerine bir hüzün gölgesi çöktü. Derin lacivertleri dikkatle annesinin gözlerinde tuttu. "Geçmişi," diye fısıldadı. "Bir süre su yüzünde tutmak zorundayım. Pişmanlıklarım boyumu aştı ve ben, nasıl davranacağımı bilemiyorum. Hayat olmasa yolumu kaybedebilirim." Kaşlarının arası derinleşip yüzündeki çizgiler sertleşti ve sanki olduğundan daha yaşlı bir adam gibi göründü. "Telafi etmem gereken çok fazla şey, kapatmam gereken büyük bir mesafe var. Ve ömrüm bunun için yeter mi bilemiyorum."
Pişmanlıkla harmanlanıp dalgalanan ses tonu, Burcu'nun kalbine dokundu. Onun ne hakkında konuşup durduğunu anladı. Burcu'nun gözleri sulanıp titrerken oğlunun kendi mesafelerinden bahsettiğini biliyordu. "Hiçbir şey için çok geç değil," diye fısıldadı. Dili kurumuş dudaklarını yaladı ve ne yapacağını bilemediği kollarını

göğsünde kavuşturdu. "Yeter ki sen bunu gerçekten iste!"

Tunç'un dudakları hüzünle buruldu. Derin bir nefesle, "Teşekkür ederim," dedi. Uzun süre gözleri annesinin gözlerini içinde kaldı.

Burcu ona başını salladı. Dudakları hafifçe yukarı kıvrılınca çizgileri derinleşti.

Hayat, "Ama Deryal Bey, yine hile yaptınız!" diye ciyakladı.

Tunç kıkırdayarak başını onlara çevirdi. "Sanırım karımın yardıma ihtiyacı var," dedi ve oturduğu koltukta doğrulup ayağa kalktı.

Burcu küçük bir kahkaha atarken, Tunç, babası ve Hayat'ın yanına gitmek için ayaklanmıştı bile. Yanlarına ulaştığında ikisi de önce onu fark etmedi. Tunç koltukta yan oturan karısının arkasına geçti. Hiç çekinmeden Hayat'ın gözlerinin şokla irileşmesine neden olarak, kolunu beline dolayıp, diğer eliyle avucundaki zarları kendi avucuna aldı. "Yardıma ihtiyacın var gibi görünüyor," diye mırıldandı. Ama gözleri babasının parıltılarla dolu gözlerindeydi.

Genç kız, "Baş edebilirdim," diye hayıflandı.

Hem Deryal hem Tunç aynı anda kıkırdadılar.

Deryal tek kaşını kaldırıp, "Güç birliği ha?" dedi.

Tunç onaylarcasına başını salladı. "Karımı yaşlı bir kurdun eline bırakacak gibi mi görünüyorum?" Sözlerinde belli belirsiz bir meydan okuma vardı.

Deryal ne kadar zaman geçtiğini bilemeden uzun bir süre onun gözlerine baktı. Mirza meydan okumayı severdi. En çok da bir gün yenebileceğini düşündüğü babasına karşı!

"Burcum, burada bana meydan okuyama çalışan iki velet var?"

Tunç'un ve Hayat'ın kaşları aynı anda havaya kalkarken, Burcu elini dudaklarına götürüp gülüşünü gizleyerek onların yanına ulaştı. Hemen yanlarına ilişirken, "Bence küçümsemek için çok erken," dedi.

Ve Tunç elindeki zarları tavla sandığına fırlattı.

Deryal oğluna tek kaşını kaldırıp baktı. Suçlayarak, "Zar tutuyorsun!" dedi.

Tunç, ona genişçe gülümsedi. Birebir onun sözlerini kullanarak, "Henüz düşünce gücüyle cisimleri hareket ettirebilme gibi bir özelliğe sahip değilim," dedi.

Burcu ve Hayat kahkaha atarken, Deryal gözlerini kısarak çifte baktı.

"Öyle olsun! Marsa uğurlarken arkanızdan su dökerim."

Her nasılsa oyunu Deryal aldı ve tavla sandığını onların koltuk altlarına sıkıştırıp büyüdükleri zaman tekrar görüşebileceklerini söyledi. Hayat ve Tunç yenilginin hezeyanıyla, birbirleriyle didişirken Deryal galibiyetiyle övünüyordu.

Günler sonra, alacakaranlıkta gökyüzündeki kar yüklü bulutlardan aşağıya kristal gibi parlayan yumuşak karlar tek tek yeryüzüne indi. Her şeyin üzerini beyaz yumuşak bir örtü gibi kapladı. Burcu mutfaktan salona geçerken yüzünde hatıralarının vermiş olduğu hafif bir gülümseme vardı. Yine bitki çayıyla kavga eder gibi görünen kocasının yüzüne şefkatle baktı. Alçak sesle, "Kar yağıyor," dedi.

Deryal başını kaldırıp keskin gri gözlerini ona dikti. Bakışları derinleşerek dudakları kenarlarından yukarı kıvrıldı. Derin bir iç çekişle, "Keşke dışarıya çıkıp kardan kadın yapabilecek kadar genç olabilseydik," diye mırıldandı.

Ders çalışmaya çalışan ama daha çok didişiyor gibi görünen Tunç ve Hayat, başlarını aynı anda kaldırıp Deryal'e baktılar.

Hayat şaşkınca, "Kardan kadın mı?" diye sordu. Sonra kıkırdadı.

Ama ne Burcu ne de Deryal, ona bir cevap vermeyerek kendi âlemlerinde kaldılar. Tunç, gözlerinde ışıltılar, yüzünde gizemli bir ifade ile başını genç kıza çevirdi. "Sana göstermek istediğim bir yer var. Ve tam zamanı." diye fısıldadı.

Hayat'ın gözleri ışıl ışıl oldu. Hızla ayağa zıpladı. "Harika bir fikir!" dedi şakıyarak.

Tunç, ona gözlerini devirdi. Anne ve babasına çabucak bir bakış atıp genç kızın poposuna bir şaplak attı. "Tembel teneke seni!" dedi gülerek. "Hiçbir fırsatı kaçırma. Geri döndüğümüzde tekrar çalışacağız."

Hayat gözlerini irice açarak aralarında kısık sesle konuşan Burcu ve Deryal'e baktı. "Utanmaz!" diye fısıldadı. "Ayrıca ben kendi başıma çok daha iyi çalışıyordum. Sen kafamı karıştırıyorsun!"

"Stratejin yanlış!"

Sözleri üzerine Hayat'ın dudaklarından bıkkın bir homurdanma yükseldi. "Burada durup benim ders çalışma sistemi mi tartışacağız?" diye sordu.

"Hayır. Sen şimdi üzerini sıkıca giyinip geleceksin. Ben, seni arabada bekliyor olacağım."

Arabada ilerlerken genç kızın meraklı bakışları Mirza'nın üzerindeydi. Birkaç kere sormasına rağmen genç adam ona 'sabırlı olmasını' öğütlemiş ama nereye gittiklerini söylememişti.

Genç kız kaşlarını düşürerek, "Uzak mı bari onu söyle?" diye sızlandı.

Mirza, ona dönüp baktı. "Bakma öyle yavru kedi gibi," dedi gülerek. "Hayır. Birazdan varacağız."

Genç kız kollarını göğsünde kavuşturarak onun bu bekletme anından haz almasına homurdandı. Bakışları lapa lapa yağan kara takıldığında huysuzluğu buhar olup uçtu. Neden karın süzülüşü insanların içini çocuksu bir mutlulukla dolduruyordu, hep merak etmişti. Sadece bakmak bile insana garip, farklı bir huzur hissi veriyor, içinde gülümseme isteği uyandırıyordu. Zamanı olmamasına rağmen erken gelen kar yağışına sevinmişti. Bazen yaşadığı hayatın kendisinin değil de başkasının hayatı olduğundan şüphe ediyordu. Sanki o durmuş, kendisini uzaktan izliyor ama aslında başkasının rüyasını yaşıyormuş gibi geliyordu. Bu kadar mutlu olabilmesi imkânsız gibiydi ama mutluydu işte.

Mirza, onun hayallerinin en uç noktası olmasına rağmen kanlı canlı, onu seven bir koca olarak tam yanında nefes alıp veriyordu. Genç kız hâlâ bunun bir mucize olduğunu düşünüyordu. Kalbinde buruk bir yan vardı tabii! Kendi ailesiyle –aslında sadece babasıyla– görüşemiyor olmak yaşadığı mutluluğu bölüyor, onları hatırladıkça içindeki sızıyı dindirmek için sıkıca Mirza'nın aşkına sarılıyordu. Yine de bir gün babasıyla görüşeceği umudunu taşıyordu.

Genç adam, "İşte geldik," dedi. Motoru durdurmadan ve farları açık bırakarak araçtan aşağıya atladı.

Hayat düşüncelerinde öylesine derinlere dalmıştı ki baktığı yeri göremediğini fark etti. Çenesi aşağıya düşmüş bir halde, büyük iki çam ağacının ortasına park edilen arabanın tam karşısındaki küçük göl manzarasına bakıyordu. Daha kendisini toparlayamamışken Mirza kapısını açıp beline uzanarak genç kızı aşağıya indirdi. Elleri bedenini serbest bıraktığında büyülenmiş bir halde arabanın burun tarafına doğru ilerledi. Eğer Mirza'ya bakmış olsaydı gözlerindeki sabırsız bekleyişi görebilirdi. Adımları bileklerine kadar gelen karlara bastıkça pudra kıvamındaki beyazlık botlarının çevresinde şekilleniyordu. Her nefes alışında burnunda süzülen beyaz buhar, havanın ne kadar keskin bir soğukluğu olduğunu fark ettiriyordu. Ama Hayat adımlarına ara vermeden gölün kıyısına kadar ulaştı. Alacakaranlık olmasına rağmen sanki beyazlık etrafa ışık saçıyordu. Mirza'nın botlarından çıkan gıcırtılı ses onu adım adım takip etti. Genç kız mat gümüş rengini almış, saklı bir cennet gibi görünen ve onu anında büyülen göle bakıyordu. Arabanın farlarının ışığı altında tek tek süzülen karlar suyla bütünleştiğinde anında kayboluyor, sanki yıldızlar gökyüzünden düşüyormuş gibi parıltılı bir ışık aldatmacası sergiliyordu.

Bir çift kol beline dolanırken genç adam çenesini başının tepesine yerleştirdi. Sanki yüksek sesle konuşursa büyü bozulacakmış gibi, "Beğendin mi?" diye fısıldadı.

"Bayıldım." Hayat'ın kelimesi dudaklarından bir solukta çıkmıştı. Başını geriye atarak onun göğsüne yaslanıp ellerini kalın paltosunun kumaşının kavradığı koluna yerleştirdi.

Mirza alçak sesle, "Hiçbir şeyi umursamadığımı ve herkesi arkamda bıraktığımı düşündüğüm anlarda bile bazen içinden çıkamadığım bir sıkıntıyla baş etmek zorunda kalıyordum," diye konuşmaya başladı. "Sanırım sığınmak istediğim bir liman, bir kucak arıyordum. Bilemiyorum. Yalnızlık bazen gerçekten zordu ama bana etki etmediğini düşünürdüm. İşte kendimi kandırdığım o anlarda günün hangi saati olduğuna aldırmadan buraya gelir ve hiçbir şey düşünmeden beni huzursuz eden sıkıntının geçmesini beklerdim. Kimsenin haberi olmazdı." Dudaklarından yumuşak bir gülüş çıktı. "İlk defa arabayla geldim buraya çünkü daha önce geldiğimi kimsenin bilmesini istemiyordum." Burnundan sertçe verdiği nefesle çıkan beyaz bulutumsu görüntü genç kızın gözleri önünden uçup gitti. "Sanırım kendime bile itiraf edemesem de özlemim bana fazla geliyordu ve bu yer, bir sırdaş gibi yalnızlığımı paylaşıyordu." Mirza hüzünle güldü ve başını iki yana salladı. "Aslında ben yalnız olduğumu sanıyordum. Birkaç gün önce annem ağzından kaçırdı. Ben her geldiğimde babam da arkamda durup yalnızlığımıza ortak oluyormuş." Gürültüyle yutkundu. "Umarım bir gün onun kadar güçlü olabilirim!" diye mırıldandı.

"Zaten güçlüsün!" Boğazındaki yumru genç kızın sesinin çatlamasına neden olmuştu.

Mirza alaya almaya çalışarak, "Kocasına da laf söyletmez!" dedi.

"Doğru veya yanlış, dokuz yaşındaki bir çocuktan beklenmeyecek bir kararlılığa ve dirayete sahip olmuşsun. Verdiğin kararın arkasında durmuşsun. Kendi hislerine, isteklerine söz geçirebilme iradesine sahipsin-"

Mirza, "Sana kadar!" diye araya girdi. Üşümüş parmakları onun çenesini okşadı.

"Ama bunu yıllarca başarabilmiş ve ayakta kalabilmişsin. Bu, bence güçtür."

Genç adam alayla, "Allah'ım! Beni kendime bile haklı çıkartıyorsun. Hiç duymadın mı? Kontrolsüz güç, güç değildir," dedi.

Hayat kıkırdadı. "O tamamen başka bir şey! Konumuzla ne alakası var?"

Mirza omzunu silktiğinde, genç kız daha fazla konuşmak istemediği için konuyu saptırdığını anlayıp sessizliğe gömüldü. Bazen susmak da çok şey anlatıyordu ve her zaman kabullenmek değildi. Hayat, o ne derse desin onun güçsüz olduğunu düşünmüyordu. Aslında çocuk gibi başını göğsüne yatırıp onu teselli etmek istiyordu. Fakat bu, onun güçsüz olduğunu düşündüğü için değildi. İhtiyacı olduğunu bildiği içindi. Dakikaları uzun süren sessizlikle doldurdular. Öylece, birbirlerine sarılarak gölü seyre daldılar.

Keskin soğuk bedenlerindeki sıcaklığı çekerken, sonunda Mirza onun kolunu ovuşturup doğruldu. Kendisine kızar gibi, "Üşüyeceksin!" dedi. Hayat'ın bedenini kendisine çevirip onun kızarmış burnunu fark ettiğinde dudaklarını alnına değdirdi. "Allah'ım! Bazen tam bir ahmak olup çıkıyorum. Donmuşsun," dedi sinirle.

Genç kız orada biraz daha kalabileceklerinin umuduyla, "Fark etmedim," dedi.

Mirza, onun elini sıkıca kavradı. Hayat'ın bedeni sanki sözlerle kanıtlanınca bunu ancak fark etmiş gibi şiddetle titredi. Genç adamın göğsünden sert bir ses yükseldi. Ardından genç kızı hızla araca sürükledi. Kar yağışı bir saniye bile ara vermeden devam ediyordu. Hâlâ motoru çalışan arabanın yolcu kapısını açıp genç kız titrerken onu arabaya yerleştirdi.

"Arabanın içi sıcak! Lütfen biraz daha kalalım." Genç kızın dişleri takırdadı.

Mirza başını iki yana salladı. Kararlılıkla, "Olmaz," dedi.

Hayat yüzünü asarak ona kaşlarını indirip baktığında Mirza'nın gözkapakları kapandı. "Allah'ım! Lütfen bana şöyle bakma," diye şikâyet etti. Gözlerini açtığında genç kızın bakışlarında hâlâ yalvaran ifadeyi gördü. İnlerken omuzları çöktü ve sinirle başını iki yana sallayıp arka yolcu kapısını açtı. Koltuğun sırtlığındaki bez kulpu çekti. Sırtlık onun baskısıyla katlanarak öne eğilirken, genç kız kaşlarını çatmış merakla onu izliyordu. Mirza bir battaniye çıkardı. Koltuğu tekrar eski haline getirip hızla ön kısma, genç kızın yanına geçti.

Onun yanında bir anda yükselince Hayat kaşlarını kaldırarak sorarcasına ona baktı.

Genç adam, "Öne kay!" dedi.

Genç kız onun isteğini yerine getirip öne kayarken, "Ne yapıyorsun?" dedi.

"Seni ısıtmaya çalışıyorum." Mirza bacaklarını aralayarak geniş koltukta arkasına oturdu. Battaniyeyi üzerine örterken koltuğu biraz daha arkaya yasladı. Onu da göğsüne çekerek battaniyenin üzerinden sıkıca genç kıza sarıldı.

"Arabanın içi fırın gibi zaten, birazdan ısınırdım." Hayat başını iki yana salladı. Mirza bazen korumacı tavırlarını gerçekten abartıyordu. Altı üstü üşümüştü ama onun göğsünde, sıcak battaniyenin altında yatmanın tadını aldığında memnun bir mırıltı koyuverdi. Mirza hafifçe kı-

kırdadıktan sonra genç kızı daha sıkı sarıp başını arkaya yasladı.

Hayat ısındıkça bedenine iğneler batıyormuş gibi hissederken, Mirza'nın onu battaniyeyle sarmasına daha çok memnun oldu.

Genç adam kulağının hemen dibinde fısıltıyla, "Isındın mı biraz?" diye sordu.

"Hı hı," Hayat'ın sesi uyuşuk çıkmıştı.

"Güzel. Ben de ısındım." Mirza'nın sesi boğuk çıkmıştı. Hayat, onun sesinde gizlenen şeyi merak etti. Genç adam, "Hem de fazlasıyla," diye devam etti.

Birkaç dakika sonra Mirza'nın burnu, genç kızın boynuna sürtüldü. Hayat bu defa üşüdüğü için değil, onun hareketinin verdiği hisle titredi. Genç adamın parmakları onun başındaki bereyi çekip alarak saçlarını özgür bıraktı. İçine derin bir soluk çekip nefesini dışarı verirken fısıldadı. "Kokun beni çıldırtıyor."

Hayat'ın ayak parmakları botlarının içinde kıvrılırken ayakları pelte gibi oldu. O, bedenine her dokunduğunda olduğu gibi derinlerinde bir sarsıntı patlak verdiğinde ürperdi. Mirza saçlarını bir omzunda toplayıp açıkta bıraktığı boynuna dilini değdirdi ve genç kızın midesinin altında kelebekler uçuşurken kasları gerildi.

Genç kız hızlanan nefesinin arasında, "Mirza?" diye sordu.

"Evet?" Mirza'nın bir eli kabanının altından pantolonunun kemerine uzanıp ilk düğmesini bir çırpıda açtı.

"Ne yapıyorsun?" Hayat'ın sesi titremişti.

"Seni ısıtmaya çalışıyorum." Mirza bir düğme daha açtı.

"Birazdan kafamdan alev çıkacak kadar ısındım."

"İyi. O zaman fazlalıkları atalım."

Genç kızın paltosunun düğmelerini açtı. Çıkarıp arka koltuğa fırlattı ama battaniyeyi atmaya cesaret edemedi. Ve kaldığı yerden devam ederek genç kızın pantolonunun düğmelerini açıp parmaklarının çamaşırının içinden usulca içeri soktu. Bedeni onun elleri altında kıvranırken, genç kız birilerinin gelebileceğinden şikâyet ediyor ama adam bunu umursamıyordu. Zaten Mirza kazağını yukarı sıyırdığında, Hayat aklındaki tüm endişelerinden sıyrılmıştı. Dudakları arasından küçük inlemeler kaçırırken sıkça aldığı nefesler aracın camlarını buharla kapladı.

Birkaç adım ötedeki ayak seslerini fark etmek için fazlasıyla meşgullerdi. Yabancının adımları arabanın içindeki hareketlenmeyi fark ettiğinde dondu. Gözleri irileşirken geri geri adımlar atarak uzaklaşmaya başladı. Onlardan tamamen uzaklaştığında şeytanca bir parıltı gözlerine yerleşti ve dudağını ısırdı. Muziplikle tek kaşı havaya kalktı.

▲▽▲

Bütün gözler dikkatle bir haber kanalında sevgilisini sokak ortasında döven bir adamın görüntülerine takılıp kalmıştı. Tunç'unkiler hariç. O, kendisinden uzakta oturan Hayat'a bakıyordu. Genç kız hâlâ yüzündeki tatlı pembelikten kurtulamamıştı. Tunç'un bakışlarını fark ettikçe de huzursuzca kıpırdanıp gözlerini kaçırıyordu. Allah'ım! Onun utangaçlığı bile bir başkaydı.

"Allah aşkına, bu haberde gülünecek ne buldun?" Tunç'un bakışı sesin geldiği yöne çevrilip elinde kahve fincanı, hemen yanındaki koltuğa yerleşen Melek'i buldu. Eşi iş için şehir dışına çıkmıştı. Melek evde yalnız kalmaktansa onlarla birlikte kalmayı tercih etmişti.

Bakışlar bir an için ilgisizce onları bulup tekrar televizyona döndü. Tunç, onun gözlerindeki muzip pırıltıları fark edip kaşlarını çattı. "Dalmışım," diye mırıldandı.

Melek, "Hım," dedi. Gözleri bir an için uzağa dalarak odağını kaybetti. Sonra aklına bir şey gelmiş gibi tekrar Tunç'a döndü. Genç adam, onun neyin peşinde olduğunu merak ettiği için dikkatle yüzüne bakıyordu.

Melek ilgili bir tınıyla, "Siz nereye kaybolmuştunuz?" diye sordu.

Tunç'un gözleri çabucak Hayat'ı buldu. Genç kızın sırtının dikleştiğini fark edip bıyık altından gülümsedi. İlgisizce, "Göle gittik," diye kısa bir cevap verdi.

"Öyle mi?" Melek'in kaşları havaya kalktı. Ardından yüzüne masum bir ifade yerleştirdi. "Burhan Bey'e sizin nereye gittiğinizi sordum ve o da göl tarafına gittiğinizi söyledi." Tunç başını yana eğerek ona baktığında çenesi yana kaydı. Kahretsin! "Sonra ben de size eşlik etmek için geldim ama sizi göremedim. Arabanın farlarını yakıp gitmişsiniz!" Dudakları titredi. Gülüşünü saklamak için başını çevirdi. Masum bir merakla, "Neredeydiniz?" diye sordu.

Yalancı! Tunç'un bakışı utançtan kulaklarına kadar kızaran zavallı karısını bulduğunda dudakları seğirdi. "Yazık olmuş o zaman," dedi kayıtsızca. Allah'ım! Melek ne zaman fırsatını bulsa el şakası da dâhil olmak üzere Tunç'la uğraşıyordu. Genç adam bir gün onun saçlarını çekip koparacaktı.

Anne ve babasına çabucak bir bakış attı. Gözleri ilgiyle televizyona dikildi, ama başını Melek'e doğru eğip fısıldadı. "Tek bir kelime daha edersen yemin ederim çok fena yapacağım." Fısıltısı tehditkârdı. Anlamamış gibi yapmaya gerek görmedi, zira Melek'in yüzündeki ifade onları sıkıştıracağa benziyordu.

Melek sesini yükselterek, "Şimdi neden beni tehdit ediyorsun?" dedi.

Hayat yutkundu. Huzursuzca kıpırdanıp saçlarını omzunun arkasına savurdu. Tunç, Melek'in kaba etini parmakları arasında sıkıştırdı. Ve gözlerini irice açıp onun susmasını sağlamaya çalıştı. "Geveze!" dedi fısıltıyla.

Melek ciyakladı. Şikâyet eden küçük bir çocuk gibi "Baba! Oğlun bana şiddet uyguluyor!" dedi.

Deryal zaten fark ettiği ama karışmadığı didişmelerine

kendisini de dâhil etmelerine gözlerini devirdi. Ardından kızına kayıtsız bir bakış attı. Renksiz bir tonla, "Şansına küs!" dedi. "Kocan gelince ona şikâyet edersin." Deryal, hâlâ Melek'i paylaşmak zorunda kalmış olmaktan dolayı engelleyemediği bir kıskançlık duyuyordu ve her defasında bunu dile getirmekten çekinmiyordu.

"Deryal!"

Deryal, karısının uyarısına omuz silkerek karşılık verdi. Bu kabullenememe Gürkan'ın iyi biri olmamasından değildi. Deryal'in paylaşamamak gibi bir sorunu olmasından kaynaklanıyordu ama kızı mutluydu ve önemli olan da buydu.

Melek garip bir sesle homurdandı. Tekrar Mirza'ya dönerek bir şeyler fısıldadı. Mirza'nın sırtı onun sözleri üzerine dikleşirken dudaklarını birbirine bastırdı. O da eğilip Melek'e bir şeyler söyledi.

Melek, onun dizine bir şaplak attı. Gözleri irileşirken, "Terbiyesiz," dedi.

"Söyleyene bak!"

Melek gözlerini kısıp Mirza'ya baktığında, Deryal, onun bu çocuksu sinirine güldü. Melek tam bir şeyler söylemek için dudakları aralanmıştı ki, Tunç eliyle onun dudaklarını kapadı. İki kardeş kendi aralarında tatlı bir sürtüşmeye sürüklendiler. Deryal, Melek'in neden böyle davrandığını biliyordu. Küçük kardeşine yıllarca öyle çok özlem duymuştu ki, zamanında yaşamaları gereken çocukluklarının acısını şimdi çıkarmak istiyordu. Mirza'ya olan kızgınlığını ona sataşarak hafifletiyordu. Sıcak kare ve geçen yılların çalınmış duyguları kalbini burdu. Tunç, Melek'in saçlarını çekti. Melek, onun burnunu parmakları arasına sıkıştırıp hızla koltuktan fırlayarak öfkeden deliye dönen Mirza'dan kaçmaya çalıştı.

Burcu ve Hayat, onların küçük çocuklar gibi itişmelerine kıkırdarken, Deryal hafifçe gülümsedi. Hızla geçip giden zamandan çalabildikleri kadar çalmalarını diledi. Hiçbir şey için asla çok geç değildi.

Mirza ayağa kalkıp babasına baktı. "Müsaadenizle kızınızı boğazlayıp geliyorum," dedi ve ağır adımlarla ilerleyerek Melek'i takip etti.

İçeriden Melek'in ciyaklamaları yükseldi. Sonunda sesler bir anda kesildi. Mirza yüzünde huzurlu bir gülümsemeyle salona dönüp kayıtsızca koltuğa serildi.

Deryal kaşlarını kaldırarak Mirza'ya baktı. "Kızıma ne yaptığını sorabilir miyim?"

Mirza, "Elbette," dedi.

Deryal güldü. "Ne yaptın?" diye sorusunu yineledi.

"Onu mutfak balkonuna kapadım. Hepimiz huzurlu bir nefes alabiliriz." Yaptığından hiç de pişmanmış gibi görünmüyordu.

Burcu endişeyle, "Bu soğukta mı?" diye sordu.

"İnanın soğuk ona vız gelir." Sonra annesine ciddi bakışlarla baktı. "Kocası ne zaman geliyor demiştiniz?"

Deryal içten içe gülerken, "Üç gün sonra," diye cevap verdi.

"İyi. Üç gün içinde buzdan bir heykelimiz olacak." Mirza dönüp karısına göz kırptı. Hayat, ona gözlerini devirdi.

Deryal, yavaşça ayağa kalktı. "Her ne kadar beni terk edip gittiği için ona kızsam da..." Derin bir nefes aldı. "Gönlüm onu bir dakika daha orada tutmaya el vermez."

Tunç, babasıyla birlikte salona gelen burnu ve yanakları kızarmış kardeşine uyaran bir bakış attı. Melek ürperirken başını 'Ben sana gösteririm' dercesine salladı.

"Bence bir kahve sana iyi gelir." Hayat'ın dudakları titredi.

Melek, onun gülüşünü bastırmaya çalıştığını fark ederek gözlerini kıstı. "Kahveye ihtiyacım olmasaydı gülüşünü görmezden gelmezdim."

Mutfağa ilerleyen kızların arkasından kaşlarını çatarak

ayaklanan Tunç, babasının gözlerini devirmesiyle olduğu yerde duraksadı. "Ben verandaya çıkacaktım," diye mırıldandı. Fakat kimse inanmadı. Gözleri görüş alanından kaybolan kızların ardındaki boşlukta takılıp kalarak usul adımlarla ilerledi. Sonra Hayat'ın çınlayan kahkahasını duydu. Hafifçe gülümseyerek kendisine bir bira kapıp verandaya çıktı.

Soğuk hava bedenini sarıp ferahlatırken Tunç gözlerini kapayıp sessizliği dinledi. Gecenin sesinde bile bir başkalık vardı. Kimi zaman buna ihtiyaç duyduğunu biliyordu. Rüzgârın savurduğu karlar verandadaki hasır koltuklara uçuşuyor, tatlı bir görüntü sergiliyordu. Koltuklardan birine oturmak için ilerledi. Üzerindeki karları eliyle süpürerek ıslaklığına aldırmadan oturdu. Dirseklerini dizlerine dayayıp tek tek düşen karları seyre daldı.

Birkaç dakika sonra verandanın kapısı hafif bir gıcırtıyla açıldı. Tunç'un bakışı gelen figüre odaklandı. Üzerine geniş örgü desenli hırkasını giymiş babasını gördüğünde yüzündeki ifadeden sonunda konuşmaları gerektiğini anladı. Düşünce bedenindeki kasların gerilmesine neden oldu. Hâlâ onunla yüz yüze konuşmaya hazır olup olmadığını bilmiyordu. Her zaman dobra dobra, sözünü esirgemeyen babasının bunu neden bu kadar uzattığını da merak ediyordu. Fark etti ki bu konuşmayı aslında oraya geldikleri ilk günden beri bekliyordu. Her saniye onun gerginliğini arttırıp, kendini geriye çekmesine neden oluyordu. Belki de babası onun konuşmasını beklemişti. Kim bilebilirdi.

Girizgâha gerek duymadan yanındaki koltuğa kaşlarını çatarak baktığında, Tunç onun temizlik takıntısına hafifçe gülümsedi. Yıllar geçse de bazı şeyler değişmiyordu işte!

Sonunda Deryal bakışıyla ürkütmeye çalıştığı karlarla didişmekten vazgeçerek kalçasını masanın kenarına iliştirip kollarını göğsünde kavuşturdu. Direkt, "Hâlâ buradasın?" diye sordu.

Tunç zaten onun gelmek istediği yere gelene kadar sözleri dallandırıp budaklandırmayacağını biliyordu. Dilinin ucuna kadar gelen alaylı sözleri yuttu. "Evet," dedi mırıldanarak. Ona bakmaktan vazgeçip yine karşıya, gecenin karlarla taçlanmış maviliğine baktı.

Deryal derin bir iç çekti. "Ne için pişmanım biliyor musun?" diye sordu.

Tunç, onun sitemini beklerken böyle bir soru sorduğu için şaşkınlıkla kalakaldı. Sesi çatallaşarak, "Ne için?" diye sordu. Dudaklarının arasından çıkan buhar havaya süzüldü.

"Zamanında seni bir güzel dövmediğim için." Tunç önce kaşlarını şaşkınlıkla havaya kaldırdı, sonra da güldü. "Eğer yapmış olsaydım eminim bizden çaldığın zamanı elimizde tutabilirdik." Sesi bir an için dalgalandı ve boğazını temizledi. "Melek'e takılma! O, sadece seninle geçiremediği çocukluğunun acısını böyle çıkarıyor. Sanırım o da seni pataklamadığı için en az benim kadar pişman."

Tunç bunu daha önce fark etmemişti. Ablasının ona olan davranışlarına bir açıklık getirebilmiş olmak onu rahatlattı. Onu kim suçlayabilirdi ki? Tek söyleyebileceği *haklıydı* ve Tunç kuzu kuzu, sesini çıkarmadan kabullenmek zorundaydı. Ciddi bir sesle, "Hâlâ bir şansınız var!" dedi. "En az sizin kadar ben de kendimi dövmek istiyorum." Dudaklarından bir 'hımp' sesi çıkarken başını iki yana salladı.

Deryal alayla, "Yaşlandım çocuk! Aklımı kaçırmadım. Senin gibi bir boksörün karşısına geçecek kadar aklım uçmadı daha. Hele Murat Bilir'in burnunun yerini değiştirdikten sonra!" dedi. "Ama üzülme, zaten burnu yamuktu."

Tunç bir anda hızla başını çevirip ona baktı. Sesi titreyerek, "Biliyor musunuz?" diye sordu. İçinde bir yerlerde saklanan küçük çocuk başını uzatıp babasına gururlu bir bakış fırlattı.

"Elbette. Tüm maçlarını izledim."

Tunç, afallayarak ne diyeceğini bilemedi. "Haberim yoktu."

"Olsaydı bir daha maça çıkmazdın!" Babası bunu suçlarcasına söylememişti. Sadece durum tespitiydi.

Tunç içi sızlayarak derin bir soluk aldı. Babası onu, ondan iyi tanıyordu. "Sanırım haklısınız."

Tunç'un içindeki çocuk daha fazlasını duymak için genç adamı çimdikleyip duruyordu. Dudakları aralandı. Sonra vazgeçerek sıkıca birbirine yapıştı. Sonra tekrar aralandı. Sonunda kalbi gümbürdeyerek, "Nasıl buldunuz?" diye sordu.

Deryal'in kaşları düşünür gibi derinleşti. "Oldukça iyi," dedi ve duraksadı. Tunç daha fazlasını beklediğini, onun kendisiyle gurur duyduğunu duymak istediğini fark etti. Burnunu çekti. Konuşmalarının bittiğini düşünüp bir iç çekişi bastırmak zorunda kalarak kalkmak için kıpırdandı.

"Solun biraz zayıf ama sağına denk gelenin Allah yardımcısı olsun." Tunç içindeki meraklı, zıp zıp zıplayan çocuğun tepesine bir şaplak atıp tekrar koltuğa yerleşti. "Ama en sevdiğim özelliğin savunma sistemin. Tek bir yumruk sana erişemiyor." Deryal'in sesi gurur doluydu. Tunç'un dudakları engel olamadığı bir gülümsemeyle kıvrıldı. "Soğukkanlısın ve hâlâ nasıl olup da gelecek her darbeyi önceden kestirebildiğini anlamış değilim." Deryal'in çenesi kendini beğenmiş gibi yukarı kalktı. "Tabii genlerinden gelen yeteneğini de görmezden gelemeyiz."

Tunç, onun kendini beğenmiş ses tonuna karşı kıkırdadı. "Sanırım çoğu zaman hayatımı genlerime borçluyum."

"Öyle olmalı."

Babasının kibrine gözlerini devirdi. Yine aralarında kısa bir sessizlik oldu.

Deryal sessizliği yararak, "Hayatımda yaptığım en iyi ikinci şey ne biliyor musun?" diye sordu.

"Ne?"
"Seni, Hayat'la evlenmeye zorlamak!"
"Bunun için size gerçekten minnettarım." Sonra başını yana eğerek merakla babasına baktı. Fazla ileri gitmediğini umarak, "Birincisi ne?" diye sordu.

Deryal, ona saçma bir soru sormuş gibi bir bakış attı. Omzunu silkti. "Annenle evlenmek."

- FİNAL -

Genç kız gözlerine çarpan gün ışığı karşısında gözkapaklarını, hafifçe aralık bırakacak kadar indirdi. Sabah güneşinin parlaklığına, keskinliğine şaşırarak çantasını kurcalayıp güneş gözlüklerini çıkardı.

Mirza, "Sana söylemiştim," diye mırıldandı.

Genç kız tepeden bakan ses tonuna güldü. "Evet. Kabul ediyorum." Gözlüklerini taktıktan sonra başını çevirip ona baktı. "Mutlu musun?"

Mirza'nın güneş gözlüklerinin üzerinde kalan kaşlarından biri kusursuzca havaya kalktı. "Haklı olduğum her anda olduğu kadar."

Hayat inanamayarak başını iki yana salladı. Sonra neredeyse şafak vakti yola çıktıklarından beri bininci kez sorduğu soruyu yineledi. "Nereye gidiyoruz?"

"Gidince görürsün!" Genç kız da Mirza'yla birlikte aynı anda söylemişti sözcükleri ve bu, Mirza'nın gürültülü bir kahkaha patlatmasına neden oldu.

Valizlerini kendisi toparlamış, her şeyi kendisi ayarlamış, sadece onu uyandırıp *'Seni kaçırıyorum'* demişti. Hayat bilmiyorsa da evdeki herkesin bu seyahatten haberi var gibi görünüyordu. Onun değişken ruh halleri gibi ani fikirlerine ve sürprizlerine de çoktan alışmıştı, ama valizleri gördüğünde küçük çaplı bir şok geçirmişti. Günleri zaten tekdüze olmaktan oldukça uzakken bir tatile ihtiyaçları yoktu. Hem de okulun en kritik döneminde! Yaz mevsimini, mezun olmasını da bekleyebilirlerdi. Fakat Mirza bir şeyi kafasına koymasın! İçindeki geveze ses adama iyi olmayan birkaç kelime homurdanırken, genç kızın bakışı parlak güneş ışığı altında ışıldayarak bir su birikintisini andıran asfalt yolun kenarındaki henüz ekilmemiş, kızılımsı toprakla kaplanmış tarlalara kaydı. Sessizce iç çekip genç adamın gerçekten kararlı olduğunu kabullendi.

Uzun saatler yol aldıktan sonra –Hayat her saat başı genç adamı dinlenmesi gerektiği için ikna etmeye çalışıyordu– bir yerlerden anımsadığı yol güzergâhları içini ani bir panik dalgasının sarmasına neden oldu. Gözlerini birkaç kez kırpıştırıp istemsizce gerilen kaslarını gevşetmek için kıpırdandı. Adana-İstanbul arası birçok kez mekik dokumuştu ama genelde uçakla seyahat ettiği için otobüsle yolcuğu bir kez denemişti. Bir kez de ilk senesinde, Seçil'in hâlâ oturduğu evi kiralamak için babasıyla birlikte karayolunu kullanmışlardı. Genç kız önce yutkundu. Sonra aniden kuruyan dudaklarını diliyle ıslattı. Karşı istikametten gelen araçların farlarından arada yüzüne çarpan ışıkla tam olarak seçemediği ama gergin görünen genç adamın yüzüne dikkatle baktı.

"Adana'ya gidiyoruz," diye fısıldadı. Mirza, ona cevap vermedi. Zaten genç kız da soru sormamıştı. Genç adam dikkatle ilerledikleri yola bakıyordu. Dirseği cama dayanmış, tek parmağı gerginliğinin bir ifadesi olarak –Hayat artık onun vücut dilini okumayı öğrenmişti– alt dudağında geziniyordu. Dengesiz hissederek, "Biliyorlar mı?" diye sordu. Biliyor olmaları için içinden bir dua yakardı. Bu, en azından babasının kendisini beklediği, onun için açık kapı bıraktığına dair bir işaret olabilirdi.

Mirza renksiz bir tonla, "Hayır," dedi. Ama bedenindeki gerginlik sanki genç kıza çarpıyordu.

Hayat sinirle gözlerini kırpıştırdı. Çenesi titrerken dudakları aralandı. Gücenmiş bir sesle, "Benim fikrimi almanı dilerdim," dedi.

"İstemezdin." Yine o, huzursuzluğunu sakladığı anlarındaki kuru ton! Genç adam sertçe burnunu çekti.

"Ve sen, bunun için bana sormalıydın!"

Mirza'nın gözkapakları kapanıp açıldı. "Lütfen bana öyle bakmayı keser misin?" Sesinin tınısında incinmişlik vardı.

Genç kız neredeyse tıslayarak, "Nasıl bakıyormuşum?" diye sordu.

Mirza'nın çenesi kenetlendi. Yutkundu. "Düşmanına bakar gibi," diye fısıldadı.

Hayat bir anda endişesinin düşüncelerini ve kontrolünü ele geçirdiğini anlayarak pişmanlıkla yüzünü buruşturdu. "Özür dilerim," diye fısıldadı. "Ama eğer elimiz boş dönersek bunun altından kalkamam." Kaygıyla dolup taşan ses tonunda kendi çaresizliğini fark ettirdiğinde başını iki yana salladı. Daha şimdiden kalbi dörtnala koşmaya başlamıştı bile. Boğazı susamış gibi yanıyor, genç kız bu duyguların hiçbirisini tatmak istemiyordu.

Mirza'nın zarif eli onun kucağında sinirli sinirli gömleğinin ucuyla oynayan parmaklarını kavrayıp rahatlatmak ister gibi usulca okşadı. "Özlüyorsun," diye mırıldandı. "Senin her 'baba' sözcüğünün ardından dalıp gittiğini görerek ve neler düşündüğünü bilerek çaresiz hissetmeye dayanamıyorum. Kendimi boş, işe yaramaz bir varlık gibi hissediyorum—"

Hayat, onun kendisini suçlayan sözlerine katlanamayarak, "Lütfen," dedi.

"Bebeğim, bunu düzeltmeme izin vermelisin. Bu yükün ağırlığı kaldıramayacağım kadar büyük. Ve bana biraz güven. Sana söz veriyorum, her şey yoluna girecek."

Onun kendisine güvenen ses tonuna karşı biraz olsun ferahlayabilmeyi dilerdi. Tabii kaygı ona, delip geçen ve giderek içinde daire çizerek dönüp, büyük bir yara açan mermi gibi saplanmasaydı. Kalan yol Mirza'nın yatıştırıcı, yumuşak sesiyle onun cesaretlenmesi için sarf ettiği sözcüklerle geçti. Ama Hayat değil sakinleşmek, mesafe kapandıkça giderek daha büyük bir endişe çukurunun içine dalıyordu. Vücudu öylesine kıpır kıpırdı ki, Mirza sık sık uzanıp ona dokunuyor, parmaklarını teninde tutarak güç vermeye çalışıyordu. Genç kızın asıl korkusu, eğer reddedilirlerse içinde taşıdığı umudun kapısının sonsuza kadar yüzüne kapanacak olmasıydı. En azından onu bir kez daha göremeyecek olsa da beslediği umuduyla kendisini kandıracaktı.

Çiftliğin girişindeki büyük, oymalı demir kapıya geldiklerinde genç kızın midesi bükülüp yanmaya başladı. Heyecandan sıklaşan nefesiyle göğsü inip kalkıyor ama hiçbiri onu rahatlatmaya yetecek kadar derin olamıyordu. Mirza sürgülü demir kapıyı açmak için arabayı durdurdu. Tam inecekken karanlığın içinden sigarasının turuncu ucu ve havaya savrulan dumanı beliren uzun boylu bir figür onlara doğru hızla yaklaştı. Giriş kapısını aydınlatan lambanın altına gelip yüzü açığa çıkana kadar genç kız onu tanımadı. Genç kız, atların bakımını yapan Bekir Amca'yı görünce anlık bir sevinç ve özlem dalgasıyla sarsıldı. Dudağının kenarları yukarı doğru kıvrılırken, onun tedbirli davranarak elini hafifçe beline doğru kaydırdığını gördü.

Sigaradan kalınlaşmış çatallı sesiyle, "Buyur, Beyim?" diye sordu. "Kime bakmıştınız?" Aracın yanına kadar geldi. Araştıran, kuşkulu gözlerini Mirza'nın yüzüne dikti. Gözleri kısılmış, kenarları kırışıklarla dolu olan derisindeki çizgiler daha da artmıştı.

"Halis Bey'le görüşmek için geldik." Mirza'nın tek olmadığını belirten sözleri onun gözlerini kaldırıp aracın tepe lambasının ışığı altında aşırı bir heyecan duygusuna kapılıp, yüzü kızarmış olan genç kıza bakmasına neden oldu.

Önce gözleri biraz daha kısıldı, sonra engel olamadığı bir mutluluk ifadesiyle irice açılarak dudakları kulaklarına kadar vardı. Şaşkınlığı yüzünden hızla geçip giderken hızlı adımları aracın etrafından dolaşıp yolcu kapısını buldu. "Vay benim altın kızım!" Kapıyı açar açmaz, teklifsizce genç kıza uzanıp onu paldır küldür aşağıya çekti. Hayat kendisini bir anda onun kollarında bir o yana bir bu yana savrulurken buldu. Arkadan Mirza'nın yüksek sesli homurdanmasını duydu ve kapısı açılıp sertçe kapandı.

Bekir, Hayat'a ikinci bir baba gibiydi. Ata binmeyi, düştüğünde ağlamamayı ve yaralarını büyüyünce unutacağını ondan öğrenmişti. Yaşlı adam, "Kız seni nasıl özledim!" diye sayıklıyordu. Kalın kolları onu hapsetmişti.

Hayat kollarını onun boynuna dolayıp özlemle sıkıca sarıldı. At, deri, tütün... Ve Hayat'ın özlediği her şey gibi kokuyordu. Mirza kule gibi yanlarında dikildi, ama sesini çıkarmadan orada durmayı başarabildi. Sonunda Bekir, onu ayakları üzerine bıraktı. Gülen gözlerle, özlemle baktıktan sonra tutup tekrar kendisine çekerek bir kez daha sarıldı. Neden sonra yanlarında dikilen Mirza'yı fark edip hafifçe utanarak kasketini başından çekti. İki eliyle kavrayıp karnının üzerine koydu.

"Kusura kalmayasın, Beyim." Sesi hâlâ heyecanla hafifçe titriyordu. "Heyecandan sizi de unuttuk."

"Estağfurullah!" Mirza tokalaşmak için elini uzattı. Bekir afallayarak önce Mirza'nın kendisine uzanan eline, sonra ciddi ifadeli yüzüne ve tekrar eline baktı. Genç adam, onun şaşkınlığını anlamaya çalışarak, "Ben, Hayat'ın eşi Mirza Yiğit," dedi. Bekir sıkıca kavradığı şapkasından elini çekti. Pantolonuna şöyle bir sildikten sonra nasırlı eli genç adamın elini kavradı. Hayat, Bekir'in gururla dolan yüz ifadesine hafifçe gülümsedi.

"Ben de Bekir, beyim." Çenesi gururla yukarı kalktı. "Burada atlar benden sorulur."

Hayat sırıtırken, Mirza'nın kaşları havaya kalktı. Sonra dudakları kenarlarından yukarı kıvrıldı. "Öyle mi? Çok memnun oldum," dedi. Eli hâlâ Bekir'in iki eliyle birlikte sıkıca kavranmış, yukarı aşağı sallanan elleri arasındaydı. Mirza, genç kıza kaçamak bir bakış atıp hâlâ elini sallayan Bekir'e döndü. Dudaklarını birbirine bastırarak sabit yüz ifadesini korumaya çalıştı.

Bekir, sesinin tonunu yükselterek, "Ben, beyime haber vereyim," dedi.

"Bence hiç gerek yok." Mirza elini fark edilmeyen bir manevrayla çekip hafifçe kolunu kavradı. "Siz arabayı içeri alırsanız, biz de hem uyuşmuş ayaklarımızı biraz açar hem de sürpriz yapmış oluruz."

"Olur, beyim, olur." Bekir arkasını dönmüştü ki aniden duraksadı. Ağır ağır kendilerine döndü, yüzü buruşarak olduğundan daha yaşlı bir adam resmi çizdi ve konuşmak için bir süre bekledi. "Şey... Beyim, ben haber vereyim. Şeyden sonra... Altın kızım... Yani ben vereyim de kıyamet kopmasın." Sözlerinin altında ezilmiş gibi omuzları çöktü.

Hayat'ın gözleri onun sözlerinden sonra titredi. Bir ses çıkarmış olmalıydı ki Mirza aniden başını çevirip ona baktı. Uzanıp parmaklarını parmakları arasından geçirip Bekir'e gülümsedi. "Biz yürüyelim, sen arabayı içeri al, biz beklerken haber verirsin."

Hayat titreyen bir sesle, "Geri dönelim," diye fısıldadı. Bekir'in sözleri onun yakasını bırakmayan korkusunu tekrar ateşlemişti.

Mirza, onun elini hafifçe sıkarak, "Her şey yoluna girecek!" dedi.

Bekir demir kapıyı yana doğru kaydırıp açarken yüzünde bir acıma ifadesi belirdi.

Mirza sanki kendi evindeymiş gibi rahat adımlarla ilerler, genç kızı da peşi sıra sürüklerken, başını eğip dudaklarını saçlarına dokundurdu. Kısık sesle, "Allah'ım! Titriyorsun!" dedi. Elini bırakıp kolunu omzuna dolayarak onu kendi bedenine bastırdı.

"Birazdan bayılacağım." Hayat'ın fısıltısı neredeyse duyulamayacak kadar soluktu. Kolunu Mirza'nın ceketinin altından beline doladı. Yanlarından Mirza'nın aracıyla geçen Bekir klakson çaldığında ikisi de ellerini kaldırıp şöyle bir salladılar.

Mirza, genç kızın havaya kalkan titreyen elini yakaladı. Dudaklarına götürüp hafifçe öptü, "Bayılmayacaksın," diye fısıldadı.

Onlar avluda gergin bir bekleyiş içinde gözlerini evin girişine dikmişken, hâlâ işlerini bitirememiş olan çalışanların meraklı bakışları onların üzerindeydi. Fısıltılar bir uğultu halini aldı ve Hayat onlara dikilen kimi kötücül, kimi meraklı bakışlardan huzursuz oldu.

Bekir'i beklerken genç kızın annesi Tülay çıplak ayaklarla, yüzünde gözlerinden düşen damlaların ıslaklığıyla ve müthiş bir acelecilikle onlara koşturuyordu. Saçları başının tepesinde topuz yapılmış, aceleciliği topuzunu yana kaydırmıştı, ama o hiçbir şeyi umursuyor gibi görünmüyordu.

Nefes nefese kalmış, heyecandan titreyen bir sesle, "Hayat?" diye soludu. Hayat bir anda Mirza'nın kolları arasından çıkıp annesini karşılamak için sarsak adımlarla ilerledi.

Tunç telaşla koşturan genç kızın ardından hüzünle baktı. Ürkek bir tavşan gibiydi. Başını iki yana sallayarak sıkıca sarılan anne kıza baktı. Halis Bey'in biraz olsun yumuşayacağını ümit etti.

Kadın, kızının saçlarını öperken, "Yavrum!" dedi.

Tunç böyle sahnelerden etkilenmezdi, ama annesine sarılan karısının yüzündeki ıslaklık, kollarını onu bir daha bırakmayacak gibi yaşlı kadına dolaması ve bulunduğu mesafeden bile fark ettiği titreyen bedeni kalbinin ağrımasına neden oluyordu. Kızına özlemle bakan, sıkça öpen Tülay Hanım'ın yüzüne baktığında sabit ifadesini korumaya çalıştı. Onlara öfkeliydi. Kızlarını kendisi gibi bir vicdansızın ellerine bırakıp dönüp bakmadıkları için çok öfkeliydi, fakat ters bir harekette bulunup genç kızın canını sıkmak istemiyordu.

Sonunda zorlukla ayrılabilen anne kız, kendisine doğru ilerlediler.

Tunç kalçasını dayadığı süs havuzunun mermerinden doğrularak onlara doğru adım attı. Kuru bir sesle, "İyi akşamlar, Tülay Hanım," dedi. Yüzüne zorlukla bir gülümseme yerleştirdi.

Kadın başını eğerek onu selamladı. Utangaç bir tonla, "Hoş geldiniz, oğlum," dedi. "Ne iyi ettiniz," diye ekledi ardından minnetle.

Hayat, annesine huzursuz bir bakış attı. "Babam?" diye sordu. Sesi titredi. "Evde miydi?"

Tülay Hanım onaylayarak hızla başını salladı. Gözleri giriş kapısına huzursuz bir bakış atıp tekrar kızına döndü. "Evde." Gözlerinde şefkatli, yumuşak bir bakış belirdi. Elini kızının yanağına uzatarak hafifçe okşadı. "Ne olur, ters bir şey söylese de sen aldırma, kızım. Hâlâ kendine gelemedi."

Hayat'ın gözleri titrer, başını yüz ifadesini gizlemek için saklarken, Tunç yine dilinin ucuna kadar gelen kelimeleri dudaklarını bastırarak yutmak zorunda kaldı. Genç kız buruk bir gülümsemeyle omuz silkti ve annesinin elini hafifçe sıktı.

Tunç başını kaldırıp neredeyse –eğer doğru tahmin ediyorsa– on bin metrekarelik bir alanın içinde yer alan, iki katlı eski tip konağa baktı. Oldukça büyük ve heybetli görünüyordu. Yine tahminine göre konak yedi yüz metrekare civarında olmalıydı. Modern çağın keskin çizgilerini taşımıyordu, ama döneminin en iyi yapılarından biri olduğuna kalıbını basardı. Eğer bu derece gergin olmasaydı konağı her açıdan incelemeye alır, üzerinde sıkı bir değerlendirme yapabilirdi. Çünkü gerginliğine rağmen konağın bir ruhunun olduğunu fark edebilmişti.

Avlunun tam ortasındaki fıskiyeli süs havuzunun dairesini oluşturan mermerlerin üzerinde oturuyorlardı. Annesiyle hâlâ hasret gideren Hayat'a baktı. Gözleri kesiştiğinde ona cesaret verici bir gülümseme yolladı. Aynı anda Bekir karnına yapıştırdığı şapkasını yine iki eliyle sıkıca kavramış, başı yerde ama arada kaçamak, mahcup bakışlar atan gözlerini kaldırarak onlara doğru ilerledi. Bedeninin duruşu ve gerginliğinden Halis Bey'in onları reddettiğini anlamıştı. Dişlerini sıkıp çenesi kasılırken gözleri hızla Hayat'ı buldu. Başını dik tutmak adına çenesini yukarı kaldırmıştı ama... Akmaya çalışan gözyaşlarına hâkim olabilmek için gözlerini kırpıp duruyordu. Birkaç adım öne çıkarak Bekir'in yolunu kesti. Onun söyleyecekleri ayan beyan ortada olmasına rağmen Hayat'ın duymasını istemiyordu.

Bekir başını kaldırıp karşısında bir anda kule gibi dikilen genç adamı görünce irkildi. Kendisi uzun boyluydu, fakat adama bakmak için başını geriye atmak zorunda kalmıştı. O, yüzündeki amansız ifade ile daha dudaklarını yeni aralamıştı ki Bekir telaşla konuşmaya başladı.

"Halis Beyim, bu akşam çok yorgun, Beyim! Sizi karşılayamayacak. Ama akşam misafir odalarından birinde konaklayabileceğinizi söyledi. Sabaha da şehre inecek, işleri var." Kelimeleri telaştan yakalanması zor bir hızla çıkmıştı, ama karşısındaki adamın şakağındaki damar pıt pıt atmaya başladığına göre o, anlamıştı. Bekir mahcubiyetiyle başını öne eğdi. Ardından tekrar kaldırıp yüzü hüzünle buruşurken sözlerine devam etti. "Sizi uğurlayamayacakmış."

Karşısındaki adamın yüzü taş gibi sert bir ifade aldı. Elleri iki yanda yumruk oldu. Gözlerini kaldırıp konağa bir bakış attı. Bekir, onun gözlerinden bir parıltının geçtiğine yemin edebilirdi. Genç adam dişlerinin arasından kara bir mizahla, "Öyle mi?" dedi. "Halis Bey'in kusura bakmayacak artık!"

Altın kız gözlerinde endişeli bir bakışla tam arkalarında bittiğinde, genç adam çoktan konağa gitmek için adım atmıştı. Bekir'in ağzı hayretle açıldı. Çocukluğundan beri orada, önce büyük beyin, sonra Halis Bey'in yanında çalışırdı. Allah razı olsun, bildiği ne varsa ondan öğrenmiş, karnını onun sayesinde doyurmuş ve başının tepesinde bir çatısı olmuştu. Ama o güne kadar ona karşı gelen birini görmemişti. Halis Bey kudretli bir adamdı. Herkes ondan korkardı. Hayat'ın talihsiz durumuyla beyinin yüzü yere düşse de kimse onu yüzüne karşı alaya alamamıştı. Elbette herkes yüzüne söylemeye cesaret edemediklerini arkasından konuşuyordu. Ama bu genç adam ondan korkmak şöyle dursun, sanki o anda beyi karşısında olsa onu boğazlayacakmış gibi görünüyordu.

Genç kız kocasının arkasından, "Mirza!" diye haykırdı. Ama ayakları yere sağlamca basan adam omzunun üzerinden karısına yumuşak bir bakış fırlatıp tekrar önüne döndü ve merdivenleri ikişer ikişer çıkmaya başladı.

Hanımı endişeyle, "Hay Allah!" dedi.

Bekir kaygılı bakışlarla hanımına döndü. *'Ne olacak şimdi?'* der gibi kaşlarını kaldırdı. Sonra cesaret verici olduğunu düşündüğü bakışlarla genç kıza baktı. "Üzülme sen, altın kızım." Ona hafifçe gülümsemek zorunda hissetti. "Kocan ne yaptığını biliyor gibi!"

Hayat, ona çaresiz bir bakış attıktan sonra başını iki yana salladı. Bekir tekrar gözlerini konağa çevirdiğinde yüzünde hınzır bir gülümseme belirdi. Allah içini biliyordu, herkesten saklasa da aklındakileri ve yüreğinden geçenleri ondan saklayamazdı. Bu uzun adam, eğer ne yaptığını biliyorsa bu iş olurdu. Hem ne vardı? Altın kız kocasını da almış, el öpmeye gelmişti. Bekir, beyinin artık yüzünün gülmesini istiyordu. Hiçbir şey eskisi gibi tat vermiyordu. O çiftliği saran neşe, heves... Her şey altın kızın evlenmesiyle son bulmuş, karabulutlar gibi üzerlerine bir kasvet çökmüştü.

Genç adamın konağı bilmediği aniden aklında belirince hızla eve koşturdu. Mutfaktan merakla fırlayan çalışanları geçip merdivenleri tırmandı. Genç adamı ana salonun kanatlı kapısının önünde yakaladığında nefes nefese konuşmaya çalıştı. "Beyim, orada değil!" dedi. Genç adam, hızla başını çevirip omzunun üzerinden ona sertçe baktı ve gözlerine kuşkulu bakışlar yerleşti. "Yalan değil, Beyim. Halis Bey, kendi odasında!"

"Mümkünse, ben tuvalete kadar girmeden önce bana gösterebilir misin?"

Bekir gülümserken başını salladığında genç adamın yüzünden bir şaşkınlık ifadesi gelip geçti. "Bu taraftan Beyim," dedi. Eliyle kendisini takip etmesini işaret etti. Genç adam hemen arkasından geliyordu. Kaşlarını çatarak bir anda arkasını döndü. Halis Bey'in özel işlerini hallettiği odasının kapalı kapısının önünde durup bakışlarını sabırsız gibi görünen geç adama çevirdi. Sıkıntıyla, "Şey... Beyim... sen demedim size yerini," dedi. Ağırlığını bir ayağının üzerine verirken başını öne eğdi. Genç adam uzanıp kolunu ovuşturunca hafifçe gülümseyerek ona baktı. *'Bu çocukta iş var...'* diye düşünürken içi mutlulukla doldu. Hızla arkasını dönüp giderken Allah'ın yanlarında olmasını diledi.

Mirza odaya girmeden önce derin bir nefes alma ihtiyacı hissetti. Sanki tüm bedeni elektrik yüklüymüş gibi genç adam vücudundaki cızırtıyı duyabiliyordu. Kapıyı çalmaya gerek duymadı. Üzerinde altın işlemeli figürler bulunan gümüş kapı kolunu çevirdi. Biraz önce karşısına çıkan tüm kapıları içine düştüğü öfke ve acelecilikle bir bir açarken duraksama ihtiyacı hissetmemişti. Ama o anda hazırlıksız olduğunu fark etti. Öfkeyle yanlış bir adım atmak istemiyordu. Usulca kapıyı ileri itti. Kapı çok hafif bir gıcırtıyla açıldı. Pencereden bakan, arkası Tunç'a dönük olan adamın omuzlarının duruşundan onun da en az kendisi kadar gergin olduğunu fark etti. Üzerinde kısa kollu bir gömlek vardı. Onun üzerine de uyumsuz bir yelek geçirmişti. Henüz yatacakmış gibi görünmeyen Halis Bey'in kıyafetleri zaten adamı ele veriyordu.

Kuru bir sesle, "İyi akşamlar, Halis Bey!" dedi. Adam bir anda irkilip hızla arkasını döndü. Gözlerinden şimşekler çakmış gibi öfke parıltıları geçti. Yaşlı adamın çenesi onun gözlerinin içine kara bir öfkeyle bakarken titriyordu. Bir eli yumruk olduğunda harcadığı çaba kolunun da titremesine neden oldu.

Halis Bey öfkeden kısılmış sesiyle, "Çık dışarı!" dedi. Sanki ayakta durabilmekte güçlük çekiyormuş gibi antika olduğu her halinden belli olan, süs eşyalarıyla dolu bir büfenin raflarından birine elini dayadı.

Tunç kararlılıkla başını iki yana salladı. "Üzgünüm ama bunun için önce beni dinlemek zorundasınız!"

Halis Bey hırsla ona doğru bir adım attı ve onu diğer adımları takip etti. Sonra yarı yolda sanki aklına bir şey gelmiş gibi duraksadı. Bir eli yüzünü bulup sertçe ovuşturdu. "Senin kadar terbiyeden yoksun olamadığım için sana sadece beş dakika veriyorum." Hâlâ öfkeliydi. Elinden gelse hâlâ onu tekme tokat dışarı atmak istiyormuş gibi görünüyordu, ama Tunç, onun ders vermek konusunda derin bir tecrübeye sahip olduğunu anlamıştı. Bir pişmanlık dalgası öfkesini bastırarak bedenini yokladı. Onu hiç vicdan azabı çekmeden evinden kovmuştu. Bu hareketi genç adamın yüzüne tokat gibi çarptı. Hak etmişti. Söyleyecek tek sözü yoktu, fakat konuları Tunç ve ne kadar kaba bir insan olduğu değildi.

"Teşekkür ederim," dedi. Sesinin rengi yoktu.

Halis Bey arkasını dönüp meşe ağacından yapılmış, cilası parıldayan masasının arkasına geçti. Ahşap, büyük sandalyesine oturduğunda yana doğru hafifçe eğilip bir çekmeceyi açarak öylece bıraktı. Ne yani? Kan mı dökmek istiyordu? Tunç, hareketinin anlamını kavrayamayacak kadar cahil değildi. Umursamadı. Gidip karşısına da oturmadı, zira Halis Bey de böyle bir teklifte bulunmamıştı.

Ayakta dikilerek kayıtsız bir tavırla ellerini ceplerine

soktu. "Sözlerimi kesmeden dinlerseniz, çok memnun olurum."

Halis Bey'in kara gözleri onun yüzünde ağır ağır dolaştı. Sadece gözlerini kaldırmış bakıyordu. O gözlerin içinde dinmeyecek gibi görünen bir hiddet vardı. Ellerinden birini masanın üzerine koyup diğerini sandalyesinin koluna koydu. Sanki alay edercesine başını usulca eğdi. Ardından cevap vermeye tenezzül etmiyormuş gibi konuşması için çenesini havaya kaldırdı. Belki de Tunç sözünü kesmesini istemediği için böyle davranmıştı.

Tunç direkt, "Sizin tanıdığım en kötü baba örneği olduğunuzu düşünüyorum," dedi. Halis Bey'in göz bebekleri irileşti. Dudaklarının gerilmesiyle üzerindeki kırlaşmış bıyıklar hafifçe kıpırdandı. Yüzünü ifadesiz tutmaya çalışıyordu ama yüz kasları seğirdi. Tunç konuşmasına devam etti. "Duruma sizin tarafınızdan bir bakış attığımda yaşadığınız şokla birlikte öfkelenmenize, sert tepkilerinize ister istemez bir yere kadar hak veriyorum." Genç adamın kaşları alayla havaya kalktı. "Ama Allah aşkına, sadece gördüğünüz aldatıcı manzara karşısında sanki kızınız affedilemeyecek bir suç işlemiş gibi onu benim, bir canavarın ellerine terk ettiniz!" O çirkin, hatırlamak istemediği anılar, engel olamadığı bir hızla bir bir gözlerinin önünden geçti. Sırtı dikleşirken hatıralarıyla yandı. "Ona olan çirkin davranışlarımı açıkça gözünüze soktuğum halde nasıl yalnız bırakabildiniz, nasıl onun kadar narin ve kırılgan birine sırtınızı dönebildiniz?" Cebinin içindeki elleri yumruk oldu. Dişlerini aralamak zorunda kaldı yoksa konuşmasına devam edemeyecekti. Halis Bey bir heykel gibi duruyor, gözlerini bile neredeyse kırpmadan ona bakıyordu. Ne yüz ifadesinde bir kıpırtı ne de gözlerinde bir geri çekilme vardı. Ve dudaklarını sımsıkı kapamıştı. Açmamaya yemin etmiş gibi!

Tunç derin bir nefes alıp dudaklarını yaladı. Bedenini bulunduğu noktada sabit tutmak için neredeyse insanüstü bir çaba harcıyordu. "Sizin onu görmezden geldiğiniz anlarda neler yaşadığını en ince ayrıntılarına kadar bilmenizi istiyorum. Ki ne kadar fena bir baba olduğunuzu bilin! Onun harçlığını kestiniz ve dünyada tanıdığım en aptal yaratık olan ben, parasal sıkıntısını fark edene kadar kızınız gururundan ödün vermemek adına kimseye belli etmeden aç yaşadı." Halis Bey'in duruşunda bir kırılma oldu, adem elması hızla yukarı inip kalktı. Tunç başını yana eğip neşesizce güldü. "Aylarca... En büyük lüksü simitti!" Genç adamın sesinde belirgin bir dalgalanma olduğunda devam edebilmek için boğazını temizledi. "Ona öyle kötü davrandım ki üç adımlık bir alanda yaşamaya mahkûm ettim. Mutlaka magazin haberlerinde adımı başka başka kadınlarla anılırken duymuşsunuzdur. Bunların ağırlığını kaldırmaya çalışırken pislik yuvası bir barda çalışmayı düşünecek kadar çaresiz kalmıştı. Neredeyse tacize uğruyordu! Siz onu nasıl beş parasız, bir başına – üstelik onunla ilgilenmediğimi bildiğiniz halde– bırakabildiniz?"

Halis Bey'in gözkapakları ağır ağır kapandı. Küçük bir damla gözlerinden aşağıya parlak bir yol çizdi. "Kızınız ölümlerden döndü, Halis Bey! Gururunuz onun hayatından daha mı değerliydi? Onun bir gülüşünden daha mı değerliydi?" Yüzündeki sert ifadeyi kırarak bir anda şefkatle gülümsedi. "Ama size bir konuda teşekkür etmem gerekiyor! Böyle bir evladı dünyaya getirdiğiniz ve yetiştirdiğiniz için teşekkür ederim, çünkü öyle sağlam bir karaktere sahip ki narinliğinin altında hayranlık duyduğum bir gücü var. Ölse, gururu yüzünden çenesi havada kalır!" Yumuşak bir sesle güldü. Ve Halis Bey'in dudakları bir gülümsemeyi yakalayarak seğirdi. Gözleri akıtmadığı yaşlardan cam gibi parlarken, gözkapaklarını kapamamak için diretiyordu.

"Çok geç fark etmeme rağmen, o sadece beni sevdi. Başka hiçbir hatası olmadı. Ve ben, onun sevgisinin üzerine hiç acımadan bastım. Ben, ondan her gün af diliyorum. Bilmiyorum ömrüm o beni affetse de kendimi affetmeye yeter mi?" Tek kaşını kaldırıp ellerini ceplerinden çıkardı. "Bence siz de yol yakınken dilemeye başlayın! Bakarsınız bir gün affedilirsiniz..."

Tunç arkasını dönüp çıkmak için adım attı. Arkasını dönmeden önce gördüğü, Halis Bey'in yüzündeki karman çorman olmuş ifade ile onu baş başa bıraktı. O söylemesi gerekenleri söylemişti. Artık gerisi Halis Bey'e kalmıştı.

▲▼▲

Hayat gözlerini konağın giriş kapısına dikerek endişeli bir bekleyiş içine girmişti. Ne Mirza ne de babası geri adım atacak insanlardı. Aralarında geçecek herhangi bir sıcak tartışma bir kartopu gibi büyüyebilirdi. Ama cesaret edip konağa adımını atamıyordu. Babasıyla karşılaşmaya cesareti yoktu. Onun tepkisinden öyle çekiniyordu ki topuklarını kıçına vura vura kaçmak istiyordu. Ama Mirza'nın gidişinin ardından, annesinin telaşla anlattıklarından sonra baktığı yolun sonunda cılız bir ışık belirmişti.

Hayat daha fazla dayanamayarak aniden ayağa fırladı. "Ben burada duramayacağım!" Ağrıyan boğazı yüzünden kısık sesle konuşmuştu. Bir eli saçlarının arasından geçti. Ardından başını iki yana salladı.

Bekir de onunla aynı anda ayağa kalkmıştı.

Annesi hemen arkasından ayağa kalkıp tedirginlikle, "Geliyor!" dedi.

Hayat hızla arkasına döndü. Konağın merdivenlerinden inen, duruşundan hiçbir şeyi ele vermeyen Mirza'yı gördü. Gürültüyle yutkundu. Öylesine heyecanlanmıştı ki dizlerinin bir anda boşaldığını hissetti. Bir adım dahi atamayacak haldeydi.

Mirza ayakkabılarının ucu birbirine değene kadar durmadı. Yüzünde yumuşak bir gülümsemeyle kollarını genç kızın beline doladı. Başını eğerek alnını alnına dayadı. Hayat, onun çabasının boşuna bir çaba olduğunu anladı. Babası Hayat'ı affetmeyecekti. Göğsünün derinliklerinde bir yer önce hafifçe sızladı, sonra ısı arttı ve genç kızın bedenini hızla sararak neredeyse kavurdu. Bu yanma boğazından garip, derin bir hıçkırık olarak dudaklarının arasından fırladı.

Ses Mirza'nın kollarını daha da sıkmasına neden oldu. "Bir hafta burada kalacağız, bebeğim," diye fısıldadı. "Babanın biraz kendisini dinlemeye ihtiyacı var." Yükselttiği sesinde ince bir mizah gizliydi. Genç kızın alnında sürterek başını sağa sola salladı. "Hem yaşlı insanları bilirsin!" Omzunu silkti. "Hava karardı mı tavuk gibi erkenden-"

Arkalarından gelen gürültülü bir öksürük ikisini de yerinden sıçrattı. Halis Bey öksürüğünün ardından sertçe boğazını temizledi. Hayat, Mirza'nın bir anda arkasını dönüp yana çekilmesiyle birlikte babasıyla karşı karşıya geldi. Saçlarının gür perdesi arasından bakışlarında derin bir hüzünle karşıya, onun gözlerinin içine baktı. Bayılacaktı. Kesinlikle bayılacaktı çünkü kararan gözlerinin önünde ışık huzmeleri oynaşmaya başlamıştı. Gümbürdeyen kalbi kulaklarında davul gibi hızlı bir ritim tuttururken, babasının Mirza'ya olan onaylamaz bakışlarını fark etti.

Babası tok bir sesle, "Düşündüm de..." dedi. Dudaklarını burduğunda bıyıkları kıpırdandı. "Bu bir haftada, belki kocana terbiyenin nasıl bir şey olduğunu hatırlatırız." Babasının sesi bir borunun içinden geliyormuş gibi titreyerek genç kıza ulaştı. Yuvarlak yüz hatları her saniye daha da uzadı ve sağa sola kaymaya başladı. Babası hâlâ konuşurken ve araya Mirza'nın sesi karışırken Hayat'ın kulakları onları uğultulu bir karmaşa olarak algılıyor, kelimeleri bir araya getirip anlamlı bir cümle oluşturamıyordu.

Fişi çekilmiş gibi bir anda kendisini karanlıkta savrulurken buldu. Havada süzülürken ruhunu içinden çekiyorlarmış gibi boş bir bedenle kalakaldı.

▲▼▲

Sabırsız ve endişeli sesler kaşlarının derinleşmesine neden oldu. Tüm bedeninde acımasızca kendisini belli eden bir ağırlık vardı.

"Sanırım kendine geldi." Mirza'nın kaygıyla dolup taşan sesi onun gözlerini açmasına, bir anda beyninin geriye sarıp gözlerinin karardığı anı hatırlamasına neden oldu. Genç adam, "Sevgilim?" diye sordu. Gözleri telaşla yüzünde dolanıyor, parmakları şakaklarını ovuyordu. "İyi misin?"

Hayat'ın yüzünü sersem bir ifade aldı. Ardından Mirza'nın başının tepesinden bakan babasının endişeli yüzüyle karşılaştı. Annesi, onun hemen yanında duruyordu.

Genç kız çatlayan bir sesle, "İyiyim," dedi. Boğazını temizledi. Mirza'nın kucağında yattığını fark ederek bir anda doğruldu.

Mirza alçak sesle, "Yavaş ol, bebeğim. Başın dönecek!" diye mırıldandı.

Hayat bulunduğu odanın hangi oda olduğunu biliyordu. Yıllarını bu odada kimi zaman koşuşturarak, kimi zaman ders çalışarak, kimi zaman babasını atlara binmek için kandırmaya çalışarak geçirmişti. Konağın aile salonunun oturma gruplarından birinde oturuyordu. Başını eğdiği yerden kaldırması için beklediği şeyin ne olduğunu bilmiyordu. Mirza'nın bedeninden yayınlan ısı biraz olsun gerginliğini alıyordu, ama genç kız başını kaldırıp bakamıyordu. Mirza'nın eli hafifçe kolunu okşadı. Fakat tek kelime konuşmayarak, annesini de alıp odadan çıkarak Hayat'la babasını baş başa bıraktı.

"Umarım beni görmüş olduğun için sevincinden bayılmışsındır?" Babasının dudaklarından bir 'cık cık' sesi yükseldi. "Eğer korkudan bayıldınsa yeni aldığım safkana binmene izin vermeyeceğim!" Babasının sesi cümlesinin sonuna doğru alçalıp yok oldu.

Hayat'ın kalbi dörtnala ilerlerken başını ürkekçe kaldırıp babasının akıtmadığı gözyaşlarıyla parlayan gözlerinin içine, sanki en derinine bakar gibi baktı. Ondan bir şey bekler gibi görünüyordu. Ama Hayat ne olduğunu o anda bilemiyordu. Zihni düşünmeyi bırakmış, gözlerinin içine takılıp gitmişti. Aslında her kızın âşık olduğu ilk erkek babasıdır. Yani o, öyle olduğunu düşünüyordu. Babasının da onu ne kadar derinden sevdiğini biliyordu. Onun için affetmesi daha zordu. Onun için kabullenmekte güçlük çekiyordu. Hayat bunu biliyordu bilmesine, ama bazen öyle anlar geliyordu ki konuşmak için ya da en ufak bir harekette bulunabilmek için sizi tetikleyecek bir şeylerin olması gerekiyordu.

Küçük yaşlarda bir suç işlediğinde, o an oturduğu yerde oturur, babasının önünde diz çöküp işlediği suçun sonuçlarını anlatmasını dinlerdi. Sonra da Hayat kollarını boynuna dolar, babasından özür dilerdi. Babası yine usul usul önünde diz çökmüştü. Ellerini genç kızın dizleri üzerinde sabitledi.

Genç kızın gözünden düşen damlalar onun ellerine ve kendi dizleri üzerinde tek tek yer buldu. Genç kız, "Özür dilerim..." diye fısıldadı. Ama sesinin çıkıp çıkmadığından emin değildi.

"Ben de!" Babasının ses tonunda derin, onu yaktığı gözlerinden belli olan bir pişmanlık vardı.

Hayat bir anda kollarını yukarı kaldırdı, aynı anda hem ağlamaya devam edip hem de hıçkırırken babasının kalın, kısa ve kat kat çizgiler bulunan nemli boynuna sıkıca doladı. "Çok özledim seni!" Boğuk fısıltısı, başını gömdüğü boyunda yok olup gitmişti.

Halis Bey'in elleri genç kızın sırtında yatıştırıcı okşamalarla yukarı aşağı dolanırken, "Özleseydin arardın!" dedi. Yaşlı adam gücenmiş bir tonla konuşmuştu.

Hayat hem onun yüzüne bakmak istiyor hem başını gömdüğü boynunun kokusundan, hissettirdiklerinden ayrılmaktan korkuyordu. Saçmaydı ama öyleydi işte. Bazen bazı şeylerin açıklaması olmadığı gibi bunu da açıklayamıyordu. Sonunda babasının yeni yeni çıkmaya başlamış sert sakallı yanağına bir öpücük kondurdu. Kolları hâlâ onun boynunda başını geriye çekip özlediği yüzüne baktı. Gözyaşları deli gibi akıyor, o bulanıklığın arasından gözlerini, yüzünün hatlarını görmeye çalışıyordu.

"Aramamı mı istiyordun?" diye fısıldadı. Dudakları titredi. "Beni artık istemeyeceğini düşünmüştüm." Başını yere eğdi.

Yaşlı adam hafif sert bir tonla, "Kaldır o başını!" dedi.

Hayat, onun sözlerini tekrarlatmadan başını kaldırdı.

"İçten içe hep ararsın diye bekledim." Yaşlı adamın yüzü pişmanlıkla eğildi. "Paranı belki annene söylersin diye kestim. O zaman seni görmek için bir bahane yaratacaktım." Titreyen, buruşmuş elleri genç kızın yanağında şekillendi. "Babasının güzel çukurlusu! Affet beni ne olur, senden ses çıkmayınca kocan sana bakıyor sandım."

Hayat önemsiz der gibi başını iki yana salladı. Allah'ım! Mirza o kısa dakikalara sığdırıp babasına neler anlatmıştı? Elinin tersiyle yüzündeki ıslaklığı gidermeye çalıştı. Burnunu çekti. Omuzları sarsılarak hıçkırırken tekrar ona sıkıca sarıldı.

"Bazen hava kararınca tavuk gibi erken yatan yaşlı adamlar biraz gururlarından, biraz da çevrelerindeki boş kafalı cahiller yüzünden, büyük büyük hatalar yapabiliyorlar." Genç kızın başının tepesini öptü. "Hiçbir bahane sana sırtımı dönmenin özrü olamaz ama sen affet beni, kızım." Sesi duygularının esaretinde boğulurken tekrar tekrar başının tepesine öpücükler kondurdu.

Hayat, eğer konuşabilecek durumda olsaydı ona yatıştırıcı bir şeyler söylemek isterdi, ama sadece başını sallayıp onu öpmekle yetindi.

▲▼▲

"Bekiiir!"
Mirza homurdanmayla gülme arasında bir ses çıkardı. Saçları göğsüne dağılmış genç kızın sırtındaki eli duraksadı. Başını hafifçe eğerek Hayat'ın uyanık olup olmadığına baktı. Genç kızın dudakları hınzır bir gülümsemeyi zorlukla zapt ediyormuş gibi bastırılmıştı.
Mirza alayla, "Halis Bey her sabah böyle gürlüyor mu?" diye sordu.
Genç kız kıkırdayarak doğrulup bacaklarını aralayarak genç adamın karnına oturdu. Mirza'nın gözleri onun ani hareketiyle kapanıp açıldı. "Hayır." Çocukça genç adamın göğsüne hayali şekiller çizerken, Mirza gürültüyle yutkundu. "Bu akşam onurumuza verilen bir yemek daveti var, unuttun mu?" Genç kız, Mirza'nın yüzündeki huysuz ifadeye yumuşak bir kahkahayla karşılık verdi.
Genç adam gözlerini devirdi. "Hiç unutur muyum?" Elleri genç kızın bacaklarının üst kısmını kavradı. "Dıdısının dıdısına kadar gelecekmiş!" Gözleri sahte bir heyecan ifadesi ile irileşti. "Bayılırım ben öyle şeylere."
Hayat, onun göğsüne bir şaplak attı. Genç adam elini hızla yakalayıp ikinci şaplaktan kurtuldu. Genç kız, ona sataşmaya devam edecekti ama yüzünde istemsizce beliren minnet ifadesi ile Mirza'nın çıplak göğsüne uzanıp kulağını kalbinin üzerine dayadı. Ciddi bir tonla, "Sana nasıl teşekkür edebilirim?" diye sordu.
Mirza'nın elleri yukarılara doğru kayıp kalçalarını hafifçe sıktı. Genç kızı tepeden tırnağa kızartarak, "Dün gece bana şahane bir teşekkür sunmuştun," dedi. "Ama ikinciye de asla hayır demem."

"Allah'ım!" Hayat hızla doğruldu. "Hiç uslanmayacaksın, değil mi?"

Mirza tek kaşını kaldırdı. Ardından saçma bir soru sormuş gibi bakış attı. Onun neredeyse mükemmel bir taklidini yaparak "Allah'ım!" dedi. "Sana sahibim! Neden uslanayım ki?" Genç kız daha ne olduğunu anlayamadan kendisini onun bedeni altında buldu. Genç adam yüzünün her santimine baştan çıkaran minik öpücükler kondururken, "Gerçekten de..." dedi sesi boğuklaşarak. "Neden uslanayım ki?"

▲▼▲

Geniş avluya kurulmuş, birbirine eklenerek büyük bir 'U' şeklini alan masaların etrafını Tunç'un sayamadığı kadar akraba ve eş dost sarmıştı. Masaların üzerinde çeşit çeşit lezzetler, rengârenk ve iştah açıcı bir manzara sunuyordu. Onların onuruna büyükbaş hayvanlar bile kesilmişti. Bu, kendilerine verilen değerin bir göstergesiydi. Yani en azından Hayat böyle açıklamıştı. Tunç sadece bir günde bu kadar büyük bir davetin, bu derece iyi bir organizasyonla hazır olabildiğine şaşırmıştı. Ama işte her şey tastamam, gelen misafirlere kadar karşısındaydı.

Tunç'un etrafını ailenin erkekleri kuşatmış, sürekli sorular sorup duruyor, dikkatle onun ağzından çıkacak kelimeleri bekliyorlardı. İlk tanıştıklarında insanların yüzlerindeki hor gören ifadenin yerini sıcak bir gülümseme ve öğrenme merakı sarmıştı. Hayat'ın annesinden öğrendiklerine bakılırsa, o anda orada bulunan tüm insanlar uzun süredir kapılarına bile uğramıyordu. Tunç'un magazin basınında, farklı farklı kadınlarla birlikte görüntülenmiş haberleri ve *'gözde bekâr'* açıklamalarını yalanlamaması insanların şüpheye düşmesine, Hayat'ın başına çok fena bir iş geldiğini düşünmesine yol açmıştı. Halis Bey'in başı yere eğilmiş kimseyle görüşmez hale gelmişti.

O anda Tunç karşısında gururla çenesini havaya kaldırmış olan adamın, ne kadar büyük bir utanç girdabının içine düştüğünü anlayabiliyordu. Gelen her misafiri Tunç'la tanıştırmış *'damadım'* diye böbürlenerek yaptığı işlere kadar anlatmıştı. Tunç iki dakikada bir karşısına tanıştırılmak için getirilen insanlara, kendi çerçevesinde saygısını sunmak için oturup kalkmaktan baldırları ördek yürüyüşü yapmış gibi ağrıyordu. Halis Bey daha sonra ona surat asacaktı, bundan emindi. Ama o anda onunla gurur duyduğunu herkese göstermek için elinden geleni ardına koymuyordu. Eh. Bunun yanında baldır ağrıları çekmek hiçbir şeydi!

Masaya ilk oturduklarında hemen yanında olan karısını akraba kızları ele geçirip, utangaç gülümsemelerle soru yağmuruna tutmuşlardı. Tunç o kısacık anda bile onu gerçekten özlemişti. Hâlâ daha kötü niyetli insanların bakışlarına maruz kaldıklarını da fark ediyordu. Kısılmış gözlerle kendilerine bakan bir kadın –Tunç adını bile hatırlamıyordu– genç kızın karnına manalı manalı bakarak, "Biz de şey sandıydık..." deyip, sözlerini kim nereye çekmek isterse oradan yakalasın diye yarım bırakıp ortaya savurmuştu.

Tunç utançla kulaklarına kadar kızarıp başını eğmemek için mücadele veren Hayat'ın elini sıkıca kavrayarak kadına tatlı tatlı gülümsedi. Genç kadının gözbebekleri onun kendisine bakışıyla irileşirken genç adam yüksek sesle konuşmaya başladı. "Takdir edersiniz ki Hayat kadar değerli bir mücevheri bir başkasına kaptırmadan elimi çabuk tutmam gerektiğini fark ettiğimde, ona yakışır şekilde bir düğün organizasyonu için aylar gerekecekti." Tunç hafifçe gülümseyerek başını yere eğip tekrar kaldırdı. "Ama benim ondan ayrı kalabilecek bir saniyeye bile tahammülüm yoktu." Yüzündeki çizgilerin hatları belirginleşirken gözlerine sert bir ifade yerleşti. "Kaşınızı gözünüzü ayrı ayrı oynatıp, yersiz imalar savurmanıza gerek yok. Hayat tanıyabileceğiniz en onurlu insanlardan biridir!"

Gözlerini ayırmadan sert bakışlarını üzerine saldığı kabarık saçlı kadının zaten iri olan gözleri fal taşı gibi açıldı ve gözlerini birkaç kez kırpıştı. Tunç'un sözleri üzerine Halis Bey'in gür kahkahası sanki masada bulunan diğer insanları tetiklemiş gibi kahkahaların çınlamaları uzun süre kulaklarda kaldı.

Ve gecenin sonuna kadar narin, güzel karısının yüzünden mutluluğun gülümsemesi, gözlerindeki yıldızları andıran parıldamaları bir an bile yok olmadı.

▲▼▲

"Bu safkan Arap tayını çiftliğe yeni getirttik." Halis Bey kır atın boynunu okşar, at da sanki bunu bekliyormuş gibi çenesini nazlı bir edayla yukarı kaldırırken, genç adam hayranlık dolu bakışlarını atın üzerinden alamıyordu. "Aslında söylediğim gibi tay depomuzda da çok iyi atlar var ama bu... Uzun zaman peşinde koştuğum bir taydı. Henüz yarıştırmak için yaşı yeterli değil fakat ondan çok büyük bir beklentimiz var. Şecere defteri atalarının ödülleriyle dolu! Açık artırma zamanında bu işe başladığımdan beri en iyi fiyatı alabileceğim bir tay."

Halis Bey ellerini arkasında kavuşturarak ilerlemeye başladığında, Tunç hayıflanarak gözlerini taydan ayırdı. Adımları yaşlı adamın ağır adımlarını takip etti. Atların bulunduğu bölmeleri temizleyen işçilerin arasından zikzak çizerek geçerken, uzun süren bir sessizlik hüküm sürdü. Sonunda ahırlardan çıkıp kızgın güneş gözlerinde patlarken kısılan gözleriyle yan yana ilerlemeye başladılar. Tunç, onu dinlemekten keyif almıştı. Halis Bey bir haftanın sonunda Tunç'a surat asmaktan, onu tersleyip durmaktan vazgeçmişti. Ona haraları gezdirmeye karar vermiş, varlığını adadığı bu yeri gururla, en ince ayrıntısına kadar anlatarak onunla uzun bir yürüyüşe çıkmıştı. Tabii Tunç, ona olan yakınlığının orada bulunma sürelerini biraz daha uzatmaları için olduğunu da fark etmemiş değildi! Ki Hayat'a zaten bir hafta daha kalma sözü vermişti. Ama Tunç'un bunu şimdilik Halis Bey'e söylemeye niyeti yoktu. Onu kıvranırken izlemek eğlenceli olacaktı. Kızını bir hafta daha görebilmek için Tunç'la konuşmaya bile razı gelmişti.

Çardak benzeri bir yerin ortasındaki ahşap masanın etrafına yerleştirilmiş sedirlerden birine karşılıklı oturdular. Onlar oturduğu anda ellerinde, üzerlerinde buğulanmış camından yol yol su damlacıkları akan sürahilerin içindeki soğuk limonataları taşıyan tepsileri ile çalışanlar etraflarını sardı. Ve bardaklara servis yaptılar. Tunç gezip gördüğü tüm bu yerlerin sahibi olan adamın mütevazılığını o anda daha iyi anlamıştı. Yıllarını verip daha da zenginleştirdiği bu yerlere tırnağıyla gelmiş olan adam, ne karakterinden ne de duruşundan bir şey kaybetmişti. Çalışanlarıyla arasındaki mesafeyi korusa da, onlara sanki her biri ailesinin bir ferdiymiş gibi davranıyor, onlarca çalışanın her birinin adını, kaç çocuğu olduğunu, hastalıklarını, sıkıntılarını, her şeyini biliyordu. Tunç aralarındaki mesafe yerli yerinde duruyor olsa da ona büyük bir hayranlık beslemişti.

Hemen yanlarında bulunan, atlara egzersiz yaptırılan engelli koşu alanında güneşin yakıcılığına aldırmayıp harıl harıl çalışan işçileri izlerken, Halis Bey damlama sistemiyle yetiştirdikleri tarım ürünlerini anlatan bir söylev tutturmuştu.

Tunç arada ona merak ettiklerini soruyor, Halis Bey de yalın ve açıklayıcı bir dille tüm merakını gidermek için hiç üşenmiyordu. Genç adamın gözleri bir an engelli koşu alanında tırıs giden, kar gibi beyaz bir atın üzerinde, binici kıyafetleriyle, kadife kaplı togunun altında sıkıca bağladığı saçlarının uçları uçuşan kadına kaydı. Ve yüreği aniden ağzına geldi. Halis Bey hâlâ konuşup duruyor, bir şeyler anlatıyordu, ama Tunç'un bedeni daha o beynine emir vermeden ayaklanmıştı bile. Gözleri irice açılmış bir halde, daracık binici pantolonunun içinde oldukça rahat bir tavırla ata binen karısına baktı. Kalbi endişeyle dörtnala giderken Halis Bey'in söylediklerini artık duymuyordu.

Halis Bey, "İşte biz de, bizim damın üzerindeki saksağanın beline kazmayı vurduk." diye mırıldandı. Tunç'un bakışı saniyelik bir anda onunkileri buldu. Ardından tekrar karısına bakıp bir adım ileri attı.

Onun ne söylediğinin bile farkına varmadan dalgınca, "Hı hı," dedi.

Halis Bey bıyık altından gülümserken, Tunç orada durmak ve deli gibi yanına koşturup Hayat'ı attan indirmek arasında kalmıştı.

Yaşlı adam, "Sen ne düşünüyorsun bizim saksağan konusunda?" diye sordu. Omuzları sessiz kahkahasıyla sarsılmaya başlamıştı bile.

"Bu ciddi konuyu daha sonraya ertelemek istersem alınmazsınız umarım." Tunç, ona bakmamıştı bile. Hızlı ve endişeli adımlarla alanın içindeki Hayat'a doğru ilerleyerek yolu yarılamıştı.

Halis ödü patlamış adamın arkasından kahkahalarla gülerken, "Tabii tabii," dedi. "Bu ciddi konuyu sonra da konuşabiliriz."

Tunç, çitlerin arkasında durmuş kızını gülümseyerek izleyen Tülay Hanım'ın yanına vardığında ona öfkeli bir bakış fırlattı. "Allah'ım! Hayat'ın o şeyin üzerine binmesine nasıl müsaade edersiniz?" Dudakları düz bir çizgi halini aldı ve çitlerin üzerinden atlayarak alana daldı.

Tülay Hanım'ın yüzündeki gülümseme dondu. Fırtına gibi ilerleyen genç adama şaşkın bakışlarla baktı. Sonra gülerek yanına gelen kocasına sorarcasına baktı. "Niye bu kadar kızdı ki bu çocuk şimdi?"

Halis gözlerini Hayat'ın atının hemen yanında duran adama dikerek, "Saksağanlardandır," diye mırıldandı.

"Bugün ben de mi bir sorun var, yoksa sizde mi anlayamadım!" Tülay kaşlarını çatarken bir 'cık cık' sesi çıkardı.

"O şeyin üzerinden hemen iniyorsun!"

Hayat bir anda sıçradı. Hızla Mirza'ya dönüp endişeyle gölgelenmiş yüzüne baktı. Yumuşak bir tonla, "Onun bir adı var, sevgilim!" dedi.

Mirza, "Pekâlâ, bir adı olan o şeyin üzerinden hemen iniyorsun!" diye karşılık verdi.

Ellerini beline koymuş, bacakları aralık bir halde kararlı bir duruş sergiliyorsa da Hayat aldırmayarak onun etrafında dönmeye başladı. Işıltılı bir gülümsemeyle, "Adı Güneş!" dedi.

Mirza, onunla birlikte kendi etrafında dönmeye başlamıştı. "Adı umurumda değil, eğer düşersen seni dizime yatırıp pataklarım!"

Hayat, onun gerçekten kaygılandığını fark ederek şaşkına döndü. "Bu benim atım," dedi. Dudakları gururlu bir gülümsemeyle büküldü. "Yıllarca beni üzerinde taşıdı ve seni temin ederim çok iyi bir biniciyim."

Mirza dönüp durmayı bıraktı. Gözlerini kapayıp derin bir nefes çekti. "Rica ederim, Hayat'ım! Ben kalp krizi geçirmeden önce onun üzerinden iner misin?" Gözlerini açtı. Hayat'ı tam karşısında bulduğunda gözkapakları titreşti. Onu ikna etmeye çalışan bir tonla, "Gerçekten çok endişeliyim," dedi.

Hayat sırıtarak ona elini uzattı. "Bence bana eşlik etmelisin!" Onun kendisine ilk tanıştıkları gece dans teklifi ettiğindeki ses tonunu taklit ederek konuşmuştu.

Mirza gülerek başını iki yana salladı. "Aklını kaçırmış olmalısın!" Atı ve genç kızı ürkmüş gözlerle süzüp tekrar başını iki yana salladı. "Ne ben ona bineceğim, ne de sen binmeye devam edeceksin!"

Hayat, gözlerine onun asla karşı koyamadığını bildiği bakışlarını yerleştirdi. Yalvaran bir tonla, "Lütfen," dedi. Alçak sesi genç adamın duruşunda hafif bir kırılma yarattı. "Allah'ım! Bana şöyle bakmayı keser misin?" Öfkelenen genç adam ellerini belinden indirip yanlara saldı. "Bu defa işe yaramayacak!"

Genç kız başını yana eğdi. "Bir daha uzun bir süre bu fırsatı yakalayamayacağım." Sonra çenesini dikleştirdi. "Ya benimle birlikte gelirsin ya da ben tek başıma gidiyorum!"

Genç adam öfkeyle, "Allah'ım! İpleri hangi ara senin eline verdim ki ben!" diye mırıldandı. Sanki düşmanını tartıyormuş gibi atı tekrar süzdü. Ardından gözlerini genç kızın kararlı bakışlarında gezdirirken omuzları çöktü. Başını yukarı kaldırıp dua yakarır gibi bir şeyler mırıldandı. "Sanırım uzun zaman önceydi!" dedi hayıflanarak. Hayat kıkırdarken, bir seyis yardımıyla kendini genç kızın tam arkasında buldu.

Genç kız, onun göğsünün hızlı aldığı nefeslerle inip kalktığını sırtında hissediyordu. Neşeyle şakıyarak, "Teşekkür ederim," dedi. Topukları hafifçe atın karnına değdi. At tekrar düz bir ritimle koşmaya başladığında Mirza'nın dudaklarından çıkan keskin soluk genç kızın ensesine vurdu. Başını hafifçe arkaya çevirip, "Nasıl hissediyorsun?" diye sordu. Ama genç adamın yüzünü görememişti. Tunç'un kolları onun beline dolanmıştı.

Genç adam çenesini omzuna dayadı. "Endişeli!" diye mırıldandı. Dudakları genç kızın yanağına küçük bir öpücük kondurdu. Sanki sadece dudaklarını kıpırdatırmış gibi zor duyulur bir sesle "Ama gözlerimi açarsam ne hissederim bilmiyorum," dedi.

Hayat'ın melodik kahkahası genç adamın kulaklarını çınlatıp etraflarını sardı.

Birkaç dakika sonra Mirza, "Hım." dedi. Genç kız, onun sesindeki gizlenmiş şeyin ne olduğunu anlayabilmek için kaşlarını çatıp başını yana eğerek düşündü. Genç adam, "Sanırım bunu seveceğim," dedi. Kollarını hafifçe geriye çekerek genç kızı neredeyse tamamen kucağına oturttu.

"Sen delisin!" Genç kız homurdanarak anne ve babasına, başlarını eğerek gülümsemelerini gizlemeye çalışan antrenörlerine çabucak bir bakış atıp sertçe soluk aldı. "Asla uslanmayacaksın, değil mi?" Mirza'nın sert bedenine öyle sıkı bastırılmıştı ki sanki tek vücut gibi olmuşlardı. İçinden yayılan sıcaklığı görmezden gelmeye çalışmak için atın nal seslerine yoğunlaşmaya çalıştı.

"Sana söylemiştim." Mirza'nın sesindeki endişenin yerini tatlı bir keyif almıştı.

Hayat inanamayarak başını iki yana salladı. Sonra aklına gelen bir düşünceyle dudaklarında şeytanca bir gülümseme belirdi. Kayıtsız bir tonla, "Mirza," diye mırıldandı.

"Evet, sevgilim." Genç adam burnunu onun gözlerini açık tutmakta zorlanmasına neden olarak boynuna sürttü.

Hayat, "Hamileyim!" diye fısıldadı.

Mirza'nın boynundaki dudakları dondu. Başını bir anda geriye çekerek neredeyse attan düşeceği anda kendini zorlukla sabit tutup afallamış bir sesle sordu. "Nesin? Nesin?"

"Hamileyim!" Hayat'ın dudakları kahkahasını bastırmak isterken titredi. Sırtına yapışmış beden bir anda taş kesildi.

Genç adam sanki sadece sormuş olmak için, "Nasıl?" diye sordu.

"Sana gerçekten nasıl olduğunu anlatmamı-"

"Allah'ım!" Mirza öfkeyle burnundan solurken tüm bedeni kaskatı kesilmişti. "Hamilesin! Bir atın üzerinde gidiyorsun! Kendinin ve oğlumun hayatını tehlikeye atıyorsun, öyle mi?"

Hayat durdurmak için atın dizginleri çekti. Arkaya dönüp şaşkın bir bakışla ona baktı. "Oğlun mu?"

"Elbette!" Mirza'nın yoğun bakışlı gözlerinde parıltılar oynaşıyordu. "Ve biz, şimdi usulca bu şeyin üzerinden iniyoruz. Ben de seni pataklama işini doğumdan sonraya bırakıyorum."

Hayat, onun sözlerini duymamıştı bile. Genç adamın keskin hatlı yüzündeki gurur ifadesine büyülenmiş gibi takılıp kalmıştı. Mirza'nın gözleri alev alev yanıyor gibiydi ve gözlerinde yüzen sayısız duygu genç kızın gözlerine yol olmuş sanki içine akıyordu.

Mirza çatlayan bir sesle, "Allah'ım! Seni seviyorum," dedi. Sanki orada sadece ikisi varmış gibi dudaklarını derin bir öpücük için birleştirdi.

▲▼▲

Hayat yeni, büyük evlerinin salonundaki geniş camların penceresinden bakarken kollarını göğsünde birleştirmiş, bahçelerinin zeminini bembeyaz ve yumuşak bir örtü gibi kaplayan karı izliyordu. Evlerini seviyor olmasına rağmen ara sıra o küçük ama onlara büyük anılar bırakan daireyi özlüyordu. Her fırsatta küçük kaçamaklar için kendilerini orada buluyorlardı. Hayat ne kadar dairede kalabilmek için sızlansa da, Mirza'nın ev değişikliği yapmak istemesi konusunda haklı gerekçeleri vardı. Kalabalık bir aileydiler, her defasında onları ziyarete gelen misafirlerini bir otelde veya ailesinin evinde ağırlamak istemiyordu. Genç kız açıklamasının sonunda ona hak vermişti. Hamileliğinin son dönemlerinde Mirza'nın plazasına yakın bir mesafede olan eve taşınmışlardı. Taşınma sürecinde Hayat, onun ailesinin yanında kalmıştı ki hamileliğinin neredeyse tümünü orada geçirmişti.

Mirza, kendisi işte olduğu zamanlarda onun yanında olamadığı için bunun bir zorunluluk olduğunu söylemişti -ki Hayat şikâyetçi değildi- ve ailesinin yanında kalırsa aklını işine gerçekten vererek endişelenip durmazdı. Gerçi ailesinin yanında kalıyor oluşu bile onun yarım saatte bir genç kızı aramasına engel olamıyordu. Herkesin diline alay konusu oluşunu bile umursuyor gibi görünmüyordu.

İşten eve her dönüşünde elleri kolları dolu, *'oğluna'* hediyeler almış olarak geliyordu. Genç kız bunalıp çığlık atana kadar onun üzerine düşüyordu. Kulağını karnına dayayıp saatlerce bebeğin kıpırdanmasını bekliyor, onunla konuşuyor, ona bir şeyler anlatıyor, masal kitapları okuyordu. Genç kız, kızının böyle bir babası olduğu için çok şanslı olduğunu düşünüyordu. Evet. Bir kızları olmuştu ama Mirza'nın sevgisinin yoğunluğunda ve heyecanında hiçbir değişiklik olmamıştı. Değişen sadece hediyelerin içerikleriydi. Hastaneye yakın olduğu için kendi evlerinde kalmayı uygun görmüşlerdi. Hem kendi ailesi hem Mirza'nın ailesi neredeyse yanlarına taşınmışlardı. Doğumdan sonra uzun bir süre de genç kızı yalnız bırakmamışlardı. Hayat hepsine büyük bir minnet duyuyordu.

Mirza'nın kızlarını ilk gördüğü andaki şokunu hatırlayarak hafifçe kıkırdadı. O kadar minikti ki! Mirza, onu tutmak için büyük bir endişeye kapılmış, bir yerine zarar verecek olmaktan ödü kopmuştu. Sonra sanki yeni bir oyuncak bulmuş gibi bebeği kucağından almak için dil dökmek zorunda kalmışlardı. Allah'ım! Sanki onu gerçekten anlıyormuş gibi hiç sıkılmadan, yumuşak kahverengi gözlerini kendisine şaşkınca diken minik Dolunay'la konuşuyordu. Doğduğunda ay gibi parlayan yüzüne baktığı ilk anda, Mirza onun adını koymuştu bile!

Bir anda saçlarına değen dudaklar genç kızı yerinden sıçrattı. Mirza derin bir iç çekerken, Hayat sırtını onun göğsüne yasladı.

Genç adam kollarını karısının beline dolarken, "Özür dilerim," dedi. "Korkutmak istememiştim."

Hayat, onun kolları arasında döndü. Parmak uçlarında yükselip çenesine bir öpücük kondurdu. "Dalmışım," diye mırıldandı. Kolları usulca havalanarak onun boynunda sabitlendi. "Erkencisin!"

"Çünkü sana bir hediyem var ve akşamın olmasını bekleyebilmek için fazla heyecanlıydım." Alnını onun alnına dayayıp dudaklarını dudaklarına sürttü. "Hem seni özledim," diye fısıldadı. "Ayrıca küçük kraliçemi de!"

Hayat hayıflanarak bir iç çekti. Alayla, "Pabucum dama atılalı ne kadar oluyor?" diye sordu.

Mirza hafifçe kıkırdadı. "Pabucunun dama atıldığından haberim yoktu."

Genç kız başını geriye çekti. Ardından yana eğerek ona baktı. Heyecanla, "Hediyem nerede?" diye sordu.

Mirza kollarını onun belinden çekip arkasını döndü. Birkaç adım ötedeki sehpanın üzerinden geniş, kırmızı bir kurdeleyle sarılmış hediye paketinde olan nesneyi sıkıca kavradı. Hayat, onun güzel yüzündeki gerginliğe ve sabırsızlığına bir anlam veremeyerek kendisine doğru ağır adımlarla gelen Mirza'yı izledi.

Genç adam paketi ona uzattı. Hayat neden heyecanlandığını bilmiyordu, ama kalbi hızlı bir ritimle atmaya başlarken hafifçe titreyen ellerle pakete uzandı. Belki de Mirza'nın ifadesi onu böylesine tedirgin etmişti. Genç adam bir adım geriledi. Sanki yüzündeki tek bir kas hareketini bile kaçırmak istemiyormuş gibi dikkatle onun yüzüne baktı.

Hayat birkaç kere üst üste başarısızlığa uğrayıp, basit bir paketi bile zorlukla açtığı için kızardı. Fakat onun yüzüne bakamadı. Işıltılı paketin altından çıkan, kalbini bir saniye için durdurup sonra gürültüyle atmasını sağlayan deri kaplı defteri genç kız anında tanıdı.

"Bu..." diye fısıldadı ama sözcüklerinin devamını getiremedi.

Mirza yoğun duygularla boğuklaşan bir tonla, "Hayat'ımın yapbozu!" diye mırıldandı.

Hayat geri itmeye çalıştığı gözyaşlarını göz kapaklarının ardında tutmaya çalışırken dudakları aralandı ama tek bir fısıltı bile çıkmadı. Çenesi titredi. Üst üste yutkunarak defterin kapağını açtı. Ona öfkesinden gözünün hiçbir şeyi görmediği o anda parçaladığı defteri, en az eskisi kadar sağlam bir halde ellerinin arasında tutuyordu. Göğsünün içinde kalbinin giderek büyüyüp göğsünü sıkıştırdığını hissediyordu. Nefes almak güçleşirken en küçük parçasına kadar özenle birleştirilmiş sayfaları tek tek inceledi.

Her sayfada gözlerinden düşen damlalarla birlikte kâh gülüyor kâh hıçkırıklara boğuluyordu. Defterini parçaladığı için çok pişman olduğu anları da olmuştu ama geri dönüşü olmayan bir davranıştı. İçi arada sızlasa da üzerinde durmamaya gayret gösteriyordu.

Mirza gergin bir tonla, "Ben, duygularının öylece yok olup gitmesine katlanamamıştım," dedi. "Eğer daha önce içinde yazılanları okumasaydım ne olduğunu bilemezdim, ama sonuçta biliyordum ve kendimi onu geri almak zorunda hissettim. O zaman sana âşık olduğumu bilmiyordum ve senin aşkın üzerimde tepinmişti!" Dalgalanan sesi son kelimelerine doğru iyice yok olup gitti. Yüzünde sabırsız bir bekleyişle ifadesiyle genç kızın sayfaları çevirmesini izledi.

Hayat eğer daha önceden bilseydi ona çok fazla öfkelenir, defteri kafasına fırlatırdı çünkü duygularını ondan gizlemek için elinden geleni yapmıştı. Mirza sabırla, bazen de isyan ederek onun kendisiyle konuşmasını beklediği o anlarda genç kızın aşkından zaten haberdardı. Bu, genç kızın midesinin burulmasına neden oldu. Ona hiçbir şey belli etmemişti! Genç kız inceliği karşısında Mirza'ya bir kez daha hayranlık duydu.

Sonra şaşkınlıkla kafasını geriye çekip ek sayfalara baktı. Onun satırlarının bittiği yerde Mirza'nın satırları başlıyordu.

"Mirza..." diye fısıldadı. Gözyaşları bir bir kalp içine

alınmış kendi adının üzerine düştü. Elinin tersiyle görüşünü engelleyen gözyaşlarını silip tek tek sayfaları çevirdi.

Kendisinin güzel bir fotoğrafının üzerinde yazan sözcükleri fısıldadı.

"Sana ne zaman âşık olduğumu bilmek isterdim ama sanırım öyle hızlı çarptın ki beni, fark edemedim."

Bir sayfa daha çevirdi. Geniş gülümsemesiyle gamzesinin belirdiği bir fotoğrafıyla karşılaştı.

"Dünyada başka hangi varlığın böyle büyüleyici gamzeleri olabilir ki? Her bakışımda, başımın dönmesine engel olamıyorum."

Başka bir sayfa, başka bir fotoğraf...

"Allah'ım! Bu resme her baktığımda kendimi ofisimde zor tutuyorum!"

Genç kız kıkırdarken tüm yüzünü bir kırmızılık ve alev bastığında, onun göğsüne hafif bir şaplak attı. Mirza da elini yakalayıp dudaklarına götürerek küçük bir öpücük kondurdu.

Bir başka sayfa, bir başka fotoğraf...

'İsyanım; Seni çok geç fark edişim... Sen olmadığın anlarda, değersiz geçen tüm günlerim için her güne senden af dileyerek başlamak istiyorum.'

Bir başka sayfa... Ve genç kızın sadece yüzünü kareleyen bir fotoğraf.

'İşte benim tüm 'HAYAT'IM'

'Seni seviyorum, seni seviyorum, seni seviyorum...'

'Allah'ım! Seksi bir piliçsin ve sana bayılıyorum.'

Sayfalar onun her fotoğrafa yazdığı, kalbinden dökülüp satırlara dönüşen yorumlarıyla genç kızın nefesini keserek akıp gitti.

Sonraki sayfada Hayat ve Dolunay'ın yatak odalarındaki geniş yatağın üzerinde uyurken karelenmiş bir fotoğrafı vardı.

'Bu karenin bana hissettirdiklerini sana açıklayabil-

mem için yeterli kelimem yok. Ama eğer başını kaldırıp gözlerime bakarsan belki hissedersin.'

Hayat yutkunarak başını kaldırıp Mirza'nın derin kuyular gibi görünen lacivertlerine baktı. Orada öylece durmuş, bakışları genç kızın kalbinin ağırlaşmasına neden olacak kadar yoğun duygular yüklenmişken, Hayat onun anlatmak istediklerini ruhunun en derinlerine inene, iliklerine işleyene kadar gördü, hissetti ve duydu.

"Seni seviyorum." diye fısıldadı.

Ve Mirza artık kendisini sabit tuttuğu yerde zorlukla duruyormuş, onun sözlerini bekliyormuş gibi genç kızı kendisine çekip dudaklarını dudaklarına bastırdı. Başını geriye çekip sanki ayrı kalmaya dayanamıyormuş gibi onu tekrar tekrar öperken her nefes aralığında fısıldadı.

"Sen mi, ben mi!"

- SON -

Teşekkür etmek istediğim çok fazla kişi var.

Başta elbette Bedevistan'ın yerlileri; Özlem Tezer Dursun, Tuba Özkat ve Rukiye Bodur'a ben daha 'A' demeden yardıma koştukları, koşulsuz şartsız yanımda oldukları için, hayatıma çok büyük bir anlam kattıkları için, beni sevdikleri için 'TÖRS' grubunun bu kıymetli, vazgeçilmez üyelerine çok teşekkür ederim. Onlara bir teşekkür az tabii! Ama kalbimde öyle bir yerleri var ki! Bedenimdeki bir uzvumdan çok daha önemliler!

Hikâyeyi yazmaya başladığımda ilk defa nette bölüm bölüm yayınlamış ve çok heyecanlanmıştım. Çok eğlenceli zamanlardı. Özellikle unutmayacağım ve çok güldüğüm bir anım var ki! Benim 'Badem elması' yazdığım yerde, Tubam'ın 'Badem elması değil o! Adem elması,' dediğini asla unutmayacağım. ☺

Görselleriyle bizlerin gözlerine hülyalı bakışlar yerleştiren Özge Şendeniz'e her zaman yanımda olduğu için kocaman teşekkürler!

Bize harika görseller hazırlayan, her zaman yanımda olan manevi kızım Merve Duman'a kocaman teşekkürler!

Sayfa adminimiz Hayal Perest'e (Selcan'a) kucak dolusu teşekkürler!

Gitme'yi (Tunç'u) deli gibi bekleyen ve sanırım en büyük fanı olan, satırlarıyla bizi büyüleyen yazar arkadaşım Burcu Büyükyıldız'a da kocaman teşekkürler!

Her bölüm attığımda, beni yazmaya daha çok iten okur arkadaşlarımın yorumlarını, heyecanlarını, kimi zaman bana yön veren eleştirilerini neredeyse kelime kelime hatırlıyorum. Desteğiniz çok büyük ve çok teşekkür ederim. Selvi Atıcı Okurları üyeleri, seviyorum sizi!

Hele bir de Selvi Atıcı Kitap Dedikoduları grubundaki kızlar yok mu! Mükemmelsiniz siz! Yüzümü her zaman güldürüyorsunuz ve size kocaman teşekkürler! Desteğinizin değeri çok büyük!

Kocaman aileme, yanımda oldukları için, bana her zaman her adımda destek verdikleri için kocaman teşekkür ederim.

Elbette ki, o olmazsa yaşayamayacağım, bana her zaman özveriyle yaklaşan, en başta ve en sonda hep yanımda olacağını bildiğim eşim Çağdaş Atıcı'ya teşekkür ederim.

Kızlarıma kocaman teşekkür ederim; zamanlarından çaldığımda bana kızmadıkları için! Hayatımın anlamlarısınız siz!

Nemesis Kitap çalışanlarına, başta Hasret Parlak Torun'a, hikâyemin kitaplaşma aşamasının heyecanını böylesine keyifli bir çalışmaya dönüştürdüğü, yüzüme mutlu gülümsemeler yerleştirdiği, ilgili bir editör olduğu için teşekkür ederim.

Başak Yaman Eroğlu'na kapak çalışmalarında birçok görsel hazırlayarak nazımı çektiği için kocaman teşekkür ederim.

Yanımda olan, destek veren herkese kocaman teşekkürler... Bir de Tunç'u öldürmeden, teşekkür yazısına kadar gelebilen siz okurlara kocaman teşekkürler. Ben son okuma yaparken bir ara kendisini zehirlemeyi de düşünmüştüm ☺

Bana, Facebook Selvi Atıcı Okurları sayfasından ulaşabilirsiniz.

Selvi Atıcı
Ocak 2016/Sakarya

Gecenin karanlığı üzerine en derin koyuluğuyla çöktüğünde Gazel, bir binanın en üst katındaydı. Ve o binadan canlı çıkması imkânsızdı. Hayatta tek bir kez bile olsa, geleceğiyle ilgili bir kararı kendisi verebilmek istedi. Nasıl öleceğini seçebilmek istedi. Onu kovalayan adamlar çoktan o binaya girmiş ve merdivenleri çıkmaya başlamışlardı. Birazdan yakalanacaktı. Ve yine, birilerinin onun adına verdiği kararları uygulamak zorunda kalacaktı. Başkalarının elinde oyuncak olmaktansa, ölmeyi tercih etti. Ve kendini boşluğa bıraktı.

Aynı gece, Ömer'in üzerine de kopkoyu bir karanlıkla çökmüştü. Bütün gün hastalarıyla ilgilenmiş ve ameliyattan ameliyata koşturmuştu. Trafikten kurtulmak için girdiği ara yolda ilerlerken aklından geçen karmakarışık düşünceler, büyük bir gürültü ve sarsıntıyla bölündü. Pat!

Arabasının üzerine bir şey düşmüştü. İlk anda ne olduğunu anlayamadı ama birkaç saniye sonra ön camına doğru uzanan bir kadın eliyle karşı karşıya kaldı. O el Ömer'e, 'beni tut' diye yalvarıyor gibiydi. O eli tuttuğu anda, artık hiçbir şey eskisi gibi olmayacaktı. Ne Ömer için; ne de Gazel için...